쉽게 읽는 석보상절 13

釋譜詳節 第十三

나찬연은 1960년에 부산에서 태어났다. 부산대학교 국어국문학과를 나오고(1986), 같은 학교 대학원에서 문학석사(1993)와 문학박사(1997)학위를 받았다. 지금은 경성대학교 국어국문학과에서 교수로 재직하고 있으면서 국어학, 국어 교육, 한국어 교육 분야의 강의를 맡고 있다.

* 홈페이지: '학교 문법 교실 (http://scammar.com)'에서는 이 책의 내용과 관련된 자료를 온라인으로 제공합니다. 본 홈페이지에 개설된 자료실과 문답방에 올려져 있는 다양한 정보를 자유롭게 이용할 수 있고, 이 책의 내용에 대하여 저자의 답변을 받을 수 있습니다.
* 전화번호 : 051-663-4212
* 전자메일 : ncy@ks.ac.kr

주요 논저
우리말 이음에서의 삭제와 생략 연구(1993), 우리말 의미중복 표현의 통어·의미 연구(1997), 우리말 잉여 표현 연구(2004), 옛글 읽기(2011), 벼리 한국어 회화 초급 1, 2(2011), 벼리 한국어 읽기 초급 1, 2(2011), 제2판 언어·국어·문화(2013), 제2판 훈민정음의 이해(2013), 근대 국어 문법의 이해―강독편(2013), 국어 어문 규범의 이해(2013), 표준 발음법의 이해(2013), 제5판 중세 국어 문법의 이해―이론편(2014), 제5판 중세 국어 문법의 이해―주해편(2014), 제5판 중세 국어 문법의 이해―강독편(2014), 제5판 중세 국어 문법의 이해―서답형 문제편(2014), 중세 국어 문법의 이해―입문편(2015), 학교문법의 이해1(2015), 학교문법의 이해2(2015), 제4판 현대 국어 문법의 이해(2015), 쉽게 읽는 월인석보 서·1·2·4·7·8(2017~2018), 쉽게 읽는 석보상절 3·6·9·11·13·19(2018~2019)

쉽게 읽는 석보상절 13(釋譜詳節 第十三)

©나찬연, 2019

1판 1쇄 인쇄_2019년 12월 20일
1판 1쇄 발행_2019년 12월 30일

지은이_나찬연
펴낸이_양정섭

펴낸곳_도서출판 경진
      등록_제2010-000004호
      이메일_mykyungjin@daum.net
      사업장주소_서울특별시 금천구 시흥대로 57길(시흥동) 영광빌딩 203호
      전화_070-7550-7776 **팩스**_02-806-7282

값 26,000원

ISBN 978-89-5996-683-7 94810
ISBN 978-89-5996-563-2(set)

※ 이 도서의 국립중앙도서관 출판예정도서목록(CIP)은 서지정보유통지원시스템 홈페이지(http://seoji.nl.go.kr)와 국가자료공동목록시스템(http://www.nl.go.kr/kolisnet)에서 이용하실 수 있습니다. (CIP제어번호: 2019050867)

쉽게 읽는

석보상절 13

釋譜詳節 第十三

나찬연

경진출판
Kyungjin Publishing Co.

　『석보상절』은 조선의 제7대 왕인 세조(世祖)가 왕자(수양대군, 首陽大君)인 시절에 어머니인 소헌왕후(昭憲王后)를 추모하기 위하여 1447년경에 편찬하였다.

　『석보상절』에는 석가모니의 행적과 석가모니와 관련된 인물에 관한 여러 일화가 소개되어 있다. 따라서 이 책은 불교를 배우는 이들뿐만 아니라, 국어학자들이 15세기 국어를 연구하는 데에도 매우 귀중한 자료가 된다. 특히 이 책은 특히 이 책은 국어 문법 규칙에 맞게 한문을 국어로 번역하였기 때문에 문장이 매우 자연스럽다. 따라서 『월인석보』는 훈민정음으로 지은 초기의 문헌임에도 불구하고, 당대에 간행된 그 어떤 문헌보다도 자연스러운 우리말 문장으로 지은 문헌이라고 할 수 있다.

　이처럼 『석보상절』이 중세 국어와 국어사 연구에 매우 중요한 역할을 하기 때문에, 일찍부터 이 책은 중세 국어 연구의 대상이 되었고 현대어로 옮기는 작업도 이루어졌다. 그 대표적인 성과가 '세종대왕기념사업회'에서 편찬한 『역주 석보상절』의 모둠책이다. 『역주 석보상절』의 간행 작업에는 허웅 선생님을 비롯한 그 분야의 대학자들이 참여하였기 때문에, 『역주 석보상절』은 그 차제로서 대단한 업적이다. 그러나 이 『역주 석보상절』는 1992년부터 순차적으로 간행되었는데, 간행된 책마다 역주한 이가 달라서 내용의 번역이나 형태소의 분석, 그리고 편집 방법이 통일되지 못한 아쉬움이 있다. 지은이는 이러한 점을 감안하여 15세기의 중세 국어를 익히는 학습자들이 『석보상절』을 쉽게 이해할 수 있도록, 현대어로 옮기는 방식과 형태소 분석 및 편집 형식을 새롭게 바꾸었다. 이러한 편찬 의도를 반영하여 이 책의 제호도 『쉽게 읽는 석보상절』로 정했다.

　이 책은 중세 국어 학습자들이 『석보상절』를 쉽게 이해할 수 있는 책을 편찬하겠다는 원래의 취지를 살리기 위하여, 다음과 같은 방법으로 책의 내용과 형식을 구성하였다.

　첫째, 현재 남아 있는 『석보상절』의 권 수에 따라서 이들 문헌을 현대어로 옮겼다. 이에 따라서 『석보상절』의 3, 6, 9, 11, 13, 19 등의 순서로 현대어 번역 작업이 이루진다. 둘째, 이 책에서는 『석보상절』의 원문의 영인을 페이지별로 수록하고, 그 영인 바로 아래에 현대어 번역문을 첨부했다. 셋째, 그리고 중세 국어의 문법을 익히는 이들에게 편의를 제공하기 위하여, 원문의 텍스트에 나타나는 어휘를 현대어로 풀이하고 각 어휘에 실현된 문법 형태소를 형태소 단위로 분석하였다. 넷째, 원문 텍스트에 나타나는 불교 용어를 쉽게 풀이함으로써, 불교의 교리를 모르는 일반 국어학자도『석보상절』의 내용을 이해할 수 있도록 하였다. 다섯째, 책의 말미에 [부록]의 형식으로 [원문과 번역문의 벼리]를 실었다. 여기서는『석보상절』의 텍스트에서 주문장의 사이에 삽입되어 있는 협주문(夾註文)을 생략하여 본문 내용의 맥락이 끊이지 않게 하였다. 여섯째, 이 책에 쓰인 문법 용어와 약어(略語)의 정의와 예시를 책머리의 '일러두기'와 [부록]에 수록하여서, 이 책을 통하여 중세 국어를 익히려는 독자에게 도움을 주었다.

이 책에 쓰인 문법 용어는 가급적『고등학교 문법』(2010)에서 사용되는 문법 용어를 그대로 사용하였다. 다만 일부 문법 용어는 허웅 선생님의『우리 옛말본』(1975), 고영근 선생님의『표준중세국어문법론』(2010), 지은이의『중세 국어 문법의 이해-이론편』에서 사용한 용어를 빌려 썼다. 중세 국어의 어휘 풀이는 대부분 '한글학회'에서 지은『우리말 큰사전 4-옛말과 이두 편』의 내용을 참조했으며, 일부는 남광우 님의『교학고어사전』을 참조했다. 각 어휘에 대한 형태소 분석은 지은이가 2010년에『우리말연구』의 제27집에 발표한「옛말 문법 교육을 위한 약어와 약호의 체계」의 논문과『중세 국어 문법의 이해-주해편, 강독편』에서 사용한 방법을 따랐다.

그리고 불교와 관련된 어휘는 국립국어원의 인터넷판『표준국어대사전』, 인터넷판의『두산백과사전』, 인터넷판의『한국민족문화대백과』, 인터넷판의『원불교사전』, 한국불교대사전편찬위원회의『한국불교대사전』, 홍사성 님의『불교상식백과』, 곽철환 님의『시공불교사전』, 운허·용하 님의『불교사전』등을 참조하여 풀이하였다.

이 책을 간행하는 데에는 여러 사람의 도움이 있었다. 지은이는 2014년 겨울에 대학교 선배이자 독실한 불교 신자인 정안거사(正安居士, 현 동아고등학교의 박진규 교장)를 사석에서 만났다. 그 자리에서 정안거사로부터 국어학자뿐만 아니라 일반 사람들도 부처님의 생애를 쉽게 알 수 있는 책이 필요하다는 당부의 말을 들었는데, 이 일이 계기가 되어서『쉽게 읽는 석보상절』의 모둠책이 세상에 나오게 되었다. 그리고 고려대학교 교육대학원의 국어교육전공에 재학 중인 나벼리 군은『석보상절』의 원문의 모습을 디지털 영상으로 제작하고 편집하는 작업을 해 주었다. 이 책을 출판해 주신 '경진출판'의 양정섭 대표님께 감사의 뜻을 전한다.

2019년 11월
나찬연

머리말 • 4

일러두기 • 7

『석보상절』의 해제 11

『석보상절 제십삼』의 해제 13

현대어 번역과 형태소 분석 16

부록: '원문과 번역문의 벼리' 및 '문법 용어의 풀이' 267

참고 문헌 • 321

1. 이 책에서 형태소 분석에 사용하는 문법적 단위에 대한 약어는 다음과 같다.

범주	약칭	본디 명칭	범주	약칭	본디 명칭
품사	의명	의존 명사	조사	보조	보격 조사
	인대	인칭 대명사		관조	관형격 조사
	지대	지시 대명사		부조	부사격 조사
	형사	형용사		호조	호격 조사
	보용	보조 용언		접조	접속 조사
	관사	관형사	어말 어미	평종	평서형 종결 어미
	감사	감탄사		의종	의문형 종결 어미
불규칙 용언	ㄷ불	ㄷ 불규칙 용언		명종	명령형 종결 어미
	ㅂ불	ㅂ 불규칙 용언		청종	청유형 종결 어미
	ㅅ불	ㅅ 불규칙 용언		감종	감탄형 종결 어미
어근	불어	불완전(불규칙) 어근		연어	연결 어미
파생 접사	접두	접두사		명전	명사형 전성 어미
	명접	명사 파생 접미사		관전	관형사형 전성 어미
	동접	동사 파생 접미사	선어말 어미	주높	상대 높임의 선어말 어미
	조접	조사 파생 접미사		객높	주체 높임의 선어말 어미
	형접	형용사 파생 접미사		상높	객체 높임의 선어말 어미
	부접	부사 파생 접미사		과시	과거 시제의 선어말 어미
	사접	사동사 파생 접미사		현시	현재 시제의 선어말 어미
	피접	피동사 파생 접미사		미시	미래 시제의 선어말 어미
	강접	강조 접미사		회상	회상 표현의 선어말 어미
	복접	복수 접미사		확인	확인 표현의 선어말 어미
	높접	높임 접미사		원칙	원칙 표현의 선어말 어미
조사	주조	주격 조사		감동	감동 표현의 선어말 어미
	서조	서술격 조사		화자	화자 표현의 선어말 어미
	목조	목적격 조사		대상	대상 표현의 선어말 어미

---

* 이 책에서 쓰인 '문법 용어'와 '약어(略語)'에 대한 자세한 내용은 [부록]에 첨부된 '문법 용어의 풀이'를 참고하기 바란다.

2. 이 책의 형태소 분석에서 사용되는 약호는 다음과 같다.

부호	기능	용례
#	어절의 경계 표시.	철수가 # 국밥을 # 먹었다.
+	한 어절 내에서의 형태소 경계 표시.	철수 + -가 # 먹- + -었- + -다
( )	언어 단위의 문법 명칭과 기능 설명.	먹(먹다) - + -었(과시)- + -다(평종)
[ ]	파생어의 내부 짜임새 표시.	먹이[먹(먹다)- + -이(사접)-]- + -다(평종)
	합성어의 내부 짜임새 표시.	국밥[국(국) + 밥(밥)] + -을(목조)
-a	a의 앞에 다른 말이 실현되어야 함.	-다, -냐 ; -은, -을 ; -음, -기 ; -게, -으면
a-	a의 뒤에 다른 말이 실현되어야 함.	먹(먹다)-, 자(자다)-, 예쁘(예쁘다)-
-a-	a의 앞뒤에 다른 말이 실현되어야 함.	-으시-, -었-, -겠-, -더-, -느-
a(← A)	기본 형태 A가 변이 형태 a로 변함.	지(← 짓다, ㅅ불)- + -었(과시)- + -다(평종)
a(↞ A)	A 형태를 a 형태로 잘못 적음(오기)	국빱(↞ 국밥) + -을(목)
Ø	무형의 형태소나 무형의 변이 형태	예쁘- + -Ø(현시)- + -다(평종)

3. 다음은 중세 국어의 문장을 약어와 약호를 사용하여 어절 단위로 분석한 예이다.

> 불휘 기픈 남ᄀᆞᆫ ᄇᆞᄅᆞ매 아니 뮐씨 곶 됴코 여름 하ᄂᆞ니   [용가 2장]

① 불휘: 불휘(뿌리, 根) + -Ø(← -이: 주조)
② 기픈: 깊(깊다, 深)- + -Ø(현시)- + -은(관전)
③ 남ᄀᆞᆫ: 낡(← 나모: 나무, 木) + -은(-은: 보조사)
④ ᄇᆞᄅᆞ매: ᄇᆞᄅᆞᆷ(바람, 風) + -애(-에: 부조, 이유)
⑤ 아니: 아니(부사, 不)
⑥ 뮐씨: 뮈(움직이다, 動)- + -ㄹ씨(-으므로: 연어)
⑦ 곶: 곶(꽃, 花)
⑧ 됴코: 둏(좋아지다, 좋다, 好)- + -고(연어, 나열)
⑨ 여름: 여름[열매, 實: 열(열다, 結)- + -음(명접)]
⑩ 하ᄂᆞ니: 하(많아지다, 많다, 多)- + -ᄂᆞ(현시)- + -니(평종, 반말)

4. 단, 아래의 경우에는 예외적으로 다음과 같은 방법으로 어절의 짜임새를 분석한다.

가. 명사, 동사, 형용사는 특별한 경우가 아니면 품사의 명칭을 표시하지 않는다.
    단, 의존 명사와 보조 용언은 예외적으로 각각 '의명'과 '보용'으로 표시한다.

　① 부톄: 부텨(부처, 佛) + - ㅣ (←-이: 주조)
　② 괴오쇼셔: 괴오(사랑하다, 愛)- + -쇼셔(-소서: 명종)
　③ 올ᄒ시이다: 옳(옳다, 是)- + -ᄋ시(주높)- + -이(상높)- + -다(평종)

나. 한자말로 된 복합어는 더 이상 분석하지 않는다.

　① 中國에: 中國(중국) + -에(부조, 비교)
　② 無上涅槃을: 無上涅槃(무상열반) + -을(목조)

다. 특정한 어미가 다른 어미의 내부에 끼어들어서 실현될 때에는 다음과 같이 표기한
    다. 이때 단일 형태소의 내부가 분리되는 현상은 '…'로 표시한다.

　① 어리니잇가: 어리(어리석다, 愚: 형사)- + -잇(←-이-: 상높)- + -니…가(의종)
　② 자거시늘: 자(자다, 宿: 동사)- + -시(주높)- + -거…늘(-거늘: 연어)

라. 형태가 유표적으로 존재하지 않으면서도 문법적이 있는 '무형의 형태소'는 다음
    과 같이 'Ø'로 표시한다.

　① 가ᄆ라 비 아니 오ᄂ 싸히 잇거든
　　・가ᄆ라: [가물다(동사): 가ᄆᆯ(가뭄, 旱: 명사) + -Ø(동접)-]- + -아(연어)
　② 바ᄅ 自性을 ᄉᄆᆺ 아ᄅ샤
　　・바ᄅ: [바로(부사): 바ᄅ(바르다, 正: 형사)- + -Ø(부접)]
　③ 불휘 기픈 남ᄀ
　　・불휘(뿌리, 根) + -Ø(←-이: 주조)
　④ 내 ᄒ마 命終호라
　　・命終ᄒ(명종하다: 동사)- + -Ø(과시)- + -오(화자)- + -라(←-다: 평종)

마. 무형의 형태소로 실현되는 시제 표현의 선어말 어미는 다음과 같이 표기한다.

① 동사나 형용사의 종결형과 관형사형에서 나타나는 '과거 시제 표현'의 무형의 선어말 어미는 '-Ø(과시)-'로, '현재 시제 표현'의 무형의 선어말 어미는 '-Ø(현시)-'로 표시한다.

㉠ 아들둘히 아비 죽다 듣고
 ·죽다: 죽(죽다, 死: 동사)- + -Ø(과시)- + -다(평종)
㉡ 엇던 行業을 지서 惡德애 뻐러딘다
 ·뻐러딘다: 뻐러디(떨어지다, 落: 동사)- + -Ø(과시)- + -ㄴ다(의종)
㉢ 獄은 罪 지은 사ᄅᆞᆷ 가도는 ᄯᅡ히니
 ·지은: 짓(짓다, 犯: 동사)-+ -Ø(과시)- + -ㄴ(관전)
㉣ 닐굽 히 너무 오라다
 ·오라(오래다, 久: 형사)- + -Ø(현시)- + -다(평종)
㉤ 여슷 大臣이 힝뎌기 왼 ᄃᆞᆯ 제 아라
 ·왼(그르다, 非: 형사)- + -Ø(현시)- + -ㄴ(관전)

② 동사나 형용사의 연결형에 나타나는 과거 시제나 현재 시제 표현의 무형의 선어말 어미는 표시하지 않는다.

㉠ 몸앳 필 뫼화 그르세 다마 男女를 내ᅀᆞᇦ니
 ·뫼화: 뫼호(모으다, 集: 동사)- + -아(연어)
㉡ 고히 길오 놉고 고ᄃᆞ며
 ·길오: 길(길다, 長: 형사)- + -오(← -고: 연어)
 ·놉고: 놉(높다, 高: 형사)- + -고(연어, 나열)
 ·고ᄃᆞ며: 곧(곧다, 直: 형사)- + -ᄋᆞ며(-ᄋᆞ며: 연어)

③ 합성어나 파생어의 내부에서 실현되는 과거 시제나 현재 시제 표현의 무형의 선어말 어미는 표시하지 않는다.

㉠ 왼녁: [왼쪽, 左: 외(왼쪽이다, 右)- + -은(관전▷관접) + 녁(녘, 쪽: 의명)]
㉡ 늘그니: [늙은이: 늙(늙다, 老)- + -은(관전) + 이(이, 者: 의명)]

『석보상절』의 해제

세종대왕은 1443년(세종 25) 음력 12월에 음소 문자(音素文字)인 훈민정음(訓民正音)의 글자를 창제하였다. 훈민정음 글자는 기존의 한자나 한자를 빌어서 우리말을 표기하는 글자인 향찰, 이두, 구결 등과는 전혀 다른 표음 문자인 음소 글자였다. 실로 글자의 역사상 유래를 찾아볼 수 없는 매우 독창적인 글자이면서도, 글자의 수가 28자에 불과하여 아주 배우기 쉬운 글자였다.

훈민정음을 창제한 이후에 세종은 이 글자를 널리 보급하기 위하여 훈민정음의 제자 원리를 이론화하고 성리학적인 근거를 부여하는 데에 힘을 썼다. 곧, 최만리 등의 상소 사건을 통하여 사대부들이 훈민정음에 대하여 취하였던 부정적인 인식과 태도를 파악하였으므로, 이를 극복하는 적극적인 방법으로 훈민정음 글자에 대한 '종합 해설서'를 발간하기로 하였는데, 이것이 곧 『훈민정음 해례본』이다.

이처럼 새로운 글자를 창제하고 반포하는 데에 그치는 것이 아니라, 실제로 백성들이 널리 사용할 수 있도록 하기 위하여 여러 가지 뒷받침 사업을 진행하였다. 이를 위하여 세종은 새로운 문자인 훈민정음을 이용하여 국어의 입말을 실제로 문장의 단위로 적어서 그 실용성을 시험하는 작업을 수행하였다. 그 첫 번째 노력으로 『용비어천가(龍飛御天歌)』의 노랫말을 훈민정음으로 지어서 간행하였는데, 이로써 훈민정음 글자로써 국어의 입말을 실제로 적을 수 있는 가능성을 보였다. 그리고 세종의 왕비인 소헌왕후(昭憲王后) 심씨(沈氏)가 1446년(세종 28)에 사망하자, 세종은 심씨의 명복을 빌기 위하여 수양대군(훗날의 세조)에게 명하여 석가모니불의 연보인 『석보상절』(釋譜詳節)을 엮게 하였다. 이에 수양대군은 김수온 등과 더불어 『석가보』(釋迦譜), 『석가씨보』(釋迦氏譜), 『법화경』(法華經), 『지장경』(地藏經), 『아미타경』(阿彌陀經), 『약사경』(藥師經) 등에서 뽑아 모은 글을 훈민정음으로 옮겨서 만들었다. 여기서 『석보상절』이라는 책의 제호는 석가모니의 일생의 일을 가려내어서, 그 일을 자세히 기록한 것이라는 뜻이다.

이 책이 언제 간행되었는지는 확실하지 않다. 하지만 수양대군이 지은 '석보상절 서(序)'가 세종 29년(1447)에 지어진 것으로 되어 있고, 또 권9의 표지 안에 '正統拾肆年貳月初肆日(정통십사년 이월초사일)'이란 글귀가 적혀 있어서, 이 책이 세종 29년(1447)에서 세종 31년(1449) 사이에 만들어졌다는 것을 확인할 수 있다. 이러한 사실을 정리하면 1447년(세종 29)에 책의 내용이 완성되었고, 1449년(세종 31)에 책으로 간행된 것으로 볼 수 있다.

『석보상절』은 다른 불경 언해서(諺解書)와는 달리 문장이 매우 유려하여 15세기 당시의 국어와 국문학을 대표하는 작품으로 꼽히고 있다. 곧, 중국의 한문으로 기록된 내용을 바탕으로 쉽고 아름다운 국어의 문장으로 개작한 것이어서, 15세기 중엽의 국어 연구에 대단히 중요한 역할을 할 뿐만 아니라 국어로 된 산문 문학의 첫 작품이자 최초의 번역 불경이라는 가치가 있다.

현재 전하는 『석보상절』은 국립중앙도서관에 소장된 권6, 9, 13, 19의 초간본 4책(보물 523호), 동국대학교 도서관에 소장된 권23, 24의 초간본 2책, 호암미술관에 소장된 복각 중간본 권11의 1책, 1979년 천병식(千炳植) 교수가 발견한 복각 중간본 권3의 1책 등이 있다.

『석보상절 제십삼』의 해제

이 책에서 번역한 『석보상절』 권13은 권6, 권9, 권19와 함께 간행된 초간본으로서 갑인자(甲寅字)의 활자로 찍은 것이다. 이들 초간본 4책은 현재 국립중앙도서관에서 소장하고 있으며 보물 523호로 지정되어 있다.

『석보상절』 권13의 내용은 후진(後秦) 구자국(龜茲國)의 구마라집(鳩摩羅什)이 한문으로 번역한 『묘법연화경』(妙法蓮華經)을 저본으로 하고 있다.(전7권 28품)

『묘법연화경』은 『법화경』(法華經)이라고도 하는데, 석가모니 부처가 가야성(迦耶城)에서 도를 이루고 난 뒤에, 영산회(靈山會)를 열어서 자신이 세상에 나온 본뜻을 말한 경전이다. 『묘법연화경』은 옛날로부터 모든 경전들 중의 왕으로 인정받고, 초기 대승경전(大乘經典) 중에서도 가장 중요한 불경으로 인정받았다. 우리나라에서는 『화엄경』(華嚴經)과 함께 한국 불교 사상을 확립하는 데에 가장 크게 영향을 미친 경전이 되었다.

『묘법연화경』은 7권 28품으로 구성되었는데, 『석보상절』 권13은 1권의 제일(第一)의 '서품(序品)'의 내용과 제이(第二)의 '방편품(方便品)'의 내용을 훈민정음으로 언해한 것이다.

첫째, 서품(序品)은 『묘법연화경』의 머리말에 해당한다. 서품에서는 석가모님의 설법을 듣기 위해서 영축산(靈鷲山)에 모인 성문(聲聞), 연각(緣覺), 보살(菩薩), 천룡팔부(天龍八部) 등의 모습과 설법하는 부처님의 모습, 희유(希有)한 부처님의 깨달음, 법화경(法華經)을 설법하는 연유 등을 기술했다.

둘째, 제2의 방편품(方便品)은 삼승(三乘)이 결국은 일승(一乘)으로 귀일(歸一)한다는 '회삼귀일사상(會三歸一思想)'을 설명하고 있다. 석가모니 부처는 이 '방편품'에서 제자인 사리불(舍利弗)에게 다음과 같이 설법하였다. 부처가 깨달은 진리는 심심무량(深深無量)하여 그 누구라도 쉽게 이해할 수 없다고 했다. 따라서 부처는 불자들에게 불법(佛法)을 직접적으로 가르치기보다는 여러 가지 교묘한 방편을 써서 가르침을 설명한다는 것이다. 이 사상은 부처님이 이 세상에 출현하여 성문(聲聞)과 연각(緣覺)과 보살(菩薩)의 무리들에게 맞게 갖가지의 법(法)을 방편으로 설(說)하였지만, 그것이 모두 부처의 한없이 높고 깊은 지견(智見)을 열어 보이고 깨달음으로 들어오게 하기 위한 방편이었을 뿐, 시방불토(十方佛土)에는 오직 일불승(一佛乘)의 법만이 있음을 밝힌 것이다. 석가모니 부처는 이러한 가르침을 통하여 부처가 되는 길이 누구에게나 열려 있음을 설법하였는데, 이것을 '삼승방편 일승진실(三乘方便 一乘眞實)'이라고 한다.

釋譜詳節(석보상절) 第十三(제십삼)

[第一卷 第一 序品(서품)] 부처가 王舍城(왕사성)의 耆闍崛山(기사굴산)
中(중)에 계시어【이부터 法華經(법화경)을 이르시는 靈山會(영산회)이다.】, 큰 比
丘(비구) 衆(중) 一萬二千(일만이천)의 사람과 한데 있으시더니【이때가 부처
의 나이가 일흔하나이시더니, 穆王(목왕)의 마흔다섯째의 해 甲子(갑자)이다.】, (그들
은) 다 阿羅漢(아라한)이다. (큰 비구들은) 諸漏(제루)가 이미 다해【漏(누)가 세
가지이니, 欲漏(욕루)는 欲界(욕계)에 있는 一切(일체)의 煩惱(번뇌)요, 有漏(유루)는

釋_셕譜_봉詳_썅節_졇　第_똉十_씹三_삼

부톄¹⁾ 王_왕舍_샹城_쎵 ²⁾ 耆_끵闍_썅堀_콿山_산 ³⁾ 中_듕에 겨샤⁴⁾ 【이브터⁵⁾ 法_법華_행經_경

니르시논 靈_령山_산會_횅라⁶⁾ 】 굴근⁷⁾ 比_삥丘_쿻 ⁸⁾ 衆_즁 ⁹⁾ 一_힗萬_먼二_싱千_천 사름과

흔듸¹⁰⁾ 잇더시니¹¹⁾ 【 이 쯰¹²⁾ 부텻 나히¹³⁾ 닐흔 ᄒ나히러시니¹⁴⁾ 穆_목王_왕 마순 다

숫찻¹⁵⁾ ᄒᆡ 甲_갑子_즁ㅣ라 】 다 阿_항羅_랑漢_한이라¹⁶⁾ 諸_졍漏_룳 ¹⁷⁾ㅣ ᄒ마 다아¹⁸⁾

【漏_룳ㅣ 세 가지니 欲_욕漏_룳는 欲_욕界_갱옛¹⁹⁾ 一_힗切_쳉 煩_뻔惱_놓ㅣ오 有_읗漏_룳는

---

1) 부톄: 부텨(부처, 佛) + -ㅣ(←-이: 주조)

2) 王舍城: 왕사성(Rajagriha). 석가모니가 살던 시대의 강국인 마가다의 수도이다.

3) 耆闍堀山: 기사굴산(Grdhrakuta). 왕사성의 동북에 있는 산의 이름이다.

4) 겨샤: 겨샤(←겨시다: 계시다, 住)- + -Ø(←-아: 연어)

5) 이브터: 이(이, 이곳, 여기, 此: 지대, 정칭) + -브터(-부터: 보조사, 비롯함)

6) 靈山會라: 靈山會(영산회) + -Ø(←-이-: 서조)- + -Ø(현시)- + -라(←-다: 평종) ※ '靈山會 (영산회)'는 석가모니 부처가 영축산에서 법화경을 설법하던 때에 있었던 모임의 이름이다.

7) 굴근: 굵(굵다, 크다, 大)- + -Ø(현시)- + -은(관조)

8) 比丘: 비구. 출가하여 구족계(具足戒)를 받은 남자 승려이다.

9) 衆: 중. 많이 모인 승려나 비구, 비구니, 우바새, 우바니를 통틀어 이르는 말이다(= 大衆, 대중)

10) 흔듸: [한데, 同處(부사): 흔(한, 一: 관사, 양수) + 듸(데, 곳, 處: 의명)]

11) 잇더시니: 잇(←이시다: 있다, 在)- + -더(회상)- + -시(주높)- + -니(연어, 설명 계속)

12) 쯰: ᄢ(←쁴: 때, 時) + -이(주조)

13) 나히: 나ᄒ(나이, 齡) + -이(주조)

14) ᄒ나히러시니: ᄒ나ᄒ(하나, 一: 수사, 양수) + -이(서조)- + -러(←-더-: 회상)- + -시(주높)- + -니(연어, 설명 계속)

15) 다숫찻: 다숫찻[다섯째, 第五(수사, 서수): 다숫(다섯, 五: 수사, 양수) + -차(-째: 접미, 서수)] + -ㅅ(-의: 관조)

16) 阿羅漢이라: 阿羅漢(아라한) + -이(서조)- + -Ø(현시)- + -라(←-아: 연어) ※ '阿羅漢(아라한)' 은 소승 불교의 수행자 가운데서 가장 높은 경지에 오른 이이다. 온갖 번뇌를 끊고, 사제(四諦) 의 이치를 바로 깨달아 세상 사람들의 존경을 받을 만한 공덕을 갖춘 성자이다.

17) 諸漏: 제루. 몸과 마음을 미혹하게 하는 여러 가지의 번뇌(煩惱)이다.

18) 다아: 다(←다ᄋ다: 다하다, 盡)- + -아(연어)

19) 欲界옛: 欲界(욕계) + -예(←-에: 부조, 위치) + -ㅅ(-의: 관조) ※ '欲界(욕계)'는 유정(有情)이 사는 세계로서, '지옥·악귀·축생·아수라·인간·육욕천'을 함께 이르는 말이다.

色界(색계)·無色界(무색계)에 있는 一切(일체)의 煩惱(번뇌)요, 無明漏(무명루)는 三界(삼계)에 있는 無明(무명)이다. 】 다시 煩惱(번뇌)가 없어져서 己利(기리)를 得(득)하여【 己利(기리)는 제 몸이 좋은 것이니, 智慧(지혜)를 알아 疑心(의심)을 끊는 것이다. 】, 모든 結(결)이 다하여 없어져서 마음이 自得(자득)한 이(者)이더니, 그 이름이 阿若憍陳如(아야교진여)와 摩訶迦葉(마하가섭)과 優樓頻羅迦葉(우루빈라가섭)과 伽耶迦葉(가야가섭)과

色_식界_갱²⁰⁾ 無_뭉色_식界_갱²¹⁾옛 一_힗切_촁 煩_뻔惱_놀ㅣ오 無_뭉明_명漏_륳는 三_삼界_갱옛²²⁾ 無_뭉明_명이라²³⁾ 】 ᄂᆞ외야²⁴⁾ 煩_뻔惱_놀ㅣ 업서²⁵⁾ 己_긩利_링²⁶⁾를 得_득ᄒᆞ야【己_긩利_링ᄂᆞᆫ 제²⁷⁾ 모미 됴ᄒᆞᆯ²⁸⁾ 씨니²⁹⁾ 智_딩慧_휑를 아라 疑_읭心_심을 그칠 씨라³⁰⁾ 】 믈읫³¹⁾ 結_겷³²⁾이 다아 업서 ᄆᆞᅀᆞ미³³⁾ 自_쭹得_득ᄒᆞ니러니³⁴⁾ 그 일후미³⁵⁾ 阿_{ᄒᆡᆼ}若_{ᅀᅣᆨ}憍_{교ᇢ}陳_띤如_{ᅀᅥᆼ}³⁶⁾와 摩_망訶_항迦_강葉_셥³⁷⁾과 優_{ᅙᅮᇢ}樓_륳頻_뻔羅_랑迦_강葉_셥³⁸⁾과 伽_강耶_양迦_강葉_셥과

---

20) 色界: 색계. 욕계에서 벗어난 깨끗한 물질의 세계를 이른다.

21) 無色界: 무색계. 육체와 물질의 속박을 벗어난 정신적인 사유(思惟)의 세계를 이른다.

22) 三界: 중생이 생사 왕래하는 세 가지 세계로서, 욕계(欲界), 색계(色界), 무색계(無色界)이다.

23) 無明: 무명. 십이 연기(十二緣起)의 하나이다. 잘못된 의견이나 집착 때문에 진리를 깨닫지 못하는 마음의 상태를 이른다. 모든 번뇌의 근원이 된다.

24) ᄂᆞ외야: [다시, 復(부사): ᄂᆞ외(거듭하다, 復: 동사)- + -야(← -아: 연어 ▷ 부접)]

25) 업서: 없(없어지다, 無: 동사)- + -어(연어)

26) 己利: 기리. 제 몸이 좋은 것이나 지혜를 알아서 의심을 그치게 하는 것이다.

27) 제: 저(저, 자기, 己: 인대, 재귀칭) + -ㅣ(← -의: 관조)

28) 됴ᄒᆞᆯ: 됴ᄒᆞ(좋다)- + -ㄹ(관전)

29) 씨니: 씨(← ᄉᆞ: 것, 者, 의명) + -이(서조)- + -니(연어, 설명 계속)

30) 그칠 씨라: 그치[끊다, 斷: 긏(그치다, 끝나다, 終: 자동)- + -이(사접)-]- + -ㄹ(관전) # 씨(← ᄉᆞ: 것, 者, 의명) + -이(서조)- + -∅(현시)- + -라(← -다: 평종)

31) 믈읫: 온갖, 諸(관사)

32) 結: 결. 몸과 마음을 결박하여 자유를 얻지 못하게 하는 번뇌(煩惱)이다.

33) ᄆᆞᅀᆞ미: ᄆᆞᅀᆞᆷ(마음, 心) + -이(주조)

34) 自得ᄒᆞ니러니: 自得ᄒᆞ[자득하다: 自得(자득: 명사) + -ᄒᆞ(동접)-]- + -∅(과시)- + -ㄴ(관전) # 이(이, 者: 의명) + -∅(← -이-: 서조)- + -러(← -더-: 회상)- + -니(연어, 설명 계속) ※ '自得(자득)'은 스스로 깨달아 얻는 것이다.

35) 일후미: 일훔(이름, 名) + -이(주조)

36) 阿若憍陳如: 아야교진여(ājñāta-kauṇḍinya). 오비구(五比丘)의 하나이다. 우루벨라(uruvelā)에서 싯다르타와 함께 고행하다가 그곳을 떠나 녹야원(鹿野苑)에서 고행하고 있었는데, 깨달음을 성취한 석가가 그곳을 찾아가 설한 사제(四諦)의 가르침을 듣고 최초의 제자가 되었다.

37) 摩訶迦葉: 마하가섭(kāśyapa). 십대제자(十大弟子)의 하나이다. 마가다국(magadha國) 출신으로, 엄격하게 수행하여 두타제일(頭陀第一)이라 일컫는다. 석가가 입멸한 직후, 왕사성(王舍城) 밖의 칠엽굴(七葉窟)에서 행한 제1차 결집(結集) 때, 의장이 되어 그 모임을 주도하였다.

38) 優樓頻羅迦葉: 우루빈라가섭(Uruvilvakāśyapa). 석가의 제자인 삼가섭(三迦葉)의 하나이다. 우루빈라가섭은 삼형제 가운데 맏형이다. 우루빈라가섭은 불을 숭상하는 사화외도(事火外道)였으나, 부처님이 가야성에 가서 교화함을 만나 제자를 거느리고 불법에 귀의하게 되었다 한다.

那낭提몡迦강葉·섭·과【伽꺙耶양迦강葉·섭·과 那낭提명迦강葉·섭·은 優ᅙᅮᇢ樓룰頻삔羅랑迦강葉·섭·의 아ᅀᆞ·이·라】舍샹利링弗·붕·와 大·땡目·목揵껀連련·과 摩망訶항迦강栴전延연·과 阿항㝹눙樓룰馱·뚱·와【阿항㝹눙樓룰馱뚱ᄂᆞᆫ 阿항那낭律·륧·이·니 阿항㝹눙樓룰頭뚱ㅣ·라·도 ᄒᆞᄂᆞ·니·라】劫·겁賓빈那낭·와 憍굠梵뻠波방提똉·와 離링婆빵多당·와 畢·빓陵릉伽꺙婆빵蹉창·와 薄·빡拘궁羅랑·와 摩망

那提迦葉(나제가섭)과【伽耶迦葉(가야가섭)과 那提迦葉(나제가섭)은 優樓頻羅迦葉(우루빈라가섭)의 동생이다. 】舍利弗(사리불)과 大目揵連(대목건련)과 摩訶迦栴延(마하가전연)과 阿㝹樓馱(아누루타)와【阿㝹樓馱(아누루타)는 阿那律(아나율)이니 阿㝹樓頭(아누루두)이라고도 하느니라. 】劫賓那(겁빈나)와 憍梵波提(교범바제)와 離婆多(이바다)와 畢陵伽婆蹉(필릉가바차)와 薄拘羅(박구라)와

那_낭提_똉迦_강葉_섭과【伽_깡耶_양迦_강葉_섭과 那_낭提_똉迦_강葉_섭과는³⁹⁾ 優_훌樓_룡頻_삔羅_랑迦_강葉_섭의 앗이라⁴⁰⁾】 舍_샹利_링弗_붏⁴¹⁾와 大_똉目_목揵_껀連_련⁴²⁾과 摩_망訶_항迦_강栴_젼延_연⁴³⁾과 阿_항㝹_늫樓_룡馱_땅⁴⁴⁾와【阿_항㝹_늫樓_룡馱_땅는 阿_항那_낭律_륧이니 阿_항㝹_늫樓_룡頭_뚷ㅣ라도⁴⁵⁾ ᄒᆞᄂᆞ니라⁴⁶⁾】 劫_겁賓_빈那_낭⁴⁷⁾와 憍_굘梵_뻠波_방提_똉⁴⁸⁾와 離_링婆_뻥多_당⁴⁹⁾와 畢_빓陵_릉伽_깡婆_뻥蹉_창⁵⁰⁾와 薄_뻭拘_궁羅_랑⁵¹⁾와

---

39) 那提迦葉과는: 那提迦葉(나제가섭) + -과(접조) + -는(보조사, 주제)

40) 앗이라: 앗(← 아ᅀᆞ: 아우, 弟) + -이(서조)- + -Ø(현시)- + -라(← -다: 평종)

41) 舍利弗: 사리불(śāriputra). 석가모니의 십대제자(十大弟子)의 하나이다. 마가다국의 바라문 출신으로, 지혜가 뛰어나 지혜 제일(智慧第一)이라 일컫는다. 원래 목건련(目揵連)과 함께 육사외도(六師外道)의 한 사람인 산자야(sañjaya)의 수제자였으나 붓다의 제자인 아설시(阿說示)로부터 그의 가르침을 전해 듣고, 250명의 동료들과 함께 석가모니 부처의 제자가 되었다.

42) 大目揵連: 대목건련(Maudgalyayana). 석가모니의 십대 제자 가운데 한 사람이다. 마가다국의 브라만 출신으로, 부처의 교화를 펼치고 신통(神通) 제일의 성예(聲譽)를 얻었다.

43) 摩訶迦栴延: 마하가전연(Mahākauṣṭhila). 서인도 아반티국의 수도 웃제니에서 태어났다. 왕명으로 석가모니 부처를 초청하러 갔다가 출가한 뒤 왕과 많은 사람들을 불교에 귀의시켰다. 부처의 말을 논리 정연하게 해설하여 논의 제일(論議第一)이라는 말을 들었다. 인도 전역을 돌아다니며 중생 교화에 힘쓴 포교사이기도 하다.

44) 阿㝹樓馱: 아누루타(Aniruddha, 阿那律, 아나율). 석가모니의 10대제자 중 한 사람으로 육안(肉眼)을 못쓰는 대신 천안(天眼)이 열려 천안 제일(天眼第一)이라고 불렸다. 석가가 경전을 결집할 때에 참석하여 일익을 담당하기도 했다.

45) 阿㝹樓頭ㅣ라도: 阿㝹樓頭(아누루두, Aniruddha) + -ㅣ(← -이-: 서조) + -Ø(현시)- + -라(← -다: 평종) + -도(보조사, 첨가) ※ '阿㝹樓頭(아누루두)'는 아나율(阿那律)이라고도 한다. 부지런히 정진하다가 실명한 후에 천안(天眼)을 얻어서 천안제일(天眼第一)의 성예를 얻었다.

46) ᄒᆞᄂᆞ니라: ᄒᆞ(하다, 謂)- + -ᄂᆞ(현시)- + -니(원칙)- + -라(← -다: 평종)

47) 劫賓那: 가빈나(Kapphina). 석가모니의 제자이다. 인도(印度)에 있는 교살라(憍薩羅) 나라의 사람으로서, 천문역수(天文曆數)에 능통하여 부처의 제자 중에서 지성수 제일(知星宿第一)이라고 불리었다.

48) 憍梵波提: 교범파제(Gavāmpati). 석가모니 부처의 제자이다. 율법 해석의 최고 권위자였다.

49) 離婆多: 이바다(Revata). 석가모니의 큰 열 제자 가운데 한 사람이다. 지율(持律)에 제일이었다.

50) 畢陵伽婆蹉: 필릉가바차(Pilindavatsa). 석가모니의 저명한 제자였으며 비록 불교에 귀의하였으나, 오만하게 남을 깔보는 나쁜 습관은 버리기 어려웠다.

51) 薄拘羅: 박구라(Bakula). 석가모니의 제자이다. 그는 얼굴과 몸매가 매우 단정하였고, 한 번도 병으로 앓은 일이 없었다고 하며, 항상 여러 사람을 피하여 한적한 곳에서 수양하기를 좋아하였다 함. 그리고 그는 1백 60세를 살아 제자 가운데 장수 제일(長壽第一)이라 한다.

·망訶항拘궁絺팅羅랑·와 難난陁땅·와 孫손陁땅羅랑難난陁땅·와 富·붕樓룽那낭彌밍多당羅랑尼닝子·ᄌᆞᆼ·와 須슝菩뽕提똉·와 阿항難난·과 羅랑睺ᅘᅮᇢ羅랑·와 이러ᄐᆞᆺᄒᆞᆫ 모다 아ᄂᆞᆫ 大·땡阿항羅랑漢·한·들이·며【大·땡迦강葉·셥·은 頭뜡陁땅第·똉一·ᅙᅵᇙ·이·오 舍·샹利·링弗·붏·은 智·딩慧·ᅘᅰᆼ第·똉一·ᅙᅵᇙ·이·오 目·목揵껀連련·은 神씬通통第·똉一·ᅙᅵᇙ·이·오 迦강栴젼延연·은 論론議·ᅙᅴᆼ第·똉一·ᅙᅵᇙ·이·오 阿항那낭律·륧·은 天텬眼ᅌᅡᆫ第·똉一·ᅙᅵᇙ·이·오

摩訶拘絺羅(마하구치라)와 難陁(난타)와 孫陁羅難陁(손타라난타)와 富樓那彌
多羅尼子(부루나미다라니자)와 須菩提(수보리)와 阿難(아난)과 羅睺羅(나후라)와
이렇듯 한 모두 아는 大阿羅漢(대아라한)들이며【大迦葉(대가섭)은 頭陁(두타)
第一(제일)이요, 舍利弗(사리불)은 智慧(지혜) 第一(제일)이요, 目揵連(목건련)은 神通(신
통) 第一(제일)이요, 迦栴延(가정연)은 論議(논의) 第一(제일)이요, 阿那律(아나율)은 天
眼(천안)

摩망訶항拘궁絺팅羅랑[52]와 難난陁땅[53]와 孫손陁땅羅랑難난陁땅[54]와 富붕樓ᄅᆖᇢ那낭彌밍多당羅랑尼닝子ᄌᆞᆼ[55]와 須슝菩뽕提똉[56]와 阿항難난[57]과 羅랑睺ᅘᅮᇢ羅랑[58]와 이러틋[59] ᄒᆞᆫ 모다[60] 아논[61] 大땡阿항羅랑漢한ᄃᆞᆯ히며[62]【大땡迦강葉셥은 頭뚜ᇢ陁땅[63] 第똉一힗이오 舍샹利링弗붏은 智딩慧ᅘᅰᆼ 第똉一힗이오 目목揵껀連련은 神씬通통 第똉一힗이오 迦강栴젼延연은 論론議읭[64] 第똉一힗이오 阿항那낭律륧은 天텬眼안[65]

---

52) 摩訶拘絺羅: 마하구치라. 석가모니의 십대 제자의 한 사람인 사리불(舍利弗)의 외삼촌이다. 뒤에 부처에게 귀의하였는데, 변재(辯才)가 있어 석존의 제자 가운데 문답(問答) 제일이라 하였다.

53) 難陁: 난타. 석가모니의 제자이다. 본래 소를 먹이던 사람이었으므로 목우난타(牧牛難陀)라 한다.

54) 孫陁羅難陁: 손타라난타(Sundarananda). 석가모니의 이복(異腹) 아우이다. 손타라(孫陁羅)에게 장가 들었기 때문에 '손타라 난타(孫陁羅難陁)'라고도 한다.

55) 富樓那彌多羅尼子: 부루나미다라니자. 석가모니의 십대 제자(十大弟子)의 한 사람이다. 인도(印度) 교살라국(憍薩羅國)의 사람이다. 부처님이 성도하여 녹야원(鹿野苑)에서 설법하심을 듣고 부처님께 귀의하였다. 변재(辯才)가 있어 석존의 제자 가운데 설법(說法) 제일이라 하였다.

56) 須菩提: 수보리(Subhūti). 석가모니의 십대 제자 중 한 사람이며 십육 나한(十六羅漢)의 한 사람이다. 사위성(舍衛城)의 장자(長者). 어려서는 성질이 사나웠으나 출가(出家)해서는 늘 선업(善業)을 행했다. 온갖 법이 공(空)하다는 이치를 처음 깨달았으며, 석가의 명을 받아 반야(般若)의 공(空)의 이치를 잘 설교하여 해공제일(解空第一)로 불린다.

57) 阿難: 아난(ānanda). 석가모니의 십대제자(十大弟子)의 하나이다. 석가모니의 사촌 동생으로 붓다의 나이 50여 세에 시자(侍者)로 추천되어 석가모니가 입멸할 때까지 보좌하면서 가장 많은 설법을 들어서 다문제일(多聞第一)이라 일컬었다. 석가모니가 입멸한 직후, 왕사성(王舍城) 밖의 칠엽굴(七葉窟)에서 행한 제1차 결집(結集) 때에 경장(經藏)을 주도하였다.

58) 羅睺羅: 나후라(rāhula). 석가모니의 십대제자(十大弟子)의 하나이며, 석가모니의 아들이다. 붓다가 깨달음을 성취한 후 고향에 왔을 때 출가하였으며, 지켜야 할 것은 스스로 잘 지켜 밀행제일(密行第一)이라 일컬었다.

59) 이러틋: 이러ᄒᆞ[←이러ᄒᆞ다(이러하다, 如此): 이러(불어)-+-ᄒᆞ(형접)-]-+-듯(연어, 흡사)

60) 모다: [모두, 衆(부사): 몯(모이다, 集: 동사)-+-아(연어▷부접)]

61) 아논: 아(←알다: 알다, 知)-+-ㄴ(←-ᄂᆞ-: 현시)-+-오(대상)-+-ㄴ(관전)

62) 大阿羅漢ᄃᆞᆯ히며: 大阿羅漢ᄃᆞᆯᇂ[대아라한들: 大阿羅漢(대아라한)+-ᄃᆞᆯᇂ(-들: 복접)]+-이며(접조) ※ '大阿羅漢(대아라한)'은 아라한 가운데에서 나이가 많고 덕이 높은 사람이다.

63) 頭陀: 두타. 산과 들로 다니면서 온갖 괴로움을 무릅쓰고 불도를 닦는 일이다.

64) 論議: 논의. 어떤 문제에 대하여 서로 의견을 내어 토의하는 것이다.

65) 天眼: 천안. 육안으로 볼 수 없는 것을 환히 보는 신통한 마음의 눈이다.

> ·안 說·쎪法·법 第·뗑一·힗이·오 富붕樓룽那낭ᄂᆞᆫ 說·쎪法·법 第·뗑一·힗이·오 須슝菩뽕提뗑ᄂᆞᆫ 解·갱空콩 第·뗑一·힗이·오 阿항難난ᄋᆞᆫ 多당聞문 第·뗑一·힗이·오 離링婆빵多당ᄂᆞᆫ 持띵律·륧 第·뗑一·힗이·오 羅랑睺훃羅랑ᄂᆞᆫ 密·밇行·혱 第·뗑一·힗이·니 이 十·씹大·땡 弟·똉子·ᄌᆞᆼㅣ라 解·갱空콩ᄋᆞᆫ 空콩·ᄋᆞᆯ 알·씨오 持띵律·륧·ᄋᆞᆫ 律·륧 디닐·씨오 密·밇行·혱·ᄋᆞᆫ 秘·빙密·밇ᄒᆞᆫ ·녀·기라 ᄯᅩ 學·ᄒᆞᆨ無뭉學·ᄒᆞᆨ 二·ᅀᅵᆼ千천 사ᄅᆞᆷ과 學·ᄒᆞᆨ·ᄋᆞᆫ 비·호ᇙ·씨오 無뭉學·ᄒᆞᆨ·ᄋᆞᆫ ·다 아라 ·비·호ᇙ ·이리 :업·슬·씨니 學·ᄒᆞᆨ無뭉學·ᄒᆞᆨ·ᄋᆞᆫ 當당時씽·로 :몯·다 아라 無뭉學·ᄒᆞᆨ·ᄋᆡ·게 :비호·ᇙ 사ᄅᆞᆷ·이라 摩망訶항波방闍썅波방提뗑

第一(제일)이요, 富樓那(부루나)는 說法(설법) 第一(제일)이요, 須菩提(수보리)는 解空(해 공) 第一(제일)이요, 阿難(아난)은 多聞(다문) 第一(제일)이요, 離婆多(이바라)는 持律(지 율) 第一(제일)이요, 羅睺羅(나후라)는 密行(밀행) 第一(제일)이니, 이들이 十大(십대) 弟 子(제자)이다. 解空(해공)은 空(공)을 하는 것이요, 持律(지율)은 律(율)을 지니는 것이요, 密行(밀행)은 秘密(비밀)한 행적(행적)이다. 】, 또 學無學(학무학) 二千(이천) 사람 과 【學(학)은 배우는 것이다. 無學(무학)은 다 알아 더 배울 일이 없는 것이니, 學無學 (학무학)은 當時(당시)로 못다 알아서 無學(무학)에게 배우는 사람이다. 】 摩訶波闍波 提(마하파사파제)

第똉一ᅙᅵᇙ이오 富뿡樓륳那낭ᄂᆞᆫ 說쉂法법 第똉一ᅙᅵᇙ이오 須슝菩뽕提똉ᄂᆞᆫ 解ᅘᅢᆼ空콩[66] 第똉一ᅙᅵᇙ이오 阿ᅙᅡᆼ難난ᄋᆞᆫ 多당聞문[67] 第똉一ᅙᅵᇙ이오 離링婆빵多당ᄂᆞᆫ 持띵律륯[68] 第똉一ᅙᅵᇙ이오 羅랑睺훃羅랑ᄂᆞᆫ 密밀行ᅘᅢᆼ[69] 第똉一ᅙᅵᇙ이니 이[70] 十씹大똉 弟똉子ᄌᆞ丨라 解ᅘᅢᆼ空콩ᄋᆞᆫ 空콩[71]ᄋᆞᆯ 알 씨오[72] 持띵律륯ᄋᆞᆫ 律륯을 디닐[73] 씨오 密밀行ᅘᅢᆼᄋᆞᆫ 秘빙密밀ᄒᆞᆫ 힝뎌기라[74]】 ᄯᅩ[75] 學ᅘᅡᆨ無뭉學ᅘᅡᆨ[76] 二ᅀᅵᆼ千쳔 사름과【學ᅘᅡᆨᄋᆞᆫ 비홀[77] 씨라 無뭉學ᅘᅡᆨᄋᆞᆫ 다[78] 아라 더 비홀 이리 업슬 씨니 學ᅘᅡᆨ無뭉學ᅘᅡᆨᄋᆞᆫ 當당時씽로 몯다[79] 아라 無뭉學ᅘᅡᆨ 손ᄃᆡ[80] 비호ᄂᆞᆫ 사ᄅᆞ미라】 摩망訶항波방闍썅波방提똉[81]

---

66) 解空: 해공. 만유(萬有) 제법(諸法)이 공(空)하다는 이치를 깨닫는 것이다.

67) 多聞: 다문. 보고 들은 것이 많은 것이나 법문을 외워 지닌 것이 많은 것이다.

68) 持律: 지율. 계율을 굳게 지키는 것이다.

69) 密行: 밀행. 비밀히 다니거나 비밀스럽게 행동하는 것이다.

70) 이: 이(이것, 此: 지대, 정칭) + -∅(←-이: 주조)

71) 空: 공(Śunya). 불교의 근본 교리 중의 하나로서, 인간을 포함한 일체 만물에 고정 불변하는 실체가 없다는 사상이다. 불교 이전부터 널리 사용되어 온 말로서 인도의 수학에서는 영(零)으로 사용되었고, 힌두교에서는 브라만(梵)과 니르바나(涅槃)의 상징으로 사용되기도 하였다.

72) 씨오: 씨(←ᄉᆞ: 것, 者, 의명) + -이(서조)- + -오(←-고: 연어, 나열)

73) 디닐: 디니(지니다, 持)- + -ㄹ(관전)

74) 힝뎌기라: 힝뎍(행적, 行蹟) + -이(서조)- + -∅(현시)- + -라(←-다: 평종)

75) ᄯᅩ: 또, 又(부사)

76) 學無學: 학무학. 그 당시로서는 다 알지 못하여 무학(無學)에게서 배우는 것이나, 또는 배우는 사람이다. 학(學)은 배우는 것이고, 무학(無學)은 다 알아서 더 배울 것이 없는 것이다.

77) 비홀: 비호[배우다, 學: 빛(버릇이 되다, 習: 자동)- + -오(사접)-]- + -ㄹ(관전)

78) 다: [다, 悉(부사): 다(← 다ᄋᆞ다: 다하다, 盡)- + -아(연어▷부접)]

79) 몯다: [못다, 다하지 못하여(부사): 몯(못, 不能: 부사, 부정) + 다(다, 悉: 부사)]

80) 無學 손ᄃᆡ: 無學(무학) # 손ᄃᆡ(거기에 : 의명) ※ '無學 손ᄃᆡ'은 '無學(의) 거기에'라는 뜻인데, '無學에게'로 의역하여 옮긴다.

81) 摩訶波闍波提: 마하파사파제(mahāprajāpatī). 대애도(大愛道)라고 번역한다. 싯다르타의 어머니인 마야(māyā)의 여동생이다. 마야가 싯다르타를 낳은 지 7일 만에 세상을 떠나자 그를 양육하였다. 정반왕(淨飯王)과 결혼하여 난타(難陀)를 낳았고, 정반왕이 세상을 떠나자 싯다르타의 아내인 야쇼다라와 함께 출가하여 비구니가 되었다.

提똉比삥丘쿻尼닝眷권屬쑉六륙千쳔 사룸 드려와 겨시며【摩망訶항波방闍쌍波방提똉는 大땡愛힝道똠ㅣ라 ㅎ논 마리라】 羅랑睺눈羅랑ㅅ 어마ㅣ님 耶양輸슝陁땡羅랑 比삥丘쿻尼닝 쏘 眷권屬쑉 드려와 겨시며 菩뽕薩삻摩망訶항薩삻 八밣萬먼 사루미【摩망訶항는 클 씨니 菩뽕薩삻摩망訶항薩삻은 菩뽕薩삻ㅅ 中듕에 큰 菩뽕薩삻이시니라】 다 阿항耨눃多당羅랑三삼藐막

比丘尼(비구니)가 眷屬(권속) 六千(육천) 사람을 데려와 계시며【摩訶波闍波提(마하파사파제는) 大愛道(대애도)라고 하는 말이다.】, 羅睺羅(나후라)의 어머님인 耶輸陁羅(야수다라) 比丘尼(비구니)가 또 眷屬(권속)을 데려와 계시며, 菩薩摩訶薩(보살마하살) 八萬(팔만) 사람이【摩訶(마하)는 큰 것이니, 菩薩摩訶薩(보살마하살)은 菩薩(보살)의 中(중)에 큰 菩薩(보살)이시니라.】 다 阿耨多羅三藐三菩提(아뇩다라삼먁삼보리심)에

比_뼁丘_쿨尼_닝⁸²⁾ 眷_권屬_쑉⁸³⁾ 六_륙千_천 사룸 드려와⁸⁴⁾ 겨시며⁸⁵⁾ 【摩_망訶_항波_방闍_쌍波_방提_똉ᄂᆞᆫ 大_땡愛_{ᅙᅵᆼ}道_똏 ㅣ라 ᄒᆞ논⁸⁶⁾ 마리라 】 羅_랑睺_{ᅘᅮᆯ}羅_랑ㅣ 어마님⁸⁷⁾ 耶_양輸_슝陁_땅羅_랑⁸⁸⁾ 比_뼁丘_쿨尼_닝 ᄯᅩ 眷_권屬_쑉 드려와 겨시며 菩_뽕薩_삻⁸⁹⁾ 摩_망訶_항薩_삻⁹⁰⁾ 八_밣萬_먼 사ᄅᆞ미【摩_망訶_항ᄂᆞᆫ 클 씨니 菩_뽕薩_삻 摩_망訶_항薩_삻ᄋᆞᆫ 菩_뽕薩_삻ㅅ 中_듕에 큰 菩_뽕薩_삻이시니라⁹¹⁾ 】 다 阿_항耨_녹多_당羅_랑三_삼藐_막三_삼菩_뽕提_똉예⁹²⁾

---

82) 比丘尼: 比丘尼(비구니) + -∅(← -이: 주조) ※ '比丘尼(비구니)'는 출가하여 구족계(具足戒)를 받은 여자 승려이다.

83) 眷屬: 권속. 한 집에 거느리고 사는 식구이다.

84) 드려와: 드려오[데려오다, 與俱: 드리(데리다, 與)- + -어(연어) + 오(오다, 來)-]- + -아(연어)

85) 겨시며: 겨시(계시다: 보용, 완료 지속, 높임)- + -며(연어, 나열)

86) ᄒᆞ논: ᄒᆞ(하다, 謂)- + -ᄂᆞ(← -ᄂᆞ-: 현시)- + -오(대상)- + -ㄴ(관전)

87) 어마님: [어머님, 母親: 어마(← 어미: 어머니, 母) + -님(높접)]

88) 耶輸陁羅: 야수다라. 석가모니가 출가하기 전인 태자 시절에 취했던 아내이다. 선각왕(善覺王)의 딸이다. 정반왕(淨飯王)의 태자(太子)로 태어난 석가모니가 17세 되던 해에 결혼하여 아들인 나후라를 두었다.

89) 菩薩: 보살. 부처가 전생에서 수행하던 시절에, 수기를 받은 이후의 몸이다.

90) 摩訶薩: 마하살. 보살(菩薩)을 아름답게 이르는 말이다.

91) 菩薩이시니라: 菩薩(보살) + -이(서조)- + -시(주높)- + -∅(현시)- + -니(원칙)- + -라(← -다: 평종)

92) 阿耨多羅三藐三菩提心에: 阿耨多羅三藐三菩提心(아뇩다라삼먁삼보리심) + -예(← -에: 부조, 위치) ※ '阿耨多羅三藐三菩提心(아뇩다라삼먁삼보리심)'은 일체의 진상을 모두 아는 부처님의 무상(無上)의 승지(勝地), 곧 무상정각(無上正覺)이다. 부처님의 지혜는 가장 뛰어나고 그 위가 없으며 평등한 바른 이치를 깨닫는 것이다. ※ '阿(아)'는 '없다'이다. '耨多羅(뇩다라)'는 '위'이다. '三(삼)'은 '正(정)'이다. '藐(먁)'은 '等(등)'이다. '菩提(보리)'는 '正覺(정각)'이다.

물러나지 아니하시어, 다 陀羅尼(다라니)와 樂說辯才(요설변재)를 得(득)하시
어 물러나지 아니할 法輪(법륜)을 굴리시어【(법륜을) 굴리시는 것은 남(他)도
겸하여 어질게 하시니, 이(此)를 이른 것이 자기(당신)가 아시고 남을 알게 하시는 德(덕)
이다. 法(법)이 한 곳에 있지 아니하여 널리 퍼지어 가는 것이 수레바퀴가 구르듯 하므
로, 法輪(법륜)이라 하느니라.】, 無量(무량)한 百千(백천)의 諸佛(제불)을 供養(공
양)하여 여러 부처께 많은 德(덕)의 根源(근원)을 심으시어,

므르디[93] 아니ᄒᆞ샤[94] 다 陁땅羅랑尼닝와[95] 樂요說쉃辯변才찡[96]를 得득ᄒᆞ샤 므르디 아니ᄒᆞᇙ 法법輪륜[97]을 그우리샤[98]【그우리샤ᄆᆞᆫ ᄂᆞᆷ도 조차[99] 어딜에[1] ᄒᆞ시니 이를 닐온[2] ᄌᆞ개[3] 아ᄅᆞ시고 ᄂᆞᆷ 알외시논[4] 德득이라 法법이 ᄒᆞᆫ 고대[5] 잇디 아니ᄒᆞ야 너비[6] 펴아 가미 술위ᄢᅵ[7] 그우둣[8] ᄒᆞᆯᄊᆡ 法법輪륜이라 ᄒᆞᄂᆞ니라】無뭉量량 百ᄇᆡᆨ千쳔 諸졍佛뿛을 供공養양ᄒᆞᅀᆞ바[9] 여러 부텨ᄭᅴ[10] 한[11] 德득ㅅ 根근源원을 시므샤[12]

---

93) 므르디: 므르(물러나다, 退)-＋-디(-지: 연어, 부정)

94) 아니ᄒᆞ샤: 아니ᄒᆞ[아니하다, 不(보용, 부정): 아니(아니, 不: 부사, 부정)＋-ᄒᆞ(동접)-]-＋-샤(←-시-: 주높)-＋-Ø(←-아: 연어)

95) 陁羅尼와: 陁羅尼(다라니)＋-와(←-과: 접조) ※ '陁羅尼(다라니)'는 범문(梵文)을 번역하지 아니하고 음(音)을 그대로 외는 일이다. 이를 외는 사람은 많은 공덕을 받는다고 한다.

96) 樂說辯才: 요설변재. 교법을 설함에 자유자재한 힘이나, 또는 능란한 말로 이치를 밝히는 힘이다.

97) 法輪: 법륜. 사륜(四輪)의 하나이다. '부처의 교법'을 전륜왕의 금륜(金輪)이 산과 바위를 부수고 거침없이 나아가는 것에 비유하여 이르는 말이다.

98) 그우리샤: 그우리[굴리다, 轉: 그울(구르다, 轉: 자동)-＋-이(사접)-]-＋-샤(←-시-: 주높)-＋-Ø(←-아: 연어)

99) 조차: 좇(겸하다, 兼)-＋-아(연어)

1) 어딜에: 어딜(어질다, 仁)-＋-에(←-게: 연어, 사동)

2) 닐온: 닐(←니ᄅᆞ다: 이르다, 謂)-＋-Ø(과시)-＋-오(대상)-＋-ㄴ(관전, 명사적 용법) ※ '닐온'은 관형절이 명사절처럼 쓰인 용법으로서 '이른바'로 의역하여 옮긴다.

3) ᄌᆞ개: ᄌᆞ갸(자기, 당신, 己: 인대, 재귀칭, 높임)＋-ㅣ(←-이: 주조)

4) 알외시논: 알외[알게 하다, 알리다, 告: 알(알다, 知)-＋-오(사접)-＋-ㅣ(←-이-: 사접)-]-＋-시(주높)-＋-ㄴ(←-ᄂᆞ-: 현시)-＋-오(대상)-＋-ㄴ(관전)

5) 고대: 곧(곳, 處: 의명)＋-애(-에 ; 부조, 위치)

6) 너비: [널리, 普(부사): 넙(넓다, 廣: 형사)-＋-이(부접)]

7) 술위ᄢᅵ: 술위ᄢᅵ[수레바퀴, 車輪: 술위(수레, 車)＋ᄢᅵ(바퀴, 輪)]＋-Ø(←-이: 주조)

8) 그우둣: 그우(←그울다: 구르다, 轉)-＋-둣(-듯: 연어, 흡사)

9) 供養ᄒᆞᅀᆞ바: 供養ᄒᆞ[공양하다: 供養(공양: 명사)＋-ᄒᆞ(동접)-]-＋-ᅀᆞᆸ(←-ᅀᆞᆸ-: 객높)-＋-아(연어)

10) 부텨ᄭᅴ: 부텨(부처, 佛)＋-ᄭᅴ(-께: 부조, 상대, 높임)

11) 한: 하(많다, 衆)-＋-Ø(현시)-＋-ㄴ(관전)

12) 시므샤: 심(심다, 殖)-＋-으샤(←-으시-: 주높)-＋-Ø(←-아: 연어)

무샹녜諸졍佛뿛이일·콜·아讚잔嘆·탄호·시·며慈쭝悲빙心심·으·로·몸닷·가부텻智딩慧·휑通통達·땋·호·샤通통達·땋·온·꿰·
드·러 ·너·비·여無뭉量·량 ·
새·건·나·가·샤·일·후·미·너·비·드·러 큰 智딩慧·휑·예·잘·드·르·샤·큰 더·넉·기
량世·솅界·갱·예無뭉數·숭·혼百·뵈千천
衆·즁生·싱·올·잘濟·졩渡·똥·호·시·는·분·내
·러·시·니·그·일·후·미文문殊쓩師·숭利·링

늘 諸佛(제불)이 일컬어 讚嘆(찬탄)하시며, 慈悲心(자비심)으로 몸을 닦아 부처의 智慧(지혜)에 잘 드시어 큰 智慧(지혜)를 通達(통달)하시어【通達(통달)은 꿰뚫어서 아는 것이다. 】, 저쪽(彼岸, 피안)의 가에 건너가시어 이름이 널리 들리어, 無量(무량)한 世界(세계)에 無數(무수)한 百千(백천)의 衆生(중생)을 잘 濟渡(제도)하시는 분들이시더니, 그 이름이 文殊師利菩薩(문수사리보살)과

샹녜¹³⁾ 諸_정佛_뿛이 일ㅋ라¹⁴⁾ 讚_잔嘆_탄ㅎ시며¹⁵⁾ 慈_쭝悲_빙心_심ㅇ로¹⁶⁾ 몸 닷가¹⁷⁾ 부텻 智_딩慧_휑예 잘 드르샤¹⁸⁾ 큰 智_딩慧_휑 通_통達_딿ㅎ샤¹⁹⁾【通_통達_딿은 스ᄆ출²⁰⁾ 씨라】 뎌녁²¹⁾ ᄀᅀᅢ²²⁾ 걷나가샤²³⁾ 일후미²⁴⁾ 너비²⁵⁾ 들여²⁶⁾ 無_뭉量_량 世_솅界_갱예 無_뭉數_숭ᄒᆞᆫ 百_빅千_쳔²⁷⁾ 衆_즁生_싱을 잘 濟_졩渡_똥ㅎ시ᄂᆞᆫ²⁸⁾ 분내러시니²⁹⁾ 그 일후미 文_문殊_쓩師_{ᄉᆞᆼ}利_링菩_뽕薩_삻³⁰⁾와

---

13) 샹녜: 늘, 항상, 常(부사)

14) 일ㅋ라: 일ㅋᆯ(←일쿨다, ㄷ불: 일컫다, 칭찬하여 이르다, 稱)-+-아(연어)

15) 讚嘆ㅎ시며: 讚嘆ㅎ[찬탄하다: 讚嘆(찬탄: 명사)+-ㅎ(동접)-]-+-시(주높)-+-며(연어, 나열) ※ '讚嘆(찬탄)'은 칭찬하며 감탄하는 것이다.

16) 慈悲心ㅇ로: 慈悲心(자비심)+-ㅇ로(부조, 방편) ※ '慈悲心(자비심)'은 중생을 사랑하고 가엾게 여기는 마음이다.

17) 닷가: 닷(닦다, 修)-+-아(연어)

18) 드르샤: 들(들다, 入)-+-으샤(←-으시-: 주높)-+-Ø(←-아: 연어)

19) 通達ㅎ샤: 通達ㅎ[통달하다: 通達(통달: 명사)+-ㅎ(동접)-]-+-샤(←-으시-: 주높)-+-Ø(←-아: 연어) ※ '通達(통달)'은 사물의 이치나 지식, 기술 따위를 훤히 알거나 아주 능란하게 하는 것이다.

20) 스ᄆ출: 스ᄆᆾ(통하다, 깊이 꿰뚫어 알다, 達通)-+-을(관전)

21) 뎌녁: 녀녁[저쪽, 彼: 뎌(저, 彼: 관사, 지시, 정칭)#녁(녁, 便] ※ '뎌녁'은 '피안(彼岸)'을 뜻하는데, 피안은 사바세계 저쪽에 있는 깨달음의 세계이다.

22) ᄀᅀᅢ: ᄀᇫ(←ᄀᆾ: 가, 岸)+-애(-에: 부조, 위치)

23) 걷나가샤: 걷나가[건너가다, 到: 걷(걷다, 步)-+나(나다, 出)-+가(가다, 行)-]-+-샤(←-시-: 주높)-+-Ø(←-아: 연어)

24) 일후미: 일훔(이름, 名)+-이(주조)

25) 너비: [널리, 普(부사): 넙(넓다, 普: 형사)-+-이(부접)]

26) 들여: 들이[들리다, 聞(피동): 들(←듣다, ㄷ불: 듣다, 聞, 타동)-+-이(피접)-]-+-어(연어)

27) 百千: 백천. 일천의 백배, 곧 10만의 수를 나타낸다. 아주 많은 수를 나타낼 때에도 쓰인다.

28) 濟渡ㅎ시ᄂᆞᆫ: 濟渡ㅎ[제도하다: 濟渡(제도: 명사)+-ㅎ(동접)-]-+-시(주높)-+-ᄂᆞ(현시)-+-ㄴ(관전) ※ '濟渡(제도)'는 미혹한 세계에서 생사만을 되풀이하는 중생을 건져 내어, 생사 없는 열반의 언덕에 이르게 하는 것이다.

29) 분내러시니: 분내[분들: 분(분: 의명)+-내(복접, 높임)]-+-Ø(←-이-: 서조)-+-러(←-더-: 회상)-+-시(주높)-+-니(연어, 설명 계속)

30) 文殊師利菩薩: 문수사리보살. 문수사리(文殊師利, mañjuśrī)는 석가모니불을 왼쪽에서 보좌하는 보살로서, 부처의 지혜를 상징한다.

菩뽕薩삷 ·와 觀관世·솅音흠菩뽕薩삷 ·와 得득大·땡勢·솅菩뽕薩삷 ·와 常쌍精졍進·진菩뽕薩삷 ·와 不·붏休흫息·식菩뽕薩삷 ·와 寶·봏掌·쟝菩뽕薩삷 ·와 藥·약王왕菩뽕薩삷 ·와 勇용施싱菩뽕薩삷 ·와 寶·봏月·웛菩뽕薩삷 ·와 月·웛光광菩뽕薩삷 ·와 滿·만月·웛菩뽕薩삷 ·와 大·땡力·륵菩뽕薩삷 ·와 無뭉量·량力·륵菩뽕薩삷

觀世音菩薩(관세음보살)과 得大勢菩薩(득대세보살)과 常精進菩薩(상정진보살)과 不休息菩薩(불휴식보살)과 寶掌菩薩(보장보살)과 藥王菩薩(약왕보살)과 勇施菩薩(용시보살)과 寶月菩薩(보월보살)과 月光菩薩(월광보살)과 滿月菩薩(만월보살)과 大力菩薩(대력보살)과 無量力菩薩(무량력보살)과

觀世音菩薩³¹⁾와 得大勢菩薩³²⁾와 常精進菩薩³³⁾와 不休息菩薩³⁴⁾와 寶掌菩薩³⁵⁾와 藥王菩薩³⁶⁾와 勇施菩薩³⁷⁾와 寶月菩薩³⁸⁾와 月光菩薩³⁹⁾와 滿月菩薩⁴⁰⁾와 大力菩薩⁴¹⁾와 無量力菩薩⁴²⁾와

---

31) 觀世音菩薩: 관세음보살(Avalokiteshvara). 아미타불의 왼편에서 교화를 돕는 보살이다. 사보살의 하나이다. 세상의 소리를 들어 알 수 있는 보살이므로, 중생이 고통 가운데 열심히 이 이름을 외면 도움을 받게 된다.

32) 得大勢菩薩: 득대세보살(Mahāsthāmaprāpta). 미타삼존(彌陀三尊)의 하나로 아미타불(阿彌陀佛)의 오른쪽 보처(補處)이다. 지혜(智慧) 광명이 모든 중생(衆生)에게 비치도록 하는 보살인데, 대세지보살(大勢至菩薩)이라고도 한다.

33) 常精進菩薩: 상정진보살. 이름 그대로 끊임없이 정진하는 보살이다. '정진(精進)'이란 작은 것을 소홀히 하지 않는 마음으로 노력하는 수행 태도를 말한다. 이 보살은 용맹정진(勇猛精進)하여 중생들에게 부처의 가르침을 몸으로 전한다.

34) 不休息菩薩: 불휴식보살. 부처님이 『법화경』(法華經)을 설법(說法)하던 때에 설법을 들은 보살이다. 일승의 불공(不共)과 묘법의 휴식(休息)이 중생과 함께하는 보살이다.

35) 寶掌菩薩: 보장보살(Ratnapāṇi). 보장보살은 수행과 공덕이 뛰어나 보배가 손에서 나오는데, 이를 다 중생들에게 나누어 준다는 보살이다.

36) 藥王菩薩: 약왕보살(Bhaiṣajyarāja). 중생들의 갖가지 고남과 질병에 대하여 대의왕(大醫王)이 되어 좋은 약으로 구호하고 부처를 이룬다는 서원에 따라 중생을 제도하는 보살이다.

37) 勇施菩薩: 용시보살. 일승의 용혜(勇慧)와 묘법의 보시(布施)가 중생과 함께하는 보살이다.

38) 寶月菩薩: 보월보살(Ratnacandra). 달이 시원하여 더위를 식혀 주듯이 중생들의 고통을 없애 주는 보살이다.

39) 月光菩薩: 월광보살(Ramaprabha). 보배의 광명과 같이 밝은 지혜를 갖춘 보살이다.

40) 滿月菩薩: 만월보살(Pūrṇacandra). 보름달같이 범행(梵行)을 오래 닦아 번뇌가 다 없어지고 지혜가 밝아졌다는 보살이다.

41) 大力菩薩: 대력보살. 부처님이 『법화경』(法華經)을 설법(說法)하던 때에 설법을 들은 보살이다. 일승의 대승(大乘)과 묘법의 대력(大力)이 중생과 함께하는 보살이다.

42) 無量力菩薩: 무량력보살. 부처님이 『법화경』(法華經)을 설법(說法)하던 때에 설법을 들은 보살이다. 일승의 무량(無量)과 묘법의 대력(大力)이 중생과 함께하는 보살이다.

薩·와越·웛 三삼界·갱 菩뽕薩삻·와跋

陁땅婆빵羅랑 菩뽕薩삻·와 彌밍勒륵

薩삻 菩뽕薩삻·와 寶·봏積·젹 菩뽕薩삻·와

導·띃師송 菩뽕薩삻 摩망訶항薩삻 八·밣萬·먼 ·사르·미

薩삻 菩뽕薩삻·와 이러틋혼 菩뽕薩삻

다·와·겨시·며 그저·긔 釋·셕提똉桓뫈因

한이 眷·권屬·쑉 二·싱萬·먼 天텬子·

·려·와이시·며·쏘 名·묭月·윓天텬子·와

越三界菩薩(월삼계보살)과 跋陁婆羅菩薩(발타바라보살)과 彌勒菩薩(미륵보살)과 寶積菩薩(보적보살)과 導師菩薩(도사보살)과 이렇듯 한 菩薩(보살) 摩訶薩(마하살) 八萬(팔만) 사람이 다 와 계시며, 그때에 釋提桓因(석제환인)이 眷屬(권속) 二萬(이만) 天子(천자)를 데려와 있으며, 또 名月天子(명월천자)와

越_윓三_삼界_갱菩_뽕薩_삻와 跋_뾇陁_땅婆_뺑羅_랑菩_뽕薩_삻⁴³⁾와 彌_밍勒_륵菩_뽕薩_삻⁴⁴⁾와 寶_볼積_젹菩_뽕薩_삻⁴⁵⁾와 導_뜰師_숭菩_뽕薩_삻⁴⁶⁾와 이러틋⁴⁷⁾ 혼 菩_뽕薩_삻 摩_망訶_항薩_삻 八_밣萬_먼 사르미 다 와 겨시며⁴⁸⁾ 그 저긔⁴⁹⁾ 釋_셕提_똉桓_환因_힌⁵⁰⁾이 眷_권屬_쑉 二_싱萬_먼 天_텬子_중⁵¹⁾ 드려와⁵²⁾ 이시며⁵³⁾ 쏘 名_명月_윓天_텬子_중⁵⁴⁾와

---

43) 跋陁婆羅菩薩: 발타바라보살(Bhadrapāla). 정견(正見)을 잘 지니어 보호한다는 보살이다.

44) 彌勒菩薩: 미륵보살(Maitreya). 내세에 성불하여 사바세계에 나타나서 중생을 제도하리라는 보살이다. 사보살(四菩薩)의 하나이다. 인도 파라나국의 브라만 집안에서 태어나 석가모니의 교화를 받고, 미래에 부처가 될 수기(受記)를 받은 후 도솔천(兜率天)에 올라갔다.

45) 寶積菩薩: 보적보살(Ratnākara). 여러 겁 동안 삼매(三昧)를 닦아 법보(法寶)를 무수히 쌓아 중생을 이롭게 한다는 보살이다.

46) 導師菩薩: 도사보살(Suārthavāha). 헛된 도에 떨어진 중생에 대해서 대자비심을 일으켜서 정도(正道)에 들어가게 하는 보살이다.

47) 이러틋: 이러ᄒ[← 이러ᄒ다(이러하다, 如是): 이러(이러: 불어)- + -ᄒ(형접)-]- + -둧(연어, 흡사)

48) 겨시며: 겨시(계시다: 보용, 완료 지속, 높임)- + -며(연어, 나열)

49) 저긔: 적(적, 때, 時: 의명) + -의(-에: 부조, 위치)

50) 釋提桓因: 석제환인(Śakro devānāṃ indraḥ). 제석(帝釋)·천제석(天帝釋)이라 번역한다. 수미산 정상에 있는 도리천의 왕으로, 사천왕(四天王)과 32신(神)을 통솔하면서 불법(佛法)을 지킨다고 한다.

51) 天子: 천자. 천계(天界)에 사는 신(神)이다.

52) 드려와: 드려오[데려오다, 與俱: 드리(데리다, 與)- + -어(연어) + 오(오다, 來)-]- + -아(연어)

53) 이시며: 이시(있다: 보용, 완료 지속)- + -며(연어, 나열)

54) 名月天子: 명월천자. 인도 고대신화에 나오는 달(月)의 신(神)인 찬드라(Candra)를 불교에서 부르는 이름이다.

【 名月天子(명월천자)는 달이다. 】 普香天子(보향천자)와【 普香天子(보향천자)는 별이다. 】 寶光天子(보광천자)와【 寶光天子(보광천자)는 해이다. 】 四大天王(사대천왕)이【 四大天王(사대천왕)은 持國天王(지국천왕)·增長天王(증장천왕)·廣目天王(광목천왕)·多聞天王(다문천왕)이다. 】 眷屬(권속) 一萬(일만) 天子(천자)를 데려와 있으며, 自在天子(자재천자)와【 自在天子(자재천자)는 化樂天(화락천)에 으뜸이니라. 】大自在天子(대자재천자)가【 大自在天子(대자재천자)는

【名명月웛天텬子ᄌᆞᄂᆞᆫ ᄃᆞ리라⁵⁵⁾】 普퐁香향天텬子ᄌᆞ와【普퐁香향天텬子ᄌᆞᄂᆞᆫ 벼리라⁵⁶⁾】 寶볼光광天텬子ᄌᆞ와【寶볼光광天텬子ᄌᆞᄂᆞᆫ 히라⁵⁷⁾】 四ᄉᆞ大땡天텬王왕⁵⁸⁾이【四ᄉᆞ大땡天텬王왕ᄋᆞᆫ 持띵國귁天텬王왕⁵⁹⁾ 增즁長댱天텬王왕⁶⁰⁾ 廣광目목天텬王왕⁶¹⁾ 多당聞문天텬王왕⁶²⁾이라】 眷권屬쑉 一ᇙ萬먼 天텬子ᄌᆞ ᄃᆞ려와 이시며 自쫑在찡天텬子ᄌᆞ⁶³⁾와【自쫑在찡天텬子ᄌᆞᄂᆞᆫ 化황樂락天텬⁶⁴⁾에 위두ᄒᆞ니라⁶⁵⁾】 大땡自쫑在찡天텬子ᄌᆞㅣ【大땡自쫑在찡天텬子ᄌᆞᄂᆞᆫ

---

55) ᄃᆞ리라: ᄃᆞᆯ(달, 月) + -이(서조)- + -Ø(현시)- + -라(←-다: 평종)

56) 벼리라: 별(별, 星) + -이(서조)- + -Ø(현시)- + -라(←-다: 평종)

57) 히라: 히(해, 日) + -Ø(←-이- : 서조)- + -Ø(현시)- + -라(←-다: 평종)

58) 四大天王: 사대천왕. 세계의 중심에 위치하고 있다고 생각되는 수미산(須彌山)의 중턱에 있는 사왕천(四王天)의 주신(主神)인 네 명의 외호신(外護神)으로서, 욕계육천(欲界六天)의 최하위를 차지한다. 수미산 정상의 중앙부에 있는 제석천(帝釋天)을 섬기며, 불법(佛法)뿐 아니라, 불법에 귀의하는 사람들을 수호하는 호법신이다. 동쪽의 지국천왕(持國天王), 서쪽의 광목천왕(廣目天王), 남쪽의 증장천왕(增長天王), 북쪽의 다문천왕(多聞天王, 毘沙門天王)을 말한다.

59) 持國天王: 지국천왕. 지국천(持國天)을 다스리며, 동쪽 세계를 지킨다. 붉은 몸에 천의(天衣)로 장식하고, 왼손에는 칼을 들고 오른손에는 대체로 보주(寶珠)를 들고 있다. 절의 입구 사천왕문에 입상이 있다.

60) 增長天王: 증장천왕. 증장천(增長天)을 다스리며, 자기와 남의 선근(善根)을 늘어나게 한다. 몸의 색깔은 붉고 왼손은 주먹을 쥐고 허리에 대고 있으며, 오른손으로는 칼 또는 미늘창을 잡고 있다. 절의 사천왕문에 입상(立像)이 있다.

61) 廣目天王: 광목천왕. 광목천(廣目天)을 다스리며, 용신(龍神)·비사사신(毘舍闍神)을 거느리고 서쪽 세계를 지킨다. 입을 벌리고 눈을 부릅떠 위엄으로써 나쁜 것들을 물리친다.

62) 多聞天王: 다문천왕. 다문천(多聞天)을 다스려 북쪽을 수호하며 야차(夜叉)와 나찰(羅刹)을 통솔한다. 분노의 상(相)으로 갑옷을 입고서 왼손에 보탑(寶塔)을 받쳐 들고 오른손에 몽둥이를 들고 있다.

63) 自在天子: 자재천자. 화락천(化樂天)에서 우두머리이다.

64) 化樂天: 화락천. 육욕천(六欲天)의 다섯째 하늘이다. 이 하늘에 나면 모든 대상을 마음대로 변하게 하여 즐겁게 할 수 있다.

65) 위두ᄒᆞ니라: 위두ᄒᆞ[위두하다, 으뜸이다, 第一: 위두(위두, 으뜸, 爲頭: 명사) + -ᄒᆞ(형접)-]- + -Ø(현시)- + -니(원칙)- + -라(←-다: 평종) ※ '위두ᄒᆞ다'에는 현재 시제의 선어말 어미인 '-ᄂᆞ-'가 붙은 활용 형태를 발견할 수가 없다. 따라서 '위두ᄒᆞ다'는 형용사인 것으로 판단되므로, '위두ᄒᆞ니라'를 '으뜸이니라'로 의역하여 옮긴다.

子종에 위두·ᄒᆞ·니·라】 眷권屬·쏙 三삼萬·먼 天텬子종ᄅᆞᆯ 드·려와 이시며 娑상婆빵世·솅界·갱예 위둔·호 梵·뻠天텬王왕 尸싱棄·킝大·땡梵·뻠과【尸싱棄·킝는 大·땡梵·뻠天텬王왕ㅅ 일후미·니 初총禪쎤 三삼天텬에 위두·ᄒᆞ·니·라 二·ᅀᅵᆼ禪쎤으·롯 우·흔 말·ᄊᆞ·미 업·슬·ᄊᆡ 大·땡梵·뻠天텬王왕이 娑상婆빵世·솅界·갱ᄅᆞᆯ ᄀᆞ·ᅀᆞ·말ᄒᆞ·ᄂᆞ·니·라】 光광明명大·땡梵·뻠들·히【光광明명大·땡梵·뻠은 二·ᅀᅵᆼ禪쎤 三삼天텬에 위두·ᄒᆞ·니·라】 眷권屬·쏙 一·ᅙᅵᇙ萬·먼 二·ᅀᅵᆼ千쳔

他化天(타화천)에 으뜸이니라.】 眷屬(권속) 三萬(삼만) 天子(천자)를 데려와 있으며, 娑婆世界(사바세계)에 으뜸인 梵天王(범천왕) 尸棄大梵(시기대범)과【尸棄(시기)는 大梵天王(대범천왕)의 이름이니, 初禪(초선) 三天(이천)에 으뜸이니라. 二禪(이선)으로부터의 위는 말씀이 없으므로, 大梵天王(대범천왕)이 娑婆世界(사바세계)를) 주관하느니라.】 光明大梵(광명대범)들이【光明大梵(광명대범)은 二禪(이선) 三天(삼천)에 으뜸이니라.】 眷屬(권속) 一萬(일만) 二千(이천)

他탕化황天텬⁶⁶⁾에 위두ᄒᆞ니라】眷권屬쑉 三삼萬먼 天텬子중 ᄃᆞ려와 이시며 娑상婆빵世솅界갱⁶⁷⁾예 위두ᄒᆞᆫ 梵뻠天텬王왕⁶⁸⁾ 尸싱棄킹大땡梵뻠⁶⁹⁾과【尸싱棄킹ᄂᆞᆫ 大땡梵뻠天텬王왕⁷⁰⁾ㅅ 일후미니⁷¹⁾ 初총禪쎤⁷²⁾ 三삼天텬에 위두ᄒᆞ니라 二ᅀᅵᆼ禪쎤으롯⁷³⁾ 우흔⁷⁴⁾ 말ᄊᆞ미⁷⁵⁾ 업슬씨 大땡梵뻠天텬王왕이 娑상婆빵世솅界갱를 ᄀᆞᅀᆞ마ᄂᆞ니라⁷⁶⁾】光광明명大땡梵뻠 ᄃᆞᆯ히⁷⁷⁾【光광明명大땡梵뻠은 二ᅀᅵᆼ禪쎤三삼天텬에 위두ᄒᆞ니라】眷권屬쑉 一ᅙᅵᆯ萬먼 二ᅀᅵᆼ千쳔

---

66) 他化天: 타화천. 타화자재천(他化自在天)이다. 육욕천(六欲天)의 하나로서, 욕계(欲界)의 가장 높은 곳이다. 다른 이로 하여금 자재롭게 오욕(五欲)의 경계를 변화하게 하는 곳이다.

67) 娑婆世界: 사바세계. 괴로움이 많은 인간 세계이다. 석가모니불이 교화하는 세계를 이른다.

68) 梵天王: 범천왕. 색계(色界) 초선천(初禪天)의 우두머리이다. 제석천(帝釋天)과 함께 부처를 좌우에서 모시는 불법 수호의 신이다.

69) 尸棄大梵: 시기대범. 대범천왕(大梵天王)의 이름이다.

70) 大梵天王: 대범천왕. 대범천(大梵天)의 주인이다. 초선천(初禪天) 중(中)의 화려(華麗)한 고루 거각에 있으면서 사바세계(娑婆世界)를 차지한다. 키는 1유순(由旬) 반, 수명(壽命)은 1겁 반이라 한다.

71) 일후미니: 일훔(이름, 名) + -이(서조) + -니(연어, 설명 계속)

72) 初禪: 초선. 초선천(初禪天)이다. 색계(色界)의 사선천(四禪天)의 첫째 하늘인데, 범중천(梵衆天)·범보천(梵輔天)·대범천(大梵天)의 셋이 있다. ※ '사선천(四禪天)'은 색계(色界)의 선정(禪定)에 있는 초선천(初禪天)·제이선천(第二禪天)·제삼선천(第三禪天)·제사선천(第四禪天) 등을 통틀어 이르는 말이다. 사선천의 차별은 선정에 따른 심소(心所) 등의 유무에 따라 달라진다. 초선천에는 범중천(梵衆天)·범보천(梵輔天)·대범천(大梵天) 등이, 제이선천에는 소광천(少光天)·무량광천(無量光天)·극광정천(極光淨天) 등이, 제삼선천에는 소정천(少淨天)·무량정천(無量淨天)·편정천(遍淨天) 등이, 제사선천에는 무운천(無雲天)·복생천(福生天)·광과천(光果天)·무번천(無煩天)·무열천(無熱天)·선현천(善現天)·선견천(善見天)·색구경천(色究竟天) 등이 17천이 있다고 한다.

73) 二禪으롯: 二禪(이선, 이선천) + -으로(부조) + -ㅅ(-의: 관조) ※ '二禪天(이선천)'은 사선천(四禪天)의 하나이다. 욕계 육천(欲界六天) 위에 있는 색계(色界)이며, 사선천(四禪天) 가운데 둘째 선천(禪天)이다.

74) 우흔: 우ㅎ(위, 上) + -은(보조사, 주제)

75) 말ᄊᆞ미: 말ᄊᆞᆷ[말, 말씀, 言: 말(말, 言) + -ᄊᆞᆷ(접미)] + -이(주조) ※ 여기서 '말ᄊᆞᆷ'은 '이름(名)'의 뜻으로 쓰였다.

76) ᄀᆞᅀᆞ마ᄂᆞ니라: ᄀᆞᅀᆞ마[← ᄀᆞᅀᆞ말다(가말다, 주관하다, 主管): ᄀᆞᅀᆞᆷ(감, 재료, 材: 명사) + 알(알다, 知: 동사)-]- + -ᄂᆞ(현시)- + -니(원칙)- + -라(← -다: 평종)

77) 光明大梵 ᄃᆞᆯ히: 光明大梵(광명대범) # ᄃᆞᆯㅎ(들, 等: 의명) + -이(주조)

千천 天텬 子ᄌᆞᆼ 들·려 와 이시·며 【諸졍天텬
니·다 ·다·니 ·엔 ·왜 ·ᄈᆞᆫ나·라 實·씷 여·듧 龍룡 王왕 難난
陁땅 龍룡 王왕 ·과 跋·빠ᇙ 難난 陁땅 龍룡
王왕 ·과 婆빵 伽꺙 羅랑 龍룡 王왕 ·과 和
修슝 吉·긿 龍룡 王왕 ·과 德·득 义·사 迦강
龍룡 王왕 ·과 阿항 那낭 婆빵 達·따ᇙ 多당
龍룡 王왕 ·과 摩망 那낭 斯ᄉᆞᆼ 龍룡 王왕
·과 優ᅙᅮᇹ 鉢·ᄫᅡᆯ 羅랑 龍룡 王왕 ·들·히 各·각

天子(천자)를 데려와 있으며【諸天(제천)을 다 이르지 않았을 뿐이지 實(실)에는 (제천이) 다 와 있더니라. 】, 여덟 龍王(용왕)인 難陁龍王(난타용왕)과 跋難陁龍 王(발난타용왕)과 婆伽羅龍王(사가라용왕)과 和修吉龍王(화수길용왕)과 德叉迦 龍王(덕차가용왕)과 阿那婆達多龍王(아나파달다용왕)과 摩那斯龍王(마나사용왕) 과 優鉢羅龍王(우발라용왕)들이

天텬子중 ᄃᆞ려와 이시며【諸졍天텬을 아니 다 니를쌘뎡⁷⁸⁾ 實씷엔⁷⁹⁾ 다 왜쩌니라⁸⁰⁾】여듧 龍룡王왕⁸¹⁾ 難난陁땅龍룡王왕⁸²⁾과 跋빻難난陁땅龍룡王왕⁸³⁾과 娑상伽꺙羅랑龍룡王왕⁸⁴⁾과 和勢修슐吉긿龍룡王왕⁸⁵⁾과 德득叉창迦강龍룡王왕⁸⁶⁾과 阿항那낭婆뻐達딿多당龍룡王왕⁸⁷⁾과 摩망那낭斯ᄉᆞᆼ龍룡王왕⁸⁸⁾과 優ᅙᅮᇢ鉢밣羅랑龍룡王왕⁸⁹⁾ ᄃᆞᆯ히

---

78) 니를쌘뎡: 니르(이르다, 曰)- + -ㄹ쌘뎡(-을 뿐이지: 연어, 양보)

79) 實엔: 實(실, 사실) + -에(부조, 위치) + -ㄴ(←-는: 보조사, 주제)

80) 왜쩌니라: 오(오다, 來)- + -아(연어) + 잇(← 이시다: 있다, 보용, 완료 지속)- + -더(회상)- + -니(원칙)- + -라(←-다: 평종) ※ '왜쩌니라'는 '와 잇더니라'가 축약된 형태이다.

81) 여듧 龍王: 여덟 용왕(八大龍王). 불법을 지키는 선신(善神)으로 존경받는 여덟 용왕이다. 난타(難陁), 발난타(跋難陁), 사갈라(娑羯羅), 화수길(和修吉), 덕차가(德叉迦), 아누달용왕(阿耨達龍王), 마나산(摩那散), 우발라(優鉢羅) 등이다.

82) 難陁龍王: 난타용왕(nanda). 환희(歡喜)라고 번역한다. 팔대용왕(八大龍王)의 하나로서, 팔대용왕 가운데 우두머리이다. 발난타용왕(跋難陁龍王)과 형제이다.

83) 跋難陁龍王: 발난타용왕(upananda). 선환희(善歡喜)라고 번역한다. 팔대 용왕(八大龍王)의 하나로 난타 용왕(難陁龍王)의 동생인 용왕이다. 이 용왕은 형인 난타용왕과 함께 늘 마갈타국(摩竭陁國)을 지키면서, 때를 맞추어서 비를 내려 백성을 기쁘게 하고, 또 사람으로 변신하여 부처의 설법을 듣는다고 한다.

84) 娑伽羅龍王: 사가라용왕(sāgara). 해(海)라고 번역한다. 팔대용왕(八大龍王)의 하나로서, 바다의 용왕인데, 그의 딸이 8세에 성불하였다고 한다.

85) 和修吉龍王: 화수길용왕(vāsuki). 구두(九頭)·다두(多頭)라고 번역한다. 팔대용왕(八大龍王)의 하나로서, 머리가 아홉 개이며 수미산 주위를 돌면서 작은 용을 잡아먹는다는 용왕이다.

86) 德叉迦龍王: 덕차가용왕(takṣaka). 다설(多舌) 혹은 시독(視毒)이라 번역한다. 팔대용왕(八大龍王)의 하나로서, 혀가 여러 개이며 한번 분노하여 사람이나 축생을 응시하면 그들은 목숨을 잃는다고 한다.

87) 阿那婆達多龍王: 아나파달다용왕(anavatapta). 무열뇌(無熱惱)라고 번역한다. 팔대용왕(八大龍王)의 하나이다. 향취산(香醉山)의 남쪽, 대설산(大雪山)의 북쪽에 있다는 아뇩달지(阿耨達池)에 살며, 맑은 물을 흘러내려 섬부주(贍部州)를 비옥하게 한다는 용왕이다.

88) 摩那斯龍王: 마나사용왕(manasvin). 대신(大身)·자심(慈心)·고의(高意)라고 번역한다. 팔대용왕(八大龍王)의 하나이다. 몸을 휘감아 바닷물을 가로막고, 때 맞추어 구름을 모아 비를 내린다는 용왕이다.

89) 優鉢羅龍王: 우발라용왕. 팔대 용왕의 하나이다. 흔히 우발라화(優鉢羅花)가 나는 못에 산다고 하는데, 우발라(優鉢羅)는 이 용이 청련(靑蓮) 꽃이 있는 못에 있으므로 붙여진 이름이다.

各各(각각) 대략(若干) 百千(백천)의 眷屬(권속)을 데려와 있으며【難陁(난타)는 '기쁘다'고 하는 말이요, 跋(발)은 '어질다'고 하는 말이니, '時節(시절)의 비를 기쁘게 내리게 하여 어진 덕이 있다.'고 하는 뜻이다. 이 두 龍(용)이 兄弟(형제)이니 目連(목련)이 降服(항복)시킨 龍(용)이다. 娑伽羅(사가라)는 娑竭羅(사갈라)이다. 和修吉(화수길)은 '머리가 많다.'고 하는 말이요, 德叉迦(덕차가)는 '毒(독)을 낸다.'고 하는 말이요, 阿那婆達多(아나파달다)는 東土(동토)의 말에 '熱惱(열뇌)가 없다.'고 한 말이니 잘못 일러서 阿耨達(아누달)이라 하나니, 다른 龍(용)이 네 가지의 熱惱(열뇌)가 있거늘 이 龍(용)은 없으니라. 네 가지의 熱惱(열뇌)는

各각各각 若샥干간[90] 百빅千쳔 眷권屬쑉 두려와 이시며【難난陁땅ᄂᆞᆫ 깃브다[91] ᄒᆞ논[92] 마리오 跋뺧ᄋᆞᆫ 어디다[93] ᄒᆞ논 마리니 時씽節졆ㅅ 비를 깃비[94] ᄂᆞ리와[95] 어딘 德득이 잇다 ᄒᆞ논 ᄠᅳ디라[96] 이 두 龍룡이 兄휑弟똉니 目목連련의[97] 降ᅘᅢᆼ服뽁히온[98] 龍룡이라 娑상伽꺙羅랑ᄂᆞᆫ 娑상竭꺓羅랑ㅣ라 和ᅘᅪᆼ修슈吉긿은 머리 하다[99] ᄒᆞ논 마리오 德득叉창迦강ᄂᆞᆫ 毒똑을 내ᄂᆞ다[1] ᄒᆞ논 마리오 阿ᅙᅡᆼ那낭婆빵達ᄠᅡᆼ多당ᄂᆞᆫ 東동土통ㅅ[2] 마래 熱ᅀᅧᇙ惱놀[3]ㅣ 업다 혼 마리니 그르[4] 닐어[5] 阿ᅙᅡᆼ耨녹達ᄠᅡᆼ이라 ᄒᆞᄂᆞ니 녀느[6] 龍룡이 네 가짓 熱ᅀᅧᇙ惱놀ㅣ 잇거늘 이 龍룡은 업스니라[7] 네 가짓 熱ᅀᅧᇙ惱놀ᄂᆞᆫ

---

90) 若干: 약간. 대략(부사) ※ '若干'은 '얼마쯤'의 뜻으로 쓰인 부사인데, 여기서는 '대략'으로 의역하여 옮긴다.

91) 깃브다: 깃브[기쁘다, 喜: 깃(← 짓다: 기뻐하다, 歡, 동사)- + -브(형접)-] + -Ø(현시)- + -다(평종)

92) ᄒᆞ논: ᄒᆞ(하다, 謂)- + -ㄴ(← -ᄂᆞ-: 현시)- + -오(대상)- + -ㄴ(관전)

93) 어디다: 어디(← 어딜다: 어질다, 仁)- + -Ø(현시)- + -다(평종)

94) 깃비: [기쁘게, 喜(부사): 짓(← 짓다: 기뻐하다, 歡, 동사)- + -ㅂ(← -브-: 형접)- + -이(부접)]

95) ᄂᆞ리와: ᄂᆞ리오[내리게 하다, 降下: ᄂᆞ리(내리다, 降)- + -오(사접)-]- + -아(연어)

96) ᄠᅳ디라: 뜯(뜻, 意) + -이(서조)- + -Ø(현시)- + -라(← -다: 평종)

97) 目連의: 目連(목련, 大目健連) + -의(관조, 의미상 주격) ※ '目連의'는 '目連이'로 의역하여 옮긴다. ※ '目連(목련, Maudgalyayana)'은 석가모니의 십대 제자 가운데 한 사람이다. 마가다의 브라만 출신으로, 부처의 교화를 펼치고 신통(神通) 제일의 성예(聲譽)를 얻었다.

98) 降服히온: 降服히오[항복시키다: 降服(항복: 명사)- + -ᄒᆞ(동접)- + -ㅣ(← -이-: 사접)-]- + -Ø(과시)- + -오(대상)- + -ㄴ(관전)

99) 하다: 하(많다, 多)- + -Ø(현시)- + -다(평종)

1) 내ᄂᆞ다: 내[내다, 出: 나(나다, 出: 자동)- + -ㅣ(← -이-: 사접)-)]- + -ᄂᆞ(현시)- + -다(평종)

2) 東土ㅅ: 東土(동토) + -ㅅ(-의: 관조) ※ '東土(동토)'는 인도에서 중국을 가리키는 말이다.

3) 熱惱: 열뇌. 몹시 심한 마음의 괴로움이다.

4) 그르: [잘못, 誤(부사): 그르(그르다, 誤: 형사)- + -Ø(부접)]

5) 닐어: 닐(← 니르다: 이르다, 曰)- + -어(연어)

6) 녀느: 다른, 他(관사)

7) 업스니라: 없(없다, 無)- + -Ø(현시)- + -으니(원칙)- + -라(← -다: 평종)

金금趐싱鳥ᄃᆛᇢㅣ 먹는 苦콩와 婬ᅀᅳᆷ欲욕ㅅ 모ᄆᆞᆯ 行ᅘᆡᇰ홀 時씽節ᄀᆞᆶ에 本본來링옛 모미 도로 외ᄂᆞᆫ 苦콩와 비느레 져근 벌에 잇ᄂᆞᆫ 苦콩와 더ᄫᅳᆫ 몰애 모매 븐ᄂᆞᆫ 苦콩ㅣ라 摩망那낭斯ᄉᆞᆼ羅랑ᄂᆞᆫ 큰 모미라 ᄒᆞ논 마리오 優ᄒᆑᇢ鉢ᄫᅡᇙ羅랑ᄂᆞᆫ 이 龍룡이 靑청蓮련ㅅ 모시 이실ᄊᆡ 일훔 지ᄒᆞ니라 若ꥡ干간ᄋᆞᆫ 一힗定ᄄᆡᇰ티 아니ᄒᆞᆫ 數숭ㅣ니 이로 몯 혜ᄂᆞᆫ 거시라 네 緊긴那낭羅랑王ᅌᅪᇰ 法법緊긴那낭羅랑王ᅌᅪᇰ과 妙ᄆᆛᇢ法법緊긴那낭羅랑王ᅌᅪᇰ과 大땡法법緊긴那낭羅랑王ᅌᅪᇰ과 持띵法법緊긴那낭羅랑

金翅鳥(금시조)가 먹는 苦(고)와 婬欲(음욕)을 行(행)할 時節(시절)에 本來(본래)의 몸이 도로 되는 苦(고)와 비늘에 작은 벌레가 있는 苦(고)와 더운 모래가 몸에 붙는 苦(고)이다. 摩那斯(마나사)는 '큰 몸이다.'고 하는 말이요, 優鉢羅(우발라)는 이 龍(용)이 靑蓮(청련)의 못에 있으므로 이름을 붙였니라. 若干(약간)은 一定(일정)하지 아니한 數(수)이니, 이루 못 헤아리는 것이다. 】, 네 緊那羅王(긴나라왕)인 法緊那羅王(법긴나라왕)과 妙法緊那羅王(묘법긴나라왕)과 大法緊那羅王(대법긴나라왕)과 持法緊那羅王(지법긴나라왕)이

金금翅싱鳥뚤ㅣ[8] 먹는[9] 苦콩와 婬음欲욕 行혷홀 時씽節졇에 本본來링ㅅ 몸 도로[10] 드외는[11] 苦콩와 비느레[12] 혀근[13] 벌에[14] 잇는 苦콩와 더른[15] 몰애[16] 모매 븓는[17] 苦콩왜라[18] 摩망那낭斯승는 큰 모미라 ᄒᆞᄂᆞᆫ 마리오 優ᅙᅮᆯ鉢ᄫᅡᇙ羅랑ᄂᆞᆫ 이 龍룡이 靑쳥蓮련 모새[19] 이실ᄊᆡ 일훔 지흐니라[20] 若ᅀᅣᆨ干간ᄋᆞᆫ 一ᅙᅵᇙ定뗭티[21] 아니혼 數숭ㅣ니 몯 니르[22] 혈[23] 씨라[24] 】 네 緊긴那낭羅랑王왕[25] 法법緊긴那낭羅랑王왕과 妙묳法법緊긴那낭羅랑王왕과 大땡法법緊긴那낭羅랑王왕과 持띵法법緊긴那낭羅랑王왕이

---

8) 金翅鳥ㅣ: 金翅鳥(금시조) + -ㅣ(← -이: 주조) ※ '金翅鳥(금시조)'는 팔부중(八部衆)의 하나로서 '가루라(迦樓羅, Garuda)'라고도 한다. 불경에 나오는 상상의 큰 새로, 매와 비슷한 머리에는 여의주가 박혀 있으며 금빛 날개가 있는 몸은 사람을 닮고 불을 뿜는 입으로 용을 잡아먹는다고 한다.

9) 먹는: 먹(먹다, 食)- + -ᄂᆞ(← -ᄂᆞ-: 현시)- + -ㄴ(관전) ※ '먹는'은 '먹ᄂᆞᆫ'을 오각한 형태이다.

10) 도로: [도로, 逆(부사): 돌(돌다, 廻: 동사)- + -오(부접)]

11) 드외는: 드외(되다, 化)- + -ᄂᆞ(현세)- + -ㄴ(관전)

12) 비느레: 비늘(비늘, 鱗) + -에(부조, 위치)

13) 혀근: 혁(작다, 小)- + -Ø(현시)- + -은(관전)

14) 벌에: 벌에(벌레, 蟲) + -Ø(← -이: 주조)

15) 더른: 덯(← 덥다, ㅂ불: 덥다, 熱)- + -Ø(현시)- + -은(관전)

16) 몰애: 몰애(모래, 沙) + -Ø(← -이: 주조)

17) 븓는: 븓(← 븥다: 붙다, 附)- + -ᄂᆞ(현시)- + -ㄴ(관전)

18) 苦왜라: 苦(고, 괴로움) + -와(접조) + -ㅣ(← -이-: 서조)- + -Ø(현시)- + -라(← -다: 평종)

19) 모새: 못(못, 池) + -애(-에: 부조, 위치)

20) 지흐니라: 짛(이름 붙이다, 名曰)- + -Ø(과시)- + -으니(원칙)- + -라(← -다: 평종)

21) 一定티: 一定ᄒᆞ[← 一定ᄒᆞ다(일정하다): 一定(일정: 명사) + -ᄒᆞ(형접)-]- + -디(-지: 연어, 부정)

22) 니르: 가히, 可(부사)

23) 혈: 혀(세다, 헤아리다, 算)- + -ㄹ(관전)

24) 씨라: ㅆ(← ᄉᆞ: 것, 者, 의명) + -이(서조)- + -Ø(현시)- + -라(← -다: 평종)

25) 緊那羅王: 긴나라왕. 긴나라의 왕이다. ※ 긴나라(kiṃnara)는 의인(疑人)·인비인(人非人)이라 번역한다. 팔부중(八部衆)의 하나로서, 노래하고 춤추는 신(神)으로 형상은 사람인지 아닌지 애매하다고 한다.

王(왕)이 各各(각각) 菩薩(뽕·삭) 干(간) 百(·빅)千(쳔) 眷屬(권쏙) 드·려 와 이시·며【法(·법)緊(·긴)은 四諦(·승뎽)를 브르·고 妙(·묭)緊(·긴)은 十二因緣(·씹·싱힌원)·을 브르·고 大(·땡)緊(·긴)은 六度(·륙·똥)를 브르·고 持(띵)緊(·긴)은 一乘(·힔쎵)·을 브르·니·라 六度(·륙·똥)는 六波羅蜜(·륙방랑·밀)·이·니·라】 네 乾闥婆王(건·탏빵왕) 樂乾闥婆王(·악건·탏빵왕)·과 美乾闥婆王(·밍건·탏빵왕)·과 美音乾闥婆王(·밍·음건·탏빵왕)·이 各各(각각)

各各(각각) 대략(大略) 百千(백천)의 眷屬(권속)을 데려와 있으며【法緊(법긴)은 四諦(사제)를 부르고, 妙緊(묘긴)은 十二因緣(십이인연)을 부르고, 大緊(대긴)은 六度(육도)를 부르고, 持緊(지긴)은 一乘(일승)을 부르느니라. 六度(육도)는 六波羅蜜(육바라밀)이다.】, 네 乾闥婆王(건달바왕)인 樂乾闥婆王(악건달바왕)과 美乾闥婆王(미건달바왕)과 美音乾闥婆王(미음건달바왕)이

各_각各_각 若_샥干_간 百_뵉千_쳔 眷_권屬_쑉 ᄃᆞ려와 이시며【法_법緊_긴은 四_{ᄉᆞ}諦_뎅²⁶⁾를 브르고²⁷⁾ 妙_묳緊_긴은 十_씹二_{ᅀᅵᆼ}因_힌緣_원²⁸⁾을 브르고 大_땡緊_긴은 六_륙度_똥²⁹⁾를 브르고 持_띵緊_긴은 一_{ᅙᅵᇙ}乘_씽³⁰⁾을 브르ᄂᆞ니라³¹⁾ 六_륙度_똥ᄂᆞᆫ 六_륙波_방羅_랑蜜_밇³²⁾이라】 네³³⁾ 乾_껀闥_탏婆_뻉王_왕³⁴⁾ 樂_악乾_껀闥_탏婆_뻉王_왕과 美_밍乾_껀闥_탏婆_뻉王_왕과 美_밍音_흠乾_껀闥_탏婆_뻉王_왕이

---

26) 四諦: 사제(사체). 사성제(四聖諦)라고도 한다. '고(苦)·집(集)·멸(滅)·도(道)'의 네 가지 진리로 구성되어 있다. 석가모니의 성도(成道) 후 자기 자신의 자내증(自內證)을 고찰하여 설한 것이 십이인연(十二因緣)이라면, 사제설은 이 인연설을 알기 쉽게 타인에게 알리기 위해 체계를 세운 법문(法文)이다.

27) 브르고: 브르(부르다, 喚)- + -고(연어, 나열)

28) 十二因緣: 십이인연. 과거에 지은 업(業)을 따라서 현재의 과보(果報)를 받으며, 현재의 업을 따라 미래의 고통을 받는 열두 인연(因緣)이다. 곧 무명(無明)·행(行)·식(識)·명색(名色)·육입(六入)·촉(觸)·수(受)·애(愛)·취(取)·유(有)·생(生)·노사(老死) 등이 있다.

29) 六度: 육도. 열반(涅槃)에 이르기 위하여 보살(菩薩)이 수행해야 할 여섯 가지 덕목(德目)으로 육바라밀(六波羅蜜)이라고도 한다. 보시(布施)·지계(持戒)·인욕(忍辱)·정진(精進)·선정(禪定)·지혜(智慧)가 육도에 속한다.

30) 一乘: 일승(eka-yāna). 승(乘)은 중생을 깨달음으로 인도하는 부처의 가르침을 뜻한다. 깨달음에 이르게 하는 오직 하나의 궁극적인 부처의 가르침이다. 부처가 중생의 능력이나 소질에 따라 여러 가지로 가르침을 설하였지만, 그것은 결국 하나의 가르침으로 귀착한다는 뜻이다.

31) 브르ᄂᆞ니라: 브르(부르다, 喚)- + -ᄂᆞ(현시)- + -니(원칙)- + -라(←-다: 평종)

32) 六波羅蜜: 육바라밀. 대승불교의 여섯 가지 수행 덕목(修行德目)이다. 생사의 고해를 건너 이상경인 열반의 세계에 이르는 실천 수행법인 육바라밀은 보시(布施)·지계(持戒)·인욕(忍辱)·정진(精進)·선정(禪定)·반야바라밀(般若波羅蜜) 등의 여섯 가지로 구성되어 있다. '보시바라밀'은 물질적·육체적·정신적으로 남에게 베풀어 주는 행위로서, 남김없이 베풀어 주면서도 내가 누구에게 무엇을 베풀었다는 생각마저 갖지 않는 것을 강조하고 있다. '지계바라밀'은 출가 승려나 재가 신도가 계율을 견고하게 지켜서 악업(惡業)을 멸하고 몸과 마음의 청정을 얻는 것이다. '인욕바라밀'은 타인으로부터 받는 박해나 고통을 잘 참고 감수함으로써 원한과 노여움을 없애고 참된 실상(實相)을 관찰하여 마음을 편안하게 하는 것이다. '정진바라밀'은 몸과 마음을 가다듬고 옳은 일을 꾸준히 실천하는 것이다. '선정바라밀'은 마음의 산란함을 없애어 평정과 삼매(三昧)를 이루는 것이다. '반야바라밀'은 모든 진리를 밝게 아는 예지를 터득하는 것으로서, 모든 것의 본질과 양상과 작용을 있는 그대로 파악하는 것을 뜻한다.

33) 네 : 네(← 네ㅎ : 넷, 四, 관사, 양수)

34) 乾闥婆王: 건달바(Gandharra)왕. 팔부중(八部衆)의 하나이다. 수미산 남쪽의 금강굴에 살며 제석천(帝釋天)의 아악(雅樂)을 맡아보는 신으로, 술과 고기를 먹지 않고 향(香)만 먹으며 공중으로 날아다닌다고 한다.

各·각善·쎤千간百·뵉千쳔眷·권屬·쏙ᄃᆞ·려·와이시·며【樂·락·은 풍류·ㅣ니 놀애·와 춤 ᄯᆞ·위·예 ·브·튼 ·지죄·라 樂·악音음·은 풍류·엣 소·리·니 붑 ·틸·씨·며 管·관絃·현·을 니·ᄅᆞ·니·라 美·미·는 아·ᄅᆞ·다·ᄫᅳᆯ·씨·니 풍·류·ㅅ 지죄 中듀·에 ᄀᆞ·장 ·잘ᄒᆞ·ᄂᆞᆫ·씨·라 美·미音음·은 풍·류·ㅅ 소·리 中듀·에 ᄀᆞ·장 ·됴·ᄒᆞᆯ·씨·라】 ·네 阿항脩슝羅랑王왕인 婆뺭稚띵阿항脩슝羅랑王왕·과 佉컹羅랑騫컨駄땅阿항脩슝羅랑王왕·과 毗삥摩망質·짏多당羅랑阿

各各(각각) 대략(大略) 百千(백천)의 眷屬(권속)을 데려와 있으며【樂(악)은 풍류이니 노래와 춤 따위에 속한 재주이다. 樂音(악음)은 풍류의 소리이니 북을 치는 경우이며 관현(管絃)을 일렀니라. 美(미)는 아름다운 것이니 풍류의 재주의 中(중)에 가장 잘 하는 것이다. 美音(미음)은 풍류의 소리 中(중)에 가장 좋은 것이다. 】, 네 阿脩羅王(아수라왕)인 婆稚阿脩羅王(바치아수라왕)과 佉羅騫馱阿脩羅王(구라건타아수라왕)과 毗摩質多羅阿脩羅王(비마질다라아수라왕)과

各_각各_각 若_샥干_간 百_뵉千_쳔 眷_권屬_쇽 드려와 이시며【樂_악은 풍뤼니³⁵⁾ 놀애³⁶⁾ 춤³⁷⁾ 트렛³⁸⁾ 직죄라³⁹⁾ 樂_악音_흠은 풍륫 소리니 붑⁴⁰⁾ 티는⁴¹⁾ ᄆᆞ디며⁴²⁾ 시우대를⁴³⁾ 니르니라⁴⁴⁾ 美_밍는 아름다ᄫᆞᆯ⁴⁵⁾ 씨니 풍륫 직좃 中_듕에 ᄆᆞᆺ⁴⁶⁾ 잘홀⁴⁷⁾ 씨라 美_밍音_흠은 풍륫 소릿 中_듕에 ᄆᆞᆺ 됴홀⁴⁸⁾ 씨라】 네 阿_항脩_슣羅_랑王_왕⁴⁹⁾ 婆_뼁稚_띵阿_항脩_슣羅_랑王_왕과 佉_컁羅_랑騫_컨馱_땅阿_항脩_슣羅_랑王_왕과 毗_뼁摩_망質_짏多_당羅_랑阿_항脩_슣羅_랑王_왕과

---

35) 풍뤼니: 풍류(풍류) + - ㅣ(← -이-: 서조) - + -니(연어, 설명 계속)

36) 놀애: [노래, 歌: 놀(놀다, 遊: 동사) - + -애(명접)]

37) 춤: [춤, 舞: ᄎ(← 츠다: 추다, 舞, 동사) - + -움(명접)]

38) 트렛: 틀(틀, 종류, 따위, 類) + -에(부조, 위치) + -ㅅ(-의: 관조) ※ '트렛'은 '따위(부류, 종류)에 속한'으로 의역하여 옮긴다.

39) 직죄라: 직조(재주, 才) + - ㅣ(← -이-: 서조) - + -Ø(현시) - + -라(← -다: 평종)

40) 붑: 북, 鼓.

41) 티는: 티(치다, 打) - + -ᄂᆞ(현시) - + -ㄴ(관전)

42) ᄆᆞ디며: ᄆᆞ디(마디, 때, 경우) + -며(← -이며: 접조)

43) 시우대를: 시우대(관현, 管絃) + -를(목조) ※ '시우대'는 '관현((管絃)'을 뜻하는 말인데, 관악기와 현악기를 아울러 이르는 말이다.

44) 니르니라: 니르(이르다, 말하다, 謂) - + -Ø(과시) - + -니(원칙) - + -라(← -다: 평종)

45) 아름다ᄫᆞᆯ: 아름답[← 아름답다, ㅂ불: 아름(아름: 불어) + -ᄃᆞᆸ(형접)-] - + -ᄋᆞᆯ(관전)

46) ᄆᆞᆺ: 가장, 제일, 最(부사)

47) 잘홀: 잘ᄒᆞ[잘하다: 잘(잘, 善: 부사) + -ᄒᆞ(동접)-] - + -ㄹ(관전)

48) 됴홀: 됴ᄒᆞ(좋다, 好) - + -ㄹ(관전)

49) 阿脩羅王: 아수라왕. 팔부중의 하나이다. 싸우기를 좋아하는 귀신으로, 항상 제석천과 싸움을 벌인다.

阿ᅙᅡᆼ脩ᄉᅌᅮ羅랑王왕이 各각各각 둘ᅙᅧᆼ와이·

시·며 千쳔百·빅千쳔眷·권屬·쑉

·석迦강毗삥摩망質·짏多강ᄂᆞᆫ 바·ᄅᆞᆯ 믈겨·를 티·ᄂᆞ니·라

ᄠᅳᆯ·들ᄢᅴ·괘:업·게ᄒᆞᄂᆞ·니·라

·쎙釋·셕·앳 호바ᇹ羅랑ᄒᆞ·ᄂᆞᆫ :엇게 너·르·다ᄒᆞ·논 ·마리·니 바·ᄅᆞᆳ ·므·를 솟·고ᄫᅡ·이ᄂᆞ·니·라

ᄋᆞᅌᅥᆼ:싸·ᄒᆞᆷ ·즐·겨 :제 軍군·에 ·알ᄑᆡ 가·다가

·마ᅀᅵ·다ᄒᆞ·논 ·마리·니

婆빵稚·딩ᄂᆞᆫ ᄆᆡ·ᄋᆡ·욧·다ᄒᆞ·논 ·마리·니

大·땡略·략 百·빅千쳔ㅅ 眷·권屬·쑉ᄋᆞᆯ 드·려 와·이·시·며

이·利·링賏ᅙᅥᆼ ᄯᅡ 다·ᄆᆞ·리·우王·왕이 諸졍天텬을

내·링威ᅙᆔᆼ天텬 ᄂᆞ·니月·윓 日·ᅀᅵᇙ月·윓 諸졍天텬

·머天텬힁·이 ·제·라 由율旬쓘·이·ᄂᆞ·ᄂᆞ·니·로 ·쏜本·본切·촁ᅙᅥᆼ

·리뎐ㄱ·기阿ᅙᅡᆼ脩ᄉᅌᅮ七·칧百·빅由율旬쓘·이오

羅_랑睺_흏阿_항脩_슣羅_랑王_왕이 各_각各_각 若_샥干_간 百_빅千_천 眷_권屬_쑉 드려와 이시며【婆_뻥稚_띵는 얽미예다⁵⁰⁾ 혼 마리니 싸호물⁵¹⁾ 즐겨⁵²⁾ 제⁵³⁾ 軍_군 알픠⁵⁴⁾ 가다가 帝_뎽釋_셕 ⁵⁵⁾ 손디⁵⁶⁾ 미예느니라 佉_칭羅_랑騫_퀀馱_땅는 엇게⁵⁷⁾ 넙다 혼 마리니 바룴므를⁵⁸⁾ 소사오르게⁵⁹⁾ 흐느니라 毗_뼁摩_망質_짏多_당는 바룴 믌겷⁶⁰⁾ 소리라 혼 마리니 바룴므를 텨 겨를⁶¹⁾ 니르완느니라⁶²⁾ 羅_랑睺_흏阿_항脩_슣羅_랑王_왕은 本_본來_링ㅅ 몺 기리⁶³⁾ 七_칤百_빅 由_율旬_쓘이오⁶⁴⁾ 큰 威_훵力_륵이 잇느니 제 너교디⁶⁵⁾ 忉_돌利_링天_텬王_왕⁶⁶⁾ 과 日_싏月_웛諸_졍天_텬이 내 머리 우희 흐니느니⁶⁷⁾ 日_싏月_웛을

---

50) 얽미예다: 얽미예[얽매이다, 縛: 얽(얽다, 結)- + 미(매다, 縛)- + -예(←-이-: 피접)-]- + -Ø (과시)- + -다(평종)

51) 싸호물: 싸홈[싸움, 爭: 싸호(싸우다, 爭: 동사)- + -ㅁ(명접)] + -을(목조)

52) 즐겨: 즐기[즐기다, 樂: 즑(즐거워하다, 歡: 자동)- + -이(사접)-]- + -어(연어)

53) 제: 저(저, 자기, 己: 인대, 재귀칭) + -ㅣ(←-의: 관조)

54) 알픠: 앒(앞, 前) + -의(-에: 부조, 위치)

55) 帝釋: 제석. 십이천의 하나이다. 수미산 꼭대기에 있는 도리천의 임금이다.

56) 손디: 거기에, 彼處(의명) ※ '帝釋 손디'는 '帝釋에게'로 의역하여서 옮긴다.

57) 엇게: 엇게(어깨, 肩) + -Ø(←-이: 주조)

58) 바룴므를: 바룴믈[바닷물, 海水: 바룰(바다, 海) + -ㅅ(관조, 사잇) + 믈(물, 水)] + -을(목조)

59) 소사오르게: 소사오르[솟아오르다, 飛騰: 솟(솟다, 飛)- + -아(연어) + 오르(오르다, 騰)-]- + -게 (연어, 사동)

60) 믌겷: 믌결[물결, 波: 믈(물, 水) + -ㅅ(관조, 사잇) + 결(결, 紋)] + -ㅅ(-의: 관조)

61) 겨를: 결(결, 紋) + -을(목조)

62) 니르완느니라: 니르완[일으키다: 닐(일다, 起: 자동)- + -으(사접)- + -완(강접)-]- + -느(현시)- + -니(원칙)- + -라(←-다: 평종)

63) 기리: 기리[길이, 長: 길(길다, 長: 형사)- + -이(명접)] + -Ø(←-이: 주조)

64) 由旬이오: 由旬(유순: 의명) + -이(서조)- + -오(←-고: 연어, 나열) ※ '由旬(유순)'은 고대 인도 의 이수(里數) 단위이다. 소달구지가 하루에 갈 수 있는 거리로서 80리인 대유순, 60리인 중유 순, 40리인 소유순의 세 가지가 있다.

65) 너교디: 너기(여기다, 思)- + -오디(-되: 연어, 설명 계속)

66) 忉利天王: 도리천왕. 도리천을 관장하는 우두머리이다. '忉利天(도리천)'은 육욕천의 둘째 하늘 이다. 섬부주 위에 8만 유순(由旬) 되는 수미산 꼭대기에 있는 곳으로, 가운데에 제석천이 사는 선견성(善見城)이 있다.

67) 흐니느니: 흐니(움직이다, 動)- + -느(현시)- + -니(연어, 설명 계속)

> ·귀·예 잇ᄂᆞᆫ 구스·를 ·호리·라 ᄒᆞ·고 ·ᄀᆞ자ᇰ 嗔친心심·을 니르·와·다 兵병馬망ᄅᆞᆯ 니르·와·다 ·가 ·싸·호ᇙ 저·긔 帝뎽釋·셕 ·앏 軍군·이 몬·져 光광明며ᇰ·을 ·펴·아 阿ᅙᅡᆼ脩슝羅랑ㅅ 누·늘 ·쏘·아 ·몯 ·보·게 ·ᄒᆞ거·든 阿ᅙᅡᆼ脩슝羅랑ㅣ 소ᄂᆞ·로 ·ᄒᆡ·ᄅᆞᆯ ·ᄀᆞ·리·ᄫᆡᆫ·대 日ᅀᅵᇙ蝕·씩ᄒᆞᄂᆞ·니·라 阿ᅙᅡᆼ脩슝羅랑ㅣ 네 가·지·니 鬼귕趣·춍·예 ·브·튼 ·거·슨 鬼귕神씬ㅅ 길·헤 이·셔 法·법·을 護ᅘᅩᆼ持띠·ᄒᆞᄂᆞᆫ 히·므·로 神씬通토ᇰ·ᄋᆞᆯ 이·러 空코ᇰ·애 ·드ᄂᆞ·니 이 阿ᅙᅡᆼ脩슝羅랑ᄂᆞᆫ 알·흘 ·ᄢᅡ 나ᄂᆞ·니·라 人ᅀᅵᆫ趣·춍·예 ·브·튼 ·거·슨 하ᄂᆞᆯ·해·셔 德·득·이 사·오·나·ᄫᅡ ·ᄠᅥ·러·디·여 ᄂᆞ·려 ·ᄒᆡᄃᆞᆳ ·ᄀᆞ·ᅀᅢ 사ᄂᆞ·니 이 阿ᅙᅡᆼ脩슝羅랑ᄂᆞᆫ ·ᄇᆡ·여 나ᄂᆞ·니·라 天텬趣·춍·예 ·브·튼 ·이·ᄂᆞᆫ 世·솅界·갱ᄅᆞᆯ 자·바 가·져 히·미 ᄢᅦ·ᄠᅮ·러 저·픈 ·거·시 업·서 梵ᄈᆷ王와ᇰ 帝뎽釋·셕

잡아다가 귀에 있는 구슬을 하리라." 하고 크게 嗔心(진심)을 일으켜 兵馬(병마)를 일으켜서 가서 싸움할 적에, 帝釋(제석)의 앞에 있는 軍(군)이 먼저 햇빛을 펴서 阿脩羅(아수라)의 눈을 쏘아 못 보게 하는데, 阿脩羅(아수라)가 손으로 해를 가리게 하면 日蝕(일식)하느니라. 阿脩羅(아수라)가 네 가지니, 鬼趣(귀취)에 붙은 것은 귀신의 길에 있어서 法(법)을 護持(호지)하는 힘으로 神通(신통)을 이루어 비움(空)에 드니, 이 阿脩羅(아수라)는 알을 까서 나느니라. 人趣(인취)에 붙은 것은 하늘에서 德(덕)이 사나워 떨어져서 내려 해달의 곁에 사나니, 이 阿脩羅(아수라)는 배(孕)어서 나느니라. 天趣(천취)에 붙은 이는 世界(세계)를 잡아 가져서 힘이 꿰뚫어서 두려운 것이 없어 梵王(범왕)과 帝釋(제석)

자바다가 귀옛[68] 구슬 호리라 코[69] ᄀ장 瞋친心심[70] 닐어[71] 兵병馬망 니르와다[72] 가 싸홈홀 쩌긔 帝뎅釋셕의 알ᄑᆡᆺ[73] 軍군이 몬져 힛光광을 펴아 阿항脩슐羅랑ᅵ 누늘 쏘아 몯 보게 ᄒᆞ야든 阿항脩슐羅랑ᅵ 소ᄂ로 히를 ᄀ리와든[74] 日싏蝕씩ᄒᆞᄂ니라 阿항脩슐羅랑ᅵ 네 가지니 鬼귕趣츙[75]예 브트니ᄂ[76] 귓것[77] 길헤 이셔 法법 護뽕持띵ᄒ논[78] 히ᄆ로 神씬通통을 일워 뷔유메[79] ᄃ니 이 阿항脩슐羅랑ᄂ 알 ᄢᅡ[80] 나ᄂ니라 人ᅀᅵᆫ趣츙[81]예 브트니ᄂ 하늘해셔 德득이 사오나바[82] 뻐러디여[83] ᄂ려 히닶 겨틔 사ᄂ니 이 阿항脩슐羅랑ᄂ 빈야[84] 나ᄂ니라 天텬趣츙[85]예 브트니ᄂ 世솅界갱를 자바 가져 히미 ᄉᆞᄆᆞ차[86] 저픈[87] 거시 업서 梵뻠王왕 帝뎅釋셕

---

68) 귀옛: 귀(귀, 耳) + -예(←-에: 부조, 위치) + -ㅅ(-의: 관조)

69) 코: ᄒ(← ᄒ다: 하다, 曰) - + -고(연어, 계기)

70) 瞋心: 진심. 왈칵 성내는 마음이다.

71) 닐어: 닐[←니르다(일으키다, 起): 닐(일어나다: 자동) - + -으(사접)-] - + -어(연어)

72) 니르와다: 니르왇[일으키다, 起: 닐(일어나다, 起) - + -으(사접) - + -왇(강접)-] - + -아(연어)

73) 알ᄑᆡᆺ: 앒(앞, 前) + -ᄋᆡ(-에: 부조, 위치) + -ㅅ(-의: 관조) ※ '알ᄑᆡᆺ'은 '앞에 있는'으로 옮긴다.

74) ᄀ리와든: ᄀ리오[가리게 하다: ᄀ리(가리다, 蔽) - + -오(사접)-] - + -아든(-거든: 연어, 조건)

75) 鬼趣: 귀취. 아귀(餓鬼)의 세계(世界)이다. ※ '취(趣)'는 중생(衆生)의 업인(業因)에 의하여 나아가다는 곳이다. ※ '아귀(餓鬼)'는 계율을 어기거나 탐욕을 부려 아귀도에 떨어진 귀신이다.

76) 브트니ᄂ: 븥(붙다, 附) - + -Ø(과시) - + -은(관전) # 이(이, 者: 의명) + -ᄂ(보조사, 주제)

77) 귓것: [귀신: 귀(鬼, 귀신) + -ㅅ(관조, 사잇) + 것(것, 者: 의명)]

78) 護持ᄒ논: 護持ᄒ[호지하다: 護持(호지: 명사) + -ᄒ(동접)-] - + -ㄴ(←-ᄂ-: 현시) - + -오(대상) - + -ㄴ(관전) ※ '護持(호지)'는 보호하여 지니는 것이다.

79) 뷔유메: 뷔(비다, 空) - + -윰(←-움: 명전) + -에(부조, 위치)

80) ᄢᅡ: ᄢᅥ(←ᄭ다: 까다) - + -아(연어) ※ 사생(四生) 중에서 난생(卵生)을 이른다.

81) 人趣: 인취. 인간 세계이다. ※ '취(趣)'는 중생(衆生)이 업인(業因)에 의하여 나아가는 곳이다.

82) 사오나바: 사오낳(← 사오납다, ㅂ불: 사납다, 猛) - + -아(연어)

83) 뻐러디여: 뻐러디[떨어지다, 落: 뻘(떨다, 離) - + -어(연어) + 디(지다, 落)-] - + -여(←-어: 연어)

84) 빈야: 빈[배다, 孕: 빈(배, 腹: 명사) - + -Ø(동접)-] - + -야(←-아: 연어) ※ 태생(胎生)이다.

85) 天趣: 천취. 오취(五趣)·육도(六道)의 하나이다. 사람이 죽어 돌아갈 하늘이다.

86) ᄉᆞᄆᆞ차: ᄉᆞᄆᆞᆾ(사무치다, 달통하다, 꿰뚫다, 通達) - + -아(연어)

87) 저픈: 저프[두렵다, 恐: 젛(두려워하다, 懼: 동사) - + -브(형접)-] - + -Ø(현시) - + -ㄴ(관전)

四天王(사천왕)과 겨루나니, 이 阿脩羅(아수라)는 변화(化生)하여 나느니라. 畜生趣(축생취)에 붙은 이는 各別(각별)히 사나운 阿脩羅(아수라)가 바다 가운데에 나서 바닷물이 새는 구멍에 들어 있어, 아침에는 虛空(허공)에 나서 놀다가 저녁에는 물에 가서 자나니, 이 阿脩羅(아수라)는 축축한 氣韻(기운)으로 변하여 나느니라. 이 法華(법화)에 있는 阿脩羅(아수라)들은 天趣(천취)이다. 】, 네 迦樓羅王(가루라왕)인 大威德迦樓羅王(대위가루라왕)과 大身迦樓羅王(대신가루라왕)과 大滿迦樓羅王(대만가루라왕)과

四ᄉᆞᆼ天텬王왕과 겻구ᄂᆞ니[88] 이 阿항脩슣羅랑ᄂᆞᆫ ᄃᆞ외야 나ᄂᆞ니라[89] 畜휵生ᄉᆡᆼ趣츙[90]예 브트니ᄂᆞᆫ 各각別볋히 사오나ᄫᆞᆫ 阿항脩슣羅랑ㅣ 바ᄅᆞᆳ 가온ᄃᆡ[91] 나아 바ᄅᆞᆳ믈 ᄉᆡᄂᆞᆫ[92] 굼긔[93] 드러 이셔 아ᄎᆞᄆᆡᄂᆞᆫ[94] 虛헝空콩애 나아 노다가[95] 나조ᄒᆡᆫ[96] 므레[97] 가 자ᄂᆞ니 이 阿항脩슣羅랑ᄂᆞᆫ 축축ᄒᆞᆫ 氣킝韻운으로 ᄃᆞ외야 나ᄂᆞ니라[98] 이 法법華황앳[99] 阿항脩슣羅랑ᄃᆞᆯᄒᆞᆫ[1] 天텬趣츙ㅣ라】 네 迦강樓룽羅랑王왕[2] 大땡威휭德득迦강樓룽羅랑王왕과 大땡身신迦강樓룽羅랑王왕과 大땡滿만迦강樓룽羅랑王왕과

---

88) 겻구ᄂᆞ니: 겻구(겨루다, 競)- + -ᄂᆞ(현시)- + -니(연어, 설명 계속)

89) ᄃᆞ외야: ᄃᆞ외(되다, 변화하다, 化)- + -야(← -아: 연어) ※ 'ᄃᆞ외야 나ᄂᆞ니라'는 四生(사생) 중에서 '化生(화생)'을 직역하여 표현한 것이다. ※ '化生(화생)'은 다른 물건에 기생하지 않고 스스로 업력에 의하여 갑자기 화성(化成)하는 생물을 이른다. '나비' 등이 화생하는 것이다.

90) 畜生趣: 축생취. 축생의 업(業)을 지은 사람이 태어나는 세계이다.

91) 가온ᄃᆡ: 가운데, 中.

92) ᄉᆡᄂᆞᆫ: ᄉᆡ(새다, 漏)- + -ᄂᆞ(현시)- + -ㄴ(관전)

93) 굼긔: 굶(← 구무: 구멍, 孔) + -의(-에: 부조, 위치)

94) 아ᄎᆞᄆᆡᄂᆞᆫ: 아ᄎᆞᆷ(아침, 朝) + -ᄋᆡ(-에: 부조, 위치) + -ᄂᆞᆫ(보조사, 주제)

95) 노다가: 노(← 놀다: 놀다, 遊)- + -다가(연어, 전환)

96) 나조ᄒᆡᆫ: 나조ㅎ(저녁, 夕) + -ᄋᆡ(-에: 부조, 위치) + -ㄴ(← -ᄂᆞᆫ: 보조사, 주제)

97) 므레: 믈(물, 水) + -에(부조, 위치)

98) 축축ᄒᆞᆫ 氣韻으로 ᄃᆞ외야 나ᄂᆞ니라: 습생(濕生)을 이른다. 사생(四生)의 하나로서, 습한 곳에서 태어나는 생물을 이른다. 뱀이나 개구리 따위가 습생으로 태어난다. ※ '四生(사생)'은 생물(生物)이 생겨나는 네 가지 형식이다. 곧 사람과 같은 태생(胎生), 새와 같은 난생(卵生), 나비와 같은 화생(化生), 개구리와 같은 습생(濕生)을 총칭하여 이르는 말이다.

99) 法華앳: 法華(법화) + -애(-에: 부조, 위치) + -ㅅ(-의: 관조) ※ '法華앳'은 '법화경에 있는'의 뜻이다.

1) 阿脩羅ᄃᆞᆯᄒᆞᆫ: 阿脩羅ᄃᆞᆯㅎ[아수라들; 阿脩羅(아수라) + -ᄃᆞᆯㅎ(-들: 복접)] + -ᄋᆞᆫ(보조사, 주제

2) 迦樓羅王: 가루라왕. '迦樓羅(가루라)'는 인도신화에 나오는 상상의 새이다. 모습은 독수리와 비슷하고 날개는 봉황의 날개와 같다. 한번 날개를 펴면 360리나펼쳐진다고 한다. 머리와 날개가 황금빛인 탓에 황금빛 날개라는 뜻의 새수파르나(suparna)와 동일시하여 금시조(金翅鳥)라 부르며, 묘한 날개를 지녔다해서 묘시조(妙翅鳥)라고도 한다. 사는 곳은 수미산 사해(四海)로 전해진다.

意·ᄒᆡᆼ 迦강 樓룽 羅랑 王왕이 各·각
若·약 千간 百·뵉 千쳔 眷·권 屬·쑉 ᄃ·ᆞ려 와 各·각
身신 홀·씨·온 큰 龍룡 威·ᄒᆡᆼ·을 저·는 威·ᄒᆡᆼ 嚴엄 大·땡 足·죡
珠즁 實·쏄 와 엔·룰 ·다 왯·ᄂᆞ·니·라 夜·양·ᄋᆞᆯ 눈 ·와 ·며 如·ᅀᅧᆼ 意·ᄒᆡᆼ 大·땡 滿·만·ᄋᆞᆯ ·히 큰 威·ᄒᆡᆼ 嚴엄 大·땡
意·ᄒᆡᆼ 如·ᅀᅧᆼ 큰 모·미·라 大·땡 龍룡
羅랑 寶·ᇦ 홀·쎠 이·라 홀·씨·온 身신 ·니·ᄅᆞᆯ큰 龍룡 자·바 머·구·믈 ᄠᅳ·데
德득 闍썅 世·솅 王왕 이 韋윙 提똉 希힁 各·각 千쳔
관 의아돌阿항闍썅世·솅王왕이 若·약 希힁 各·각 千쳔

如意迦樓羅王(여의가루라왕)이 各各(각각) 대략(大略) 百千(백천)의 眷屬(권속)을 데려와 있으며 【大威(대위)는 큰 威嚴(위엄)이니 龍(용)을 두렵게 하느니라. 大身(대신)은 큰 몸이다. 大滿(대만)은 대단히 가득한 것이니, 龍(용)을 잡아먹는 것을 뜻에 足(족)한 것이다. 如意(여의)는 앞 목에 如意珠(여의주)가 있는 것이다. 夜叉(야차)와 摩睺羅(마후라)를 아니 이를 뿐이지 實(실)에는 다 와 있더니라. 】韋提希(위제희)의 아들인 阿闍世王(아사세왕)이 대략(大略) 百千(백천)의 眷屬(권속)을 데려와 各各(각각)

如셩意힁迦강樓릏羅랑王왕이 各각各각 若샥干간 百빅千쳔 眷권屬쑉 ᄃᆞ려와 이시며【大땡威휭ᄂᆞᆫ 큰 威휭嚴엄이니 龍룡ᄋᆞᆯ 저히ᄂᆞ니라[3] 大땡身신ᄋᆞᆫ 큰 모미라 大땡滿만ᄋᆞᆫ ᄀᆞ장[4] ᄀᆞᄃᆞᆨ홀[5] 씨니[6] 龍룡 자바머구믈[7] ᄠᅳ데 足죡ᄒᆞᆯ 씨라 如셩意힁ᄂᆞᆫ 며개예[8] 如셩意힁珠즁[9] 이실 씨라 夜양叉창[10]와 摩망睺흫羅랑와ᄅᆞᆯ[11] 아니 니를ᄯᆞᆫ뎡[12] 實씷엔 다 왯더라[13]】 韋윙提똉希힁[14]의 아ᄃᆞᆯ 阿항闍썅世솅王왕[15]이 若샥干간 百빅千쳔 眷권屬쑉 ᄃᆞ려와 各각各각

---

3) 저히ᄂᆞ니라: 저히[두렵게 하다, 위협하다: 젛(두려워하다, 懼: 자동)- + -이(사접)-]- + -ᄂᆞ(현시)- + -니(원칙)- + -라(← -다: 평종)

4) ᄀᆞ장: 대단히, 大(부사)

5) ᄀᆞᄃᆞᆨ홀: ᄀᆞᄃᆞᆨᄒᆞ[가득하다, 滿: ᄀᆞᄃᆞᆨ(가득, 滿: 부사) + -ᄒᆞ(형접)-]- + -ㄹ(관전)

6) 씨니: ㅆ(← ᄉᆞ: 것, 者, 의명) + -이(서조)- + -니(연어, 설명 계속)

7) 자바머구믈: 자바먹[잡아먹다, 捕食: 잡(잡다, 捕)- + -아(연어) + 먹(먹다, 食)-]- + -움(명전) + -을(목조)

8) 며개예: 며개(목의 앞쪽) + -예(← -에: 부조, 위치)

9) 如意珠: 여의주. 용의 턱 아래에 있는 영묘한 구슬이다. 이것을 얻으면 무엇이든 뜻하는 대로 만들어 낼 수 있다고 한다.

10) 夜叉: 야차. 팔부중의 하나로서, 사람을 괴롭히거나 해친다는 사나운 귀신이다.

11) 摩睺羅와ᄅᆞᆯ: 摩睺羅(마후라) + -와(접조) + -ᄅᆞᆯ(목조) ※ '摩睺羅(마후라)'는 산스크리트어인 mahoraga의 음사이다. '대망신(大蟒神)·대복행(大腹行)'이라 번역한다. 팔부중(八部衆)의 하나로서, 몸은 사람과 같고 머리는 뱀과 같은 형상을 한 음악의 신(神)이다. 또는 땅으로 기어 다닌다는 거대한 용(龍)이다.

12) 니를ᄯᆞᆫ뎡: 니르(이르다, 曰)- + -ㄹᄯᆞᆫ뎡(-을 뿐이지: 연어, 양보)

13) 왯더라: 오(오다, 來)- + -아(연어) + 잇(← 이시다: 있다, 보용, 완료 지속) + -더(회상)- + -라(← -다: 평종) ※ '왯더라'는 '와 잇더라'가 축약된 형태이다.

14) 韋提希: 위제희(Vedehi). 마가다국의 왕비로서 남편인 빔비사라왕(bimbisāra)과 함께 독실한 불교 신자였다. 아들 아자타샤트루(ajātaśatru)가 데바다타의 꾀임에 넘어가 부왕을 감금하자, 아들을 설득하여 뉘우치게 하였으나 이미 빔비사라왕은 감옥에서 굶어 죽은 뒤였다. 아들은 후에 독실한 불교 신자가 되었다.

15) 阿闍世王: 아사세왕(ajātaśatru). 미생원(未生怨, 未生冤)이라고 번역한다. 부왕(父王)인 빔비사라(bimbisāra)를 감옥에 가두어 죽이고 즉위한 마가다국(magadha國)의 왕이다. 기원전 550년경-기원전 520년경 사이에 재위했다. 어머니는 위제희(韋提希)이다. 코살라국(kosala國)과 카시국(kāśi國)과 브리지국(vṛji國)을 정복하였고, 아들인 우다야바드라(udaya-bhadra)에게 살해되었다.

부텻 바래 禮(롕)數(숭)ᄒᆞᅀᆞᆸ고 ᄒᆞ 녁 面(면)에 믈러안ᄌᆞ니라 【各(각)各(각)은 다 닐온 마리라】 그저긔 世(솅)尊(존)끠 四(ᄉᆞ)眾(즁)이 圍(윙)繞(ᅀᅭᆸ)ᄒᆞ슣ᄫᅡ 이셔 供(공)養(양)ᄒᆞ슣ᄫᅧ며 恭(공)敬(경)ᄒᆞ슣ᄫᅡ며 尊(존)重(뜡)히 너기ᅀᆞᄫᅡ 讚(잔)歎(탄)ᄒᆞ슣더니 菩(뽕)薩(삻) 위ᄒᆞ샤 大(땡)乘(씽)經(경)을 니ᄅᆞ시니 【大(땡)乘(씽)經(경)은 大(땡)乘(씽)엣 經(경)이라】 일후미 無(뭉)量(량)義(읭)니

부처의 발에 禮數(예수)하고 한쪽 面(면)에 물러 앉았니라.【各各(각각)은 위를 다 이른 말이다.】 그때에 世尊(세존)께 四眾(사중)이 圍遶(위요)하여 있어서, (세존을) 供養(공양)하며 恭敬(공경)하며 尊重(존중)히 여기어 讚歎(찬탄)하더니, (세존이) 菩薩(보살)들을 위하시어 大乘經(대승경)을 이르시니【大乘經(대승경)은 大乘(대승)에 관한 經(경)이다.】(그) 이름이 無量義(무량의)이니

부텻 바래¹⁶⁾ 禮_롕數_숭ᄒᆞᆸ고¹⁷⁾ ᄒᆞ녁¹⁸⁾ 面_면에 믈러¹⁹⁾ 안ᄌᆞ니라²⁰⁾ 【各_각各_각은 우흘²¹⁾ 다 닐온²²⁾ 마리라 】 그 저긔 世_솅尊_존ㅅ긔 四_{ᄉᆞ}衆_즁²³⁾이 圍_윙繞_{ᅀᅭᆸ}ᄒᆞᅀᄫᅡ²⁴⁾ 이셔 供_공養_양ᄒᆞᅀᄫᅥ며²⁵⁾ 恭_공敬_경ᄒᆞᅀᄫᅥ며 尊_존重_뜡히²⁶⁾ 너기ᅀᄫᅡ²⁷⁾ 讚_잔嘆_탄ᄒᆞᅀᆸ더니 菩_뽕薩_삻들²⁸⁾ 위ᄒᆞ샤 大_땡乘_씽經_경²⁹⁾을 니르시니 【大_땡乘_씽經_경은 大_땡乘_씽엣³⁰⁾ 經_경이라 】 일후미³¹⁾ 無_뭉量_량義_읭³²⁾니

---

16) 바래: 발(발, 足) + -애(-에: 부조, 위치)

17) 禮數ᄒᆞᆸ고: 禮數ᄒᆞ[예수하다: 禮數(예수: 명사) + -ᄒᆞ(동접)-] + -ᄉᆞᆸ(객높)- + -고(연어, 계기) ※ '禮數(예수)'는 명성이나 지위에 알맞게 예의를 차리는 것이다.

18) ᄒᆞ녁: ᄒᆞ녁[한쪽, 一便: ᄒᆞ(← ᄒᆞᆫ: 한, 一, 관사, 양수) + 녁(녘, 쪽, 便)]

19) 믈러: 믈리(← 므르다: 물러나다, 退) + -어(연어)

20) 안ᄌᆞ니라: 앉(앉다, 坐)- + -Ø(과시)- + -ᄋᆞ니(원칙)- + -라(← -다: 평종)

21) 우흘: 우ㅎ(위, 上) + -을(목조)

22) 닐온: 닐(← 니르다: 이르다, 曰)- + -Ø(과시)- + -오(대상)- + -ㄴ(관전)

23) 四衆: 사중. 부처의 네 종류 제자이다. 비구(比丘), 비구니(比丘尼), 우바새(優婆塞), 우바니(優婆尼)이다.

24) 圍繞ᄒᆞᅀᄫᅡ: 圍繞ᄒᆞ[위요하다: 圍繞(위요: 명사) + -ᄒᆞ(동접)-] + -ᅀᆞᆸ(← -ᅀᆞᆸ-: 객높)- + -아(연어) ※ '圍繞(위요)'는 부처의 둘레를 돌아다니는 것이다.

25) 供養ᄒᆞᅀᄫᅥ며: 供養ᄒᆞ[공양하다: 供養(공양: 명사) + -ᄒᆞ(동접)-] + -ᅀᆞᆸ(← -ᅀᆞᆸ-: 객높)- + -ᄋᆞ며(연어, 나열)

26) 尊重히: [존중히: 尊重(존중: 명사) + -ᄒᆞ(← -ᄒᆞ-: 동접)- + -이(부접)]

27) 너기ᅀᄫᅡ: 너기(여기다, 念)- + -ᅀᆞᆸ(← -ᅀᆞᆸ-: 객높)- + -아(연어)

28) 菩薩들: [보살들: 菩薩(보살) + -들(← -들ㅎ: 복접)]

29) 大乘經: 대승경. 대승(大乘)의 교법(教法)을 해설한 다섯 가지의 불경(佛經)이다. 곧 '화엄경(華嚴經)·범망경(梵網經)·반야경(般若經)·법화경(法華經)·유마경(維摩經)'이다.

30) 大乘엣: 大乘(대승) + -에(부조, 위치) + -ㅅ(-의: 관조) ※ '大乘엣'은 '大乘에 관한'으로 의역하여 옮긴다. ※ '大乘(대승)'은 중생을 제도하여 부처의 경지에 이르게 하는 것을 이상으로 하는 불교. 그 교리이다, 이상과 목적이 모두 크고 깊으며 그것을 받아들이는 중생의 능력도 큰 그릇이라 하여 이렇게 이른다. 한국, 중국, 일본의 불교가 이에 속한다.

31) 일후미: 일훔(이름, 名) + -이(주조)

32) 無量義: 무량의. 법화 삼부경(法華三部經)의 하나이다. 오늘날 전하는 것은 중국 제나라의 담마가타야사(曇摩伽陀耶舍)가 건원 3년(481)에 조정사(朝亭寺)에서 번역한 것이다. 법화경의 서론이라고 할 수 있으며, 하나의 공상(空相)에서 무량(無量)의 법(法)이 나오는 것을 설명하였다. 1권.

無뭉量량義읭 니〮ᄂᆞᆫ〮 業·읍順·쓘·ㄸ디·라 義·읭혼 마·ᄂ리·그·지 菩뽕薩·삻 念·념 護·萼 그〮ᄅᆞ치〮시〮ᄂᆞᆫ 法·법이〮라 부텨〮護·萼念·념ᄒᆞ〮시〮ᄂᆞᆫ〮배·라 부텨〮이〮 經경無뭉量량義읭處〮청三삼昧·밍예〮니르·시〮고〮 結·結跏강趺뭉坐·쫭ᄒᆞ〮샤〮 엗드르·샤〮고〮디〮라ᄂᆞᆫ 몸〮과〮 ᄆᆞᅀᆞᆷ〮과〮 움〮즉·디아〮니ᄒᆞ〮야〮겨·시거〮늘 그〮 저〮그〮기〮하〮ᄂᆞᆯ〮해〮셔〮曼만陀땅羅랑華ᄒᆡᆼ와〮 摩망訶항曼만陀땅羅랑華ᄒᆡᆼ와〮曼만

【 無量義(무량의)는 '그지없는 뜻이다.'고 한 말이다. 】, (무량의는) 菩薩(보살)을 가르치시는 法(법)이라 부처가 護念(호념)하시는 바이다. 부처가 이 經(경)을 이르시고 結跏趺坐(결가부좌)하시어 無量義處三昧(무량의처삼매)에 드시어 【處(처)는 곳이다.】 몸과 마음이 움직이지 아니하여 계시거늘, 그때에 하늘에서 曼陀羅華(만다라화)와 摩訶曼陀羅華(마하만다라화)와

[12 앞]

【 無뭉量량義읭ᄂᆞᆫ 그지업슨[33] ᄠᅳ디라[34] ᄒᆞᆫ 마리라 】 菩뽕薩삻 ᄀᆞᄅᆞ치시논[35] 法법이라[36] 부터 護ᅘᅩᇰ念념ᄒᆞ시논[37] 배라[38] 부텨 이 經경 니르시고 結겷加강趺봉坐쫭ᄒᆞ샤[39] 無뭉量량義읭處청三삼昧밍[40]예 드르샤【 處청는 고디라[41] 】 몸과 ᄆᆞᅀᆞᆷ괘[42] 움즉디[43] 아니ᄒᆞ야 겨시거늘[44] 그 저긔 하ᄂᆞᆯ해셔[45] 曼만陁땅羅랑華ᅘᅪᇰ[46]와 摩망訶항曼만陁땅羅랑華ᅘᅪᇰ[47]와

---

33) 그지업슨: 그지없[그지없다, 無量: 그지(한도, 限: 명사) + 없(없다, 無: 형사)-]- + -Ø(현시)- + -은(관전)

34) ᄠᅳ디라: ᄠᅳᆮ(뜻, 義)- + -이(서조)- + -Ø(현시)- + -라(← -다: 평종)

35) ᄀᆞᄅᆞ치시논: ᄀᆞᄅᆞ치(가르치다, 敎)- + -시(주높)- + -ㄴ(← -ᄂᆞ-: 현시)- + -오(대상)- + -ㄴ(관전)

36) 法이라: 法(법) + -이(서조)- + -Ø(현시)- + -라(← -아: 연어, 이유)

37) 護念ᄒᆞ시논: 護念ᄒᆞ[호념하다: 護念(호념: 명사) + -ᄒᆞ(동접)-]- + -시(주높)- + -ㄴ(← -ᄂᆞ-: 현시)- + -오(대상)- + -ㄴ(관전) ※ '護念(호념)'은 불보살이 선행을 닦는 중생을 늘 잊지 않고 보살펴 주는 일이다.

38) 배라: 바(바, 所: 의명) + -ㅣ(← -이-: 서조)- + -Ø(현시)- + -라(← -다: 평종)

39) 結加趺坐ᄒᆞ샤: 結加趺坐ᄒᆞ[결가부좌하다, 가부좌를 하다: 結加趺坐(결가부좌) + -ᄒᆞ(동접)-]- + -샤(← -시-: 주높)- + -Ø(← -아: 연어) ※ '跏趺坐(가부좌)'는 부처의 좌법(坐法)으로 좌선할 때 앉는 방법의 하나이다. 오른쪽 발을 왼쪽 허벅다리 위에, 왼쪽 발을 오른쪽 허벅다리 위에놓고 앉는 항마좌(降魔坐)와 그 반대의 길상좌(吉祥坐)가 있으며, 부처는 반드시 이렇게 앉으므로 불좌(佛坐)·여래좌(如來坐)라고 한다. 한편, 왼쪽 발을 그대로오른쪽 발 밑에 두고 오른쪽 발만을 왼쪽 허벅다리 위에 올려 놓는 것을 반가부좌(半跏趺坐)·보살좌(菩薩坐)라고 한다.

40) 無量義處三昧: 무량의처삼매. '삼매(Samādhi)'는 불교 수행의 한 방법으로 심일경성(心一境性)이라 하여, 마음을 하나의 대상에 집중하는 정신력이다. 따라서 '無量義處三昧'는 '무량의처'에 집중하는 정신력이다.

41) 고디라: 곧(곳, 處: 의명) + -이(서조)- + -Ø(현시)- + -라(← -다: 평종)

42) ᄆᆞᅀᆞᆷ괘: ᄆᆞᅀᆞᆷ(마음, 心) + -과(접조) + -ㅣ(← -이: 주조)

43) 움즉디: 움즉(움직이다, 動: 자동)- + -디(-지: 연어, 부정)

44) 겨시거늘: 겨시(계시다: 보용, 완료 지속, 높임)- + -거늘(연어, 상황)

45) 하ᄂᆞᆯ해셔: 하ᄂᆞᆶ(하늘, 天) + -애(-에: 부조, 위치) + -셔(-서: 보조사, 위치 강조)

46) 曼陁羅華: 만다라화(mandārava). 불전에 보이는 천화(천계의 꽃)의 하나이다. 석가나 여래들의 깨달음이나 설법시에 이를 기뻐하는 신들의 뜻에 따라서 스스로 공중에 피어서 내려온다고 한다.

47) 摩訶曼陁羅華: 마하만다라화. '摩訶(mahā)'는 '크다(大)'의 뜻을 나타낸다.

殊ᄽᅳᆼ沙상華ᅘᅪ·와 摩망詞항曼만殊

沙상華ᅘᅪ를 그ᅦ 비ᄒᆞ며 롤무텃우콰 大땡衆즁 돌히

世솅界갱 너븐 부텻 世솅界갱 여슷 가지로 震진動똥ᄒᆞ더

曼만陁땅羅랑ᄋᆞᆫ 뜨데 맛다 ᄒᆞᆫ 마리오 曼만殊맛沙상ᄂᆞᆫ 보ᄃᆞ랍다 ᄒᆞᆫ 마리니 다 하ᄂᆞᆯ 貴귕ᄒᆞᆫ 고지라

니 그ᄢᅴ 會ᅘᅬᆼ中듕엣 가지로 震진動똥ᄒᆞ더 會ᅘᅬᆼ中듕ᄋᆞᆫ 모다 잇ᄂᆞᆫ 中듕이라

優ᅙ품丘쿵比삥丘쿵尼닝優ᅙ婆ᄬ塞ᄉᆡᆨ優ᅙ婆ᄬ夷잉天텬龍룡夜양叉창乾

曼殊沙華(만수사화)와 摩訶曼殊沙華(마하만수사화)를 부처의 위와 大衆(대중)들에게 흩뿌리며【曼陁羅(만다라)는 '뜻에 마땅하다.'고 한 말이요 曼殊沙(만수사)는 '보드랍다.'고 한 말이니, 다 하늘의 貴(귀)한 꽃이다.】, 넓은 부처의 世界(세계)가 여섯 가지로 震動(진동)하더니, 그때에 會中(회중)에 있는【會中(회중)은 모여 있는 中(중)이다.】比丘(비구)·比丘尼(비구니)·優婆塞(우바새)·優婆夷(우바이)·天(천)·龍(용)·夜叉(야차)

曼_만殊_쓩沙_상華_행⁴⁸⁾와 摩_망訶_항曼_만殊_쓩沙_상華_행를 부텻 우콰⁴⁹⁾ 大_땡衆_즁들히⁵⁰⁾ 그에⁵¹⁾ 비흐며⁵²⁾【曼_만陀_땅羅_랑ᄂᆞᆫ 뜨데 맛당ᄒᆞ다⁵³⁾ 혼 마리오 曼_만殊_쓩沙_상ᄂᆞᆫ 보ᄃᆞ랍다⁵⁴⁾ 혼 마리니 다 하ᄂᆞᆳ 貴_귕ᄒᆞᆫ 고지라⁵⁵⁾】 너븐⁵⁶⁾ 부텻 世_솅界_갱 여슷 가지로 震_진動_똥ᄒᆞ더니 그 ᄢᅴ⁵⁷⁾ 會_휑中_듕엣⁵⁸⁾【會_휑中_듕은 모댓ᄂᆞᆫ⁵⁹⁾ 中_듕이라】比_뼁丘_쿨⁶⁰⁾ 比_뼁丘_쿨尼_닝⁶¹⁾ 優_{ᅙᅮᇢ}婆_뻉塞_싱⁶²⁾ 優_{ᅙᅮᇢ}婆_뻉夷_잉⁶³⁾ 天_텬⁶⁴⁾ 龍_룡⁶⁵⁾ 夜_양叉_창⁶⁶⁾

---

48) 曼殊沙華: 만수사화. 천상계에 있는 꽃 이름이다. 만수사(曼殊沙)는 보드랍다는 뜻이다. 이 꽃을 보면 악업(惡業)을 여읜다고 한다.

49) 우콰: 웋(위, 上) + -과(접조)

50) 大衆들히: 大衆들히[대중들: 大衆(대중) + -들ㅎ(-들: 복접)] + -ᅵ(-의: 관조)

51) 그에: 거기에, 彼處(의명) ※ '大衆들히 그에'를 직역하면 '大衆들의 거기에'로 옮겨야 한다. 여기서는 문맥을 고려하여 '대중들에게'로 의역하여 옮긴다.

52) 비흐며: 빟(흩뿌리다, 散)- + -으며(연어, 나열)

53) 맛당ᄒᆞ다: 맛당ᄒᆞ[마땅하다, 當: 맛(← 맞다: 맞다, 當)- + 당(당, 當: 불어) + -ᄒᆞ(형접)-]- + -Ø(현시)- + -다(평종)

54) 보ᄃᆞ랍다: 보ᄃᆞ릅[보드랍다, 柔: 보ᄃᆞᆯ(보ᄃᆞᆯ: 불어) + -압(형접)-]- + -Ø(현시)- + -다

55) 고지라: 곶(꽃, 花) + -이(서조)- + -Ø(현시)- + -라(← -다: 평종)

56) 너븐: 넙(넓다, 普)- + -Ø(현시)- + -은(관전)

57) ᄢᅴ: ᄣ(← ᄢ: 때, 時) + -의(-에: 부조, 위치)

58) 會中엣: 會中(회중) + -에(부조, 위치) + -ㅅ(-의: 관조) ※ '會中(회중)'은 모임을 갖는 도중이다.

59) 모댓ᄂᆞᆫ: 몯(모이다, 會)- + -아(연어) + 잇(← 이시다: 있다, 보용, 완료 지속)- + -ᄂᆞ(현시)- + -ㄴ(관전) ※ '모댓ᄂᆞᆫ'은 '모다 잇ᄂᆞᆫ'이 축약된 형태이다.

60) 比丘: 비구. 출가하여 구족계를 받은 남자 승려이다. 비구와 비구니가 지켜야 할 계율이다. 비구에게는 250계, 비구니에게는 348계가 있다.

61) 比丘尼: 비구니. 출가하여 구족계를 받은 여자 승려이다.

62) 優婆塞: 우바새. 속세에 있으면서 불교를 믿는 남자이다.

63) 優婆夷: 우바이. 속세에 있으면서 불교를 믿는 여자이다.

64) 天: 천. 각 하늘(天)을 다스리는 천신(天神)을 이른다.

65) 龍: 용. 인도 신화에서 거대한 뱀의 형상을 지닌 '나가(Naga)'는 지하세계에서 대지의 보물을 지키는 존재로 묘사되는데, 불교에서는 불법(佛法)을 수호하는 용왕(龍王)으로 표현된다.

66) 夜叉: 야차. 팔부중(八部衆)의 하나로서, 사람을 괴롭히거나 해친다는 사나운 귀신이다.

闥밣婆빵阿ᅙᅡᆼ脩슈羅랑迦강樓룡
건달바羅랑緊낀那낭羅랑摩망眹뗭羅랑迦강
강신人ᅀᅵᆫ非빙人ᅀᅵᆫ과소諸정小숗王왕
王왕려혀긔근小숗王왕이라온여轉둰輪륜聖셩
과諸정小숗王왕이大땡衆즁돌히녜업던이롤
얻자ᄫᅡ歡환喜횡合ᅘᅡᆸ掌쟝ᄒᆞ야歡환喜횡
씨는라깃글ᄒᆞᆫᄆᆞᅀᆞᆷ로부텨를보ᅀᆞᄫᅥᆮ더
니그쩨부톄眉밍間간白ᄲᆡᆨ毫ᅘᅩᇂ相샹

乾闥婆(건달바)·阿脩羅(아수라)·伽樓羅(가루라)·緊那羅(긴나라)·摩眹羅迦(마후라가)·人非人(인비인)과 또 諸小王(제소왕)과【諸小王(제소왕)은 여러 작은 王(왕)이다.】轉輪聖王(전륜성왕)과 이 大衆(대중)들이 옛날에 없던 일을 얻어서 歡喜(환희)·合掌(합장)하여【歡喜(환희)는 기쁜 것이다.】한 마음으로 부처를 보아 있더니, 그때에 부처가 眉間(미간)의 白毫相(백호상)에서 나오는

乾껀闥탏婆빵⁶⁷⁾ 阿항脩슣羅랑⁶⁸⁾ 迦강樓룧羅랑⁶⁹⁾ 緊긴那낭羅랑⁷⁰⁾ 摩망睺뽛羅랑
迦강⁷¹⁾ 人신非빙人신⁷²⁾과 또 諸졍小숗王왕과【諸졍小숗王왕은 여러 혀근⁷³⁾ 王왕
이라】 轉둰輪륜聖셩王왕⁷⁴⁾과 이 大땡衆즁들히 녜⁷⁵⁾ 업던 이를 얻ᄌᆞ바
歡환喜횡 合ᄒᆞᆸ掌쟝ᄒᆞ야【歡환喜횡는 깃글⁷⁶⁾ 씨라】 ᄒᆞᆫ ᄆᆞᅀᆞᄆᆞ로 부텨를 보
ᅀᆞᄫᆞ뗏더니⁷⁷⁾ 그 ᄢᅴ 부톄 眉밍間간 白ᄈᆡᆨ毫뽛相샹앳⁷⁸⁾

---

67) 乾闥婆: 건달바. 건달바(Gandharra)왕. 팔부중(八部衆)의 하나이다. 수미산 남쪽의 금강굴에 살
   며 제석천(帝釋天)의 아악(雅樂)을 맡아보는 신으로, 술과 고기를 먹지 않고 향(香)만 먹으며 공
   중으로 날아다닌다고 한다.

68) 阿脩羅: 아수라. 팔부중(八部衆)의 하나이다. 싸우기를 좋아하는 귀신으로, 항상 제석천과 싸움
   을 벌인다.

69) 迦樓羅: 가루라. 인도신화에 나오는 상상의 새이다. 모습은 독수리와 비슷하고 날개는 봉황의 날
   개와 같다. 한번 날개를 펴면 360리나 펼쳐진다고 한다. 사는 곳은 수미산 사해(四海)이다.

70) 緊那羅: 긴나라. 긴나라(kiṃnara)는 의인(疑人)·인비인(人非人)이라 번역한다. 팔부중(八部衆)의
   하나로서, 노래하고 춤추는 신(神)으로 형상은 사람인지 아닌지 애매하다고 한다.

71) 摩睺羅迦: 마후라가(mahoraga). '대망신(大睺神)·대복행(大腹行)'이라 번역한다. 팔부중(八部衆)
   의 하나로서, 몸은 사람과 같고 머리는 뱀과 같은 형상을 한 음악의 신(神)이다. 또는 땅으로 기
   어 다닌다는 거대한 용(龍)이다.

72) 人非人: 인비인. 인(人)은 사람, 비인(非人)은 팔부중(八部衆)·귀신·축생 등을 말한다.

73) 혀근: 혁(작다, 小)- + -Ø(현시) + -은(관전)

74) 轉輪聖王: 전륜성왕. 인도 신화에서 통치의 수레바퀴를 굴려, 세계를 통일·지배하는 이상적인
   제왕이다. 몸에 32상(三十二相)과 7보(七寶)를 갖추고 있으며, 무력에 의하지 않고, 정의에 의해
   서만 천하를 지배한다고 하는 전륜왕에는 금륜(金輪)·은륜(銀輪)·동륜(銅輪)·철륜(鐵輪)의 네
   왕이 있다. 일설에 의하면 인간의 수명이 2만세에 도달할 때 먼저 철륜왕이 출현하여 일천하의
   왕이 되고, 8만세에 도달할 때 금륜왕이 출현하여 사천하를 다스린다고 한다. 수미산을 중심으
   로 흩어져 있는 남섬부주(南贍部洲)를 비롯한 네 개의 섬을 정법으로 통솔한다.

75) 녜: 옛날, 昔.

76) 깃글: 깃(기뻐하다, 歡)- + -을(관전)

77) 보ᅀᆞᄫᆞ뗏더니: 보(보다, 觀)- + -ᅀᆞ(←-ᅀᆞᆸ: 객높)- + -아(연어) + 잇(← 이시다: 있다, 보용, 완료
   지속)- + -더(회상)- + -니(연어, 설명 계속) ※ '보ᅀᆞ뗏더니'는 '보ᅀᆞ바 잇더니'가 축약된 형태
   이다.

78) 白毫相앳: 白毫相(백호상) + -애(-에: 부조, 위치) + -ㅅ(-의: 관조) ※ '白毫相(백호상)'은 부처
   의 두 눈썹 사이에 있다는 흰 털로서, 오른쪽으로 말려 있고 여기에서 광명을 발한다고 한다.
   불상에는 진주·비취·금 따위를 박아 표시한다. ※ '白毫相앳'은 '白毫相(백호상)에서 나오는'으
   로 의역하여 옮긴다.

앳光明을 펴샤東方앳一
萬八千世界를비취샤
아래로阿鼻地獄애니르
우흐로阿迦膩吒天에니
르니이世界예셔더쏘
衆生을다보며더쏘햇
諸佛도보며諸佛이르
시논經法도듣ㅈ오며더쏘햇

光明(광명)을 펴시어 東方(동방)에 있는 一萬八千(일만팔천)의 世界(세계)를 비추시되, 아래로 阿鼻地獄(아비지옥)에 이르고 위로 阿迦膩吒天(아가니타천)에 이르니, 이 世界(세계)에서 저 땅에 있는 六趣(육취)의 衆生(중생)을 다 보며, 또 저 땅에 계신 諸佛(제불)도 보며, 諸佛(제불)이 이르시는 經法(경법)도 들으며, 저 땅에 있는

光_광明_명을 펴샤 東_동方_방앳⁷⁹⁾ 一_힗萬_먼八_밣千_천 世_솅界_갱를 비취샤ᄃᆡ⁸⁰⁾
아래로 阿_항鼻_삥地_띵獄_옥⁸¹⁾애 니를오⁸²⁾ 우흐로⁸³⁾ 阿_항迦_강膩_닝吒_당天_텬⁸⁴⁾에
니르니 이 世_솅界_갱예셔 뎌 따햇⁸⁵⁾ 六_륙趣_츙⁸⁶⁾ 衆_즁生_{ᄉᆡᆼ}을 다 보며
ᄯᅩ⁸⁷⁾ 뎌⁸⁸⁾ 따해 겨신 諸_졍佛_뿛도 보ᅀᆞᄫᅳ며 諸_졍佛_뿛 니르시논⁸⁹⁾ 經_경法
_법⁹⁰⁾도 듣ᄌᆞᄫᅳ며⁹¹⁾ 뎌 따햇

---

79) 東方앳: 東方(동방) + -애(-에: 부조, 위치) + -ㅅ(-의: 관조) ※ '東方앳'은 '東方(동방)에 있는' 으로 의역하여 옮긴다.

80) 비취샤ᄃᆡ: 비취(비추다, 照)- + -샤(←-시-: 주높)- + -ᄃᆡ(←-오ᄃᆡ: 연어, 설명 계속)

81) 阿鼻地獄: 아비지옥. 불교에서 말하는 여러 지옥 중 고통이 가장 극심한 지옥이다. '아비(阿鼻)'는 범어 Avī̂ci의 음역이다. '아'는 무(無), '비'는 구(救)로써 '아비'는 전혀 구제받을 수 없다는 뜻이다. '아비지옥'은 불교에서 말하는 8대 지옥 중 가장 아래에 있는 지옥으로, 잠시도 고통이 쉴 날이 없다 하여 무간지옥(無間地獄)이라고도 한다. 이곳은 부모를 살해한 자, 부처님 몸에 피를 낸 자, 삼보(보물·법물·승보)를 훼방한 자, 사찰의 물건을 훔친 자, 비구니를 범한 자 등 오역죄(五逆罪)를 범한 자들이 떨어지는 곳이다. 이곳에 떨어지면 옥졸이 죄인의 살가죽을 벗겨 그 가죽으로 죄인을 묶어 불 수레에 싣고, 훨훨 타는 불 속에 던져 태우기도 한다. 야차들이 큰 쇠창을 달구어 입·코·배 등을 꿰어 던지기도 한다. 이곳에서는 하루에 수천 번씩 죽고 되살아나는 고통을 받으며 잠시도 평온을 누릴 수 없다. 고통은 죄의 대가를 다 치른 후에야 끝난다.

82) 니를오: 니를(이르다, 至)- + -오(←-고: 연어, 나열)

83) 우흐로: 우ㅎ(위, 上) + -으로(부조, 방향)

84) 阿迦膩吒天: 아가니타천(Akaniṣṭha). '색구경천(色究竟天)' 또는 '유정천(有頂天)'이라고도 번역한다. 색계(色界) 18천(天)의 맨 위에 있는 천(天)이다.

85) 따햇: 따ㅎ(땅, 地) + -애(-에: 부조, 위치) + -ㅅ(-의: 관조) ※ '따햇'은 '땅에 있는'으로 의역하여 옮긴다.

86) 六趣: 육취. 불교에서 중생이 깨달음을 증득하지 못하고 윤회할 때 자신이 지은 업(業)에 따라 태어나는 세계를 6가지로 나눈 것이다. 악업(惡業)을 쌓은 사람이 가는 '지옥도(地獄道)·아귀도(餓鬼道)·축생도(畜生道)'와 선업(善業)을 쌓은 사람이 가는 '아수라도(阿修羅道)·인간도(人間道)·천상도(天上道)'가 있다.

87) ᄯᅩ: 또, 又(부사)

88) 뎌: 저, 彼(관사, 지시, 정칭)

89) 니르시논: 니르(이르다, 說)- + -시(주높)- + -ㄴ(←-ᄂᆞ-: 현시)- + -오(대상)- + -ㄴ(관전)

90) 經法: 경법. 불경에 담긴 교리이다.

91) 듣ᄌᆞᄫᅳ며: 듣(듣다, 聞)- + -ᄌᆞ(←-ᄌᆞᆸ-: 객높)- + -ᄋᆞ며(연어, 나열)

比丘(비구)・比丘尼(비구니)・優婆塞(우바새)・優婆夷(우바이)가 修行(수행)하여 得道(득도)하는 사람도 겸하여 보며【得道(득도)는 道理(도리)를 得(득)하는 것이다.】, 또 菩薩摩訶薩(보살마하살)들이 種種(종종)의 因緣(인연)과 種種(종종)의 信解(신해)와【解(해)는 아는 것이니, 信(신)하는 것으로 들어서 法(법)을 아는 것이다.】種種(종종)의 相貌(상모)로 菩薩(보살)의 道理(도리)를 行(행)하시는 모습도 보며【相貌(상모)는 모습이다.】,

比_뼁丘_쿨 比_뼁丘_쿨尼_닝 優_훃婆_뼈塞_{ᅀᅵᆨ} 優_훃婆_뼈夷_잉이⁹²⁾ 脩_슣行_{ᅘᅢᆼ}ᄒᆞ야⁹³⁾ 得_득道_뚷ᄒᆞᄂᆞᆫ 사ᄅᆞᆷ도 조쳐⁹⁴⁾ 보며【得_득道_뚷ᄂᆞᆫ 道_뚷理_링를 得_득홀 씨라】 ᄯᅩ 菩_뽕薩_삻 摩_망訶_항薩_삻ᄃᆞᆯ히 種_죵種_죵⁹⁵⁾ 因_{ᅙᅵᆫ}緣_원⁹⁶⁾과 種_죵種_죵 信_신解_{ᅘᅢᆼ}⁹⁷⁾와【解_{ᅘᅢᆼ}ᄂᆞᆫ 알 씨니 信_신호ᄆᆞ로⁹⁸⁾ 드러 法_법을 알 씨라】 種_죵種_죵 相_샹貌_묳⁹⁹⁾로 菩_뽕薩_삻ㅅ 道_뚷理_링 行_{ᅘᅢᆼ}ᄒᆞ시논¹⁾ 양도²⁾ 보며【相_샹貌_묳ᄂᆞᆫ 양지라³⁾】

---

92) 優婆夷이: 優婆夷(우바이) + -이(-의 : 관조, 의미상 주격)

93) 脩行ᄒᆞ야: 脩行ᄒᆞ[수행하다: 脩行(수행: 명사) + -ᄒᆞ(동접)-]- + -야(←-아: 연어)

94) 조쳐: 조치[아우르다, 겸하다, 幷(부사): 좇(따르다, 從: 자동)- + -이(사접)-]- + -어(연어)

95) 種種: 종종. 여러 가지이다.

96) 因緣: 인연. 인(因)과 연(緣)이다. 곧 안에서 결과를 만드는 직접적인 원인과 그 인을 밖에서 도와서 결과를 만드는 간접적인 힘이 되는 연줄이다. 모든 사물은 이 인연에 의하여 생멸한다고 한다.

97) 信解: 신해. 불법을 믿어서 진리를 터득하는 것이다.

98) 信호ᄆᆞ로: 信ᄒᆞ[←信ᄒᆞ다(신하다, 믿다): 信(신: 불어) + -ᄒᆞ(동접)-]- + -옴(명전) + -ᄋᆞ로(부조, 방편)

99) 相貌: 상모. 얼굴의 생김새이다.

1) 行ᄒᆞ시논: 行ᄒᆞ[행하다: 行(행: 불어) + -ᄒᆞ(동접)-]- + -시(주높)- + -ㄴ(←-ᄂᆞ-: 현시)- + -오(대상)- + -ㄴ(관전)

2) 양도: 양(양, 樣: 의명) + -도(보조사, 첨가)

3) 양지라: 양ᄌᆞ(모습, 樣) + -ㅣ(←-이-: 서조)- + -∅(현시)- + -라(←-다: 평종)

지 諸(정)佛(뿔)이 般(반)涅(녕)槃(뽠)ᄒᆞ시ᄂᆞᆫ도 보ᄉᆞᄫᆞ며【般(반)涅(녕)槃(뽠)ᄋᆞᆫ 究(굼)竟(경)涅(녕)槃(뽠)이라】 ᄯᅩ 諸(정)佛(뿔)이 般(반)涅(녕)槃(뽠)ᄒᆞ신 後(훃)세솏 옛부텻 舍(상)利(링)로 七(칧)寶(봉)塔(탑) 셰ᅀᆞᆸᄂᆞᆫ 양도 보리러니 그ᄢᅴ 彌(밍)勒(륵)菩(뽕)薩(삻)이 너기샤ᄃᆡ 오ᄂᆞᆯ나래 世(솅)尊(존)이 神(씬)奇(끵)ᄒᆞᆫ 變(변)化(황)ㅅ 相(샹)ᄋᆞᆯ 뵈시ᄂᆞ니 엇던 因(ᅙᅵᆫ)緣(원)으로

또 諸佛(제불)이 般涅槃(반열반)하시는 것도 보며【般涅槃(반열반)은 究竟涅槃(구경열반)이다.】, 또 諸佛(제불)이 般涅槃(반열반)하신 後(후)에 부처의 舍利(사리)로 七寶塔(칠보탑)을 세우는 모습도 보겠더니, 그때에 彌勒菩薩(미륵보살)이 여기시되 "오늘날에 世尊(세존)이 新奇(신기)로운 變化(변화)의 相(상)을 보이시나니, 어떤 因緣(인연)으로

쏘 諸정佛뿛이 般반涅넗槃빤ᄒ시ᄂ니도⁴⁾ 보ᅀᄫ며⁵⁾【般반涅넗槃빤은 究굴竟
졍涅넗槃빤⁶⁾이라】쏘 諸정佛뿛이 般반涅넗槃빤ᄒ신 後훃에 부텻 舍상利링⁷⁾
로 七칧寶봏塔탑⁸⁾ 셰ᅀᆞᆸ논⁹⁾ 양도 보리러니¹⁰⁾ 그 ᄢᅴ 彌밍勒륵菩뽕薩삻¹¹⁾이
너기샤디¹²⁾ 오ᄂᆞᆳ나래¹³⁾ 世솅尊존이 神씬奇끵ᄅᆞᄫᆡᆫ¹⁴⁾ 變변化황ㅅ 相샹을 뵈
시ᄂᄂᆞ니¹⁵⁾ 엇던¹⁶⁾ 因인緣원으로

---

4) 般涅槃ᄒ시ᄂ니도: 般涅槃ᄒ[반열반하다: 般涅槃(반열반) + -ᄒ(동접)-]- + -시(주높)- + -ᄂ(현
   시)- + -ㄴ(관전) # 이(이, 者: 의명) + -도(보조사, 첨가) ※ '般涅槃(반열반, parinirvāṇa)'은 육
   신의 완전한 소멸(죽음)이나 석가의 죽음을 뜻한다. 혹은 모든 번뇌를 완전히 소멸한 상태를 이
   르기도 한다. 여기서는 번뇌가 완전히 소멸한 상태를 이른다.

5) 보ᅀᄫ며: 보(보다, 見)- + -ᅀᆞᇦ(←-ᅀᆞᆸ-: 객높)- + -ᆞ며(연어, 나열)

6) 究竟涅槃: 구경열반. 가장 높은 경지에 이른 열반, 곧 부처의 경계이다.

7) 舍利: 사리. 사리는 산스크리트어에서 '육체'나 '사체'를 뜻하는 '사리라(sarira)'라는 말에서 비롯
   된 것으로 원래는 석가모니를 화장하고 난 뒤에 남은 유골과 잔류물을 가리켰다. 그러나 후대에
   이르러서는 고승이나 덕망 높은 사람을 화장한 뒤에 유해에서 발견되는 구슬 모양의 결정체를
   가리키는 말로 쓰이게 되었다.

8) 七寶塔: 칠보탑. 칠보(七寶)로 만든 탑이다.

9) 셰ᅀᆞᆸ논: 셰[세우다, 起: 셔(서다, 立: 자동)- + -ㅣ(←-이-: 사접)-]- + -ᅀᆞᆸ(객높)- + -ㄴ(←-ᄂ
   -: 현시)- + -오(대상)- + -ㄴ(관전)

10) 보리러니: 보(보다, 見)- + -리(미시)- + -러(←-더-: 회상)- + -니(연어, 설명 계속)

11) 彌勒菩薩: 미륵보살. 내세에 성불하여 사바세계에 나타나서 중생을 제도하리라는 보살이다. 사
    보살(四菩薩)의 하나이다. 인도 파라나국의 브라만 집안에서 태어나 석가모니의 교화를 받고,
    미래에 부처가 될 수기(受記)를 받은 후 도솔천(兜率天)에 올라갔다.

12) 너기샤디: 너기(여기다, 念)- + -샤(←-시-: 주높)- + -디(←-오디: 연어, 설명 계속)

13) 오ᄂᆞᆳ나래: 오ᄂᆞᆳ날[오늘날, 今日: 오ᄂᆞᆯ(오늘, 今) + -ㅅ(관조, 사잇) + 날(날, 日)] + -애(-에: 부조,
    위치)

14) 神奇ᄅᆞᄫᆡᆫ: 神奇ᄅᆞᄫᆡᆫ[신기롭다: 神奇(신기: 명사) + -ᄅᆞᄫᆡᆫ(←-ᄅᆞᆸ-: 형접)-]- + -Ø(현시)- + -ㄴ
    (관전)

15) 뵈시ᄂᄂᆞ니: 뵈[보이다, 現: 보(보다, 觀: 타동)- + -ㅣ(←-이-: 사접)-]- + -시(주높)- + -ᄂ(현
    시)- + -니(연어, 설명 계속)

16) 엇던: [어떤, 何(관사, 지시, 미지칭): 엇더(어떤: 불어) + -Ø(←-ᄒ-: 형접)- + -ㄴ(관전▷관접)]

이런 祥瑞(상서)가 있으시냐? 이제 世尊(세존)이 三昧(삼매)에 드시니 이 不可思議(불가사의)한 希有(희유)한 일을 보이시나니【希(희)는 드문 것이요 有(유)는 있는 것이니, 希有(희유)는 '드물게 있다.'고 한 뜻이다. 】, 누구를 더불어 (그 인연에 대하여) 물어야 하겠으며 누구야말로 能(능)히 對答(대답)하겠느냐?" 하시고, 또 여기시되 '文殊師利(문수사리)는 法王(법왕)의 아들이다. 지나신 無量(무량)의 諸佛(제불)께 이런 祥_썅瑞_쒱¹⁷⁾ 잇거시뇨¹⁸⁾ 이제¹⁹⁾ 世_솅尊_존이 三_삼昧_밍²⁰⁾예 드르시니

이 不_붏可_캉思_{ᄉᆞᆼ}議_읭옛²¹⁾ 希_횡有_{ᅌᅮᇢ}ᄒᆞᆫ²²⁾ 이를 뵈시ᄂᆞ니【希_횡ᄂᆞᆫ 드믈 씨오 有

_{ᅌᅮᇢ}ᄂᆞᆫ 이실 씨니 希_횡有_{ᅌᅮᇢ}ᄂᆞᆫ 드므리²³⁾ 잇다 혼 ᄠᅳ디라 】 눌²⁴⁾ 더브러²⁵⁾ 무러ᅀᅡ²⁶⁾

ᄒᆞ리며²⁷⁾ 뉘ᅀᅡ²⁸⁾ 能_{ᄂᆞᆼ}히 對_됭答_답ᄒᆞ려뇨²⁹⁾ ᄒᆞ시고 ᄯᅩ 너기샤ᄃᆡ 文_문殊_쓩

師_{ᄉᆞᆼ}利_링³⁰⁾ᄂᆞᆫ 法_법王_왕³¹⁾ㅅ 아ᄃᆞ리라³²⁾ 디나거신³³⁾ 無_뭉量_량 諸_졍佛_{ᄈᆞᇙ}씌

---

17) 祥瑞: 祥瑞(상서) + -∅(← -이: 주조) ※ '祥瑞(상서)'는 복(福)되고 길(吉)한 일이 일어날 조짐이다.

18) 잇거시뇨: 잇(← 이시다: 있다, 有)- + -거(확인)- + -시(주높)- + -뇨(-느냐: 의종, 설명)

19) 이제: [이제, 今(부사): 이(이, 此: 관사, 정칭) + 제(때에, 時: 의명)]

20) 三昧: 삼매(Samādhi). 불교 수행의 한 방법으로 심일경성(心一境性)이라 하여, 마음을 하나의 대
상에 집중하는 정신력이다.

21) 不可思議옛: 不可思議(불가사의) + -예(← -에: 부조, 위치) + -ㅅ(-의: 관조) ※ '不可思議(불가
사의)'는 사람의 생각으로는 미루어 헤아릴 수 없이 이상하고 야릇한 것이다. ※ '不可思議옛'은
문맥을 고려하여 '不可思議한'으로 의역하여 옮긴다.

22) 希有ᄒᆞᆫ: 希有ᄒᆞ[희유하다: 希有(희유: 명사) + -ᄒᆞ(형접)-]- + -∅(현시)- + -ㄴ(관전) ※ '希有
(희유)'는 드물게 있어서 혼하지 아니한 것이다.

23) 드므리: [드물게, 希(부사): 드믈(드믈다, 希: 형사)- + -이(부접)]

24) 눌: 누(누, 誰: 인대, 미지칭) + -ㄹ(-와: 목조, 보조사적 용법, 의미상 부사격)

25) 더브러: 더블(더불다, 與)- + -어(연어) ※ '눌 더브러'는 '누구에게'로 의역할 수 있다.

26) 무러ᅀᅡ: 물(← 묻다, ᄃᆞᆯ: 묻다, 問)- + -어ᅀᅡ(-어야: 연어, 필연적 조건)

27) ᄒᆞ리며: ᄒᆞ(하다: 보용, 필연적 조건)- + -리(미시)- + -며(연어, 나열)

28) 뉘ᅀᅡ: 누(누구, 誰: 인대, 미지칭) + -ㅣ(← -이: 주조) + -ᅀᅡ(보조사, 한정 강조)

29) 對答ᄒᆞ려뇨: 對答ᄒᆞ[대답하다: 對答(대답: 명사) + -ᄒᆞ(동접)-]- + -리(미시)- + -어(확인)- + -
뇨(-느냐: 의종, 설명)

30) 文殊師利: 문수사리. 보현보살과 짝하여 석가모니불의 왼쪽에 있는 대승보살이다. 지혜를 맡고
있으며, 형상은 바른손에 지혜의 칼을 들고, 왼손에는 꽃 위에 지혜의 그림이 있는 청련화를 쥐
고 있다. 사자를 타고 있는 것은 위엄과 용맹을 나타낸 것이라 한다. 이 보살은 석가모니의 교화
를 돕기 위하여 일시적인 권현(權現)으로 보살의 자리에 있다고도 한다.

31) 法王: 법왕. 불법 세계의 왕, 즉 석가모니 부처(佛陀)의 존칭이다.

32) 아ᄃᆞ리라: 아들(아들, 子) + -이(서조)- + -∅(현시)- + -라(← -다: 평종)

33) 디나거신: 디나(지나다, 過)- + -∅(과시)- + -거(확인)- + -시(주높)- + -ㄴ(관전)

쎙훔마 親친 近끈히 供공 養양 호ᅀᆞ 바이실ᄊᆡ【 親친은 ᄌᆞ올아 볼ᄊᆞ라 】오ᅌᅡᆼ다 이이런 希힝有ᅙᆞᆼ 相샹ᄋᆞᆯ 모ᄉᆞᆸᄫᅡ잇 누니내 이제 무로리라 그ᄢᅴ 比삥丘쿵 比삥丘쿵尼닝 優ᅙᅩᆼ婆빵塞ᄉᆡᆨ 優ᅙᅩᆼ婆빵 夷잉와 天텬 龍룡 鬼귕神씬 神씬通통 相샹ᄋᆞᆯ 이고ᄃᆡ이 부텻 神씬通통ᄒᆞ신 相샹ᄋᆞᆯ 이제 눌더브러 무르려 ᄒᆞᄃᆞ니 그ᄢᅴ

이미 親近(친근)히 供養(공양)하여 있으므로【 親(친)은 친한 것이요 近(근)은 가까운 것이다. 】반드시 이런 希有(희유)한 相(상)을 보아 있으니, 내가 이제 (문수사리께) 물으리라."그때에 比丘(비구)·比丘尼(비구니)·優婆塞(우바새)·優婆夷(우바이)와 天(천)·龍(용)·鬼神(귀신) 등(等)도 다 여기되, "이 부처의 神通(신통)하신 相(상)을 이제 누구에게 묻겠느냐?" 하더니, 그때에

ᄒᆞ마[34] 親_친近_끈히[35] 供_공養_양ᄒᆞᅀᆞᄫᅡ 이실ᄊᆡ【親_친은 ᄌᆞ올아ᄫᆞᆯ[36] 씨오 近_끈은 갓가ᄫᆞᆯ[37] 씨라】 당다이[38] 이런 希_횡有_{ᅌᅮᇢ}ᄒᆞᆫ 相_샹ᄋᆞᆯ 보ᅀᆞᄫᅡ[39] 잇ᄂᆞ니[40] 내 이제 무로리라[41] 그 ᄢᅴ 比_뼁丘_쿨 比_뼁丘_쿨尼_닝 優_{ᅙᅮᇢ}婆_뼁塞_{ᄉᆡᆨ} 優_{ᅙᅮᇢ}婆_뼁夷_잉 와 天_텬 龍_룡 鬼_귕神_씬 들토[42] 다 너교ᄃᆡ 이[43] 부텻 神_씬通_통ᄒᆞ신 相_샹ᄋᆞᆯ 이제 눌[44] 더브러 무르려뇨[45] ᄒᆞ더니 그 ᄢᅴ

---

34) ᄒᆞ마: 이미, 已(부사)

35) 親近히: [친근히(부사): 親近(친근: 명사) + -ᄒᆞ(←-ᄒᆞ-: 형접)- + -이(부접)]

36) ᄌᆞ올아ᄫᆞᆯ: ᄌᆞ올앓[← ᄌᆞ올압다, ㅂ불(친하다, 親): ᄌᆞ올(불어) + -압(형접)-]- + -ᄋᆞᆯ(관전)

37) 갓가ᄫᆞᆯ: 갓갏(← 갓갑다, ㅂ불: 가깝다, 近)- + -ᄋᆞᆯ(관전)

38) 당다이: 마땅히, 반드시, 必應(부사)

39) 보ᅀᆞᄫᅡ: 보(보다, 見)- + -ᅀᆞᇦ(←-ᅀᆞᇦ-: 객높)- + -아(연어)

40) 잇ᄂᆞ니: 잇(← 이시다: 있다, 보용, 완료 지속)- + -ᄂᆞ(현시)- + -니(연어, 이유)

41) 무로리라: 물(← 묻다, ㄷ불: 묻다, 問)- + -오(화자)- + -리(미시)- + -라(←-다: 평종)

42) 鬼神 들토: 鬼神(귀신: 명사) # 듥(들: 의명)] + -도(보조사, 첨가)

43) 이: 이(이것, 是: 관사, 지시, 정칭)

44) 눌: 누(누구, 誰: 인대, 미지칭) + -ㄹ(-와: 목조, 보조사적 용법, 의미상 부사격)

45) 무르려뇨: 물(← 묻다, ㄷ불: 묻다, 問)- + -으리(미시)- + -어(확인)- + -뇨(-느냐: 의종, 설명)

[16 앞]

彌밍勒륵菩뽕薩삻ㅣ 이ㅈ걋 疑ㅎ心심도 決겷ᄒᆞ고져 ᄒᆞ시며 ᄯᅩ 모ᄃᆞᆫ ᄆᆞᅀᆞ믈 보시고 文문殊씀師ᄉ利ᇙᄭᅴ 묻ᄌᆞᄫᅩᄃᆡ 文문殊씀師ᄉ利ᇙ여 導ᄯᅩᆸ師ᄉㅣ 엇던 젼ᄎᆞ로【導ᄯᅩᆸ師ᄉᄂᆞᆫ 法법 앗외ᄂᆞᆫ 스스ᅌᅵ니 如ᅀᅧ來ᄅᆡᆼᄅᆞᆯ 師ᄉᄒᆞᅀᆞᄫᅵ니라】眉밍間간 白ᄈᆡᆨ毫ᅘᅩᆯ앳 大땡光광이 너비 비취시니 曼만殊씀沙상花ᅘᅪ와 曼만陁땅羅랑花ᅘᅪㅣ 비흐며 栴젼

彌勒菩薩(미륵보살)이 자기(당신)의 疑心(의심)도 決(결)하고자 하시며, 또 모든 마음을 보시고 文殊師利(문수사리)께 물으시되, "文殊師利(문수사리)여! 導師(도사)가 어떤 까닭으로【導師(도사)는 法(법)을 이끄는 스승이니, 如來(여래)를 사뢰셨니라.】眉間(미간)의 白毫(백호)에서 나온 大光(대광)이 널리 비치시니, 曼茶羅花(만다라화)와 曼殊沙花(만수사화)가 흩뿌려지며

彌_밍勒_륵菩_뽕薩_삻이 ᄌᆞ걋⁴⁶⁾ 疑_읭心_심도 決_궗ᄒᆞ고져⁴⁷⁾ ᄒᆞ시며 ᄯᅩ 모든⁴⁸⁾ ᄆᆞᅀᆞ믈 보시고 文_문殊_쓩師_{ᄉᆞᆼ}利_링씌⁴⁹⁾ 묻ᄌᆞᄫᆞ샤ᄃᆡ⁵⁰⁾ 文_문殊_쓩師_{ᄉᆞᆼ}利_링여⁵¹⁾ 導_똘師_{ᄉᆞᆼ}ㅣ⁵²⁾ 엇던 전ᄎᆞ로⁵³⁾【導_똘師_{ᄉᆞᆼ}ᄂᆞᆫ 法_법 앗외ᄂᆞᆫ⁵⁴⁾ 스스이니⁵⁵⁾ 如_셩來_링를 ᄉᆞᆲ니시니라⁵⁶⁾】 眉_밍間_간 白_뻭毫_{ᅘᅩᇢ}앳 大_땡光_광이 너비⁵⁷⁾ 비취시니⁵⁸⁾ 曼_만陁_땅羅_랑花_황 曼_만殊_쓩沙_상花_황ㅣ 비흐며⁵⁹⁾

---

46) ᄌᆞ걋: ᄌᆞ갸(자기, 당신, 自: 인대, 재귀칭, 높임) + -ㅅ(-의: 관조)

47) 決ᄒᆞ고져: 決ᄒᆞ[결하다: 決(결: 불어) + -ᄒᆞ(동접)-]- + -고져(-고자: 연어, 의도) ※ '疑心도 決ᄒᆞ다'은 『묘법연화경』의 '決疑(결의)'를 직역한 표현인데, 이는 의혹(疑惑)을 푸는 것이다.

48) 모든: [모든, 衆(관사): 몯(모이다, 會: 동사)- + -은(관전▷관접)]

49) 文殊師利씌: 文殊師利(문수사리) + -씌(-께: 부조, 상대, 높임) ※ '-씌'는 [-ㅅ(-의: 관조) + 긔(거기에: 의명)]의 방식으로 형성된 부사격 조사이다.

50) 묻ᄌᆞᄫᆞ샤ᄃᆡ: 묻(묻다, 問)- + -ᄌᆞᆲ(←-ᄌᆞᆸ-: 객높)- + -ᄋᆞ샤(←-ᄋᆞ시-: 주높)- + -ᄃᆡ(←-오ᄃᆡ: 연어, 설명 계속)

51) 文殊師利여: 文殊師利(문수사리: 인명) + -여(-여: 호조, 예사 높임)

52) 導師ㅣ: 導師(도사) + -ㅣ(←-이: 주조) ※ '導師(도사)'는 어리석은 중생에게 바른길을 가르쳐서 깨닫는 경지에 들어가게 하는 사람이다. 여기서는 석가모니 부처님을 지칭하는 말로 쓰였다.

53) 전ᄎᆞ로: 전ᄎᆞ(까닭, 故) + -로(부조, 방편)

54) 앗외ᄂᆞᆫ: 앗외(앞서 이끌다, 인도하다, 導)- + -ᄂᆞ(현시)- + -ㄴ(관전)

55) 스스이니: 스승(스승, 師) + -이(서조)- + -니(연어, 설명 계속)

56) ᄉᆞᆲ니시니라: 솗(← 솗다, ㅂ불: 사뢰다, 白)- + -ᄋᆞ시(주높)- + -Ø(과시)- + -니(원칙)- + -라(←-다: 평종)

57) 너비: [널리, 普(부사): 넙(넓다, 光: 형사)- + -이(부조)]

58) 비취시니: 비취(비치다, 照: 자동)- + -시(주높)- + -니(연어, 설명 계속, 이유)

59) 비흐며: 빟(내리다, 흩어지다, 雨)- + -으며(연어, 나열)

檀딴香향ㅅ 브르미 모든 ᄆᆞᅀᆞᆷ 즐기
게 호고 이런 因힌緣원으로 ᄯᅡ히 다 식
싀기 조ᇰ호니 四ᄉᆞ部뽕衆즁이 다 깃
ᄲᅥ 몸과 ᄠᅳ데 훤호야 녜 업던 이ᄅᆞᆯ 얻
ᄇᆞᆯ 올비 취샤 一ᅙᅵᆶ萬먼八밣千쳔
다 金금色ᄉᆞᆨ이 ᄀᆞ호야 阿항鼻뼝 地
震진動뚜ᇰ호니 世솅界갱 여슷 가지로
니 다 기
으로 ᄯᅡ히 다식
싀 光광明며ᇰ이 東도ᇰ方방히
眉밍間간앳 光

梅檀香(전단향)의 바람이 모든 마음을 즐겁게 하고, 이런 因緣(인연)으로 땅이 다 장엄(莊嚴)하게 깨끗하며, 이 世界(세계)가 여섯 가지로 震動(진동)하니, 四部衆(사부중)이 다 기뻐하여 몸과 뜻이 훤하여 옛날에 없던 일을 얻었느냐? 眉間(미간)에 있는 光明(광명)이 東方(동방)을 비추시어, 一萬八千(일만팔천) 땅이 다 金色(금색)과 같아서 阿鼻地獄(아비지옥)부터

栴_젼檀_딴香_향⁶⁰⁾ㅅ ᄇᆞᄅᆞ미⁶¹⁾ 모든 ᄆᆞᅀᆞᄆᆞᆯ 즐기게⁶²⁾ ᄒᆞ고 이런 因_힌緣_원으로 ᄯᅡ히⁶³⁾ 다 싁싁기⁶⁴⁾ 조ᄒᆞ며⁶⁵⁾ 이 世_솅界_갱 여슷 가지로 震_진動_똥ᄒᆞ니 四_{ᄉᆞ}部_뽕衆_즁⁶⁶⁾이 다 기꺼⁶⁷⁾ 몸과 ᄠᅳ데⁶⁸⁾ 훤ᄒᆞ야⁶⁹⁾ 녜 업던 이ᄅᆞᆯ 얻ᄌᆞᄫᇰ뇨⁷⁰⁾ 眉_밍間_간앳⁷¹⁾ 光_광明_명이 東_동方_방ᄋᆞᆯ 비취샤⁷²⁾ 一_힗萬_먼八_밣千_쳔 ᄯᅡ히 다 金_금色_{ᄉᆡᆨ}이⁷³⁾ ᄀᆞᆮᄒᆞ야⁷⁴⁾ 阿_항鼻_삥地_띵獄_옥브터⁷⁵⁾

---

60) 栴檀香: 전단향. 인도에서 나는 향나무의 하나이다. 목재는 불상을 만드는 재료로 쓰고 뿌리는 가루로 만들어 단향(檀香)으로 쓴다.

61) ᄇᆞᄅᆞ미: ᄇᆞᄅᆞᆷ(바람, 風) + -이(주조)

62) 즐기게: 즐기[즐기다, 悅可: 즑(즐거워하다, 歡: 자동)- + -이(사접)-]- + -게(연어, 사동)

63) ᄯᅡ히: ᄯᅡᇂ(땅, 地) + -이(주조)

64) 싁싁기: [엄숙하게, 장엄하게, 嚴(부사): 싁싁(불어) + -Ø(←-ᄒᆞ-: 형접)- + -이(부접)]

65) 조ᄒᆞ며: 좋(깨끗하다, 맑다, 淨)- + -ᄋᆞ며(연어, 나열)

66) 四部衆: 사부중. 부처의 네 종류 제자이다. 곧, '비구(比丘)·비구니(比丘尼)·우바새(優婆塞)·우바이(優婆夷)'이다.

67) 기꺼: 깄(기뻐하다, 歡喜)- + -어(연어)

68) ᄠᅳ데: ᄠᅳᆮ(뜻, 意) + -과(접조) + -ㅣ(←-이: 주조)

69) 훤ᄒᆞ야: 훤ᄒᆞ[훤하다(훤하다, 시원스럽다, 快然): 훤(훤: 불어) + -ᄒᆞ(형접)-]- + -야(←-아: 연어)

70) 얻ᄌᆞᄫᇰ뇨: 얻(얻다, 得)- + -ᄌᆞᇦ(←-ᄌᆞᆸ-: 객높)- + -Ø(과시)- + -ᄋᆞ뇨(-ᄂᆞ냐: 의종, 설명)

71) 眉間앳: 眉間(미간) + -애(-에: 부조, 위치) + -ㅅ(-의: 관조) ※ '眉間앳'은 '眉間(미간)에 있는'으로 의역하여 옮긴다.

72) 비취샤: 비취(비추다, 照: 타동)- + -샤(←-시-: 주높)- + -Ø(←-아: 연어)

73) 金色이: 金色(금색) + -이(-과: 부조, 비교)

74) ᄀᆞᆮᄒᆞ야: ᄀᆞᆮᄒᆞ(같다, 如)- + -야(←-아: 연어)

75) 阿鼻地獄브터: 阿鼻地獄(아비지옥) + -브터(-부터: 보조사, 비롯함)

獄·옥 브·터 有·ᅌᅮᆷ頂·뎡天텬·에 니·르·시·니【有·ᅌᅮᆷ頂·뎡은 色·식 잇·논 ·바 ·뫼 ·바기·라】 ·믈·읫 世·솅界·갱 中듕·엣 六·륙道·뚱 衆·즁生싱·이【六·륙道·뚱·ᄂᆞᆫ 여·슷 길·히·니 六·륙趣·츙ㅣ·라】 주·그·며 사·라 ·가는 길·헷 됴·ᄒᆞ·며 구·즌 因힌緣원·으·로 됴·ᄒᆞ·며 구·즌 果·광報·봄 受·쓩·호·ᄆᆞᆯ 이·에·셔 ·다 보·며 ·ᄯᅩ 보·ᄃᆞᆸ 諸졍佛·뿛·이 經경典·뎐·을 펴 니·ᄅᆞ·샤【典·뎐·은 尊존·ᄒᆞᅇᅡ 연 ·둘 ·씨·니 經경·을 尊존·ᄒᆞᅇᅡ 연 두·ᇦ·실·ᄊᆡ】

有頂天(유정천)에 이르시니【有頂(유정)은 色(색)이 있는 곳에 있는 정수리이다.】, 모든 世界(세계) 中(중)에 있는 六道(육도)의 衆生(중생)이【六道(육도)는 여섯 길이니 六趣(육취)이다.】 죽으며 살아 가는 길에 있는 좋으며 궂은 因緣(인연)으로 좋으며 궂은 果報(과보)를 受(수)하는 것을 여기서 다 보며 또 보되, 諸佛(제불)이 經典(경전)을 퍼뜨려 이르시어【典(전)은 尊(존)하여 얹어 두는 것이니, 經(경)을 尊(존)하여 얹어 두어 있는 것이므로】

有ᅌᅮᆯ頂뎡天텬⁷⁶⁾에　니르시니【有ᅌᅮᆯ頂뎡은 色식 이쇼맷⁷⁷⁾ 뎡바기라⁷⁸⁾】 믈읫⁷⁹⁾
世솅界갱 中듀ᇰ엣⁸⁰⁾ 六륙道또ᇢ 衆즁生ᄉᆡᇰ이⁸¹⁾【六륙道또ᇢᄂᆞᆫ 여슷 길히니⁸²⁾ 六륙趣
츄⁸³⁾ㅣ라】 주그며 사라 가논 길헷⁸⁴⁾ 됴ᄒᆞ며 구즌⁸⁵⁾ 因ᅙᅵᆫ緣원으로 됴ᄒᆞ
며 구즌 果광報뵹⁸⁶⁾ 受쓩호ᄆᆞᆯ 이에셔⁸⁷⁾ 다 보며 ᄯᅩ 보ᄉᆞ보ᄃᆡ 諸졍佛뿌ᇙ
이 經겨ᇰ典뎐을 불어⁸⁸⁾ 니르샤⁸⁹⁾【典뎐은 尊존ᄒᆞ야 여저⁹⁰⁾ 둘⁹¹⁾ 씨니 經겨ᇰ을 尊
존ᄒᆞ야 여저 뒷ᄂᆞᆫ⁹²⁾ 거실ᄊᆡ

---

76) 有頂天: 유정천. 구천(九天) 가운데 가장 높은 하늘이다. 욕계(慾界)와 색계(色界)의 가장 높은
곳에 있다.

77) 이쇼맷: 이시(있다, 有)- + -옴(명전) + -애(-에: 부조, 위치) + -ㅅ(-의: 관조) ※ '色 이쇼맷'는
'色이 있는 곳에 있는'으로 의역하여 옮긴다. '色(색)'은 색계(色界)를 이른다.

78) 뎡바기라: 뎡바기[정수리, 꼭대기, 頂: 뎡(정, 頂: 불어) + 박(박, 笛) + -이(명접)] + -Ø(←-이-:
서조)- + -Ø(현시)- + -라←-다: 평종)

79) 믈읫: 모든, 여러, 諸(관사)

80) 中엣: 中(중) + -에(부조, 위치) + -ㅅ(-의: 관조) ※ '中엣'은 '中에 있는'으로 의역하여 옮긴다.

81) 衆生이: 衆生(중생) + -이(관조, 의미상 주격)

82) 길히니: 길ᄒᆞ(길, 道) + -이(서조)- + -니(연어, 설명 계속)

83) 六趣: 육취. 불교에서 중생이 깨달음을 증득하지 못하고 윤회할 때 자신이 지은 업(業)에 따라
태어나는 세계를 6가지로 나눈 것이다. '지옥도(地獄道)·아귀도(餓鬼道)·축생도(畜生道)· 아수
라도(阿修羅道)·인간도(人間道)·천상도(天上道)가 있다.

84) 길헷: 길ᄒᆞ(길, 道) + -에(부조, 위치) + -ㅅ(-의: 관조) ※ '길헷'은 '길에 있는'으로 의역하여 옮
긴다.

85) 구즌: 궂(궂다, 惡)- + -Ø(현시)- + -은(관전)

86) 果報: 과보. 인과응보(因果應報)이다. 전생에 지은 선악에 따라 현재의 행과 불행이 있고, 현세에
서의 선악의 결과에 따라 내세에서 행과 불행이 있는 일이다.

87) 이에셔: 이에(여기에, 此: 지대, 정칭) + -셔(-서: 보조사, 위치 강조)

88) 불어: 불(← 부르다: 퍼뜨리다, 펼치다, 演)- + -어(연어)

89) 니르샤: 니르(이르다, 說)- + -샤(←-시-: 주높)- + -Ø(←-아: 연어)

90) 여저: 옂(← 엱다: 얹다, 置)- + -어(연어)

91) 둘: 두(두다: 보용, 완료 유지)- + -ㄹ(관전)

92) 뒷ᄂᆞᆫ: 두(두다, 보용, 완료 유지)- + -Ø(←-어: 연어) + 잇(← 이시다: 있다, 보용, 완료 지속)-
+ -ᄂᆞ(현시)- + -ㄴ(관전) ※ '뒷ᄂᆞᆫ'은 '두어 잇는'이 축약된 형태이다.

經경典뎐이라ᄒᆞ·노·니·라 菩뽕薩·ᇙ 無뭉 數:숭 萬:먼 億·흑·을 ᄀᆞ·ᄅᆞ·치·시·니 梵뻠音ᅙᅳᆷ 聲셩·이 ·이·깁·고 微밍 妙·묭 ·ᄒᆞ·샤【梵뻠音ᅙᅳᆷ·은 淸쳥 淨·쪙 ·ᄒᆞ·니·라 】 ·사ᄅᆞᆷ·이 ·즐·겨 듣·게·ᄒᆞ·시·며 各·각 各·각 世·솅 界·갱·예 正·졍 法·법·을 講:강 論론 ·ᄒᆞ·야·니ᄅᆞ·샤 種:죵 種:죵 因힌 緣원·을 ·몰·기·샤 業·업슨 알·외·요·ᄆᆞ·로 ·무·텻 法·법·을 ·ᄇᆞᆯ·기·샤 衆:즁 生싱·ᄋᆞᆯ 알·에·ᄒᆞ·시·며 ·사ᄅᆞ·미 受·쓩

經典(경전)이라 하느니라.】 菩薩(보살)을 無數(무수)한 萬億(만억) 명을 가르치시니, 梵音(범음)이 깊고 微妙(미묘)하시어【梵音(범음)은 淸淨(청정)한 音聲(음성)이시니라.】 사람이 즐겨 듣게 하시며, 各各(각각)의 世界(세계)에 正法(정법)을 講論(강론)하여 이르시어, 種種(종종)의 因緣(인연)과 그지없는 깨우침으로 부처의 法(법)을 밝히시어 衆生(중생)을 알게 하시며, 사람이

經_경典_뎐이라 ㅎᄂ니라】 菩_뽕薩_삻 無_뭉數_숭 億_흑萬_먼⁹³⁾을 ᄀᄅ치시니 梵_뼘音_흠⁹⁴⁾이 깁고 微_밍妙_묳ㅎ샤【梵_뼘音_흠은 淸_쳥淨_쪙ᄒᆫ 音_흠聲_셩이시니라⁹⁵⁾】 사ᄅ미 즐겨 듣즙게 ㅎ시며 各_각各_각 世_솅界_갱예 正_졍法_법⁹⁶⁾을 講_강論_론⁹⁷⁾ㅎ야 니르샤 種_죵種_죵 因_인緣_원과 그지업슨⁹⁸⁾ 알외요ᄆ로⁹⁹⁾ 부텻 法_법을 ᄇᆯ기샤¹⁾ 衆_즁生_{ᄉᆡᆼ}을 알에²⁾ ㅎ시며 사ᄅ미

---

93) 菩薩 無數 萬億 : 보살 무수 만억. 보살의 수가 무수한 만억이라는 뜻으로 쓰였다. 여기서는 '보살을 무수한 만억 명을'로 옮긴다.

94) 梵音: 범음. 불보살(佛菩薩)의 음성이다.

95) 音聲이시니라: 音聲(음성) + -이(서조)- + -시(주높)- + -∅(현시)- + -니(원칙)- + -라(←-다: 평종)

96) 正法: 정법. '대도정법(大道正法)'의 준말이다. 석가모니불의 가르침으로서, 일체 중생을 제도하여 불보살의 길로 이끌어주는 교법이라는 말이다.

97) 講論: 강론. 학술이나 도의(道義)의 뜻을 강석하고 토론하거나 교리를 설명하여 신자를 훈계하는 것이다.

98) 그지업슨: 그지없[그지없다, 無量: 그지(한도, 量: 명사) + 없(없다, 無: 형사)-]- + -∅(현시)- + -은(관전)

99) 알외요ᄆ로: 알외[알게 하다, 깨우치다, 喩: 알(알다, 知)- + -오(사접)- + -ㅣ(←-이-: 사접)-]- + -욤(←-옴: 명전) + -ᄋᆞ로(부조, 방편) ※ '알외요ᄆ로'는 '깨우침으로'로 의역하여 옮긴다.

1) ᄇᆯ기샤: ᄇᆯ기[밝히다, 照明: ᄇᆞᆰ(밝다, 明: 형사)- + -이(사접)-]- + -샤(←-시-: 주높)- + -∅(←-아: 연어)

2) 알에: 알(알다, 깨우치다, 悟)- + -에(←-게: 연어, 사동)

苦콩ᄅᆞᆯ맛나아 老ᄅᆞᆼ病뼝死ᄉᆞᆼᄅᆞᆯ슬ᄒᆞ·야ᄒᆞ거든 위ᄒᆞ야 涅녏槃빤ᄋᆞᆯ니르·샤 受쑴苦콩ᄅᆞᆯ업게ᄒᆞ시며 사ᄅᆞ미 有ᄋᆈᆸ福·복·ᄒᆞ야【有ᄋᆈᆸ福복ᄋᆞᆫ福·복이실·씨·라】부텨를供공養양ᄒᆞ·야 됴ᄒᆞᆫ法·법求꿀ᄒᆞ거든 위ᄒᆞ야 緣원覺·각ᄋᆞᆯ니르·시며 佛·ᄡᅳᆯ子·ᄌᆞᅵ種·죵種·죵修쓔ᇢ行ᅘᆡᇰ·ᄒᆞ야 無뭉上·쌍智·딩慧·ᅘᆔᆼ·ᄅᆞᆯ求꿀·ᄒᆞ거든【佛·ᄡᅳᆯ子·ᄌᆞ·ᄂᆞᆫ부텻아·ᄃᆞᆯ·이라ᄂᆞᆫ】

受苦(수고)를 만나 老(노)·病(병)·死(사)를 싫어하거든 (그를) 위하여 涅槃(열반)을 이르시어 受苦(수고)를 없게 하시며, 사람이 有福(유복)하여【有福(유복)은 福(복)이 있는 것이다.】부처를 供養(공양)하여 좋은 法(법)을 求(구)하거든 (그를) 위하여 緣覺(연각)을 이르시며, 佛子(불자)가 種種(종종)의 修行(수행)을 하여 無上智慧(무상지혜)를 求(구)하거든【佛子(불자)는 부처의 아들이다.

受_쓩苦_콩³⁾를 맛나아⁴⁾ 老_롤病_뼝死_숭를 슬ᄒᆞ야⁵⁾ ᄒᆞ거든 위ᄒᆞ야⁶⁾ 涅_넗槃_빤⁷⁾

을 니ᄅᆞ샤⁸⁾ 受_쓩苦_콩ᄅᆞᆯ 업게 ᄒᆞ시며 사ᄅᆞ미 有_{ᅌᅮᇢ}福_복ᄒᆞ야【有_{ᅌᅮᇢ}福_복ᄋᆞᆫ

福_복 이실 씨라 】 부텨를 供_공養_양ᄒᆞᅀᆞᄫᅡ⁹⁾ 됴ᄒᆞᆫ 法_법 求_끃ᄒᆞ거든 위ᄒᆞ야

緣_원覺_각¹⁰⁾을 니르시며 佛_뿛子_중 ㅣ ¹¹⁾ 種_죵種_죵 修_슣行_{ᅘᆡᆼ}ᄒᆞ야 無_뭉上_썅智_딩慧

_{ᅘᆒᆼ}¹²⁾를 求_끃ᄒᆞ거든【佛_뿛子_중ᄂᆞᆫ 부텻 아ᄃᆞ리라¹³⁾

---

3) 受苦: 수고. 생로병사(生老病死). 네 가지의 수고는 '사는 일(生)·늙는 일(老), 병(病), 죽는 일 (死)'을 말한다.

4) 맛나아: 맛나[만나다, 遭: 맛(← 맞다: 맞다, 迎)- + 나(나다, 現)-]- + -아(연어)

5) 슬ᄒᆞ야: 슬ᄒᆞ(싫어하다, 厭)- + -야(←-아: 연어)

6) 위ᄒᆞ야: 위ᄒᆞ[위하다, 爲: 위(위, 爲: 불어) + -ᄒᆞ(동접)-]- + -야(←-아: 연어)

7) 涅槃: 열반. 불교에서 수행에 의해 진리를 체득하여 미혹(迷惑)과 집착(執着)을 끊고 일체의 속 박에서 해탈(解脫)한 최고의 경지이다.

8) 니ᄅᆞ샤: 니ᄅᆞ(이르다, 說)- + -샤(←-시-: 주높)- + -Ø(←-아: 연어)

9) 供養ᄒᆞᅀᆞᄫᅡ: 供養ᄒᆞ[공양하다: 供養(공양: 명사) + -ᄒᆞ(동접)-]- + -ᅀᆞᇦ(←-ᅀᆞᆸ-: 객높)- + -아 (연어)

10) 緣覺: 연각. 연각은 불교의 가르침을 듣고 도를 깨닫는 성문과는 달리 외부의 가르침에 의하지 않고 스스로 인연의 법칙을 관찰함으로써 깨달음을 얻는 자이다. 그리고 남을 구제하는 부처와 는 달리, 자기만의 깨침을 목적으로 삼아 산림(山林)에 은둔하여 세상 사람들을 지도하거나 제 도하지 않는 독선자로 알려져 있다.(= 辟支佛, 벽지불) ※ 여기서는 삼승 가운데 성문과 보살과 달리 스스로 깨달음 얻은 수행자를 가리키는 불교 교리를 이른다.

11) 佛子ㅣ: 佛子(불자) + -ㅣ(←-이: 주조) ※ '佛子(불자)'는 불제자(佛弟子)이다. 곧, 불교에 귀의 한 사람이다.

12) 無上智慧: 무상지혜. 그 위에 더할 수 없는 지혜라는 뜻이다. 곧, 제법(諸法)에 환하여 잃고 얻음과 옳고 그름을 가려내는 마음의 작용으로서, 미혹을 소멸하고 보리(菩提)를 성취하는 것이다.

13) 아ᄃᆞ리라: 아들(아들, 子) + -이(서조)- + -Ø(현시)- + -라(←-다: 평종)

菩뽕薩삻·이 아·비 쳔량 니·ᅀᅥ 가·쥬·미 ᄀᆞᆮ·ᄒᆞᆯ·ᄊᆡ 菩뽕薩삻·ᄋᆞᆯ 부텻 아·ᄃᆞ·리·라 ᄒᆞ·ᄂᆞ·니·라】 위·ᄒᆞ·야 조·ᄒᆞᆫ 道理·ᄅᆞᆯ 니·ᄅᆞ·시·ᄂᆞ·다 文문殊쓩師ᄉᆞ利링·여 내 이·에 이·셔 보·며 드·르·미 이·러·ᄒᆞ·며 ᄯᅩ 千쳔億·흑 가·짓 이·리 하·니 ·이제 어·둘 닐·오·리·라 내 뎌 ᄯᅡ·햇 恒ᅘᅢᆼ沙상 菩뽕薩삻·이【恒ᅘᅢᆼ沙상 種죵種죵 因ᅙᅵᆫ緣원·으로 부텻 道理 求꿀·ᄒᆞ·논 야·ᄋᆞᆯ

菩薩(보살)이 부처의 法(법)을 물려받는 것이 아들이 아버지의 재물을 물려받아 가지는 것과 같으므로, 菩薩(보살)을 부처의 아들이라 하느니라. 】(그를) 위하여 깨끗한 道理(도리)를 이르신다. 文殊師利(문수사리)여! 내가 여기에 있어서 보며 듣는 것이 이러하며 또 千億(천억) 가지의 일이 많으니, 이제 대충 이르리라. 내가 저 곳에 있는 恒沙(항사)의 菩薩(보살)이【恒沙(항사)는 恒河沙(항하사)이다.】種種(종종)의 因緣(인연)으로 부처의 道理(도리)를 求(구)하는 모습을

菩_뽕薩_삻이 부텻 法_법 므르ᅀᆞᆸ¹⁴⁾ 이ᄃ리¹⁵⁾ 아비¹⁶⁾ 쳔랴ᇰ¹⁷⁾ 믈러¹⁸⁾ 가쥬미¹⁹⁾ ᄀᆞᇀ홀

씨²⁰⁾ 菩_뽕薩_삻ᄋᆞᆯ 부텻 아ᄃ리라 ᄒᆞᄂᆞ니라】 위ᄒᆞ야 조ᄒᆞᆫ²¹⁾ 道_똘理_리ᄅᆞᆯ 니르시ᄂᆞ

다²²⁾ 文_문殊_쓩師_{ᄉᆞᆼ}利_{리ᇰ}여 내 이에²³⁾ 이셔 보며 드루미²⁴⁾ 이러ᄒᆞ며 ᄯᅩ

千_쳔億_흑 가짓 이리 하니 이제 어둘²⁵⁾ 닐오리라²⁶⁾ 내 뎌 짜햇²⁷⁾ 恒_{ᅙᅵᆼ}沙_상

²⁸⁾ 菩_뽕薩_삻이【恒_{ᅙᅵᆼ}沙_상ᄂᆞᆫ 恒_{ᅙᅵᆼ}河_{ᅘᅡᆼ}沙_상ㅣ라²⁹⁾】種_{죠ᇰ}種_{죠ᇰ} 因_힌緣_원ᄋᆞ로

부텻 道_똘理_리ᄅᆞᆯ 求_꿀ᄒᆞ논³⁰⁾ 야ᅌᆞᆯ³¹⁾

---

14) 므르ᅀᆞᄫᅩ미: 므르(물려받다, 傳承)- + -ᅀᆞᆸ(←-ᅀᆞᆸ-: 객높)- + -옴(명전) + -이(주조)

15) 이ᄃ리: 이ᄃᆞᆯ(←아ᄃᆞᆯ: 아들, 子) + -이(주조) ※ '이ᄃ리'는 '아ᄃ리'를 오각한 형태이다.

16) 아비: 압(←아비: 아버지, 父) + -이(-의: 관조)

17) 쳔랴ᇰ: 재물, 財.

18) 믈러: 믈리(←므르다: 물려받다, 傳承)- + -어(연어)

19) 가쥬미: 가지(가지다, 持)- + -움(명전) + -이(-과: 부조, 비교)

20) ᄀᆞᇀ홀씨: ᄀᆞᇀ호(같다, 如)- + -ㄹ씨(-므로: 연어, 이유)

21) 조ᄒᆞᆫ: 좋(깨끗하다, 맑다, 淨)- + -Ø(현시)- + -ᄋᆞᆫ(관전)

22) 니르시ᄂᆞ다: 니르(이르다, 說)- + -시(주높)- + -ᄂᆞ(현시)- + -다(평종)

23) 이에: 여기에, 於此(지대, 정칭)

24) 드루미: 들(←듣다, ㄷ불: 듣다, 聞)- + -움(명전) + -이(주조)

25) 어둘: 대충, 대략, 略(부사)

26) 닐오리라: 닐(←니르다: 이르다, 說)- + -오(화자)- + -리(미시)- + -라(←-다: 평종)

27) 짜햇: 짜ㅎ(곳, 땅, 土) + -애(-에: 부조, 위치) + -ㅅ(-의: 관조) ※ '짜햇'는 '곳에 있는'으로 의역하여 옮긴다.

28) 恒沙: 항사. 항하(갠지스강)의 모래라는 뜻으로, '무한(無限)히 많은 수량(數量)'을 일컫는 말이다.

29) 恒河沙ㅣ라: 恒河沙(항하사) + -ㅣ(←-이-: 서조)- + -Ø(현시)- + -라(←-다: 평종) ※ '恒河沙(항하사)'는 '恒沙(항사)'의 본말이다.

30) 求ᄒᆞ논: 求ᄒᆞ[구하다: 求(구: 불어) + -ᄒᆞ(동접)-]- + -ㄴ(←-ᄂᆞ-: 현시)- + -오(대상)- + -ㄴ(관전)

31) 야ᅌᆞᆯ: 양(양, 모양, 樣: 의명) + -ᄋᆞᆯ(목조)

올[ᄫᆞᆫ]딘 布(봉)施(싱)롤 호ᄃᆡ 金(금)·銀(은)·珊산瑚(뽕)·真(진)珠(즁)·摩(망)尼(닝)·硨(챵)磲(껑)·瑪(망)瑙(놩)·金(금)剛(강) 여러 보비와 奴(농)婢(뼁)와【奴(농)ᄂᆞᆫ 남진 집죠ᇰ이오 婢ᄂᆞᆫ 겨집 죠ᇰ이라】輦과 보ᄇᆡ로 ᄆᆞᆫ 가마로 즐겨 布(봉)施(싱)ᄒᆞ야 佛(뿛)道(똥)ᄅᆞᆯ 向(향)ᄒᆞ야 三(삼)界(갱)ㅅ 第(똉)一엣 諸(정)佛(뿛) 讚(잔)嘆(탄)ᄒᆞ시ᄂᆞᆫ 乘(씽)을 得(득)고져 願(원)ᄒᆞ리도 이시며 菩(뽕)

보니, 報施(보시)를 하되 金(금)·銀(은)·珊瑚(산호)·眞珠(진주)·摩尼(마니)·硨磲(차거)·瑪瑙(마노)·金剛(금강) (등) 여러 보배와 奴婢(노비)와【奴는 남자 종이요, 婢(비)는 여자 종이다.】수레(輦)와 보배로 꾸민 가마(輿)로 즐겨 布施(보시)하여, 佛道(불도)를 向(향)하여 三界(삼계)에서 第一(제일) 가는 諸佛(제불)이 讚嘆(찬탄)하시는 乘(승)을 得(득)하고자 願(원)할 이도 있으며 본딘³²⁾ 布_봉施_싱³³⁾를 호딕 金_금 銀_은 珊_산瑚_홍³⁴⁾ 眞_진珠_즁 摩_망尼_닝³⁵⁾

硨_챵磲_껑³⁶⁾ 瑪_망瑙_놀³⁷⁾ 金_금剛_강³⁸⁾ 여러 보빅와 奴_농婢_삥와【奴_농는 남진³⁹⁾

죠이오⁴⁰⁾ 婢_삥는 겨집 죠이라 】 술위⁴¹⁾와 보빅로 꾸뮨⁴²⁾ 덩과로⁴³⁾ 즐겨 布_봉

施_싱ᄒ야 佛_뿛道_똠를 向_향ᄒ야⁴⁴⁾ 三_삼界_갱⁴⁵⁾ 第_똉一_잃엣 諸_졍佛_뿛 讚_잔嘆_탄

ᄒ시논⁴⁶⁾ 乘_씽⁴⁷⁾을 得_득고져⁴⁸⁾ 願_원ᄒ리도⁴⁹⁾ 이시며

---

32) 본딘: 보(보다, 見)-+-ㄴ딘(-는데, -니: 연어, 반응)

33) 布施: 보시. 대승불교의 실천수행 방법 가운데 하나로서 베풀어 주는 일을 말한다. 중생의 구제를 그 목표로 하고 있는 이타정신(利他精神)의 극치이다.

34) 珊瑚: 산호. 깊이 100~300미터의 바다 밑에 많은 산호충이 모여 높이 50cm 정도의 나뭇가지 모양의 군체를 이룬다. 개체가 죽으면 골격만 남는다. 속을 가공하여 장식물을 만든다.

35) 摩尼: 마니. '보주(寶珠)'를 일상적으로 이르는 말이다. 불행과 재난을 없애 주고 더러운 물을 깨끗하게 하며, 물을 변하게 하는 따위의 덕이 있다.

36) 硨磲: 차거(musāra-galva). 백산호(白珊瑚) 또는 대합(大蛤)이다.

37) 瑪瑙: 마노. 석영, 단백석(蛋白石), 옥수(玉髓)의 혼합물이다. 화학 성분은 송진과 같은 규산(硅酸)으로, 광택이 있고 때때로 다른 광물질이 스며들어 고운 적갈색이나 흰색 무늬를 띤다.

38) 金剛: 금강. 다이아몬드이다. 천연의 광물 중에서는 제일 단단하고 광택이 매우 아름다우며, 광선의 굴절률이 커서 반짝거린다. 보석 연마제, 시추기 또는 유리를 자르는 데에 쓴다.

39) 남진: 남자(男子, 男人)

40) 죠이오: 종(종, 僕)+-이(서조)-+-오(←-고: 연어, 나열)

41) 술위: 수레, 車.

42) 꾸뮨: 꾸미(꾸미다, 飾)-+-Ø(과시)-+-우(대상)-+-ㄴ(관전)

43) 덩과로: 덩(가마, 輦輿)+-과(접조)+-로(부조, 방편)

44) 向ᄒ야: 向ᄒ[향하다, 회향하다: 向(향: 불어)+-ᄒ(동접)-]-+-야(←-아: 연어) ※ '向(향)'은 '회향(回向)'인데, 자기가 닦은 선근 공덕을 다른 중생이나 자기 자신에게 돌리는 것이다.

45) 三界: 삼계. 중생이 생사 왕래하는 세 가지 세계로, 욕계(欲界)·색계(色界)·무색계(無色界)이다.

46) 讚嘆ᄒ시논: 讚嘆ᄒ[찬탄하다: 讚嘆(찬탄: 명사)+-ᄒ(동접)-]-+-시(주높)-+-ㄴ(←-ᄂᆞ-: 현시)-+-오(대상)-+-ㄴ(관전)

47) 乘: 승. 불교의 교의를 달리 이르는 말이다. 중생을 태워서 생사의 고해를 건너 일반의 세계에 이르게 한다는 뜻이다. 대승(大乘)과 소승(小乘)으로 나눈다.

48) 得고져: 得[←得ᄒ다(득하다, 얻다): 得(득: 불어)+-Ø(←-ᄒ-: 동접)-]-+-고져(-고자: 연어, 의도)

49) 願ᄒ리도: 願ᄒ[원하다: 願(원: 명사)+-ᄒ(동접)-]-+-ㄹ(관전) # 이(이, 者: 의명)+-도(보조사, 첨가)

菩薩·이 네 ·몰 메·웬 寶·뽕車·겅와 欄·란楯·쓩과 빗·난 蓋·갱와 軒·헌飾·식·으·로 布·뽕施·싱·ᄒᆞ·리·도 이·시·며【軒·헌·은 술·윗 우·희 잇·ᄂᆞᆫ 欄·란干·간ㅅ 너·이·오 軒·헌飾·식·은 軒·헌·에 잇·ᄂᆞᆫ ·ᄭᅮ·뮤·미·라】 ᄯᅩ 菩·뽕薩·삼·이 ·몸·과 ·ᄉᆞᆯ·와 ·손·과 ·발·와 妻·청眷·권과 子·ᄌᆞ息·식·과·로 布·뽕施·싱·ᄒᆞ·야 無·뭉上·쌍道·똘·ᄅᆞᆯ 求·꿀·ᄒᆞ·리·도 보·며 ᄯᅩ 菩·뽕薩·삼·이 머·리·와 ·눈·과 ·몸·과·로 즐·겨 布·뽕施·싱·ᄒᆞ·야·부

菩薩(보살)이 네 (마리의) 말이 메운 寶車(보거)와 欄楯(난순)과 빛난 蓋(개)와 軒飾(헌식)으로 布施(보시)할 이도 있으며【軒(헌)은 수레 위에 있는 欄干(난간)의 널빤지이니, 軒飾(헌식)은 軒(헌)에 있는 꾸민 것이다.】, 또 菩薩(보살)이 몸과 살과 손과 발과 妻眷(처권)과 子息(자식)으로 布施(보시)하여 無上道(무상도)를 求(구)할 이도 보며, 또 菩薩(보살)이 머리와 눈과 몸으로 즐겨 布施(보시)하여

菩_뽕薩_삻이 네 물 메윤⁵⁰⁾ 寶_봉車_겅⁵¹⁾와 欄_란楯_쓘⁵²⁾과 빗난⁵³⁾ 蓋_갱⁵⁴⁾와 軒_헌飾_식⁵⁵⁾으로 布_봉施_싱ᄒ리도⁵⁶⁾ 이시며【軒_헌은 술위 우흿⁵⁷⁾ 欄_란干_간 너리니⁵⁸⁾ 軒_헌飾_식은 軒_헌엣⁵⁹⁾ 쑤뮤미라⁶⁰⁾】 ᄯ 菩_뽕薩_삻이 몸과 슬콰⁶¹⁾ 손과 발와 妻_쳉眷_권⁶²⁾과 子_중息_식과로⁶³⁾ 布_봉施_싱ᄒ야 無_뭉上_썅道_똘⁶⁴⁾를 求_꿇ᄒ리도 보며 ᄯ 菩_뽕薩_삻이 머리와 눈과 몸과로 즐겨 布_봉施_싱ᄒ야

---

50) 메윤: 메예[메우다: 메(메다, 擔)- + -예(←-이-: 사접)-]- + -우(대상)- + -ㄴ(관전) ※ '메윤'은 '메윤'을 강하게 발음한 형태이다. ※ '메이다'는 말이나 소의 목에 멍에를 얹어서 매는 것이다.

51) 寶車: 보거. 보배로 꾸민 수레이다.

52) 欄楯: 난순. 불교의 스투파(Stūpa)와 같은 성역을 둘러싸는 울타리로, 동아시아에서는 '난순(欄楯)'이라고 한다. ※ '스투파(Stūpa)'는 유골을 매장한 인도의 화장묘(火葬墓)이다.

53) 빗난: 빗나[빛나다, 華: 빗(빛, 光) + 나(나다, 現)-]- + -Ø(과시)- + -ㄴ(관전)

54) 蓋: 개. 불좌 또는 높은 좌대를 덮는 장식품이다. 나무나 쇠붙이로 만들어 법회 때에 법사의 위를 덮는다. 원래는 인도에서 햇볕이나 비를 가리기 위하여 쓰던 우산 같은 것이었다.

55) 軒飾: 헌식. 수레 난간을 꾸민 것이다.

56) 布施ᄒ리도: 布施ᄒ[보시하다: 布施(보시: 명사) + -ᄒ(동접)-]- + -ㄹ(관전) # 이(이, 者: 의명) + -도(보조사, 첨가)

57) 우흿: 우ᇹ(위, 上) + -의(-에: 부조, 위치) + -ㅅ(-의: 관조) ※ '우흿'은 '위에 있는'으로 의역하여 옮긴다.

58) 너리니: 널(널, 널빤지, 板子) + -이(서조)- + -니(연어, 설명 계속)

59) 軒엣: 軒(헌) + -에(부조, 위치) + -ㅅ(관조) ※ '軒엣'은 '軒(헌)에 있는'으로 의역하여 옮긴다.

60) 쑤뮤미라: 쑤미(꾸미다, 飾)- + -움(명전) + -이(서조)- + -Ø(현시)- + -라(←-다: 평종)

61) 슬콰: 슬ᇹ(살, 肉) + -과(접조)

62) 妻眷: 처권. 아내와 친족을 통틀어 이르거나, 혹은 아내(妻)를 이르는 말이다. 여기서는 '아내'를 이르는 말로 쓰였다.

63) 子息과로: 子息(자식) + -과(접조) + -로(부조, 방편)

64) 無上道: 무상도. '불도(佛道)'를 달리 이르는 말이다. 더할 나위 없이 훌륭한 도라 하여 이렇게 이른다.

부처의 智慧(지혜)를 求(구)할 이도 보겠구나. 文殊師利(문수사리)여! 여러 王(왕)들이 부처께 나아가 無上道理(무상도리)를 묻고, 좋은 나라와 宮殿(궁전)과 臣下(신하)와 첩(妾)을 버리고 머리를 깎아 法服(법복)을 입을 이도 보며【法服(법복)은 法(법)의 옷이다.】, 菩薩(보살)이 중이 되어 혼자 한가롭게 있어 經(경)을 즐겨 외울 이도 보며,

부텻 智딩慧휑를 求꿀ᄒ리도 보리로다⁶⁵⁾ 文문殊쑈師싱利링여 여러 王ᄬᅪᆼ들

히 부텻긔⁶⁶⁾ 나ᅀᅡ가⁶⁷⁾ 無뭉上쌰ᇰ道뚀ᇢ理링를 묻ᄌᆞᆸ고 됴ᄒᆞᆫ 나라콰⁶⁸⁾ 宮궁殿

떤과 臣씬下ᅘᅡᆼ와 고마를⁶⁹⁾ ᄇᆞ리고⁷⁰⁾ 머리 가까⁷¹⁾ 法법服뽁을 니브리도⁷³⁾

보며【法법服뽁은 法법엣⁷⁴⁾ 오시라⁷⁵⁾】菩뽕薩삻이 쥬이⁷⁶⁾ ᄃᆞ외야⁷⁷⁾ ᄒᆞ오ᅀᅡ⁷⁸⁾

겨르로ᄫᅵ⁷⁹⁾ 이셔 經경을 즐겨⁸⁰⁾ 외오리도⁸¹⁾ 보며

---

65) 보리로다: 보(보다, 見)- + -리(미시)- + -로(← -도-: 감동)- + -다(평종)

66) 부텻긔: 부텨(부처, 佛) + -ᄭᅴ(-께: 부조, 상대, 높임)

67) 나ᅀᅡ가: 나ᅀᅡ가[나아가다, 往: 났(← 낫다, ㅅ불: 나아가다, 進)- + -아(연어) + 가(가다, 行)-]- + -아(연어)

68) 나라콰: 나라ᇰ(나라, 國) + -과(접조)

69) 고마를: 고마(첩, 妾) + -를(목조)

70) ᄇᆞ리고: ᄇᆞ리(버리다, 捨)- + -고(연어, 계기)

71) 가까: 갌(깎다, 剃除)- + -아(연어)

72) 法服: 법복. 승려가 입는 가사나 장삼 따위의 옷이다.

73) 니브리도: 닙(입다, 被)- + -을(관전) # 이(이, 者) + -도(보조사, 첨가)

74) 法엣: 法(법) + -에(부조, 위치) + -ㅅ(-의: 관조) ※ '法엣'은 '法(법)의'로 옮긴다.

75) 오시라: 옷(옷, 衣) + -이(서조)- + -Ø(현시)- + -라(← -다: 평종)

76) 쥬이: 즁(중, 僧, 比丘) + -이(보조)

77) ᄃᆞ외야: ᄃᆞ외(되다, 作)- + -야(← -아: 연어)

78) ᄒᆞ오ᅀᅡ: 혼자, 獨(부사)

79) 겨르로ᄫᅵ: [한가히, 閑靜(부사): 겨를(겨를, 暇: 명사) + -롭(← -롭-: 형접)- + -이(부접)]

80) 즐겨: 즐기[즐기다, 樂(부사): 즑(즐거워하다, 歡: 자동)- + -이(사접)-]- + -어(연어)

81) 외오리도: 외오(외우다, 誦)- + -ㄹ(관전) # 이(이, 者: 의명) + -도(보조사, 첨가)

또 菩薩(보살)이 勇猛精進(용맹정진)하여 深山(심산)에 들어 佛道(불도)를 생각할 이도 보며, 또 貪欲(탐욕)을 떨쳐 늘 빈 데에 있어 禪定(선정)을 깊이 닦아 五神通(오신통)을 得(득)할 이도 보며, 또 菩薩(보살)이 便安(편안)히 禪定(선정)하여 合掌(합장)하여 千萬(천만)의 偈(게)로 모든 法王(법왕)을 讚嘆(찬탄)할 이도 보며,

쏘 菩_뽕薩_삻이 勇_용猛_밍精_정進_진⁸²⁾ᄒ야 深_심山_산애 드러 佛_뿛道_똘 ᄉ랑ᄒ리도⁸³⁾ 보며 쏘 貪_탐欲_욕을 여희여⁸⁴⁾ 샹녜⁸⁵⁾ 뷘⁸⁶⁾ 듸⁸⁷⁾ 이셔 禪_쎤定_뗭⁸⁸⁾을 기피⁸⁹⁾ 다까⁹⁰⁾ 五_옹神_씬通_통⁹¹⁾을 得_득ᄒ리도 보며 쏘 菩_뽕薩_삻이 便_뼌安_한히⁹²⁾ 禪_쎤定_뗭ᄒ야 合_{ᅘᅡᆸ}掌_쟝ᄒ야 千_천萬_먼 偈_꼥⁹³⁾로 믈읫⁹⁴⁾ 法_법王_왕⁹⁵⁾을 讚_잔嘆_탄ᄒᄉᄫ리도⁹⁶⁾ 보며

---

82) 勇猛精進: 용맹정진. 용맹(勇猛)스럽게 불도(佛道)를 수행(修行)하는 것이다.

83) ᄉ랑ᄒ리도: ᄉ랑ᄒ[생각하다, 思惟: ᄉ랑(생각, 思惟: 명사) + -ᄒ(동접)-] + -ㄹ(관전) # 이(이, 者: 의명) + -도(보조사, 첨가)

84) 여희여: 여희(떨치다, 이별하다, 離)- + -여(←-어: 연어)

85) 샹녜: 늘, 항상, 常(부사)

86) 뷘: 뷔(비다, 空)- + -Ø(과시)- + -ㄴ(관전)

87) 듸: 듸(데, 處) + -이(-에: 부조, 위치)

88) 禪定: 선정. 한마음으로 사물을 생각하여 마음이 하나의 경지에 정지하여 흐트러짐이 없는 것이다.

89) 기피: [깊이, 深(부사): 깊(깊다, 深: 형사)- + -이(부접)]

90) 다까: 닭(닦다, 修)- + -아(연어)

91) 五神通: 오신통. 불도를 열심히 닦으면 얻을 수 있다는 초인간적인 다섯 가지 신통력이다. 오신통에는 '천안통(天眼通)·천이통(天耳通)·타심통(他心通)·숙명통(宿命通)·신족통(神足通)'이 있다. '천안통(天眼通)'은 세간(世間) 일체의 멀고 가까운 모든 고락의 모양과 갖가지 형(形)과 색(色)을 환히 꿰뚫어 볼 수 있고, 자기와 남의 미래세에 관한 일을 내다볼 수 있는 신통한 능력이다. '천이통(天耳通)'은 세간의 좋고 나쁜 모든 말과 멀고 가까운 말, 여러 나라 각 지역의 말, 나아가 짐승과 귀신의 말에 이르기까지 듣지 못할 것이 없는 신통한 능력이다. '타심통(他心通)'은 남의 마음속을 꿰뚫어 볼 수 있는 신통한 능력이다. '숙명통(宿命通)'은 전생을 아는 신통한 능력이다. '신족통(神足通)'은 뜻대로 모습을 바꾸거나 마음대로 어디든지 날아갈 수 있는 신비한 능력이다.

92) 便安히: [편안히(부사): 便安(편안: 명사) + -ᄒ(←-ᄒᆞ-: 형접)- + -이(부접)]

93) 偈: 게. 부처의 공덕이나 가르침을 찬탄하는 노래 글귀이다.(= 가타, 伽陀)

94) 믈읫: 모든, 諸(관사)

95) 法王: 법왕. 법문(法門)의 왕이라는 뜻으로, '부처(佛)'를 달리 이르는 말이다.

96) 讚嘆ᄒᄉᄫ리도: 讚嘆ᄒ[찬탄하다: 讚嘆(찬탄: 명사) + -ᄒ(동접)-] + -ᅀᆞᇦ(←-ᅀᆞᆸ-: 객높)- + -을(관전) # 이(이, 者: 의명) + -도(보조사, 첨가)

쏘菩뽕薩삻 이 智딩慧ᅘᅨᆼ 깁·고 ·ᄠᅳ·디·구·더 能ᄂᆞᆼ·히 諸佛뿛ᄢᅴ 묻ᄌᆞᆸ·바·듣ᄌᆞᄫᆞ·면·다 바·다 디·니논 양·도 보·며 쏘佛뿛·子ᄌᆞᆼ 定떙과 慧ᅘᅨᆼ 왜·ᄀᆞ·자 그·지·업슨·알·외·요·ᄆᆞ·로 한·사·ᄅᆞᆷ 위·ᄒᆞ·야 法법을 講강論롱ᄒᆞ·며 즐·겨 說ᄉᅠᆶ法법ᄒᆞ·야 菩뽕薩삻 올·ᄃᆞ·외·오·며 魔망王왕ᄉ 兵병馬망·ᄅᆞᆯ 혈·오 法법鼓공·ᄅᆞᆯ ·티·논 양·도 보·며【鼓·공·ᄂᆞᆫ·부

또 菩薩(보살)이 智慧(지혜)가 깊고 뜻이 굳어 能(능)히 諸佛(제불)께 물어서 들으면 다 받아서 지니는 모습도 보며, 또 佛子(불자)가 定(정)과 慧(혜)가 갖추어져 있어 그지없는 깨우침으로 많은 사람을 위하여 法(법)을 講論(강론)하며, 즐겨 說法(설법)하여 菩薩(보살)을 되게 하며 魔王(마왕)의 兵馬(병마)를 헐고 法鼓(법고)를 치는 모습도 보며【鼓(고)는 북이다.】,

쏘 菩뽕薩삻이 智딩慧휑⁹⁷⁾ 깁고⁹⁸⁾ 쁘디⁹⁹⁾ 구더 能능히¹⁾ 諸정佛뽎섹 묻즈

바 들즈 ㅸ면 다²⁾ 바다³⁾ 디니논⁴⁾ 양도 보며 쏘 佛뽎子즈ㅣ 定뗭⁵⁾과

慧휑왜⁶⁾ ㄱ자⁷⁾ 그지업슨 알외요므로⁸⁾ 한 사ᄅᆞᆷ 위ᄒᆞ야 法법 講강論론ᄒᆞ

며 즐겨 說쉃法법ᄒᆞ야 菩뽕薩삻을 ᄃᆞ외오며⁹⁾ 魔망王왕ㅅ¹⁰⁾ 兵병馬망를

헐오¹¹⁾ 法법鼓공¹²⁾를 티논¹³⁾ 양도 보며【鼓공ᄂᆞᆫ 부피라¹⁴⁾】

---

97) 智慧: 智慧(지혜) + -∅(←-이: 주조) ※ '智慧(지혜, 반야, prajñā)'는 불교에서는 단순한 지혜가 아니라, '깨달음을 얻기 위한 진실된 지혜' 또는 '모든 사물을 파악하는 지식'을 의도하고 있다. 원시 불교 및 그것을 계승한 팔리 상좌부 불교는 계(戒)·정(定)·혜(慧)의 '3학(學)'을 세웠는데 자신의 행동을 신중히 하고(계, 戒), 자기의 마음을 컨트롤하는 것(정, 定)으로서 올바른 지식(혜, 慧)이 생겨 편안함(해탈=열반)에 이른다고 주장하였다.

98) 깁고: 깁(← 깊다: 깊다, 深) + -고(연어, 나열)

99) 쁘디: 쁟(뜻, 志) + -이(주조)

1) 能히: [능히(부사): 能(능: 불어) + -ᄒᆞ(←-ᄒᆞ-: 형접) + -이(부접)]

2) 다: 다[다, 悉(부사): 다(← 다ᄋᆞ다: 다하다, 盡, 동사) + -아(연어▷부접)]

3) 바다: 받(받다, 受) + -아(연어)

4) 디니논: 디니(지니다, 持) + -ᄂᆞ(←-ᄂᆞ-: 현시) + -오(대상) + -ㄴ(관전)

5) 定: 정. 불교에서 마음을 하나의 대상에 집중하여 전혀 동요가 없는 상태를 일컫는 말이다.(= 三昧, samādhi)

6) 慧왜: 慧(혜, 지혜) + -와(접조) + -ㅣ(←-이: 주조)

7) ㄱ자: ᄀᆽ(가추어져 있다, 具) + -아(연어)

8) 알외요므로: 알외[알리다, 깨우치다, 喩: 알(알다, 知: 타동) + -오(사접) + -ㅣ(←-이-: 사접)-] + -욤(←-옴: 명전) + -ᄋᆞ로(부조, 방편)

9) ᄃᆞ외오며: ᄃᆞ외오[되게 하다, 만들다, 化: ᄃᆞ외(되다, 化) + -오(사접)-] + -며(연어, 나열)

10) 魔王ㅅ: 魔王(마왕) + -ㅅ(-의: 관조) ※ '魔王(마왕)'은 욕계(欲界) 제육타화자재천(第六他化自在天)에 살면서 바른 교법을 파괴하는 마(魔)의 우두머리이다. '천마(天魔)' 혹은 '바순(波旬)'이라고도 한다.

11) 헐오: 헐(헐다, 破) + -오(←-고: 연어, 나열)

12) 法鼓: 법고. 절에서 예불할 때나 의식을 거행할 때에 치는 큰북이다.

13) 티논: 티(치다, 擊) + -ᄂᆞ(←-ᄂᆞ-: 현시) + -오(대상) + -ㄴ(관전)

14) 부피라: 붚(북, 鼓) + -이(서조) + -∅(현시) + -라(←-다: 평종)

피 쏘菩薩·삼이 便·뼌安한히 줌줌ㅎ얫거든 天텬龍룡·이 恭공敬·경ㅎ·야도 깃·디 아·니·ㅎ·리도보·며 쏘菩·薩·삼이 수·프·레 이·셔 放·방光광ㅎ·야 地·띵獄·옥 受·쑵苦·콩·롤 濟·졩渡·똥ㅎ·야 佛·뿛道·똥애 들·의ㅎ·논 양·도 보·며 쏘 佛·뿛子·종ㅣ ·자·디 아·니·ㅎ·야 수·프·레 두루·돈·녀 佛·뿛道·똥·롤 브즈·러·니 求·끃ㅎ·논 양·도 보·며

또 菩薩(보살)이 便安(편안)히 잠잠하여 있는데 天龍(천룡)이 恭敬(공경)하여도 기뻐하지 아니할 이도 보며, 또 菩薩(보살)이 수풀에 있어 放光(방광)하여 地獄(지옥)의 受苦(수고)를 濟渡(제도)하여 佛道(불도)에 들게 하는 모습도 보며, 또 佛子(불자)가 자지 아니하여 수풀에 두루 다녀 佛道(불도)를 부지런히 求(구)하는 모습도 보며,

쏘 菩뽕薩삻이 便뼌安한히 좀좀ᄒᆞ야[15] 잇거든 天텬龍룡[16]이 恭공敬경ᄒᆞ야

도[17] 깃디[18] 아니ᄒᆞ리도[19] 보며 쏘 菩뽕薩삻이 수프레[20] 이셔 放방光광[21]

ᄒᆞ야 地띵獄옥 受쓩苦콩를 濟젱渡똥ᄒᆞ야 佛뿛道똘애 들의[22] ᄒᆞ논[23] 양도

보며 쏘 佛뿛子중ㅣ 자디 아니ᄒᆞ야 수프레 두루[24] 돈녀[25] 佛뿛道똘

브즈러니[26] 求꿀ᄒᆞ논[27] 양도 보며

---

15) 좀좀ᄒᆞ야: 좀좀ᄒᆞ[잠잠하다, 寂然: 좀좀(잠잠: 불어) + -ᄒᆞ(형접)-] + -야(←-아: 연어)

16) 天龍: 천룡. 諸天(제천)과 龍神(용신)을 아울러서 이르는 말이다. ※ '諸天(제천)'은 모든 하늘이
    나, 천상계의 모든 천신(天神)을 이른다. 욕계의 육욕천, 색계의 십팔천, 무색계의 사천(四天) 따
    위를 통틀어 이른다. 마음을 수양하는 경계를 따라 나뉜다. 그리고 '龍神(용신)'은 용왕(龍王)으
    로서, 바다에 살며 비와 물을 맡고 불법을 수호하는 용 가운데의 임금이다.

17) 恭敬ᄒᆞ야도: 恭敬ᄒᆞ[공경하다: 恭敬(공경: 명사) + -ᄒᆞ(동접)-] + -야도(←-아도: 연어, 양보)

18) 깃디: 깃(←깄다: 기뻐하다, 爲喜)- + -디(-지: 연어, 부정)

19) 아니ᄒᆞ리도 : 아니ᄒᆞ[아니하다, 不(보용, 부정): 아니(아니, 不: 부사, 부정) + -ᄒᆞ(동접)-] + -ㄹ
    (관전) # 이(이, 者: 의명) + -도(보조사, 첨가)

20) 수프레: 수플[수풀, 林: 수(←숳: 숲, 林) + 플(풀, 草)] + -에(부조, 위치)

21) 放光: 방광. 부처가 광명을 내는 것이다.

22) 들의: 들(들다, 入)- + -의(←-긔: -게, 사동)

23) ᄒᆞ논: ᄒᆞ(하다: 보용, 사동)- + -ㄴ(←-ᄂᆞ-: 현시) + -오(대상)- + -ㄴ(관전)

24) 두루: [두루, 經: 둘(둘다, 經: 동사)- + -우(부접)]

25) 돈녀: 돈니[다니다, 行: 돈(달리다, 走)- + 니(가다, 行)-] + -어(연어)

26) 브즈러니: [부지런히, 勤(부사): 브즈런(부지런, 勤: 명사) + -이(부접)]

27) 求ᄒᆞ논: 求ᄒᆞ[구하다: 求(구: 불어) + -ᄒᆞ(동접)-] + -ㄴ(←-ᄂᆞ-: 현시) + -오(대상)- + -ㄴ
    (관전)

·쏘警·경戒·갱ᄀ·차威윙儀·읭이ᄌ·춘디·엄
·서ㅅ·호미寶·봄珠즁·곧ᄒ·야佛·뿛道·똠
求·끃辱·쇽力·륵·에住·뜡ᄒ·야·增증上·썅慢만
·호논·양도·보·며·쏘佛·뿛子·증ᅵ忍
嘉·가사·루·미·구·지·즈·며·티·거든·다·추·마
佛·뿛道·똠求·끃·호논·양·도·보·며·쏘菩
薩·삾·이노·릇·과·우·숨·과·어·린眷·권屬·쏙
·올·여·희·오·어·딘·사·ᄅ·ᄆᆞᆯ·갓·가·비·ᄒ·야·ᄒ

또 警戒(경계)가 갖추어져 있어 威儀(위의)가 이지러진 데가 없어 깨끗함이
寶珠(보주)와 같아서 佛道(불도)를 求(구)하는 모습도 보며, 또 佛子(불자)가
忍辱力(인욕력)에 住(주)하여 增上慢(증상만)할 사람이 꾸짖으며 치거든 다
참아 佛道(불도)를 求(구)하는 모습도 보며, 또 菩薩(보살)이 놀이와 웃음과
어리석은 眷屬(권속)과 이별하고 어진 사람을 가까이 하여 한

또 警_경戒_갱²⁸⁾ ᄀ자²⁹⁾ 威_휭儀_읭³⁰⁾ 이즌³¹⁾ 딕³²⁾ 업서 조호미³³⁾ 寶_봏珠_즁³⁴⁾

근ᄒ야 佛_뿛道_똫 求_꿓ᄒ논 양도 보며 또 佛_뿛子_즁ㅣ 忍_신辱_{ᅀᅲᆨ}力³⁵⁾를에

住_뜡ᄒ야 增_즁上_쌍慢_만³⁶⁾홇 사ᄅ미 구지즈며³⁷⁾ 티거든³⁸⁾ 다 ᄎ마³⁹⁾ 佛_뿛

道_똫 求_꿓ᄒ논 양도 보며 또 菩_뽕薩_삻이 노릇과⁴⁰⁾ 우숨과⁴¹⁾ 어린⁴²⁾

眷_권屬_쑉⁴³⁾을 여희오 어딘 사ᄅᆞ믈 갓가비⁴⁴⁾ ᄒ야 ᄒᆞᆫ

---

28) 警戒: 警戒(경계) + -∅(←-이: 주조)

29) ᄀ자: ᄀᆽ(갖추어져 있다, 具)- + -아(연어)

30) 威儀: 위의. 계율(戒律). 곧, 불자(佛者)가 지켜야 할 규범이다.

31) 이즌: 잊(이지러지다, 缺)- + -∅(과시)- + -은(관전) ※ '잊다'는 한쪽 귀퉁이가 떨어져 없어지는 것이다.

32) 딕: 딕(데, 處: 의명) + -∅(←-이: 주조)

33) 조호미: 좋(깨끗하다, 맑다, 淨)- + -옴(명전) + -이(주조)

34) 寶珠: 보주. 보배로운 구슬이다.

35) 忍辱力: 인욕력. 육력(六力)의 하나이다. 마음을 가라앉혀 온갖 욕됨과 번뇌를 참고 원한을 일으키지 않는 힘이다. ※ 육력(六力)은 6가지의 각각 다른 힘으로, '보시력(布施力)·지계력(持戒力)·인욕력(忍辱力)·정진력(精進力)·선정력(禪定力)·지혜력(智慧力)'이다.

36) 增上慢: 증상만. 사만(四慢)의 하나로서, 내가 아직 최상의 교법과 깨달음을 아직 얻지 못하고서도 얻었다고 생각하는 것이다. ※ '사만(四慢)'은 4가지 교만한 마음이다. 첫째, 증상만(增上慢)은 최상의 교법과 깨달음을 얻지 못하고도 이미 얻은 것처럼 교만하게 우쭐대는 일이다. 둘째, 비하만(卑下慢)은 남보다 훨씬 못한 것을 자기는 조금 못하다고 생각하는 일이다. 셋째, 아만(我慢)은 스스로를 높여서 잘난 체하고, 남을 업신여기는 마음이다. 넷째, 사만(邪慢)은 덕이 없는 사람이 덕이 있다고 생각하는 것이다.

37) 구지즈며: 구짖(꾸짖다, 罵)- + -으며(연어, 나열)

38) 티거든: 티(치다, 打)- + -거든(연어, 조건)

39) ᄎ마: 춤(참다, 忍)- + -아(연어)

40) 노릇과: 노릇[놀이, 戲: 놀(놀다, 遊: 동사)- + -웃(명접)] + -과(접조)

41) 우숨과: 우숨[웃음, 笑: 웃(← 웃다, ㅅ불: 웃다, 笑, 동사)- + -움(명접)] + -과(접조)

42) 어린: 어리(어리석다, 癡)- + -∅(현시)- + -ㄴ(관전)

43) 眷屬: 권속(parivāra). 한 집안에서 생활을 같이 하는 식구. 한 집안의 가족. 아내의 낮춤말로 쓰이기도 한다. 주로 한 집에서 생활을 같이 하는 가족을 의미하다.

44) 갓가비: [가까이, 近(부사): 갓갑(← 갓갑다, ㅂ불: 가깝다, 近, 형사)- + -이(부접)]

ᄆᆞᅀᆞ·ᄆᆞ로 亂·란 ·을 더·러【亂·란은 어·즈·러·뷸·씨·라】 수·프·를 ᄉᆞ·랑ᄒᆞ·야 億·흑 千·쳔 萬·먼 世·솅 佛·뿛 道·뚛 求·꿓 ᄒᆞ·ᄂᆞᆫ 양·ᄌᆞ도 보·며 菩·뽕 薩·삻 이 됴·ᄒᆞᆫ 차·반·과 온 가·짓 藥·약 材·ᄍᆡᆼ·로 부·텨·와 즁·괏·그·에 布·봉 施·싱 ᄒᆞ·며 일:홈·난 됴·ᄒᆞᆫ 오·시 ·비·디 千·쳔 萬·먼 이·쓰·며 ·비·업·슨 오·ᄉᆞ·로【하 貴·귕 ᄒᆞ·야 비·디 업·스·니·라】 부·텨·와 즁·괏·그·에 布·봉 施·싱 ᄒᆞ·며 千·쳔 萬·먼 가·

마음으로 亂(난)을 덜어【亂(난)은 어지러운 것이다.】산의 수풀을 생각하여 億千萬(억천만) 世(세)를 佛道(불도)를 求(구)하는 모습도 보며, 菩薩(보살)이 좋은 음식(飮食)과 백 가지의 藥材(약재)로 부처와 중에게 布施(보시)하며, 이름난 좋은 옷이 값이 千萬(천만)이 나가며, 값이 없는 옷으로【하도 貴(귀)하여 값이 없으니라.】부처와 중에게 布施(보시)하며, 千萬(천만) 가지의

ᄆᆞᅀᆞᄆᆞ로⁴⁵⁾ 亂_롼을 더러⁴⁶⁾【亂_롼은 어즈러블⁴⁷⁾ 씨라 】 묏⁴⁸⁾ 수프를 ᄉᆞ랑

ᄒᆞ야⁴⁹⁾ 億_흑千_쳔萬_먼⁵⁰⁾ 世_솅⁵¹⁾를 佛_뿛道_똘 求_꿀ᄒᆞᄂᆞᆫ 양도 보며 菩_뽕薩_삻

이 됴ᄒᆞᆫ 차반과⁵²⁾ 온 가짓⁵³⁾ 藥_약材_찡⁵⁴⁾로 부텨와 즁괏⁵⁵⁾ 그에⁵⁶⁾ 布_봉

施_싱ᄒᆞ며 일훔난⁵⁷⁾ 됴ᄒᆞᆫ 오시 비디⁵⁸⁾ 千_쳔萬_먼이 ᄊᆞ며⁵⁹⁾ 빋 업슨 오

ᄉᆞ로⁶⁰⁾【하⁶¹⁾ 貴_귕ᄒᆞ야 비디 업스니라⁶²⁾ 】 부텨와 즁괏 그에 布_봉施_싱ᄒᆞ며

千_쳔萬_먼 가짓

---

45) ᄆᆞᅀᆞᄆᆞ로: ᄆᆞᅀᆞᆷ(마음, 心) + -ᄋᆞ로(부조, 방편)

46) 더러: 덜(덜다, 없애다, 除)- + -어(연어)

47) 어즈러블: 어즈릴[← 어즈럽다, ㅂ불(어지럽다, 亂): 어즐(어질: 불어) + -업(형접)-]- + -을(관전)

48) 묏: 뫼(산, 山) + -ㅅ(-의: 관조)

49) ᄉᆞ랑ᄒᆞ야: ᄉᆞ랑ᄒᆞ[생각하다, 念: ᄉᆞ랑(생각, 念: 명사) + -ᄒᆞ(동접)-]- + -야(← -아: 연어)

50) 億千萬: 억천만(관사, 양수) ※ '億千萬(억천만)'은 셀 수 없을 만큼 많은 수효를 비유적으로 이르는 말이다.

51) 世: 세. 해(歲), 년(年). ※ 『妙法蓮華經』(묘법연화경)에는 '世'가 '歲'로 기술되어 있다.

52) 차반과: 차반(음식, 飮食) + -과(접조)

53) 온 가짓: 온(백, 百: 관사, 양수) # 가지(가지, 鍾: 의명) + -ㅅ(-의: 관조)

54) 藥材: 약재. 약을 짓는 데 쓰는 재료이다.

55) 즁괏: 즁(중, 僧) + -과(접조) + -ㅅ(-의: 관조)

56) 그에: 거기에(의명) ※ '즁괏 그에'은 '중에게'로 의역하여 옮긴다.

57) 일훔난: 일훔나[이름나다, 名: 일훔(이름, 名) + 나(나다, 現)-]- + -Ø(현시)- + -ㄴ(관전)

58) 비디: 빋(값, 價) + -이(주조)

59) ᄊᆞ며: ᄊᆞ(값이 나가다, 値)- + -며(연어, 나열) ※ '비디 千萬이 ᄊᆞ며'는 '값이 千萬(천만)이 나가며'로 의역하여 옮긴다.

60) 오ᄉᆞ로: 옷(옷, 衣) + -ᄋᆞ로(부조, 방편) ※ '빋 업슨 옷'은 '값을 매길 수 없는 귀한 옷'이라는 뜻으로 쓰였다.

61) 하: [하도, 아주, 甚(부사): 하(많다, 크다, 多, 大: 형사)- + -Ø(부접)]

62) 업스니라: 없(없다, 無)- + -Ø(현시)- + -으니(원칙)- + -라(← -다: 평종)

짓栴젼檀따香향 보빈·옛집과貴귕호
니블로부텨와쥬ᇰ과긋긔예布施시·호
며淸쳐ᇰ淨쪄ᇰᄒ·ᆫ東동山산 애긋과果광호
實씷와盛쎠ᇰ코흘·ᄂᆞᆫ쉠과沐목浴욕광
ᄒᆞ모·ᄉᆞ로·부텨와쥬ᇰ과긋긔예布施시호
ᄒᆞ야·이러트시種조ᇰ種조ᇰ微미ᇰ妙ᄆᆢᆯ호
거·슬布施시호디즐겨·슬히아·니너
겨無뭉上썅道또ᇰᄅᆞᆯ求꿀ᄒᆞᄂᆞᆫ야ᇰ도보

梅檀香(전단향)의 보배로 된 집과 貴(귀)한 이불로 부처와 중에게 布施(보시)하며, 淸淨(청정)한 東山(동산)에 꽃과 果實(과실)이 盛(성)하고 흐르는 샘과 沐浴(목욕)할 못(池)으로 부처와 중에게 布施(보시)하여, 이렇듯이 種種(종종)의 微妙(미묘)한 것을 布施(보시)하되 즐겨서 싫게 아니 여겨서 無上道(무상도)를 求(구)하는 모습도 보며,

栴_젼檀_딴香_향[63] 보비옛[64] 집과 貴_귕흔 니블로[65] 부텨와 즁괏 그에 布_봉施_싱ᄒᆞ며 淸_쳥淨_쪙흔 東_둥山_산애 곳과[66] 果_광實_씷왜[67] 盛_쎵코[68] 흐르는 심과[69] 沐_목浴_욕홀 모ᄉᆞ로[70] 부텨와 즁괏 그에 布_봉施_싱ᄒᆞ야 이러트시[71] 種_죵種_죵 微_밍妙_묠흔 거슬 布_봉施_싱호ᄃᆡ 즐겨[72] 슬히[73] 아니 너겨 無_뭉上_썅道_뚤ᄅᆞᆯ 求_꿀ᄒᆞᄂᆞᆫ 양도 보며

---

63) 栴檀香: 전단향. 인도에서 나는 향나무의 하나이다. 목재는 불상을 만드는 재료로 쓰고 뿌리는 가루로 만들어 단향(檀香)으로 쓴다. ※ '檀香(단향)'은 자단, 백단 따위의 향나무를 통틀어 이르는 말이다.(= 단향목, 檀香木)

64) 보비옛: 보비(보배, 寶) + -예(← -에: 부조, 위치) + -ㅅ(-의: 관조) ※ '보비옛'은 '보배로 된'으로 의역하여 옮긴다.

65) 니블로: 니블(이불, 衾) + -로(부조, 방편)

66) 곳과: 곳(← 곶: 꽃, 華) + -과(접조)

67) 果實왜: 果實(과실, 과일, 菓) + -와(← -과: 접조) + -ㅣ(← -이: 주조)

68) 盛코: 盛ᄒ[← 盛ᄒᆞ다(성하다): 盛(성: 불어) + -ᄒᆞ(형접)-]- + -고(연어, 나열)

69) 심과: 심(샘, 泉) + -과(접조)

70) 모ᄉᆞ로: 못(못, 池) + -ᄋᆞ로(부조, 방편)

71) 이러트시: 이러ᄒ[← 이러ᄒᆞ다(이러하다, 如是): 이러(이러: 불어) + -ᄒᆞ(형접)-]- + -듯이(연어, 흡사)

72) 즐겨: 즐기[즐기다, 歡喜: 즑(즐거워하다, 歡: 자동)- + -이(사접)-]- + -어(연어)

73) 슬히: [싫게, 厭(부사): 슬ᄒᆞ(← 슬ᄒᆞ다: 싫어하다, 厭: 동사)- + -이(부접)]

며 菩(뽕)薩(삻)이 寂(쩍)滅(몛)ᄒᆞᆫ 法(법)을 닐어 種(종)種(종)오로 無(뭉)數(숭) 衆(즁)生(ᄉᆡᆼ)을 ᄀᆞᆯ·ᄅᆞ·치리도 이시·며 菩(뽕)薩(삻)이 몯 윗 法(법)性(셩)을 보ᄃᆡ 두 가짓 相(샹)이 업서 虛(헝)空(콩)ᄀᆞᆮᄒᆞ도 보며 佛(뽕)子(중)ㅣ ᄆᆞᅀᆞ매 着(땩)이 업서 着(땩)ᄋᆞᆫ 브티ᄂᆞᆫ 씨라 ·런 微(밍)妙(묳)ᄒᆞᆫ 智(딩)慧(ᄒᆑ)로 無(뭉)上(쌍)道(똥)理(링) 求(꿀)ᄒᆞᆫ 양도 보리로다 文

菩薩(보살)이 寂滅(적멸)한 法(법)을 일러서 種種(종종)으로 無數(무수)한 衆生(중생)을 가르칠 이도 있으며, 菩薩(보살)이 모든 法性(법성)을 보되 두 가지의 相(상)이 없어 虛空(허공)과 같음도 보며, 또 佛子(불자)가 마음에 着(착)이 없어【着(착)은 붙당기는 것이다. 】이런 微妙(미묘)한 智慧(지혜)로 無上道理(무상도리)를 求(구)하는 모습도 보겠구나.

菩뽕薩삻이 寂쪅滅몛훈[74) 法법[75)을 닐어[76) 種죵種죵ᄋ로 無뭉數숭 衆즁生ᄉᆡᆼ
을 ᄀᆞᄅ치리도[77) 이시며 菩뽕薩삻이 믈읫 法법性셩[78)을 보ᄃᆡ[79) 두 가짓
相샹이 업서 虛헝空콩 ᄀᆞ토ᄆᆞᆷ도[80) 보며 ᄯᅩ 佛뿛子중ㅣ ᄆᆞᅀᆞ매 着땩[81)이
업서【着땩ᄋᆞᆫ 브티ᄃᆞᆼ길[82) 씨라[83) 】 이런 微밍妙묠훈 智딩慧쮕로 無뭉上쌍道똘
理링 求꿀ᄒᆞ논 양도 보리로다[84)

---

74) 寂滅훈: 寂滅ᄒᆞ[적멸하다: 寂滅(적멸: 명사) + -ᄒᆞ(동접)-]- + -Ø(현시)- + -ㄴ(관전) ※ '寂滅
   (적멸)'은 세계를 영원히 벗어나거나 또는 그런 경지를 이른다.

75) 寂滅훈 法: 적멸한 법. 모든 번뇌를 남김없이 소멸하여 평온하게 되는 열반의 경지에 이르는 가
   르침이다.(= 적멸법, 寂滅法)

76) 닐어: 닐(← 이르다: 이르다, 說)- + -어(연어)

77) ᄀᆞᄅ치리도: ᄀᆞᄅ치(가르치다, 敎)- + -ㄹ(관전) # 이(이, 者: 의명) + -도(보조사, 첨가)

78) 法性: 법성. 법의 체성(體性)이라는 뜻으로, 만유의 실체나 우주의 모든 현상이 지니고 있는 진
   실 불변한 본성을 이른다. 혹은 연기(緣起)의 도리를 법성이라고 할 때도 있다.

79) 보ᄃᆡ: 보(보다, 觀)- + -ᄃᆡ(← -오ᄃᆡ: -되, 연어, 설명 계속)

80) ᄀᆞ토ᄆᆞᆷ도: ᄀᆞᆮᄒᆞ(← ᄀᆞᆮᄒᆞ다: 같다, 猶如)- + -옴(명전) + -도(보조사, 첨가)

81) 着: 착. 어떤 것에 늘 마음이 쏠려 잊지 못하고 매달리는 것이다.(= 집착, 執着)

82) 브티ᄃᆞᆼ길: 브티ᄃᆞᆼ기[붙당기다, 着: 븥(붙다, 附: 동사)- + -이(사접)- + ᄃᆞᆼ기(당기다, 引)-]- + -
   ㄹ(관전)

83) 씨라: 씨(← ᄉᆞ: 것, 의명) + -이(서조)- + -Ø(현시)- + -라(← -다: 평종)

84) 보리로다: 보(보다, 見)- + -리(미시)- + -로(← -도-: 감동)- + -다(평종)

文殊師利여 ᄯᅩ 菩薩이 부텨 滅度ᄒᆞ신 後에 舍利ᄅᆞᆯ 供養ᄒᆞᅀᆞᄫᆞ리도 이시며 ᄯᅩ 佛子ㅣ 無數 恒沙 塔ᄋᆞᆯ 이르ᅀᅡ 나라ᄒᆞᆯ ᄭᅮ미니 寶塔ᄋᆡ 노ᄑᆡ 五千 由旬이오 南北 東西 正히 ᄀᆞᆮᄒᆞ야 二千 由旬이오 塔마다 各各 즈믄 幢

文殊師利(문수사리)여! 또 菩薩(보살)이 부처가 滅度(멸도)하신 後(후)에 舍利(사리)를 供養(공양)할 이도 있으며, 또 佛子(불자)가 無數(무수)한 恒沙(항사)의 塔(탑)을 지어 나라를 꾸미니, 寶塔(보탑)의 높이가 五千(오천) 由旬(유순)이요, 南北(남북)과 東西(동서)가 正(정)히 같아서 二千(이천) 由旬(유순)이요, 塔(탑)마다 各各(각각) 일천(一千)의

文_문殊_쓩師_{ᄉᆞᆼ}利_링여 또 菩_뽕薩_삻이 부텨 滅_명度_똥ᄒᆞ신⁸⁵⁾ 後_{ᅘᅮᇢ}에 舍_샹利_링⁸⁶⁾ 供_공養_양ᄒᆞᅀᆞᄫᆞ리도⁸⁷⁾ 이시며 또 佛_뿛子_{ᄌᆞᆼ}ㅣ 無_뭉數_숭 恒_{ᅘᅥᆼ}沙_상⁸⁸⁾ 塔_탑을 지ᅀᅥ⁸⁹⁾ 나라ᄒᆞᆯ⁹⁰⁾ ᄭᅮ미니⁹¹⁾ 寶_볼塔_탑⁹²⁾ 노ᄑᆡ⁹³⁾ 五_{ᅌᅩᆼ}千_천 由_율旬_쓘이오⁹⁴⁾ 南_남北_븍과 東_동西_솅왜 正_졍히⁹⁵⁾ ᄀᆞᆮᄒᆞ야 二_{ᅀᅵᆼ}千_천 由_율旬_쓘이오 塔_탑마다 各_각各_각 즈믄⁹⁶⁾

---

85) 滅度ᄒᆞ신: 滅度ᄒᆞ[멸도하다: 滅度(멸도: 명사) + -ᄒᆞ(동접)-]- + -시(주높)- + -Ø(과시)- + -ㄴ(관전) ※ '滅度(멸도)'는 모든 번뇌의 얽매임에서 벗어나고, 진리를 깨달아 불생불멸의 법을 체득한 경지을 이르거나, 혹은 승려가 죽는 것(입적, 入寂)을 이른다. 여기서는 입적(入寂)의 뜻으로 쓰였다.

86) 舍利: 사리. 석가모니나 성자의 유골이다. 후세에는 화장한 뒤에 나오는 구슬 모양의 것만 이른다.

87) 供養ᄒᆞᅀᆞᄫᆞ리도: 供養ᄒᆞ[공양하다: 供養(공양: 명사) + -ᄒᆞ(동접)-]- + -ᅀᆞᇦ(←-ᅀᆞᆸ-: 객높)- + -올(관전) # 이(이, 者: 의명) + -도(보조사, 첨가) ※ '舍利供養(사리 공양)'은 공양 탑을 쌓고 그 안에 사리를 보관하는 일이다.

88) 恒沙: 항사. '항하(갠지스강)'의 모래라는 뜻으로, '무한(無限)히 많은 수량(數量)'을 일컫는 말이다.

89) 지ᅀᅥ: 짓(←짓다, ㅅ불: 짓다, 造)- + -어(연어)

90) 나라ᄒᆞᆯ: 나라ᄒᆞ(나라, 國) + -ᄋᆞᆯ(목조)

91) ᄭᅮ미니: ᄭᅮ미(꾸미다, 飾)- + -니(연어, 설명 계속)

92) 寶塔: 보탑. 귀한 보배로 장식한 탑이나 절에 세운 탑을 이른다.

93) 노ᄑᆡ: [높이, 高: 높(높다, 高: 형사)- + -ᄋᆡ(명접)] + -Ø(←-이: 주조)

94) 由旬이오: 由旬(유순) + -이(서조)- + -오(←-고: 연어, 나열) ※ '由旬(유순)'은 고대 인도의 이수(里數) 단위이다. 소달구지가 하루에 갈 수 있는 거리로서 80리인 대유순, 60리인 중유순, 40리인 소유순의 세 가지가 있다.

95) 正히: [정확히, 진정으로 꼭(부사): 正(정: 명사) + -ᄒᆞ(←-ᄒᆞ-: 형접)- + -이(부접)]

96) 즈믄: 일천, 一千(관사, 양수)

幡·편이·며구·슬서·쏜帳·댱이·며보·비·옛
·바오·리溫·혼和·ᅘᅡ이·울·며天·텬龍·룡鬼·귕
神·씬·과樂·악·으로·샹녜供·공養·양
향華·ᅘᅪ伎·�14가
·돌·콰사·ᄅᆞᆷ·과사·ᄅᆞᆷ아·닌것·과香·향
·후숨·ᄂᆞᆫ야·이·다미·보·다文·문殊·쓩師·숭
利·링·여佛·뿛子·ᄌᆞ
·돌·히舍·샹利·링供·공
養·양·위·ᄒᆞ야塔·탑·을싁·싀기우·미·니·나
·라·히自·쫑然·션·히特·뜩別·ᄇᆑ·히·됴·하하

幢幡(당번)이며 구슬을 섞은 帳(장)이며 보배로 된 방울이 溫和(온화)히 울
며, 天(천)·龍(용)·鬼神(귀신)들과 사람(人)과 사람이 아닌 것(非人)이 香華(향
화)와 伎樂(기악)으로 늘 供養(공양)하는 모습이 다 보인다. 文殊師利(문수사
리)여! 佛子(불자)들이 舍利(사리) 供養(공양)을 위하여 塔(탑)을 장엄하게 꾸
미니, 나라가 自然(자연)히 特別(특별)히 좋아서

幢幡이며[97] 구슬 서슨[98] 帳[99]이며 보비옛[1] 바오리[2] 溫和히 울며

天龍[3] 鬼神들콰[4] 사름과 사름 아닌 것괘[5] 香華[6] 伎樂으

로[7] 샹녜[8] 供養ᄒᆞᆸᄂᆞᆫ[9] 야이[10] 다 뵈ᄂᆞ다[11] 文殊師利여 佛

子ᄃᆞᆯ히 舍利 供養 위ᄒᆞ야 塔을 싁싁기[12] ᄭᅮ미니[13] 나라히

自然히 特別히 됴ᄒᆞ[14]

---

97) 幢幡이며: 幢幡(당번) + -이며(접조) ※ '幢幡(당번)'은 장대 끝에 용머리의 모양을 만들고 비단
촉으로 깃발을 달아 드리운 것으로 부처나 보살님의 위신력과 공덕을 표시한 장엄구(莊嚴具)로
불전이나 불당 앞에 세우는 것을 당번(幢幡)이라 한다. 우리 나라에서는 보상개 혹은 보산개라
고도 부른다.

98) 서슨: 섰(섞다, 交)- + -Ø(과시)- + -은(관전)

99) 帳: 장. 둘러쳐서 가리게 되어 있는 장막, 휘장, 방장 따위를 통틀어 이르는 말이다.

1) 보비옛: 보비(보배, 寶) + -예(←-에: 부조, 위치) + -ㅅ(-의: 관조) ※ '보비옛'은 '보배로 된'으
로 의역하여 옮긴다.

2) 바오리: 바올(방울, 鈴) + -이(주조)

3) 天龍: 제천(諸天)과 용신(龍神)을 아울러 이르는 말이다. '제천(諸天)'은 천상계의 모든 천신(天
神)이다. '용신(龍神)'은 바다에 살며 비와 물을 맡고 불법을 수호하는 용 가운데의 임금이다.(=
용왕, 龍王)

4) 鬼神들콰: 鬼神들ㅎ[귀신들: 鬼神(귀신) + -들ㅎ(-들: 복접)] + -과(접조)

5) 것괘: 것(것, 者: 의명) + -과(접조) + -ㅣ(←-이: 주조) ※ '사름 아닌 것'은 인비인(人非人)을 직
역한 말이다. 사람과 사람 아닌 이를 아울러 이르는 말. 비구·비구니 등 사중(四衆)은 인(人)이
고, 천(天)·용(龍) 따위는 비인(非人)이다.

6) 香華: 향화. 부처님 앞에 드리는 향과 꽃이다.

7) 伎樂으로: 伎樂(기악) + -으로(부조, 방편) ※ '伎樂(기악)'은 부처를 공양하기 위한 가무(歌舞)
이다.

8) 샹녜: 늘, 항상, 常(부사)

9) 供養ᄒᆞᆸᄂᆞᆫ: 供養ᄒᆞ[공양하다: 供養(공양: 명사) + -ᄒᆞ(동접)-]- + -ᅀᆞᆸ(객높)- + -ᄂᆞ(현시)- + -
ㄴ(관전)

10) 야이: 양(양, 모습, 樣: 의명) + -이(주조)

11) 뵈ᄂᆞ다: 뵈[보이다, 示: 보(보다, 見: 타동)- + -ㅣ(←-이-: 피접)-]- + -ᄂᆞ(현시)- + -다(평종)

12) 싁싁기: [장엄히, 嚴(부사): 싁싁(씩씩: 불어) + -Ø(←-ᄒᆞ-: 형접)- + -이(부접)]

13) ᄭᅮ미니: ᄭᅮ미(꾸미다, 飾)- + -니(연어, 이유)

14) 됴ᄒᆞ: 됴(좋다, 好)- + -아(연어)

하ᄂᆞᆳ 樹王(쓩와ᇰ)이〮 고지〮 픈〮 ᄃᆞᆺ〮ᄒᆞ〮니〮【하ᄂᆞᆳ 樹王(쓩와ᇰ)은〮 切利天(쳉링텬)ㄱ 圓生樹(ᅌᅯᆫ싱쓩)ㅣ니〮 곳〮 프ᇙ 저〮긔〮 하〮ᄂᆞᆯ〮히〮 自然(ᄍᆞᆼ션)히〮 싁〮싀기〮 ᄭᅮ며〮 됴ᄒᆞ니〮라〮】 부〮톄〮 ᄒᆞᆫ〮 光明(과ᇰ명)을〮 펴〮샤〮매〮 내〮며〮 한〮 모〮ᄃᆞᆫ 사〮ᄅᆞ미〮 뎌〮 나〮라〮 잇〮 種種(죠ᇰ죠ᇰ)앳〮 奇妙(긩묘ᇢ)ᄒᆞᆫ 것〮과〮 諸佛(졍뿛)ㅅ 神力(씬륵)을〮 보〮아〮 녜〮 업던〮 이〮ᄅᆞᆯ〮 얻〮ᄌᆞᄫᆞ니〮 佛子(뿛ᄌᆞ)文殊(문쓩)ㅣ〮아〮 모〮ᄃᆞᆫ 疑心(�ᆷ심)을〮 決(뭃)ᄒᆞ고〮라〮 四衆(ᄉᆞ즁)이〮 울워〮러〮 仁(ᅀᅵᆫ)과〮

하늘의 樹王(수왕)이 꽃이 핀 듯하니【하늘의 樹王(수왕)은 切利天(도리천)의 圓生樹(원생수)이니, 꽃이 필 적에 하늘이 自然(자연)히 장엄하게 꾸며 좋으니라. 】, 부처가 한 光明(광명)을 펴심에 '나(我)'이며 많은 모인 사람이 저 나라에 있는 種種(종종)의 奇妙(기묘)한 것과 諸佛(제불)의 神力(신력)을 보아 옛날에 없던 일을 얻으니, 佛子(불자)인 文殊(문수)야, 모든 疑心(의심)을 決(결)하오. 四衆(사중)이 우러러서 仁(인)과

하늜¹⁵⁾ 樹_쓩王_왕¹⁶⁾이 고지¹⁷⁾ 픈¹⁸⁾ 듯 ㅎ니¹⁹⁾【하늜 樹_쓩王_왕은 忉_돌利_링天_텬²⁰⁾ 園_원生_싱樹_쓩ㅣ니²¹⁾ 곳²²⁾ 픐 저긔²³⁾ 하늘히 自_쫑然_션히 싁싁기 꾸며 됴ㅎ니라²⁴⁾】 부톄 흔 光_광明_명 펴샤매²⁵⁾ 내며²⁶⁾ 한 모든²⁷⁾ 사르미 뎌²⁸⁾ 나라햇²⁹⁾ 種_죵種_죵 奇_끵妙_묳흔 것과 諸_졍佛_뿛ㅅ 神_씬力_륵³⁰⁾을 보ᅀᆞᄫᅡ³¹⁾ 녜³²⁾ 업던 이를 얻ᄌᆞᄫᅩ니³³⁾ 佛_뿛子_{ᄌᆞ} 文_문殊_쓩ㅣ아 모든 疑_의心_심을 決_궗ㅎ고라³⁴⁾ 四_{ᄉᆞ}衆_즁이 울워러³⁵⁾ 仁_{ᅀᅵᆫ}과

---

15) 하늜: 하늘(← 하늘ㅎ: 하늘, 天) + -ㅅ(-의: 관전)

16) 樹王: 수왕. 도리천(忉利天)에 있다는 매우 큰 나무이다.(= 원생수, 圓生樹)

17) 고지: 곶(꽃, 花) + -이(주조)

18) 픈: 프(피다, 開) - + -Ø(과시) - + -ㄴ(관전)

19) 듯 ㅎ니: 듯(듯: 의명) # ㅎ(하다: 보용, 흡사) - + -니(연어, 설명 계속)

20) 忉利天: 도리천. 육욕천의 둘째 하늘이다. 섬부주 위에 8만 유순(由旬) 되는 수미산 꼭대기에 있는 곳으로, 가운데에 제석천이 사는 선견성(善見城)이 있다.

21) 圓生樹ㅣ니: 圓生樹(원생수) + -ㅣ(←-이-: 서조) - + -니(연어, 설명 계속) ※ '圓生樹(원생수, pārijāta)'는 도리천에 있다는 매우 큰 나무이다. 나무 모양은 산호 같고, 긴 이삭 모양의 다홍색의 꽃이 피며, 6월경에 낙엽이 지고, 나무 전체에서 향기가 나와 도리천을 가득 메운다고 한다.

22) 곳: 곳(← 곶: 꽃, 花)

23) 저긔: 적(적, 때, 時: 의명) + -의(-에: 부조, 위치)

24) 됴ㅎ니라: 둏(좋다, 好) - + -Ø(현시) - + -ᄋᆞ니(원칙) - + -라(←-다: 평종)

25) 펴샤매: 펴(펴다, 放) - + -샤(←-시-: 주높) - + -ㅁ(←-옴: 명전) + -애(-에: 부조, 위치)

26) 내며: 나(나, 我: 인대, 1인칭) + -ㅣ며(←-이며: 연어, 나열)

27) 모든: 몯(모이다, 會) - + -Ø(과시) - + -은(관전)

28) 뎌: 저, 彼(관사, 지시, 정칭)

29) 나라햇: 나라ㅎ(나라, 國) + -애(-에: 부조, 위치) + -ㅅ(-의: 관조) ※ '나라햇'은 '나라에 있는'으로 의역하여 옮긴다.

30) 神力: 신력. 오력(五力)의 하나이다. 부처의 가르침을 믿고 그것에 의지하여 얻는 힘을 이른다.

31) 보ᅀᆞᄫᅡ: 보(보다, 見) - + -ᅀᆞᇦ(←-ᅀᆞᆸ-: 객높) - + -아(여어)

32) 녜: 옛날, 昔.

33) 얻ᄌᆞᄫᅩ니: 얻(얻다, 得) - + -ᄌᆞᇦ(←-ᄌᆞᆸ-: 객높) - + -오(화자) - + -니(연어, 설명 계속)

34) 決ㅎ고라: 決ㅎ[결하다, 풀다, 해결하다: 決(결: 불어) + -ㅎ(동접)-] - + -고라(명종, 반말)

35) 울워러: 울월(우러르다, 欣仰) - + -어(연어)

날·와 보느·니【仁·온 우·흿 仁者ㅣ·라 호·미 ᄒᆞᆫ가·지·니 文殊·ᄅᆞᆯ ᄉᆞ로·샤미·라】 世尊·이 이·엇·던 젼ᄎᆞ·로 이런 光明·을 펴시ᄂᆞ·뇨 佛子ㅣ 이·제 對答·ᄒᆞ·야 疑心·을 決·ᄒᆞ·야 깃·기ᄉᆞᆸ·고·라 饒益·으·로 이·런 光明·을 펴·거·시뇨 부텨 道場·애 안ᄌᆞ·샤 得·ᄒᆞ·샨 妙法·을 니·ᄅᆞ·려 ᄒᆞ·시ᄂᆞᆫ·가 授記·ᄅᆞᆯ·호·려

나를 보나니【仁(인)은 위의 '仁者(인자)'이라고 하는 것과 한가지이니, (仁은) 文殊(문수)를 사뢰셨니라.】, 世尊(세존)이 어떤 까닭으로 이런 光明(광명)을 펴시느냐? 佛子(불자)가 이제 對答(대답)하여 疑心(의심)을 決(결)하여 기쁘게 하오. 무슨 饒益(요익)으로 이런 光明(광명)을 펴셨느냐? 부처가 道場(도량)에 앉으시어 得(득)하신 妙法(묘법)을 이르려 하시는가? 授記(수기)를 하려

날와³⁶⁾ 보ᄂᆞ니【仁ᅀᅵᆫ은 우희³⁷⁾ 仁ᅀᅵᆫ者쟝ㅣ라 호미³⁸⁾ ᄒᆞᆫ가지니³⁹⁾ 文문殊쓩를 ᄉᆞᆲ시니라⁴⁰⁾】 世솅尊존이 엇던⁴¹⁾ 젼ᄎᆞ로⁴²⁾ 이런⁴³⁾ 光광明명을 펴시ᄂᆞ뇨⁴⁴⁾ 佛뿛子중ㅣ 이제 對됭答답ᄒᆞ야 疑읭心심을 決ퟝᄒᆞ야⁴⁵⁾ 기ᄭᅴ⁴⁶⁾ ᄒᆞ고라 므슴⁴⁷⁾ 饒ᅀᅭ益혁⁴⁸⁾으로 이런 光광明명을 펴거시뇨⁴⁹⁾ 부톄 道똘場땽⁵⁰⁾애 안ᄌᆞ샤⁵¹⁾ 得득ᄒᆞ샨⁵²⁾ 妙묳法법⁵³⁾을 닐오려⁵⁴⁾ ᄒᆞ시ᄂᆞᆫ가⁵⁵⁾ 授쓩記긩⁵⁶⁾를 ᄒᆞ려⁵⁷⁾

---

36) 날와: 날(←나: 나, 我, 인대, 1인칭) + -와(←-과: 접조)

37) 우희: 우ㅎ(위, 上) + -의(-에: 부조, 위치)

38) 호미: ᄒᆞ(←ᄒᆞ다: 하다, 謂-) + -옴(명전) + -이(부조, 비교)

39) ᄒᆞᆫ가지니: ᄒᆞᆫ가지[한가지, 마찬가지: ᄒᆞᆫ(한, 一: 관사, 양수) + 가지(가지, 種: 의명)] + -Ø(←-이-: 서조) + -니(연어, 설명 계속)

40) ᄉᆞᆲ시니라: ᄉᆞᆲ(←ᄉᆞᆲ다, ㅂ불: 사뢰다, 아뢰다, 白-) + -ᄋᆞ시(주높) + -Ø(과시) + -니(원칙) + -라(←-다: 평종)

41) 엇던: [어떤, 何(관사, 지시, 미지칭): 엇더(어떠: 불어) + -Ø(←-ᄒᆞ-: 형접) + -ㄴ(관전▷관접)]

42) 젼ᄎᆞ로: 젼ᄎᆞ(까닭, 故) + -로(부조, 방편)

43) 이런: [이런, 斯(관사, 지시, 정칭): 이러(이러: 불어) + -Ø(←-ᄒᆞ-: 형접) + -ㄴ(관전▷관접)]

44) 펴시ᄂᆞ뇨: 펴(펴다, 放-) + -시(주높) + -ᄂᆞ(현시) + -뇨(의종, 설명)

45) 決ᄒᆞ야: 決ᄒᆞ[결하다(해결하다, 풀다): 決(결: 불어) + -ᄒᆞ(동접)-] + -야(←-아: 연어)

46) 기ᄭᅴ: 기ᄭᅳ[기쁘다, 喜: 깃(←ᄭᅵ다: 기뻐하다, 歡-) + -브(형접)-] + -긔(-게: 연어, 사동)

47) 므슴: 무슨, 何(관사, 미지칭)

48) 饒益: 요익. 자비로운 마음으로 중생에게 넉넉하게 주는 이익이다.

49) 펴거시뇨: 펴(펴다, 演-) + -거(확인) + -시(주높) + -Ø(과시) + -뇨(-냐: 의종, 설명)

50) 道場: 도장(도량). 부처나 보살이 도를 얻는 곳이나, 도를 얻으려고 수행하는 곳이다. 여러 가지로 뜻이 바뀌어, 불도를 수행하는 절이나 승려들이 모인 곳을 이르기도 한다.

51) 안ᄌᆞ샤: 앉(앉다, 坐-) + -ᄋᆞ샤(←-ᄋᆞ시-: 주높) + -Ø(←-아: 연어)

52) 得ᄒᆞ샨: 得ᄒᆞ[득하다: 得(득: 불어) + -ᄒᆞ(동접)-] + -샤(←-시-: 주높) + -Ø(과시) + -Ø(←-오-: 대상) + -ㄴ(관전)

53) 妙法: 묘법. 불교의 신기하고 묘한 법문이다.

54) 닐오려: 닐(←니ᄅᆞ다: 이르다, 說-) + -오려(-으려: 연어, 의도)

55) ᄒᆞ시ᄂᆞᆫ가: ᄒᆞ(하다: 보용, 의도) + -시(주높) + -ᄂᆞ(현시) + -ㄴ가(-ㄴ가: 의종, 판정)

56) 授記: 수기. 부처가 그 제자에게 내생에 성불(成佛)하리라는 예언기(豫言記)를 주는 것이다.

57) ᄒᆞ려: ᄒᆞ(←ᄒᆞ다: 하다, 爲-) + -오려(-려: 연어, 의도)

ᄒᆞ시ᄂᆞ가 한 佛뿛土통ᄋᆡ 衆즁寶봄ㅣ
싁싀기 조호ᄆᆞᆯ 뵈시며【佛뿛土통ᄂᆞᆫ 부텻 ᄯᅡ히라】
因ᅙᅵᆫ緣원을 보ᅀᆞᆸ게 ᄒᆞ샤미 ᄯᅩ
諸정佛뿛ᄋᆞᆯ 보ᅀᆞ샤미 이 져근 因ᅙᅵᆫ緣원
이 아니시니 文문殊쓩ㅣ 아라
四ᄉᆞ衆즁이며 龍룡과 鬼귕神씬
괘 仁ᅀᅵᆫ者쟝ᄅᆞᆯ 보ᄂᆞ니 므슷 이ᄅᆞᆯ 닐오
·려 ᄒᆞ시ᄂᆞ뇨 그ᄢᅴ 文문殊쓩師ᄉᆞ利링
彌밍勒륵菩뽕薩ᇙ摩망訶항薩ᇙ와

하시는가? 많은 佛土(불토)에 衆寶(중보)가 장엄히 맑음을 보이시며【佛土(불토)는 부처의 땅이다.】또 諸佛(제불)을 보게 하신 것이, 이것이 작은 因緣(인연)이 아니시니, 文殊(문수)야 알아라. 四衆(사중)이며 龍(용)과 鬼神(귀신)이 仁者(인자)를 보나니, (仁者가 그들에게) 무슨 일을 이르려 하시느냐? 그때에 文殊師利(문수사리)가 彌勒菩薩摩訶薩(미륵보살마하살)과

ᄒᆞ시는가 한 佛_뿛土_통[58]애 衆_즁寶_봉ㅣ[59] 싁싀기[60] 조호ᄆᆞᆯ[61] 뵈시며[62] 【佛_뿛土_통ᄂᆞᆫ 부텻 싸히라[63] 】 ᄯᅩ 諸_졍佛_뿛을 보ᅀᆞᆸ게 ᄒᆞ샤미[64] 이[65] 져고맛[66] 因_힌緣_원[67]이 아니시니 文_문殊_쓩아[68] 아라라[69] 四_{ᄉᆞᆼ}衆_즁[70]이며 龍_룡과 鬼_귕神_씬괘[71] 仁_{ᅀᅵᆫ}者_쟝ᄅᆞᆯ 보ᄂᆞ니 므슷[72] 이ᄅᆞᆯ 닐오려[73] ᄒᆞ시ᄂᆞ뇨[74] 그 ᄢᅴ[75] 文_문殊_쓩師_{ᄉᆞᆼ}利_링[76] 彌_밍勒_륵菩_뽕薩_삾 摩_망訶_항薩_삾와[77]

---

58) 佛土: 불토. 부처가 사는 극락, 또는 부처가 교화한 땅이다.

59) 衆寶ㅣ: 衆寶(중보) + -ㅣ(←-이: 주조) ※ '衆寶(중보)'는 '온갖 보배'이다.

60) 싁싀기: [장엄히, 嚴(부사): 싁싁(씩씩: 불어) + -Ø(←-ᄒᆞ-: 형접)- + -이(부접)]

61) 조호ᄆᆞᆯ: 좋(깨끗하다, 맑다, 淨)- + -옴(명전)- + -ᄋᆞᆯ(목조)

62) 뵈시며: 뵈[보이다, 示: 보(보다, 見: 타동)- + -ㅣ(←-이-: 사접)-]- + -시(주높)- + -며(연어, 나열)

63) 싸히라: 싸ㅎ(땅, 곳, 地) + -이(서조)- + -Ø(현시)- + -라(←-다: 평종)

64) ᄒᆞ샤미: ᄒᆞ(하다: 보용, 사동)- + -샤(←-시-: 주높)- + -ㅁ(←-옴: 명전)- + -이(주조)

65) 이: 이(이것, 此: 지대, 정칭) + -Ø(←-이: 주조)

66) 져고맛: 져고마(조금, 小: 명사) + -ㅅ(-의: 관조) ※ '져고맛'은 '작은'으로 의역하여 옮긴다.

67) 因緣: 인연(hetu-pratyaya). 어떤 결과를 일으키는 직접 원인이나 내적 원인이 되는 인(因)과, 간접 원인이나 외적 원인 또는 조건이 되는 연(緣)이다. 그러나 넓은 뜻으로는 직접 원인이나 내적 원인, 간접 원인이나 외적 원인 또는 조건을 통틀어서 인(因) 또는 연(緣)이라 한다.

68) 文殊아: 文殊(문수) + -아(호조, 아주 낮춤) ※ 15세기 국어에서는 호격 조사인 '-아'가 자음이나 모음으로 끝나는 체언 뒤에서 두루 쓰였다.

69) 아라라: 알(알다, 知)- + -아(확인)- + -라(명종, 아주 낮춤)

70) 四衆: 사중. 부처의 네 종류 제자이다. 비구(比丘), 비구니(比丘尼), 우바새(優婆塞), 우바니(優婆尼)이다.

71) 鬼神괘: 鬼神(귀신) + -과(접조) + -ㅣ(←-이: 주조)

72) 므슷: 무슨, 何(관사, 지시, 미지칭)

73) 닐오려: 닐(←니ᄅᆞ다: 이르다, 說)- + -오려(-려: 연어, 의도)

74) ᄒᆞ시ᄂᆞ뇨: ᄒᆞ(하다: 보용, 의도)- + -시(주높)- + -ᄂᆞ(현시)- + -뇨(-냐: 의종, 설명)

75) ᄢᅴ: ᄢ(←ᄢᅳ: 때, 時) + -의(-에: 부조, 위치)

76) 文殊師利: 文殊師利(문수사리) + -Ø(←-이: 주조)

77) 摩訶薩와: 摩訶薩(마하살) + -와(←-과: 접조) ※ '摩訶薩(마하살, mahā-sattva)'은 보살(菩薩)을 아름답게 이르는 말인데, 대사(大士)라는 뜻이다. 보살은 자리(自利) 이타(利他)의 대원행(大願行)을 가졌으므로 마하살이라 한다.

諸정大땡士ᄊᆞᆼ善쎤男남子ᄌᆞᆼ等둥려 니ᄅᆞ샤ᄃᆡ 내 혜여호니 이제 世솅尊존이 큰 法법을 니ᄅᆞ시며 큰 法법雨ᅌᅮᆼᄅᆞᆯ 비ᄒᆞ시며 큰 法법螺랑ᄅᆞᆯ 부르시며 큰 法법鼓공ᄅᆞᆯ 티시며 큰 法법義읭ᄅᆞᆯ 펴려 ᄒᆞ시ᄂᆞ다【雨ᅌᅮᆼᄂᆞᆫ 비오 螺랑ᄂᆞᆫ 쇼라ᅵ오 鼓공ᄂᆞᆫ 부피오 義읭ᄂᆞᆫ ᄠᅳ디니 비ᄂᆞᆫ ᄒᆞᆫ ᄠᅳ드로 골오 저지고 螺랑ᄂᆞᆫ ᄒᆞᆫ 소리로 다 ᄉᆞᄆᆞᆺ고 부픈 한 사ᄅᆞᄆᆞᆯ 出ᄒᆞ고 義읭ᄂᆞᆫ 맛당ᄒᆞᆫ 야ᇰᄌᆞᆯ 조차 여러 내ᄂᆞ니 부텻 法법을

諸大士(제대사)와 善男子(선남자) 等(등)에게 이르시되, "내가 헤아리니, 이제 世尊(세존)이 큰 法(법)을 이르시며 큰 法雨(법우)를 흩으시며 큰 法螺(법라)를 부시며 큰 法鼓(법고)를 치시며 큰 法義(법의)를 펴려 하신다.【雨(우)는 비요 螺(나)는 소라요 鼓(고)는 북이요 義(의)는 뜻이니, 비는 한 뜻으로 고루 젖고 螺(나)는 한 소리로 다 통하고 북은 많은 사람을 出令(출령)하고 義(의)는 마땅한 모습을 좇아 열어서 내나니, 부처의 法(법)을

諸_정大_땡士_쏭⁷⁸⁾ 善_쎤男_남子_중⁷⁹⁾ 等_등ᄃ려⁸⁰⁾ 니ᄅ샤ᄃᆡ⁸¹⁾ 내 혜여⁸²⁾ 호니⁸³⁾ 이제 世_솅尊_존이 큰 法_법을 니르시며 큰 法_법雨_웅⁸⁴⁾를 비ᄒ시며⁸⁵⁾ 큰 法_법螺_랑⁸⁶⁾를 부르시며⁸⁷⁾ 큰 法_법鼓_공⁸⁸⁾를 티시며⁸⁹⁾ 큰 法_법義_읭⁹⁰⁾를 펴려 ᄒ시ᄂ다【雨_웅는 비오 螺_랑는 골와래오⁹¹⁾ 鼓_공는 부피오⁹²⁾ 義_읭는 ᄯ디니⁹³⁾ 비ᄂ 흔 마ᄉ로⁹⁴⁾ 골오⁹⁵⁾ 젓고⁹⁶⁾ 螺_랑는 흔 소리로 다 ᄉ뭇고⁹⁷⁾ 부픈⁹⁸⁾ 한 사ᄅᆞ믈 出_츻令_령⁹⁹⁾ᄒ고 義_읭는 맛당홀 야ᄋᆞᆯ 조차 여러 내ᄂ니 부텻 法_법을

---

78) 諸大士: 제대사. 여러 대사이다. '대사(大士)'는 부처나 보살을 일상적으로 이르는 말이다. 흔히 대보살(大菩薩)을 이른다.

79) 善男子: 선남자. 불법(佛法)에 귀의한 남자이다.

80) 等ᄃ려: 等(등: 의명) + -ᄃ려(-더러, -에게: 부조, 상대)

81) 니ᄅ샤ᄃᆡ: 니ᄅ(이르다, 說)- + -샤(←-시-: 주높)- + -ᄃᆡ(←-오ᄃᆡ: -되, 연어, 설명 계속)

82) 혜여: 혜(헤아리다, 생각하다, 惟忖)- + -여(←-어: 연어)

83) 호니: ᄒ(←ᄒ다: 하다)- + -오(화자)- + -니(연어, 설명 계속)

84) 法雨: 법우. 중생을 교화하여 덕화(德化)를 입게 하는 것을 비에 비유하여 이르는 말이다.

85) 비ᄒ시며: 빟(흩뿌리다, 雨)- + -ᄋ시(주높)- + -며(연어, 나열)

86) 法螺: 법라. 나각(螺角)이다. 소라의 껍데기로 만든 옛 군악기이다.

87) 부르시며: 불(불다, 吹)- + -ᄋ시(주높)- + -며(연어, 나열)

88) 法鼓: 법고. 절에서 예불할 때나 의식을 거행할 때에 치는 큰북이다.

89) 티시며: 티(치다, 擊)- + -시(주높)- + -며(연어, 나열)

90) 法義: 법의. 불법(佛法)의 근본 뜻이다.

91) 골와래오: 골와라(소라, 螺)- + -ㅣ(←-이-: 서조)- + -오(←-고: 연어, 나열) ※ '골와라'는 소랏과의 연체동물이다.

92) 부피오: 붚(북, 鼓) + -이(서조)- + -오(←-고: 연어, 나열)

93) ᄯ디니: ᄯ(뜻, 義) + -이(서조)- + -니(연어, 설명 계속)

94) 마ᄉ로: 맛(맛, 味) + -ᄋ로(부조, 방편)

95) 골오: [고루, 均(부사): 골(←고ᄅ다: 고르다, 均, 형사)- + -오(부접)]

96) 젓고: 젓(←젓다: 젖다, 潤)- + -고(연어, 나열)

97) ᄉ뭇고: ᄉ뭇(←ᄉ뭋다: 통하다, 사무치다, 꿰뚫다, 貫)- + -고(연어, 나열)

98) 부픈: 붚(북, 鼓) + -은(보조사, 주제)

99) 出令: 출령. 명령을 내리는 것이다.

정ㅎ·야 니르·니·라 】 善(쎤)男(남)子(ᄌᆞ)·돌하 ·내 디나건 諸(졍)佛(뿛)·씌 ·이런 祥(쌍)瑞(쎙)·를 보·ᅀᆞᄫᅩ·니 ·이런 光(광)明(명)·을 펴·시면 ·큰 法(법)·을 니르·시·더·니 ·이럴·ᄊᆡ 아·노·니 ·이제 부텨 光(광)明(명) ·뵈·샴·도 ·ᄯᅩ ·이 ·ᄀᆞᆮ·ᄒᆞ시·니 衆(즁)生(ᇫᅵᆼ)·ᄋᆞ·로 一(힗)切(쳉) 世(셍)間(간)·앳 信(신)호·미 어·려·ᄫᅳᆫ 法(법)·을 :다 ·드·러 :알·에 ·호·리·라 ·ᄒᆞ·샤 ·이런 祥(쌍)瑞(쎙)·롤 :뵈·시·ᄂᆞ·니·라

비유하여 일렀니라. 】 善男子(선남자)들아, 내가 지난 諸佛(제불)께(로부터서) 이런 祥瑞(상서)를 보았으니, (부처께서) 이런 光明(광명)을 펴시면 큰 法(법)을 이르시더니, 이러므로 (내가) 아나니, 이제 부처가 光明(광명)을 보이신 것도 또 이와 같으시니, 衆生(중생)으로 (하여금) 一切(일체)의 世間(세간)에 있는 信(신)하기가 어려운 法(법)을 다 들어서 알게 하리라." 하시어, 이런 祥瑞(상서)를 보이시느니라. 善男子(선남자)들아, 지난

가줄벼[1] 니르니라[2] 】 善쎤男남子즁들하[3] 내 디나건[4] 諸졍佛뿛씌[5] 이런 祥 쌍瑞쒕[6]를 보ᅀᆞᆸ보니[7] 이런 光광明명을 펴시면 큰 法법을 니르시더니 이럴씨[8] 아노니[9] 이제 부톄 光광明명 뵈샴도[10] 또 이[11] ᄀᆞᆮᄒᆞ시니 衆즁 生ᄉᆡᆼ으로 一잀切쳉 世솅間간앳[12] 信신티[13] 어려ᄫᅳᆫ[14] 法법을 다 듣ᄌᆞᄫᅡ 알에[15] 호리라[16] ᄒᆞ샤 이런 祥쌍瑞쒕를 뵈시ᄂᆞ니라[17] 善쎤男남子즁들하 니나건

---

1) 가줄벼: 가줄비(비유하다, 譬)- + -어(연어)

2) 니르니라: 니르(이르다, 說)- + -Ø(과시)- + -니(원칙)- + -라(←-다: 평종)

3) 善男子돌하: 善男子돌ᄒ[선남자들: 善男子(선남자) + -돌ᄒ(-들: 복접)] + -아(호조, 아주 낮춤)

4) 디나건: 디나(지나다, 過去)- + Ø(과시)- + -거(확인)- + -ㄴ(관전)

5) 諸佛씌: 諸佛(제불) + -ㅅ(-의: 관조) # 긔(거기에, 彼處: 지대, 정칭) ※ '諸佛씌'는 '諸佛께로부터'로 의역하여 옮긴다.

6) 祥瑞: 상서. 복되고 길한 일이 일어날 조짐이 있는 것이다.

7) 보ᅀᆞᆸ보니: 보(보다, 見)- + -ᅀᆞᆸ(←-ᄉᆞᆸ-: 객높)- + -오(화자)- + -니(연어, 설명 계속)

8) 이럴씨: 이러[← 이러ᄒᆞ다(이러하다, 如是): 이러(이러: 불어) + -Ø(←-ᄒᆞ-: 형접)]- + -ㄹ씨(-므로: 연어, 이유)

9) 아노니: 아(← 알다: 알다, 知)- + -ㄴ(←-ᄂᆞ-: 현시)- + -오(화자)- + -니(연어, 설명 계속)

10) 뵈샴도: 뵈[보이다, 現: 보(보다, 見)- + -ㅣ(←-이-: 사접)]- + -샤(←-시-: 주높)- + -ㅁ(←-옴: 명전) + -도(보조사, 첨가)

11) 이: 이(이, 是: 지대, 정칭) + -Ø(←-이: -와, 부조, 비교)

12) 世間앳: 世間(세간, 세상) + -애(-에: 부조, 위치) + -ㅅ(-의: 관조) ※ '世間앳'은 '世間(세간)에 있는'으로 의역하여 옮긴다.

13) 信티: 信ᄒ[← 信ᄒᆞ다(신하다, 믿다): 信(신: 불어) + -ᄒᆞ(동접)]- + -디(-기: 명전) + -Ø(←-이: 주조) ※ 이때의 '-디'는 서술어가 '어렵다, 쉽다' 등일 때에 실현되는 명사형 전성 어미이다.

14) 어려ᄫᅳᆫ: 어려ᇦ(← 어렵다, ㅂ불: 어렵다, 難)- + -Ø(현시)- + -은(관전)

15) 알에: 알(알다, 知)- + -에(←-게: 연어, 사동)

16) 호리라: ᄒᆞ(← ᄒᆞ다: 보용, 사동)- + -오(화자)- + -리(미시)- + -라(←-다: 평종)

17) 뵈시ᄂᆞ니라: 뵈[보이다, 現: 보(보다, 見)- + -ㅣ(←-이-: 사접)]- + -시(주높)- + -ᄂᆞ(현시)- + -니(원칙)- + -라(←-다: 평종)

善쎤男남子중 無뭉邊변不붏可캉思ᄉᆞᆼ議읭阿항僧승祇낑劫겁時씽節졇에부톄겨샤ᄃᆡ 돌ᄒᆞ디나건無뭉量량 應흥供공 善쎤逝쎙世솅間간解ᅘᅢᆼ無뭉上쌍士 調뚛御ᅌᅥᆼ丈땅夫붕 天텬人신師ᄉᆞᆼ 佛뽕世솅尊존·이·러시·니【日싏月웛燈등明명 如셩來링 正정遍변知딩明명行ᅘᅵᆼ足죡 無뭉

無量無邊(무량무변)하고 不可思議(불가사의)한 阿僧祇(아승기)의 劫(겁) 時節(시절)에 부처가 계시되, 號(호)가 日月燈明(일월등명)·如來(여래)·應供(응공)· 正遍知(정변지)·明行足(명행족)·善逝(선서)·世間解(세간해)·無上士(무상사)· 調御丈夫(조어장부)·天人師(천인사)·佛世尊(불세존)이시더니【日月燈明(일월등명)은

無뭉量량無뭉邊변¹⁸⁾ 不붏可캉思ᄉᆞᆼ議�－¹⁹⁾ 阿항僧ᄉᆡᆼ祇낑²⁰⁾ 劫겁²¹⁾ 時씽節졇에 부
톄 겨샤ᄃᆡ²²⁾ 號ᅘᅩᇢ²³⁾를 日ᅀᅵᇙ月�792燈등明명²⁴⁾ 如ᅀᅧᆼ來링²⁵⁾ 應ᅙᅳᆼ供공²⁶⁾ 正졍偏변
知딩²⁷⁾ 明명行ᅘᅢᆼ足죡²⁸⁾ 善쎤逝쎼²⁹⁾ 世셰間간解ᅘᅢᆼ³⁰⁾ 無뭉上쌍士ᄊᆞᆼ³¹⁾ 調뜛御ᅌᅥᆼ丈
땅夫붕³²⁾ 天텬人ᅀᅵᆫ師ᄉᆞᆼ³³⁾ 佛뿛世셰尊존이러시니³⁴⁾ 【日ᅀᅵᇙ月�792燈등明명은

---

18) 無量無邊: 무량무변. 헤아릴 수 없고 끝도 없이 많음을 이르는 말이다.

19) 不可思議: 불가사의. 사람의 생각으로는 미루어 헤아릴 수 없이 이상하고 야릇한 것이다.

20) 阿僧祇: 아승기. 항하사(恒河沙)의 만 배가 되는 수. 또는 그런 수의. 즉 10의 56승을 이른다.

21) 劫: 겁. 어떤 시간의 단위로도 계산할 수 없는 무한히 긴 시간이다. 하늘과 땅이 한 번 개벽한 때에서부터 다음 개벽할 때까지의 동안이라는 뜻이다.

22) 겨샤ᄃᆡ: 겨샤(← 겨시다: 계시다, 有)- + -ᄃᆡ(← -오ᄃᆡ: 연어, 설명 계속)

23) 號를: 호. 본명이나 자 이외에 쓰는 이름이다. 허물없이 쓰기 위하여 지은 이름이다. ※ 문장의 주술 관계를 고려한다면 '號를'은 '號ㅣ'를 오각한 형태이다.

24) 日月燈明: 부처의 열 가지 이름 중의 하나이다. 일월등명(日月燈明)은 지혜가 밝음이 일월등과 같은 것이니, 부처님의 이름을 이렇게 부른다.

25) 如來: 여래. '지금까지의 부처들과 같은 길을 걸어서 열반의 피안에 간 사람, 또는 진리에 도달한 사람이라는 뜻이다.

26) 應供: 응공. 온갖 번뇌를 끊어서 인간, 천상의 모든 중생으로부터 공양을 받을 만한 사람이라는 뜻이다.

27) 正偏知: 정변지. 온 세상의 모든 일을 모르는 것 없이 바로 안다는 뜻이다.

28) 明行足: 명행족. 삼명(三明)의 신통한 지혜와 육도만행(六度萬行)을 갖추었다는 뜻이다. ※ '삼명 (三明)'은 아라한(阿羅漢)이 가지고 있는 세 가지 지혜로서, 숙명명(宿命明), 천안명(天眼明), 누 진명(漏盡明)을 이른다. 그리고 '육도만행(六度萬行)'은 보살이 육바라밀(六波羅密)을 완전하고 원만하게 수행하는 일이다.

29) 善逝: 선서. '잘 가신 분'이라는 뜻으로, 피안(彼岸)에 가서 다시는 이 세상에 돌아오지 않는다고 하여 이렇게 이른다.

30) 世間解: 세간해. 세상의 모든 것을 안다는 뜻이다.

31) 無上士: 무상사. 정(情)을 가진 존재 가운데 가장 높아서 그 위가 없는 대사라는 뜻이다.

32) 調御丈夫: 조어장부. 중생을 잘 이끌어 가르치는 사람이라는 뜻이다.

33) 天人師: 천인사. 하늘과 인간 세상의 모든 중생들의 스승이라는 뜻이다.

34) 佛世尊이러시니: 佛世尊(불세존)+ -이(서조)- + -러(← -더-: 회상)- + -시(주높)- + -니(연어, 설명 계속) ※ '佛(불)'은 진리를 깨달은 사람을 뜻하며, '世尊(세존)' 세상에서 가장 존귀하다는 뜻이다. 따라서 '불세존'은 진리를 깨달아서 세상에서 가장 존귀한 자라는 뜻이다.

智慧(지혜)가 밝으신 것이 日月燈(일월등)과 같으신 것이니, 그것이 부처의 이름이시니라.】, (부처가) 正法(정법)을 퍼뜨려서 이르시되 初善(초선)·中善(중선)·後善(후선)이시더니【初善(초선)·中善(중선)·後善(후선)은 三乘法(삼승법)을 이르니, 다 機(기)에 應(응)하여 道理(도리)에 맞음이 '좋지 못한 것'이 없으므로 善(선)이라 하였니라. 機(기)는 움직여서 나는(出) 것이다. 應(응)은 맞추어서 하는 것이다.】, 그 뜻이 깊고 멀며 그 말씀이 工巧(공교)하고 微妙(미묘)하여 전혀 섞인 것이 없어 淸白(청백)하고, 梵行(범행)의

智_딩慧_휑 불フ샤미³⁵⁾ 日_싏月_윓燈_등이³⁶⁾ フᄒ실 씨니 그³⁷⁾ 부텻 일후미시니라³⁸⁾ 】

正_정法_법³⁹⁾을 불어⁴⁰⁾ 니르샤딕 初_총善_썬⁴¹⁾ 中_듕善_썬 後_훟善_썬이러시니⁴²⁾【初

_총善_썬 中_듕善_썬 後_훟善_썬은 三_삼乘_씽法_법⁴³⁾을 니르니 다 機_긩⁴⁴⁾를 應_흥ᄒ야 道_똫理

_링예 마조미⁴⁵⁾ 몯 됴ᄒ니 업슬씬 善_썬이라 ᄒ니라 機_긩는 뮈여⁴⁶⁾ 나는 고디라⁴⁷⁾ 應

_흥은 마초⁴⁸⁾ 홀 씨라 】그 ᄠᅳ디 깁고 멀며 그 말ᄊᆞ미 工_공巧_콭코⁴⁹⁾ 微_밍妙_묠

ᄒ야 오ᄋᆞ로⁵⁰⁾ 섯근⁵¹⁾ 거시 업서 淸_청白_삑ᄒ고⁵²⁾ 梵_뻠行_행앳⁵³⁾

---

35) 불フ샤미: 붉(밝다, 明)-+-ᄋᆞ샤(←-ᄋᆞ시-: 주높)-+-ㅁ(←-옴: 명전)+-이(주조)

36) 日月燈: 일월등. 사월 초파일에 해와 달 모양으로 만들어 다는 등이다.

37) 그: 그것, 彼(지대, 정칭)

38) 일후미시니라: 일훔(이름, 名)+-이(서조)-+-시(주높)-+-Ø(현시)-+-니(원칙)-+-라(←-다: 평종)

39) 正法: 정법(sad-dharma). 바른 가르침. 진실한 가르침. 부처의 가르침이다.

40) 불어: 불(←부르다: 퍼뜨리다, 演)-+-어(연어)

41) 初善: 초선. 삼선(三善)의 하나로서, 처음이 선(善)하다라는 뜻이다. ※ '三善(삼선)'은 초선(初善), 중선(中善), 후선(後善)의 세 가지이다. 불법(佛法)이 언제나 훌륭함을 이르는 말이다.

42) 後善이러시니: 後善(후선)+-이(서조)-+-러(←-더-: 회상)-+-시(주높)-+-니(연어, 설명 계속)

43) 三乘法: 삼승법. 성문(聲聞)·연각(緣覺)·보살(菩薩)에 대한 세 가지 교법(敎法)이다.

44) 機: 기. 본래는 '조종'이나 '용수철 장치'라는 뜻이다. 불교에서는 석가의 가르침에 접하여 발동되는 수행자의 정신적 능력이나, 중생의 종교적 소질·역량·기근(機根) 등을 이른다.

45) 마조미: 맞(맞다, 應)-+-옴(명전)+-이(주조)

46) 뮈여: 뮈(움직이다, 動)-+-여(←-어: 연어)

47) 고디라: 곧(것, 者: 의명)+-이(서조)-+-Ø(현시)-+-라(←-다: 평종)

48) 마초: [맞추어, 알맞게, 的當(부사): 맞(맞다, 合: 동사)-+-호(사접)-+-오(부접)]

49) 工巧코: 工巧ᄒ[←工巧ᄒ다(공교하다): 工巧(공교: 명사)+-ᄒ(형접)-]-+-고(연어, 나열) ※ '工巧(공교)'는 솜씨나 꾀 따위가 재치가 있고 교묘한 것이다.

50) 오ᄋᆞ로: [온전히, 온통, 純一(부사): 오올(온전하다, 純一: 형사)-+-오(부접)] ※ '오ᄋᆞ로'은 문맥을 고려하여 '하나도'나 '전혀'로 옮긴다.

51) 섯근: 섞(섞다, 雜)-+-Ø(과시)-+-은(관전)

52) 淸白ᄒ고: 淸白ᄒ[청백하다: 淸白(청백: 명사)+-ᄒ(형접)-]-+-고(연어, 나열) ※ '淸白(청백)'은 재물에 대한 욕심이 없이 곧고 깨끗한 것이다.

53) 梵行앳: 梵行(범행)+-애(-에: 부조, 위치)+-ㅅ(-의: 관조) ※ '梵行(범행)'은 맑고 깨끗한 행실이다.

相샹이 ᄀᆞᄌᆞᆨ시니 聲셩聞문 求끃ᄒᆞᇙ 싸ᄅᆞᆷ 위ᄒᆞ샨 四ᄉᆞᆼ諦뎽法법을 니ᄅᆞ샤 生ᄉᆡᆼ老ᄅᆃᆼ病뼝死ᄉᆞᆼ롤 머ᇧ기샤 究귷竟경涅녑槃빤 킈ᄒᆞ시고 辟벽支징佛뿛 求끃ᄋᆞᆯ ᄒᆞᄊᆞᆷ 위ᄒᆞᆫ샨 열두 因힌緣원法법을 니ᄅᆞ시고 菩뽕薩삷ᄃᆞᆯ 위ᄒᆞᆫ샨 여ᄉᆞᆺ 波방羅랑蜜밇을 니ᄅᆞ샤 阿항耨녹多당羅랑三삼藐막菩뽕提똉ᄅᆞᆯ 得득

相(상)이 갖추어져 있으시더니, 聲聞(성문)을 求(구)할 사람을 위하시어는 四諦法(사제법)을 이르시어 生老病死(생로병사)를 벗기시어 究竟涅槃(구경열반)하게 하시고, 辟支佛(벽지불)을 求(구)하는 사람을 위하시어는 열두 因緣法(인연법)을 이르시고, 菩薩(보살)들을 위하시어는 여섯 波羅蜜(바라밀)을 이르시어, 阿耨多羅三藐菩提(아뇩다라삼먁보리)를 得(득)하여

相샹이 ᄀᆞᆺ더시니⁵⁴⁾ 聲셩聞문⁵⁵⁾ 求꿀홀 싸ᄅᆞᆷ⁵⁶⁾ 위ᄒᆞ샨⁵⁷⁾ 四ᄉᆞᆼ諦뎽法법⁵⁸⁾ 니ᄅᆞ샤 生ᄉᆡᆼ老롤病뼝死ᄉᆞᆼᄅᆞᆯ 벗기샤⁵⁹⁾ 究굴竟경涅넗槃빤킈⁶⁰⁾ ᄒᆞ시고 辟벽支징佛뿛⁶¹⁾ 求꿀홀 싸ᄅᆞᆷ 위ᄒᆞ샨 열두 因ᅙᅵᆫ緣원法법⁶²⁾을 니르시고 菩뽕薩삻ᄃᆞᆯ 위ᄒᆞ샨 여슷 波방羅랑蜜밇⁶³⁾을 니ᄅᆞ샤 阿ᅙᅡᆼ耨녹多당羅랑三삼藐막三삼菩뽕提뗑⁶⁴⁾를 得득ᄒᆞ야

---

54) ᄀᆞᆺ더시니: ᄀᆞᆺ(← ᄀᆞᆽ다: 갖추어져 있다, 具)- + -더(회상)- + -시(주높)- + -니(연어, 설명 계속)

55) 聲聞: 성문. 설법을 듣고 사제(四諦)의 이치를 깨달아 아라한이 되고자 하는 불제자이다.

56) 싸ᄅᆞᆷ: 싸ᄅᆞᆷ(← 사ᄅᆞᆷ: 사람, 者, 의명) ※ '求홀 싸ᄅᆞᆷ'은 '求ᄒᆞᇙ 사ᄅᆞᆷ'으로 표기되기도 한다. 따라서 '싸ᄅᆞᆷ'은 용언의 관형사형 뒤에서 일어나는 된소리를 소리나는 대로 표기한 것이다.

57) 위ᄒᆞ샨: 위ᄒᆞ[위하다, 爲: 위(爲: 불어) + -ᄒᆞ(동접)-]- + -샤(← -시-: 주높)- + -Ø(← -아: 연어) + -ㄴ(← -ᄂᆞᆫ: 보조사, 주제)

58) 四諦法: 사제법. 인생의 모든 문제와 그 해결 방법에 대한 네 가지의 근본 진리를 의미하는데, '고(苦)·집(集)·멸(滅)·도(道)'의 네 가지 진리로 구성되어 있다.

59) 벗기샤: 벗기[벗기다, 度: 벗(벗다, 脫)- + -기(사접)-]- + -샤(← -시-: 주높)- + -Ø(← -아: 연어)

60) 究竟涅槃킈: 究竟涅槃ᄒᆞ[← 究竟涅槃ᄒᆞ다(구경열반하다): 究竟涅槃(구경열반: 명사) + -ᄒᆞ(동접)-]- + -긔(-게: 연어, 사동) ※ '究竟涅槃(구경열반)'은 가장 높은 경지에 이른 열반, 곧 부처의 경계를 이른다. ※ '究竟(구경)'은 마지막에 이른 경지로, 가장 지극한 깨달음의 뜻이다.

61) 辟支佛: 벽지불. 부처의 가르침에 기대지 않고 스스로 도를 깨달은 성자(聖者)이다.(= 緣覺)

62) 열두 因緣法: 십이인연법. 범부로서의 인간의 괴로운 생존이 열두 가지 요소의 순차적인 상관 관계에 의한 것임을 설명한 것이다. 무명(無明), 행(行), 식(識), 명색(名色), 육입(六入), 촉(觸), 수(受), 애(愛), 취(取), (有), 생(生), 노사(老死) 등이 있다.

63) 여슷 波羅蜜: 여섯바라밀(육바라밀). 보살이 열반에 이르기 위해 실천해야 할 여섯 가지 덕목이다. '보시(布施)·인욕(忍辱)·지계(持戒)·정진(精進)·선정(禪定)·지혜(智慧)'가 있다.

64) 阿耨多羅三藐三菩提: 아뇩다라삼먁삼보리. 일체의 진상을 모두 아는 부처님의 무상의 승지(勝地), 곧 무상정각(無上正覺)이다.

一切(일체)의 種種(종종) 智慧(지혜)를 이루게 하시더니【 一切(일체)의 種種(종종) 智慧(지혜)는 부처야말로 갖추어져 있으시니라. 】, 다음으로 부처가 계시되 또 이름이 日月燈明(일월등명)이시고, 또 다음으로 부처가 계시되 또 이름이 日月燈明(일월등명)이시더니, 이렇게 二萬(이만)의 부처가 다 한 가지의 字號(자호)로 日月燈明(일월등명)이시며, 또 한 가지의 姓(성)이시어 姓(성)이

一힗切쳉 種종種종 智딩慧휑 65)를 일우게66) ᄒᆞ더시니【一힗切쳉 種종種종 智딩慧휑는 부톄ᅀᅡ67) ᄀᆞᄌᆞ시니라68)】 버거69) 부톄 겨샤ᄃᆡ ᄯᅩ 일후미 日ᅀᅵᇙ月ᄫᅯᆶ燈등明명이시고 ᄯᅩ 버거 부톄 겨샤ᄃᆡ ᄯᅩ 일후미 日ᅀᅵᇙ月ᄫᅯᆶ燈등明명이러시니70) 이러히71) 二ᅀᅵᆼ萬먼 부톄 다 ᄒᆞᆫ 가짓 字쫑號ᅘᅩᇢ로72) 日ᅀᅵᇙ月ᄫᅯᆶ燈등明명이시며 ᄯᅩ ᄒᆞᆫ 가짓 姓셩이샤73) 姓셩이

---

65) 一切 種種 智慧: 일체 종종 지혜. '一切 鍾智(일체 종지)'를 풀어쓴 말인데, 모든 현상에 있는 있는 그대로의 평등한 모습과 차별의 모습을 두루 아는 부처의 지혜이다.

66) 일우게: 일우[이루다, 成: 일(이루어지다, 成: 자동)- + -우(사접)-]- + -게(연어, 사동)

67) 부톄ᅀᅡ: 부텨(부처, 佛) + -ㅣ(← -이: 주조) + -ᅀᅡ(보조사, 한정 강조)

68) ᄀᆞᄌᆞ시니라: ᄀᆽ(갖추어져 있다: 형사)- + -ᄋᆞ시(주높)- + -Ø(현시)- + -니(원칙)- + -라(← -다: 평종)

69) 버거: [다음으로, 次復(부사): 벅(다음가다, 次: 동사)- + -어(연어▷부접)]

70) 日月燈明이러시니: 日月燈明(일월등명) + -이(서조)- + -러(← -더-: 회상)- + -시(주높)- + -니(연어, 설명 계속) ※ '日月燈明(일월등명)'은 일월등명(日月燈明)은 지혜가 밝음이 일월등과 같은 것이니, 부처님의 이름을 이렇게 부른 것이다.

71) 이러히: [이렇게, 如是(부사): 이러(이러: 불어) + -ᄒ(← -ᄒᆞ-: 형접)- + -이(부접)]

72) 字號로: 字號(자호) + -로(부조, 방편) ※ '字號(자호)'는 본명이나 자(字) 이외에 쓰는 이름이다. 허물없이 쓰기 위하여 지은 이름이다.

73) 姓이샤: 姓(성) + -이(서조)- + -샤(← -시-: 주높)- + -Ø(← -아: 연어)

頗羅墮(파라타)이시더니, 彌勒(미륵)아, 알아라. 첫 부처, 後(후) 부처가 다 한 가지의 字(자)로 이름이 日月燈明(일월등명)이시고, 열 號(호)가 갖추어져 있으시고, 이르시는 法(법)이 初(초)·中(중)·後善(후선)이시더니, 가장 乃終(내종)의 부처가 出家(출가)를 아니하여 계실 적에 여덟 王子(왕자)를 두어 계시되, 한 이름은 有意(유의)요 둘째의 이름은 善意(선의)요

頗_팡羅_랑墮_탕ㅣ러시니⁷⁴⁾ 彌_밍勒_륵아⁷⁵⁾ 아라라⁷⁶⁾ 첫 부텨 後_훙ㅅ 부톄 다

혼 가짓 字_쫑로 일후미 日_싏月_윓燈_등明_명⁷⁷⁾이시고 열 號_馨ㅣ ᄀᆞᄌᆞ시고

니르시논⁷⁸⁾ 法_법이 初_총 中_듕 後_훙善_쎤이러시니 ᄆᆞᆺ⁷⁹⁾ 乃_냉終_즁ㅅ⁸⁰⁾ 부톄

出_츓家_강 아니ᄒᆞ야 겨싫⁸¹⁾ 저긔⁸²⁾ 여듧 王_왕子_{ᄌᆞ}ᄅᆞᆯ 두겨샤ᄃᆡ⁸³⁾ ᄒᆞᆫ 일호

ᄆᆞᆫ 有_윻意_힁오⁸⁴⁾ 둘찻⁸⁵⁾ 일후믄 善_쎤意_힁오⁸⁶⁾

---

74) 頗羅墮ㅣ러시니: 頗羅墮(파라타) + -ㅣ(←-이-: 서조)- + -러(←-더-: 회상)- + -시(주높)- + -니(연어, 설명 계속) ※ '頗羅墮(파라타, Bharadvāja)'는 바라문 6성(姓)의 하나이다. 근기가 훌륭함(利根), 사유함이 남보다 빠르다(捷疾)는 뜻이다.

75) 彌勒아: 彌勒(미륵) + -아(호조, 아주 낮춤) ※ '彌勒(미륵)'은 내세에 성불하여 사바세계에 나타나서 중생을 제도하리라는 보살이다. 사보살(四菩薩)의 하나이다. 인도 파라나국의 브라만 집안에서 태어나 석가모니의 교화를 받고, 미래에 부처가 될 수기(受記)를 받은 후 도솔천에 올라갔다.

76) 아라라: 알(알다, 知)- + -아(확인)- + -라(←-다: 명종, 아주 낮춤)

77) 日月燈明佛: 일월등명불(Candra-Surya-Pradipa). 과거세에 출현하여 현세의 석가모니불과 같이 육서상(六瑞相)을 나타내며 법화경을 설한 부처이다. 부처의 광명이 하늘에서는 해와 달 같고, 땅에서는 등불과 같아 온누리 중생을 비춘다는 뜻이다. 과거세에 2만의 일월등명불이 있었는데, 똑같은 이름으로 계속해서 세상에 나타나 법화경을 설하였다고 한다. 이 2만 명의 일월등명불이 차례로 세상에 출현하였지만, 성(姓)이 모두 동일한 '바라타(頗羅墮)'였으며 설하신 법문도 처음이나 중간 그리고 맨 나중이 모두 같았다고 한다. 문수보살은 그 마지막 부처의 상수제자(上首弟子)였다.

78) 니르시논: 니르(이르다, 說)- + -시(주높)- + -ㄴ(←-ᄂᆞ-: 현시)- + -오(대상)- + -ㄴ(관전)

79) ᄆᆞᆺ: 가장, 最(부사)

80) 乃終ㅅ: 乃終(내종, 나중) + -ㅅ(-의: 관전)

81) 겨싫: 겨시(계시다: 보용, 완료 지속)- + -ᄚ(관전)

82) 저긔: 적(적, 때, 時: 의명) + -의(-에: 부조, 위치)

83) 두겨샤ᄃᆡ: 두(두다, 有)- + -Ø(←-어: 연어) + 겨샤(← 계시다: 보용, 완료 지속, 높임)- + -ᄃᆡ(←-오ᄃᆡ: -되, 연어, 설명 계속) ※ '두겨샤ᄃᆡ'는 '두어 겨샤ᄃᆡ'가 축약된 형태이다.

84) 有意오: 有意(유의) + -Ø(←-이-: 서조)- + -오(←-고: 연어, 나열) ※ '有意(유의)'는 큰 도에 뜻을 두었다는 뜻이다.

85) 둘찻: [둘째, 第二(수사, 서수): 둘(←둘ㅎ: 둘, 二, 수사, 양수) + -차(-째: 접미, 서수)] + -ㅅ(-의: 관조)

86) 善意: 선의. 큰 도의 뜻을 잘 지녔다는 뜻이다.

意(힁)·오·세찻·일·후·믄 無(뭉) 量(량) 意(힁)·오
네찻·일·후·믄 寶(봄) 意(힁)·오 ·다·숫찻·일·후
·믄 增(증) 意(힁)·오·여·슷찻·일·후·믄 除(뗭) 疑(끵)
意(힁)·오·닐·굽찻·일·후·믄 響(향) 意(힁)·오
여·듧찻·일·후·믄 法(법) 意(힁)·러시·니·이·여
둟 王(왕) 子(중) ㅣ 威(읭) 德(득)·이 自(쭝) 在(찡)
·ᄒᆞ·샤 各(각) 各(각)·네 天(텬) 下(향)·ᄅᆞᆯ 거·느·렛
·더·시·니·이 王(왕) 子(중)·ᄃᆞᆯ·히·아·바·니·미 出

셋째의 이름은 無量義(무량의)요, 넷째의 이름은 寶意(보의)요, 다섯째의 이름은 增意(증의)요, 여섯째의 이름은 除疑意(제의의)요, 일곱째의 이름은 響意(향의)요, 여덟째의 이름은 法意(법의)이시더니, 이 여덟 王子(왕자)가 威德(위덕)이 自在(자재)하시어 各各(각각) 네 天下(천하)를 거느려 있으시더니, 이 王子(왕자)들이 "아버님이

세찻⁸⁷⁾ 일후믄 無_뭉量_량意_횡⁸⁸⁾오 네찻⁸⁹⁾ 일후믄 寶_볼意_횡⁹⁰⁾오 다슷찻⁹¹⁾

일후믄 增_증意_횡⁹²⁾오 여슷찻 일후믄 除_땅疑_읭意_횡⁹³⁾오 닐굽찻 일후믄

響_향意_횡⁹⁴⁾오 여듧찻 일후믄 法_법意_횡러시니⁹⁵⁾ 이 여듧 王_왕子_중ㅣ 威_횡

德_득⁹⁶⁾이 自_쭝在_찡ᄒᆞ샤⁹⁷⁾ 各_각各_각 네 天_텬下_행⁹⁸⁾를 거느롓더시니⁹⁹⁾ 이

王_왕子_중들히 아바니미¹⁾

---

87) 세찻: [셋째, 第三(수사, 서수): 세(←세ㅎ: 셋, 二, 수사, 양수) + -차(-째: 접미, 서수)] + -ㅅ(-의: 관조)

88) 無量意: 무량의. 큰 지혜로 무량한 뜻을 이해할 수 있다는 뜻이다.

89) 네찻: [넷째, 第四(수사, 서수): 네(←네ㅎ: 넷, 四, 수사, 양수) + -차(-째: 접미, 서수)] + -ㅅ(-의: 관조)

90) 寶意: 보의. 보배와 같은 여래의 성품을 잘 이해하여 진실한 도를 갖추었다는 뜻이다.

91) 다슷찻: [다섯째, 第五(수사, 서수): 다슷(다섯, 五: 수사, 양수) + -차(-째: 접미, 서수)] + -ㅅ(-의: 관조)

92) 增意: 증의. 최상의 행(行)을 닦아 큰 도에 뜻을 둔다는 뜻이다.

93) 除疑意: 제의의. 지혜가 늘어나 의혹이 제거된다는 뜻이다.

94) 響意: 향의. 빈 골짜기에서 메아리가 울리듯 법성(法性)이 비어 있다는 뜻이다.

95) 法意러시니: 法意(법의) + -Ø(←-이-: 서조)- + -러(←-더-: 회상)- + -시(주높)- + -니(연어, 설명 계속) ※ '法意(법의)'는 깊은 법에 대해서도 그 뜻을 잘 이해한다는 뜻이다.

96) 威德: 위덕. 위엄과 덕망을 아울러 이르는 말이다.

97) 自在ᄒᆞ샤: 自在ᄒᆞ[자재하다: 自在(자재: 명사)- + -ᄒᆞ(동접)-]- + -샤(←-시-: 주높)- + -Ø(←-아: 연어) ※ '自在(자재)'는 저절로 갖추어져 있는 것이다.

98) 네 天下: 네 천하. '사주(四洲)'를 이른다. ※ '사주(四洲)'는 수미산을 중심으로 한 사방의 세계이다. 남쪽의 섬부주(贍部洲), 동쪽의 승신주(勝神洲), 서쪽의 우화주(牛貨洲), 북쪽의 구로주(俱盧洲)이다.

99) 거느롓더시니: 거느리(거느리다, 領)- + -어(연어) + 잇(← 이시다: 있다, 보용, 완료 지속)- + -더(회상)- + -시(주높)- + -니(연어, 설명 계속) ※ '거느롓더시니'는 '거느려 잇더시니'가 축약된 형태이다.

1) 아바니미: 아바님[아버님, 父親: 아바(← 아비: 아버지, 父) + -님(높접)] + -이(주조)

出家_{출家}ᄒᆞ샤 阿_항耨_녹多_당羅_랑三_삼藐_막三_삼菩_뽕提_똉를 得_득ᄒᆞ시다 ᄒᆞ시고 다 王_왕位_윙ᄅᆞᆯ ᄇᆞ리시고 조차 出_츓家_강ᄒᆞ야 大_땡乘_씽엣 ᄠᅳ들 發_{ᄫᅡᆯ}ᄒᆞ야 샹녜 조ᄒᆞᆫ 힝뎍 다ᄭᅡ다 法_법師_{ᄉᆞ}ㅣ 드외샤 ᄆᆞ초매 千_쳔萬_먼 부텨ᇄ 믈읫 됴ᄒᆞᆫ 根_곤源_원을 시므시니라 法_법師_{ᄉᆞ}ᄂᆞᆫ 法_법師_{ᄉᆞ}ㅣ라 그ᄢᅵ 日_{ᅀᅵᇙ}月_{ᄝᅯᇙ}燈_등明_명佛_{ᄲᅮᇙ}

出家(출가)하시어 阿耨多羅三藐三菩提心(아뇩다라삼먁보리심)을 得(득)하셨다." 고 들으시고, 다 王位(왕위)를 버리시고 (아버님을) 좇아서 出家(출가)하여, 大乘(대승)의 뜻을 發(발)하여 늘 좋은 행적(行績)을 닦아 다 法師(법사)가 되시어, 이미 千萬(천만)의 부처께 모든 좋은 根源(근원)을 심으셨느니라. 【法師 (법사)는 法(법)의 스승이다. 】 그때에 日月燈明佛(일월등명불)이

出_츓家_강ᄒᆞ샤 阿_{ᅙᅡᆼ}耨_녹多_당羅_랑三_삼藐_막三_삼菩_뽕提_똉를 得_득ᄒᆞ시다²⁾ 드르시고³⁾ 다 王_왕位_윙를 ᄇᆞ리시고⁴⁾ 조차⁵⁾ 出_츓家_강ᄒᆞ야 大_땡乘_씽엣⁶⁾ ᄠᅳ들 發_벓ᄒᆞ야 샹녜⁷⁾ 조ᄒᆞᆫ⁸⁾ ᄒᆡᆼ뎍⁹⁾ 다까¹⁰⁾ 다¹¹⁾ 法_법師_{ᄾᆞᆼ}ㅣ ᄃᆞ외샤¹³⁾ ᄒᆞ마¹⁴⁾ 千_쳔萬_먼 부텨씌 믈읫¹⁵⁾ 됴ᄒᆞᆫ 根_군源_원을 시므시니라¹⁶⁾ 【法_법師_{ᄾᆞᆼ}ᄂᆞᆫ 法_법스스이라¹⁷⁾】 그 ᄢᅴ 日_{ᅀᅵᇙ}月_윓燈_등明_명佛_뿛이

---

2) 得ᄒᆞ시다: 得ᄒᆞ[득하다: 得(득: 불어) + -ᄒᆞ(동접)-]- + -시(주높)- + -Ø(과시)- + -다(평종)

3) 드르시고: 들(← 듣다, ㄷ불: 듣다, 聞)- + -으시(주높)- + -고(연어, 나열)

4) ᄇᆞ리시고: ᄇᆞ리(버리다, 捨)- + -시(주높)- + -고(연어, 나열)

5) 조차: 좇(좇다, 따르다, 隨)- + -아(연어)

6) 大乘엣: 大乘(대승) + -에(부조, 위치) + -ㅅ(-의: 관조) ※ '大乘(대승)'은 중생을 제도하여 부처의 경지에 이르게 하는 것을 이상으로 하는 불교이다. 그 교리, 이상, 목적이 모두 크고 깊으며 그것을 받아들이는 중생의 능력도 큰 그릇이라 하여 이렇게 이른다. 소승을 비판하면서 일어난 유파로 한국, 중국, 일본의 불교가 이에 속한다.

7) 샹녜: 항상, 常(부사)

8) 조ᄒᆞᆫ: 조ᄒᆞ(깨끗하다, 맑다, 梵)- + -Ø(현시)- + -ㄴ(관전)

9) ᄒᆡᆼ뎍: 행적(行績). ※ '조ᄒᆞᆫ ᄒᆡᆼ뎍'은 '梵行(범행)'을 직역한 것으로 '맑고 깨끗한 행실'이나 불교에서 행하는 수행이다.

10) 다까: 닦(닦다, 修)- + -아(연어)

11) 다: [다, 悉(부사): 다(← 다ᄋᆞ다: 다하다, 盡, 동사)- + -아(연어▷부접)]

12) 法師: 법사. 불법에 통달하고 언제나 청정한 수행을 닦아 남의 스승이 되어 사람을 교화하는 승려이다.

13) ᄃᆞ외샤: ᄃᆞ외(되다, 爲)- + -샤(← -시-: 주높)- + -Ø(← -아: 연어)

14) ᄒᆞ마: 이미, 已(부사)

15) 믈읫: 모든, 諸(관사)

16) 시므시니라: 시므(심다, 殖)- + -시(주높)- + -Ø(과시)- + -니(원칙)- + -라(← -다: 평종)

17) 스스이라: 스승(스승, 師) + -이(서조)- + -Ø(현시)- + -라(← -다: 평종)

이 日·싏月·웛燈등明명佛·뿛이어듫大·땡乘씽經경을 니르·시·니 일·후·미 無뭉量·량義·읭니 菩뽕薩·삻을 ᄀᆞᄅᆞ·치·시·논 法·법이·라·부·터시·고 즉자·히 大·땡衆·즁中듕·에 結·겷加강趺붕坐·쫭·ᄒᆞ·샤 無뭉量·량義·읭處·쳥三삼昧·ᄆᆡ·예 드르·샤 ·몸·과 ᄆᆞᅀᆞᆷ·괘 움·즉·디 아·니·ᄒᆞ·야 ·겨·시·거·늘

【 日月燈明佛(일월등명불)이 여덟 王子(왕자)의 아버님이시니라. 】 大乘經(대승경)을 이르시니, (그) 이름이 無量義(무량의)이니 菩薩(보살)을 가르치시는 法(법)이라서 부처가 護念(호념)하시는 바이다. (부처님이) 이 經(경)을 이르시고 즉시 大衆(대중) 中(중)에서 結跏趺坐(결가부좌)하시어, 無量義處(무량의처) 三昧(삼매)에 드시어 몸과 마음이 움직이지 아니하여 계시거늘,

【 日_싏月_월燈_등明_명佛_뿛이 여듧 王_왕子_중ㅅ 아바니미시니라[18] 】 大_땡乘_씽經_경[19]을
니르시니 일후미 無_뭉量_량義_읭[20]니 菩_뽕薩_삻 ᄀᆞ르치시논 法_법이라[21] 부텨
護_뽕念_념ᄒᆞ시논[22] 배라[23] 이 經_경을 니르시고 즉자히[24] 大_땡衆_즁 中_듕에
셔 結_겷加_강趺_붕坐_쫑[25]ᄒᆞ샤 無_뭉量_량義_읭處_청[26] 三_삼昧_밍[27]예 드르샤 몸과
ᄆᆞᅀᆞ매[28] 움즉디[29] 아니ᄒᆞ야 겨시거늘[30]

---

18) 아바니미시니라: 아바님[아버님, 父親: 아바(← 아비: 아버지, 父) + -님(높접)] + -이(서조)- + -시(주높)- + -Ø(현시)- + -니(원칙)- + -라(←-다: 평종)

19) 大乘經: 대승경. 석가모니 부처님 사후의 대승운동이 일어나면서 편찬된 불교 경전 중에서 대승 사상을 포함한 경전을 말한다. 대표적으로는 한국의 조계종의 소의 경전인 금강경을 비롯하여, '미륵경, 법화경, 화엄경, 지장경, 아미타경' 등이 여기에 속한다.

20) 無量義: 무량의. 481년 간행된 불경으로, 예로부터 법화삼부경(法華三部經)의 하나로 알려져왔다. 구나발타라(求那跋陀羅)가 번역했다고도 하고 중국에서 지은 것이라고도 한다. 『개경』(開經)이라고도 부른다. 모두 3품으로 나뉘며, 내용은 대부분『묘법연화경』에 근거한다. 제1품 덕행품(德行品)에서는 불제자의 덕행을 밝히고 있고, 제2품 설법품(說法品)에서는 설일체제법(說一切諸法)과 실상(實相)·무이언유일음(無二言唯一音)·방편설(方便說)을, 그리고 제3품 십공덕품(十功德品)에서는 십부사의(十不思議)의 공덕을 설명하고 있다.

21) 法이라: 法(법) + -이(서조)- + -라(←-아: 연어)

22) 護念ᄒᆞ시논: 護念ᄒᆞ[호념하다: 護念(호념: 명사) + -ᄒᆞ(동접)-] + -시(주높)- + -ㄴ(←-ᄂᆞ-: 현시)- + -오(대상)- + -ㄴ(관전) ※ '護念(호념)'은 불보살이 선행을 닦는 중생을 늘 잊지 않고 보살펴 주는 일이다.

23) 배라: 바(바, 所) + -ㅣ(←-이-: 서조)- + -Ø(현시)- + -라(←-다: 평종)

24) 즉자히: 즉시, 卽(부사)

25) 結加趺坐: 결가부좌. 가부좌 또는 전(全)가부좌, 본(本)가부좌라고도 하며, 가(跏)는 발바닥, 부(趺)는 발등을 말한다. 오른쪽 발을 왼쪽 허벅다리 위에, 왼쪽 발을 오른쪽 허벅다리 위에 놓고 앉는 항마좌(降魔坐)와 그 반대의 길상좌(吉祥坐)가 있으며, 부처는 반드시 이렇게 앉으므로 불좌(佛坐)·여래좌(如來坐)라고도 한다. 한편, 왼쪽 발을 그대로오른쪽 발 밑에 두고 오른쪽 발만을 왼쪽 허벅다리 위에 올려 놓는 것을 반가부좌(半跏趺坐) 또는 반가좌(半跏坐)·보살좌(菩薩坐)라고 한다.

26) 無量義處: 무량의처. 무량의(無量義)는 한(限)이 없는 뜻이라는 말이고, 처(處)는 곳을 말한다.

27) 三昧: 삼매. 한 가지에만 마음을 집중시키는 일심불란(一心不亂)의 경지이다. 순수한 집중을 통하여 마음이 고요해진 상태로 불교 수행의 이상적인 경지는 곧 삼매의 상태이다. ※ '無量義處三昧(무량의처삼매)'는 무량의경(無量義經)에만 마음을 집중시키는 일심불란(一心不亂)의 경지이다.

28) ᄆᆞᅀᆞ매: ᄆᆞᅀᆞᆷ(마음, 心) + -과(접조) + -ㅣ (←-이: 주조)

29) 움즉디: 움즉(움직이다, 動)- + -디(-지: 연어, 부정)

30) 겨시거늘: 겨시(계시다: 보용, 완료 지속, 높임)- + -거늘(연어, 상황)

그저긔 하ᄂᆞᆯ해셔 曼만陁땅羅랑華ᅘᅪᆼ와 摩망訶항曼만陁땅羅랑華ᅘᅪᆼ와 曼만殊쓩沙상華ᅘᅪᆼ와 摩망訶항曼만殊쓩沙상華ᅘᅪᆼᄅᆞᆯ 부텻 우콰 大땡衆즁돌ᄒᆞᆫ그에 비ᄒᆞ며 너븐 부텻 世솅界갱 숫 가지로 震진動똥ᄒᆞ더니 그ᄢᅴ 會ᅘᅬᆼ中듕엣 比삥丘쿵 比삥丘쿵尼닝 優ᅙᅮᆼ婆빵塞싱 優ᅙᅮᆼ婆빵夷잉 天텬 龍룡 夜

그때에 하늘에서 曼陁羅華(만다라화)와 摩訶曼陁羅華(마하만다라화)와 曼殊沙華(만수사화)와 摩訶曼殊沙華(마하만수사화)를 부처의 위와 大衆(대중)들에게 흩뿌리며, 넓은 부처의 世界(세계)가 여섯 가지로 震動(진동)하더니, 그때에 會中(회중)에 있는 比丘(비구)·比丘尼(비구니)·優婆塞(우바새)·優婆夷(우바이)·天(천)·龍(용)·夜叉(야차)

그 저긔 하늘해셔³¹⁾ 曼_만陁_땅羅_랑華_{ᅘᅪᆼ}³²⁾와 摩_망訶_항曼_만陁_땅羅_랑華_{ᅘᅪᆼ}³³⁾와 曼_만殊_쓩沙_상華_{ᅘᅪᆼ}³⁴⁾와 摩_망訶_항曼_만殊_쓩沙_상華_{ᅘᅪᆼ}를 부텻 우콰³⁵⁾ 大_땡衆_즁들 히³⁶⁾ 그에³⁷⁾ 비흐며³⁸⁾ 너븐³⁹⁾ 부텻 世_솅界_갱 여슷 가지로 震_진動_뚱ᄒᆞ더니 그 ᄢᅴ⁴⁰⁾ 會_{ᅘᅬᆼ}中_듕엣⁴¹⁾ 比_뼁丘_쿻⁴²⁾ 比_뼁丘_쿻尼_닝⁴³⁾ 優_{ᅙᅮᇢ}婆_뻉塞_{ᄉᆡᆨ}⁴⁴⁾ 優_{ᅙᅮᇢ}婆_뻉夷_잉⁴⁵⁾ 天_텬⁴⁶⁾ 龍_룡⁴⁷⁾ 夜_양叉_챵⁴⁸⁾

---

31) 하늘해셔: 하늘(하늘, 天) + -애(-에: 부조, 위치) + -셔(-서: 위치 강조)

32) 曼陁羅華: 만다라화(mandārava). 불전에 보이는 천화(천계의 꽃)의 하나이다. 석가나 여래들이 깨달음을 얻었을 때나 설법할 때에, 이를 기뻐하는 신들의 뜻에 따라서 만다라화가 스스로 공중에 피어서 내려온다고 한다.

33) 摩訶曼陁羅華: 마하만다라화. '摩訶(mahā)'는 '크다(大)'의 뜻을 나타낸다.

34) 曼殊沙華: 만수사화. 천상계에 있는 꽃 이름이다. 만수사(曼殊沙)는 보드랍다는 뜻이다. 이 꽃을 보면 악업(惡業)을 여읜다고 한다.

35) 우콰: 우ㅎ(위, 上) + -과(접조)

36) 大衆들히: 大衆들ㅎ[대중들: 大衆(대중) + -들ㅎ(-들: 복접)] + -의(-의: 관조)

37) 그에: 거기에, 彼處(의명) ※ '大衆들히 그에'는 직역하면 '大衆들의 거기에'로 옮겨야 하지만, 문맥을 고려하여 '대중들에게'로 의역하여 옮긴다.

38) 비흐며: 빟(흩뿌리다, 散)- + -으며(연어, 나열)

39) 너븐: 넙(넓다, 普)- + -Ø(현시)- + -은(관전)

40) ᄢᅴ: ㅴ(← ᄢᅳ: 때, 時) + -의(-에: 부조, 위치)

41) 會中엣: 會中(회중) + -에(부조, 위치) + -ㅅ(-의: 관조) ※ '會中(회중)'은 모임을 갖는 도중이나, 모임에 온 모든 사람이다.

42) 比丘: 비구. 출가하여 구족계를 받은 남자 승려이다. '구족계(具足戒)'는 비구와 비구니가 지켜야 할 계율로서, 비구에게는 250계, 비구니에게는 348계가 있다.

43) 比丘尼: 비구니. 출가하여 구족계를 받은 여자 승려이다.

44) 優婆塞: 우바새. 속세에 있으면서 불교를 믿는 남자이다.

45) 優婆夷: 우바이. 속세에 있으면서 불교를 믿는 여자이다.

46) 天: 천. 미계(迷界)인 오취(五趣)나 육도(六道) 가운데 가장 나은 유정(有情)이나 또는 그 유정이 생존하는 세계이다. 욕계(欲界)의 육욕천(六欲天)과 색계(色界)의 사선천(四禪天) 따위이다.

47) 龍: 용. 인도 신화에서 거대한 뱀의 형상을 지닌 '나가(Naga)'는 지하세계에서 대지의 보물을 지키는 존재로 묘사되는데, 불교에서는 불법(佛法)을 수호하는 용왕(龍王)으로 표현된다.

48) 夜叉: 야차. 팔부중(八部衆)의 하나로서, 사람을 괴롭히거나 해친다는 사나운 귀신이다.

乂(양·창)乾闥婆(껀딿빵) 阿脩羅(항슝랑) 迦樓羅(강룽랑) 緊那羅(긴낭랑) 摩睺羅迦(망우랑강) 人非人(신빙신)과 諸(정) 小王(숗왕)과 轉輪聖王(뎐륜셩왕)과 이 大衆(땡즁)ᄃᆞᆯ히 녜 업던 이룰 얻ᄌᆞ바 歡喜(환횡) 合掌(ᅘᅡᆸ쟝)ᄒᆞ야 ᄒᆞᆫ ᄆᆞᅀᆞᄆᆞ로 부텨를 보ᅀᆞᆸ얫더니 그ᄢᅴ 如來(셩링) 眉間(밍간) 白毫相(삑ᅘᅮᇢ샹)앳 光明(광명)을 펴

乾闥婆(건달바)·阿脩羅(아수라)·伽樓羅(가루라)·緊那羅(긴나라)·摩睺羅迦(마후라가)·人非人(인비인)과 또 諸小王(제소왕)과 轉輪聖王(전륜성왕), 이 大衆(대중)들이 옛날에 없던 일을 얻어서 歡喜(환희)·合掌(합장)하여 한 마음으로 부처를 보아 있더니, 그때에 如來(여래)가 眉間(미간)의 白毫相(백호상)에서 나오는 光明(광명)을 펴시어

乾_껀闥_탏婆_빵⁴⁹⁾ 阿_항脩_슣羅_랑⁵⁰⁾ 迦_강樓_룽羅_랑⁵¹⁾ 緊_긴那_낭羅_랑⁵²⁾ 摩_망睺_휳羅_랑迦_강⁵³⁾ 人_신非_빙人_신⁵⁴⁾과 또 諸_정小_숗王_왕과 轉_둲輪_륜聖_셩王_왕⁵⁵⁾과 이 大_땡衆_즁들히 녜⁵⁶⁾ 업던 이를 얻즈바 歡_환喜_훵 合_햡掌_쟝ᄒᆞ야 ᄒᆞᆫ ᄆᆞᅀᆞ모로 부텨를 보ᅀᆞᆸ뎻더니⁵⁷⁾ 그 ᄢᅴ 如_셩來_링 眉_밍間_간 白_삑毫_홓相_샹앳⁵⁸⁾ 光_광明_명을 펴샤⁵⁹⁾

---

49) 乾闥婆: 건달바. 건달바(Gandharra)왕. 팔부중(八部衆)의 하나이다. 수미산 남쪽의 금강굴에 살며 제석천(帝釋天)의 아악(雅樂)을 맡아보는 신으로, 술과 고기를 먹지 않고 향(香)만 먹으며 공중으로 날아다닌다고 한다.

50) 阿脩羅: 아수라. 팔부중(八部衆)의 하나이다. 싸우기를 좋아하는 귀신으로, 항상 제석천과 싸움을 벌인다.

51) 迦樓羅: 가루라. 인도신화에 나오는 상상의 새이다. 모습은 독수리와 비슷하고 날개는 봉황의 날개와 같다. 한번 날개를 펴면 360리나 펼쳐진다고 한다. 금시조(金翅鳥)나 묘시조(妙翅鳥)라고도 하는데, 수미산 사해(四海)에서 산다고 한다.

52) 緊那羅: 긴나라. 긴나라(kiṃnara)는 의인(疑人)·인비인(人非人)이라 번역한다. 팔부중(八部衆)의 하나로서, 노래하고 춤추는 신(神)으로 형상은 사람인지 아닌지 애매하다고 한다.

53) 摩睺羅迦: 마후라가(mahoraga). '대망신(大蠎神)·대복행(大腹行)'이라 번역한다. 팔부중(八部衆)의 하나로서, 몸은 사람과 같고 머리는 뱀과 같은 형상을 한 음악의 신(神)이다. 또는 땅으로 기어 다닌다는 거대한 용(龍)이다.

54) 人非人: 인비인. 인(人)은 사람, 비인(非人)은 팔부중(八部衆)·귀신·축생 등을 말한다.

55) 轉輪聖王: 전륜성왕. 인도 신화에서 통치의 수레바퀴를 굴려, 세계를 통일·지배하는 이상적인 제왕이다. 몸에 32상(三十二相)과 7보(七寶)를 갖추고 있으며, 무력에 의하지 않고, 정의에 의해서만 천하를 지배한다고 하는 전륜왕에는 금륜(金輪)·은륜·동륜·철륜의 네 왕이 있다. 일설에 의하면 인간의 수명이 2만세에 도달할 때 먼저 철륜왕이 출현하여 일천하의 왕이 되고, 8만세에 도달할 때 금륜왕이 출현하여 사천하를 다스린다고 한다. 수미산을 중심으로 흩어져 있는 남섬부주(南贍部洲)를 비롯한 네 개의 섬을 정법으로 통솔한다.

56) 녜: 옛날, 昔.

57) 보ᅀᆞᆸ뎻더니: 보(보다, 觀)- + -ᅀᆞᆸ(←-ᅀᆞᆸ-: 객높)- + -아(연어) + 잇(← 이시다: 있다, 보용, 완료 지속)- + -더(회상)- + -니(연어, 설명 계속) ※ '보ᅀᆞᆸ뎻더니'는 '보ᅀᆞ배 잇더니'가 축약된 형태이다.

58) 白毫相앳: 白毫相(백호상) + -애(-에: 부조, 위치) + -ㅅ(-의: 관조) ※ '白毫相(백호상)'은 부처의 두 눈썹 사이에 있다는 흰 털로서, 오른쪽으로 말려 있고 여기에서 광명을 발한다고 한다. 불상에는 진주·비취·금 따위를 박아 표시한다. ※ '白毫相앳'은 '白毫相(백호상)에서 나오는'으로 의역하여 옮긴다.

59) 펴샤: 펴(펴다, 放)- + -샤(←-샤-: 주높)- + -Ø(←-아: 연어) ※ '펴샤'는 '펴샤'를 오각한 형태이다.

사東_동方_방앳一_힗萬_먼八_밣千_쳔佛
土_통ㅣ곧더라彌_밍勒_륵아아라
土_통롤비취샤ᄃᆞ·오ᄂᆞᆳ날보·숩논佛
그·쁴會_횅中_듕에二_씽十_씹億_{·흑}菩_뽕
薩_삻이法_법中에듣·ᄌᆞᄫᆞᆯ기·더니·이菩
薩_삻·ᄃᆞᆯ·히·이光_광明_명·이너·비佛_뿛
土_통비·취시·ᄂᆞᆫ·ᄀᆞᄃᆞᆯ보·숩·고·녜:업·던·이
롤·얻·ᄌᆞᄫᅡ·이光_광明_명ㅅ因_힌緣_원·을

東方(동방)에 있는 一萬八千(일만팔천)의 佛土(불토)를 비추시되, 오늘날에 보는 佛土(불토)와 같더라. 彌勒(미륵)아, 알아라. 그때에 會中(회중)에 二十億(이십억)의 菩薩(보살)이 法(법)을 듣는 것을 즐기더니, 이 菩薩(보살)들이 이 光明(광명)이 널리 佛土(불토)를 비추시는 것을 보고, 옛날에 없던 일을 얻어서 이 光明(광명)의 因緣(인연)을

東동方방앳⁶⁰⁾ 一힗萬먼八밣千쳔 佛뿛土통⁶¹⁾를 비취샤딕⁶²⁾ 오눐날⁶³⁾ 보습
논⁶⁴⁾ 佛뿛土통ㅣ⁶⁵⁾ 굳더라⁶⁶⁾ 彌밍勒륵아 아라라 그 쁴 會휑中듕에 二싱十
씹億흑 菩뽕薩삻이 法법 듣즈ᄫᅩᆯ⁶⁷⁾ 즐기더니 이 菩뽕薩삻들히 이 光광
明명이 너비⁶⁸⁾ 佛뿛土통 비취시논 고들⁶⁹⁾ 보습고 녜 업던 이를 얻ᄌᆞᄫᅡ
이 光광明명ㅅ 因힌緣웬을

---

60) 東方앳: 東方(동방) + -애(-에: 부조, 위치) + -ㅅ(-의: 관조) ※ '東方앳'은 '東方(동방)에 있는' 으로 의역하여 옮긴다.

61) 佛土: 불토. 부처가 사는 극락. 또는 부처가 교화한 땅이다.

62) 비취샤딕: 비취(비추다, 照)- + -샤(←-시-: 주높)- + -딕(←-오딕: 연어, 설명 계속)

63) 오눐날: [오늘날, 今: 오늘(오늘, 今) + -ㅅ(관조, 사잇) + 날(날, 日)]

64) 보습논: 보(보다, 見)- + -습(객높)- + -ㄴ(←-ᄂᆞ-: 현시)- + -오(대상)- + -ㄴ(관전)

65) 佛土ㅣ: 佛土(불토) + -ㅣ(-와: 부조, 비교)

66) 굳더라: 굳(← 굳다 ← 굳ᄒᆞ다: 같다, 如)- + -더(회상)- + -라(←-다: 평종)

67) 듣즈ᄫᅩᆯ: 듣(듣다, 聞)- + -ᄌᆞᇦ(←-ᄌᆞᆸ-: 객높)- + -옴(명전) + -ᄋᆞᆯ(목조)

68) 너비: [널리, 普(부사): 넙(넓다, 光: 형사)- + -이(부조)]

69) 고들: 곧(것, 者: 의명) + -ᄋᆞᆯ(목조)

알오져ᄒᆞ더니 그ᄢᅴ 한 菩薩 일후·미 妙光이라·ᄒᆞ·리 八百 弟子 두어 잇더니 그ᄢᅴ 日月燈明佛·이 三昧·로셔 니르·샤 妙光菩薩·을 因·ᄒᆞ·야 大乘經·을 니르·시·니 일후·미 妙法蓮華 ㅣ·니 菩薩 ᄀᆞᆮ·치·시·는 法·이라 부텨 護念·ᄒᆞ시·는 ·배·라

알고자 하더니, 그때에 한 菩薩(보살)이 (그) 이름이 妙光(묘광)이라고 하는 이가 八百(팔백)의 弟子(제자)를 두어 있더니, 그때에 日月燈明佛(일월등명불)이 三昧(삼매)로부터서 일어나시어 妙光菩薩(묘광보살)로 因(인)하여 大乘經(대승경)을 이르시니 그 이름이 妙法蓮華(묘법연화)이니, (이는) 菩薩(보살)을 가르치는 法(법)이라서 부처가 護念(호념)하시는 바이다.

알오져⁷⁰⁾ ᄒ더니 그 ᄢ 혼 菩뽕薩삻 일후미 妙묳光광이라 ᄒ리⁷¹⁾ 八밣百빅

빅 弟똉子ᄌ를 뒷더니⁷²⁾ 그 ᄢ 日싏月웛燈등明명佛뿛이 三삼昧밍로셔 니르

샤⁷³⁾ 妙묳光광菩뽕薩삻을⁷⁴⁾ 因힌ᄒ야 大땡乘씽經경을 니르시니 일후미 妙

묳法법蓮련華ᅘᅪᆼ ㅣ니⁷⁵⁾ 菩뽕薩삻 ᄀᄅ치시는⁷⁶⁾ 法법이라⁷⁷⁾ 부텨 護ᅘᅩᆼ念념ᄒ

시논⁷⁸⁾ 배라⁷⁹⁾

---

70) 알오져: 알(알다, 知)-+-오져(←-고져: -고자, 연어, 의도)

71) ᄒ리: ᄒ(←ᄒ다: 하다, 曰)-+-오(대상)-+-ㄹ(관전) # 이(이, 者: 의명)+-∅(←-이: 주조)

72) 뒷더니: 두(두다, 有)-+-어(연어) # 잇(←이시다: 있다, 보용, 완료 지속)-+-더(회상)-+-니
(연어, 설명 계속) ※ '뒷더니'는 '두어 잇더니'가 축약된 형태이다.

73) 니르샤: 닐(일어나다, 起)-+-으샤(←-으시-: 주높)-+-∅(←-아: 연어)

74) 妙光菩薩을: 妙光菩薩(묘광보살)+-을(-로: 목조, 보조사적 용법, 의미상 부사격) ※ '妙光菩薩
(묘광보살)'은 문수보살(文殊菩薩)이 일월등명불(日月燈明佛)의 문하에 있을 적에 불리어지던
칭호이다.(= 妙光)

75) 妙法蓮華(經): 묘법연화(경). 법화삼부경의 하나이다. 가야성(迦耶城)에서 도를 이룬 부처가 세
상에 나온 본뜻을 말한 것으로, 모든 불교 경전 가운데 가장 존귀하게 여겨지는 경전이다. 쿠마
라지바가 중국어로 번역하였다. 8권 28품(= 법화경, 法華經)

76) ᄀᄅ치시는: ᄀᄅ치(가르치다, 敎)-+-시(주높)-+-ㄴ(←-ᄂ-: 현시)-+-오(대상)-+-ㄴ(관
전) ※ 'ᄀᄅ치시는'은 'ᄀᄅ치시논'을 오각한 형태이다.

77) 法이라: 法(법)+-이(서조)-+-∅(현시)-+-라(←-아: 연어)

78) 護念ᄒ시는: 護念ᄒ[호념하다: 護念(호념: 명사)+-ᄒ(동접)-]-+-시(주높)-+-ㄴ(←-ᄂ-:
현시)-+-오(대상)-+-ㄴ(관전) ※ '護念(호념)'은 불보살이 선행을 닦는 중생을 늘 잊지 않고
보살펴 주는 일이다.

79) 배라: 바(바, 所: 의명)+-ㅣ(←-이-: 서조)-+-∅(현시)-+-라(←-다: 평종)

【 妙法(묘법)이라 한 것이 더러운 것을 버리고 다른 데에 가서 微妙(미묘)한 일을 얻는 것이 아니라 거저 더러운 거기에서 微妙(미묘)한 法(법)을 나타내며, 一乘(일승)이라 한 것은 三乘(삼승)을 떨쳐 버리고 一乘(일승)에 이르는 것이 아니라 三乘(삼승)을 모아서 一乘(일승)에 가나니, 이 經(경)이 더러운 데에서 微妙(미묘)한 일을 나타내는 것이 蓮(연)꽃이 더러운 물에 있되 깨끗한 것과 같고, 三乘(삼승)이 모여서 一乘(일승)에 가는 것이 蓮(연)꽃이 꽃으로부터서 열매가 여는 것과 같으므로, 妙法蓮華經(묘법연화경)이라 하였니라. 】 (일월등명불이) 예순 小劫(소겁)을 座(좌)에서 일어나지 아니하시니, 모여서 (묘법연화경을) 들을 이도 한 곳에 앉아

【 妙_묭法_법이라 혼 거시 더러븐⁸⁰⁾ 거슬 ㅂ리고 다른⁸¹⁾ 딕⁸²⁾ 가 微_밍妙_묭혼 이를 얻논

디⁸³⁾ 아니라 그저 더러븐 거긔셔⁸⁴⁾ 微_밍妙_묭혼 法_법을 나토며⁸⁵⁾ 一_힗乘_씽⁸⁶⁾이라 혼

거슨 三_삼乘_씽⁸⁷⁾을 여희여 ㅂ리고 一_힗乘_씽을 니르논 디 아니라 三_삼乘_씽을 모도아⁸⁸⁾

一_힗乘_씽에 가ᄂ니 이 經_경이 더러븐 거긔 微_밍妙_묭혼 이를 나토오미⁸⁹⁾ 蓮_련ㅅ고지⁹⁰⁾

더러븐 므레 이쇼딕 조호미⁹¹⁾ ᄀ고 三_삼乘_씽이 모다⁹²⁾ 一_힗乘_씽에 가미 蓮_련ㅅ고지

고ᄌ로셔 여름⁹³⁾ 여루미⁹⁴⁾ ᄀ홀ᄊ 妙_묭法_법蓮_련華_{ᅘᅪᆼ}經_경이라 ᄒ니라 】 여쉰 小_숗劫

_겁⁹⁵⁾을 座_쫭애 니디⁹⁶⁾ 아니ᄒ시니 모다 듣ᄌᄫ리도⁹⁷⁾ 혼 고대 안자

---

80) 더러븐: 더럽(←더럽다, ㅂ불: 더럽다, 汚)- + -Ø(현시)- + -은(관전)

81) 다른: [다른, 他(관사): 다ᄅ(다르다, 異: 형상)- + -ㄴ(관전▷관접)]

82) 딕: 딕(데, 處: 의명) + -이(부조, 위치)

83) 디: ㄷ(←ᄃ: 것, 者: 의명) + -이(주조)

84) 거긔셔: 거긔(거기에, 彼處: 의명) + -셔(-서: 보조사, 위치 강조) ※ '더러븐 거긔셔'는 '더러운 데에서'로 의역하여 옮긴다.

85) 나토며: 나토[나타내다, 現: 낟(나타나다, 現: 자동)- + -호(사접)-]- + -며(연어, 나열)

86) 一乘: 일승. 승(乘)이라 하는 것은 타는 물건, 곧 깨달음에 나가게 하는 수(數)를 말한다. 그리고 일승(一乘)이라 함은 불교의 참다운 교는 오직 하나로, 그 교에 의해서 모든 이가 고루 불타가 된다고 설(說)하는 교이다.

87) 三乘: 삼승. 부처가 중생의 능력이나 소질에 따라 설한 세 가지 가르침이다. 대승불교에서는 불제자의 능력을 '성문승(聲聞乘)·연각승(緣覺乘)·보살승(菩薩乘)'의 3종으로 나누고, 각각 능력이 다른 3종류의 대상을 위해서 각각 다른 가르침이 있다고 보았다.

88) 모도아: 모도[모으다, 集: 몯(모이다, 集: 자동)- + -오(사접)-]- + -아(연어)

89) 나토오미: 나토[나타내다, 現: 낟(나타나다, 現: 자동)- + -호(사접)-]- + -옴(명전) + -이(주조)

90) 蓮ㅅ고지: 蓮ㅅ곶[연꽃, 蓮華: 蓮(연) + -ㅅ(관조, 사잇) + 곶(꽃, 華)] + -이(주조)

91) 조호미: 좋(깨끗하다, 맑다, 淨) + -옴(명전) + -이(-과: 부조, 비교)

92) 모다: ① 몯(모이다, 集)- + -아(연어) ② [모두, 悉(부사): 몯(모이다, 集)- + -아(연어▷부접)]

93) 여름: [열매, 實: 열(열다, 結: 동사)- + -음(명접)]

94) 여루미: 열(열다, 結)- + -움(명전) + -이(-과: 부조, 비교)

95) 小劫: 소겁. 인간 수명이 8만 세에서 100년에 한 살씩 줄어 10세에 이르는 시간이다.

96) 니디: 니(←닐다: 일어나다, 起)- + -디(-지: 연어, 부정)

97) 듣ᄌᄫ리도: 듣(듣다, 聽)- + -ᄌᆞ(←-ᄌᆞᇦ-: 객높)- + -을(관전) # 이(이, 者: 의명) + -도(보조사, 첨가)

[34 앞]

자·여·슌 小쇼 劫겁·을 몸·과ᄆᆞ·ᅀᆞᆷ·괘 ·움즉
·디 아·니ᄒᆞ·야 부텻 마·ᄅᆞᆯ·듣·ᄌᆞᄫᆞ·ᄃᆡ 밥 머
·글·ᄊᆞ·싫 만·너·겨 ᄒᆞ나·토 잇·ᄲᆞᆫ ᄠᆞᆮ·내·리 업
·더·라 日ᅀᅵᇙ 月ᅌᅯᇙ 燈등 明명 佛뿛·이 ·여·슌
小쇼 劫겁·을 ·이 經경·을 니·ᄅᆞ시·고 즉·자·히
몯·든 中듕·에 니ᄅᆞ·샤·ᄃᆡ 如영 來링 오·ᄂᆞᆯ
밦中듕·에 無뭉 餘영 涅녏 槃빤·애 ·드·리
·라 無뭉 餘영 涅녏 槃빤·ᄋᆞᆫ·이 ·라 그 ·ᄢᅴ ·ᄒᆞᆫ 菩뽕

예순 小劫(소겁)을 몸과 마음이 움직이지 아니하여, 부처의 말을 듣되 밥
먹을 사이 만큼 여겨 하나도 고단한 뜻을 낼 이가 없더라. 日月燈明佛(일
월등명불)이 예순 小劫(소겁)을 이 經(경)을 이르시고, 즉시 모인 중(會中, 회
중)에 이르시되 "여래가 오늘의 밤중(中)에 無餘涅槃(무여열반)에 들리라."
【 無餘涅槃(무여열반)은 남은 것이 없는 涅槃(열반)이다. 】 그때에 한 菩薩(보살)의

여쉰⁹⁸⁾ 小_숗劫_겁을 몸과 ᄆᆞᅀᆞᆷ괘⁹⁹⁾ 움즉디¹⁾ 아니ᄒᆞ야 부텻 마ᄅᆞᆯ 듣ᄌᆞᆸ
디²⁾ 밥 머글 쓰싀³⁾ 만⁴⁾ 너겨 ᄒᆞ나토⁵⁾ 잇븐⁶⁾ ᄠᅳ디⁷⁾ 내리⁸⁾ 업더라
日_싏月_{ᅌᅯᇙ}燈_등明_명佛_뿛이 여쉰 小_숗劫_겁을 이 經_경 니르시고 즉자히 모ᄃᆞᆫ
中_듕⁹⁾에 니ᄅᆞ샤ᄃᆡ 如_셩來_링 오ᄂᆞᆳ¹⁰⁾ 밠中_듕에¹¹⁾ 無_뭉餘_영涅_녏槃_빤¹²⁾애 들리
라¹³⁾【無_뭉餘_영涅_녏槃_빤은 나ᄆᆞᆫ¹⁴⁾ 것 업슨 涅_녏槃_빤이라 】그 ᄢᅴ 흔 菩_뽕薩_삻

---

98) 여쉰: 예순, 六十(관사, 양수)

99) ᄆᆞᅀᆞᆷ괘: ᄆᆞᅀᆞᆷ(마음, 心) + -과(접조) + -ㅣ(← -이: 주조)

1) 움즉디: 움즉(움직이다, 動)- + -디(-지: 연어, 부정)

2) 듣ᄌᆞᆸ디: 듣(듣다, 聞)- + -ᄌᆞᆸ(← -ᄌᆞᆸ-: 객높) + -오ᄃᆡ(-되: 연어, 설명 계속)

3) 쓰싀: 쓰싀(← ᄉᆞ싀: 사이, 間) ※ '밥 머글 쓰싀'는 용언의 관형사형의 뒤에서 된소리되기를 표기에 반형한 것이다. '밥 머긂 ᄉᆞ싀'로 표기하기도 했다.

4) 만: 만큼, 如(의명) ※ '-만'은 '만큼'의 뜻을 나타내는 의존 명사이다.

5) ᄒᆞ나토: ᄒᆞ나ᄒᆞ(하나, 一: 수사, 양수) + -도(보조사, 강조)

6) 잇븐: 잇브(고단하다, 懈倦)- + -Ø(현시)- + -ㄴ(관전)

7) ᄠᅳ디: 뜻, 意.

8) 내리: 내[내다, 生: 나(나다, 生: 자동)- + -ㅣ(← -이-: 사접)-]- + -ㄹ(관전) # 이(이, 者: 의명) + -Ø(← -이: 주조)

9) 모ᄃᆞᆫ 中: 모인 중. ※ '모ᄃᆞᆫ 中'은 『묘법연화경』에 기술된 '會中'을 직역한 표현인데, '많이 모여 있는 사람들'이라는 뜻을 나타낸다.

10) 오ᄂᆞᆳ: 오늘(오늘, 今日) + -ㅅ(-의: 관조)

11) 밠中에: 밠中[밤중, 中夜: 밤(밤, 夜) + -ㅅ(관조, 사잇) + 中(중)] + -에(부조, 위치)

12) 無餘涅槃: 무여열반. 모든 번뇌를 끊고 분별(分別)의 지혜를 떠나 몸까지 없애고 적정(寂靜)에 돌아간 경지로서, 죽은 후에 들어가는 열반을 이른다.

13) 들리라: 들(들다, 入)- + -리(미시)- + -라(← -다: 평종)

14) 나ᄆᆞᆫ: 남(남다, 餘)- + -Ø(과시)- + -은(관전)

薩삺 일후미 德득 藏짱 이러니 日싏

月윓 燈등 明명 佛뿛 이 授쓩 記긩 호야

比삥 丘쿻 두·려 니르·샤·디 이 德득 藏짱 이 彌뼝

菩뽕 薩삻 이·버·거 부·텨 두외·야 度똥 阿

淨쪙 身신 多당 陁땅 阿 伽꺙 度똥 阿

羅랑 訶항 三삼 藐막 三삼 佛뿛 陁땅 度똥 陁땅 阿

무·텨 授쓩 記긩 ·다ᄒᆞ시·고 곧 밤中듕·에

이름이 德藏(덕장)이더니, 日月燈明佛(일월등명불)이 授記(수기)하여 比丘(비구)더러 이르시되 "이 德藏菩薩(덕장보살)이 이어서 부처가 되어 號(호)를 淨身多陁阿伽度阿羅訶三藐三佛陁(정신 다타아가도 아라하 삼먁삼불타)이라고 하리라." 【多陁阿伽度(다타아가도)는 如來(여래)라고 한 말이다. 】 부처가 授記(수기)를 다 하시고 곧 밤중에 일후미 德득藏짱이러니¹⁵⁾ 日싏月윓燈등明명佛뿛이 授쓩記긩¹⁶⁾ᄒᆞ야 比삥丘큥
ᄃᆞ려¹⁷⁾ 니ᄅᆞ샤ᄃᆡ 이 德득藏짱菩뽕薩삻이 버거¹⁸⁾ 부톄¹⁹⁾ ᄃᆞ외야 號ᅘᅩᆯ
淨쪙身신 多당陁땅阿항伽꺙度똥 阿항羅랑訶항 三삼藐막三삼佛뿛陁땅ㅣ라²⁰⁾
ᄒᆞ리라【多당陁땅阿항伽꺙度똥ᄂᆞᆫ 如셩來링라 혼 마리라】부톄 授쓩記긩 다
ᄒᆞ시고 곧 밤中듕에

---

15) 德藏이러니: 德藏(덕장) + -이(서조)- + -러(←-더-: 회상)- + -니(연어, 설명 계속)

16) 授記: 수기. 부처가 그 제자에게 내생에 성불(成佛)하리라는 예언기(豫言記)를 주는 것이다.

17) 比丘ᄃᆞ려: 比丘(비구, 남자중) + -ᄃᆞ려(-더러, -에게: 부조, 상대)

18) 버거: [이어서, 뒤따라, 次(부사): 벅(다음가다, 次: 동사)- + -어(연어▷부접)]

19) 부톄: 부텨(부처, 佛) + -ㅣ(←-이: 보조)

20) 淨身 多陁阿伽度 阿羅訶 三藐三佛陁: 정신 다타아가도 아라하 삼먁삼불타. '淨身(정신)'은 깨끗한 몸이라는 뜻이다. '多陁阿伽度(다타아가도)'는 부처님의 다른 이름으로, 번역하여 '여래(如來)·여거(如去)'라 한다. '阿羅訶(아라가)'는 번역하여 응공(應供)이라고 한다. 온갖 번뇌를 끊어서 인간과 천상(天上)의 중생(衆生)들로부터 공양을 받을 만한 덕이 있는 사람이라는 뜻이며, 아라한(阿羅漢)이라고도 한다. '三藐三佛陁(삼먁삼불타)'는 번역하여 정변지(正遍知)·정등각(正等覺)·등정각(等正覺)이라고 한다. 부처님이 깨달은 지혜(知慧)를 이르는데, 곧 부처의 깨달음인 정등각을 이른다.

[35 앞]

無餘涅槃애 ·드르·시니·라 부텨 滅度(몋똥)호·신 後(흫)·에 妙光菩薩(묳광뽕삻)이 妙法蓮華經(묳법련?경)을 가·져 八十(밣씹) 小劫(숗겁)을 ·사ᄅᆞ·미 爲(윙)호·야 ·버·므러 ·니ᄅᆞ·더니 日月燈明佛(?월등명뿛)ㅅ 여듧 아ᄃᆞ·니·미 다 妙光(묳광)·을 스승사·모·신·대 妙光(묳광)·이 ·ᄀᆞᄅᆞ·쳐 阿耨多羅三藐三菩提(?녹당랑삼막삼뽕?)

無餘涅槃(무여열반)에 드셨느니라. 부처가 滅度(멸도)하신 後(후)에 妙光菩薩(묘광보살)이 妙法蓮華經(묘법연화경)을 가져 八十(팔십) 小劫(소겁)을 사람을 위하여 퍼뜨려 이르더니, 日月燈明佛(일월등명불)의 여덟 아드님이 다 妙光(묘광)을 스승으로 삼으시니, 妙光(묘광)이 가르쳐 阿耨多羅三藐三菩提(아뇩다라삼먁삼보리)에

150   석보상절 제십삼

無_뭉餘_영涅_넗槃_빠애 드르시니라²¹⁾ 부톄 滅_몋度_똥ᄒ신²²⁾ 後_{ᅘᅮᇂ}에 妙_묠光_광菩_뽕薩_삻이 妙_묠法_법蓮_련華_{ᅘᅪᆼ}經_경을 가져 八_밣十_씹 小_숗劫_겁을 사ᄅᆷ 위ᄒ야 불어²³⁾ 니르더니 日_{ᅀᅵᇙ}月_{ᅌᅯᇙ}燈_등明_명佛_{ᅗᅮᇙ}ㅅ 여듧 아ᄃ니미²⁴⁾ 다 妙_묠光_광을 스승 사ᄆ신대²⁵⁾ 妙_묠光_광이 ᄀᄅ쳐 阿_항耨_녹多_당羅_랑三_삼藐_막三_삼菩_뽕提_똉예

---

21) 드르시니라: 들(들다, 入)-+-으시(주높)-+-Ø(과시)-+-니(원칙)-+-라(←-다: 평종)
22) 滅度ᄒ신: 滅度ᄒ[멸도하다: 滅度(멸도: 명사)+-ᄒ(동접)-]-+-시(주높)-+-Ø(과시)-+-ㄴ(관전) ※ '滅度(멸도)'는 승려가 죽는 것이다.
23) 불어: 불(←부르다: 퍼뜨리다, 演)-+-어(연어)
24) 아ᄃ니미: 아ᄃ님[아ᄃ님, 子: 아ᄃ(←아ᄃᆯ: 아들, 子)+-님(높접)]+-이(주조)
25) 사ᄆ신대: 삼(삼다, 爲)-+-ᄋ시(주높)-+-ㄴ대(-는데, -니: 연어, 반응)

提(명) 예 굳·시·긔ᄒ·니 ·이 王(왕)子(ᄌᆞᆼ)들·히 無(뭉)量(량) 百(ᄇᆡᆨ)千(쳔)萬(먼)億(ᅙᅳᆨ) 부·텨·를 供(공)養(양)·ᄒᆞ·ᅀᆸ·고 ·다 부·톄 ᄃᆞ외·시·니 ·못 後(ᅘᅮᇢ)·에 成(쎵)佛(뿌ᇙ)·ᄒᆞ·신 일·후·미 燃(ᅀᅧᆫ)燈(등)·이·러·시·다 八(밣)百(ᄇᆡᆨ) 弟(똉)子(ᄌᆞᆼ) ㅅ 中(듕)·에 ᄒᆞ나·히 일·후·미 求(꿈)名(명)·이·러·니 求(꿈)名(명)·은 ·일·훔 求(꿈)·호·ᄒᆞᆯ씨·니 實(씷)·업·시 ·일·훔 求(꿈)·홀씨·라 利(링)養(양)·을

굳으시게 하니, 이 王子(왕자)들이 無量(무량)한 百千萬億(백천만억)의 부처를 供養(공양)하고 다 부처가 되시니, 가장 後(후)에 成佛(성불)하신 이름이 燃燈(연등)이시더라. (묘광보살의) 八百(팔백) 弟子(제자)의 中(중)에【八百(팔백) 弟子(제자)는 妙光菩薩(묘광보살)의 弟子(제자)이다.】하나가 이름이 求命(구명)이더니【求命(구명)은 이름을 求(구)하는 것이니, 實(실) 없이 이름만 求(구)하는 것이다.】, 利養(이양)을

구드시긔²⁶⁾ ᄒ니 이 王_왕子_{ᄌᆞ}들히 無_뭉量_량 百_{ᄇᆡᆨ}千_쳔萬_먼億_흑 부텨를

供_공養_양ᄒᆞᆸ고 다 부톄 ᄃᆞ외시니 ᄆᆞᆺ 後_{ᅘᅮᇦ}에 成_쎵佛_{뿌ᇙ}ᄒᆞ신²⁷⁾ 일후미

燃_션燈_등이러시다²⁸⁾ 八_밣百_{ᄇᆡᆨ} 弟_똉子_{ᄌᆞ}ㅅ 中_듕에【八_밣百_{ᄇᆡᆨ} 弟_똉子_{ᄌᆞ}ᄂᆞᆫ 妙_묳光

_광菩_뽕薩_삻ㅅ 弟_똉子_{ᄌᆞ}ㅣ라】ᄒᆞ나히²⁹⁾ 일후미 求_꿀名_명이러니³⁰⁾【求_꿀名_명은

일홈 求_꿀ᄒᆞᆯ 씨니 實_씷³¹⁾ 업시³²⁾ 일홈 ᄲᅮᆫ³³⁾ 求_꿀ᄒᆞᆯ 씨라】利_링養_양³⁴⁾ᄋᆞᆯ

---

26) 구드시긔: 굳(굳다, 堅固)- + -으시(주높)- + -긔(-게: 연어, 사동)

27) 成佛ᄒᆞ신: 成佛ᄒᆞ[성불하다: 成佛(성불: 명사) + -ᄒᆞ(동접)-]- + -시(주높)- + -Ø(과시)- + -ㄴ
(관전) ※ '成佛(성불)'은 부처가 되는 일이다. 곧, 보살이 자리(自利)와 이타(利他)의 덕을 완성
하여 궁극적인 깨달음의 경지를 실현하는 것을 이른다.

28) 燃燈이러시다: 燃燈(연등) + -이(서조)- + -러(←-더-: 회상)- + -시(주높)- + -다(평종) ※ '燃
燈(연등)'은 석가모니에게 미래에 성불(成佛)한다는 예언을 한 부처이다.

29) ᄒᆞ나히: ᄒᆞ나ㅎ(하나, 一: 수사, 양수) + -이(주조)

30) 求名이러니: 求名(구명) + -이(서조)- + -러(←-더-: 회상)- + -니(연어, 설명 계속)

31) 實: 실, 실체(實體)이다.

32) 업시: [없이, 無(부사): 없(없다, 無: 형사)- + -이(부접)]

33) 일홈 ᄲᅮᆫ: 일홈(이름, 名) # ᄲᅮᆫ(뿐: 의명, 한정)

34) 利養: 이양(lābha). 이익, 이득, 재물. ※ '利養(이양)'은 재리(財利)를 탐하며, 자기를 자양하려는
것이다.

貪탐·ᄒᆞ야한 經경·을 닐·거도 通통達·딸 :몯·ᄒᆞ야 해 니·ᄌᆞᆯ·씨 일·후·믈 求·구 名명 ·이·라·ᄒᆞ·더·니 【利·링養·양·ᄋᆞᆫ 됴·히 칠·씨·니 ᄂᆞᆷ·란 분·별 아·니·ᄒᆞ·고 :제 모·ᄆᆞᆯ 됴·히 칠·씨·라 小·숑乘씽·엣 :사·ᄅᆞ·미 :제 모·ᄆᆞᆯ 닷·ᄀᆞᆯ ·ᄲᅮᆫ·ᄒᆞ·고 ᄂᆞᆷ 濟·졩渡·똥 :몯·ᄒᆞᆯ·ᄊᆡ 小·숑乘씽·을 利·링養·양·ᄒᆞ·ᄂᆞ·니·라 】·이 :사·ᄅᆞ·미·도 ·ᄯᅩ 善·쎤根곤 因ᅙᅵᆫ 緣원·을 ·시·ᄀᆞᆫ 젼·ᄎᆞ·로 無뭉量량 百·ᄇᆡᆨ千쳔萬·먼億·ᅙᅳᆨ 諸정佛·ᄲᅮᇙ·을 ·맛·나 供공養·양 恭공敬·경·ᄒᆞ·며 ·나·ᅀᆞᇦ 供공養·양 恭공敬·경·ᄒᆞ·며

貪(탐)하여 많은 經(경)을 읽어도 通達(통달)하지 못하여 많이 잊으므로 이름을 求名(구명)이라 하더니, 【利養(이양)은 좋게 기르는 것이니, 남(他)은 걱정을 아니하고 제 몸만 좋게 기르는 것이다. 小乘(소승)에 속한 사람이 제 몸을 닦기만 하고 남을 濟渡(제도) 못 하므로, 小乘(소승)을 利養(이양)한다고 하느니라. 】 이 사람도 또 善根(선근)의 因緣(인연)을 심은 까닭으로, 無量(무량)한 百千萬億(백천만억)의 諸佛(제불)을 만나서 供養(공양) 恭敬(공경)하며

貪_탐ᄒ야 한 經_경을 닐거도³⁵⁾ 通_통達_딿티³⁶⁾ 몯ᄒ야 해³⁷⁾ 니즐ᄊ³⁸⁾ 일후믈

求_꿀名_명이라 ᄒ더니【利_링養_양ᄋᆫ 됴히³⁹⁾ 칠⁴⁰⁾ 씨니⁴¹⁾ ᄂᆞ미란⁴²⁾ 분별⁴³⁾ 아니 코⁴⁴⁾

제 몸 ᄲᆞᆫ 됴히 츄미라⁴⁵⁾ 小_숄乘_씽엣 사ᄅ미 제 몸 닷골⁴⁶⁾ ᄲᆞᆫ⁴⁷⁾ ᄒ고 ᄂᆞᆷ 濟_졩渡_똥 몯

ᄒᆞᆯᄊ 小_숄乘_씽을 利_링養_양ᄒᄂ다 ᄒᄂ니라】이 사름도 ᄯ 善_쎤根_근⁴⁸⁾ 因_힌緣_원

을 심곤⁴⁹⁾ 젼ᄎ로 無_뭉量_량 百_빅千_쳔萬_먼億_흑 諸_졍佛_뿛을 맛나ᅀᄫ⁵⁰⁾

供_공養_양 恭_공敬_경ᄒ며

---

35) 닐거도: 닑(읽다, 讀)- + -어도(연어, 양보)

36) 通達티: 通達ᄒ[← 通達ᄒ다(통달하다): 通達(통달: 명사) + -ᄒ(형접)-] + -디((-지: 연어, 부정)

37) 해: [많이, 多(부사): 하(많다, 多: 형사)- + -ㅣ(← -이: 부접)]

38) 니즐ᄊ: 닞(잊다, 忘)- + -을ᄊ(-므로: 연어, 이유)

39) 됴히: [잘, 좋이, 善(부사): 둏(좋다, 善: 형사)- + -이(부접)]

40) 칠: 치(기르다, 養)- + -ㄹ(관전)

41) 씨니: ᄊ(← ᄉ: 것, 者, 의명) + -이(서조)- + -니(연어, 설명 계속)

42) ᄂᆞ미란: 놈(남, 他) + -ᄋ란(-은: 보조사, 주제)

43) 분별: 分別. 염려, 걱정.

44) 아니 코: 아니(아니, 不: 부사, 부정) # ᄒ(← ᄒ다: 하다, 爲)- + -고(연어, 나열)

45) 츄미라: 치(치다, 기르다, 養) + -움(명전) + -이(서조)- + -Ø(현시)- + -라(← -다: 평종)

46) 닷골: 닦(닦다, 修)- + -올(관전)

47) ᄲᆞᆫ: 뿐(의명, 한정) ※ '닷골 ᄲᆞᆫ ᄒ고'는 '닦기만 하고'로 의역하여 옮긴다.

48) 善根: 선근. 온갖 선(善)을 낳는 근본(因)이다. 욕심부리지 않음, 성내지 않음, 어리석지 않음 따위이다. 착한 행업의 공덕 신근을 심으면 반드시 선과(善果)를 맺는다고 한다.

49) 심곤: 싥(← 시므다: 시다, 種)- + -Ø(과시)- + -오(대상)- + -ㄴ(관전)

50) 맛나ᅀᄫ: 맛나[만나다, 遇: 맛(← 맞다: 맞다, 迎)- + 나(나다, 出)-]- + -ᅀᄫ(← -ᅀᆸ-: 객높)- + -아(연어)

[36 뒤]

重뜡 讚잔嘆탄·ᄒᆞᆸ·니·라 彌밍勒·륵
·아·라·라 妙묳光광菩뽕薩삶·ᄋᆞᆫ·다·ᄅᆞᆫ
사·ᄅᆞ·미·리·여·내·모·미·기·오 求꿀名명菩뽕
薩삶·ᄋᆞᆫ 그·딋·모·미·기·라·와·다·ᄅᆞ·디·아
니·ᄒᆞ·시·니·이·럴·씨·혜·여·호·니·오·ᄂᆞᆳ·날
쌍瑞쓍·볼·ᄲᅩ·니·녜·와·다·ᄅᆞ·디·아니·ᄒᆞ·시·니 祥
如셩來링·ᄒᆞ·시·니·당·다·이 大땡乘쎵經경·올·ᄒᆞ·니·라
·시·리·니·일·후·미 妙묳法법蓮련華ᅘᅪᆼ ㅣ

尊重(존중) 讚嘆(찬탄)하였니라. 彌勒(미륵)아, 알아라. 妙光菩薩(묘광보살)은 다른 사람이겠느냐? 내 몸이 그이요, 求名菩薩(구명보살)은 그대의 몸이 그이다. 오늘날 이 祥瑞(상서)를 보면 예전과 다르지 아니하시니, 이러므로 헤아려 보니 오늘날의 如來(여래)가 마땅히 大乘經(대승경)을 이르시겠으니, (그) 이름이 妙法蓮花(묘법연화)이니

尊_존重_뚱 讚_잔嘆_탄ᄒᄉᄫ니라⁵¹⁾ 彌_밍勒_륵아 아라라 妙_묠光_광菩_뽕薩_삶은 다

ᄅᆫ 사ᄅᆞ미리여⁵²⁾ 내 모미 긔오⁵³⁾ 求_꿀名_명菩_뽕薩_삶은 그딋⁵⁴⁾ 모미 긔

라⁵⁵⁾ 오ᄂᆞᆶ날 이 祥_썅瑞_쒱ᄅᆞᆯ 보ᅀᆞᆸ딘⁵⁶⁾ 아래와⁵⁷⁾ 다ᄅᆞ디 아니ᄒ시니

이럴ᄊᆡ⁵⁸⁾ 혜여 호니⁵⁹⁾ 오ᄂᆞᆶ날 如_셩來_ᇗᄅᆞᆯ 당다이⁶⁰⁾ 大_땡乘_씽經_경을 니르시

리니⁶¹⁾ 일후미 妙_묠法_법蓮_련華_{ᅘᅪᆼ}ㅣ니

---

51) 讚嘆ᄒᄉᄫ니라: 讚嘆ᄒ[찬탄하다: 讚嘆(찬탄: 명사) + -ᄒ(동접)-]- + -ᅀᆞᆸ(←-ᅀᆞᆸ-: 객높)- +
-Ø(과시)- + -ᄋ니(원칙)- + -라(←-다: 평종)

52) 사ᄅᆞ미리여: 사ᄅᆞᆷ(사람, 人) + -이(서조)- + -리(미시)- + -여(-냐: 의종, 판정)

53) 긔오: 그(그, 彼: 인대, 정칭) + -ㅣ(←-이-: 서조)- + -오(←-고: 연어, 나열)

54) 그딋: 그듸[그대, 汝: 그(그, 彼: 인대, 정칭) + -듸(높접)] + -ㅅ(-의: 관조)

55) 긔라: 그(그, 彼: 인대, 정칭) + -ㅣ(←-이-: 서조)- + -Ø(현시)- + -라(←-다: 평종)

56) 보ᅀᆞᆸ딘: 보(보다, 見)- + -ᅀᆞᆸ(←-ᅀᆞᆸ-: 객높)- + -은딘(-면, 것은: 연어, 조건)

57) 아래와: 아래(예전, 본디, 本) + -와(부조, 비교)

58) 이럴ᄊᆡ: 이러[이러하다, 是故: 이러(이러, 是故: 불어) + -Ø(←-ᄒ-: 형접)]- + -ᆯᄊᆡ(-므로:
연어, 이유)

59) 혜여 호니: 혜(헤아리다, 惟忖)- + -여(←-어: 연어) # ᄒ(← ᄒ다: 보용)- + -오(화자)- + -니
(연어, 이유)

60) 당다이: 마땅히, 當(부사)

61) 니르시리니: 니르(이르다, 說)- + -시(주높)- + -리(미시)- + -니(연어, 설명 계속)

[37 앞]

·니 菩薩(뽕삻)ᄀᆞᄅ·치시ᄂᆞᆫ 法(법)이라 부톄 護(홍)念(념)ᄒᆞ시ᄂᆞᆫ 배라【이ᄭᆞ장 序品이니 品어 난호아 제곰 내ᄂᆞᆫ 거시라】그ᄢᅴ 世(솅)尊(존)이 三(삼)昧(밍)로 겨·샤 ᄌᆞ녹ᄌᆞ녹·히 니르샤 舍(샹)利(링)弗(붏)ᄃ·려 니르샤ᄃᆡ 諸(졍)佛(뿛)ㅅ 智(딩)慧(ᅘᆒᆼ) 甚(씸)·히 깁고 그지업스샤 智(딩)慧(ᅘᆒᆼ)ㅅ 門(몬)·이 아로·미 어·려보·며 드루·미 어·려보·니 一(힗)切(촁)ㅅ 聲(셩)聞(문)

菩薩(보살)을 가르치시는 法(법)이라서 부처가 護念(호념)하시는 바이다.
【 이까지는 序品(서품)이니 品(품)은 나누어 제각기 내는 것이다. 】

[第一卷 第二 方便品(방편품)] 그때에 世尊(세존)이 三昧(삼매)로 계시어 자늑자늑하게 일어나시어, 舍利弗(사리불)더러 이르시되 "諸佛(제불)의 智慧(지혜)가 甚(심)히 깊고 그지없으시어 智慧(지혜)의 門(문)이 아는 것이 어려우며 들어가는 것이 어려우니, 一切(일체)의 聲聞(성문)과

菩_뽕薩_삻 ᄀᆞᄅ치시논⁶²⁾ 法_법이라 부텨 護_뽕念_념ᄒᆞ시논⁶³⁾ 배라⁶⁴⁾【이 신자

은⁶⁵⁾ 序_쎵品_픔이니⁶⁶⁾ 品_픔은 난호아⁶⁷⁾ 제여곰⁶⁸⁾ 낼 씨라】 그 ᄢᅴ 世_솅尊_존이 三

삼昧_밍⁶⁹⁾로 겨샤 ᄌᆞᄂᆨᄌᆞᄂᆨ기⁷⁰⁾ 니르샤⁷¹⁾ 舍_샹利_링弗_붏ᄃᆞ려⁷²⁾ 니르샤ᄃᆡ 諸_정

佛_뿛ㅅ 智_딩慧_휑 甚_씸히 깁고⁷³⁾ ᄀᆞ지업스샤⁷⁴⁾ 智_딩慧_휑ㅅ 門_몬이 아로미⁷⁵⁾

어려ᄫᅳ며⁷⁶⁾ 드루미⁷⁷⁾ 어려ᄫᅳ니 一_힗切_촁ㅅ 聲_셩聞_문⁷⁸⁾과

---

62) ᄀᆞᄅ치시논: ᄀᆞᄅ치(가르치다, 教)- + -시(주높)- + -ㄴ(←-ᄂᆞ-: 현시)- + -오(대상)- + -ㄴ(관전)

63) 護念ᄒᆞ시논: 護念ᄒᆞ[호념하다: 護念(호념: 명사) + -ᄒᆞ(동접)-] + -시(주높)- + -ㄴ(←-ᄂᆞ-: 현시)- + -오(대상)- + -ㄴ(관전) ※ '護念(호념)'은 불보살이 선행을 닦는 중생을 늘 잊지 않고 보살펴 주는 일이다.

64) 배라: 바(바, 所: 의명) + -ㅣ(←-이-: 서조)- + -Ø(현시)- + -라(←-아: 연어)

65) 이 신자은: 이(이, 此: 지대, 정칭) + -ㅅ(-의: 관조) # ᄀᆞ장(까지: 의명) + -은(보조사, 주제)

66) 序品이니: 序品(서품) + -이(서조)- + -니(연어, 설명 계속) ※ '序品(서품)'은 원래는 경전의 내용을 추려 나타낸 개론 부분을 이르는데, 여기서는 법화경 28품의 제1품을 뜻한다.

67) 난호아: 난호(나누다, 品)- + -아(연어)

68) 제여곰: 제각기, 各各(부사)

69) 三昧: 삼매. 한 가지에만 마음을 집중시키는 일심불란(一心不亂)의 경지이다.

70) ᄌᆞᄂᆨᄌᆞᄂᆨ기: [자늑자늑하게, 安詳(부사): ᄌᆞᄂᆨ(자늑: 불어) + ᄌᆞᄂᆨ(자늑: 불어) + -Ø(←-ᄒᆞ-: 형접)- + -이(부접)] ※ 'ᄌᆞᄂᆨᄌᆞᄂᆨ기'는 동작이 조용하며 가볍고 진득하게 부드럽고 가벼운 것이다.

71) 니르샤: 닐(일어나다, 起)- + -으샤(←-으시-: 주높)- + -Ø(←-아: 연어)

72) 舍利弗ᄃᆞ려: 舍利弗(사리불) + -ᄃᆞ려(-더러, -에게: 부조, 상대) ※ '舍利弗(사리불, śāriputra)'는 석가모니의 십대제자(十大弟子)의 하나이다. 마가다국의 바라문 출신으로, 지혜가 뛰어나서 '지혜 제일(智慧第一)'이라 일컬었다. 원래 목건련(目犍連)과 함께 육사외도(六師外道)의 한 사람인 산자야(sañjaya)의 수제자였으나 석가모니의 제자인 아설시(阿說示)로부터 그의 가르침을 전해 듣고, 250명의 동료들과 함께 석가모니의 제자가 되었다.

73) 깁고: 깁(←깊다: 깊다, 深)- + -고(연어, 나열)

74) ᄀᆞ지업스샤: ᄀᆞ지없[그지없다, 無量: ᄀᆞ지(끝, 한계, 限: 명사) + 없(없다, 無: 형사)-] + -으샤(←-으시-: 주높)- + -Ø(←-아: 연어)

75) 아로미: 알(알다, 解)- + -옴(명전) + -이(주조)

76) 어려ᄫᅳ며: 어렵(←어렵다, ㅂ불: 어렵다, 難)- + -으며(연어, 나열)

77) 드루미: 들(들다, 入)- + -움(명전) + -이(주조)

78) 聲聞: 성문. 설법을 듣고 사제(四諦)의 이치를 깨달아 아라한이 되고자 하는 불제자이다.

현대어 번역과 형태소 분석　159

과辟·벽支징佛·뿛·의몰·롫거·시·라·엇·데
어·뇨·호·란·디부·톄·아·래百·븩千·쳔萬·먼
億·흑無·뭉數·숭諸·정佛·뿛·
야諸·정佛·뿛·ᄉᄀ·지·업·슨道·뚱法·법·을
·다行·ᅘᅢᆼ·ᄒᆞ·야勇·용猛·밍·히精·졍進·진·ᄒᆞ
·야·일·후·미·너·비·드·러甚·씸·히기·픈·녜·업
던法·법·을·일·워맛·당·ᄒᆞ·고·돌·조·차·니·르
·논·마·리·ᄠᅳ·들아·로·미어·려·ᄫᅳ·니·라
舍·상利·리

辟支佛(벽지불)이 모를 것이다. "(그것이) 어째서이냐?"고 한다면, 부처가 예전에 百千萬億(백천만억)의 無數(무수)한 諸佛(제불)께 가까이하여, 諸佛(제불)의 그지없는 道法(도법)을 다 行(행)하여, 勇猛(용맹)히 精進(정진)하여 (그) 이름이 널리 들리어, 甚(심)히 깊은 옛날에 없던 法(법)을 이루어, 마땅한 것을 좇아서 이르는 말의 뜻을 (일체의 성문과 벽지불이) 아는 것이 어려우니라.

辟_벽支_징佛_뿛⁷⁹⁾의 몰롫⁸⁰⁾ 거시라 엇뎨어뇨⁸¹⁾ ᄒ란ᄃᆡ⁸²⁾ 부톄 아래 百_{ᄇᆡᆨ}千_쳔萬_먼億_흑 無_뭉數_숭 諸_졍佛_뿛씌⁸³⁾ 갓가비ᄒᆞ야⁸⁴⁾ 諸_졍佛_뿛ㅅ 그지업슨 道_똘法_법⁸⁵⁾을 다 行_{ᄒᆡᆼ}ᄒᆞ야 勇_용猛_{ᄆᆡᆼ}히⁸⁶⁾ 精_졍進_진ᄒᆞ야 일후미⁸⁷⁾ 너비⁸⁸⁾ 들여⁸⁹⁾ 甚_씸히⁹⁰⁾ 기픈 녜 업던 法_법을 일워⁹¹⁾ 맛당ᄒᆞᆫ⁹²⁾ 고ᄃᆞᆯ⁹³⁾ 조차⁹⁴⁾ 니르논⁹⁵⁾ 마리⁹⁶⁾ ᄠᅳᆮ 아로미⁹⁷⁾ 어려ᄫᅳ니라⁹⁸⁾

---

79) 辟支佛의: 辟支佛(벽지불) + -의(관조, 의미상 주격) ※ '辟支佛(벽지불)'은 홀로 깨달은 자라는 뜻으로, 독각(獨覺)이나 연각(緣覺)이라고 번역한다. 스승 없이 홀로 수행하여 깨달은 자이다.

80) 몰롫: 몰ᄅ(← 모ᄅᆞ다: 모르다, 不能知)- + -오(대상)- + -ㅭ(관전)

81) 엇뎨어뇨: 엇뎨(어째서, 何: 부사) + -Ø(← -이-: 서조)- + -Ø(현시)- + -어(← -거-: 확인)- + -뇨(-냐: 의종, 설명)

82) ᄒ란ᄃᆡ: ᄒ(하다: 曰)- + -란ᄃᆡ(-을진대, -을 것이면: 연어, 조건)

83) 諸佛씌: 諸佛(제불) + -씌(-께: 부조, 상대, 높임)

84) 갓가비ᄒᆞ야: 갓가비ᄒᆞ[가까이하다, 親近: 갓갑(← 갓갑다, ㅂ불: 가깝다, 近, 형사)- + -이(부접) + -ᄒᆞ(동접)-]- + -야(←-아: 연어)

85) 道法: 도법. 깨달음에 이르는 올바른 법이다.

86) 勇猛히: [용맹히(부사): 勇猛(용맹: 명사) + -ᄒᆞ(← -ᄒᆞ-: 형접)- + -이(부접)]

87) 일후미: 일훔(이름, 名稱) + -이(주조)

88) 너비: [널리, 普(부사): 넙(넓다, 廣: 형사)- + -이(부접)]

89) 들여: 들이[들리다, 聞: 들(← 듣다, ㄷ불: 듣다, 聞)- + -이(피접)-]- + -어(연어)

90) 甚히: [심히, 심하게, 甚(부사): 甚(심: 불어) + -ᄒᆞ(← -ᄒᆞ-: 형접)- + -이(부접)]

91) 일워: 일우[이루다, 成: 일(이루어지다, 成: 자동)- + -우(사접)-]- + -어(연어)

92) 맛당ᄒᆞᆫ: 맛당ᄒᆞ[마땅하다, 宜: 맛당(마땅: 불어) + -ᄒᆞ(형접)-]- + -Ø(현시)- + -ㄴ(관전)

93) 고ᄃᆞᆯ: 곧(것, 者: 의명) + -ᄋᆞᆯ(목조)

94) 조차: 좇(좇다, 隨)- + -아(연어)

95) 니르논: 니르(이르다, 說)- + -ㄴ(← -ᄂᆞ-: 현시)- + -오(대상)- + -ㄴ(관전)

96) 마리: 말(말, 言) + -이(주조)

97) 아로미: 알(알다, 解)- + -옴(명전) + -이(주조)

98) 어려ᄫᅳ니라: 어렵(← 어렵다, ㅂ불: 어렵다, 難)- + -Ø(현시)- + -으니(원칙)- + -라(← -다: 평종) ※ '맛당ᄒᆞᆫ 고ᄃᆞᆯ 조차 니르논 마리 ᄠᅳᆮ 아로미 어려ᄫᅳ니라'는 '隨宜所說 意趣難解'를 언해한 것이다. 이 한문을 직역하면 '마땅한 것을 좇아서 이르는 바의 뜻을 아는 것이 어렵다.'로 되는데, 이를 참조하여 '마땅한 것을 좇아서 이르는 말의 뜻을 아는 것이 어려우니라.'로 의역하여 옮긴다.

弗붏아 ·내 成쎵佛·뿛호·로 後:뿔·로 種種 因힌緣원·과 種種 譬핑喩·융·로 말ᄊᆞᆷ·을 너·비 펴 引·인導:똥·ᄒᆞ·야【譬핑·는 가·ᄌᆞᆯ·벼 니·ᄅᆞᆯ·씨·오 喩·융·는 알욀·씨·라】 無뭉數·숭 方便·변·으·로 衆:즁生ᄉᆡᇰ·을 引·인導:똥·ᄒᆞ·야【方便·변·은 權·꿘變·변·이·라 ᄒᆞ·ᄃᆞᆺ ᄒᆞᆫ 마·리·니 諸졍法·법·을 工巧·히 ·ᄡᅥ 機긩·를 조·차 衆:즁生ᄉᆡᇰ·ᄋᆞᆯ 利·케 ·ᄒᆞᆯ·씨·라 權·꿘·은 저·욼 ·ᄃᆞᆯ·이·니 ᄒᆞᆫ 고·대 固·꿍執·집 아·니·ᄒᆞ·야 나·ᅀᆞ·며 믈·룜·ᄒᆞ·야 맛·긔 ·ᄒᆞᆯ·씨·오 變·변·은 長땽常썅 固·꿍執·집 아·니·ᄒᆞ·야 맛·긔 ·고·틸·씨·라】 諸졍著

舍利弗(사리불)아, 내가 成佛(성불)한 後(후)로 種種(종종)의 因緣(인연)과 種種(종종)의 譬喩(비유)로 말씀을 널리 퍼뜨리어【譬(비)는 비교하여 이르는 것이요 喩(유)는 알리는 것이다. 】, 無數(무수)한 方便(방편)으로 衆生(중생)을 引導(인도)하여【方便(방편)은 權變(권변)이라 하듯 한 말이니, 諸法(제법)을 工巧(공교)히 써서 機(기)를 좇아 衆生(중생)을 利(이)하게 하는 것이다. 權(권)은 저울의 추(錘)이니, 한 곳에 固執(고집)하지 아니하여 나아가고 물림을 하여 맞게 하는 것이요, 變(변)은 항상 固執(고집)하지 아니하여 맞게 고치는 것이다. 】 諸著(제착)을

舍_상利_링弗_붏아 내 成_쎵佛_뿛흔 後_훃로 種_죵種_죵 因_인緣_원과 種_죵種_죵 譬_핑

喩_융로 말ᄊᆞᆷ을 너비 불어⁹⁹⁾【 譬_핑ᄂᆞᆫ 가ᄌᆞᆯ벼¹⁾ 니를 씨오 喩_융ᄂᆞᆫ 알욀²⁾ 씨라 】

無_뭉數_숭흔 方_방便_뼌³⁾으로 衆_즁生_{ᄉᆡᆼ}을 引_인導_똫ᄒᆞ야【 方_방便_뼌은 權_꿘變_변⁴⁾이

라 ᄒᆞ듯 흔 마리니 諸_졍法_법⁵⁾을 工_공巧_콯히⁶⁾ 쎼⁷⁾ 機_긩⁸⁾를 조차 衆_즁生_{ᄉᆡᆼ}을 利_링케⁹⁾

홀 씨라 權_꿘은 저욼¹⁰⁾ ᄃᆞ림쇠니¹¹⁾ 흔 고대¹²⁾ 固_공執_집디¹³⁾ 아니ᄒᆞ야 나소믈림¹⁴⁾ ᄒᆞ야

맛긔¹⁵⁾ 홀 씨오 變_변은 長_땽常_썅¹⁶⁾ 固_공執_집디 아니ᄒᆞ야 맛긔 고틸¹⁷⁾ 씨라 】 諸_졍着

_땩¹⁸⁾을

---

99) 불어: 불(← 부르다: 퍼뜨리다, 演)- + -어(연어)

1) 가ᄌᆞᆯ벼: 가ᄌᆞᆯ비(비유하다, 譬)- + -어(연어)

2) 알욀: 알외[알리다, 告: 알(알다, 知)- + -오(사접)- + -ㅣ(←-이-: 사접)-]- + -ㄹ(관전)

3) 方便: 방편. 교묘한 수단과 방법이다. 불보살이 중생을 깨달음으로 인도하기 위해 일시적인 수단
   으로 설한 가르침이다.

4) 權變: 권변. 그때그때의 형편에 따라 처치(處置)하는 수단이다.

5) 諸法: 제법. 가지가지의 모든 법(法)이다. 또는 우주 사이에 있는 유형·무형의 모든 사물이다. 우
   주만유·삼라만상·천지만물 모두를 가리키는 말이다.

6) 工巧히: [공교히(부사): 工巧(공교) + -ᄒᆞ(←-ᄒᆞ-: 형접)- + -이(부접)] ※ '工巧(공교)'는 솜씨나
   꾀 따위가 재치가 있고 교묘한 것이다.

7) 쎼: 쎼(←ᄡᅳ다: 쓰다, 用)- + -어(연어) ※ '쎼'는 '뼈(用)'을 오각한 형태이다.

8) 機: 기. 부처의 가르침에 접하여 발동되는 수행자의 정신적 능력이다.

9) 利ᄒ케: 利ᄒ[←利ᄒᆞ다(이하다, 이롭다): 利(이: 불어) + -ᄒᆞ(형접)-]- + -게(연어, 사동)

10) 저욼: 저울(저울, 秤) + -ㅅ(-의: 관조)

11) ᄃᆞ림쇠니: [ᄃᆞ림쇠(추, 錘): ᄃᆞᆯ(달다, 縣)- + -이(피접)- + -ㅁ(명접) + 쇠(쇠, 鐵)] + -Ø(←-이-:
    서조)- + -니(연어, 설명 계속)

12) 고대: 곧(곳, 處) + -애(-에: 부조, 위치)

13) 固執디: 固執[← 固執ᄒᆞ다(고집하다): 固執(고집: 명사) + -Ø(←-ᄒᆞ-: 동접)-]- + -디(-지: 연
    어, 부정)

14) 나소믈림: [나아가게 하고 물러나게 하는 것, 進退: 났(낫다, ㅅ불: 나아가다, 進, 자동)- + -오
    (사접)- + 믈르(← 므르다: 물러나다, 退)- + -이(사접)- + -ㅁ(명접)]

15) 맛긔: 맛(← 맞다: 맞다, 當)- + -긔(-게: 연어, 사동)

16) 長常: 항상.

17) 고틸: 고티[고치다, 改: 곧(곧다, 直: 형사)- + -이(사접)-]- + -ㄹ(관전)

18) 諸着: 제착. 여러 가지의 집착이다. 곧 마음이 속세에 끌리는 여러 가지 요소이다.

떨쳐 버리게 하니 【諸著(제착)은 여러 가지의 붙당긴 것이니, 크면 六塵(육진)에서 나온 業(업)이요 작으면 二乘法(이승법)이다. 六塵(육진)은 여섯가지의 티끌이니, 여섯 가지의 뿌리에서 일어나서 眞實(진실)의 智慧(지혜)에 티끌을 묻히므로 티끌이라 하였니라. 여섯 가지의 뿌리(六根)는 눈과 귀와 코와 혀와 몸과 뜻이니, 凡夫(범부)가 妄量(망량)으로 잡아 實(실)한 것으로만 여겨, 種種(종종)의 모진 罪業(죄업)이 이로부터 나므로 뿌리라 하였니라. 여섯 가지의 티끌은 눈에 빛을 보는 것과 귀에 소리를 듣는 것과 코에 냄새를 맡는 것과 입에 맛을 먹는 것과 몸에 雜(잡)것이 얽히는 것과 뜻에 法(법)이 있는 것이다. 빛과 소리와 香(향)과 맛과 몸에 얽히는 것과 法(법)이 좋으며 여희의¹⁹⁾ ᄒᆞ노니【諸졍着땩은 여러 가짓 브티ᄃᆞᆼ긴²⁰⁾ 거시니 굴그면²¹⁾ 六륙塵띤

엣²²⁾ 業업이오 혀그면²³⁾ 二ᅀᅵᆼ乘쎵法법²⁴⁾이라 六륙塵띤은 여슷 가짓 드트리니²⁵⁾ 여슷

가짓 불휘예셔²⁶⁾ 니러나아 眞진實씷ㅅ 智딩慧휑를 드틀 무틸씨²⁷⁾ 드트리라 ᄒᆞ니라

여슷 가짓 불휘ᄂᆞᆫ 눈과 귀와 고콰²⁸⁾ 혀와 몸과 ᄠᅳᆮ괘니²⁹⁾ 凡뻠夫붕ㅣ 妄망量량³⁰⁾ᄋᆞ로

자바 實씷흔 것 만 너겨 種죵種죵 모딘 罪쬥業업이 일로브터³¹⁾ 날씨 불휘라 ᄒᆞ니라

여슷 가짓 드트른 누네 빗³²⁾ 봄과 귀예 소리 드룸과 고해 내³³⁾ 마톰과³⁴⁾ 이베 맛

머굼과 모매 雜짭거시 범그룸과³⁵⁾ ᄠᅳ데 法법 이숌괘라³⁶⁾ 빗과 소리와 香향과 맛과

모매 범그는 것과 法법과이³⁷⁾ 됴ᄒᆞ며

---

19) 여희의: 여희(떨쳐 버리다, 이별하다, 別)- + -의(←-긔: -게, 연어, 사동)

20) 브티ᄃᆞᆼ긴: 브티ᄃᆞᆼ기[붙당기다, 着: 븥(붙다, 附: 동사)- + -이(사접)- + ᄃᆞᆼ기(당기다, 引)-]- + -Ø(과시)- + -ㄴ(관전)

21) 굴그면: 굵(크다, 大)- + -으면(연어, 조건) ※ '굵다'는 '크다'로 의역하여 옮긴다.

22) 六塵엣: 六塵(육진) + -에(부조, 위치) + -ㅅ(-의: 관조) ※ '六塵(육진)'은 심성을 더럽히는 육식(六識)의 대상계로서 색(色)·성(聲)·향(香)·미(味)·촉(觸)·법(法)의 육경(六境)을 말한다.

23) 혀그면: 혁(작다, 少)- + -으면(연어, 조건)

24) 二乘法: 이승법. 성문승(聲聞乘)·연각승(緣覺乘)에 대한 두 가지 교법(敎法)이다.

25) 드트리니: 드틀(티끌, 塵) + -이(서조)- + -니(연어, 설명 계속)

26) 불휘예셔: 불휘(뿌리, 根) + -예(←-에: 부조, 위치) + -셔(-서: 보조사, 위치 강조)

27) 무틸씨: 무티[묻히다: 묻(묻다, 着)- + -히(사접)-]- + -ㄹ씨(-므로: 연어, 이유)

28) 고콰: 고ㅎ(코, 鼻) + -과(접조)

29) ᄠᅳᆮ괘니: ᄠᅳᆮ(뜻, 意) + -과(접조) + -ㅣ(←-이-: 서조)- + -니(연어, 설명 계속)

30) 妄量: 망량. 妄靈. 늙거나 정신이 흐려서 말이나 행동이 정상을 벗어남. 또는 그런 상태이다.

31) 일로브터: 일(←이: 이, 此, 지대, 정칭) + -로(부조, 방편) + -브터(보조사, 비롯함)

32) 빗: 빗(←빛: 빛, 色)

33) 내: 냄새, 臭.

34) 마톰과: 맡(맡다, 嗅)- + -옴(명전) + -과(접조)

35) 범그룸과: 범글(얽히다, 凝)- + -움(명전) + -과(접조)

36) 이숌괘라: 이시(있다, 有)- + -옴(명전) + -과(접조) + -ㅣ(←-이-: 서조)- + -Ø(현시)- + -라(←-다: 평종)

37) 法과이: 法(법) + -과(접조) + -익(관조, 의미상 주격)

구주믈 아로미 六륙識식이니 六륙塵띤과 六륙根ㄱ과 六륙識식을 모도아 十씹八밣界갱라 ᄒᆞᄂᆞ니 各각各각 제여곰 홀ᄊᆡ 界갱라 ᄒᆞ니라 香향ᄋᆞᆫ 곳다온 것 뿐 아니라 고ᄒᆞ로 맏ᄂᆞᆫ 거슬 다 닐오미라 엇뎨어뇨 ᄒᆞ란ᄃᆡ 如ᅀᅧ來링ᄂᆞᆫ 方방便뼌波방羅랑蜜밇와 知딩見견波방羅랑蜜밇왜 다 ᄀᆞᄌᆞ실ᄊᆡ니라 方방便뼌波방羅랑蜜밇ᄋᆞᆫ 權꿘變변엣 智딩慧�ᅨᆼ시니라 知딩見견은 아ᄅᆞ시며 보실씨니 知딩見견波방羅랑蜜밇ᄋᆞᆫ 眞진實씷ㅅ 智딩慧ᅇᅨᆼ시니라 舍샹利링弗ᄫᅮᆶ아

굿은 것을 아는 것이 六識(육식)이니, 六塵(육진)과 六根(육근)과 六識(육식)을 모아서 十八界(십팔계)라고 하나니, 各各(각각) 제각기이므로 界(계)이라고 하였니라. 香(향)은 한갓 향기로운 것뿐 아니라 코로 맡는 것을 다 일렀니라.】, "(그것이) 어째서이냐?" 한다면, 如來(여래)는 方便婆羅蜜(방편바라밀)과 知見波羅蜜(지견바라밀)이 다 갖추어져 있기 때문이니라.【方便波羅蜜(방편바라밀)은 權變(권변)에 관련한 智慧(지혜)이시니라. 知見(지견)은 아시며 보시는 것이니, 知見波羅蜜(지견바라밀)은 眞實(진실)의 智慧(지혜)이시니라.】 舍利弗(사리불)아,

구주믈³⁸⁾ 아로미 六_륙識_식³⁹⁾이니 六_륙塵_띤과 六_륙根_근⁴⁰⁾과 六_륙識_식과를 모도아⁴¹⁾

十_씹八_밢界_갱라 ᄒᆞᄂᆞ니 各_각各_각 제여고밀씨⁴²⁾ 界_갱라 ᄒᆞ니라 香_향ᄋᆞᆫ ᄒᆞᆫ갓⁴³⁾ 옷곳

ᄒᆞᆫ⁴⁴⁾ 것 분⁴⁵⁾ 아니라 고ᄒᆞ로⁴⁶⁾ 맏ᄂᆞᆫ⁴⁷⁾ 거슬 다 니르니라 】 엇뎨어뇨⁴⁸⁾ ᄒᆞ란디⁴⁹⁾

如_셩來_링ᄂᆞᆫ 方_방便_뼌波_방羅_랑蜜_밇⁵⁰⁾와 知_딩見_견波_방羅_랑蜜_밇⁵¹⁾왜 다 ᄀᆞ즐씨

니라⁵²⁾【 方_방便_뼌波_방羅_랑蜜_밇ᄋᆞᆫ 權_꿘變_변엣⁵³⁾ 智_딩慧_{ᅙᆐ}시니라⁵⁴⁾ 知_딩見_견은 아ᄅᆞ

시며 보샤미니⁵⁵⁾ 知_딩見_견波_방羅_랑蜜_밇ᄋᆞᆫ 眞_진實_씷ㅅ 智_딩慧_{ᅙᆐ}시니라 】 舍_샹利_링

弗_뿛아

---

38) 구주믈: 궂(궂다, 惡)- + -움(명전) + -을(목조)

39) 六識: 육식. 육근(六根)에 의하여 대상을 깨닫는 여섯 가지 작용이다. '안식(眼識)·이식(耳識)·비식(鼻識)·설식(舌識)·신식(身識)·의식(意識)'을 이른다.

40) 六根: 육근. 육식(六識)을 낳는 '눈·귀·코·혀·몸·뜻'의 여섯 가지 근원이다.

41) 모도아: 모도[모으다, 集: 몯(모이다, 集: 자동)- + -오(사접)-]- + -아(연어)

42) 제여고밀씨: 제여곰(제각각: 명사) + -이(서조)- + -ㄹ씨(-므로: 연어, 이유)

43) ᄒᆞᆫ갓: [한갓(부사): ᄒᆞᆫ(한, 一: 관사) + 갓(← 가지: 의명)] ※ 'ᄒᆞᆫ갓'은 '다른 것 없이 겨우'의 뜻을 나타내는 부사이다.

44) 옷곳ᄒᆞᆫ: 옷곳ᄒᆞ[향기롭다, 香: 옷곳(불어) + -ᄒᆞ(형접)-]- + -Ø(현시)- + -ㄴ(관전)

45) 분: 분(← 쑨: 뿐, 의명, 한정)

46) 고ᄒᆞ로: 고ᄒᆞ(코, 鼻) + -ᄋᆞ로(부조, 방편)

47) 맏ᄂᆞᆫ: 맏(← 맡다: 맡다, 嗅)- + -ᄂᆞ(현시)- + -ㄴ(관전)

48) 엇뎨어뇨: 엇뎨(어째서, 何) + -Ø(←-이-: 서조)- + -어(←-거-: 확인)- + -뇨(-냐: 의종, 설명)

49) ᄒᆞ란디: ᄒᆞ(하다, 曰)- + -란디(-을진대, -을 것이면: 연어, 조건)

50) 方便波羅蜜: 방편바라밀. 중생을 구제하기 위한 완전한 방편을 성취하는 것이다.

51) 知見波羅蜜: 지견바라밀. 분별과 집착이 끊어진 완전한 지혜를 성취하는 것이다.(= 반야바라밀)

52) ᄀᆞ즐씨니라: ᄀᆞᆽ(갖추어져 있다, 具足)- + -ㄹ씨(-므로: 연어, 이유) + -Ø(←-이-: 서조)- + -니(원칙)- + -라(←-다: 평종) ※ 'ᄀᆞ즐씨니라'는 용언의 연결형에 서술격 조사가 붙어서 활용한 형태이다.

53) 權變엣: 權變(권변) + -에(부조, 위치) + -ㅅ(-의: 관전) ※ '權變엣'은 '權變과 관련한'으로 의역하여 옮긴다. ※ '權變(권변)'은 그때그때의 형편에 따라 처치(處置)하는 수단이다.

54) 智慧시니라: 智慧(지혜) + -Ø(←-이-: 서조)- + -시(주높)- + -Ø(현시)- + -니(원칙)- + -라(←-다: 평종)

55) 보샤미니: 보(보다, 見)- + -샤(←-시-: 주높)- + -ㅁ(←-옴: 명전)- + -이(서조)- + -니(연어, 이유)

如來ㅅ 智딩見견이 크고 기퍼 四숭無뭉量량과【四숭無뭉量량은 네 가짓 그지업슨 德득이니 慈쫑無뭉量량은 衆즁生ᄉᆡᇰ을 어엿비 너겨 救귷호미 그지업슬씨오 悲빙無뭉量량은 衆즁生ᄉᆡᇰᄋᆡ 受쓩苦콩ᄅᆞᆯ 슬피 너겨 濟졩度똥호려 호미 그지업슬씨오 喜힁無뭉量량은 衆즁生ᄉᆡᇰ이 즐거ᄫᅳᆫ 일 호미 그지업슬씨오 捨샹無뭉量량은 衆즁生ᄉᆡᇰ이 내 것 ᄇᆞ려 恩ᅙᅳᆫ惠ᅘᅨᆼ호미 그지업슬씨라】四숭無뭉礙ᅌᆡᆼ와【四숭無뭉礙ᅌᆡᆼᄂᆞᆫ 네 가짓 마곰 업수미니 이 네 가짓 辯뼌才ᄍᆡᆼ라】十씹力륵과 四숭無뭉畏ᅙᆏᇰ와 禪쎤

如來(여래)의 智見(지견)이 크고 깊어, 四無量(사무량)과【四無量(사무량)은 네
가지의 그지없는 德(덕)이니, 慈無量(자무량)은 衆生(중생)을 불쌍히 여겨 救(구)하는 것
이 그지없는 것이요, 悲無量(비무량)은 衆生(중생)의 受苦(수고)를 슬피 여겨서 (중생을
수고에서) 빼고자 하는 것이 그지없는 것이요, 喜無量(희무량)은 衆生(중생)에게 즐거운
일을 주는 것이 그지없는 것이요, 捨無量(사무량)은 衆生(중생)에게 내 것을 버려 恩惠
(은혜)를 주는 것이 그지없는 것이다.】四無礙(사무애)와【四無礙(사무애)는 네 가지
의 막은 데가 없는 것이니, 이것이 네 가지의 辯才(변재)이다.】十力(십력)과 四無畏
(사무외)와

如_셩來_링ㅅ 知_딩見_견이 크고 기퍼 四_숭無_뭉量_량⁵⁶⁾과【四_숭無_뭉量_량은 네 가짓

그지업슨 德_득이니 慈_쭝無_뭉量_량은 衆_즁生_싱 어엿비⁵⁷⁾ 너겨 救_굴호미 그지 업슬 씨

오 悲_빙無_뭉量_량은 衆_즁生_싱이 受_쓩苦_콩를 슬피⁵⁸⁾ 너겨 쌔혀고져⁵⁹⁾ 호미 그지업슬

씨오 喜_힁無_뭉量_량은 衆_즁生_싱이 그에⁶⁰⁾ 즐거븐⁶¹⁾ 일 주미⁶²⁾ 그지업슬 씨오 捨_샹無_뭉

量_량은 衆_즁生_싱이 그에 내 것 브려 恩_{ᄒᆞᆫ}慧_휑 주미 그지업슬 씨라】四_숭無_뭉礙_앵⁶³⁾

와【四_숭無_뭉礙_앵ᄂᆞᆫ 네 가짓 마근⁶⁴⁾ 듸⁶⁵⁾ 업수미니 이 네 가짓 辨_변才_찡ㅣ라⁶⁶⁾】十

_씹力_륵⁶⁷⁾과 四_숭無_뭉畏_휭⁶⁸⁾와

---

56) 四無量: 사무량. 네 가지 한량없는 덕(德)이다. 곧, 자무량(慈無量)·비무량(悲無量)·희무량(喜無量)·사무량(捨無量)이다.

57) 어엿비: [불쌍히, 憐(부사): 어엿ㅂ(← 어엿브다: 불쌍하다, 憐, 형사)- + -이(부접)]

58) 슬피: [슬피, 哀(부사): 슳(← 슬ᄒᆞ다: 슬퍼하다, 哀: 동사)- + -ㅂ(←-브-: 형접)- + -이(부접)]

59) 쌔혀고져: 쌔혀[빼다, 拔: 쌔(빼다, 拔)- + -혀(강접)-]- + -고져(-고자: 연어, 의도)

60) 衆生이 그에: 衆生(중생) + -이(관조) # 그에(거기에: 의명) ※ '衆生이 그에'는 '衆生(중생)에게'로 의역하여 옮긴다.

61) 즐거븐: 즐겁[← 즐겁다, ㅂ불(즐겁다, 喜): 즑(즐거워하다, 歡: 동사)- + -업(형접)-]- + -Ø(현시)- + -은(관전)

62) 주미: 주(주다, 授)- + -ㅁ(←-움: 명전) + -이(주조)

63) 四無礙: 사무애. 네 가지 막힌 곳 없는 것이다. 법무애(法無礙)·의무애(義無礙)·사무애(辭無礙)·요설무애(樂說無礙)이다.

64) 마근: 막(막다, 礙)- + -Ø(과시)- + -은(관전)

65) 듸: 듸(데, 處: 의명) + -Ø(←-이: 주조)

66) 辨才ㅣ라: 辨才(변재) + -ㅣ(←-이-: 서조)- + -Ø(현시)- + -라(←-다: 평종) ※ '辨才(변재)'는 사물의 이치를 분명하게 분석하여 확실하게 판단하는 재주이다.

67) 十力: 십력. 부처만이 갖추고 있는 열 가지 지혜의 능력이다. 곧, 처비처지력(處非處智力)·업이숙지력(業異熟智力)·정려해탈등지등지지력(靜慮解脫等持等至智力)·근상하지력(根上下智力)·종종승해지력(種種勝解智力)·종종계지력(種種界智力)·변취행지력(遍趣行智力)·숙주수념지력(宿住隨念智力)·사생지력(死生智力)·누진지력(漏盡智力)이다.

68) 四無畏: 사무외. 부처가 가르침을 설할 때에, 확신하고 있기 때문에 누구에게도 두려움이 없는 네 가지이다. 정등각무외(正等覺無畏)·누영진무외(漏永盡無畏)·장법무외(說障法無畏)·출도무외(說出道無畏) 등이다.

定뗭과 解脫뛇와 三삼昧밍예 다 기
피드러 一힗切쳉ㅅ 녜 업던 法법을 일웻
ᄂᆞ니라 舍샹利링弗아 如ㅿㅕ來링 種종種종
ᄋᆞ로 ᄀᆞᆯᄒᆡ야 諸졍法법을 工공巧콩
히 닐오ᄃᆡ 말ᄊᆞ미 보ᄃᆞ라ᄫᅡ 모ᄃᆞᆫ
ᄆᆞᅀᆞ믈 깃기ᄂᆞ니 모도아 니르건댄
無뭉量량無뭉邊변ᄒᆞᆫ 녜 업던 法법
을 부톄 다 일웻ᄂᆞ니라 말라 舍샹利링弗

禪定(선정)과 解脫(해탈)과 三昧(삼매)에 다 깊이 들어, 一切(일체)의 옛날에 없던 法(법)을 이루어 있느니라. 舍利弗(사리불)아, 如來(여래)가 種種(종종)으로 가려서 諸法(제법)을 工巧(공교)히 이르되 말씀이 보드라워 모든 마음을 즐기게 하나니, 모아서 이르면 無量無邊(무량무변)한 옛날에 없던 法(법)을 부처가 다 이루어 있느니라. 말아라, 舍利弗(사리불)아.

禪_쎤定_뗭⁶⁹⁾과 解_갱脫_퇋⁷⁰⁾와 三_삼昧_밍예 다⁷¹⁾ 기피 드러 一_잀切_촁 녜⁷²⁾ 업던 法_법을 일웻ᄂᆞ니라⁷³⁾ 舍_샹利_링弗_붏아 如_{ᅀᅧ}來_링 種_죵種_죵ᄋᆞ로 ᄀᆞᆯ히야⁷⁴⁾ 諸_졍法_법을 工_공巧_콯히⁷⁵⁾ 닐오디⁷⁶⁾ 말ᄊᆞ미⁷⁷⁾ 보ᄃᆞ라바⁷⁸⁾ 모든⁷⁹⁾ ᄆᆞᅀᆞ믈 즐기긔⁸⁰⁾ ᄒᆞᄂᆞ니 모도아⁸¹⁾ 니르건댄⁸²⁾ 無_뭉量_량無_뭉邊_변ᄒᆞᆫ 녜 업던 法_법을 부톄 다 일웻ᄂᆞ니라 말라⁸³⁾ 舍_샹利_링弗_붏아

---

69) 禪定: 선정. 한마음으로 사물을 생각하여 마음이 하나의 경지에 정지하여 흐트러짐이 없는 것이다.

70) 解脫: 해탈. 번뇌의 얽매임에서 풀리고 미혹의 괴로움에서 벗어나는 것이다. 본디 열반과 같이 불교의 궁극적인 실천 목적이다. 유위(有爲) 해탈, 무위(無爲) 해탈, 성정(性淨) 해탈, 장진(障盡) 해탈 따위로 나누어진다.

71) 다: [다, 悉(부사): 다(다ᄋᆞ다: 다하다, 盡, 동사)- + -아(연어▷부접)]

72) 녜: 옛날, 昔.

73) 일웻ᄂᆞ니라: 일우[이루다, 成: 일(이루어지다, 成: 자동)- + -우(사접)-]- + -어(연어) + 잇(← 이시다: 있다, 보용, 완료 지속)- + -ᄂᆞ(현시)- + -니(원칙)- + -라(← -다: 평종) ※ '일웻ᄂᆞ니라'는 '일워 잇ᄂᆞ니라'가 축약된 형태이다.

74) ᄀᆞᆯ히야: ᄀᆞᆯ히(가리다, 分別)- + -야(← -아: 연어)

75) 工巧히: [공교히(부사): 工巧(공교: 명사) + -ᄒᆞ(← -ᄒᆞ-: 형접)- + -이(부접)]

76) 닐오디: 닐(← 니르다: 이르다, 說)- + -오디(-되: 연어, 설명 계속)

77) 말ᄊᆞ미: 말ᄊᆞᆷ[말씀, 言辭: 말(말, 言) + -ᄊᆞᆷ(-씀: 접미)] + -이(주조)

78) 보ᄃᆞ라바: 보ᄃᆞ랍[← 보ᄃᆞ랍다, ㅂ불(보드랍다, 柔軟): 보ᄃᆞᆯ(보들: 불어)- + -압(형접)-]- + -아(연어)

79) 모든: [모든, 衆(관사): 몯(모이다, 集: 동사)- + -은(관전▷관접)]

80) 즐기긔: 즐기[즐기다, 悅: 즑(즐거워하다, 歡: 자동)- + -이(사접)-]- + -긔(-게: 연어, 사동)

81) 모도아: 모도[모으다, 取: 몯(모이다, 集: 자동)- + -오(사접)-]- + -아(연어)

82) 니르건댄: 니르(이르다, 言)- + -거(확인)- + -ㄴ댄(-면: 연어, 조건)

83) 말라: 말(말다, 止)- + -라(명종, 아주 낮춤)

佛·붏 아·다·시·니·르·디마·라·ᄉᆞᆼ·ᄒᆞ·리·니·ᅌᅵᆺ
데·어·ᄂᆞᆷ·란·뒤·부·텨·일·웻·눈 第·똉一·ᅙᅵᆯ
엣·쉽·디·몯·ᄒᆞ·아·디·어·려·ᄫᅳᆫ 法·법·은·부·톄
니·라 諸·졍法·법·의 實·씷相·샹·올·ᄉᆞ·ᄆᆞ·ᄎᆞ
ᄉᆞ 諸·졍法·법·이·라·ᄒᆞᆫ·거·슨·이·런 相·샹
·과·이·런 性·셩·과·이·런 體·톙·과·이·런 力·륵
·과·이·런 作·작·과·이·런 因·힌·과·이·런 緣·원
·과·이·런 果·광·와·이·런 報·봉·와·이·런 本·본

다시 이르지 말아야 하겠으니, "(그것이) 어째서이냐?"고 한다면, 부처가 이루어 놓은 第一(제일)의, 쉽지 못하고 알기가 어려운 法(법)은 부처야말로 諸法(제법)의 實相(실상)을 꿰뚫어 아느니라. 諸法(제법)이라고 한 것은 이런 相(상)과 이런 性(성)과 이런 體(체)와 이런 力(역)과 이런 作(작)과 이런 因(인)과 이런 緣(연)과 이런 果(과)와 이런 報(보)와 이런 本末究竟(본말구경)

다시 니르디 마라샤[84] ᄒ리니 엇뎨어뇨 ᄒ란ᄃᆡ 부텨 일웻ᄂᆞᆫ[85] 第뗑一ᅙᅵᇙ
엣[86] 쉽디 몯ᄒᆞᆫ 아디[87] 어려ᄫᅳᆫ 法법은[88] 부톄ᅀᅡ[89] 諸정法법의 實씷相샹[90]ᄋᆞᆯ
ᄉᆞᄆᆺ[91] 아ᄂᆞ니라 諸정法법이라 혼 거슨 이런 相샹[92]과 이런 性셩[93]과
이런 體톙[94]와 이런 力륵[95]과 이런 作작[96]과 이런 因힌[97]과 이런 緣원[98]과
이런 果광[99]와 이런 報봉[1]와 이런 本본末맗究귷竟겅[2]

---

84) 마라샤: 말(말다, 不)-+-아샤(-아야: 연어, 필연적 조건)

85) 일웻ᄂᆞᆫ: 일우[이루다, 成就: 일(이루어지다, 成: 자동)-+-우(사접)-]-+-어(연어)+잇(←이시
다: 있다, 보용, 완료 지속)-+-ᄂᆞ(현시)-+-ㄴ(관전) ※ '일웻ᄂᆞᆫ'은 '일워 잇ᄂᆞᆫ'이 축약된 형태
이다. ※ '일웻ᄂᆞᆫ'은 '이루어 놓은'으로 의역하여 옮긴다.

86) 第一엣: 第一(제일)+-에(부조, 위치)+-ㅅ(-의: 관조) ※ '第一엣'은 그 뒤에 실현된 法(법)을
수식하는데, 여기서는 '第一의'로 옮긴다.

87) 아디: 아(←알다: 알다, 知)-+-디(-기: 명전)+-Ø(←-이: 주조)

88) 第一엣 쉽디 몯ᄒᆞᆫ 아디 어려ᄫᅳᆫ 法: '第一엣', '쉽디 몯ᄒᆞᆫ', '아디 어려ᄫᅳᆫ'은 모두 '法'을 수식한다.
여기서는 국어의 표현 방식을 좇아서 '제일의, 쉽지 못하고 알기 어려운 法(법)'으로 의역하여거
옮긴다.

89) 부톄ᅀᅡ: 부텨(부처, 佛)+-ㅣ(←-이: 주조)+-ᅀᅡ(-야말로: 보조사, 한정 강조)

90) 實相: 실상. 모든 것의 있는 그대로의 참모습이다.

91) ᄉᆞᄆᆺ: [꿰뚫어, 究盡(부사): ᄉᆞᄆᆺ(←ᄉᆞᄆᆾ다: 꿰뚫다, 貫, 동사)-+-Ø(부접)]

92) 相: 상(lakṣaṇa). 외계에 나타나서 마음의 상상이 되는 사물의 모양이다. 다른 것과 구분 짓게
하는 것, 차별을 드러내는 것을 말한다.

93) 性: 성. 상(相)의 근원으로서, 나면서부터 가진 본연의 성품(性品)이다.

94) 體: 체. 만물의 일정 불변한 본 모양이다.

95) 力: 역. 어떠한 일을 일어나게 하는 것이다.

96) 作: 작. 어떠한 일이 잠시 일어나는 것이다.(= 작용, 作用)

97) 因: 인(hetu). 어떤 결과를 일으키는 직접 원인이나 내적 원인이다. 넓은 뜻으로는 간접 원인이나
외적 원인 또는 조건을 뜻하는 연(緣)도 포함한다.

98) 緣: 연(pratyaya). 어떤 결과를 일으키는 간접 원인이나 외적 원인 또는 조건이다. 넓은 뜻으로는
직접 원인이나 내적 원인을 뜻하는 인(因)도 포함한다.

99) 果: 과(phala). 인(因)으로 말미암아 생긴 결과이다.

1) 報: 보. 연(緣)으로 생기는 결과이다.

2) 本末究竟: 본말구경. '本末(본말)'은 처음과 끝이며, '究竟(구경)'은 '마지막까지 다하는 것'이다.
곧, 시작과 끝은 궁극에 가서는 다 같다는 것이다.

믏 究竟 ·돌·히·라 믏相·샹온 相·샹이·사온 相·샹양·진 性·솅·이·라 ·믈·읫德·뎅·이·니 ·쓰·야 굴源·원 ·그·윈 乃終 本·본 末·맗·이本·본·이·라 末·맗 믿마·이·ᄂᆞ·나·이 報·봉과 봉면 因果 ·ᄡᅳ·면 作·작 ·올이·니·ᄡᅳ ·도오·아·ᄂᆞᆫ·ᄡᅦ 性·솅體·톙이·ᄂᆞᆫ ·ᄡᅦ 緣·원비·리力·렁·오오 力·렁體·톙

이法·법·이·뫼·도·몯·ᄒᆞ·며니·르·도·몯·ᄒᆞ·리·니 相·샹은 보·ᄂᆞᆫ·거·시相·샹·이오 相·샹·ᄋᆡ根源·원·이오 體·톙·ᄂᆞᆫ 읏드미니 야ᇰᄌᆞ 가ᄌᆞᆫ·거·시體·톙·오 力·렁·ᄋᆞᆫ 히미니 됴히내·ᄡᅳ·논·거·시 力·렁·이오 作·작·ᄋᆞᆫ니·ᄂᆞᆫ·거·시니 아무이리어나 자ᇝ간니·ᄂᆞᆫ·거·시作·작·이오 처ᅀᅥᆷ비릇·ᄂᆞᆫ·거·시因·ᅙᅵᆫ·이오 因·ᅙᅵᆫ·을도오·ᄂᆞᆫ·거·시緣·원·이오 緣·원·이니그면果·광·이오 果·광애마초·ᄡᅥ도왼·거·시報·봉·이오 本末·맗·ᄋᆞᆫ 미틔긑이니 처ᅀᅥᆷ과乃終·이本末·맗·이오 ᄆᆞ초매ᄀᆞ자ᇰ·ᄒᆞ논·거·시究竟·경·이라

니·부텻弟·뗑子·종·ᄃᆞᆯ·히一·힗切·촁漏·룽·ㅣ

들이다. 【相(상)은 모습이니 보는 것이 相(상)이요, 相(상)의 根源(근원)이 性(성)이요, 體(체)는 줄기이니 모습을 갖춘 것이 體(체)요, 力(역)은 힘이니 좋게 내어서 쓰는 것이 力(역)이요, 作(작)은 일어나는 것이니 아무 일이거나 잠깐 일어나는 것이 作(작)이요, 처음 비롯하는 것이 因(인)이요, 因(인)을 도우는 것이 緣(연)이요, 緣(연)이 익으면 果(과)이요, 果(과)에 맞추어서 된 것이 報(보)이요, 本末(본말)은 밑과 끝이니 처음과 乃終(내종)이 本末(본말)이요, 끝까지 다하는 것이 究竟(구경)이다. 】 이 法(법)이 보게 하지도 못하며 (말로) 이르지도 못하겠으니, 부처의 弟子(제자)들이 一切(일체)의 漏(누)가

ᄃᆞᆯ히라[3] 【相샹ᄋᆞᆫ 양ᄌᆞ니[4] 볼ᇹ 거시 相샹이오 相샹ㅅ 根근源원이 性셩이오 體톙ᄂᆞᆫ 웃드미니[5] 얼굴[6] ᄀᆞᄌᆞᆯ 씨[7] 體톙오 力륵은 히미니 됴히[8] 내야 ᄡᅳᄂᆞᆫ[9] 거시 力륵이오 作작ᄋᆞᆫ 니러날[10] 씨니 아못[11] 이리어나[12] 잢간[13] 니러날 씨 作작이오 처ᅀᅥᆷ[14] 비릇ᄂᆞᆫ[15] 거시 因힌이오 因힌ᄋᆞᆯ 도ᄫᆞᆯ 씨 緣원이오 緣원이 니그면[16] 果광ㅣ오 果광애 마초[17] ᄃᆞ왼 거시 報봏ㅣ오 本본末맗ᄋᆞᆫ 믿과[18] 귿괘니[19] 처ᅀᅥᆷ과 乃냉終즁괘[20] 本본末맗이오 ᄀᆞ장[21] 다ᄋᆞᆯ[22] 씨 究궁竟경이라】 이 法법이 뵈도[23] 몯ᄒᆞ며 니르도 몯ᄒᆞ리니 부텻 弟뗑子ᄌᆞᆼ ᄃᆞᆯ히 一힗切쳉 漏릏[24] ㅣ

---

3) ᄃᆞᆯ히라: ᄃᆞᆶ(들, 등, 等: 의명) + -이(서조)- + -Ø(현시)- + -라(← -다: 평종)
4) 양ᄌᆞ니: 양ᄌᆞ(모습, 樣子) + -ㅣ(← -이-: 서조)- + -니(연어, 설명 계속)
5) 웃드미니: 웃듬(줄기, 몸체, 幹) + -이(서조)- + -니(연어, 설명 계속)
6) 얼굴: 형상, 모습.
7) 씨: ㅆ(← ᄉᆞ: 것, 者, 의명) + -이(주조)
8) 됴히: [좋게, 잘(부사): 둏(좋다, 善: 형사)- + -이(부접)]
9) ᄡᅳᄂᆞᆫ: ᄡᅳ(쓰다, 用)- + -ᄂᆞ(현시)- + -ㄴ(관전)
10) 니러날: 니러나[일어나다, 起: 닐(일어나다, 起)- + -어(연어) + 나(나다, 出)-]- + -ㄹ(관전)
11) 아못: 아모(아무, 某: 지대, 부정칭) + -ㅅ(-의: 관조)
12) 이리어나: 일(일, 事) + -이어나(보조사, 선택)
13) 잢간: [잠깐, 暫間(부사): 잠(잠, 暫) + -ㅅ(관조, 사잇) + 간(간, 間)]
14) 처ᅀᅥᆷ: [처음, 初: 첫(← 첫: 첫, 初, 관사) + -엄(명접)]
15) 비릇ᄂᆞᆫ: 비릇(비롯하다, 始)- + -ᄂᆞ(현시)- + -ㄴ(관전)
16) 니그면: 닉(익다, 熟)- + -으면(연어, 조건)
17) 마초: [알맞게, 맞추어(부사): 맞(맞다, 當)- + -호(사접)- + -Ø(부접)]
18) 믿과: 믿(← 밑: 밑, 本) + -과(접조)
19) 귿괘니: 귿(끝, 末) + -과(접조) + -ㅣ(← -이-: 서조)- + -니(연어, 설명 계속)
20) 乃終괘: 乃終(내종, 나중) + -과(접조) + -ㅣ(← -이: 주조)
21) ᄀᆞ장 : 끝까지, 가장, 한껏, 매우(부사)
22) 다ᄋᆞᆯ: 다ᄋᆞ(다하다, 盡)- + -ㄹ(관전)
23) 뵈도: 뵈[보이다, 示: 보(보다, 見: 타동)- + -ㅣ(← -이-: 사접)-]- + -도(보조사, 강조) ※ '뵈도'는 '뵈디도'에서 보조적 연결 어미인 '-디'가 줄어든 형태이다.
24) 漏ㅣ: 漏(누) + -ㅣ(← -이: 주조) ※ '漏(누)'는 사물을 따라 마음에 생기는 번뇌이다. '눈, 귀 따위의 육근(六根)으로부터 새어 나와서 그치지 않는 것'이라는 뜻이다.

ㅣ 다아 最最(·쭁) 後後(·흫) 身신에 住뚱호·야·도
그·히미·이·긔·디·몯·호·리·니【漏:룡ㅣ 그·니·後:흫ㅣ·라】
신·몬신·은二乘·신·乘(·징·싱)이·니·긔二:싱乘엣
法·법·이果·광報·봉ㅣ아·닐·씨ㅣ그·니
리·몯·라이·은 ·긔二:싱乘:싱·엣 法·법·이 果·광報·봉
舍·샹利·링弗·붏 이·굴·호·야·무숨·ㄱ·장모·ㄷ·호·야·내
비·록世·솅 間간·애·ᄀ·독·호·니·다
·다ᄉ·랑·호·야·도부·텼智·딩慧·휑·롤·몯·내
알·리·며 正·졍·히 十·씹方방·애·ᄀ·독·호·니·니
·다ᄉ·ᄆ利·링弗·붏·이·ᄀ·독·ᄒ·며·ᄯ·녀느爭

다아²⁵⁾ 最_죙後_흫身_신²⁶⁾에 住_뜡ㅎ야도²⁷⁾ 그 히미 이긔디²⁸⁾ 몯ㅎ리니【漏_룡ㅣ 다ᄋᆫ 最_죙後_흫身_신은 二_싱乘_씽엣²⁹⁾ 果_광報_볼³⁰⁾ㅣ니 이 法_법은 二_싱乘_씽法_법³¹⁾이 아닐ᄊᆡ 그 히미 몯 이긔리라】 비록 世_솅間_간애 ᄀᆞ득ㅎ니³²⁾ 다 舍_상利_링弗_붏이³³⁾ ᄀᆞᆮㅎ야 ᄆᆞᅀᆞᆷ ᄀᆞ장³⁴⁾ 모다³⁵⁾ ᄉᆞ랑ㅎ야도³⁶⁾ 부텻 智_딩慧_휑를 몯내³⁷⁾ 알리며³⁸⁾ 正_정히³⁹⁾ 十_씹方_방⁴⁰⁾애 ᄀᆞ득ㅎ니 다 舍_상利_링弗_붏이 ᄀᆞᆮㅎ며 쏘ᄂᆞ녀ᄂᆞ⁴¹⁾

---

25) 다아: 다(← 다ᄋᆞ다: 다하다, 盡)- + -아(연어) ※ '디아'는 '다아'을 오각한 형태이다.

26) 最後身: 최후신. 유전윤회(流轉輪廻)의 생사(生死)가 끊기는 마지막 몸이다. 수행이 완성되어 불과(佛果)에 이르려고 하는 몸으로, 소승에서는 무여열반을 증득(證得)하는 아라한, 대승에서는 불과를 증득하는 보살의 몸이다.

27) 住ㅎ야도: 住ㅎ[주하다, 머물다: 住(주: 불어) + -ㅎ(동접)-]- + -야도(← -아도: 연어, 양보)

28) 이긔디: 이긔(이기다, 감당하다, 견디다, 堪)- + -디(-지: 연어, 부정)

29) 二乘엣: 二乘(이승) + -에(부조, 위치) + -ㅅ(-의: 관전) ※ '二乘(이승)'에서 '승(乘)'은 중생을 깨달음으로 인도하는 부처의 가르침을 뜻한다. 따라서 '이승(二乘)'은 중생을 깨달음으로 인도하는 부처의 두 가지 가르침이다. 곧, 성문승(聲聞乘)과 연각승(緣覺乘)의 가르침이다.

30) 果報: 과보. 과거에 지은 선악업(善惡業)이 원인이 되어 현재에 받는 결과, 또는 현재의 원인에 의하여 미래에 받는 결과를 말한다.

31) 二乘法: 이승법. 성문승(聲聞乘)과 연각승(緣覺乘)에 대한 두 가지 교법(敎法)이다.

32) ᄀᆞ득ㅎ니: ᄀᆞ득ㅎ[가득하다, 滿: ᄀᆞ득(가득, 滿: 부사) + -ㅎ(형접)-]- + -Ø(현시)- + -ㄴ(관전) # 이(이, 사람, 者: 의명) + -Ø(← -이: 주조)

33) 舍利弗이: 舍利弗(사리불) + -이(-과: 부조, 비교)

34) ᄆᆞᅀᆞᆷ ᄀᆞ장: ᄆᆞᅀᆞᆷ(마음, 心) + -ㅅ(-의: 관조) # ᄀᆞ장(끝까지: 의명) ※ 'ᄆᆞᅀᆞᆷ ᄀᆞ장'은 '마음의 끝까지'로 의역하여 옮긴다.

35) 모다: [모두, 皆(부사): 몯(모이다, 會: 동사)- + -아(연어▷부접)]

36) ᄉᆞ랑ㅎ야도: ᄉᆞ랑ㅎ[생각하다, 思: ᄉᆞ랑(생각, 思: 명사) + -ㅎ(동접)-]- + -야도(← -아도: 연어, 양보)

37) 몯내: [끝내 못~(부사): 몯(못, 不能: 부사) + -내(부접)]

38) 알리며: 알(알다, 知)- + -리(미시)- + -며(연어, 나열)

39) 正히: [正히, 진실로(부사): 正(정: 불어) + -ㅎ(← -ㅎ-: 형접)- + -이(부접)]

40) 十方: 시방. 사방(四方), 사우(四隅), 상하(上下)를 통틀어 이르는 말이다. ※ '사우(四隅)'는 방 따위의 네 모퉁이의 방위이다. 곧 '동남, 동북, 서남, 서북'을 이른다.

41) 녀ᄂᆞ: 다른, 他(관사)

弟子(제자)들이 또 十方(시방)의 佛刹(불찰)에 가득하여, 마음의 끝까지 모두 생각하여도 또 모를 것이며, 辟支佛(벽지불)이 또 十方(시방)에 가득하여 모두 한 마음으로 無量劫(무량겁)에 부처의 眞實(진실)의 智慧(지혜)를 생각하여도 조금도 모를 것이며, 新發意(신발의) 菩薩(보살)이【新發意(신발의)는 새 發心(발심)이다.】無數(무수)한 佛(불)을

弟_똉子_중들히 쏘 十_씹方_방 佛_뿛利_찷⁴²⁾애 ᄀᆞ득ᄒᆞ야 ᄆᆞᅀᆞᆷ ᄀᆞ장 모다 ᄉᆞ랑ᄒᆞ야도 쏘 모ᄅᆞ리어며⁴³⁾ 辟_벽支_징佛_뿛⁴⁴⁾이 쏘 十_씹方_방애 ᄀᆞ득ᄒᆞ야 모다 ᄒᆞᆫ ᄆᆞᅀᆞᄆᆞ로 無_뭉量_량劫_겁⁴⁵⁾에 부텻 眞_진實_씷ㅅ 智_딩慧_휑ᄅᆞᆯ ᄉᆞ랑ᄒᆞ야도 져고마도⁴⁶⁾ 모ᄅᆞ리어며 新_신發_벓意_힁 菩_뽕薩_삻⁴⁷⁾이【新_신發_벓意_힁ᄂᆞᆫ 새 發_벓心_심⁴⁸⁾이라】 無_뭉數_숭 佛_뿛을

---

42) 佛利: 불찰. 승려가 불상을 모시고 불도(佛道)를 닦으며 교법을 펴는 집이다.

43) 모ᄅᆞ리어며: 모ᄅᆞ(모르다, 不知)- + -리(미시)- + -어(확인)- + -며(연어, 나열)

44) 辟支佛: 벽지불. 부처의 가르침에 기대지 않고 스스로 도를 깨달은 성자(聖者)이다.(= 緣覺)

45) 無量劫: 무량겁. 헤아릴 수 없는 긴 시간이나 끝이 없는 시간이다.

46) 져고마도: 져고마(조금, 少分: 명사) + -도(보조사, 강조)

47) 新發 意菩薩: 신발의 보살. 처음으로 중생을 구제하는 마음을 낸 보살이다.

48) 發心이라: 發心(발심) + -이(서조)- + -Ø(현시)- + -라(← -다: 평종) ※ '發心(발심)'은 발보리심(發菩提心)의 준말이다. 불도의 깨달음을 얻고 중생을 제도하려는 마음을 일으키는 일이다.

養양ᄒᆞᅀᆞ밝 ᄆᆞᆯ읻 ᄠᅳᄃᆞᆯ ᄉᆞ뭇 알며 ᄯᅩ 잘
說·셿法·법ᄒᆞᄂᆞ니 돌히 十·씹方방 佛·ᄬᅳᆯ
刹·샳 劫·겁 애 다 ᄉᆞ랑ᄒᆞ야도 부
텃智딩慧·ᄬᅨᆼ 롤 모ᄅᆞ리어며 ᄆᆞ디아
니ᄒᆞᆫ 菩뽕薩·ᅂᅡᇙ 돌히 그 數·숭ㅣ 恒ᅘᅥᆼ
沙상 곤ᄒᆞ야 ᄒᆞᆫ ᄆᆞᅀᆞᄆᆞ로 모다 ᄉᆞ랑ᄒᆞ
야도 ᄯᅩ 소ᄆᆞᆯ·리라 나옷 이 相샹ᄋᆞᆯ 알오

供養(공양)하여 모든 뜻을 꿰뚫어 알며, 또 잘 說法(설법)하는 이들이 十方(시방)의 佛利(불찰)에 가득하여, 한 마음으로 恒河沙(항하사)의 劫(겁)에 다 함께 생각하여도 부처의 智慧(지혜)를 모를 것이며, 물러나지 아니하는 菩薩(보살)들이 그 數(수)가 恒沙(항사)와 같아서 한 마음으로 함께 생각하여도 또 모를 것이다. 나야말로 이 相(상)을 알고

供공養양ᄒᆞᅀᆞᄫᅡ 믈읫⁴⁹⁾ ᄠᅳ들 ᄉᆞᄆᆞᆺ⁵⁰⁾ 알며 ᄯᅩ 잘 說쎯法법ᄒᆞᄂᆞ니ᄃᆞᆯ히⁵¹⁾ 十씹方방 佛뿛利링애 ᄀᆞ득ᄒᆞ야 ᄒᆞᆫ ᄆᆞᅀᆞᄆᆞ로⁵²⁾ 恒ᅘᅥᆼ河행沙상⁵³⁾ 劫겁⁵⁴⁾에 다 모다⁵⁵⁾ ᄉᆞ랑ᄒᆞ야도 부텻 智딩慧ᅘᅰᆼ를 모ᄅᆞ리어며 므르디⁵⁶⁾ 아니ᄒᆞᄂᆞᆫ 菩뽕薩삻ᄃᆞᆯ히 그 數숭ㅣ 恒ᅘᅥᆼ沙상⁵⁷⁾ ᄀᆞᆮᄒᆞ야⁵⁸⁾ ᄒᆞᆫ ᄆᆞᅀᆞᄆᆞ로 모다 ᄉᆞ랑ᄒᆞ야도 ᄯᅩ 모ᄅᆞ리라 나옷⁵⁹⁾ 이 相샹ᄋᆞᆯ 알오

---

49) 믈읫: 모든, 諸(관사)

50) ᄉᆞᄆᆞᆺ: [꿰뚫어, 究盡(부사): ᄉᆞᄆᆞᆺ(← ᄉᆞᄆᆞᆺ다: 꿰뚫다, 貫)- + -∅(부접)]

51) 說法ᄒᆞᄂᆞ니ᄃᆞᆯ히: 說法ᄒᆞ[설법하다: 說法(설법: 명사) + -ᄒᆞ(동접)-]- + -ᄂᆞ(현시)- + -ㄴ(관전) # 이ᄃᆞᆯ히[이들, 者等: 이(이, 者: 의명) + -ᄃᆞᆯ히(-들, 等: 복접)] + -이(주조)

52) ᄆᆞᅀᆞᄆᆞ로: ᄆᆞᅀᆞᆷ(마음, 心) + -ᄋᆞ로(부조, 방편)

53) 恒河沙: 항하사. 갠지스 강의 모래라는 뜻으로, 무한히 많은 것이다.

54) 劫: 겁. 어떤 시간의 단위로도 계산할 수 없는 무한히 긴 시간이다. 하늘과 땅이 한 번 개벽한 때에서부터 다음 개벽할 때까지의 동안이라는 뜻이다.

55) 모다: [모두, 함께, 皆(부사): 몯(모이다, 集: 동사)- + -아(연어▷부접)] ※ '모다'는 『묘법연화경』의 '皆'를 직역한 것인데, 여기서는 '함께'로 옮긴다.

56) 므르디: 므르(물러나다, 退)- + -디(-지: 연어, 부정) ※ '므르디 아니ᄒᆞᄂᆞᆫ 菩薩'은 '한 번 도달한 수양의 계단으로부터 뒤로 물러나거나, 수행(修行)을 퇴폐하는 일이 없는 보살'이다.

57) 恒沙: 항사. 항하사. 갠지스 강의 모래라는 뜻으로, 무한히 많은 것이다.

58) ᄀᆞᆮᄒᆞ야: ᄀᆞᆮᄒᆞ(같다, 如)- + -야(← -아: 연어)

59) 나옷: 나(나, 我: 인대, 1인칭) + -옷(← -곳: -야말로, 보조사, 한정 강조)

十씹方방佛뿛도 아ᄅᆞ시ᄂᆞ니라 그·쁴 大땡衆즁中듕·에 聲셩聞문·엣 阿항若샹憍ᄀᆞᆼ陳띤如셩 等등 一ᅙᆯ千쳔二ᅀᅵᆼ百빅 사ᄅᆞᆷ과 聲셩聞문 辟벽支징佛뿛 發ᄫᅡᆯ心심호 比삥丘쿻 比삥丘쿻尼닝 優ᅙᆃ婆빵塞ᄉᆡᆨ 優ᅙᆃ婆빵夷잉 各각各각 너교ᄃᆡ 世셍尊존이 엇던 젼ᄎ·로 方방便뼌을 브즈러니 讚잔歎탄ᄒᆞ샤

十方(시방)의 佛(불)도 아시느니라. 그때에 大衆(대중) 中(중)에 聲聞(성문)에 속한 阿若憍陳如(아야교진여) 等(등) 一千二百(일천이백) 사람과 聲聞(성문)·辟支佛(벽지불)에게 發心(발심)한 比丘(비구)·比丘尼(비구니)·優婆塞(우바새)·優婆夷(우바이)가 各各(각각) 여기되, "世尊(세존)이 어떤 까닭으로 方便(방편)을 부지런히 讚歎(찬탄)하시어

十씹方방 佛뿛도 아른시ᄂ니라⁶⁰⁾ 그 ᄢ⁶¹⁾ 大땡衆즁 中듕에 聲셩聞문엣⁶²⁾ 阿항若ᅀᅡᆼ憍ᄀᆛᆼ陳띤如ᅀᅧᆼ⁶³⁾ 等등 一ᅙᅵᆯ千쳔二ᅀᅵᆼ百ᄇᆡᆨ 사ᄅᆷ과 聲셩聞문 辟벽支징佛뿛에 發벓心심ᄒᆞᆫ⁶⁴⁾ 比삥丘ᄏᆛᆼ 比삥丘ᄏᆛᆼ尼닝 優ᅙᅮᇢ婆뺑塞ᄉᆡᆨ 優ᅙᅮᇢ婆뺑夷잉 各각各각 너교ᄃᆡ⁶⁵⁾ 世솅尊존이 엇던⁶⁶⁾ 젼ᄎᆞ로⁶⁷⁾ 方방便뼌⁶⁸⁾을 브즈러니⁶⁹⁾ 讚잔歎탄ᄒᆞ샤⁷⁰⁾

---

60) 아른시ᄂ니라: 알(알다, 知)- + -ᄋᆞ시(주높)- + -ᄂ(현시)- + -니(원칙)- + -라(←-다: 평종)

61) ᄢ: ᄣ(←ᄢ: 때, 時) + -의(-에: 부조, 위치)

62) 聲聞엣: 聲聞(성문) + -에(부조, 위치) + -ㅅ(-의: 관조) ※ '聲聞엣'은 '聲聞(성문)에 속한'으로 의역하여 옮긴다.

63) 阿若憍陳如: 아야교진여(ajñāta-kauṇḍinya). 오비구(五比丘)의 한 명이다. 아야(阿若)는 이름이고, 교진여(憍陳如)는 성(姓)이다. 우루벨라(uruvelā)에서 싯다르타 태자와 함께 고행했으나 그가 네란자라(nerañjarā) 강에서 목욕하고 또 우유죽을 얻어 마시는 것을 보고 싯타르타 태자가 타락했다고 하여, 그곳을 떠나 녹야원(鹿野苑)에서 고행하고 있었다. 그때에 깨달음을 성취한 석가모니가 그곳을 찾아가 설한 사제(四諦)의 가르침을 듣고 최초의 제자가 되었다.

64) 發心: 발심. 불도의 깨달음을 얻고 중생을 제도하려는 마음을 일으키는 일이다.

65) 너교ᄃᆡ: 너기(여기다, 念)- + -오ᄃᆡ(-되: 연어, 설명 계속)

66) 엇던: [어떤, 何(관사, 미지칭): 엇더(어떠: 불어) + -Ø(←-ᄒᆞ-: 형접)- + -ㄴ(관전▷관접)]

67) 젼ᄎᆞ로: 젼ᄎᆞ(까닭, 故) + -로(부조, 방편)

68) 方便: 방편(upāya-kausalya). 기본적으로 훌륭한 교화 방법, 곧, 선교방편(善巧方便)이다. 중생을 진실한 가르침으로 이끌기 위해서 대신 설정한 가르침이라는 의미이다.

69) 브즈러니: [부지런히, 꾸준하게, 慇懃(부사): 브즈런(부지런, 慇懃: 명사) + -Ø(←-ᄒᆞ-: 형접)- + -이(부접)] ※ '브즈러니'는 『묘법연화경』의 한문 원문에는 '慇懃(은근)'으로 기술되어 있다. '慇懃(은근)'은 야단스럽지 않고 꾸준한 것이다.

70) 讚歎ᄒᆞ샤: 讚歎ᄒᆞ[찬탄하다: 讚歎(찬탄: 명사) + -ᄒᆞ(동접)-]- + -샤(←-시-: 주높)- + -Ø(←-아: 연어) ※ '讚歎(찬탄)'은 칭찬하며 감탄하는 것이다.

니르샤딕부텻 法법이 甚쏌
르는마리뜯아로미어려버니
聲셩 聞문 辟벽支징 佛뿡이몯미츠리
라ᄒᆞ거시늄부텨니르시논解ᅘᅢᆼ脫
올우리도得득ᄒᆞ야涅넗槃빤애다ᄃᆞ
론가ᄒᆞ다소니오ᄂᆞᆯ날이ᄠᅳ들몯아ᅀᅳ
봉리로다그ᄢᅴ舍샹利링弗붏이四ᅌᅵ
衆즁의疑ᇰ心심도알오저도몰라무

이르시되, ‘부처의 法(법)이 甚(심)히 깊어 (부처가) 이르는 말이 (그) 뜻을 아
는 것이 어려워서, 一切(일체)의 聲聞(성문)과 辟支佛(벽지불)이 (부처의 법에)
못 미치리라.’라고 하셨느냐? 부처가 이르시는 解脫(해탈)을 우리도 得(득)
하여 涅槃(열반)에 다다랐는가 하였더니, 오늘날 이 뜻을 못 알겠구나.” 그
때에 舍利弗(사리불)이 四衆(사중)의 疑心(의심)도 알고 자기도 (그 뜻을) 몰라

니르샤티 부텻 法_법이 甚_씸히⁷¹⁾ 기퍼 니르논⁷²⁾ 마리 쁟 아로미 어려버

一_잃切_쳉 聲_셩聞_문 辟_벽支_징佛_뿛이 몯 미츠리라⁷³⁾ ᄒᆞ거시뇨⁷⁴⁾ 부텨 니르

시논 解_행脫_퇋⁷⁵⁾을 우리도 得_득ᄒᆞ야 涅_넗槃_빤⁷⁶⁾애 다ᄃᆞ론가⁷⁷⁾ ᄒᆞ다소니⁷⁸⁾

오ᄂᆞᆳ날 이 ᄠᅳ들 몯 아ᅀᆞᄫᆞ리로다⁷⁹⁾ 그 ᄢᅴ 舍_샹利_링弗_뿛이 四_{ᄉᆞᆼ}衆_즁⁸⁰⁾의

疑_읭心_심도 알오 저도⁸¹⁾ 몰라

---

71) 甚히[심히, 甚(부사): 甚(심: 불어) + -ᄒᆞ(←-ᄒᆞ-: 형접)- + -이(부접)]

72) 니르논: 니르(이르다, 說)- + -ㄴ(←-ᄂᆞ-: 현시)- + -오(대상)- + -ㄴ(관전)

73) 미츠리라: 및(미치다, 及)- + -으리(미시)- + -라(←-다: 평종)

74) ᄒᆞ거시뇨: ᄒᆞ(하다, 言)- + -거(확인)- + -시(주높)- + -Ø(과시)- + -뇨(-냐: 의종, 설명)

75) 解脫: 해탈. 번뇌의 얽매임에서 풀리고 미혹의 괴로움에서 벗어나는 것이다. 본디 열반과 같이 불교의 궁극적인 실천 목적이다.

76) 涅槃: 열반. 모든 번뇌의 얽매임에서 벗어나고, 진리를 깨달아 불생불멸의 법을 체득한 경지이다. 불교의 궁극적인 실천 목적이다.

77) 다ᄃᆞ론가: 다ᄃᆞᆮ[←다ᄃᆞᆮ다(다다르다, 到): 다(다, 悉: 부사) + ᄃᆞᆮ(닫다, 달리다, 走)-]- + -Ø(과시)- + -오(화자)- + -ㄴ가(의종, 판정)

78) ᄒᆞ다소니: ᄒᆞ(하다, 念)- + -다(←-더-: 회상)- + -옷(감동)- + -오(화자)- + -니(연어, 설명 계속)

79) 아ᅀᆞᄫᆞ리로다: 아(← 알다: 알다, 知)- + -ᅀᆞ(←-ᅀᆞᆸ-: 객높)- + -ᄋᆞ리(미시)- + -로(←-도-: 감동)- + -다(평종)

80) 四衆: 사중. 부처의 네 종류 제자이다. 비구(比丘)·비구니(比丘尼)·우바새(優婆塞)·우바니(優婆尼)이다.

81) 저도: 저(저, 자기, 自: 인대, 재귀칭) + -도(보조사, 첨가)

[44 앞]

텻·긔 ᄉᆞᆯ·ᄫᆞ·ᄃᆡ 世·솅尊존·하 ·엇·던 因힌緣원
·으·로 諸졍佛뿛ㅅ 第·똉一·ᅙᅵᇙ 方방便뼌
甚·씸·히 기·픈 微밍妙·묠ᄒᆞ·야 아·디 어·려
ᄫᅮᆫ 法법·을 브즈·러·니 讚·잔嘆·탄ᄒᆞ·시ᄂᆞ·니
·잇·고 ·내 :아·래 브·터 부텻·긔 ·이 ·런 :마·ᄅᆞᆯ
:몯 듣:ᄌᆞᄫᆞ·며 四·ᄉᆞᆼ衆·즁·돌·토 :다 疑잉心심
ᄒᆞᄂᆞ·니 世·솅尊존·하 ·펴·아 니ᄅᆞ·쇼·셔
그·ᄢᅴ 부:톄 舍샹利·링弗·붏·ᄃᆞ·려 니ᄅᆞ·샤

부처께 사뢰되, “世尊(세존)이시여, 어떤 因緣(인연)으로 諸佛(제불)의 第一(제일)가는 方便(방편)과 甚(심)히 깊고 微妙(미묘)하여 알기가 어려운 法(법)을 부지런히 讚歎(찬탄)하십니까? 내가 예전부터 부처께 이런 말을 못 들었으며 四衆(사중)들도 다 疑心(의심)하나니, 世尊(세존)이시여, (그 인연을) 펴서 이르소서.” 그때에 부처가 舍利弗(사리불)더러 이르시되,

부텻긔⁸²⁾ 술ᄫᅩ디⁸³⁾ 世솅尊존하⁸⁴⁾ 엇던 因ᅙᅵᆫ緣ᅯᆫ으로 諸졍佛뿛ㅅ 第똉一ᅙᅵᇙ

方방便뼌 甚씸히 기픈 微밍妙묳ᄒᆞᆫ 아디⁸⁵⁾ 어려ᄫᅳᆫ 法법을⁸⁶⁾ 브즈러니

讚잔嘆탄ᄒᆞ시ᄂᆞ니잇고⁸⁷⁾ 내 아래브터⁸⁸⁾ 부텻긔 이런 마ᄅᆞᆯ 몯 듣ᄌᆞᄫᅡ며⁸⁹⁾

四ᄉᆞᆼ衆즁ᄃᆞᆯ토⁹⁰⁾ 다 疑읭心심ᄒᆞᄂᆞ니 世솅尊존하 펴아⁹¹⁾ 니르쇼셔⁹²⁾ 그 ᄢᅴ

부톄 舍샹利링弗붏ᄃᆞ려 니ᄅᆞ샤디

---

82) 부텻긔: 부텨(부처, 佛) + -ㅅ긔(-께: 부조, 상대, 높임) ※ '-ㅅ긔'는 [-ㅅ(관조) + 긔(의명)]의 방식으로 형성된 파생 조사이다.

83) 술ᄫᅩ디: 숳(← 숣다, ㅂ불: 사뢰다, 아뢰다, 白)- + -오디(-되: 연어, 설명 계속)

84) 世尊하: 世尊(세존) + -하(-이시여: 호조, 아주 높임)

85) 아디: 아(← 알다: 알다, 知)- + -디(-기: 명전) + -Ø(←-이: 주조) ※ 이때의 '-디'은 명사절을 형성하는 전성 어미인데, 서술어가 '어렵다, 슳다, 둏다' 등일 때에 실현된다.

86) 諸佛ㅅ 第一 方便 甚히 기픈 微妙ᄒᆞᆫ 아디 어려ᄫᅳᆫ 法을: '諸佛(제불)의 第一(제일)가는 方便(방편)과 甚(심)히 깊고 微妙(미묘)하여 알기 어려운 法(법)'을'로 의역하여 옮긴다.

87) 讚嘆ᄒᆞ시ᄂᆞ니잇고: 讚嘆ᄒᆞ[찬탄하다: 讚嘆(찬탄: 명사) + -ᄒᆞ(동접)-]- + -시(주높)- + -ᄂᆞ(현시)- + -잇(←-이-: 상높, 아주 높임)- + -니…고(-까: 의종, 설명)

88) 아래브터: 아래(예전, 昔) + -브터(-부터: 보조사, 비롯함)

89) 듣ᄌᆞᄫᅡ며: 듣(듣다, 聞)- + -ᄌᆞᇦ(←-ᄌᆞᆸ-: 객높)- + -ᄋᆞ며(-으며: 연어, 나열)

90) 四衆ᄃᆞᆯ토: 四衆ᄃᆞᆯㅎ[사중들: 四衆(사중) + -ᄃᆞᆯㅎ(-들: 복접)] + -도(보조사, 첨가)

91) 펴아: 펴(펴다, 敷)- + -아(연어)

92) 니르쇼셔: 니르(이르다, 演)- + -쇼셔(-소서: 명종, 아주 높임)

딕말·라 말·라 다·시 니르·디 마·라 삼·ㅎ·리 ·니 이·일·옷 니르·면 一切(·밍·쳉) 天人(텬신)·이·다 ·놀·라 疑心(읭심)·ㅎ·리·라 舍利(샹링)·이·다 ·시·솔·보·딕 世尊(솅존)·하 願(원)·ㅎ·ㄴ 엇·뎨·어·ㅎ·ㄷ 니르·쇼·셔 願(원)·ㅎ·ㄴ 니르·쇼·셔·이會(·ㅎ) ·ㅎ·ㄷ 니르·쇼·셔 ·옛 無數(뭉숭) 百千萬億(·뵉쳔·먼흑) 阿僧祇(항승끵) 衆生(즁싱)·이 아·래 諸佛(졍·뿡)·올 보·숙·방 諸(졍)

말라, 말라. 다시 이르지 말아야 하겠으니, 이 일이야말로 (내가) 이르면 一切(일체)의 天人(천인)이 다 놀라 疑心(의심)하리라.” 舍利弗(사리불)이 다시 사뢰되, “世尊(세존)이시여, 願(원)컨대 이르소서. ‘(그것이) 어째서이냐?’라고 한다면, 이 會(회, 會中)에 있는 無數(무수)한 百千萬億(백천만억) 阿僧祇(아승기)의 衆生(중생)이 예전에 諸佛(제불)을 보아서

말라[93] 말라 다시 니르디 마라샤[94] ᄒᆞ리니 이 일옷[95] 니르면 一ᅙᅵᇙ切쳉

天텬人ᅀᅵᆫ[96]이 다 놀라아[97] 疑ᅌᅴᆼ心심ᄒᆞ리라[98] 舍샹利링弗ᄫᅳᇙ이 다시 ᄉᆞᆯᄫᅩ디

世솅尊존하 願원ᄒᆞᆫᄃᆞᆫ[99] 니르쇼셔 願원ᄒᆞᆫᄃᆞᆫ 니르쇼셔 엇뎨어뇨 ᄒᆞ란디

이 會ᄬᅢᆼ옛[1] 無뭉數숭 百ᄇᆡᆨ千쳔萬먼億흑 阿ᅙᅡᆼ僧ᄉᆡᆼ祇낑[2] 衆즁生ᄉᆡᆼ이 아래[3]

諸졍佛ᄬᅮᇙ을 보ᅀᆞᄫᅡ

---

93) 말라: 말(말다, 止)- + -라(명종, 아주 낮춤)

94) 마라샤: 말(말다, 止)- + -아샤(-아야: 연어, 필연적 조건)

95) 일옷: 일(일, 事) + -옷(←-곳: -이야말로, 보조사, 한정 강조)

96) 天人: 천신(天神)과 사람을 아울러 이르는 말이다.

97) 놀라아: 놀라(놀라다, 驚)- + -아(연어)

98) 疑心ᄒᆞ리라: 疑心ᄒᆞ[의심하다: 疑心(의심: 명사) + -ᄒᆞ(동접)-]- + -리(미시)- + -라(명종, 아주 낮춤)

99) 願ᄒᆞᆫᄃᆞᆫ: 願ᄒᆞ[원하다: 願(원: 명사) + -ᄒᆞ(동접)-]- + -ㄴᄃᆞᆫ(-건대: 연어, 희망) ※ '-ㄴᄃᆞᆫ'은 [-ㄴ(관전) # ᄃᆞ(것, 者: 의명) + -ㄴ(←-ᄂᆞᆫ: 보조사, 주제)]의 방식으로 형성된 연결 어미이다.그리고 '-ㄴᄃᆞᆫ'은 뒤 절의 내용이 화자가 보거나 듣거나 바라거나 생각하는 따위의 내용임을 미리 밝히는 뜻을 나타낸다.

1) 會옛: 會(회, 모임) + -예(←-에: 부조, 위치) + -ㅅ(-의: 관조) ※ '會옛'은 '會(모임, 會中)에 있는'으로 의역하여 옮긴다.

2) 阿僧祇: 아승기. 항하사(恒河沙)의 만 배가 되는 수(數)나, 그런 수의. 즉 10의 56승을 이른다.

3) 아래: 아래(예전, 昔) + -애(-에: 부조, 위치)

졍根ㄱ·이 ·ᄂᆞᆯ캅·고 智딩慧꿰 ·ᄇᆞᆯ·가 부텻
·신 ·마·ᄅᆞᆯ 듣ᄌᆞᄫᅡ·면 어·루 恭공敬경·ᄒᆞ·야 信
·ᄇᆞᆯ ·ᄒᆞ·ᅀᆞ·ᄫᅵ·리·이·다 부톄 ·ᄯᅩ 舍샹利링弗붏
·ᄅᆞᆯ 마·리·샤·ᄃᆡ ·ᄒᆞ·다·가 이 이·ᄅᆞᆯ 니·ᄅᆞ·면
一힗切쳉 世솅間간·앳 天텬人신 阿항
備숨羅랑 | 다 ·놀·라 ·아 疑心심·ᄒᆞ·며
增증上썅慢만 比뼝丘쿻ㅣ 큰 구·데 ᄠᅥ·러
·디·리·라 道ᄯᅩ·애 ᄠᅥ·러·디·러·다 ·ᄒᆞ·ᄃᆞ·시 ·마·리·라 惡ᅙ·학道ᄯᅩ·애

諸根(제근)이 날카롭고 智慧(지혜)가 밝아서, 부처의 말을 들으면 능히 恭敬(공경)하여 信(신)하겠습니다.” 부처가 또 舍利弗(사리불)을 말리시되 “만일 이 일을 이르면, 一切(일체)의 世間(세간)에 있는 天人(천인)과 阿脩羅(아수라)가 다 놀라 疑心(의심)하며, 增上慢(증상만)하는 比丘(비구)가 큰 구덩이에 떨어지리라.”【 ‘큰 구덩이에 떨어졌다.’고 하는 것은 ‘惡道(악도)에 떨어졌다.’고 하듯 한 말이다. 】

諸_정根_근⁴⁾이 늘캅고⁵⁾ 智_딩慧_휑 볼가⁶⁾ 부텻 마를 듣ᄌᆞᄫᆞ면 어루⁷⁾ 恭_공敬_경ᄒᆞ야 信_신ᄒᆞᅀᆞᄫᆞ리이다⁸⁾ 부톄 ᄯᅩ 舍_샹利_링弗_붏을 말이샤ᄃᆡ⁹⁾ ᄒᆞ다가¹⁰⁾ 이 이ᄅᆞᆯ 니르면 一_힔切_촁 世_솅間_간앳¹¹⁾ 天_텬人_{ᅀᅵᆫ} 阿_{ᄒᆞᆼ}脩_슣羅_랑¹²⁾ㅣ 다 놀라아 疑_읭心_심ᄒᆞ며 增_증上_썅慢_만¹³⁾ 比_삥丘_쿻ㅣ 큰 구데¹⁴⁾ ᄲᅥ러디리라¹⁵⁾【큰 구데 ᄲᅥ러디다 호ᄆᆞᆫ 惡_학道_똫¹⁶⁾애 ᄣᅥ디다¹⁷⁾ ᄒᆞ듯¹⁸⁾ ᄒᆞᆫ 마리라 】

---

4) 諸根: 제근. '오근(五根)'을 달리 이르는 말이다. ※ '오근(五根)'은 번뇌를 누르고 깨달음의 길로 이끄는 다섯 가지 근원이다. '신근(信根)·정진근(精進根)·염근(念根)·정근(定根)·혜근(慧根)'을 이른다.

5) 늘캅고: 늘콥[날카롭다, 猛利: 늘ㅎ(날, 刃: 명사) + -갑(형접)-]- + -고(연어, 나열)

6) 볼가: 붉(밝다, 明了)- + -아(연어)

7) 어루: 가히, 능히, 能(부사)

8) 信ᄒᆞᅀᆞᄫᆞ리이다: 信ᄒᆞ[신하다: 信(신: 불어)' + -ᄒᆞ(동접)-]- + -ᅀᆞᇦ(←-ᅀᆞᆸ-: 객높)- + -오(화자)- + -리(미시)- + -이(상높, 아주 높임)- + -다(평종)

9) 말이샤ᄃᆡ: 말이[말리다, 止: 말(말다, 勿)- + -이(사접)-]- + -샤(←-시-: 주높)- + -ᄃᆡ(←-오ᄃᆡ: -되, 연어)

10) ᄒᆞ다가: 만약, 若(부사)

11) 世間앳: 世間(세간) + -애(-에: 부조, 위치) + -ㅅ(-의: 관전) ※ '世間앳'은 '세간에 있는'으로 의역하여 옮긴다.

12) 阿脩羅: 아수라. 팔부중(八部衆)의 하나이다. 싸우기를 좋아하는 귀신으로, 항상 제석천(帝釋天)과 싸움을 벌인다.

13) 增上慢: 최상의 교법(敎法)과 깨달음을 얻지도 못하고서 깨달음을 얻었다고 생각하여, 제가 잘 난 체하는 거만(倨慢)이다. 곧, 자신(自身)을 가치(價値) 이상(以上)으로 생각하는 것이다.

14) 구데: 굳(구덩이, 坑) + -에(부조, 위치)

15) ᄲᅥ러디리라: ᄲᅥ러디[떨어지다, 墜落: ᄲᅥᆯ(떨다, 離)- + -어(연어) + 디(지다, 落)-]- + -리(미시)- + -라(←-다: 평종)

16) 惡道: 악도. 불교의 윤회사상에서 말하는 악한 일을 많이 저지른 자가 장차 태어나게 될 좋지 않은 곳이다.

17) ᄣᅥ디다: ᄣᅥ디[떨어지다, 落: ㄸ(←ᄠᅳ다: 뜨다, 隔)- + -어(연어) + 디(지다, 落)-]- + -Ø(과시)- + -다(평종)

18) ᄒᆞ듯: ᄒᆞ(하다, 謂)- + -듯(-듯: 연어, 흡사)

舍利弗(사리불)이 다시 사뢰되, "世尊(세존)이시여, 願(원)컨대 이르소서. 世
願(원)컨대 이르소서. 이 모인 中(중, 會中)에 우리(와 같은) 한 가지의 百千
萬億(백천만억)의 사람이 世世(세세)에 이미 부처를 좇아서 敎化(교화)를 受
(수)하여 있나니, 無上兩足尊(무상양족존)이시여, 第一法(제일법)을 이르소서.
【 兩足(양족)은 두 가지의 일이 足(족)하신 것이니, 福(복)과 智慧(지혜)가 다 足(족)하
신 것이다. 】

舍샹利링弗붏이 다시 술ᄫᅩ디 世솅尊존하 願원ᄒᆞᆫ든¹⁹⁾ 니ᄅᆞ쇼셔²⁰⁾ 願원ᄒᆞᆫ든 니ᄅᆞ쇼셔 이 모ᄃᆞᆫ²¹⁾ 中듕²²⁾에 우리²³⁾ ᄒᆞᆫ 가짓 百ᄇᆡᆨ千쳔萬먼億흑 사ᄅᆞ미 世솅世솅예²⁴⁾ ᄒᆞ마²⁵⁾ 부텨를 졷ᄌᆞᄫᅡ²⁶⁾ 敎굘化황를 受쓯ᄒᆞᅀᆞᄫᅡ²⁷⁾ 잇ᄂᆞ니 無뭉上썅兩량足죡尊존하²⁸⁾ 第똉一ᅙᅵᆶ法법²⁹⁾을 니ᄅᆞ쇼셔【兩량足죡은 두 가짓 이 리 足죡ᄒᆞ실³⁰⁾ 씨니 福복과 智딩慧휑왜³¹⁾ 다 足죡ᄒᆞ실 씨라】

---

19) 願ᄒᆞᆫ든: 願ᄒᆞ[원하다: 願(원: 명사)+-ᄒᆞ(동접)-]-+-ㄴ든(-건대: 연어, 희망) ※ '-ㄴ든'은 [-ㄴ(관전) # ᄃᆞ(것, 者: 의명)+-ㄴ(←-ᄂᆞᆫ: 보조사, 주제)]의 방식으로 형성된 연결 어미이다. 그리고 '-ㄴ든'은 뒤 절의 내용이 화자가 보거나 듣거나 바라거나 생각하는 따위의 내용임을 미리 밝히는 뜻을 나타낸다.

20) 니ᄅᆞ쇼셔: 니ᄅᆞ(이르다, 說)-+-쇼셔(-소서: 명종, 아주 높임)

21) 모ᄃᆞᆫ: 몯(모이다, 會)-+-Ø(과시)-+-ᄋᆞᆫ(관전)

22) 모ᄃᆞᆫ 中: 『묘법연화경』에 기술된 '會中(회중)'을 직역한 표현이다. '會中(회중)'은 많이 모여 있는 사람들을 뜻한다.

23) 우리: 우리, 我等. ※ '우리'는 『묘법연화경』에서 '如我等比'로 기술되어 있는데, 여기서는 '우리와 같은'으로 의역하여 옮긴다.

24) 世世예: 世世(세세)+-예(←-에: 부조, 위치) ※ '世世(세세)'는 거듭된 여러 대이다.

25) ᄒᆞ마: 하마, 이미, 已(부사)

26) 졷ᄌᆞᄫᅡ: 졷(← 좇다: 좇다, 從)-+-ᄌᆞ(←-ᄌᆞᆸ-: 객높)-+-아(연어)

27) 受ᄒᆞᅀᆞᄫᅡ: 受ᄒᆞ[수하다, 받다: 受(수: 불어)+-ᄒᆞ(동접)-]-+-ᅀᆞ(←-ᅀᆞᆸ-: 객높)-+-아(연어)

28) 無上兩足尊하: 無上兩足尊(무상양족존)+-하(-이시여: 호조, 아주 높임) ※ '無上兩足尊(무상양족)'은 부처님을 이르는 존호이다. 부처님은 '복덕(福德)'과 '지혜(智慧)'의 두 가지를 만족하게 갖추고 있다는 뜻이다. 혹은 두 발을 가진 이 중에서 가장 높은 이라는 뜻으로도 쓰인다.

29) 第一法: 제일법. '제일(第一)의 법'이라는 뜻으로 『묘법연화경』(妙法蓮華經)을 이른다.

30) 足ᄒᆞ실: 足ᄒᆞ[족하다: 足(족: 불어)+-ᄒᆞ(형접)-]-+-시(주높)-+-ㄹ(관전) ※ '足(족)'은 모자람이 없다고 여겨서 더 바라는 바가 없는 상태이다.

31) 智慧왜: 智慧(지혜)+-와(접조)+-ㅣ(←-이: 주조)

이 사룸·둘·히당·다이恭공敬경·호·야信신·호·야·긴바·믹便뼌安한·호·야·됴·흔·이·리·하·리·이·다世·솅尊존·이舍·샹利·링弗붏·드·려·니·르·샤·디네·브·즈·러·니세·번을請쳥·호·거·니어·드·리아·니·니·르·료네차·려드·르·라내·글·호·야·닐·오·리·라·이·말·니·르·실·쩌·긔모·든中듕에比삥丘쿻尼닝優흫婆빵塞싱優흫婆빵夷

이 사람들이 반드시 恭敬(공경)하여 信(신)하여 긴 밤에 便安(편안)하여, 좋은 일이 많겠습니다.” 世尊(세존)이 舍利弗(사리불)더러 이르시되 “네가 부지런히 세 번을 請(청)하니 어찌 아니 이르랴? 네가 (정신을) 차려 들어라. 내가 가려서 이르리라.” 이 말을 이르실 적에 회중(會中)에 比丘(비구)·比丘尼(비구니)·優婆塞(우바새)·優婆夷(우바이) (등의)

이 사ᄅᆞᆷ들히³²⁾ 당다이³³⁾ 恭_공敬_경ᄒᆞ야 信_신ᄒᆞᅀᄫᅡ³⁴⁾ 긴 바미³⁵⁾ 便_뼌安_한

ᄒᆞ야 됴ᄒᆞᆫ 이리 하리이다³⁶⁾ 世_솅尊_존이 舍_샹利_링弗_붏ᄃᆞ려 니ᄅᆞ샤ᄃᆡ 네

브즈러니³⁷⁾ 세 버늘 請_청ᄒᆞ거니³⁸⁾ 어드리³⁹⁾ 아니 니르료⁴⁰⁾ 네 차려⁴¹⁾

드르라⁴²⁾ 내 ᄀᆞᆯᄒᆞ야⁴³⁾ 닐오리라⁴⁴⁾ 이 말 니ᄅᆞ실 쩌긔⁴⁵⁾ 모든 中_듕에

比_뼁丘_쿻⁴⁶⁾ 比_뼁丘_쿻尼_닝⁴⁷⁾ 優_훃婆_뼁塞_{ᄉᆡᆨ}⁴⁸⁾ 優_훃婆_뼁夷_잉⁴⁹⁾

---

32) 사ᄅᆞᆷ들히: 사ᄅᆞᆷ들ᄒ[사람들, 人等: 사ᄅᆞᆷ(사람, 人) + -들ᄒ(-들: 복접)]- + -이(주조)

33) 당다이: [마땅히, 必(부사): 당당(마땅: 불어) + -Ø(←-ᄒᆞ-: 형접)- + -이(부접)]

34) 信ᄒᆞᅀᄫᅡ: 信ᄒᆞ[신하다, 믿다: 信(신: 불어) + -ᄒᆞ(동접)-]- + -ᅀᆞᇦ(←-ᅀᆞᆸ-: 객높)- + -아(연어)

35) 바미: 밤(밤, 夜) + -이(-에: 부조, 위치)

36) 하리이다: 하(많다, 多)- + -리(미시)- + -이(상높, 아주 높임)- + -다(평종)

37) 브즈러니: [부지런히, 慇懃(부사): 브즈런(부지런, 慇懃: 명사) + -Ø(←-ᄒᆞ-: 형접)- + -이(부접)]

38) 請ᄒᆞ거니: 請ᄒᆞ[청하다: 請(청: 명사) + -ᄒᆞ(동접)-]- + -거(확인)- + -니(연어, 설명 계속)

39) 어드리: 어찌, 豈(부사)

40) 니르료: 니르(이르다, 說)- + -료(-랴: 의종, 미시, 설명)

41) 차려: 차리(차리다, 살피다, 諦)- + -어(연어)

42) 드르라: 들(← 듣다, ㄷ불: 듣다, 聽)- + -으라(명종, 아주 낮춤)

43) ᄀᆞᆯᄒᆞ야: ᄀᆞᆯᄒᆞ이(← ᄀᆞᆯᄒᆡ다: 가리다, 分別)- + -아(연어)

44) 닐오리라: 닐(← 니ᄅᆞ다: 이르다, 說)- + -오(화자)- + -리(미시)- + -라(←-다: 평종)

45) 쩌긔: 쩍(← 적: 적, 때, 時: 의명) + -의(-에: 부조, 위치)

46) 比丘: 비구. 출가하여 구족계를 받은 남자 승려이다. ※ '구족계(具足戒)'는 비구와 비구니가 지
    켜야 할 계율. 비구에게는 250계, 비구니에게는 348계가 있다.

47) 比丘尼: 비구니. 출가하여 구족계를 받은 여자 승려이다.

48) 優婆塞: 우바새. 속세에 있으면서 불교를 믿는 남자이다.

49) 優婆夷: 우바이. 불교를 믿고 삼귀(三歸), 오계(五戒)를 받은 세속의 여자이다.

夷ᅌᅵ 五ᅌᅩᇰ 千쳔 사ᄅᆞ·미 座쨔ᇰ 로·셔 니·러 부텻긔 禮롕 數숭 ·ᄒᆞᅀᆞᆸ·고 므·러 나·니·엇·뎨·어·뇨 ·ᄒᆞ란·ᄃᆡ 이 무·리 罪쮕 ᄭᅵ·깁·고 增즈ᇰ 上썅 慢만·ᄒᆞ·야 ·몯 得·득 ·혼 ·이·롤 得·득 ·호·라 너·기·며 ·몯 證지ᇰ ·혼 ·이·롤 證지ᇰ ·호·라 너·겨 ·이·런 허·므·리 ·이실·ᄊᆡ 잇·디 ·몯ᄒᆞ·거·늘 世·솅 尊존·이 ᄌᆞᆷᄌᆞᆷ·ᄒᆞ·샤 ·말·이·디 ·아·니ᄒᆞ·시·니·라 그·ᄢᅴ 부·톄 舍샹 利링 弗·붏 ·ᄃᆞ·려

五千(오천) 사람이 座(좌)로부터서 일어나 부처께 禮數(예수)하고 물러나니, '(그것이) 어째서이냐?'고 한다면, 이 무리가 罪(죄)가 깊고 增上慢(증상만)하여 못 得(득)한 일을 得(득)하였다고 여기며, 못 證(증)한 일을 證(증)하였다고 여겨, 이런 허물이 있으므로 (그 자리에) 있지 못하거늘, 世尊(세존)이 잠잠하시어 (그들을) 말리지 아니하셨니라. 그때에 부처가 舍利弗(사리불)더러

五_옹千_천 사르미 座_쫭로셔⁵⁰⁾ 니러⁵¹⁾ 부텻긔⁵²⁾ 禮_롕數_숭ㅎᄉᆞᆸ고⁵³⁾ 믈러나니⁵⁴⁾ 엇뎨어뇨 ᄒᆞ란ᄃᆡ 이 무리⁵⁵⁾ 罪_쬉 깁고 增_증上_쌍慢_만ᄒᆞ야 몯 得_득혼⁵⁶⁾ 이를 得_득호라⁵⁷⁾ 너기며 몯 證_징혼⁵⁸⁾ 이를 證_징호라 너겨 이런 허므리⁵⁹⁾ 이실ᄊᆡ 잇디⁶⁰⁾ 몯ᄒᆞ거늘 世_솅尊_존이 ᄌᆞᆷᄌᆞᆷᄒᆞ샤⁶¹⁾ 말이디⁶²⁾ 아니ᄒᆞ시니라⁶³⁾ 그 ᄢᅴ 부톄 舍_샹利_링弗_붏ᄃᆞ려

---

50) 座로셔: 座(좌, 앉은자리) + -로(부조, 방향) + -셔(-서: 보조사, 위치 강조)

51) 니러: 닐(일어나다, 起)- + -어(연어)

52) 부텻긔: 부텨(부처, 佛) + -ㅅ긔(-께: 부조, 상대, 높임)

53) 禮數ᄒᆞᅀᆞᆸ고: 禮數ᄒᆞ[예수하다: 禮數(예수: 명사) + -ᄒᆞ(동접)-]- + -ᅀᆞᆸ(객높)- + -고(연어, 나열)
   ※ '禮數(예수)'는 주인과 손님이 서로 만나서 인사하는 것이다.

54) 믈러나니: 믈러나[물러나다, 退: 믈러(← 므르다: 무르다, 退)- + -어(연어) + 나(나다, 出)-]- + -니(연어, 설명 계속)

55) 무리: 물(무리, 衆) + -이(주조)

56) 得혼: 得ᄒᆞ[← 得ᄒᆞ다(득하다, 얻다): 得(득: 불어) + -ᄒᆞ(동접)-]- + -Ø(과시)- + -오(대상)- + -ㄴ(관전)

57) 得호라: 得ᄒᆞ[得ᄒᆞ다(득하다): 得(득: 불어) + -ᄒᆞ(동접)-]- + -Ø(과시)- + -오(화자)- + -라(← -다: 평종)

58) 證혼: 證ᄒᆞ[← 證ᄒᆞ다(증하다, 깨닫다, 득도하다): 證(증: 불어) + -ᄒᆞ(동접)-]- + -Ø(과시)- + -오(대상)- + -ㄴ(관전)

59) 허므리: 허믈(허물, 失) + -이(주조)

60) 잇디: 잇(← 이시다: 있다, 머무르다, 住)- + -디(-지: 연어, 부정)

61) ᄌᆞᆷᄌᆞᆷᄒᆞ샤: ᄌᆞᆷᄌᆞᆷᄒᆞ[잠잠하다, 默然: ᄌᆞᆷᄌᆞᆷ(잠잠: 불어) + -ᄒᆞ(동접)-]- + -샤(← -시-: 주높)- + -Ø(← -아: 연어)

62) 말이디: 말이[말리다, 制止: 말(말다, 勿: 자동)- + -이(사접)-]- + -디(-지: 연어, 부정)

63) 아니ᄒᆞ시니라: 아니ᄒᆞ[아니하다, 不(보용, 부정): 아니(아니, 不: 부사, 부정) + -ᄒᆞ(동접)-]- + -시(주높)- + -Ø(과시)- + -니(원칙)- + -라(← -다: 평종)

니르샤디 이제야 이 모든 사루미 ㄴ외
야가지와 닙괘 업고 다 正·졍·ㅎ 열·미
잇ᄂᆫ니 【가德·득 줄와 닙과 正·졍 ㅎ나·여 ·미
增·즁 上·썅 慢·만ᄒᆞ논 사루무·러가·도
·오리·라 舍·샹利·링弗·붏 이 솔보·디 ᄢᅳᄆ
·ㅎ시·이·다 世·셰尊·존 하 願·원ᄒᆞ논 ·ᄃᆞᆫᄌᆞᆸ

이르시되, "이제야 이 모든 사람이 다시 가지와 잎이 없고 다 正(정)한 열 매가 있나니【가지와 잎은 사나운 사람을 비유하시고 正(정)한 열매는 德(덕)이 이루 어진 사람을 비유하셨니라.】, 舍利弗(사리불)아 이런 增上慢(증상만)하는 사람 은 물러가도 좋으니라. 네가 잘 들어라. 너를 위하여 이르리라." 사리불이 사뢰되 "예, 옳으십니다. 世尊(세존)이시여, 願(원)컨대 듣고자 니르샤딕 이제사⁶⁴⁾ 이 모든 사름미⁶⁵⁾ 느외야⁶⁶⁾ 가지와 닙괘⁶⁷⁾ 업고

다 正정혼 여르미⁶⁸⁾ 잇느니【 가지와 닙과는 사오나븐⁶⁹⁾ 사름물 가줄비시고⁷⁰⁾

正정혼 여르믄 德득 인⁷¹⁾ 사름물 가줄비시니라⁷²⁾ 】舍상利링弗붏아 이런 增증上

썅慢만호는 사름믄 믈러가도⁷³⁾ 됴호니라⁷⁴⁾ 네 이대⁷⁵⁾ 드르라 너 위호야

닐오리라⁷⁶⁾ 舍샹利링弗붏이 슬보디 엥⁷⁷⁾ 올호시이다⁷⁸⁾ 世솅尊존하 願원혼

든⁷⁹⁾ 듣줍고져⁸⁰⁾

---

64) 이제사: 이제(이제, 今: 부사) + -사(-야: 보조사, 한정 강조)

65) 모든 사름미: 모든[모든, 衆: 몯(모이다, 會: 동사) + -은(관전▷관접)] # 사룸(사람, 人) + -이
(주조) ※ '모든 사룸'은 『묘법연화경』의 원문에는 '大衆(대중)'으로 기술되어 있다.

66) 느외야: [다시, 復(부사): 느외(거듭하다, 復: 동사) + -야(←-아: 연어▷부접)]

67) 닙괘: 닙(←닢: 잎, 葉) + -과(접조) + -ㅣ(←-이: 주조)

68) 여르미: 여름[열매, 果: 열(열다, 맺다, 結: 동사) + -음(명접)] + -이(주조)

69) 사오나븐: 사오낳(←사오납다: 사납다, 凶, 형사) + -Ø(현시) + -은(관전)

70) 가줄비시고: 가줄비(비유하다, 喩) + -시(주높) + -고(연어, 나열)

71) 인: 이(←일다: 이루어지다, 成) + -Ø(과시) + -ㄴ(관전)

72) 가줄비시니라: 가줄비(비유하다, 喩) + -시(주높) + -Ø(과시) + -니(원칙) + -라(←-다: 평종)

73) 믈러가도: 믈러가[물러가다, 退去: 믈르(←므르다: 무르다, 退) + -어(연어) + 가(가다, 去)-]-
+ -아도(연어, 양보)

74) 됴호니라: 둏(좋다, 佳) + -Ø(현시) + -오니(원칙) + -라(←-다: 평종)

75) 이대: [잘, 善(부사): 읻(좋다, 善: 형사) + -애(부접)]

76) 닐오리라: 닐(←니르다: 이르다, 說) + -오(화자) + -리(미시) + -라(←-다: 평종)

77) 엥: 예, 唯然(감사, 대답말)

78) 올호시이다: 옳(옳다, 是) + -ᄋ시(주높) + -Ø(현시) + -이(상높, 아주 높임) + -다(평종)

79) 願혼든: 願ᄒ[원하다, 願: 願(원: 명사) + -ᄒ(동접)-]- + -ㄴ든(-건대: 연어, 희망)

80) 듣줍고져: 듣(듣다, 聞) + -줍(객높) + -고져(-고자: 연어, 의도)

고쳐호노이다 부톄 니르샤ᄃᆡ 이러ᄒᆞᆫ 妙묭法법은 온 諸졍佛뿛이 如셩來링 時씽節졍이어ᅀᅡ 니르시ᄂᆞ니 優ᅙᅩᆼ曇땀鉢발華ᅘᅪᆼ 時씽節졍이어ᅀᅡ ᄒᆞᆫ번 뵈요미 곧ᄒᆞ니라 【優ᅙᅩᆼ曇땀鉢발ᄂᆞᆫ 優ᅙᅩᆼ曇땀鉢발羅랑ᅵ라】 舍상利링弗뿛아 너희 부텻 마ᄅᆞᆯ 고디드르라 거츠디 아니ᄒᆞ니라 舍상利링弗뿛아 諸졍佛뿛이 맛당호ᄅᆞᆯ야 조차 說셯

합니다." 부처가 이르시되 "이러한 妙法(묘법)은 諸佛(제불)과 如來(여래)가 때(時節)가 되어야 이르시나니, (이는) 優曇鉢華(우담발화)가 때(時節)가 되어야 한 번 보이는 것과 같으니라. 【優曇鉢(우담발)은 優曇鉢羅(우담바라)이다. 】 舍利弗(사리불)아, 너희가 부처의 말을 곧이들어라. (부처의 말은) 허망하지 아니하니라. 舍利弗(사리불)아, 諸佛(제불)이 마땅한 모습을 좇아서

ᄒᆞ노이다[81] 부톄 니ᄅᆞ샤ᄃᆡ 이러ᄒᆞᆫ 妙묳法법[82]은 諸졍佛뿛 如셩來링 時씽節졇이어ᅀᅡ[83] 니르시ᄂᆞ니 優흫曇땀鉢밣華황[84] 時씽節졇이어ᅀᅡ ᄒᆞᆫ 번 뵈요미[85] ᄀᆞᆮᄒᆞ니라[86]【優흫曇땀鉢밣ᄋᆞᆫ 優흫曇땀鉢밣羅랑ㅣ라】 舍샹利링弗붏아 너희[87] 부텻 마ᄅᆞᆯ 고디드르라[88] 거츠디[89] 아니ᄒᆞ니라 舍샹利링弗붏아 諸졍佛뿛이 맛당ᄒᆞᆯ[90] 야ᅌᆞᆯ[91] 조차[92]

---

81) ᄒᆞ노이다: ᄒᆞ(하다: 보용, 의도)- + -ㄴ(←-ᄂᆞ-: 현시)- + -오(화자)- + -이(상높, 아주 높임)- + -다(평종)

82) 妙法: 묘법. 불교의 신기하고 묘한 법문이다.

83) 時節이어ᅀᅡ: 時節(시절, 때, 時) + -이(서조)- + -어(←-거-: 확인)- + -Ø(←-어: 연어) + -ᅀᅡ(-야: 보조사, 한정 강조) ※ '時節이어ᅀᅡ'는 '때(時節)가 되어야'의 뜻으로 쓰였다.

84) 優曇鉢華: 우담발화. 전륜성왕이 나타날 때에 꽃이 핀다는 식물이다. 보통 3천 년에 한 번 꽃이 핀다고 하며, 불교에서는 매우 드물고 희귀한 것을 비유할때 곧잘 쓰인다.(= 優曇鉢羅, 우담바라)

85) 뵈요미: 뵈[보이다, 現: 보(보다, 見: 타동)- + -ㅣ(←-이-: 피접)-]- + -욤(←-옴: 명전) + -이(-과: 부조, 비교)

86) ᄀᆞᆮᄒᆞ니라: ᄀᆞᆮᄒᆞ(같다, 如)- + -Ø(현시)- + -ᄋᆞ니(원칙)- + -라(←-다: 평종)

87) 너희: 너희[너희, 汝等: 너(너, 汝: 인대, 2인칭) + -희(복접, 等)] + -Ø(←-이: 주조)

88) 고디드르라: 고디듣[←곧이듣다, ㄷ불(곧이듣다, 當信: 곧(곧다, 直: 형사)- + -이(부접) + 듣(듣다, 聞)-]- + -으라(명종, 아주 낮춤)

89) 거츠디: 거츠(←그츨다: 허망하다, 虛妄)- + -디(-지: 연어, 부정)

90) 맛당ᄒᆞᆯ: 맛당ᄒᆞ[마땅하다, 宜: 맛당(마땅: 불어) + -ᄒᆞ(형접)-]- + -ㄹ(관전)

91) 야ᅌᆞᆯ: 야ᇰ(모습, 樣: 의명) + -ᄋᆞᆯ(목조)

92) 조차: 좇(좇다, 隨)- + -아(연어)

法·법 ·호시논 ·ᄠᅳ·디 아·로·미 어·려·ᄫᅵ·니 ·엇·뎨 어·늘 ᄒᆞ·란·ᄃᆡ 내 無뭉 數숭 方방 便뼌 ·엣 ·과 種종 種종 因힌 緣원 ·과 譬핑 喻융 ·엣 말·ᄊᆞ·ᄆᆞ·로 諸졍 法·법 ·을 너·펴 니·르·ᄂᆞ·시·니 ·이 法·법 ·은 오·직 諸졍 佛·뿛 ·이 ·아·ᄅᆞ·시·리·라 ·엇·뎨 어·늘 ᄒᆞ·란·ᄃᆡ 諸졍 佛·뿛 世·솅 尊존 ·이 ·다 ᄒᆞᆫ ·큰 ·잃 因힌 緣원 ·으·로 世·솅 間간 ·애 ·나·시·ᄂᆞ·니 【ᄒᆞᆫ ·큰 ·이·른 一·힣 乘씽 妙·묳 法·법 ·이·니

說法(설법)하시는 뜻을 아는 것이 어려우니, '(그것이) 어째서이냐?'고 한다면, 내가 無數(무수)한 方便(방편)과 種種(종종)의 因緣(인연)과 比喩(비유)로 하는 말씀으로 諸法(제법)을 퍼뜨려서 이르니, 이 法(법)은 오직 諸佛(제불)만이 아시리라. '(그것이) 어째서이냐?' 한다면, 諸佛(제불)과 世尊(세존)이 다만 한 큰 일의 因緣(인연)으로 世間(세간)에 나시나니【한 큰 일은 一乘(일승)의 妙法(묘법)이니,

說_쎯法_법ᄒ시논⁹³⁾ ᄠᅳᆮ⁹⁴⁾ 아로미⁹⁵⁾ 어려ᄫᅳ니⁹⁶⁾ 엇뎨어뇨 ᄒ란ᄃᆡ⁹⁷⁾ 내 無_뭉數_숭 方_방便_뼌과 種_죵種_죵 因_인緣_원과 譬_핑喩_윯엣⁹⁸⁾ 말ᄊᆞᄆᆞ로⁹⁹⁾ 諸_졍法_법¹⁾을 너펴²⁾ 니르노니³⁾ 이 法_법은 오직 諸_졍佛_뿛이ᅀᅡ⁴⁾ 아ᄅᆞ시리라⁵⁾ 엇뎨어뇨 ᄒ란ᄃᆡ 諸_졍佛_뿛 世_솅尊_존이 다ᄆᆞᆫ⁶⁾ ᄒ 큰 잀⁷⁾ 因_인緣_원으로 世_솅間_간애 나시ᄂᆞ니【ᄒ 큰 이ᄅᆞᆫ 一_힗乘_씽⁸⁾ 妙_묳法_법⁹⁾이니

---

93) 說法ᄒ시논: 說法ᄒ[설법하다: 說法(설법: 명사) + -ᄒ(동접)-]- + -시(주높)- + -ㄴ(←-ᄂᆞ-: 현시)- + -오(대상)- + -ㄴ(관전)

94) ᄠᅳᆮ: 뜻, 意趣.

95) 아로미: 알(알다, 知)- + -옴(명전) + -이(주조)

96) 어려ᄫᅳ니: 어렵(← 어렵다, ㅂ불: 어렵다, 難解)- + -으니(연어, 설명 계속)

97) ᄒ란ᄃᆡ: ᄒ(하다, 曰)- + -란ᄃᆡ(-을진대, -을 것이면: 연어, 조건)

98) 譬喩엣: 譬喩(비유) + -에(부조, 위치) + -ㅅ(-의: 관조) ※ '譬喩엣'은 '비유로 (표현)하는'으로 의역하여 옮긴다. ※ '譬喩(비유)'는 어떤 현상이나 사물을 직접 설명하지 아니하고 다른 비슷한 현상이나 사물에 빗대어서 설명하는 일이다.

99) 말ᄊᆞᄆᆞ로: 말씀[말씀, 言辭: 말(말, 言) + -씀(-쏨: 명전)] + -ᄋᆞ로(부조, 방편)

1) 諸法: 제법. 가지가지의 모든 법이다. 혹은 우주 사이에 있는 유형·무형의 모든 사물이다. 우주만유·삼라만상·천지만물 모두를 가리키는 말이다.

2) 너펴: 너피[넓히다, 演: 넙(넓다, 演: 형사)- + -히(사접)-]- + -어(연어)

3) 니르노니: 니르(이르다, 說)- + -ㄴ(←-ᄂᆞ-: 현시)- + -오(화자)- + -니(연어, 설명 계속)

4) 諸佛이ᅀᅡ: 諸佛(제불) + -이(주조) + -ᅀᅡ(-야: 보조사, 한정 강조)

5) 아ᄅᆞ시리라: 알(알다, 知)- + -ᄋᆞ시(주높)- + -리(미시)- + -라(←-다: 평종)

6) 다ᄆᆞᆫ: 다만, 唯(부사)

7) 다ᄆᆞᆫ ᄒ 큰 잀 因緣: 일(일, 事) + -ㅅ(-의: 관조) ※ 'ᄒ 큰 잀 因緣'은 『묘법연화경』의 '一大事因緣(일대사인연)'을 우리말로 옮긴 것인데, 중생(衆生)을 제도(濟度)하기 위(爲)하여 부처가 인연(因緣)을 맺어 세상(世上)에 나타나서 교화(敎化)하는 일이다. '一大事(일대사)'는 곧 일승묘법(一乘妙法)이고 제불의 지견(智見)이다. 하나의 실상(實相)이므로 '일(一)'이라고 하고, 그 본성이 넓으므로 '대(大)'이며, 제불께서 세상에 나오시는 의식(儀式)이므로 '사(事)'이며, 중생에게 이 근기(根機)가 있어서 부처님께 감(感)하므로 '인(因)'이라 하며, 부처님께서 중생의 근기에 맞추어서 응현(應現)하시니, '연(緣)'이라 한다.

8) 一乘: 일승. 모든 중생이 부처와 함께 성불한다는 석가모니의 교법(敎法)이다. 교법에는 소승, 대승, 3승, 5승 등의 구별이 있다. 그러나 일체 중생이 모두 성불한다는 견지에서는 그 구제하는 교법이 하나뿐이고, 또 절대 진실한 거이라고 주장하는 것이 일승이다.

9) 妙法: 묘법. 미묘한 법문(法文)이란 뜻으로, 부처님이 행한 전체의 설교(說敎)를 이른다.

히 크나 이라 ᄒᆞ리라 ᄒᆞ고 죠고맛 因힌緣원 아니 ᄊᆞᆯ씨 ᄒᆞᆫ 큰 이리라 ᄒᆞ니라 】 舍셩利링弗붏아 엇뎨 諸졍佛뿛 世솅尊존이 다 ᄒᆞᆫ 큰 잀 因힌緣원으로 世솅間간애 나시ᄂᆞ다 ᄒᆞ거뇨 諸졍佛뿛 世솅尊존이 衆즁生ᄉᆡᆼᄋᆞ로 부텻 知딩見견을 여러 淸청淨쩡을 得득게 ᄒᆞ려 ᄒᆞ샤 世솅間간애 나시며 衆즁生ᄉᆡᆼᄋᆞᆯ 부텻 知딩見견을

妙法(묘법)이 둘이 아니며 셋이 아니므로 하나이라 하고, 조금의 因緣(인연)이 아니므로 큰 일이라고 하였니라. 】, 舍利弗(사리불)아, '어찌 諸佛(제불)과 世尊(세존)이 다만 '한 큰 일의 因緣(인연)'으로 世間(세간)에 나신다고 하였느냐?'고 한다면, 諸佛(제불)과 世尊(세존)이 衆生(중생)에게 부처의 智見(지견)을 열어 淸淨(청정)을 得(득)하게 하려 하시어 世間(세간)에 나시며, 衆生(중생)에게 부처의 智見(지견)을

妙_묠法_법이 둘¹⁰⁾ 아니며 세¹¹⁾ 아닐씨 ᄒᆞ나히라¹²⁾ ᄒᆞ고 죠고맛¹³⁾ 因_힌緣_원이 아닐씨

큰 이리라¹⁴⁾ ᄒᆞ니라 】 舍_샹利_링弗_붏아 엇뎨¹⁵⁾ 諸_졍佛_뿛 世_솅尊_존이 다ᄆᆞᆫ¹⁶⁾

ᄒᆞᆫ 큰 잀 因_힌緣_원으로 世_솅間_간애 나시ᄂᆞ다¹⁷⁾ ᄒᆞ거뇨¹⁸⁾ ᄒᆞ란ᄃᆡ 諸_졍

佛_뿛 世_솅尊_존이 衆_즁生_{ᄉᆡᆼ}을¹⁹⁾ 부텻 知_딩見_견²⁰⁾을 여러 淸_쳥淨_쪙²¹⁾을 得_득

게²²⁾ 호려²³⁾ ᄒᆞ샤 世_솅間_간애 나시며 衆_즁生_{ᄉᆡᆼ}이 그에²⁴⁾ 부텻 知_딩

見_견을

---

10) 둘: 둘(← 둟: 둘, 二, 수사, 양수)

11) 세: 세(← 셓: 셋, 三, 수사, 양수)

12) ᄒᆞ나히라: ᄒᆞ나ㅎ(하나, 一: 수사, 양수) + -이(서조)- + -Ø(현시)- + -라(← -다: 평종)

13) 죠고맛: 죠고마(조금, 小: 명사) + -ㅅ(-의: 관조)

14) 이리라: 일(일, 事) + -이(서조)- + -Ø(현시)- + -라(← -다: 평종)

15) 엇뎨: 어찌, 何(부사)

16) 다ᄆᆞᆫ: 다만, 唯(부사)

17) 나시ᄂᆞ다: 나(나다, 出現)- + -시(주높)- + -ᄂᆞ(현시)- + -다(평종)

18) ᄒᆞ거뇨: ᄒᆞ(하다, 云)- + -Ø(과시)- + -거(확인)- + -뇨(-느냐: 의종, 설명)

19) 衆生을: 衆生(중생) + -을(-에게: 목조, 보조사적 용법, 의미상 부사격) ※ '衆生을'은 '衆生에게'로 의역하여 옮긴다.

20) 知見: 지견. 지식과 견문을 아울러 이르는 말이다.

21) 淸淨: 청정. 나쁜 짓으로 지은 허물이나 번뇌의 더러움에서 벗어나 깨끗한 상태이다.

22) 得게: 得[← 得ᄒᆞ다(득하다): 得(득: 불어) + -ᄒᆞ(동접)-]- + -게(연어, 사동)

23) 호려: ᄒᆞ(← ᄒᆞ다: 보용, 사동)- + -오려(-으려: 연어, 의도)

24) 衆生이 그에: 衆生(중생) + -ᄋᆡ(관조) # 그에(거기에: 의명, 위치) ※ '衆生이 그에'는 '衆生에게'로 의역하여 옮긴다.

보이리라고 하시어 世間(세간)에 나시며, 衆生(중생)이 부처의 智見(지견)을
알게 하려 하시어 世間(세간)에 나시며, 衆生(중생)이 부처의 智見道(지견도)
에 들게 하려 하시어 世間(세간)에 나시나니, 舍利弗(사리불)아 이러한 것이
諸佛(제불)이 '한 큰 일의 因緣(인연)'으로 世間(세간)에 나시는 것이다." 부
처가 舍利弗(사리불)더러 이르시되,

뵈요리라²⁵⁾ ᄒᆞ샤 世솅間간애 나시며 衆즁生ᄉᆡᆼ이 부텻 知딩見견을 알에²⁶⁾

호려 ᄒᆞ샤 世솅間간애 나시며 衆즁生ᄉᆡᆼ이 부텻 知딩見견道똘애 들에

호려 ᄒᆞ샤 世솅間간애 나시ᄂᆞ니 舍샹利링弗붏아 이러호미²⁷⁾ 諸졍佛붏이

ᄒᆞᆫ 큰 잀 因인緣원으로 世솅間간애 나시논²⁸⁾ 디라²⁹⁾ 부톄 舍샹利링弗붏ᄃᆞ

려 니ᄅᆞ샤ᄃᆡ

---

25) 뵈요리라: 뵈[보이다, 示: 보(보다, 見: 타동)-+-ㅣ(←-이-: 사접)-]-+-요(←-오-: 화자)-
    +-리(미시)-+-라(←-다: 평종)

26) 알에: 알(알다, 知)-+-에(←-게: 연어, 사동)

27) 이러호미: 이러ᄒᆞ[←이러ᄒᆞ다(이러하다, 如是): 이러(이러: 불어)+-ᄒᆞ(형접)-]-+-옴(명전)+
    -이(주조) ※ '이러홈이'는 문맥을 감안하여 '이러한 이유로'로 의역하여 옮긴다.

28) 나시논: 나(나다, 現)-+-시(주높)-+-ㄴ(←-ᄂᆞ-: 현시)-+-오(대상)-+-ㄴ(관전)

29) 디라: ᄃ(←ᄃᆞ: 것, 者, 의명)+-이(서조)-+-Ø(현시)-+-라(←-다: 평종)

佛_뿛如_셩來_링·다 문 菩_뽕薩_삻·을 教_굘
化_황·ᄒᆞ·샤ᄆᆞᆯ·윗·ᄒᆞ시·논·이 리·샹녜호·이
리·라오·직 부텻 知_딩見_견·으로 衆_즁生_{ᄉᆡᆼ}·이
·올 :모·여 알·외시·ᄂᆞ·니 如_셩來_링·다 ·문
혼 佛_뿛乘_씽·ᄋᆞ·로 衆_즁生_{ᄉᆡᆼ}·이 위·ᄒᆞ·야 說_쉃
혼 法_법·ᄒᆞ시·디 다ᄅᆞᆫ 乘_씽·이 :둘·히
·며 세·히 :업스·니·라 舍_샹利_링弗_뷺·아 十
方_빵 諸_정佛_뿛ㅅ 法_법·이·다·이·러·ᄒᆞ·

"제불(諸佛)과 여래(如來)가 다만 菩薩(보살)을 教化(교화)하시어, 모든 하시는 일이 항상 하나의 일이다. 오직 부처의 智見(지견)으로 衆生(중생)에게 보여서 깨우치시나니, 如來(여래)가 다만 한 佛乘(불승)으로 衆生(중생)을 위하여 說法(설법)하시지, 다른 乘(승)이 둘이며 셋이 없으니라. 舍利弗(사리불)아, 十方(시방)의 諸佛(제불)의 法(법)이 다 이러하시니라.

諸_정佛_뿛 如_셩來_링 다ᄆᆞᆫ³⁰⁾ 菩_뽕薩_삻ᄋᆞᆯ 敎_굘化_황ᄒᆞ샤 믈읫³¹⁾ ᄒᆞ시논³²⁾ 이리 샹녜³³⁾ ᄒᆞᆫ 이리라³⁴⁾ 오직 부텻 知_딩見_견으로 衆_즁生_{ᄉᆡᆼ}ᄋᆞᆯ³⁵⁾ 뵈여³⁶⁾ 알외시ᄂᆞ니³⁷⁾ 如_셩來_링 다ᄆᆞᆫ ᄒᆞᆫ 佛_뿛乘_씽으로³⁸⁾ 衆_즁生_{ᄉᆡᆼ} 위ᄒᆞ야 說_쉃法_법ᄒᆞ시디비³⁹⁾ 녀나ᄆᆞᆫ⁴⁰⁾ 乘_씽이 둘히며⁴¹⁾ 세히⁴²⁾ 업스니라⁴³⁾ 舍_샹利_링弗_뿛아 十_씹方_방 諸_졍佛_뿛ㅅ 法_법이 다 이러ᄒᆞ시니라

---

30) 다ᄆᆞᆫ: 다만, 오직, 但(부사)

31) 믈읫: 모든, 諸(관사)

32) ᄒᆞ시논: ᄒᆞ(하다, 作)- + -시(주높)- + -ㄴ(←-ᄂᆞ-: 현시)- + -오(대상)- + -ㄴ(관전)

33) 샹녜: 항상, 常(부사)

34) 이리라: 일(일, 事) + -이(서조)- + -Ø(현시)- + -라(←-다: 평종)

35) 衆生ᄋᆞᆯ: 衆生(중생) + -ᄋᆞᆯ(-에게: 목조, 보조사적 용법)

36) 뵈여: 뵈[보이다, 示: 보(보다, 見: 타동)- + -ㅣ(←-이-: 사접)]- + -여(←-어: 연어)

37) 알외시ᄂᆞ니: 알외[알리다, 깨닫게 하다, 示悟: 알(알다, 知: 타동)- + -오(사접)- + -ㅣ(←-이-: 사접)]- + -시(주높)- + -ᄂᆞ(현시)- + -니(연어, 설명 계속)

38) 佛乘으로: 佛乘(불승) + -으로(부조, 방편) ※ '佛乘(불승)'은 중생을 깨달음의 세계로 이끄는 부처의 교법(敎法)이다.

39) 說法ᄒᆞ시디비: 說法ᄒᆞ[설법하다: 說法(설법: 명사) + -ᄒᆞ(동접)-]- + -시(주높)- + -디비(-지: 연어, 대조)

40) 녀나ᄆᆞᆫ: [다른, 有餘(관사): 년(←녀느: 여느, 他) + 남(남다, 餘: 동사)- + -ᄋᆞᆫ(관전▷관접)]

41) 둘히며: 둘ㅎ(둘, 二: 수사, 양수) + -이며(접조)

42) 세히: 세ㅎ(셋, 三: 수사, 양수) + -이(주조)

43) 업스니라: 없(없다, 無)- + -Ø(현시)- + -으니(원칙)- + -라(←-다: 평종)

시니라【이는 十方·애 잇는 道·理 ᄒᆞ가지신 주를 니르시니라】 舍利弗·아【이ᄅᆞ브터 아래는 三世·예 잇는 道理 ᄒᆞ가지신 주를 니르시니라 三世ᄂᆞᆫ 過去·와 未來·와 現在·왜니 過去ᄂᆞᆫ 디나건 劫·이오 未來ᄂᆞᆫ 아니 왯는 劫·이오 現在ᄂᆞᆫ 現ᄒᆞ야 잇는 劫·이라】 디나신 諸佛·도 無量無數ᄒᆞᆫ 方便·과 種種·ᄋᆡ 因緣·과 譬喩ᄒᆞᄂᆞᆫ 말ᄊᆞ·ᄆᆞ·로 衆生·ᄋᆞᆯ 위ᄒᆞ·야 諸法·을 펴 니·르

【 이는 十方(시방)에 있는 道理(도리)가 한 가지인 것을 이르셨니라. 】 舍利弗(사리불)아, 【 이로부터 아래는 三世(삼세)에 있는 도리가 한 가지인 것을 이르셨니라. 三世(삼세)는 過去(과거)와 未來(미래)와 現在(현재)이니, 過去(과거)는 지난 劫(겁)이요, 未來(미래)는 아니 와 있는 劫(겁)이요, 現在(현재)는 現(현)하여 있는 劫(겁)이다. 】 지나신 諸佛(제불)도 無量無數(무량무수)한 方便(방편)과 種種(종종)의 因緣(인연)과 比喩(비유)하는 말씀으로 衆生(중생)을 위하여 諸法(제법)을 퍼뜨려 이르시더니,

【 이는 十씹方방앳 道똘理링 훈 가지론⁴⁴⁾ 고들⁴⁵⁾ 니르시니라⁴⁶⁾ 】 舍샹利링弗붏아

【 일로⁴⁷⁾ 아래는⁴⁸⁾ 三삼世솅옛⁴⁹⁾ 道똘理링 훈 가지론 주를⁵⁰⁾ 니르시니라 三삼世솅는

過광去컹와 未밍來링와 現현在찡왜니⁵¹⁾ 過광去컹는 디나건⁵²⁾ 劫겁이오 未밍來링는 아

니 왯는⁵³⁾ 劫겁이오 現현在찡는 現현ᄒᆞ야 잇는 劫겁이라 】 디나거신⁵⁴⁾ 諸졍佛뿛

도 無뭉量량無뭉數숭 方방便뼌과 種죵種죵 因인緣원과 譬핑喩융엣⁵⁵⁾ 말ᄊᆞᆷ

로⁵⁶⁾ 衆즁生싱 위ᄒᆞ야 諸졍法법을 불어⁵⁷⁾ 니르더시니⁵⁸⁾

---

44) 훈가지론: 훈(한, 一: 관사, 양수) + 가지(가지, 類: 의명) + -∅(←-이-: 서조)- + -∅(현시)- +
－로(←-오-: 대상)- + -ㄴ(관전)

45) 고들: 곧(것, 者: 의명) + -올(목조)

46) 니르시니라: 니르(이르다, 說)- + -시(주높)- + -∅(과시)- + -니(원칙)- + -라(←-다: 평종)

47) 일로: 일(←이: 이, 此, 지대, 정칭) + -로(부조, 방편)

48) 아래는: 아래(아래, 下) + -는(보조사, 주제)

49) 三世옛: 三世(삼세) + -예(←-에: 부조, 위치) + -ㅅ(-의: 관조) ※ '三世(삼세)'는 전세(前世)·현
세(現世)·내세(來世)의 세 가지이다.

50) 주를: 줄(줄, 것, 者: 의명) + -을(목조)

51) 現在왜니: 現在(현재) + -와(접조) + -ㅣ(←-이-: 서조)- + -니(연어, 설명 계속)

52) 디나건: 디나(지나다, 過)- + -∅(과시)- + -거(확인)- + -ㄴ(관전)

53) 왯는: 오(오다, 來)- + -아(연어) + 잇(←이시다: 있다, 보용, 완료 지속)- + -ᄂᆞ(현시)- + -ㄴ(관전)
※ '왯는'은 '와 잇는'이 축약된 형태이다.

54) 디나거신: 디나(지나다, 過)- + -거(확인)- + 시(주높)- + -∅(과시)- + -ㄴ(관전)

55) 譬喩엣: 譬喩(비유) + -에(부조, 위치) + -ㅅ(-의: 관조) ※ '譬喩(비유)'는 어떤 현상이나 사물을
직접 설명하지 아니하고 다른 비슷한 현상이나 사물에 빗대어서 설명하는 일이다. ※ '譬喩엣'은
'비유하는'으로 의역하여 옮긴다.

56) 말ᄊᆞᆷ로: 말ᄊᆞᆷ[말씀, 言辭: 말(말, 言) + -ᄊᆞᆷ(-씀: 접미)] + -ᄋᆞ로(부조, 방편)

57) 불어: 불(←부르다: 퍼뜨리다, 演)- + -어(연어)

58) 니르더시니: 니르(이르다, 說)- + -더(회상)- + -시(주높)- + -니(연어, 설명 계속) ※ '불어 니르
더시니'는 '演說(연설)'을 직역한 표현이다. 여기서 연설(演說)은 도리(道理), 교의(敎義), 의의(意
義) 따위를 진술하는 것이다.

더·시·니·이 法·법 도·다ᄒᆞᆫ 佛·뿡 乘·씽·이·론
젼·ᄎᆞ·로·이 衆·즁 生·ᅌᆡᆼ 돌·히 諸 佛·뿡
法·법 듣·ᄌᆞᄫᅡ 乃 終·즁·에·다 一·ᅙᇙ 切·쳉
種·종 智·딩·이 過·광 去·컹 諸 佛·뿡
生·ᅌᆡᆼ·이 過·광 去·컹 諸 佛·뿡·을 맛·나·ᅀᆞᄫᅡ 福·복·과
六·륙 波·방 羅·랑 密·밇·을 드·러 福·복
智·딩 慧·ᅘᆔᆼ·와 닷·ᄀᆞᆫ 사·ᄅᆞᆷ·돌·히 다·ᄒᆞ·마
道·뚱·룰 일·우·며 布·봉 施·싱 忍·ᅀᅵᆫ 辱·ᅀᅲᆨ 持·띵 戒·갱 精

이 法(법)도 다 한(一) 佛乘(불승)인 까닭으로, 이 衆生(중생)들이 諸佛(제불)께 法(법)을 들어 나중(乃終)에 다 一切種智(일체종지)를 得(득)하겠으니, 아무나 衆生(중생)이 過去(과거)의 諸佛(제불)을 만나, 六波羅密(육바라밀)을 들어 福(복)과 智慧(지혜)를 닦은 사람들이 다 이미 佛道(불도)를 이루며【布施(보시)와 持戒(지계)와 忍辱(인욕)과

이 法_법도 다 흔 佛_뿛乘_씽이론⁵⁹⁾ 젼ᄎ로 이 衆_즁生_{ᄉᆡᆼ}ᄃᆞᆯ히 諸_졍佛_뿛씌 法_법 듣ᄌᆞᄫᅡ 乃_냉終_즁에⁶⁰⁾ 다 一_힗切_쳉種_죵智_딩⁶¹⁾를 得_득ᄒᆞ리니 아뫼나⁶²⁾ 衆_즁生_{ᄉᆡᆼ}이 過_광去_컹 諸_졍佛_뿛 맛나ᅀᆞᄫᅡ⁶³⁾ 六_륙波_방羅_랑蜜_밇⁶⁴⁾을 듣ᄌᆞᄫᅡ 福_복과 智_딩慧_{ᅗᆒ}와 닷ᄀᆞᆫ⁶⁵⁾ 사ᄅᆞᆷᄃᆞᆯ히 다 ᄒᆞ마⁶⁶⁾ 佛_뿛道_똘를 일우며【布_봉施_싱⁶⁷⁾와 持_띵戒_갱⁶⁸⁾와 忍_{ᅀᅵᆫ}辱_{ᅀᅭᆨ}⁶⁹⁾과

---

59) 佛乘이론: 佛乘(불승) + -이(서존)- + -Ø(현시)- + -로(←-오-: 대상)- + -ㄴ(관전) ※ '흔 佛乘'은 '일불승(一佛乘)'을 이르는 말이다. 부처의 경지에 이르게 하는 오직 하나의 궁극적인 가르침이며, 모든 중생을 성불하게 하는 부처의 유일한 가르침이다.

60) 乃終에: 乃終(내종, 나중) + -에(부조, 위치)

61) 種智: 종지. 현상계의 모든 존재의 각기 다른 모습과 그 속에 감추어져 있는 참 모습을 알아내는 부처의 지혜이다.(= 一切種智, 일체종지)

62) 아뫼나: 아모(아무, 某: 인대, 부정칭) + -ㅣ나(←-이나: 보조사, 선택)

63) 맛나ᅀᆞᄫᅡ: 맛나[만나다, 遇: 맛(← 맞다: 맞다, 迎)- + 나(나다, 出)-]- + -ᅀᆞ(←-ᅀᆞᆸ-: 객높)- + -아(연어)

64) 六波羅蜜: 육바라밀. 대승불교에서 가장 중요시하는 보살의 실천행이다. 생사의 고해를 건너 이상경인 열반의 세계에 이르는 실천수행법인 육바라밀은 보시(布施)·지계(持戒)·인욕(忍辱)·정진(精進)·선정(禪定)·반야바라밀(般若波羅蜜) 등의 여섯 가지로 구성되어 있다.

65) 닷ᄀᆞᆫ: 닦(닦다, 修)- + -Ø(과시)- + -은(관전)

66) ᄒᆞ마: 이미, 究竟(부사)

67) 布施: 보시. 대승불교의 실천 수행 방법인 육바라밀 중의 하나이다. 남에게 베풀어 주는 일을 말하며, 중생의 구제를 그 목표로 하고 있는 이타정신(利他精神)의 극치이다.

68) 持戒: 지계. 육바라밀 중의 하나이다. 계율을 몸에 지녀 자발적으로 지키고 피하지 않는 것을 이르는 말이다.

69) 忍辱: 인욕. 육바라밀의 하나이다. 온갖 모욕과 괴로움도 참고 원한을 갖지 않으며 마음을 편안하게 갖는 불교 수행법이다. 어떠한 역경과 고통에도 굴하지 않고 보살도를 행하는 것이다.

進(진)과 慧(혜)와ᄂᆞᆫ 福(복)이오 慧(혜)오 이ᄂᆞᆫ 菩薩(뽕삻)行(ᄒᆡᆼ)ᄒᆞ시던 衆生(즁ᄉᆡᆼ)ᄋᆞᆯ 니ᄅᆞ시니라 諸(졍)佛(뿛)이 滅(멿)度(똥)ᄒᆞ신 後(훃)에 아ᄆᆞ나 ᄆᆞᅀᆞᆷ 보ᄃᆞ라ᄫᅵ 가지던 사ᄅᆞᆷ들토 다 ᄒᆞ마 佛(뿛)道(똘)ᄅᆞᆯ 일우며 이ᄂᆞᆫ 聲(셩)聞(문)行(ᄒᆡᆼ)ᄋᆞᆯ 니ᄅᆞ시니라 諸(졍)佛(뿛)이 滅(멿)度(똥)ᄒᆞ신 後(훃)에 舍(샹)利(링)ᄅᆞᆯ 供(공)養(양)ᄒᆞ던 사ᄅᆞᆷ이 萬(먼)億(흑)塔(탑)ᄋᆞᆯ 셰오 七(칧)寶(봉)로 조히 ᄭᅮ미거나

精進(정진)은 福(복)이요, 禪定(선정)과 智慧(지혜)는 智慧(지혜)이다. 이는 菩薩行(보살행)을 하던 衆生(중생)을 이르셨느니라.】, 諸佛(제불)이 滅度(멸도)하신 後(후)에 아무나 마음을 보드랍게 가지던 사람들도 다 이미 佛道(불도)를 이루며【이는 聲聞行(성문행)을 이르셨느니라.】, 諸佛(제불)이 滅度(멸도)하신 後(후)에 舍利(사리)를 供養(공양)하던 사람이 萬億(만억)의 塔(탑)을 세우고 七寶(칠보)로 깨끗이 꾸미거나,

精_정進_진⁷⁰⁾과는 福_복이오 禪_썬定_뗭⁷¹⁾과 智_딩慧_휑와는⁷²⁾ 智_딩慧_휑라 이는 菩_뽕薩_삻行_헹⁷³⁾ᄒᆞ던 衆_즁生_{ᄉᆡᆼ}을 니ᄅᆞ시니라】 諸_정佛_뿛이 滅_몂度_똥⁷⁴⁾ᄒᆞ신 後_휳에 아뫼나 ᄆᆞᅀᆞᆷ 보ᄃᆞ라ᄫᅵ⁷⁵⁾ 가지던 사ᄅᆞᆷ들토⁷⁶⁾ 다 ᄒᆞ마 佛_뿛道_똥ᄅᆞᆯ 일우며【이는 聲_셩聞_문行_헹⁷⁷⁾을 니ᄅᆞ시니라】 諸_정佛_뿛이 滅_몂度_똥ᄒᆞ신 後_휳에 舍_샹利_링⁷⁸⁾ 供_공養_양ᄒᆞᅌᅥᆸ던⁷⁹⁾ 사ᄅᆞ미 萬_먼億_흑 塔_탑을 셰오⁸⁰⁾ 七_칧寶_봏⁸¹⁾로 조히⁸²⁾ ᄭᅮ미거나⁸³⁾

70) 精進: 정진. 육바라밀의 하나이다. 순일하고 물들지 않은 마음으로 항상 부지런히 도를 닦는 것이다.
71) 禪定: 선정. 육바라밀의 하나이다. 반야(般若)의 지혜를 얻고 성불하기 위해 마음을 닦는 수행이다. 선정이란 마음이 산란해지는 것을 멈추고, 마음을 고요하게 통일하여 입정삼매(入定三昧)에 들어가는 것을 의미한다.
72) 智慧와는: 智慧(지혜) + -와(접조) + -는(보조사, 주제) ※ '智慧(지혜)'는 육바라밀의 하나로서, 반야(般若, prajña)를 가리킨다. 사물의 도리나 선악을 분별하는 마음의 작(作)인데, '공(空)의 지혜'이며 사로잡힘이 없는 입장이다.
73) 菩薩行: 보살행. 부처되기를 목적으로 하고 수행하는 자리(自利)·이타(利他)가 원만한 대행(大行)이다. 곧 육바라밀(六波羅蜜) 등의 행업(行業)을 이른다.
74) 滅度: 멸도. 승려가 죽은 것이다.
75) 보ᄃᆞ라ᄫᅵ: [보드랍게, 柔軟(부사): 보들(보들: 불어) + -압(←-압-: 형접)- + -이(부접)]
76) 사ᄅᆞᆷ들토: 사ᄅᆞᆷ들ᄒᆡ[사람들, 諸人: 사ᄅᆞᆷ(사람, 人) + -들ᄒᆡ(-들: 복접)] + -도(보조사, 첨가)
77) 聲聞行: 성문행. 부처의 설법을 듣고 아라한의 깨달음을 얻게 하는 교법을 성문승(聲聞乘)이라고 하고, 그러한 교법을 닦는 승려를 승문승(聲聞僧)이라고 한다. 여기서 성문행(聲聞行)은 성문승(聲聞僧)의 행위이다.
78) 舍利: 사리(sarira). 참된 불도 수행의 결과로 생긴다는 구슬 모양의 유골이다.
79) 供養ᄒᆞᅌᅥᆸ던: 供養ᄒᆞ[공양하다: 供養(공양: 명사) + -ᄒᆞ(동접)-] + -ᅌᅥᆸ(객높)- + -더(회상)- + -ㄴ(관전)
80) 셰오: 셰[세우다, 起: 셔(서다, 立: 자동)- + -ㅣ(←-이-: 사접)-]- + -오(←-고: 연어, 계기)
81) 七寶: 칠보. 불교에서 7가지 보배를 일컫는 말인데, 경전에 따라 그 종류는 약간의 차이가 있다. 『묘법연화경』에서는 '금(金)·은(銀)·파리(頗梨)·車璩(거거)·마뇌(馬腦)·매괴(玫瑰)·유리(琉璃), 진주(珍珠)' 등을 칠보로 들고 있다.
82) 조히: [깨끗이, 맑게, 淸淨(부사): 좋(깨끗하다, 맑다, 淸淨: 형사)- + -이(부접)]
83) ᄭᅮ미거나: ᄭᅮ미(꾸미다, 飾)- + -거나(연어, 선택)

돌·히·며 栴전檀딴香향·이·며 沈띰水씽香향 木목檀딴·이·며 녀나무남기·라 ·며 木목檀딴·이·며 ·뎌새·며 흙 ·로 塔탑·올 이르숩·거·나 ·아·히 노롯·ᄒᆞ·야 ·몰·애 모도·아 塔탑·올 ᄆᆡᆼᄀᆞ·라·도 ·이런 ·사 롬·돌·히 ·다 ·ᄒᆞ·마 佛뿛道똥ᄅᆞᆯ 일우·며 ·뫼·나 ·사·ᄅᆞᆷ·이 부텨 위·ᄒᆞ·야 ·수ᄫᅥ·러 像썅·롤

돌이며 栴檀香(전단향)이며 沈水香(침수향)이며 木櫁(목밀)이며 다른 나무며 【 木蜜(목밀)은 香(향)나무이다. 】 甓(벽)돌이며 기와며 흙으로 塔(탑)을 세우거나, 아이가 놀이하여 모래를 모아서 塔(탑)을 만들어도, 이런 사람들이 다 이미 佛道(불도)를 이루며, 아무나 사람이 부처를 위하여 여러 像(상)을 만든 이도 다 이미 佛道(불도)를

돌히며⁸⁴⁾ 栴_젼檀_딴香_향⁸⁵⁾이며 沈_띰水_슁香_향⁸⁶⁾이며 木_목櫁_밀⁸⁷⁾이며 녀나믄

남기며⁸⁸⁾【木_목櫁_밀은 香_향남기라⁸⁹⁾】甓_벽이며⁹⁰⁾ 디새며⁹¹⁾ 홀ㄱ로⁹²⁾ 塔_탑을

이르ᄉᆞᆸ거나⁹³⁾ 아히⁹⁴⁾ 노ᄅᆞᆺᄒᆞ야⁹⁵⁾ 몰애⁹⁶⁾ 모도아⁹⁷⁾ 塔_탑을 밍ᄀᆞ라도⁹⁸⁾ 이

런 사ᄅᆞᆷ들히 다 ᄒᆞ마 佛_뿛道_뚷를 일우며 아뫼나 사ᄅᆞ미 부텨 위ᄒᆞᅀᆞᄫᅡ

여러 像_썅을 밍ᄀᆞᅀᆞᄫᅵ니도⁹⁹⁾ 다 ᄒᆞ마 佛_뿛道_뚷를

---

84) 돌히며: 돌ㅎ(돌, 石) + -이며(접조)

85) 栴檀香: 전단향. 인도에서 나는 향나무의 하나이다. 목재는 불상을 만드는 재료로 쓰고 뿌리는
가루로 만들어 단향(檀香)으로 쓴다. ※ '檀香(단향)'은 향나무를 통틀어 이르는 말이다.

86) 沈水香: 침수향(agaru). 침향나무에서 분비되는 검은색의 진으로 만든 향이다.(= 침향. 沈香)

87) 木櫁: 목밀(deva-dāru). 향기 나는 나무로, 향이나 불상의 재료로 쓰인다.

88) 남기며: 낡(← 나모: 나무, 木) + -이며(접조)

89) 香남기라: 香낡[← 香나모(향나무, 香木): 香(향) + 나모(나무, 木)] + -이(서조)- + -Ø(현시)- +
-라(←-다: 평종)

90) 甓이며: 甓(벽) + -이며(접조) ※ '甓(벽)'은 '벽돌'이다.

91) 디새며: 디새(기와, 瓦) + -며(←-이며: 접조)

92) 홀ㄱ로: 흙(흙, 土) + -ᄋᆞ로(부조, 방편)

93) 이르ᄉᆞᆸ거나: 이르[세우다, 建立: 일(이루어지다, 成: 자동)- + -으(사접)-]- + -ᄉᆞᆸ(객높)- + -거
나(연어, 나열)

94) 아히: 아히(아이, 童子) + -Ø(←-이: 주조)

95) 노ᄅᆞᆺᄒᆞ야: 노ᄅᆞᆺᄒᆞ[놀이하다, 戱: 놀(놀다, 戱: 동사)- + -ᄋᆞᆺ(명접) + -ᄒᆞ(동접)-]- + -야(←-아:
연어)

96) 몰애: 모래, 沙.

97) 모도아: 모도[모으다, 聚: 몯(모이다, 集: 자동)- + -오(사접)-]- + -아(연어)

98) 밍ᄀᆞ라도: 밍ᄀᆞᆯ(만들다, 爲)- + -아도(연어, 양보)

99) 밍ᄀᆞᅀᆞᄫᅵ니도: 밍ᄀᆞ(← 밍ᄀᆞᆯ다: 만들다, 爲)- + -ᅀᆞᇦ(←-ᄉᆞᆸ-: 객높)- + -Ø(과시)- + -ㄴ(관전) #
이(이, 者: 의명) + -도(보조사, 첨가)

일우며七寶·로일우숩거나구리
어·나鑞이어·나鐵이어·나남기어
나흙기어나갓·을와옷과뮈와로佛
像·올수미슈·바도이런사룸돌·히
마佛像·올그·리슈·보디제·호거나
로佛道·롤일우·며彩色
흥마佛像·올그·리슈·보디제·호거나
누·물시·겨호·야도다호·마佛道이·어
일·우·며아·희노롯호·야草木이·어룰

이루며, 七寶(칠보)로 이루거나 구리거나 鑞(납)이거나 鐵(철)이거나 나무거나 흙이거나 아교풀과 옷과 베로 佛像(불상)을 꾸며도, 이런 사람들이 다 이미 佛道(불도)를 이루며, 彩色(채색)으로 佛像(불상)을 그리되 자기가 하거나 남을 시켜 하여도 다 이미 佛道(불도)를 이루며, 아이가 놀이하여 草木 (초목)이거나 일우며 七_칧寶_볼로 일우숩거나¹⁾ 구리어나²⁾ 鑞_랍³⁾이어나 鐵_텷이어나 남기어나⁴⁾ 홀기어나⁵⁾ 갓블와⁶⁾ 옷과 뵈와로⁷⁾ 佛_뿛像_쌍을 꾸미슨바도⁸⁾ 이런 사름들히 다 ᄒ마 佛_뿛道_똘를 일우며 彩_칭色_식으로⁹⁾ 佛_뿛像_쌍을 그리ᅀᆞᄫᅩ딗¹⁰⁾ 제¹¹⁾ ᄒ거나 ᄂᆞᄆᆞᆯ¹²⁾ 시겨¹³⁾ ᄒ야도 다 ᄒ마 佛_뿛道_똘를 일우며 아히 노릇ᄒ야 草_촐木_목이어나

---

1) 일우숩거나: 일우[이루다, 成: 일(이루어지다, 成: 자동)- + -우(사접)-]- + -숩(객높)- + -거나(보조사, 선택)

2) 구리어나: 구리(구리, 銅) + -어나(-이어나: 보조사, 선택)

3) 鑞: 납. 푸르스름한 잿빛의 금속 원소이다. 금속 가운데 가장 무겁고 연하며, 전성(展性)은 크나 연성(延性)은 작다. 연판, 연관, 활자 합금 따위로 쓴다.

4) 남기어나: 낡(← 나모: 나무, 木) + -이어나(-이거나: 보조사, 선택)

5) 홀기어나: 훍(흙, 泥) + -이어나(-이거나: 보조사, 선택)

6) 갓블와: 갓블[갓풀, 아교풀, 膠: 갓(← 굿: 가죽, 革) + 블(?)] + -와(← -과: 접조) ※ '갓블'은 아교풀인데, 짐승의 가죽, 힘줄, 뼈 따위를 진하게 고아서 굳힌 끈끈한 것이다. '갓블'에서 '블'의 형태와 의미가 확인되지 않는데, '풀(膠)'의 옛말인 '플'과 그 형태가 관련이 있는 것으로 추정한다.

7) 뵈와로: 뵈(베, 布) + -와(접조) + -로(부조, 방편)

8) 꾸미ᅀᆞᄫᅡ도: 꾸미(꾸미다, 嚴飾)- + -ᅀᆞᆸ(← -숩-: 객높)- + -아도(연어, 양보)

9) 彩色으로: 彩色(채색) + -으로(부조, 방편) ※ '彩色(채색)'은 여러 가지의 고운 빛깔이다.

10) 그리ᅀᆞᄫᅩ딗: 그리(그리다, 作)- + -ᅀᆞᆸ(← -숩-: 객높)- + -오딗(-되: 연어, 설명 계속)

11) 제: 저(저, 자기, 己: 인대, 재귀칭) + -ㅣ(← -이: 주조)

12) ᄂᆞᄆᆞᆯ: 눕(남, 人) + -ᄋᆞᆯ(목조)

13) 시겨: 시기(시키다, 使)- + -어(연어)

붓이거나 손톱으로나 佛像(불상)을 그리던 이도 다 이미 佛道(불도)를 이루며, 아무이거나 사람이 塔(탑)이며 像(상)을 華香(화향)과 幡蓋(번개)로 恭敬(공경)하여 供養(공양)하거나, 북을 치며 角貝(각패)를 불며 簫(소)와 笛(적)과 琴(금)과 箜篌(공후)와 琵琶(비파)와 鐃(요)와 銅鈸(동발)과 이렇듯한 貴(귀)한 소리로 供養(공양)하거나,

부디어나[14] 손토보뢰어나[15] 佛뿛像썅ᄋᆞᆯ 그리ᅀᆞᆸ더니도[16] 다 ᄒᆞ마 佛뿛道똫ᄅᆞᆯ 일우며 아뫼나 사ᄅᆞ미 塔탑이며 像썅ᄋᆞᆯ 華ᅘᅪᆼ香향[17] 幡펀蓋갱로[18] 恭공敬경ᄒᆞ야 供공養양ᄒᆞᅀᆞᆸ거나 붑[19] 티며[20] 角각貝뱅[21] 불며 簫숗[22]와 笛뗙[23]과 琴끔[24]과 箜콩篌ᅘᅮᇢ[25]와 琵뼁琶빵[26]와 鐃놓[27]와 銅똥鈸빯[28]와 이러ᄐᆞᆺ ᄒᆞᆫ[29] 한 貴귕ᄒᆞᆫ 소리로 供공養양ᄒᆞᅀᆞᆸ거나

---

14) 부디어나: 붇(붓, 筆) + -이어나(-이거나: 보조사, 선택)

15) 손토보뢰나: 손톱[손톱, 指爪甲] + -오로(←-ᄋᆞ로: 부조, 방편) + -ㅣ나(←-이나: 보조사, 선택) ※ '손토보뢰나'는 '손토ᄇᆞ뢰나'를 오각한 형태이다.

16) 그리ᅀᆞᆸ더니도: 그리(그리다, 畫)- + -ᅀᆞᆸ(객높)- + -더(회상)- + -ㄴ(관전) # 이(이, 者: 의명) + -도(보조사, 첨가)

17) 華香: 화향. 불전에 올리는 꽃과 향이다.

18) 幡蓋로: 幡蓋(번개) + -로(부조, 방편) ※ '幡蓋(번개)'는 불법의 위덕(威德)을 나타내는 깃발(幡)과 일산(蓋)이다. 곧 번(幡)과 천개(天蓋)를 아울러서 이르는 말이다.

19) 붑: 북, 鼓.

20) 티며: 티(치다, 擊)- + -며(연어, 나열)

21) 角貝: 각패. 소라 껍데기로 만든 악기이다.

22) 簫: 소. 퉁소. 가는 대나무로 만든 목관 악기이다.

23) 笛: 적. 대나무로 만든 관악기의 하나이다. 길이는 두 자가량으로 위에 다섯 구멍, 아래에 한 구멍이 나 있다.

24) 琴: 금. 아악기에 속하는 현악기의 하나이다. 현의 수에 따라 일현금·삼현금·오현금·칠현금·구현금 등으로 이름이 붙여진다. 줄을 괴는 기러기발이 없어 그 소리가 맑으나 미약하다.

25) 箜篌: 공후. 하프와 비슷한 동양의 옛 현악기이다. 활 모양의 틀에 21개의 줄을 매어 세워 놓고 뜯는 수공후(竪箜篌), 타원형의 공명통에 13개의 줄을 매어 눕혀 놓고 뜯는 누운공후, 공명통에 나무대를 가로 꽂아 거기에 13개의 줄을 매어 놓은 소공후(小箜篌) 따위가 있다.

26) 琵琶: 비파. 동양 현악기의 하나이다. 몸체는 길이 60~90cm의 둥글고 긴 타원형이며, 자루는 곧고 짧다. 인도·중국을 거쳐 우리나라에 들어왔는데, 네 줄의 당비파와 다섯 줄의 향비파가 있다.

27) 鐃: 요. 자루가 달린 종처럼 생긴 아악기의 하나이다. 탁(鐸)처럼 왼손에 들고 망치로 쳐서 소리를 낸다.

28) 銅鈸: 동발. 자바라, 향발(響鈸) 따위를 통틀어 이르는 말이다.

29) 이러ᄐᆞᆺ ᄒᆞᆫ: 이러ㅎ[←이러ᄒᆞ다(이러하다, 如是: 형사): 이러(이러: 불어) + -ᄒᆞ(형접)-]- + -ᄃᆞᆺ(연어, 흡사) # ᄒᆞ(하다: 보용, 흡사)- + -Ø(현시) + -ㄴ(관전)

혹 角·각貝·뻥 부·는 소·리어·나 簫·숗笛·뗙 箜·콩篌·ᅘᅮᆼ 琴·끔瑟·싏 鐘·즁鈸·ᄣᅡᆯㅅ 한 소·리어·나 ⋯⋯ 노·ᄅᆞ래 브·르며 비·록 ᄒᆞᆫ 죠·고맛 소·리라·도 ᄒᆞ·마 佛·뿛道·뚷ᄅᆞᆯ 일·우·며 아·뫼나 사·ᄅᆞ·미 어·지러·ᄫᅳᆫ ᄆᆞᅀᆞ·미라·도 ᄒᆞᆫ 낫 고ᄎᆞ·로 그·륜 像·썅·ᄋᆞᆯ 供·공養·양ᄒᆞ·숩

【 角(각)은 뿔이요 貝(패)는 소리이니, 약간 굽은 것이 뿔과 같으므로 角貝(각패)라 하였느니라. 簫(소)는 작은 대를 엮어 부는 것이다. 笛(적)은 저이다. 箜篌(공후)는 목이 약간 굽은 듯하고 鳳(봉)의 머리를 만들고 줄이 많은 것이다. 】 기쁜 마음으로 부처의 德(덕)을 노래로 지어 불러, 비록 한 조금의 소리라도 다 이미 佛道(불도)를 이루며, 아무나 사람이 어지러운 마음이라도 한낱 꽃으로 기른 像(상)을 供養(공양)하거나

【 角_각은 쓰리오³⁰⁾ 貝_뱅는 골와래니³¹⁾ 구블호미³²⁾ 뿔 곧홀씨³³⁾ 角_각貝_뱅라 ᄒ니라

簫_숗는 효ᄀ³⁴⁾ 대를 엿거³⁵⁾ 부는³⁶⁾ 거시라 笛_떡은 뎌히라³⁷⁾ 箜_콩篌_흏는 모기³⁸⁾ 구블

ᄒ고 鳳_뽕이 머리 밍글오³⁹⁾ 시울⁴⁰⁾ 한 거시라 鐃_놓는 쥐엽쇠라⁴¹⁾ 銅_똥鈸_뻟은 바래

라⁴²⁾ 】 깃븐⁴³⁾ ᄆᅀᆞᄆ로 부텻 德_득을 놀애⁴⁴⁾ 지어 브르ᅀᄫᅡ⁴⁵⁾ 비록 ᄒᆞᆫ

죠고맛 소리라도⁴⁶⁾ 다 ᄒ마 佛_뿛道_똘를 일우며 아뫼나 사ᄅ미 어즈러

ᄫᆫ⁴⁷⁾ ᄆᅀᆞ미라도 ᄒᆞᆫ낫⁴⁸⁾ 고즈로 그륜⁴⁹⁾ 像_썅을 供_공養_양ᄒᆞᇢ거나

---

30) 쓰리오: 쓸(뿔, 角)-+-이(서조)-+-오(←-고: 연어, 나열)

31) 골와래니: 골와라(소라, 貝)+-ㅣ(←-이-: 서조)-+-니(연어, 설명 계속)

32) 구블호미: 구블ᄒ[← 구블ᄒ다(구붓하다, 曲): 굽(굽다, 曲: 자동)-+-은(접미 ?)-+-ᄒ(형접)-]-+-옴(명전)-+-이(주조) ※ '구블ᄒ다'은 약간 굽은 듯한 것이다.

33) 곧홀씨: 곧ᄒ(같다, 如)-+-ㄹ씨(-ᄆ로: 연어, 이유)

34) 효ᄀ: 횩(작다, 小)-+-Ø(현시)-+-은(관전)

35) 엿거: 엱(엮다, 編)-+-어(연어)

36) 부는: 부(← 불다: 불다, 吹)-+-ㄴ(←-ᄂᆞ-: 현시)-+-오(대상)-+-ㄴ(관전) ※ '부는'은 '부논'을 오각한 형태이다.

37) 뎌히라: 뎌ᄒ(저, 피리, 笛)+-이(서조)-+-Ø(현시)-+-라(←-다: 평종) ※ '저(笛)'는 가로로 불게 되어 있는 관악기를 통틀어 이르는 말이다.

38) 모기: 목(목, 頸)+-이(주조)

39) 밍글오: 밍글(만들다, 作)-+-오(←-고: 연어, 나열)

40) 시울: 현, 줄, 絃.

41) 쥐엽쇠라: 쥐엽쇠[← 주엽쇠, 鐃: 주엽(?)+쇠(쇠, 鐵)]-+-Ø(←-이-: 서조)-+-Ø(현시)-+-라(←-다: 평종) 주엽은 작은 종 따위,

42) 바래라: 바라(자바라, 銅鈸)+-ㅣ(←-이-: 서조)-+-Ø(현시)-+-라(←-다: 평종) ※ '바라'는 놋쇠로 만든 타악기의 하나이다.

43) 깃븐: 깃브다[기쁘다, 歡喜: 깃(← 짗다: 기뻐하다, 歡)-+-브(형접)-]-+-Ø(현시)-+-ㄴ(관전)

44) 놀애: [노래, 歌: 놀(놀다, 遊: 동사)-+-애(명접)]

45) 브르ᅀᄫᅡ: 브르(부르다, 歌)-+-ᅀᆞᇦ(←-ᅀᆞᇦ-: 객높)-+-아(연어)

46) 소리라도: 소리(소리, 音)+-이(서조)-+-라도(←-아도: 연어, 양보)

47) 어즈러ᄫᆫ: 어즈렇[← 어즈럽다, ㅂ불(어지럽다, 亂): 어즐(어질: 불어)-+-업(형접)-]-+-Ø(현시)-+-은(관전)

48) ᄒᆞᆫ낫: [한낱, 一箇(관사): ᄒᆞᆫ(한, 一: 관사, 양수)+낫(← 낯: 낱, 箇)]

49) 그륜: 그리(그리다, 畵)-+-Ø(과시)-+-우(대상)-+-ㄴ(관전)

[53 뒤]

거나 ·져숩·거나 合掌ᄒ숩·거나ᄒ
·소놀·드숩·거나 ·잠간 머·리·로 수·기숩·거나
낭·야 像·올 供養ᄒ숩ᄫ며 塔
塔廟 中·에 【廟·는 ·즛이·니 祖上
부·텻 天ㅅ상 마 利 링 塔 ·겨신 ·이 ·짜·히·라 西
·ᄒᆞᆫ번 南無·몽佛·뿛 道·똘·을 ·ᄒ야 ·일·큰·줍·더·니·도
·다 ᄒ마 佛·뿛 道·똘·을 ·일·우·며 過·광去·컹
諸·졍佛·뿛·이 世·솅間·간·애 ·겨·시·거·나 滅

저쑵거나 合掌(합장)하거나 한 손을 들거나 잠깐 머리를 숙이거나 하여 像(상)을 供養(공양)하며, 塔廟(탑묘) 中(중)에【廟(묘)는 모습이니 祖上(조상)의 모습이 계신 곳이다. 西川(서천) 말에 塔(탑)이라 하나니, 부처의 舍利(사리)가 계신 곳이다.】들어 한 번 "南無佛(나무불)!"하여 일컫던 이도 다 이미 佛道(불도)를 이루며, 過去(과거) 諸佛(제불)이 世間(세간)에 계시거나

저숩거나[50] 合ᅘᅡᆸ掌쟝ᄒᆞᆼ습거나[51] ᄒᆞᆫ 소늘 드숩거나[52] 잢간[53] 머리를 수기습거나[54] ᄒᆞ야 像썅을 供공養양ᄒᆞᅀᆞᄫᆞ며 塔탑廟묠[55] 中듕에【廟묠ᄂᆞᆫ 양지니[56] 祖종上썅 양ᄌ 겨신[57] 싸히라[58] 西솅天텬[59] 마래 塔탑이라 ᄒᆞᄂᆞ니 부텻 舍샹利링[60] 겨신 싸히라】 드러 ᄒᆞᆫ 번 南남無뭉佛뿛[61] ᄒᆞ야 일ᄏᆞᆸ더니도[62] 다 ᄒᆞ마 佛뿛道똘를 일우며 過광去컹 諸졍佛뿛이 世솅間간애 겨시거나

---

50) 저숩거나: 저숩[저쑵다, 拜: 저(←절: 절, 拜) + -∅(←-ᄒᆞ-: 동접)- + -숩(객높)-] + -거나(연어, 선택) ※ '저쑵다(저쑵다)'는 '절ᄒᆞ다'의 객체 높임 어휘로써, 신이나 부처에게 절하는 것이다.

51) 合掌ᄒᆞ습거나: 合掌ᄒᆞ[합장하다: 合掌(합장: 명사) + -ᄒᆞ(동접)-] + -습(객높)- + -거나(연어, 선택) ※ '合掌(합장)'은 두 손바닥을 합하여 마음이 한결같음을 나타내는 것이다. 또는 그런 예법을 이른다. 본디 인도의 예법으로, 보통 두 손바닥과 열 손가락을 합한다.

52) 드숩거나: 드(← 들다: 들다, 擧)- + -숩(객높)- + -거나(연어, 선택)

53) 잢간: [잠깐, 暫間(부사): 잠(잠, 暫) + -ㅅ(관조, 사잇) + 간(간, 間)]

54) 수기숩거나: 수기[숙이다, 低: 숙(숙다, 低: 자동)- + -이(사접)-] + -숩(객높)- + -거나(연어, 선택) ※ '숙다(低)'는 앞으로나 한쪽으로 기울어지는 것이다.

55) 塔廟: 탑묘. 석가모니의 사리나 유골을 모시거나 특별한 영지(靈地)를 나타내기 위하여, 또는 그 덕을 기리기 위하여 세운 건축물이다. 본디는 석가모니의 사리를 묻고 그 위에 돌이나 흙을 높이 쌓은 무덤이나 묘(廟)였다. 깎은 돌이나 벽돌 따위로 층을 지어 쌓으며, 3층 이상 홀수로 층을 올린다.

56) 양지니: 양ᄌ(모습, 樣子, 模襲) + -ㅣ(←-이-: 서조)- + -니(연어, 설명 계속)

57) 겨신: 겨시(계시다, 在)- + -∅(과시)- + -ㄴ(관전)

58) 싸히라: 쌓(곳, 處) + -이(서조)- + -∅(현시)- + -라(←-다: 평종)

59) 西天: 서천. 인도(印度)의 옛 이름이다.

60) 舍利: 舍利(사리) + -∅(←-이: 주조) ※ '舍利(사리)'는 석가모나 성자의 유골이다. 후세에는 화장한 뒤에 나오는 구슬모양의 것만 이른다.

61) 南無佛: 나무불. 부처에 돌아가 의지하는 것이다.

62) 일ᄏᆞᆸ더니도: 일ᄏᆞᆮ(일컫다, 칭찬하다, 稱)- + -ᄌᆞᆸ(객높)- + -더(회상)- + -ㄴ(관전) # 이(이, 者: 의명) + -도(보조사, 첨가) ※ '일ᄏᆞᆮ다(稱)'는 우러러 칭찬하거나 기리어 말하는 것이다.

度뚱 ᄒᆞ신後:ᅘᅮᇢㅣ어·나·이法·법들ᇢ
:라ᄉᆞᆯ·미·다ᄒᆞ마佛道뚱ᄅᆞᆯ일·우·니
舍:샹오人ᅀᅵᆫ天텬供공養양ᄋᆞᆯ브·터·시·혀나·잇·니·라
舍:샹利링弗·붏아未·밍來링옛諸졍佛·
無뭉數:숭方방便·뼌과種:죵種죵因ᅙᆫ
이世·솅間간애나·샤·도無뭉量량
緣원과譬·핑喻·윻엣말ᄊᆞᆷ·ᄋᆞ·로衆:즁生ᄉᆡᆼ
·위·ᄒᆞ·야諸졍法·법·을··믈·어니르·시·리

滅度(멸도)하신 後(후)이거나 이 法(법)을 들은 사람이 다 이미 佛道(불도)를 이루었니라. 【 舍利(사리) 供養(공양)부터서 이까지는 人天(인천)의 行(행)을 이르셨니라. 】 舍利弗(사리불)아, 未來(미래)에 있는 諸佛(제불)이 世間(세간)에 나셔도, 또 無量無數(무량무수)한 方便(방편)과 種種(종종)의 因緣(인연)과 譬喻(비유)로 하는 말씀으로 衆生(중생)을 위하여 諸法(제법)을 펴뜨리어 이르시겠으니,

滅_멷度_똥ᄒᆞ신⁶³⁾ 後_薈ㅣ어나 이 法_법 듣ᄌᆞᄫᆞᆯ 사ᄅᆞ미 다 ᄒᆞ마 佛_뿛道_똥ᄅᆞᆯ 일우니라【舍_샹利_링 供_공養_양브터셔⁶⁴⁾ 잇⁶⁵⁾ ᄀᆞ자ᄋᆞᆫ⁶⁶⁾ 人_신天_텬行_{ᅘᆡᇰ}⁶⁷⁾ᄋᆞᆯ 니르시니라⁶⁸⁾】舍_샹利_링弗_붏아 未_밍來_링옛 諸_졍佛_뿛이 世_솅間_간애 나샤도⁶⁹⁾ ᄯᅩ⁷⁰⁾ 無_뭉量_량無_뭉數_숭 方_방便_뼌과 種_죵種_죵 因_{ᅙᅵᆫ}緣_원과 譬_핑喩_융옛 말ᄊᆞ모로 衆_즁生_{ᄉᆡᇰ} 위ᄒᆞ야 諸_졍法_법을 ᄇᆞᆯ어 니르시리니

---

63) 滅度ᄒᆞ신: 滅度ᄒᆞ[멸도하다: 滅度(멸도: 명사) + -ᄒᆞ(동접)-]- + -시(주높)- + -Ø(과시)- + -ㄴ(관전) ※ '滅度(멸도)'는 승려가 죽는 것이다.(= 入寂, 입적)

64) 供養브터셔: 供養(공양) + -브터(-부터: 보조사, 비롯함) + -셔(-서: 보조사, 위치 강조)

65) 잇: 이(이, 이것, 여기, 此: 지대, 정칭) + -ㅅ(-의: 관조)

66) ᄀᆞ자ᄋᆞᆫ: ᄀᆞ장(-까지: 의명) + -ᄋᆞᆫ(보조사, 주제)

67) 人天行: 천인행. 천인(天人)은 사람과 천신(天神)을 아울러서 이르는 말이다. 따라서 인천행(人天行)은 사람과 천신의 행위이다.

68) 니르시니라: 니르(이르다, 說)- + -시(주높)- + -Ø(과시)- + -니(원칙)- + -라(← -다: 평종)

69) 나샤도: 나(나다, 現)- + -샤(← -시-: 주높)- + -도(← -아도: 연어, 양보)

70) ᄯᅩ: 또, 又(부사)

이 法(법)도 다 한 佛乘(불승)인 까닭으로 이 衆生(중생)들이 부처께 法(법)을
들어 나중에 다 一切(일체)의 種智(종지)를 得(득)하겠으며, 舍利弗(사리불)아,
現(현)하여 계신 十方(시방)에 있는 無量(무량) 百千萬億(백천만억)의 佛土(불
토)의 中(중)에 있는 諸佛(제불)과 世尊(세존)도 또 無量無數(무량무수)의 方便
(방편)과 種種(종종)의 因緣(인연)과

이 法_법도 다 호 佛_뿛乘_씽이론⁷¹⁾ 젼ᄎ로 이 衆_즁生_{ᄉᆡᆼ}들히 부텻긔 法_법

듣ᄌᆞ바 乃_냉終_즁에 다 一_잃切_쳉種_죵智_딩⁷²⁾를 得_득ᄒᆞ리어며⁷³⁾ 舍_샹利_링弗_붏

아 現_현ᄒᆞ야⁷⁴⁾ 겨신 十_씹方_방앳⁷⁵⁾ 無_뭉量_량 百_빅千_쳔萬_먼億_흑 佛_뿛土_통⁷⁶⁾

中_듕엣⁷⁷⁾ 諸_졍佛_뿛 世_솅尊_존도 ᄯᅩ 無_뭉量_량無_뭉數_숭 方_방便_뼌과 種_죵種_죵

因_{ᅙᅵᆫ}緣_원과

---

71) 佛乘이론: 佛乘(불승) + -이(서조)- + -∅(현시)- + -로(←-오-: 대상)- + -ㄴ(관전) ※ '佛乘 (불승)'은 중생을 깨달음의 세계로 이끄는 부처의 교법이다.

72) 一切種智: 종지. 현상계의 모든 존재의 각기 다른 모습과 그 속에 감추어져 있는 참 모습을 알아 내는 부처의 지혜. 늑일체지 · 종지5(種智).

73) 得ᄒᆞ리어며: 得ᄒᆞ[득하다: 得(득: 불어) + -ᄒᆞ(동접)-]- + -리(미시)- + -어(확인)- + -며(연어, 나열)

74) 現ᄒᆞ야: 現ᄒᆞ[현하다: 現(현: 불어) + -ᄒᆞ(동접)-]- + -야(←-아: 연어)

75) 十方앳: 十方(시방) + -애(-에: 부조, 위치) + -ㅅ(-의: 관조) ※ '十方(시방)'은 '사방(四方), 사 우(四隅), 상하(上下)'를 통틀어 이르는 말이다. ※ '十方앳'은 '十方(시방)에 있는'으로 의역하여 옮긴다.

76) 佛土: 불토. 부처가 사는 극락이나 또는 부처가 교화한 땅이다.

77) 中엣: 中(중) + -에(부조, 위치) + -ㅅ(-의: 관조) ※ '中엣'은 '中(중)에 있는'으로 의역하여 옮긴다.

譬喻(비유)하는 말씀으로 衆生(중생)을 위하여 諸法(제법)을 펴뜨려 이르시나니, 이 法(법)도 다 한 佛乘(불승)인 까닭으로 이 衆生(중생)들이 부처께 法(법)을 들어서 나중에 다 一切種智(일체종지)를 得(득)하리라. 舍利弗(사리불)아, 이러한 것이 諸佛(제불)들이 다만 菩薩(보살)을 敎化(교화)하시어, 부처의 智見(지견)으로 衆生(중생)에게

譬_팡喻_융엣 말쓰므로 衆_즁生_싱 위호야 諸_졍法_법을 불어 니르시느니 이

法_법도 다 흔 佛_뿛乘_씽이론 젼츠로⁷⁸⁾ 이 衆_즁生_싱들히 ⁷⁹⁾ 부텻긔 法_법

듣즈바 乃_냉終_즁에 다 一_힗切_쳉種_죵智_딩⁸⁰⁾를 得_득호리라 舍_샹利_링弗_붏아

이러호미⁸¹⁾ 諸_졍佛_뿛들히 다믄⁸²⁾ 菩_뽕薩_삻을 敎_굘化_황호샤 부텻 知_딩見

견⁸³⁾으로 衆_즁生_싱을

---

78) 젼츠로: 젼츠(까닭, 故) + -로(부조, 방편)

79) 衆生둘히: 衆生둘ㅎ[중생들: 衆生(중생) + -둘ㅎ(-들: 복접)] + -이(주조) ※ '衆生(중생)'은 모든 살아 있는 무리를 이른다.

80) 一切種智: 일체종지. 모든 현상의 있는 그대로의 평등한 모습과 차별의 모습을 두루 아는 부처의 지혜이다.

81) 이러호미: 이러호[← 이러호다(이러하다, 如是: 형사): 이러(이러: 불어) + -호(형접)-]- + -옴(명전) + -이(주조)

82) 다믄: 다만, 唯(부사)

83) 知見: 지견. 지식(智識)과 견문(見聞)을 아울러 이르는 말이다.

·로 衆ᄍᆔᆼ生ᄉᆡᆼ을 ·모·오·져 ᄒ·시·며 부텻 知딩見견·으
生ᄉᆡᆼ을 부텨 知딩見견·에 드·리·고·져 ᄒ·시·며 衆ᄍᆔᆼ
·시·논 ᄃ·시·라 舍샹利링弗붏·아
나·도 이ᄀ·티 衆ᄍᆔᆼ生ᄉᆡᆼ·이 ·고·ᇰ種죠ᇰ種죠ᇰ
欲욕·애 기·피 貪탐着·땩 ᄒ·온
흐·린 業·업·을 브·트·면 五오ᇰ塵띤·을 欲욕·ᄒ·야 ᄃ·ᄐ·면 貪탐着·땩 ᄒ·고 조·ᄒ·ᆫ 業·업·을 브·트·면 小쇼ᇰ果광·를 欲욕ᄒ·야 二ᅀᅵᆼ乘쎠ᇰ·에 貪탐着·땩 ᄒ·ᄂ·나·라 제 本본

보이고자 하시며, 부처의 知見(지견)으로 衆生(중생)을 깨우치고자 하시며, 衆生(중생)을 부처의 知見(지견)에 들이고자 하시는 까닭인 것이다. 舍利弗(사리불)아, 나도 이와 같아서 衆生(중생)들이 種種(종종)의 欲(욕)에 깊이 貪着(탐착)한 줄을 알아서【흐린 業(업)을 의지하면 五塵(오진)을 欲(욕)하야 애틋이 사랑하는 것에 貪着(탐착)하고, 맑은 業(업)을 의지하면 小果(소과)를 欲(욕)하여 二乘(이승)에 貪着(탐착)하느니라. 】제 本性(본성)을

뵈오져⁸⁴⁾ ᄒ시며 부텻 知_딩見_견으로 衆_즁生_{ᄉᆡᆼ}을 알외오져⁸⁵⁾ ᄒ시며 衆_즁生_{ᄉᆡᆼ}을 부텻 知_딩見_견에 드리고져⁸⁶⁾ ᄒ시논⁸⁷⁾ 젼치론⁸⁸⁾ 고디라⁸⁹⁾ 舍_샹利_링弗_붏아 나도 이⁹⁰⁾ ᄀᆞᆮᄒ야 衆_즁生_{ᄉᆡᆼ}들히 種_죵種_죵 欲_욕⁹¹⁾애 기피⁹²⁾ 貪_탐着_땩혼⁹³⁾ 주를 아라【흐린 業_업⁹⁴⁾을 브트면⁹⁵⁾ 五_옹塵_띤⁹⁶⁾을 欲_욕ᄒ야⁹⁷⁾ ᄃᆞ소매⁹⁸⁾ 貪_탐着_땩ᄒ고 조흔 業_업⁹⁹⁾을 브트면 小_숗果_광¹⁾를 欲_욕ᄒ야 二_{ᅀᅵᆼ}乘_씽²⁾에 貪_탐着_땩ᄒᄂᆞ니라】 제³⁾ 本_본性_셩을

---

84) 뵈오져: 뵈[보이다, 示: 보(보다, 見: 타동)-+-ㅣ(←-이-: 사접)-]-+-오져(←-고져: 연어, 의도)

85) 알외오져: 알외[알리다, 깨우치다, 悟: 알(알다, 知: 타동)-+-오(사접)-+-ㅣ(←-이-: 사접)-]-+-오져(←-고져: -고자, 연어, 의도)

86) 드리고져: 드리[들이다, 들게 하다, 使入: 들(들다, 入: 자동)-+-이(사동)-]-+-고져(-고자: 연어, 의도)

87) ᄒ시논: ᄒ(하다: 보용, 의도)-+-시(주높)-+-ㄴ(←-ᄂᆞ-: 현시)-+-오(대상)-+-ㄴ(관전)

88) 젼치론: 젼ᄎᆞ(까닭, 故)+-ㅣ(←-이-: 서조)-+-Ø(현시)-+-로(←-오-: 대상)-+-ㄴ(관전)

89) 고디라: 곧(것, 者: 의명)+-이(서조)-+-Ø(현시)-+-라(←-다: 평종)

90) 이: 이(이, 此: 지대, 정칭)+-Ø(←-이: 부조, 비교)

91) 欲: 욕. 자기가 좋아하는 대경(對境)에 대하여 그것을 얻으려고 희망하는 정신 작용이다.

92) 기피: [깊이, 深(부사): 깊(깊다, 深: 형사)-+-이(부접)]

93) 貪着혼: 貪着ᄒ[←貪着ᄒ다(탐착하다): 貪着(탐착: 명사)+-ᄒ(동접)-]-+-Ø(과시)-+-오(대상)-+-ㄴ(관전) ※ '貪着(탐착)'은 만족할 줄 모르고 탐내어 집착함하거나, 욕심에 사로잡혀 헤어나지 못하는 것이다.

94) 흐린 業: 탁업(濁業). 탐욕의 흐린 마음으로 생기는 몸·입·뜻의 삼업(三業)이다.

95) 브트면: 븥(붙다, 의지하다, 附)-+-으면(연어, 조건)

96) 五塵: 오진. 중생의 진성(眞性)을 더럽히어 번뇌를 일으키는 다섯 가지 더러움이다. 색(色)·성(聲)·향(香)·미(味)·촉(觸)의 오경(五境)을 달리 이르는 말이다.

97) 欲ᄒ야: 欲ᄒ[욕하다, 탐내다: 欲(욕: 명사)+-ᄒ(동접)-]-+-야(←-아: 연어)

98) ᄃᆞ소매: ᄃᆞᆺ(← ᄃᆞᆺ다, ㅅ불: 애틋이 사랑하다, 愛)-+-옴(명전)+-애(-에: 부조, 위치)

99) 조흔 業: 맑은 업. 정업(淨業). 맑고 깨끗한 선업(善業)이다.

1) 小果: 소과. 작은 열매이다.

2) 二乘: 이승. 중생을 깨달음으로 인도하는 부처의 두 가지 가르침이다. 곧, 성문승(聲聞乘)과 연각승(緣覺乘)의 가르침이다.

3) 제: 저(저, 자기, 其: 인대, 재귀칭)+-ㅣ(←-의: 관조)

性_셩을ㅈ차種_종種_종因_힌緣_원과 譬_핑喻_융엣말쏨과 方_방便_뼌力_륵으로 說_셣法_법ᄒ노니이다ᄒ게ᄒ논긔 一_힗切_쳉種_종智_딩를得_득ᄒ게ᄒ논전ᄎ라舍_샹利_링弗_붏아十_씹方_방世_솅界_갱예二_싱乘_씽도업거니ᄒᄆᆞᆯ며세舍_샹利_링弗_붏아諸_졍佛_붏이五_옹濁_땩惡_학世_솅예나샤衆_즁

좇아서 種種(종종)의 因緣(인연)과 譬喻(비유)로 된 말씀과 方便力(방편력)으로 說法(설법)하나니, 이것이 다 한 佛乘(불승)의 一切種智(일체종지)를 得(득)하게 하는 까닭이다. 舍利弗(사리불)아, 十方(시방) 世界(세계)에 二乘(이승)도 없으니, 하물며 셋이 있겠느냐? 舍利弗(사리불)아, 諸佛(제불)이 五濁惡世(오탁악세)에 나시어,

조차⁴⁾ 種_종種_종 因_인緣_원과 譬_평喩_융엣 말씀과 方_방便_뼌力_륵⁵⁾으로 說_쎯法_법ᄒ노니⁶⁾ 이⁷⁾ 다⁸⁾ᄒᆞᆫ 佛_뿛乘_씽 一_힗切_쳉種_종智_딩를 得_득게⁹⁾ ᄒᆞ논 젼ᄎ라¹⁰⁾ 舍_샹利_링弗_붏아 十_씹方_방 世_솅界_갱예 二_싱乘_씽도 업거니¹¹⁾ ᄒᆞ물며¹²⁾ 세히¹³⁾ 이시리여¹⁴⁾ 舍_샹利_링弗_붏아 諸_정佛_뿛이 五_옹濁_똭惡_학世_솅¹⁵⁾예 나샤

---

4) 조차: 좇(좇다, 따르다, 隨)- + -아(연어)

5) 方便力: 방편력. 방편의 힘이다. ※ '方便(방편)'은 십바라밀의 하나로서, 중생을 구제하기 위하여 쓰는 묘한 수단과 방법이다.

6) 說法ᄒ노니: 說法ᄒ[설법하다: 說法(설법: 명사) + -ᄒ(동접)-]- + -ㄴ(←-ᄂᆞ-: 현시)- + -오(화자)- + -니(연어, 설명 계속, 이유)

7) 이: 이(이, 이것, 此: 지대, 정칭) + -∅(←-이: 주조)

8) 다: [다, 悉(부사): 다(← 다ᄋ다: 다하다, 盡: 동사)- + -아(연어▷부접)]

9) 得게: 得[←得ᄒ다(득하다, 얻다): 得(득: 불어) + -∅(←-ᄒ-: 동접)]- + -게(연어, 사동)

10) 젼ᄎ라: 젼ᄎ(까닭, 故) + -ㅣ(←-이-: 서조)- + -∅(현시)- + -라(←-다: 평종)

11) 업거니: 업(← 없다: 없다, 無)- + -거(확인)- + -니(연어, 이유)

12) ᄒᆞ물며: 하물며, 況(부사)

13) 세히: 세ㅎ(셋, 三: 수사, 양수) + -이(주조) ※ 여기서 '세ㅎ'은 '삼승(三乘)'을 이른다. '삼승(三乘)'은 대승불교에서 말하는 3종류의 가르침이다. 승(乘)은 원래 '타는 것'으로, 인간이 깨달음의 경지에 이르기 위해 타는 것, 즉 가르침을 의미한다. 대승불교에서는 전불교를 성문승(聲聞乘), 연각승(緣覺乘), 보살승(菩薩乘)의 3종으로 나누고, 각각 능력이 다른 3종류의 대상을 위해서 다른 가르침이 있다고 한다.

14) 이시리여: 이시(있다, 有)- + -리(미시)- + -여(-냐: 의종, 판정) ※ '이시리여'는 [이시- + -리(미시)- + -가(의종)] → [이시- + -리- + -아] → [이시- + -리- + -야] → [이시- + -리- + -여]와 같은 과정으로 변동한 형태이다.

15) 五濁惡世: 오탁악세. 오탁(五濁)으로 가득 찬 죄악의 세상이다. ※ '五濁(오탁)'은 세상의 다섯 가지 더러움이다. 곧, '겁탁(劫濁)·견탁(見濁)·번뇌탁(煩惱濁)·중생탁(衆生濁)·명탁(命濁)'을 이른다. 첫째, '겁탁(劫濁)'은 시대의 혼탁·전쟁·전염병·기근 등이다. '견탁(見濁)'은 사상의 혼탁, 즉 그릇된 견해와 사상이 만연해지는 것이다. 셋째, '번뇌탁(煩惱濁)'은 인간 개개인의 탐욕과 분노 등으로 세상이 탁해지는 것이다. 넷째, '중생탁(衆生濁)'은 인간의 자질이 저하되어 사회악이 증가하는 것이다. 다섯째, '명탁(命濁)' 혹은 '수탁(壽濁)'은 환경이 나빠져 중생의 수명이 점차 짧아지는 것을 말한다. 이같은 말기적 현상을 드러내는 시대를 오탁악세(五濁惡世)라고 한다.

生싱이 ᄠᅥ만ᄒᆞ야 앗기며 貪탐ᄒᆞ며 ᄂᆞᆷ미며 새오ᄆᆞ로 됴티 몯ᄒᆞᆫ 根곤源원을 일울ᄊᆡ 諸졍佛뿛이 方ᄫᅡᆼ便뼌力륵으로 ᄒᆞᆫ 佛뿛乘씽을 가져 이셔 세ᄒᆞᆯ 야 니ᄅᆞ시ᄂᆞ니라 舍샹利링弗붏아 올ᄇᆞᆫ 내 부텻 누느로 六륙道똘衆즁生 ᄋᆞᆯ 보건댄 艱간難난ᄒᆞ고 언극ᄃᆞᄫᅵ야 福복과 智딩慧ᅇᅨᆼ 왜 업서 艱간難난이 아니라

眾生(중생)의 때(垢)가 많아 (중생이) 아끼며 貪(탐)하며 남을 미워하며 시샘으로 좋지 못한 根源(근원)을 이루므로, 諸佛(제불)이 方便力(방편력)으로 한 佛乘(불승)을 가져 있어 셋으로 나누어서 이르시느니라. 舍利弗(사리불)아, 알아라. 내가 부처의 눈으로 六道(육도)의 眾生(중생)을 본다면, (육도의 중생들이) 艱難(간난)하고 궁색하여 福(복)과 智慧(지혜)가 없어【재물이 없는 艱難(간난)이 아니라

衆_즁生_싱이 ᄢᅴ[16] 만호야[17] 앗기며[18] 貪_탐호며 ᄂᆞᆷ[19] 믜며[20] 새오ᄆᆞ로[21] 됴티[22] 몯ᄒᆞᆫ 根_근源_원을 일울ᄊᆡ[23] 諸_졍佛_뿛이 方_방便_뼌力_륵으로 ᄒᆞᆫ 佛_뿛乘_씽을 가져 이셔[24] 세헤[25] ᄀᆞᆯ호야[26] 니르시ᄂᆞ니라[27] 舍_샹利_링弗_붏아 아라라[28] 내 부텻 누느로[29] 六_륙道_뜰[30] 衆_즁生_싱을 본ᄃᆞᆫ[31] 艱_간難_난코[32] 언극ᄃᆞ빙야[33] 福_복과 智_딩慧_쀓왜[34] 업서 【천량[35] 업슨 艱_간難_난이 아니라[36]

---

16) ᄢᅴ: ᄢᅴ(때, 垢) + -∅(←-이: 주조) ※ 'ᄢᅴ(때, 垢)'는 번뇌(煩惱)를 상징한다.

17) 만호야: 만호(많다, 重) - + -야(←-아: 연어)

18) 앗기며: 앗기(아끼다, 慳) - + -며(연어, 나열)

19) ᄂᆞᆷ: 남, 他人.

20) 믜며: 믜(미워하다, 嫉) - + -며(연어, 나열)

21) 새오ᄆᆞ로: 새옴[샘, 시샘, 妒: 새오(시샘하다, 妒: 동사) - + -ㅁ(명접)] - + -ᄋᆞ로(부조, 방편)

22) 됴티: 둏(좋다, 善) - + -디(-지: 연어, 부정)

23) 일울ᄊᆡ: 일우[이루다, 成: 일(이루어지다, 成: 자동) - + -우(사접)-] - + -ㄹᄊᆡ(-므로: 연어, 이유)

24) 이셔: 이시(있다: 보용, 완료 지속) - + -어(연어)

25) 세헤: 세ㅎ(셋, 三: 수사, 양수) + -에(부조, 위치) ※ '세ㅎ(셋, 三)'은 '三乘(삼승)'을 이른다.

26) ᄀᆞᆯ호야: ᄀᆞᆯ호이(← ᄀᆞᆯ히다: 가리다, 나누다, 구분하다, 分別) - + -아(연어) ※ '세헤 ᄀᆞᆯ호야'는 '셋으로 구분하여'로 의역하여 옮긴다.

27) 니르시ᄂᆞ니라: 니르(이르다, 說) - + -시(주높) - + -ᄂᆞ(현시) - + -니(원칙) - + -라(←-다: 평종)

28) 아라라: 알(알다, 知) - + -아(확인) - + -라(명종, 아주 낮춤)

29) 누느로: 눈(눈, 眼) + -으로(부조, 방편)

30) 六道: 육도. 삼악도(三惡道)와 삼선도(三善道)를 통틀어 이르는 말이다. 중생이 선악의 원인에 의하여 윤회하는 여섯 가지의 세계이다. ※ '三惡道(삼악도)'는 악인이 죽어서 가는 세 가지의 괴로운 세계로서, 지옥도(地獄道), 축생도(畜生道), 아귀도(餓鬼道)이다. 그리고 '三善道(삼선도)'는 선인이 죽어서 가는 세 가지의 세계로서, 천도(天道), 인도(人道), 아수라도(阿修羅道)이다.

31) 본ᄃᆞᆫ: 보(보다, 觀) - + -ㄴᄃᆞᆫ(-면, -ㄴ 것은: 연어, 조건) ※ '-ㄴᄃᆞᆫ'은 [-ㄴ(관전) + ᄃᆞ(것, 者: 의명) - + -ᄋᆡ(-에: 부조, 위치) + -ㄴ(보조사, 주제)]의 방식으로 형성된 연결 어미이다.

32) 艱難코: 艱難ᄒᆞ[艱難ᄒᆞ다(간난하다): 艱難(간난: 명사) + -ᄒᆞ(형접)-] - + -고(연어, 나열) ※ '艱難(간난)'은 몹시 힘들고 고생스러운 것이다.

33) 언극ᄃᆞ빙야: 언극ᄃᆞ빙[궁색하다, 窮: 언극(궁색, 窮: 불어) + -ᄃᆞ빙(형접)-] - + -야(←-아: 연어)

34) 智慧왜: 智慧(지혜) + -와(접조) + -ㅣ(←-이: 주조)

35) 천량: 재물, 財.

36) 아니라: 아니(아니다, 非) - + -라(←-아: 연어)

[57 앞]

福(복)이 없으므로 '艱難(간난)하다'고 하였니라. 】죽살이의 險(험)한 길에 들어 受苦(수고)가 이어서 (수고를) 끊지 못하여, 五欲(오욕)에 깊이 貪着(탐착)하여 어둑하여 보지 못하여, 부처와 (더불어) 受苦(수고)를 끊을 法(법)을 求(구)하지 아니하고 邪曲(사곡)하게 보는 것에 깊이 들어 있으므로, (내가) 이런 衆生(중생)을 위하여 大慈悲心(대자비심)을 일으켰다. 내가 처음 道場(도량)에 앉아 세 이레의

福복이 업슬씨 艱간難난타³⁷⁾ ᄒ니라 】 죽사릿³⁸⁾ 險험호 길헤³⁹⁾ 드러 受쓩苦콩

ㅣ 니어⁴⁰⁾ 긋디⁴¹⁾ 몯ᄒ야 五옹欲욕⁴²⁾애 기피 貪탐着땨ᄒ야 어득ᄒ야⁴³⁾

보디 몯ᄒ야 부텨와 受쓩苦콩 그츙⁴⁴⁾ 法법을 求꿀티⁴⁵⁾ 아니ᄒ고 邪썅曲

콕⁴⁶⁾호 보매⁴⁷⁾ 기피 드러 이실씨 이런 衆즁生싱을 위ᄒ야 大땡慈쫑悲빙心

심⁴⁸⁾을 니르와도라⁴⁹⁾ 내 처섬⁵⁰⁾ 道똥場땽⁵¹⁾애 안자 세 닐웻⁵²⁾

---

37) 艱難타: 艱難ᄒ[← 艱難ᄒ다(간난하다): 艱難(간난: 명사) + -ᄒ(형접)-]- + -Ø(현시)- + -다 (평종)

38) 죽사릿: 죽살이[죽살이, 生死: 죽(죽다, 死)- + 살(살다, 生)- + -이(명접)] + -ㅅ(-의: 관조)

39) 길헤: 길ㅎ(길, 路) + -에(부조, 위치)

40) 니어: 닝(← 닛다, ㅅ불: 잇다, 續)- + -어(연어)

41) 긋디: 긋(← 긏다: 끊다, 斷)- + -디(-지: 연어, 부정)

42) 五欲: 오욕. 불교에서 오관(五官)의 욕망 및 그 열락(悅樂)을 가리키는 5종의 욕망이다. 눈·귀· 코·혀·몸의 다섯 가지 감각기관, 즉 오근(五根)이 각각 색(色)·성(聲)·향(香)·미(味)·촉(觸)의 다 섯 가지 감각 대상, 즉 오경(五境)에 집착하여 야기되는 5종의 욕망이다.

43) 어득ᄒ야: 어득ᄒ[어둑하다, 제법 어둡다, 昏: 어득(어득: 부사) + -ᄒ(형접)-]- + -야(← -아: 연어)

44) 그츙: 긏(끊다, 斷)- + -욿(관전)

45) 求티: 求ᄒ[← 求ᄒ다(구하다): 求(구: 불어) + -ᄒ(동접)-]- + -디(-지: 연어, 부정)

46) 邪曲: 사곡. 요사스럽고 교활한 것이다.

47) 보매: 보(보다, 觀)- + -ㅁ(← -옴: 명전) + -애(-에: 부조, 위치) ※ '邪曲호 봄'은 『묘법연화경』 의 한문본에 기술된 '사관(邪觀)'을 직역한 말이다. ※ '사관(邪觀)'은 극락 및 불보살을 관상(觀 想)할 때에, 불경의 정설(正說)에 의거하지 아니하여 관(觀)하는 마음과 관하는 대상이 상응하지 아니하는 일이다.

48) 大慈悲心: 대자비심. 대자대비(大慈大悲)한 마음이다. 불보살의 넓고 큰 자비심(慈悲心)이다.

49) 니르와도라: 니르완[일으키다, 起: 닐(일어나다, 起: 자동)- + -으(사접)- + -완(강접)-]- + -Ø (과시)- + -오(화자)- + -라(← -다: 평종)

50) 처섬: [처음, 始(부사): 첫(← 첫, 始: 관사) + -엄(명접)]

51) 道場: 도량. 부처나 보살이 도를 얻는 곳. 또는, 도를 얻으려고 수행하는 곳이다. 여러 가지로 뜻이 바뀌어, 불도를 수행하는 절이나 승려들이 모인 곳을 이르기도 한다.(= 절, 寺)

52) 닐웻: 닐웨(이레, 七日) + -ㅅ(-의: 관조) ※ '세 닐웨'는 삼칠일(三七日), 곧 21일이다.

慧·혱ㅅ ᄉᆞᅀᅵᄅᆞᆯ ᄉᆞ랑ᄒᆞ요ᄃᆡ 내 得·득혼 智딩
慧·혱 微밍妙묳ᄒᆞ야 第똉一힗이언마
ᄅᆞᆫ 衆즁生ᄉᆡᆼ이 諸졍根군이 鈍뚠ᄒᆞ야
迷미惑ᅘᅪᆨ호매 ᄐᆞᆨ호야 잇ᄂᆞ니 이런 사
ᄅᆞ미 엇뎨 濟졩渡똥ᄒᆞ려뇨 ᄒᆞ
더니 그ᄢᅴ 梵뻠王왕과 帝뎽釋·셕 天텬
王왕과 大땡自ᄍᆞᆼ在ᄍᆡᆼ天텬과 四승
녀느 天텬衆즁과 眷궪屬쑉 百·ᄇᆡᆨ千쳔萬

사이를 생각하되, "내가 得(득)한 智慧(지혜)는 微妙(미묘)하여 第一(제일)이건마는, 衆生(중생)이 諸根(제근)이 鈍(둔)하여 미혹(迷惑)함에 참척(潛着)하여 있나니, 이런 사람들을 어찌 濟渡(제도)하겠느냐?" 하였더니, 그때에 梵王(범왕)과 帝釋(제석)과 四天王(사천왕)과 大自在天(대자재천)과 다른 天衆(천중)과 眷屬(권속) 百千萬(백천만)이

스시를⁵³⁾ 스랑ᄒ요ᄃᆡ⁵⁴⁾ 내 得_득혼⁵⁵⁾ 智_딩慧_휑는 微_밍妙_묳ᄒ야 第_똉一_{ᅵᇙ}이 언마른⁵⁶⁾ 衆_즁生_{ᄉᆡᇰ}이 諸_졍根_{ᄀᆫ}⁵⁷⁾이 鈍_뚼ᄒ야⁵⁸⁾ 미혹호매⁵⁹⁾ 즘ᄐᆞᆨᄒ야⁶⁰⁾ 잇ᄂᆞ니 이런 사ᄅᆞᆷ들흘 어드리⁶¹⁾ 濟_졩渡_똥ᄒ려뇨⁶²⁾ ᄒ다니⁶³⁾ 그 ᄢᅴ 梵_뻠王_왕⁶⁴⁾과 帝_뎽釋_셕⁶⁵⁾과 四_{ᄉᆞᆼ}天_텬王_왕⁶⁶⁾과 大_땡自_{ᄍᆞᆼ}在_찡天_텬⁶⁷⁾과 녀나ᄆᆞᆫ⁶⁸⁾ 天_텬衆_즁⁶⁹⁾ 眷_권屬_쑉⁷⁰⁾ 百_{ᄇᆡᆨ}千_쳔萬_먼이

53) 스시를: 스시(사이, 間) + -를(목조) ※ '세 이렛 스시'는 21일 동안이다.

54) 스랑ᄒ요ᄃᆡ: 스랑ᄒ[생각하다, 思惟: 스랑(생각, 思惟: 명사) + -ᄒ(동접)-]- + -요ᄃᆡ(←-오ᄃᆡ: -되, 연어, 설명 계속)

55) 得혼: 得ᄒ[← 得ᄒ다(득하다, 얻다): 得(득: 불어) + -ᄒ(동접)-]- + -∅(과시)- + -오(화자)- + -ㄴ(관전)

56) 第一이언마른: 第一(제일: 명사) + -이(서조)- + -언마른(←-건마른: -건마는, 연어) ※ '-건마른'은 뒤 절의 사태가 이러할 것이 기대되는데도 그렇지 못함을 나타내는 연결 어미이다.

57) 諸根: 제근. '오근(五根)'을 달리 이르는 말이다. ※ '오근(五根)'은 번뇌를 누르고 깨달음의 길로 이끄는 다섯 가지 근원이다. '신근(信根), 정진근(精進根), 염근(念根), 정근(定根), 혜근(慧根)'을 이른다.

58) 鈍ᄒ야: 鈍ᄒ[둔하다: 鈍(둔: 불어) + -ᄒ(형접)-]- + -야(←-아: 연어)

59) 미혹호매: 미혹ᄒ[← 미혹ᄒ다(미혹하다): 미혹(미혹, 迷惑: 명사) + -ᄒ(동접)-]- + -옴(명전) + -애(-에: 부조, 위치)

60) 즘ᄐᆞᆨᄒ야: 즘ᄐᆞᆨᄒ[잠착하다, 潛着: 즘ᄐᆞᆨ(잠착, 참척, 潛着: 명사) + -ᄒ(동접)-]- + -야(←-아: 연어) ※ '潛着(잠착, 참척)'은 한 가지 일에만 정신을 골똘하게 쓰는 것이다.

61) 어드리: 어찌, 何(부사)

62) 濟渡ᄒ려뇨: 濟渡ᄒ[제도하다: 濟渡(제도: 명사) + -ᄒ(동접)-]- + -리(미시)- + -어(확인)- + -뇨(-냐: 의종, 설명)

63) ᄒ다니: ᄒ(하다, 謂)- + -다(←-더-: 회상)- + -∅(←-오-: 화자)- + -니(연어, 설명 계속)

64) 梵王: 범왕. 범천왕(梵天王). 색계(色界) 초선천(初禪天)의 우두머리이다.

65) 帝釋: 제석. 제석천(帝釋天). 십이천(十二天)의 하나이다.

66) 四天王: 사천왕. 사왕천(四王天)의 주신(主神)으로 사방을 진호(鎭護)하며 국가를 수호하는 네 신이다. 동쪽의 지국천왕(持國天王), 남쪽의 증장천왕(增長天王), 서쪽의 광목천왕(廣目天王), 북쪽의 다문천왕(多聞天王)이다.

67) 大自在天: 대자재천. 대천세계를 주재하는 신이다. 눈은 셋, 팔은 여덟이며, 흰 소를 타고 흰 불자(拂子)를 들고 있다. 원래 인도 브라만교의 만물 창조의 신으로, 큰 위엄과 덕망을 지녔다.

68) 녀나ᄆᆞᆫ: [다른, 餘(관사): 녀(← 녀느: 다른, 他) + 남(남다, 餘)- + -은(관전▷관접)]

69) 天衆: 천중. 욕계(欲界)·색계(色界)·무색계(無色界)에 살고 있는 하늘의 모든 유정(有情)이다.

70) 眷屬: 권속. 한집에 거느리고 사는 식구이다.

이 나롤 轉·뎐法·법ᄒᆞ고라 請·쳥ᄒᆞ거·늘 내 너교·ᄃᆡ 다문 佛·ᄢᅮᆯ乘·씽 ·쐰 讚·잔嘆·탄ᄒᆞ면 衆·즁生·싱이 ·고·디 든·디 아·니ᄒᆞ·야 惡·학道·똥·애 ·ᄠᅥ러·디리·니 ·ᄎᆞ·히 說·셜法·법 ·마·오 涅·녇槃·빤·애 ·애어·셔 ·드·사 ᄒᆞ리·로·다 ᄒᆞ·다·가 ·시 아·랫 부·텨 ᄒᆞ·더·신 方·방便·뼌力·륵·을 念·념ᄒᆞ·야 ·내 ·이 ·제 得·득·혼 道·똥理·링 ·도 三·삼乘·씽·을 ·닐·어·ᅀᅡ ᄒᆞ리

나에게 "轉法(전법)하오."라고 請(청)하거늘, 내가 여기되 "다만, 佛乘(불승)만 讚嘆(찬탄)하면 衆生(중생)이 곧 이듣지 아니하여 惡道(악도)에 떨어지겠으니, 차라리 說法(설법)을 말고 涅槃(열반)에 어서 들어야 하겠구나. 만일 다시 옛날의 부처가 하시던 方便力(방편력)을 念(염)하여, 내가 이제 得(득)한 道理(도리)도 三乘(삼승)을 일러야 하겠구나."

나를⁷¹⁾ 轉_둳法_법ᄒ고라⁷²⁾ 請_쳥ᄒ거늘 내 너교ᄃᆡ⁷³⁾ 다ᄆᆞᆫ 佛_뿛乘_씽⁷⁴⁾ ᄲᅮᆫ⁷⁵⁾

讚_잔嘆_탄ᄒ면 衆_즁生_{ᅀᅵᆼ}이 고디듣디⁷⁶⁾ 아니ᄒ야 惡_학道_똘⁷⁷⁾애 ᄠᅥ러디리니⁷⁸⁾

ᄎᆞᆯ히⁷⁹⁾ 說_쉃法_법 마오⁸⁰⁾ 涅_넗槃_빤⁸¹⁾애 어셔⁸²⁾ 드사⁸³⁾ ᄒ리로다⁸⁴⁾ ᄒ다가⁸⁵⁾

다시 아랫⁸⁶⁾ 부텨 ᄒ더신⁸⁷⁾ 方_방便_뻔力_륵을 念_념ᄒ야 내⁸⁸⁾ 이제 得_득혼

道_똘理_링도 三_삼乘_씽⁸⁹⁾을 닐어ᅀᅡ⁹⁰⁾ ᄒ리로다⁹¹⁾

---

71) 나를: 나(나, 我: 인대, 1인칭) + -를(-에게: 목조, 보조사적 용법) ※ '나를'은 '나에게'로 의역하여 옮긴다.

72) 轉法ᄒ고라: 轉法ᄒ[전법하다: 轉法(전법: 명사) + -ᄒ(동접)-] + -고라(-오: 명종, 반말) ※ '轉法(전법)'은 불법을 널리 펴는 것이다.

73) 너교ᄃᆡ: 너기(여기다, 思惟)- + -오ᄃᆡ(-되: 연어, 설명 계속)

74) 佛乘: 불승. 중생을 깨달음의 세계로 이끄는 부처의 교법이다.

75) ᄲᅮᆫ: 뿐(의명, 한정)

76) 고디듣디: 고디듣[곧이듣다, 信: 곧(곧다, 直: 형사)- + -이(부접) + 듣(듣다, 聞)-] + -디(-지: 연어, 부정)

77) 惡道: 악도. 악업(惡業)을 지어서 죽은 뒤에 나는 고통(苦痛)의 세계(世界)이다. '지옥(地獄)·아귀(餓鬼)·축생(畜生)'의 세 가지이다.(= 삼악도, 三惡道)

78) ᄠᅥ러디리니: ᄠᅥ러디[떨어지다, 墜: ᄠᅥᆯ(떨다, 離)- + -어(연어) + 디(지다, 落)-] + -리(미시)- + -니(연어, 이유)

79) ᄎᆞᆯ히: 차라리, 寧(부사)

80) 마오: 마(← 말다: 말다, 不)- + -오(← -고: 연어, 나열)

81) 涅槃: 열반. 승려가 죽는 것이다.(= 입적, 入寂)

82) 어셔: 어서, 疾(부사)

83) 드사: 드(← 들다: 들다, 入)- + -사(-어야: 연어, 필연적 조건)

84) ᄒ리로다: ᄒ(하다: 보용, 조건)- + -리(미시)- + -로(← -도-: 감동)- + -다(평종)

85) ᄒ다가: 만일, 若(부사)

86) 아랫: 아래(예전, 過去) + -ㅅ(-의: 관조)

87) ᄒ더신: ᄒ(하다, 行)- + -더(회상)- + -시(주높)- + -Ø(과시)- + -ㄴ(관전)

88) 내: 나(나, 我: 인대, 1인칭) + -ㅣ(← -의: 관조, 의미상 주격) ※ '내'는 관형절 속에서 주어가 관형격으로 표현된 형태이므로 주격으로 해석하는 것이 자연스럽다.

89) 三乘: 삼승. 대승불교에서는 전불교를 성문승(聲聞乘), 연각승(緣覺乘), 보살승(菩薩乘)의 3종으로 나누고, 각각 능력이 다른 3종류의 대상을 위해서 다른 가르침이 있다고 한다.

90) 닐어ᅀᅡ: 닐(← 니르다: 이르다, 說)- + -어ᅀᅡ(-어야: 연어, 필연적 조건)

91) ᄒ리로다: ᄒ(하다: 보용, 필연적 조건)- + -리(미시)- + -로(← -도-: 감동)- + -다(평종)

리·로·다ᄒᆞ·다·니·이·므·슴·ᄉᆞ랑·ᄒᆞ실 時씽節졇
·에 十씹方방佛뿛·이·다 現·현·ᄒᆞ·야·니
·르·샤·ᄃᆡ·됴·ᄒᆞᆯ·쎠 釋셕迦강文문弟똉一
·엣 導·ᄃᆞᇢ師ᄉᆞ 一ᅵᇙ無뭉上쌍法법·을得득
·력·力·ᄒᆞ·야 一ᅵᇙ切촁佛뿛·을 조·차方방妙묳
·혼 弟똉一ᅵᇙ·을 法법·을得득·ᄒᆞ·야 眾즁生ᄉᆡᆼ
·ᄒᆞ·위·ᄒᆞ·야 方便뼌·으·로 三삼乘씽·을

하였더니, 이 마음을 생각할 時節(시절)에 十方(시방)의 佛(불)이 다 現(현)하여 이르시되, "좋구나, 釋迦文(석가문)이여! 第一(제일)가는 導師(도사)가 無上法(무상법)을 得(득)하여 一切(일체)의 佛(불)을 좇아 方便力(방편력)을 쓰나니, 우리도 다 微妙(미묘)한 第一(제일)의 法(법)을 得(득)하여 衆生(중생)을 위하여 方便(방편)으로 三乘(삼승)을

ᄒ다니⁹²⁾ 이 ᄆᆞᅀᆞᆷ⁹³⁾ ᄉᆞ랑호ᇙ⁹⁴⁾ 時_씽節_졇에 十_씹方_방 佛_뿛이 다 現_현ᄒᆞ야 니ᄅᆞ샤ᄃᆡ 됴ᄒᆞᆯ쎠⁹⁵⁾ 釋_셕迦_강文_문⁹⁶⁾ 第_똉一_{ᅙᅵᆫ}엣⁹⁷⁾ 導_똘師_{ᄉᆞᆼ}ㅣ⁹⁸⁾ 無_뭉上_쌍法_법⁹⁹⁾을 得_득ᄒᆞ야 一_{ᅙᅵᆯ}切_촁 佛_뿛을 조차¹⁾ 方_방便_뼌力_륵을 쓰ᄂᆞ니²⁾ 우리도 다 微_밍妙_묳ᄒᆞᆫ 第_똉一_{ᅙᅵᆯ} 法_법을 得_득ᄒᆞ야 衆_즁生_{ᄉᆡᆼ} 위ᄒᆞ야 方_방便_뼌으로 三_삼乘_씽³⁾을

---

92) ᄒ다니: ᄒ(하다, 思)-+-다(←-더-: 회상)-+-Ø(←-오-: 화자)-+-니(연어, 설명 계속)

93) ᄆᆞᅀᆞᆷ: 마음, 心.

94) ᄉᆞ랑호ᇙ: ᄉᆞ랑ᄒ[생각하다, 思惟: ᄉᆞ랑(생각, 思惟: 명사)+-ᄒ(동접)-]-+-ㅭ(관전)

95) 됴ᄒᆞᆯ쎠: 둏(좋다, 善)-+-Ø(현시)-+-을쎠(-구나: 감종)

96) 釋迦文: 석가문. 최초로 불교를 세운 고대 인도(지금의 네팔) 사람으로, 성(姓)은 고타마(Gautama)이고 이름은 싯다르타(Siddhārtha)이다. 석가모니란 석가족(釋迦族)에서 나온 성자(聖者)라는 뜻이다. 불타(佛陀, Buddha : 깨달은 사람이란 뜻), 여래(如來), 세존(世尊), 사주(師主) 등의 존호(尊號)가 있다. 왕족(王族)의 태자(太子)로 출생하여 결혼하고 아들까지 있었지만, 인생문제에 깊이 괴로워하다가, 29세에 출가하여 수행(修行)하였다. 35세 때 크게 깨달음을 얻고(大悟成道), 각지에서 교화(敎化)를 실시하였으며, 80세 때 입적(入寂)하였다. ※ '됴ᄒᆞᆯ쎠 釋迦文'은 『묘법연화경』에는 "善哉釋迦文."로 기술되어 있다. 여기서는 '좋구나, 석가문이여!'로 의역하여 옮긴다.

97) 第一엣: 第一(제일)+-에(부조, 위치)+-ㅅ(-의: 관조) ※ '第一엣'은 '제일 가는'으로 의역하여 옮긴다.

98) 導師ㅣ: 導師(도사)+-ㅣ(←-이: 주조) ※ '導師(도사)'는 어리석은 중생에게 바른길을 가르쳐서 깨닫는 경지에 들어가게 하는 사람이다.

99) 無上法: 무상법. 가장 높은 불법(佛法)을 이른다.

1) 조차: 좇(좇다, 따르다, 隨)-+-아(연어)

2) 쓰ᄂᆞ니: 쓰(쓰다, 用)-+-ᄂᆞ(현시)-+-니(연어, 설명 계속)

3) 三乘: 중생을 열반에 이르게 하는 세 가지 교법이다. 성문승(聲聞乘)·독각승(獨覺乘)·보살승(菩薩乘)이 있다.

골·ᄒᆞ·야 니르·ᄂᆞ니 비·록 三삼乘씽·을 닐·어도 다·ᄆᆞᆫ 菩뽕薩삻·ᄋᆞᆯ ·ᄀᆞ·ᄅᆞ·쵸미·라 ᄒᆞ·시·더·라 【衆즁生ᄉᆡᆼ 위·ᄒᆞ·야 비·록 三삼乘씽 니르·실ᄲᅮ·니언뎡 實씷·은 一ᅙᅵᆼ乘씽·ᄲᅮ·니·라】 舍숍利링弗붏·아 내 ᄆᆞᆯ·곤 微밍妙묭·ᄒᆞᆫ 소·리 듣·ᄌᆞᆸ·고 南남無뭉諸정佛뿛 일·ᄏᆞᆮ·고 ᄯᅩ 너·교·ᄃᆡ 내 諸정佛뿛 니·ᄅᆞ·시·ᄂᆞᆫ 그·ᄐᆞ·니 조·ᄎᆞ·바 호·리·라 ᄒᆞ·고 즉자·히 波방羅랑㮈냉·예 가 方방便뼌力·륵

가려서 이르니, 비록 三乘(삼승)을 일러도 다만 菩薩(보살)을 가르치는 것이다.”라고 하시더라. 【衆生(중생)을 위하여 비록 三乘(삼승)을 이르실 뿐이지, 實(실)은 一乘(일승)뿐이다. 】舍利弗(사리불)아, 내가 맑은 微妙(미묘)한 소리를 듣고 ‘南無諸佛(나무제불)!’하여 일컫고 또 여기되, “내가 諸佛(제불)이 이르시는 것 같이 좇아서 하리라.”하고, 즉시 波羅㮈(바라내)에 가 方便力(방편력)으로

글ᄒᆞ야⁴⁾ 니르노니⁵⁾ 비록 三삼乘씽을 닐어도 다ᄆᆞᆫ⁶⁾ 菩뽕薩ᅀᅡᆳ ᄀᆞᄅ쵸미라⁷⁾ ᄒᆞ시더라【 衆즁生ᄉᆡᆼ 위ᄒᆞ야 비록 三삼乘씽을 니ᄅᆞ실쌘뎡⁸⁾ 實씷은⁹⁾ 一ᅙᅵᆶ乘씽¹⁰⁾ ᄯᆞᆫ니라¹¹⁾】 舍샹利링弗ᄫᅮᇙ아 내 조ᄒᆞᆫ 微밍妙묳ᄒᆞᆫ 소리 듣ᄌᆞᆸ고 南남無뭉諸졍佛ᄤᅮᇙ¹²⁾ ᄒᆞ야 일ᄏᆞᆮᄌᆞᆸ고¹³⁾ ᄯᅩ 너교ᄃᆡ¹⁴⁾ 내 諸졍佛ᄤᅮᇙ 니ᄅᆞ샴 ᄀᆞ티¹⁵⁾ 좃ᄌᆞᄫᅡ¹⁶⁾ 호리라¹⁷⁾ ᄒᆞ고 즉자히¹⁸⁾ 波방羅랑㮈냉예¹⁹⁾ 가 方방便뼌力륵으로

---

4) 글ᄒᆞ야: 글ᄒᆞ이(← 글히다: 가리다, 분별하다, 分別)- + -아(연어)

5) 니르노니: 니르(이르다, 說)- + -ᄂ(← -ᄂᆞ-: 현시)- + -오(화자)- + -니(연어, 설명 계속)

6) 다ᄆᆞᆫ: 다만, 오직, 唯(부사)

7) ᄀᆞᄅ쵸미라: ᄀᆞᄅ치(가르치다, 教)- + -옴(명전) + -이(서조)- + -Ø(현시)- + -라(← -다: 평종)

8) 니ᄅᆞ실쌘뎡: 니ᄅᆞ(이르다, 曰)- + -시(주높)- + -ㄹ쌘뎡(-을 뿐이지: 연어, 양보)

9) 實은: 實(실, 사실) + -은(보조사, 주제)

10) 一乘: 일승. 모든 중생이 부처와 함께 성불한다는 석가모니의 교법이다. 일체(一切) 것이 모두 부처가 된다는 법문(法文)이다.

11) ᄯᆞᆫ니라: ᄯᆞᆫ(뿐: 의명, 한정) + -이(서조)- + -Ø(현시)- + -라(← -다: 평종)

12) 南無諸佛: 나무제불. '南無(나무)'는 부처나 보살들의 이름 앞에 붙이는데, '의지한다'는 뜻이다. '南無諸佛(나무제불)'은 여러 부처에게 돌아가 의지한다는 뜻으로, 여러 부처님을 믿고 받들며 순종함을 이르는 말이다.

13) 일ᄏᆞᆮᄌᆞᆸ고: 일ᄏᆞᆮ(일컫다, 칭송하다, 稱)- + -ᄌᆞᆸ(객높)- + -고(연어, 계기)

14) 너교ᄃᆡ: 너기(여기다, 念)- + -오ᄃᆡ(-되: 연어, 설명 계속)

15) ᄀᆞ티: [같이, 如(부사): ᄀᆞᇀ(같다, 如: 형사)- + -이(부접)]

16) 좃ᄌᆞᄫᅡ: 좃(← 좇다: 좇다, 따르다, 隨順)- + -ᄌᆞᄫ(← -ᄌᆞᆸ-: 객높)- + -아(연어)

17) 호리라: ᄒᆞ(← ᄒᆞ다: 하다, 行)- + -오(화자)- + -리(미시)- + -라(← -다: 평종)

18) 즉자히: 즉시, 即(부사)

19) 波羅㮈예: 波羅㮈(바라내) + -예(← -에: 부조, 위치) ※ '波羅㮈(바라내)'는 중인도 마갈카국 서북쪽에 있었던 나라이다. 석가모니 부처가 성도(成道)하신 지 21일 후에 이 나라의 녹야원(鹿野園)에서 처음으로 설법하였다.

> ·으로 ·다ᄉ 比삥丘쿻를 爲·윙·ᄒᆞ·야 說·法·법
> ·호·니 이·를 轉둰法·법輪륜 ·이·라 ·ᄒᆞ·ᄂᆞ·니
> 곧 涅넗槃빤 ·이·라 ·혼 ·말ᄊᆞᆷ·과 阿항羅랑
> 漢한 ·이 ·이·시·니 法·법·과 僧ᄉᆞᆼ·과 ᄀᆞᆯ
> 일·훔 지·호·니·라 【처ᅀᅥᆷ 道뜰場땅·애 안
> 오·라·건·면 劫·겁브·터 涅넗槃빤ㅅ 法·법

다섯 比丘(비구)를 위하여 說法(설법)하니 이를 轉法輪(전법륜)이라 하나니, 곧 涅槃(열반)이라 한 말씀과 阿羅漢(아라한)이 있었으니 (전법륜은) 法(법)과 僧(승)과 구분하여 이름을 붙이셨니라. 【처음 道場(도량)에 앉으시니 부처라 한 이름이 계시고, 轉法(전법)하여 涅槃(열반)을 이르시니 法(법)이라고 한 이름이 있고, 憍陳如(교진여)를 濟渡(제도)하시어 (교진여가) 羅漢(나한)이 되니 僧(승)이라고 한 이름이 있었니라. 】 오랜 먼 劫(겁)부터 涅槃(열반)의 法(법)을

다숫 比삥丘쿨²⁰⁾ 위ᄒᆞ야 說쉃法법ᄒᆞ니 이를 轉둰法법輪륜²¹⁾이라 ᄒᆞᄂᆞ니

곧 涅녏槃빤²²⁾이라 혼 말ᄊᆞᆷ과 阿ᅙᅡᆼ羅랑漢한²³⁾이 이시니 法법과 僧ᄉᆞᆼ과

ᄀᆞᆯᄒᆞ야 일훔 지ᄒᆞ니라²⁴⁾【 처ᅀᅥᆷ²⁵⁾ 道뚷場땅애 안ᄌᆞ시니 부톄라²⁶⁾ 혼 일후미 겨

시고 轉둰法법ᄒᆞ야 涅녏槃빤을 니르시니 法법이라 혼 일후미 잇고 憍ᄀᆜᆯ陳띤如ᅀᅧᆼ²⁷⁾를

濟졩渡똥ᄒᆞ샤 羅랑漢한이 ᄃᆞ외니²⁸⁾ 僧ᄉᆞᆼ이라 혼 일후미 이시니라 】 오라건²⁹⁾ 먼

劫겁브터³⁰⁾ 涅녏槃빤ㅅ 法법을

---

20) 다숫 比丘: 다섯 비구. 석가모니 부처가 태자 시절에 출가하던 때에, 정반왕(淨飯王)의 명으로 태자를 모시고 고행하던 다섯 비구이다. 석가모니 부처가 성도한 후에 녹야원에서 처음 교화하여 처음으로 비구가 된 아야교진여(阿若憍陳如) 등 다섯 사람이다.

21) 轉法輪: 전법륜. 불교에서 석가의 가르침을 널리 펴 중생을 제도하는 일이다. 전륜(轉輪)이라고도 한다. 바퀴를 굴려 수레를 전진시키는 것과 같이 석가가 법(가르침)의 바퀴를 돌리는 일, 곧 설법(說法)을 가리킨다. 바퀴는 인도 고대의 전투에서 사용되던 무기였으므로, 인도 신화에서 윤보(輪寶)를 가지고 전세계를 지배하는 전륜성왕(轉輪聖王)에 비유한 것이다. 전차가 회전하여 적을 괴멸시키는 것과 같이, 석가가 설한 가르침이 일체중생 사이에서 회전하며 미혹을 깨뜨린다 하여, 이렇게 이름붙였다. 그래서 석가가 깨달음을 얻은 후, 녹야원(鹿野苑)에서 처음 설법한 것을 초전법륜(初轉法輪)이라고 한다.

22) 涅槃: 열반. 모든 번뇌의 얽매임에서 벗어나고, 진리를 깨달아 불생불멸(不生不滅)의 법을 체득한 경지이다. 불교의 궁극적인 실천 목적이다.

23) 阿羅漢: 아라한. 소승 불교의 수행자 가운데서 가장 높은 경지에 오른 이이다. 온갖 번뇌를 끊고, 사제(四諦)의 이치를 바로 깨달아 세상 사람들의 존경을 받을 만한 공덕을 갖춘 성자를 이른다. 혹은 생사를 이미 초월하여 배울 만한 법도가 없게 된 경지의 부처이다.(= 나한, 羅漢)

24) 지ᄒᆞ니라: 짛(이름붙이다, 名)- + -Ø(과시)- + -으니(원칙)- + -라(←-다: 평종)

25) 처ᅀᅥᆷ: [처음, 初: 첫(← 첫: 첫, 初, 관사) + -엄(명접)]

26) 부톄라: 부텨(부처, 佛) + -ㅣ(←-이-: 서조)- + -Ø(현시)- + -라(←-다: 평종)

27) 憍陳如: 교진여(ajñāta-kauṇḍinya). 아야교진여(阿若憍陳如)이다. 비구(五比丘)의 하나로서, 우루벨라(uruvelā)에서 싯다르타 태자와 함께 고행했다. 싯타르타 태자가 네란자라(nerañjarā) 강에서 목욕하고 또 우유죽을 얻어 마시는 것을 보고 타락했다고 하여, 그곳을 떠나 녹야원(鹿野苑)에서 고행하고 있었다. 그때에 깨달음을 성취한 석가모니 부처가 그곳을 찾아가 설한 사제(四諦)의 가르침을 듣고 석가모니 부처의 첫 제자가 되었다.

28) ᄃᆞ외니: ᄃᆞ외(되다, 爲)- + -니(연어, 이유)

29) 오라건: 오라(오래다, 久: 형사)- + -Ø(현시)- + -거(확인)- + -ㄴ(관전)

30) 劫브터: 劫(겁) + -브터(-부터: 보조사, 비롯함) ※ '-브터'는 [븥(붙다, 附: 동사)- + -어(연어 ▷ 부접)]의 방식으로 형성된 파생 보조사이다. ※ '劫(겁)'은 어떤 시간의 단위로도 계산할 수 없는 무한히 긴 시간. 하늘과 땅이 한 번 개벽한 때에서부터 다음 개벽할 때까지의 동안이라는 뜻이다.

法·을 讚·잔嘆·탄ᄒᆞ·야 뵈·야 죽사릿 受쓩
苦콩ㅣ ᄉᆞ뭇 업스·리·라 ᄒᆞ·야 내 샹녜 ·이
·리 니ᄅᆞ·다·니【·이ᄂᆞᆫ 方방便뼌·으로 니ᄅᆞ시논 涅槃·이·라】舍숗
利·링弗·붏·아 아·라·라 내 佛·뿛子·종ᄃᆞᆯ 보·ᄆᆞᆯ ᄆᆞ·로·매 恭敬·경ᄒᆞ·ᄂᆞᆫ ᄆᆞ·ᄉᆞ·모·로
부텨·끠 오·니 녜브·터 諸정佛·뿛·을 졷·ᄌᆞ·바 方便·엣 說·쉃法·법·을 ᄃᆞᆮ·ᄌᆞ·온
젼·ᄎᆞ·로 내 너·교·ᄃᆡ 如·셩來·링 부텻 智·딩慧·

讚嘆(찬탄)하여 보이어 "죽살이의 受苦(수고)가 완전히 없으리라."고 하여 내가 항상 이리 일렀더니【이는 方便(방편)으로 이르시는 涅槃(열반)이다.】, 舍利弗(사리불)아 알아라. 내가 佛子(불자)들을 보면, (그들이) 다 恭敬(공경)하는 마음으로 부처께 왔으니 예전부터 諸佛(제불)을 좇아서 方便(방편)의 說法(설법)을 들었으므로, 내가 여기되 "如來(여래)는 부처의 智慧(지혜)를

讚잔嘆탄ᄒ야 뵈야³¹⁾ 죽사릿³²⁾ 受쓩苦콩ㅣ ᄉ뭇³³⁾ 업스리라³⁴⁾ ᄒ야 내 샹녜³⁵⁾ 이리³⁶⁾ 니르다니³⁷⁾ 【 이ᄂᆞᆫ 方방便뼌으로 니르시논³⁸⁾ 涅ᄂᆞᇙ槃빤이라 】 舍샹利링弗붏아 아라라 내 佛뿛子ᄌᆞᆼᄃᆞᆯᄒᆞᆯ³⁹⁾ 본ᄃᆡᆫ⁴⁰⁾ 다 恭공敬경ᄒᆞᄂᆞᆫ⁴¹⁾ ᄆᆞᅀᆞᄆᆞ로⁴²⁾ 부텨ᄭᅴ⁴³⁾ 오니 아래브터⁴⁴⁾ 諸정佛뿛을 좃ᄌᆞᄫᅡ⁴⁵⁾ 方방便뼌 說ᅌᅯᇙ法법⁴⁶⁾을 듣ᄌᆞᄫᅡ 이실ᄊᆡ 내 너교ᄃᆡ 如ᅀᅧ來링ᄂᆞᆫ 부텻 智딩慧휑

---

31) 뵈야: 뵈[보이다, 示: 보(보다, 見: 타동)-+-ㅣ(←-이-: 사접)-]-+-야(←-아: 연어)

32) 죽사릿: 죽사리[죽살이, 生死: 죽(죽다, 死)-+살(살다, 生)-+-이(명접)]+-ㅅ(-의: 관조)

33) ᄉ뭇: [사뭇, 완전히, 영원히, 永(부사): ᄉ뭇(←ᄉ몿다: 꿰뚫다, 완전하다, 貫, 동사)-+-Ø(부접)]

34) 업스리라: 없(없다, 無)-+-으리(미시)-+-라(←-다: 평종)

35) 샹녜: 늘, 항상, 常(부사)

36) 이리: [이리, 如是(부사): 이(이, 是: 지대, 정칭)+-리(부접)]

37) 니르다니: 니르(이르다, 說)-+-다(←-더-: 회상)-+-Ø(←-오-: 화자)-+-니(연어, 설명 계속)

38) 니르시논: 니르(이르다, 說)-+-시(주높)-+-ㄴ(←-ᄂᆞ-: 현시)+-오(대상)-+-ㄴ(관전)

39) 佛子ᄃᆞᆯᄒᆞᆯ: 佛子ᄃᆞᆯᄒ[불자들, 佛子等: 佛子(불자)+-ᄃᆞᆯᄒ(-들, 等: 복접)]+-ᄋᆞᆯ(목조) ※ '佛子(불자)'는 석가모니의 제자나 보살(菩薩)을 이르는 말이다.

40) 본ᄃᆡᆫ: 보(보다, 見)-+-ㄴᄃᆡᆫ(-면: 연어, 조건)

41) 恭敬ᄒᆞᄂᆞᆫ: 恭敬ᄒ[공경하다: 恭敬(공경: 명사)+-ᄒ(동접)-]-+-ㄴ(←-ᄂᆞ-: 현시)-+-오(대상)-+-ㄴ(관전)

42) ᄆᆞᅀᆞᄆᆞ로: ᄆᆞᅀᆞᆷ(마음, 心)+-ᄋᆞ로(부조, 방편)

43) 부텨ᄭᅴ: 부텨(부처, 佛)+-ᄭᅴ(-께: 부조, 상대, 높임)

44) 아래브터: 아래(예전, 曾)+-브터(-부터: 보조사, 비롯함)

45) 좃ᄌᆞᄫᅡ: 좃(← 좇다: 좇다, 從)-+-ᄌᆞᇦ(←-ᄌᆞᆸ-: 객높)-+-아(연어)

46) 方便 說法: 방편 설법. 어리석은 중생을 위해 방편의 힘을 빌어 진리를 알려주는 설법이다. 곧, 평범한 사람들이 쉽고 빠르게 깨달음의 경지에 도달할 수 있도록, 예를 들어서 불교의 교의를 풀어 밝히는 것이다.

닐·오·몰 위·ᄒ·야 냇·ᄂ·니 이·제 正·졍·히
그 時·씽 節·졇 이·로·다
고·ᄫ·을 나·토·시·오·고 眞·진 實·씷·시·ᄂ
利·링 弗·붏·아·아·라·라 菩·뽕 薩·삻
에 方·방 便·뼌·을 ·ᄇ·리·고 無·뭉 上·썅 道·똘
·룰 니·르·노·니 菩·뽕 薩·삻·이·이 法·법 들
·면 疑·읭 心·심·을 ·다·덜·며 一·ᅙ 千·천 二·ᅀ
百·ᄇ 羅·랑 漢·한·도 ·다·부·톄·두·외·리·라 三·삼

이르는 것을 위하여 나 있나니, 이제 正(정)히 그 時節(시절)이구나.”【이는
(부처가) 佛子(불자)들의 根機(근기)가 익은 것을 보시고, ‘眞實(진실)의 一乘(일승)을 나
타내리라.’고 하시는 뜻이다. 】舍利弗(사리불)아, 알아라. (내가) 菩薩(보살)들에
게 方便(방편)을 버리고 無上道(무상도)를 이르나니, 菩薩(보살)이 이 法(법)
을 들으면 疑心(의심)을 다 덜며, 二千二百(이천이백)의 羅漢(나한)도 다 부처
가 되리라.

닐오물[47] 위호야 냇노니[48] 이제 正정히[49] 그 時씽節졇이로다[50] 【이는 佛
뿛子중들히[51] 根군機긩 니군[53] 고들[54] 보시고 眞진實씷ㅅ 一힗乘씽을 나토오리
라[55] 호시논[56] 뜨디라[57] 】 舍상利링弗붏아 아라라 菩뽕薩삻들히[58] 그에[59] 方
방便뼌을 브리고[60] 無뭉上썅道똘를 니르노니[61] 菩뽕薩삻이 이 法법 드르
면 疑읭心심을 다 덜며 一힗千쳔二싱百빅 羅랑漢한도 다 부톄[62] 드외리
라[63]

---

47) 닐오물: 닐(← 니르다: 이르다, 說)- + -옴(명전) + -을(목조)

48) 냇노니: 나(나다, 出)- + -아(연어) + 잇(← 이시다: 있다, 보용, 완료 지속)- + -노(현시)- + -니
(연어, 설명 계속)

49) 正히: [정히, 바로, 正(부사): 正(정: 불어) + -ㅎ(←-ᄒᆞ-: 형접)- + -이(부접)]

50) 時節이로다: 時節(시절, 때) + -이(서조)- + -Ø(현시)- + -로(←-도-: 감동)- + -다(평종) ※
'時節이로다'는 '時節(시절, 때)이 되었구나.'의 뜻으로 쓰였다.

51) 佛子들히: 佛子들ㅎ[불자들: 佛子(불자) + -들ㅎ(-들: 복접)] + -익(관조) ※ '佛子(불자)'는 불교
에 귀의한 사람이다.(= 불제자, 佛弟子)

52) 根機: 根機(근기) + -Ø(←-이: 주조) ※ '根機(근기)'는 교법(敎法)을 받을 수 있는 중생의 능력
이다.

53) 니군: 닉(익다, 熟)- + -Ø(과시)- + -우(대상)- + -ㄴ(관전)

54) 고들: 곧(것, 者: 의명) + -을(목조)

55) 나토오리라: 나토[나타내다, 現: 낟(나타나다, 現: 자동)- + -호(사접)-]- + -오(화자)- + -리(미
시)- + -라(←-다: 평종)

56) 호시논: 호(하다, 謂)- + -시(주높)- + -ㄴ(←-ᄂᆞ-: 현시)- + -오(대상)- + -ㄴ(관전)

57) 뜨디라: 뜯(뜻, 意) + -이(서조)- + -Ø(현시)- + -라(←-다: 평종)

58) 菩薩들히: 菩薩들ㅎ[보살들, 菩薩等: 菩薩(보살) + -들ㅎ(-들: 복접)] + -익(관조)

59) 그에: 거기에(의명, 위치) ※ '菩薩들히 그에'는 '菩薩들에게'로 의역하여 옮긴다.

60) 브리고: 브리(버리다, 捨)- + -고(연어, 계기)

61) 니르노니: 니르(이르다, 說)- + -ㄴ(←-ᄂᆞ-: 현시)- + -오(화자)- + -니(연어, 설명 계속)

62) 부톄: 부텨(부처, 佛) + -ㅣ(←-이: 보조)

63) 드외리라: 드외(되다, 作)- + -리(미시)- + -라(←-다: 평종)

世·솅 諸佛·뿛 說·쉃 法·법 ·ᄒᆞ시논·티
·리·니 나·도 이·ᄀᆞᆮ·ᄒᆞ·야 ᄀᆞᆯ·히·욤 업·슨 法·법
·을·닐·오·리·라 舍·샹利·링弗·붏 아 ·ᄒᆞ·다·가
내 弟·똉子·ᄌᆞㅣ 제·너·교·ᄃᆡ 阿·항羅·랑漢·한
如·셩來·링 ·이·다·문 菩·뽕薩·삻 ·ᄅᆞᆯ 敎·ᄀᆢᆸ
化·황ㅣ 아·니·며 阿·항羅·랑漢·한 ·碑·벽支·징佛·뿛

(이것은) 三世(삼세)의 諸佛(제불)이 說法(설법)하시는 방식(儀式)이니, 나도 이와 같아서 (三乘으로) 구분(區分)함이 없는 法(법)을 이르리라. 舍利弗(사리불)아, 만일 나의 弟子(제자)가 스스로 여기되 '(내가) 阿羅漢(아라한)과 辟支佛(벽지불)이다.'라고 하여, 諸佛(제불)과 如來(여래)가 다만 菩薩(보살)만 敎化(교화)하시는 일을 모르면, 부처의 弟子(제자)가 아니며 阿羅漢(아라한)과 辟支佛(벽지불)이

三삼世솅⁶⁴⁾ 諸졍佛뿛 說쉃法법ᄒ시논⁶⁵⁾ 트리니⁶⁶⁾ 나도 이⁶⁷⁾ ᄀᆮᄒ야⁶⁸⁾ ᄀᆯ히욤⁶⁹⁾ 업슨 法법을 닐오리라⁷⁰⁾ 舍샹利링弗뿛아 ᄒ다가⁷¹⁾ 내⁷²⁾ 弟똉子ᄌ ㅣ 제⁷³⁾ 너교ᄃᆡ⁷⁴⁾ 阿ᅙ라랑漢한⁷⁵⁾ 辟벽支징佛뿛이로라⁷⁶⁾ ᄒ야 諸졍佛뿛 如셩來링ᅌᅵ⁷⁷⁾ 다ᄆᆫ⁷⁸⁾ 菩뽕薩삻 ᄲ녠⁷⁹⁾ 敎ᄀᆯ化황ᄒ시논⁸⁰⁾ 이ᄅᆯ 모ᄅᆞ면⁸¹⁾ 부텻 弟똉子ᄌ ㅣ 아니며 阿ᅙ라랑漢한 辟벽支징佛뿛이

---

64) 三世: 삼세. 불교(佛敎)에서 말하는 전세(前世)·현세(現世)·내세(來世)이다.

65) 說法ᄒ시논: 說法ᄒ[설법하다: 說法(설법: 명사) + -ᄒ(동접)-]- + -시(주높)- + -ㄴ(←-ᄂᆞ-: 현시)- + -오(대상)- + -ㄴ(관전)

66) 트리니: 틀(틀, 방식, 형식, 儀式) + -이(서조)- + -니(연어, 설명 계속) ※ '틀'은 『묘법연화경』의 '儀式(의식)'을 우리말로 번역한 것인데, 여기서는 '방식(方式)'으로 의역하여 옮긴다.

67) 이: 이(이, 이것, 是: 지대, 정칭) + -∅(←-이: -와, 부조, 비교)

68) ᄀᆮᄒ야: ᄀᆮᄒ(같다, 如)- + -야(←-아: 연어)

69) ᄀᆯ히욤: ᄀᆯ히(가리다, 구분하다, 分別)- + -욤(←-옴: 명전)

70) 닐오리라: 닐(←니ᄅᆞ다: 이르다, 說)- + -오(화자)- + -리(미시)- + -라(←-다: 평종) ※ 'ᄀᆯ히욤 업슨 法'은 '무분별법(無分別法)'을 직역한 표현인데, 부처가 삼승(三乘)의 도를 설함에는 분별이 있으나 일불승(一佛乘)의 도에는 분별이 없음을 말한다.

71) ᄒ다가: 만일, 若(부사)

72) 내: 나(나, 我: 인대, 1인칭) + -ㅣ(←-이: 관조)

73) 제: 저(저, 자기, 自: 인대, 재귀칭) + -ㅣ(←-이: 주조) ※ '제'는 '자기가'의 뜻인데, 여기서는 '스스로'로 의역하여 옮긴다.

74) 너교ᄃᆡ: 너기(여기다, 念)- + -오ᄃᆡ(-되: 연어, 설명 계속)

75) 阿羅漢: 아라한. 소승 불교의 수행자 가운데서 가장 높은 경지에 오른 이이다. 온갖 번뇌를 끊고, 사제(四諦)의 이치를 바로 깨달아 세상 사람들의 존경을 받을 만한 공덕을 갖춘 성자를 이른다.

76) 辟支佛이로라: 辟支佛(벽지불) + -이(서조)- + -∅(현시)- + -로(←-오-: 화자)- + -라(←-다: 평종) ※ '辟支佛(벽지불)'은 부처의 가르침에 기대지 않고 스스로 도를 깨달은 성자(聖者)이다.(= 연각, 緣覺)

77) 如來이: 如來(여래) + -이(관조, 의미상 주격) ※ '如來이'는 '如來(여래)가'로 의역하여 옮긴다.

78) 다ᄆᆫ: 다만, 오직, 唯(부사)

79) ᄲ녠: 뿐, 만(의명, 한정)

80) 敎化ᄒ시논: 敎化ᄒ[교화하다: 敎化(교화: 명사) + -ᄒ(동접)-]- + -시(주높)- + -ㄴ(←-ᄂᆞ-: 현시)- + -오(대상)- + -ㄴ(관전)

81) 모ᄅᆞ면: 모ᄅᆞ(모르다, 不知)- + -면(연어, 조건)

佛·뿛·이 아·니·니·라 舍·샹利·링弗·뿛·아 이 比·삥丘·쿵 比·삥尼·닝 ·ᄃᆞᆯ·히 제 너·교·ᄃᆡ ·ᄒᆞ마 阿·항羅·랑漢·한·ᄋᆞᆯ 得·득·ᄒᆞ·야 이 最·죙後·흫身·신이·며 究·귷竟·경涅·넗槃·빤·이라 ·ᄒᆞ·야 ·외·야 阿·항耨·눅多·당羅·랑三·삼藐·막三·삼菩·뽕提·똉·ᄅᆞᆯ 求·끃티 아·니·ᄒᆞ면 당·다·이 이 무·른·다 增·즁上·썅慢·만人·신이·론 고·ᄃᆞᆯ 아·ᄅᆞᆳ·디·니·엇·뎨

아니니라. 또 舍利弗(사리불)아, 이 比丘(비구)와 比丘尼(비구니)들이 자기가 여기되 "이미 阿羅漢(아라한)을 得(득)하여 이것이 最後身(최후신)이며 究竟 涅槃(구경열반)이다." 하여, 다시 阿耨多羅三藐三菩提(아뇩다라삼먁삼보리)를 求(구)하지 아니하면, 마땅히 이 무리는 다 增上慢人(증상만인)인 것을 알 것이니,

아니니라⁸²⁾ 쏘 舍_상利_링弗_붏아 이 比_삉丘_쿻 比_삉丘_쿻尼_닝돌히 제 너교딕 ᄒ마⁸³⁾ 阿_항羅_랑漢_한을 得_득ᄒ야 이⁸⁴⁾ 最_죙後_흫身_신⁸⁵⁾이며 究_귷竟_경涅_넗槃_빤이라⁸⁶⁾ ᄒ야 ᄂ외야⁸⁷⁾ 阿_항耨_녹多_당羅_랑三_삼藐_막三_삼菩_뽕提_똉⁸⁸⁾를 求_꿓티⁸⁹⁾ 아니ᄒ면 당다이⁹⁰⁾ 이 무른⁹¹⁾ 다 增_증上_쌍慢_만人_신이론⁹²⁾ 고돌 아롫⁹³⁾ 디니⁹⁴⁾

---

82) 아니니라: 아니(아니다, 非)- + -Ø(현시)- + -니(원칙)- + -라(←-다: 평종)

83) ᄒ마: 이미, 已(부사)

84) 이: 이(이것, 是) + -Ø(←-이: 주조)

85) 最後身: 최후신. 유전윤회(流轉輪迴)의 생사(生死)가 끊기는 마지막 몸이다. 수행이 완성되어 불과(佛果)에 이르려고 하는 몸으로, 소승에서는 무여열반을 증득(證得)하는 아라한, 대승에서는 불과를 증득하는 보살의 몸이다.

86) 究竟涅槃이라: 究竟涅槃(구경열반) + -이(서조)- + -Ø(현시)- + -라(←-다: 평종) ※ '究竟涅槃(구경열반)'은 가장 높은 경지에 이른 열반, 곧 부처의 경계를 이른다. ※ '究竟(구경)'은 마지막에 이른 경지로, 가장 지극한 깨달음의 뜻이다.

87) ᄂ외야: [다시, 復(부사): ᄂ외(거듭하다, 復: 동사)- + -야(←-아: 연어▷부접)]

88) 阿耨多羅三藐三菩提: 아뇩다라삼먁삼보리(anuttara-samyak-sambodhi). 가장 완벽한 깨달음을 뜻하는 말이다. '아뇩다라'란 무상(無上)이라는 뜻이다. '삼먁'이란 거짓이 아닌 진실이다. '삼보리'란 모든 지혜를 널리 깨친다는 정등각(正等覺)의 뜻이다. 이를 번역하면 무상정등정각(無上正等正覺)이라는 뜻으로, 이보다 더 위가 없는 큰 진리를 깨쳤다는 말이다. 모든 무명 번뇌를 벗어버리고 크게 깨쳐 우주 만유의 진리를 확실히 아는 부처님의 지혜라는 말로서, 삼세의 모든 부처님이 깨치게 되는 최고의 경지를 말한다.

89) 求티: 求ᄒ[求ᄒ(구하다): 求ᄒ(구하다)-] - + -디(-지: 연어, 부정)

90) 당다이: 마땅히, 當(부사)

91) 무른: 물(무리, 輩) + -은(보조사, 주제)

92) 增上慢人이론: 增上慢人(증상만인) + -이(서조)- + -Ø(현시)- + -로(←-오-: 대상)- + -ㄴ(관전) ※ '增上慢人(증상만인)'은 소견소법(小見小法), 즉 소승에 만족하고 다시 다른 법 구할 것이 없다고 생각하는 무리이다.

93) 아롫: 알(알다, 知)- + -오(대상)- + -ㅭ(관전)

94) 디니: ᄃ(←ᄃ: 것, 者, 의명) + -이(서조)- + -니(연어, 설명 계속)

어·뇨·호란·디 眞實·로 阿羅漢·
한 ·오 得·득 ·호·면 부텨 滅度·
·란·디 부텨 滅度·호 後·
信·신·티 아·니훓·줄 ·업·스·니 엇·데·어·눌·면·
·에 ·알·픠 부텨 ·업스·적 外·예·눈·이 法·
경·올·닐·거·뻐·알·리·쉽·디·몯·거·니·와·호·면·이 經·
·란·딕부텨를·맛·나·소봉·면·이·와·호·다·
·가·다·룬부텨를·맛·나·소봉·면·이·
등·에·셔·수·못·아·롬·을·得·득·호·리·라·舍

"(그것이) 어째서이냐?"고 한다면, 眞實(진실)로 阿羅漢(아라한)을 得(득)하면 부처가 滅度(멸도)한 後(후)에, (바로) 눈앞에 부처가 없는 적 外(외)에는, 이 法(법)을 信(신)하지 아니할 바가 없으니, "(그것이) 어째서이냐?"고 한다면, 부처가 滅度(멸도)한 後(후)에는 이 經(경)을 읽어 (그) 뜻을 아는 이를 (얻기가) 쉽지 못하거니와, 만일 다른 부처를 만나면 이 法(법) 中(중)에서 완전히 아는 것을 得(득)하리라.

엇뎨어뇨 ᄒ란딕⁹⁵⁾ 眞_진實_씷로 阿_항羅_랑漢_한ᄋᆞᆯ 得_득ᄒᆞ면 부톄 滅_몙度_똥⁹⁶⁾

ᄒᆞᆫ 後_{ᅘᅮᇢ}에 알ᄑᆡ⁹⁷⁾ 부톄 업슨⁹⁸⁾ 적 外_욍예ᄂᆞᆫ⁹⁹⁾ 이 法_법 信_신티¹⁾ 아니홇²⁾

줄³⁾ 업스니⁴⁾ 엇뎨어뇨 ᄒ란딕 부톄 滅_몙度_똥ᄒᆞᆫ 後_{ᅘᅮᇢ}에ᄂᆞᆫ 이 經_경을

닐거⁵⁾ 뜯⁶⁾ 알리⁷⁾ 쉽디 몯거니와⁸⁾ ᄒᆞ다가 다ᄅᆞᆫ⁹⁾ 부텨를 맛나ᅀᆞᄫᆞ면¹⁰⁾

이 法_법 中_듕에셔 ᄉᆞ뭇¹¹⁾ 아로ᄆᆞᆯ¹²⁾ 得_득ᄒᆞ리라

---

95) ᄒ란딕: ᄒ(하다: 曰)- + -란딕(-을진대, -을 것이면: 연어, 조건)

96) 滅度: 멸도. 승려가 죽는 것이다.

97) 알ᄑᆡ: 앒(앞, 前) + -ᄋᆡ(-에: 부조, 위치) ※『묘법연화경』에는 '알ᄑᆡ'가 '現前'으로 기술되어 있는데 '바로 눈앞에'로 의역하여 옮긴다.

98) 업슨: 없(없다, 無)- + -Ø(현시)- + -은(관전)

99) 外예ᄂᆞᆫ: 外(외) + -예(←-에: 부조, 위치) + -ᄂᆞᆫ(보조사, 주제)

1) 信티: 信ᄒᆞ[← 信ᄒᆞ다(신하다, 믿다): 信(신: 불어) + -ᄒᆞ(동접)-]- + -디(-지: 연어, 부정)

2) 아니홇: 아니ᄒᆞ[← 아니ᄒᆞ다(아니하다, 不): 아니(아니, 不: 부사, 부정) + -ᄒᆞ(동접)-]- + -오(대상)- + -ᇙ(관전)

3) 줄: 것, 까닭, 故(의명)

4) 眞實로 ~ 없으니: ※『묘법연화경』의 '若不信此法 無有是處 除佛滅度後 現前無佛'을 직역한 표현이다. 이 구절은 "부처가 멸도하신 후에 (자신들의) 눈앞에 부처님이 계시지 않을 때를 제외하고는, 이 법을 信(신)하지 아니할 바가 없으니"의 뜻으로 쓰였다. 이 말을 쉽게 풀이하면 "부처가 滅度하신 후에 눈앞에 부처님이 계실 때에는 (항상) 이 법을 信할 것이니"의 뜻이다.

5) 닐거: 닑(읽다, 讀)- + -어(연어)

6) 뜯: 뜻, 意.

7) 알리: 알(알다, 知)- + -ㄹ(관전) # 이(이, 사람, 者: 의명)

8) 몯거니와: 몯[← 몯ᄒᆞ다(못하다, 不能: 보용, 부정): 몯(못: 부사, 불능) + -ᄒᆞ(동접)-]- + -거니와(연어, 인정 전환) ※ '-거니와'는 앞 절의 사실을 인정하면서 관련된 다른 사실을 이어 주는 연결 어미이다. ※『묘법연화경』에는 '如是等經 受持讀誦 解義者 是人難得(이와 같은 경을 받아 지녀서 읽어서 그 뜻을 알 이(者)를 얻기가 어렵다)'로 기술되어 있다. 이러한 기술을 감안하면 '알리 쉬디 몯거니와'는 '알리 어두미 쉽디 몯거니와'에서 '어두미'가 생략된 형태로 추정한다. '어두미'는 '얻(얻다, 得)- + -움(명전) + -이(주조)'로 분석할 수 있다.

9) 다ᄅᆞᆫ: [다른, 他(관사): 다ᄅᆞ(다르다, 異: 형사)- + -ㄴ(관전 ▷ 관접)]

10) 맛나ᅀᆞᄫᆞ면: 맛나[만나다, 遇: 맛(← 맞다: 맞다, 迎) + 나(나다, 現)-]- + -ᅀᆞᇦ(←-ᅀᆞᆸ-: 객높)- + -ᄋᆞ면(연어, 조건)

11) ᄉᆞ뭇: [사뭇, 완전히, 철저히, 永(부사): ᄉᆞ뭇(← ᄉᆞ뭋다: 꿰뚫다, 완전하다, 貫, 동사)- + -Ø(부접)]

12) 아로ᄆᆞᆯ: 알(알다, 知)- + -옴(명전) + -ᄋᆞᆯ(목조)

利弗아 너희 둘히 ᄒᆞᆫ ᄆᆞᅀᆞᄆᆞ로 信
解ᄒᆞ야 부텻 마ᄅᆞᆯ 바다 디니라 諸
佛 如來 거즛말 업스시니 녀
나ᄆᆞᆫ 乘이 업고 오직 ᄒᆞᆫ 佛
ㅅ 法이 이러ᄒᆞ야 萬億 方便
舍利弗아 아라라 諸佛
便으로 맛당ᄒᆞᆯ 고ᄃᆞᆯ조차 說法
시ᄂᆞ니 너희 ᄒᆞ마 諸佛 方
便ᄒᆞ

舍利弗(사리불)아, 너희들이 한 마음으로 信解(신해)하여 부처의 말을 받아
지니라. 諸佛(제불)과 如來(여래)가 거짓말이 없으시니 다른 乘(승)이 없고
오직 한 佛乘(불승)이다. 舍利弗(사리불)아, 알아라. 諸佛(제불)의 法(법)이 이
러하여 萬億(만억)의 方便(방편)으로 마땅한 것을 좇아서 說法(설법)하시나
니, 너희가 이미 諸佛(제불)의 方便(방편)을

舍샹利링弗붏아 너희들히¹³⁾ 흔 ᄆᆞᅀᆞᄆᆞ로¹⁴⁾ 信신解ᅘᅢᆼᄒᆞ야¹⁵⁾ 부텻 마를 바다¹⁶⁾ 디니라¹⁷⁾ 諸졍佛붏 如셩來링 거즛말¹⁸⁾ 업스시니 녀나ᄆᆞᆫ¹⁹⁾ 乘씽²⁰⁾이 업고 오직 흔 佛붏乘씽이라²¹⁾ 舍샹利링弗붏아 아라라 諸졍佛붏ㅅ 法법이 이러ᄒᆞ야²²⁾ 萬먼億흑 方방便뼌으로 맛당흔²³⁾ 고들²⁴⁾ 조차²⁵⁾ 說쉃法법ᄒᆞ시ᄂᆞ니²⁶⁾ 너희²⁷⁾ ᄒᆞ마 諸졍佛붏ㅅ 方방便뼌을

---

13) 너희둘히: 너희둘ㅎ[너희들, 汝等: 너(너, 汝: 인대, 2인칭) + -희(-희, 等: 복접) + -둘ㅎ(-들, 等: 복접)] + -이(주조)

14) ᄆᆞᅀᆞᄆᆞ로: ᄆᆞᅀᆞᆷ(마음, 心) + -ᄋᆞ로(부조, 방편)

15) 信解ᄒᆞ야: 信解ᄒᆞ[신해하다: 信解(신해: 명사) + -ᄒᆞ(동접)-] + -야(←-아: 연어) ※ '信解(신해)'는 불법을 믿어서 진리를 터득하는 것이다.

16) 바다: 받(받다, 受)- + -아(연어)

17) 디니라: 디니(지니다, 持)- + -라(명종, 아주 낮춤)

18) 거즛말: [거짓말, 虛妄: 거즛(거짓, 虛) + 말(말, 言)]

19) 녀나ᄆᆞᆫ: [다른, 有餘(관사): 년(←녀느: 여느, 다른 사람, 他) + 남(남다, 餘: 동사)- + -은(관전▷관접)]

20) 乘: 승. 불교의 교의를 달리 이르는 말이다. 중생을 태워서 생사의 고해를 건너 열반의 세계에 이르게 한다는 뜻이다. 대승과 소승으로 나눈다.

21) 佛乘이라: 佛乘(불승) + -이(서조)- + -Ø(현시)- + -라(←-다: 평종) ※ '불승(佛乘)'은 중생을 깨달음의 세계로 이끄는 부처의 교법이다.

22) 이러ᄒᆞ야: 이러ᄒᆞ[이러하다, 如是: 이러(이러: 불어) + -ᄒᆞ(형접)-] + -야(←-아: 연어)

23) 맛당흔: 맛당ᄒᆞ[마땅하다, 宣: 맛(← 맛다: 맞다, 合) + 당(당, 當) + -ᄒᆞ(형접)-] + -Ø(현시)- + -ㄴ(관전)

24) 고들: 곧(것, 所) + -을(목조)

25) 조차: 좇(좇다, 隨)- + -아(연어) ※ '맛당흔 고들 조차'는 『묘법연화경』에는 '隨宜(마땅함을 좇아서)'로 기술되어 있는데, 이를 감안하여 '마땅한 것을 좇아서'로 의역하여 옮긴다.

26) 說法ᄒᆞ시ᄂᆞ니: 說法ᄒᆞ[설법하다: 說法(설법: 명사) + -ᄒᆞ(동접)-] + -시(주높)- + -ᄂᆞ(현시)- + -니(연어, 설명 계속, 이유)

27) 너희: 너희[너희, 汝等: 너(너, 汝: 인대, 2인칭) + -희(-희, 等: 복접)] + -Ø(←-이: 주조)

알아서 다시 疑心(의심)이 없으니, 마음에 크게 기뻐하여 마땅히 부처가 될 것을 알라.【 이까지는 方便品(방편품)이니, 앞에 한 光明(광명)이 東(동)녘으로 비취시니, 微妙(미묘)한 으뜸이 이미 갖추어져 있으시건마는 잠잠하여 알면서도 말을 아니 하고 信(신)하는 것은 때(垢)가 무거운 衆生(중생)이 못 미칠 일이므로, 모름지기 말씀을 假借(가차)하여 方便(방편)으로 열어 보이셔야 하겠으므로, 方便品(방편품)이라 하였니라.】

아라 ᄂᆞ외야 疑ᅙᅴᆼ心심 업스니 ᄆᆞᅀᆞ매 ᄀᆞ장²⁸⁾ 깃거²⁹⁾ 당다이³⁰⁾ 부텨 드욀³¹⁾ 고돌³²⁾ 알라【잇 ᄀᆞ자ᄋᆞᆫ³³⁾ 方ᄫᅡᆼ便뼌品픔이니 알픽³⁴⁾ ᄒᆞᆫ 光광明명이 東동녀그로³⁵⁾ 비취시니 微ᇰ妙ᄆᆈᆯㅅ 웃드미³⁶⁾ ᄒᆞ마 ᄀᆞ자신마ᄅᆞᆫ³⁷⁾ ᄌᆞᆷᄌᆞᆷᄒᆞ야³⁸⁾ 알며 말 아니 ᄒᆞ야 信신호ᄆᆞᆫ ᄠᅵ³⁹⁾ 므거ᄫᆞᆫ⁴⁰⁾ 衆즁生ᄉᆡᇰ이⁴¹⁾ 몯 미츨⁴²⁾ 이릴ᄊᆡ⁴³⁾ 모로매⁴⁴⁾ 말ᄊᆞᄆᆞᆯ 假강借쟝ᄒᆞ야⁴⁵⁾ 方ᄫᅡᆼ便뼌으로 여러 뵈샤ᅀᅡ⁴⁶⁾ ᄒᆞ릴ᄊᆡ 方ᄫᅡᆼ便뼌品픔이라 ᄒᆞ니라】

---

28) ᄀᆞ장: 크게, 매우, 大(부사)

29) 깃거: 깄(기뻐하다, 歡喜)- + -어(연어)

30) 당다이: 마땅히, 當(부사)

31) 드욀: 드외(되다, 作)- + -ㄹ(관전)

32) 고돌: 곧(것, 者) + -ᄋᆞᆯ(목조)

33) 잇 ᄀᆞ자ᄋᆞᆫ: 이(이, 여기, 此: 지대, 정칭) + -ㅅ(-의: 관조) # ᄀᆞ장(까지: 의명) + -ᄋᆞᆫ(보조사, 주제)

34) 알픽: 앒(앞, 前) + -익(-에: 부조, 위치)

35) 東녀그로: 東녁[동녘, 동쪽: 東(동) + 녁(녘, 쪽: 의명)] + -으로(부조, 방향)

36) 웃듬이: 웃듬(으뜸, 第一) + -이(주조)

37) ᄀᆞ자신마ᄅᆞᆫ: ᄀᆞᆽ(← ᄀᆞᆽ다: 갖추어져 있다, 具)- + -시(주높)- + -거…ㄴ마ᄅᆞᆫ(-건마ᄂᆞᆫ: 인정 전환)

38) ᄌᆞᆷᄌᆞᆷᄒᆞ야: ᄌᆞᆷᄌᆞᆷᄒᆞ[잠잠하다: ᄌᆞᆷᄌᆞᆷ(잠잠: 불어) + -ᄒᆞ(동접)-]- + -야(← -아: 연어)

39) ᄠᅵ: ᄠᅵ(때, 垢) + -Ø(← -이: 주조)

40) 므거ᄫᆞᆫ: 므겁[← 므겁다, ㅂ불(무겁다, 重): 믁(불어)- + -업(형접)-]- + -Ø(현시)- + -은(관전)
※ '믁-'은 '무거워지다(重)'의 뜻을 나타내는 불완전 어근이다.

41) 衆生이: 衆生(중생) + -이(관조, 의미상 주격) ※ '衆生이'는 '衆生이'로 의역하여 옮긴다.

42) 미츨: 및(미치다, 及)- + -우(대상)- + -ㄹ(관전)

43) 이릴ᄊᆡ: 일(일, 事) + -이(서조)- + -ㄹᄊᆡ(-므로: 연어, 이유)

44) 모로매: 반드시, 必(부사)

45) 假借ᄒᆞ야: 假借ᄒᆞ[가차하다, 빌리다: 假借(가차: 명사) + -ᄒᆞ(동접)-]- + -야(← -아: 연어)

46) 뵈샤ᅀᅡ: 뵈[보이다, 示: 보(보다, 見: 타동)- + -ㅣ(← -이-: 사접)-]- + -샤(← -시-: 주높)- + -ᅀᅡ(← -아ᅀᅡ: 연어, 필연적 조건)

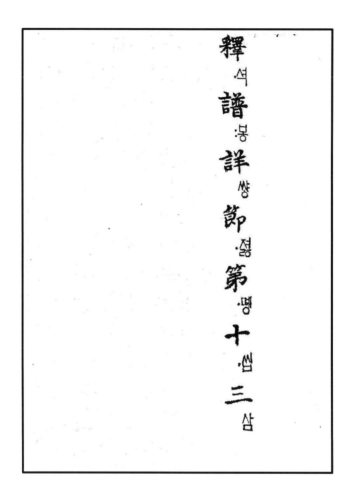

釋譜詳節(석보상절) 第十三(제십삼)

釋석譜봉詳쌍節졇　第똉十씹三삼

부록

'원문과 번역문의 벼리' 및
'문법 용어의 풀이'

부록 1. 원문과 번역문의 벼리

『석보상절 제십삼』의 원문 벼리

『석보상절 제십삼』의 번역문 벼리

부록 2. 문법 용어의 풀이

1. 품사
2. 불규칙 활용
3. 어근
4. 파생 접사
5. 조사
6. 어말 어미
7. 선어말 어미

부록 1. 원문과 번역문의 벼리

『석보상절 제십삼』의 원문 벼리

[1앞 釋셕譜봉詳썅節졇 第똉十씹三삼

〈『妙法蓮華經』第一卷 第一 序品〉

부톄 王왕舍샹城쎵 耆낑闍쌍堀꿇山산 中듕에 겨샤 굴근 比삥丘쿻 衆즁 一힗萬먼 二싱千쳔 사ᄅᆞᆷ과 ᄒᆞᆫᄃᆡ 잇더시니 다 阿항羅랑漢한이라

諸졍漏룽ㅣ ᄒᆞ마 다아 [1뒤 ᄂᆞ외야 煩뻔惱놓ㅣ 업서 己긩利링ᄅᆞᆯ 得득ᄒᆞ야 믈읫 結겷이 다아 업서 ᄆᆞᅀᆞ미 自쫑得득ᄒᆞ니러니 그 일후미 阿항若샹憍골陳띤如셩와 摩망訶항迦강葉셥과 優훙樓릉頻삔羅랑迦강葉셥과 伽꺙耶양迦강葉셥과 [2앞 那낭提똉迦강葉셥과 舍샹利링弗붏와 大땡目목揵껀連련과 摩망訶항迦강栴젼延연과 阿항㝹눅樓룽駄땅와 劫겁賓빈那낭와 憍골梵뻠波방提똉와 離링婆빵多당와 畢빓陵릉伽꺙婆빵蹉창와 薄빡拘궁羅랑와 [2뒤 摩망訶항拘궁絺팅羅랑와 難난陀땅와 孫손陀땅羅랑難난陀땅와 富붕樓룽那낭彌밍多당羅랑尼닝子중와 須슝菩뽕提똉와 阿항難난과 羅랑睺훙羅랑와 이러틋 ᄒᆞᆫ 모다 아논 大땡阿항羅랑漢한ᄃᆞᆯ히며 [3앞 ᄯᅩ 學혹無뭉學혹 二싱千쳔 사ᄅᆞᆷ과 摩망訶항波방闍쌍波방提똉 [3뒤 比삥丘쿻尼닝 眷권屬쑉 六륙千쳔 사ᄅᆞᆷ ᄃᆞ려와 겨시며 羅랑睺훙羅랑ᄋᆡ 어마님 耶양輸슝陀땅羅랑 比삥丘쿻尼닝 ᄯᅩ 眷권屬쑉 ᄃᆞ려와 겨시며

菩뽕薩삻 摩망訶항薩삻 八밣萬먼 사ᄅᆞ미 다 阿항耨녹多당羅랑三삼藐막三삼菩뽕提똉예 [4앞 므르디 아니ᄒᆞ샤 다 陀땅羅랑尼닝와 樂욯說쉃辯변才찡ᄅᆞᆯ 得득ᄒᆞ샤 므르디

아니ᄒᆞᆶ 法법輪륜을 그우리샤 無뭉量량 百빅千쳔 諸졍佛뿛을 供공養양ᄒᆞᅀᆞᄫᅡ 여러 부텨끠 한 德득ㅅ 根ᄀᆞᆫ源원을 시므샤 [4뒤] 샹녜 諸졍佛뿛이 일ᄏᆞ라 讚잔嘆탄ᄒᆞ시며 慈ᄍᆞ悲빙心심ᄋᆞ로 몸 닷가 부텻 智딩慧ᅘᆒ에 잘 드르샤 큰 智딩慧ᅘᆒ 通통達ᇙ달ᄒᆞ샤 뎌녁 ᄀᆞᅀᅢ 걷나가샤 일후미 너비 들여 無뭉量량 世솅界갱예 無뭉數숭ᄒᆞᆫ 百빅千쳔 衆즁生ᄉᆡᆼ을 잘 濟졩渡똥ᄒᆞ시ᄂᆞᆫ 분내러시니 그 일후미 文문殊쓩師ᄉᆞ利링菩뽕薩ᅙᅡᆶ와 [5앞] 觀관世솅音ᅙᅳᆷ菩뽕薩ᅙᅡᆶ와 得득大땡勢솅菩뽕薩ᅙᅡᆶ와 常쌍精졍進진菩뽕薩ᅙᅡᆶ와 不붏休휴息식菩뽕薩ᅙᅡᆶ와 寶봏掌쟝菩뽕薩ᅙᅡᆶ와 藥약王왕菩뽕薩ᅙᅡᆶ와 勇용施싱菩뽕薩ᅙᅡᆶ와 寶봏月ᅌᅯᆶ菩뽕薩ᅙᅡᆶ와 月ᅌᅯᆶ光광菩뽕薩ᅙᅡᆶ와 滿만月ᅌᅯᆶ菩뽕薩ᅙᅡᆶ와 大땡力륵菩뽕薩ᅙᅡᆶ와 無뭉量량力륵菩뽕薩ᅙᅡᆶ와 [5뒤] 越ᅌᅯᇙ三삼界갱菩뽕薩ᅙᅡᆶ와 跋뻟陁땅婆빵羅랑菩뽕薩ᅙᅡᆶ와 彌밍勒륵菩뽕薩ᅙᅡᆶ와 寶봏積젹菩뽕薩ᅙᅡᆶ와 導똥師ᄉᆞ菩뽕薩ᅙᅡᆶ와 이러틋 ᄒᆞᆫ 菩뽕薩ᅙᅡᆶ 摩망訶항薩ᅙᅡᆶ 八밣萬먼 사ᄅᆞ미 다 와 겨시며

그 저긔 釋셕提똉桓ᅘᅪᆫ因ᅙᅵᆫ이 眷권屬쏙 二ᅀᅵᆼ萬먼 天텬子ᄌᆞ ᄃᆞ려와 이시며 ᄯᅩ 名명月ᅌᅯᆶ天텬子ᄌᆞ와 [6앞] 普퐁香향天텬子ᄌᆞ와 寶봏光광天텬子ᄌᆞ와 四ᄉᆞ大땡天텬王왕이 眷권屬쏙 一ᅙᅵᇙ萬먼 天텬子ᄌᆞ ᄃᆞ려와 이시며 自쫑在찡天텬子ᄌᆞ와 大땡自쫑在찡天텬子ᄌᆞㅣ [6뒤] 眷권屬쏙 三삼萬먼 天텬子ᄌᆞ ᄃᆞ려와 이시며 娑상婆빵世솅界갱예 위두ᄒᆞᆫ 梵뻠天텬王왕 尸싱棄킹大땡梵뻠과 光광明명大땡梵뻠 들히 眷권屬쏙 一ᅙᅵᇙ萬먼 二ᅀᅵᆼ千쳔 [7앞] 天텬子ᄌᆞ ᄃᆞ려와 이시며 여듧 龍룡王왕 難난陁땅龍룡王왕과 跋뻟難난陁땅龍룡王왕과 娑상伽꺙羅랑龍룡王왕과 和ᅘᅪᆼ修슝吉긿龍룡王왕과 德득叉창迦강龍룡王왕과 阿항那낭婆빵達ᇙ多당龍룡王왕과 摩망那낭斯ᄉᆞ龍룡王왕과 優ᅙᅮᇂ鉢밣羅랑龍룡王왕 들히 [7뒤] 各각各각 若약干간 百빅千쳔 眷권屬쏙 ᄃᆞ려와 이시며 [8앞] 네 緊긴那낭羅랑王왕 法법緊긴那낭羅랑王왕과 妙묳法법緊긴那낭羅랑王왕과 大땡法법緊긴那낭羅랑王왕과 持

땅法법緊긴那낭羅랑王왕이 [8뒤] 各각各각 若약干간 百빅千천 眷권屬쏙 드려와 이시며
네 乾껀闥닳婆뼁王왕 樂악乾껀闥닳婆뼁王왕과 美밍乾껀闥닳婆뼁王왕과 美밍音흠乾껀
闥닳婆뼁王왕이 [9앞] 各각各각 若약干간 百빅千천 眷권屬쏙 드려와 이시며 네 阿항脩
슗羅랑王왕 婆뼁稚띵阿항脩슗羅랑王왕과 佉컁羅랑騫컨馱땅阿항脩슗羅랑王왕과 毗삥
摩망質짏多당羅랑阿항脩슗羅랑王왕과 [9뒤] 羅랑睺뚷阿항脩슗羅랑王왕이 各각各각 若약
干간 百빅千천 眷권屬쏙 드려와 이시며 [10뒤] 네 迦강樓릏羅랑王왕 大땡威휭德득迦
강樓릏羅랑王왕과 大땡身신迦강樓릏羅랑王왕과 大땡滿만迦강樓릏羅랑王왕과 [11앞] 如
성意힁迦강樓릏羅랑王왕이 各각各각 若약干간 百빅千천 眷권屬쏙 드려와 이시며 韋윙
提띵希힁의 아들 阿항闍쌍世솅王왕이 若약干간 百빅千천 眷권屬쏙 드려와 各각各각
[11뒤] 부텻 바래 禮롕數숭ᄒᆞᆸ고 ᄒᆞ녁 面면에 믈러 안ᄌᆞ니라

그 저긔 世솅尊존씌 四ᄉᆞᆼ衆즁이 圍윙繞ᅀᅭᄒᆞᅀᄫᅡ 이셔 供공養양ᄒᆞᅀᄫᅳ며 恭공敬경
ᄒᆞᅀᄫᅳ며 尊존重뜡히 너기ᅀᆞᄫᅡ 讚잔嘆탄ᄒᆞᅀᆸ더니 菩뽕薩삻들 위ᄒᆞ샤 大땡乘씽經경
을 니르시니 일후미 無뭉量량義읭니 [12앞] 菩뽕薩삻 ᄀᆞᄅᆞ치시논 法법이라 부텨 護홍
念념ᄒᆞ시논 배라

부톄 이 經경 니르시고 結겷加강趺붕坐쫭ᄒᆞ샤 無뭉量량義읭處쳥三삼昧밍예 드르
샤 몸과 ᄆᆞᅀᆞᆷ괘 움즉디 아니ᄒᆞ야 겨시거늘 그 저긔 하ᄂᆞᆯ해셔 曼만陁띵羅랑華ᅘᅪ와
摩망訶항曼만陁띵羅랑華ᅘ와 曼만殊쓔沙상華ᅘ와 [12뒤] 摩망訶항曼만殊쓔沙상華ᅘ를
부텻 우콰 大땡衆즁들히 그에 비흐며 너븐 부텻 世솅界갱 여슷 가지로 震진動뚱ᄒᆞ
더니

그 ᄢᅴ 會ᅘᅬᆼ中듕엣 比삥丘쿻 比삥丘쿻尼닝 優ᅙᅮᆼ婆뼁塞ᅀᅴᆨ 優ᅙᅮᆼ婆뼁夷잉 天텬龍룡
夜양叉창 [13앞] 乾껀闥닳婆뼁 阿항脩슗羅랑 迦강樓릏羅랑 緊긴那낭羅랑 摩망睺뚷羅랑

迦강 人ᅀᅵᆫ 非빙人ᅀᅵᆫ과 ᄯᅩ 諸졍小숄王왕과 轉둳輪륜聖셩王왕과 이 大땡衆즁ᄃᆞᆯ히 녜 업던 이를 얻ᄌᆞᄫᅡ 歡환喜힁 合ᅘᅡᆸ掌쟝ᄒᆞ야 ᄒᆞᆫ ᄆᆞᅀᆞ모로 부텨를 보ᅀᆞᄫᅦᆺ더니

그 ᄢᅴ 부톄 眉밍間간 白ᄢᆡᆨ毫ᅘᅩᆯ相샹앳 [13뒤]光광明명을 펴샤 東동方방앳 一ᅙᅵᆶ萬먼八밣千천 世솅界갱를 비취샤ᄃᆡ 아래로 阿ᅙᅡᆼ鼻삥地띵獄옥애 니를오 우흐로 阿ᅙᅡᆼ迦강膩닝吒당天텬에 니르니 이 世솅界갱예셔 뎌 싸햇 六륙趣춍 衆즁生ᄉᆡᆼ을 다 보며 ᄯᅩ 뎌 싸해 겨신 諸졍佛ᅗᅮᆯ도 보ᅀᆞᄫᅳ며 諸졍佛ᅗᅮᆯ 니르시논 經경法법도 듣ᄌᆞᄫᅳ며 뎌 싸햇 比삥丘쿨 [14앞]比삥丘쿨尼닝 優ᅙᅮᇢ婆빵塞ᄉᆡᆨ 優ᅙᅮᇢ婆빵夷잉이 脩슣行ᅘᆡᆼᄒᆞ야 得득道똘ᄒᆞᄂᆞᆫ 사ᄅᆞᆷ도 조쳐 보며 ᄯᅩ 菩뽕薩삻 摩망訶항薩삻ᄃᆞᆯ히 種죵種죵 因ᅙᅵᆫ緣원과 種죵種죵 信신解ᅘᆡᆼ와 種죵種죵 相샹貌뫃ᄆᆞ로 菩뽕薩삻ㅅ 道똘理링 行ᅘᆡᆼᄒᆞ시논 양도 보며 [14뒤]ᄯᅩ 諸졍佛ᅗᅮᆯ이 般반涅녏槃빤ᄒᆞ시ᄂᆞ니도 보ᅀᆞᄫᅳ며 ᄯᅩ 諸졍佛ᅗᅮᆯ이 般반涅녏槃빤ᄒᆞ신 後ᅘᅮᇢ에 부텻 舍샹利링로 七칧寶봄塔탑 세ᅀᆞᆸ논 양도 보리러니

그 ᄢᅴ 彌밍勒륵菩뽕薩삻이 너기샤ᄃᆡ 오ᄂᆞᆳ나래 世솅尊존이 神씬奇긩ᄅ뷘 變변化황ㅅ 相샹을 뵈시ᄂᆞ니 엇던 因ᅙᅵᆫ緣원으로 [15앞]이런 祥쌍瑞쓍 잇거시뇨 이제 世솅尊존이 三삼昧밍예 드르시니 이 不붏可캉思ᄉᆞᆼ議ᅌᅴ엣 希힁有ᅌᅮᇢᄒᆞᆫ 이를 뵈시ᄂᆞ니 눌 더브러 무러ᅀᅡ ᄒᆞ리며 뉘ᅀᅡ 能ᄂᆡᆼ히 對됭答답ᄒᆞ려뇨 ᄒᆞ시고 ᄯᅩ 너기샤ᄃᆡ 文문殊쓩師ᄉᆞ利링ᄂᆞᆫ 法법王왕ㅅ 아ᄃᆞ리라 디나거신 無뭉量량 諸졍佛ᅗᅮᆯ끠 [15뒤]ᄒᆞ마 親친近끈히 供공養양ᄒᆞᅀᆞᄫᅡ 이실ᄊᆡ 당다이 이런 希힁有ᅌᅮᇢᄒᆞᆫ 相샹을 보ᅀᆞᄫᅡ 잇ᄂᆞ니 내 이제 무로리라

그 ᄢᅴ 比삥丘쿨 比삥丘쿨尼닝 優ᅙᅮᇢ婆빵塞ᄉᆡᆨ 優ᅙᅮᇢ婆빵夷잉와 天텬 龍룡 鬼귕神씬ᄃᆞᆯ토 다 너교ᄃᆡ 이 부텻 神씬通통ᄒᆞ신 相샹을 이제 눌 더브러 무르려뇨 ᄒᆞ더니

그 ᄢᅴ [16앞]彌밍勒륵菩뽕薩삻이 ᄌᆞ걋 疑ᅌᅴ心심도 決궗ᄒᆞ고져 ᄒᆞ시며 ᄯᅩ 모든 ᄆᆞ

ᄉᆞ믈 보시고 文문殊쓩師ᇰ利링ᄭᅴ 묻ᄌᆞᄫᆞ샤ᄃᆡ 文문殊쓩師ᇰ利링여 導똥師ᇰㅣ 엇던 젼ᄎᆞ로 眉밍間간 白삑毫ᅘᅲᇢ앳 大땡光광이 너비 비취시니 曼만陁땅羅랑花황 曼만殊쓩沙상花황ㅣ 비흐며 ^[16뒤]栴젼檀딴香향ㅅ ᄇᆞᄅᆞ미 모든 ᄆᆞᅀᆞ믈 즐기게 ᄒᆞ고 이런 因힌緣원으로 ᄯᅡ히 다 싁싁기 조ᄒᆞ며 이 世솅界갱 여슷 가지로 震진動똥ᄒᆞ니 四ᄉᆞ部뿡衆즁이 다 기꺼 몸과 ᄠᅳ괘 훤ᄒᆞ야 녜 업던 이를 얻ᄌᆞᄫᆞ뇨 眉밍間간앳 光광明명이 東동方방ᄋᆞᆯ 비취샤 一ᅙᅵᆯ萬먼八밣千쳔 ᄯᅡ히 다 金금色ᄉᆡᆨ이 ᄀᆞᆮᄒᆞ야 阿항鼻삥地띵獄옥브터 ^[17앞]有ᅌᅮᇢ頂뎡天텬에 니르시니 믈윗 世솅界갱 中듕엣 六륙道똘 衆즁生ᄉᆡᆼ이 주그며 사라 가논 길헷 됴ᄒᆞ며 구즌 因힌緣원으로 됴ᄒᆞ며 구즌 果광報봉 受쓩호ᄆᆞᆯ 이에서 다 보며 ᄯᅩ 보ᅀᆞᄫᅩᄃᆡ 諸졍佛뿛이 經경典뎐을 불어 니르샤 ^[17뒤]菩뽕薩삻 無뭉數숭 億흑萬먼을 ᄀᆞᄅᆞ치시니 梵뻠音흠이 깁고 微밍妙묭ᄒᆞ샤 사ᄅᆞ미 즐겨 듣ᄌᆞᆸ게 ᄒᆞ시며 各각各각 世솅界갱예 正졍法법을 講강論론ᄒᆞ야 니르샤 種죵種죵 因힌緣원과 그지업슨 알외요ᄆᆞ로 부텻 法법을 ᄇᆞᆯ기샤 衆즁生ᄉᆡᆼ을 알에 ᄒᆞ시며 사ᄅᆞ미 受쓩苦콩를 ^[18앞]맛나아 老롤病뼝死ᄉᆞ를 슬ᄒᆞ야 ᄒᆞ거든 위ᄒᆞ야 涅넗槃빤을 니르샤 受쓩苦콩를 업게 ᄒᆞ시며 사ᄅᆞ미 有ᅌᅮᇢ福복ᄒᆞ야 부텨를 供공養양ᄒᆞᅀᆞᄫᅡ 됴ᄒᆞᆫ 法법 求꿀ᄒᆞ거든 위ᄒᆞ야 緣원覺각을 니르시며 佛뿛子ᄌᆞㅣ 種죵種죵 修슐行ᅘᆡᇰᄒᆞ야 無뭉上썅智딩慧ᅘᅰᇙ를 求꿀ᄒᆞ거든 ^[18뒤]위ᄒᆞ야 조ᄒᆞᆫ 道똘理링 니르시ᄂᆞ다

　文문殊쓩師ᇰ利링여 내 이에 이셔 보며 드르미 이러ᄒᆞ며 ᄯᅩ 千쳔億흑 가짓 이리 하니 이제 어둘 닐오리라 내 뎌 ᄯᅡ햇 恒ᅘᆡᇰ沙상 菩뽕薩삻이 ^[19앞]술위와 보ᄇᆡ로 ᄭᅮ뮨 덩과로 즐겨 布봉施싱ᄒᆞ야 佛뿛道똘를 向향ᄒᆞ야 三삼界갱 第똉一ᅙᅵᆯ엣 諸졍佛뿛 讚잔嘆탄ᄒᆞ시논 乘씽을 得득고져 願원ᄒᆞ리도 이시며 ^[19뒤]菩뽕薩삻이 네 ᄆᆞᆯ 메윤 寶봉車쟝와 欄란楯쓘과 빗난 蓋갱와 軒헌飾식ᄋᆞ로 布봉施싱ᄒᆞ리도 이시며 ᄯᅩ 菩뽕薩삻이

몸과 슬콰 손과 발와 妻쳉眷권과 子중息식과로 布봉施싱ᄒᆞ야 無뭉上썅道똘를 求뀸ᄒᆞ리도 보며 ᄯᅩ 菩뽕薩삻이 머리와 눈과 몸과로 즐겨 布봉施싱ᄒᆞ야 [20앞] 부텻 智딩慧훼를 求뀸ᄒᆞ리도 보리로다

文문殊쓩師ᄉᆞ利링려 여러 王왕들히 부텻긔 나ᅀᅡ가 無뭉上썅道똘理링를 묻ᄌᆞᆸ고 됴ᄒᆞᆫ 나라콰 宮궁殿뗜과 臣씬下ᅘᅡᆼ와 고마ᄅᆞᆯ ᄇᆞ리고 머리 가까 法법服뽁을 니브리도 보며 菩뽕薩삻이 쥬이 ᄃᆞ외야 ᄒᆞ오ᅀᅡ 겨르로ᄫᅵ 이셔 經경을 즐겨 외오리도 보며 [20뒤] ᄯᅩ 菩뽕薩삻이 勇용猛밍精졍進진ᄒᆞ야 深심山산애 드러 佛뿛道똘 ᄉᆞ랑ᄒᆞ리도 보며 ᄯᅩ 貪탐欲욕을 여희여 샹녜 뷘 ᄃᆡ 이셔 禪쎤定뗭을 기피 다까 五옹神씬通통을 得득ᄒᆞ리도 보며 ᄯᅩ 菩뽕薩삻이 便뼌安한히 禪쎤定뗭ᄒᆞ야 合ᅘᅡᆸ掌쟝ᄒᆞ야 千쳔萬먼 偈꼥로 믈읫 法법王왕을 讚잔嘆탄ᄒᆞᅀᆞᄫᆞ리도 보며 [21앞] ᄯᅩ 菩뽕薩삻이 智딩慧훼 깁고 ᄠᅳ디 구더 能능히 諸졍佛뿛ᄭᅴ 묻ᄌᆞᄫᅡ 듣ᄌᆞᄫᆞ면 다 바다 디니논 양도 보며 ᄯᅩ 佛뿛子중ㅣ 定뗭과 慧훼왜 ᄀᆞ자 그지업슨 알외요ᄆᆞ로 ᄒᆞᆫ 사ᄅᆞᆷ 위ᄒᆞ야 法법 講강論론ᄒᆞ며 즐겨 說쉃法법ᄒᆞ야 菩뽕薩삻을 ᄃᆞ외오며 魔망王왕ㅅ 兵병馬망를 헐오 法법鼓공를 티논 양도 보며 [21뒤] ᄯᅩ 菩뽕薩삻이 便뼌安한히 즘즘ᄒᆞ야 잇거든 天텬龍룡이 恭공敬경ᄒᆞ야도 깃디 아니ᄒᆞ리도 보며 ᄯᅩ 菩뽕薩삻이 수프레 이셔 放방光광ᄒᆞ야 地띵獄옥 受쓩苦콩ᄅᆞᆯ 濟졩渡똥ᄒᆞ야 佛뿛道똘애 들의 ᄒᆞ논 양도 보며 ᄯᅩ 佛뿛子중ㅣ 자디 아니ᄒᆞ야 수프레 두루 ᄃᆞ녀 佛뿛道똘 브즈러니 求뀸ᄒᆞ논 양도 보며 [22앞] ᄯᅩ 警경戒갱 ᄀᆞ자 威ᅙᅱᆼ儀읭 이즌 ᄃᆡ 업서 조호미 寶봄珠즁 ᄀᆞᆮᄒᆞ야 佛뿛道똘 求뀸ᄒᆞ논 양도 보며 ᄯᅩ 佛뿛子중ㅣ 忍신辱욕力륵에 住뜡ᄒᆞ야 增증上썅慢만ᄒᆞᇙ 사ᄅᆞ미 구지즈며 티거든 다 ᄎᆞ마 佛뿛道똘 求뀸ᄒᆞ논 양도 보며 ᄯᅩ 菩뽕薩삻이 노릇과 우ᅀᅮᆷ과 어린 眷권屬쑉을 여희오 어딘 사ᄅᆞᄆᆞᆯ 갓가ᄫᅵ ᄒᆞ야 ᄒᆞᆫ [22뒤] ᄆᆞᅀᆞᄆᆞ로 亂롼을 더러 묏 수프를 ᄉᆞ랑ᄒᆞ야 億흑千

천萬면 世_솅를 佛_뿛道_뚤를 求_꿀호논 양도 보며 菩_뽕薩_삻이 됴ᄒᆞᆫ 차반과 온 가짓 藥_약材_찡로 부텨와 즁괏 그에 布_봉施_싱ᄒᆞ며 일훔난 됴ᄒᆞᆫ 오시 비디 千_쳔萬_먼이 쓰며 빋 업슨 오스로 부텨와 즁괏 그에 布_봉施_싱ᄒᆞ며 千_쳔萬_먼 가짓 ^[23앞]栴_젼檀_딴香_향 보ᄇᆡ옛 집과 貴_귕ᄒᆞᆫ 니블로 부텨와 즁괏 그에 布_봉施_싱ᄒᆞ며 淸_쳥淨_쪙ᄒᆞᆫ 東_동山_산애 곳과 果_광實_씷왜 盛_쎵코 흐르는 심과 沐_목浴_욕ᄒᆞᆯ 므스로 부텨와 즁괏 그에 布_봉施_싱ᄒᆞ야 이러트시 種_죵種_죵 微_밍妙_묠ᄒᆞᆫ 거슬 布_봉施_싱호ᄃᆡ 즐겨 슬히 아니 너겨 無_뭉上_썅道_뚤를 求_꿀ᄒᆞ논 양도 보며 ^[23뒤]菩_뽕薩_삻이 寂_쪅滅_몋ᄒᆞᆫ 法_법을 닐어 種_죵種_죵ᄋᆞ로 無_뭉數_숭 衆_즁生_싱을 ᄀᆞᄅ치리도 이시며 菩_뽕薩_삻이 믈읫 法_법性_셩을 보ᄃᆡ 두 가짓 相_샹이 업서 虛_헝空_콩 ᄀᆞᆮ홈도 보며 ᄯᅩ 佛_뿛子_중 ㅣ ᄆᆞᅀᆞ매 着_땩이 업서 이런 微_밍妙_묠ᄒᆞᆫ 智_딩慧_{ᅙᆐ}로 無_뭉上_썅道_뚤理_링 求_꿀ᄒᆞ논 양도 보리로다

^[24앞]文_문殊_쓩師_승利_링여 ᄯᅩ 菩_뽕薩_삻이 부텨 滅_몋度_똥ᄒᆞ신 後_{ᅘᅮᇢ}에 舍_샹利_링 供_공養_양ᄒᆞᅀᆞᄫᆞ리도 이시며 ᄯᅩ 佛_뿛子_중 ㅣ 無_뭉數_숭 恒_{ᅘᅥᇰ}沙_상 塔_탑을 지서 나라홀 ᄭᅮ미니 寶_봉塔_탑 노픠 五_옹千_쳔 由_율旬_쓘이오 南_남北_븍과 東_동西_솅왜 正_졍히 ᄀᆞᆮᄒᆞ야 二_{ᅀᅵᇰ}千_쳔 由_율旬_쓘이오 塔_탑마다 各_각各_각 즈믄 ^[24뒤]幢_{ᄙᅡᇰ}幡_펀이며 구슬 서끤 帳_댱이며 보ᄇᆡ옛 바오리 溫_혼和_{ᅘᅪᇰ}히 울며 天_텬龍_룡 鬼_귕神_씬들콰 사ᄅᆞᆷ과 사ᄅᆞᆷ 아닌 것괘 香_향華_{ᅘᅪᇰ} 伎_끵樂_악ᄋᆞ로 샹녜 供_공養_양ᄒᆞᅀᆞᆸᄂᆞᆫ 야이 다 뵈ᄂᆞ다

文_문殊_쓩師_승利_링여 佛_뿛子_중ᄃᆞᆯ히 舍_샹利_링 供_공養_양 위ᄒᆞ야 塔_탑을 싁싀기 ᄭᅮ미니 나라히 自_쫑然_션히 特_뜩別_{뼈ᇙ}히 됴ᄒᆞ ^[25앞]하ᄂᆞᆳ 樹_쓩王_왕이 고지 픈 ᄃᆞᆺ ᄒᆞ니 부톄 ᄒᆞᆫ 光_광明_명 펴샤매 내며 한 모ᄃᆞᆫ 사ᄅᆞ미 뎌 나라햇 種_죵種_죵 奇_끵妙_묠ᄒᆞᆫ 것과 諸_졍佛_뿛ㅅ 神_씬力_륵을 보ᅀᆞᄫᅡ 녜 업던 이를 얻ᄌᆞ보니 佛_뿛子_중 文_문殊_쓩아 모ᄃᆞᆫ 疑_읭心_심을 決_궗ᄒᆞ고라 四_{ᄉᆞᆼ}衆_즁이 울워러 仁_{ᅀᅵᆫ}과 ^[25뒤]날와 보ᄂᆞ니 世_솅尊_존이 엇던

젼ᄎᆞ로 이런 光광明명을 펴시ᄂᆞ뇨 佛뿛子ᄌᆼ ㅣ 이제 對됭答답ᄒᆞ야 疑읭心심을 決결ᄒᆞ야 기쓰긔 ᄒᆞ고라 므슴 饒ᅀᅭᇢ益혁으로 이런 光광明명을 펴거시뇨 부텨 道똥場땽애 안ᄌᆞ샤 得득ᄒᆞ샨 妙묳法법을 닐오려 ᄒᆞ시ᄂᆞᆫ가 授쓯記긩ᄅᆞᆯ 호려 [26앞 ᄒᆞ시ᄂᆞᆫ가 한 佛뿛土통애 衆즁寶볼ㅣ 싁싁기 조호ᄆᆞᆯ 뵈시며 ᄯᅩ 諸졍佛뿛을 보ᅀᆞᆸ게 ᄒᆞ샤미 이 져고맛 因인緣원이 아니시니 文문殊쓩아 아라라 四ᄉᆞᆼ衆즁이며 龍룡과 鬼귕神씬괘 仁신者쟝ᄅᆞᆯ 보ᄂᆞ니 므슷 이ᄅᆞᆯ 닐오려 ᄒᆞ시ᄂᆞ뇨

그 ᄢᅴ 文문殊쓩師ᄉᆞᆼ利링 彌밍勒륵菩뽕薩삻 摩망訶항薩삻와 [26뒤 諸졍大땡士ᄊᆞᆼ 善쎤男남子ᄌᆼ 等등ᄃᆞ려 니ᄅᆞ샤ᄃᆡ 내 혜여 호니 이제 世솅尊존이 큰 法법을 니르시며 큰 法법雨ᅌᅮᆼ를 비흐시며 큰 法법螺랑ᄅᆞᆯ 부르시며 큰 法법鼓공ᄅᆞᆯ 티시며 큰 法법義읭ᄅᆞᆯ 펴려 ᄒᆞ시ᄂᆞ다 [27앞 善쎤男남子ᄌᆼᄃᆞᆯ하 내 디나건 諸졍佛뿛ㅅ긔 이런 祥썅瑞쒱ᄅᆞᆯ 보ᅀᆞᄫᆞ니 이런 光광明명을 펴시면 큰 法법을 니르시더니 이럴ᄊᆡ 아노니 이제 부텨 光광明명 뵈샴도 ᄯᅩ 이 ᄀᆞᆮᄒᆞ시니 衆즁生ᄉᆡᆼᄋᆞ로 一힗切쳉 世솅間간앳 信신티 어려ᄫᅳᆫ 法법을 다 듣ᄌᆞᄫᅡ 알에 호리라 ᄒᆞ샤 이런 祥썅瑞쒱ᄅᆞᆯ 뵈시ᄂᆞ니라

善쎤男남子ᄌᆼᄃᆞᆯ하 디나건 [27뒤 無뭉量량無뭉邊변 不붏可캉思ᄉᆞᆼ議읭 阿항僧ᄉᆞᆼ祇낑 劫겁 時씽節졇에 부텨 겨샤ᄃᆡ 號ᅘᅗᇢᄅᆞᆯ 日싏月윓燈등明명 如ᅀᅧᆼ來ᄅᆡᆼ 應ᅙᅳᆼ供공 正졍徧변知딩 明명行ᅘᆡᆼ足죡 善쎤逝쎙 世솅間간解갱 無뭉上썅士ᄊᆞᆼ 調뚛御ᅌᅥᆼ丈땽夫붕 天텬人ᅀᅵᆫ 師ᄉᆞᆼ 佛뿛世솅尊존이러시니 [28앞 正졍法법을 불어 니ᄅᆞ샤ᄃᆡ 初총善쎤 中듕善쎤 後ᅘᅮᇢ善쎤이러시니 그 ᄠᅳ디 깁고 멀며 그 말ᄊᆞ미 工공巧쿌코 微밍妙묳ᄒᆞ야 오ᄋᆞ로 섯근 거시 업서 淸청白ᄈᆡᆨᄒᆞ고 梵뻠行ᅘᆡᆼ앳 [28뒤 相샹이 ᄀᆞᆮ더시니

聲셩聞문 求끃ᄒᆞᆯ 싸ᄅᆞᆷ 위ᄒᆞ샨 四ᄉᆞᆼ諦뎽法법 니ᄅᆞ샤 生ᄉᆡᆼ老롷病뼝死ᄉᆞᆼᄅᆞᆯ 벗기샤 究궇竟경涅녏槃빤케 ᄒᆞ시고 辟벽支징佛뿛 求끃ᄒᆞᆯ 싸ᄅᆞᆷ 위ᄒᆞ샨 열두 因인緣원法법을

니르시고 菩뽕薩삻들 위ᄒᆞ샨 여슷 波방羅랑蜜밇을 니르샤 阿항耨녹多당羅랑三삼藐막三삼菩뽕提똉를 得득ᄒᆞ야 [29앞] 一읧切촁 種죵種죵 智딩慧휑를 일우게 ᄒᆞ더시니

버거 부톄 겨샤ᄃᆡ ᄯᅩ 일후미 日ᅀᅵᆳ月윓燈ᄃᆞᆼ明명이시고 ᄯᅩ 버거 부톄 겨샤ᄃᆡ ᄯᅩ 일후미 日ᅀᅵᆳ月윓燈ᄃᆞᆼ明명이러시니 이러히 二ᅀᅵᆼ萬먼 부톄 다 ᄒᆞᆫ 가짓 字쭝號ᅘᅩᇢ로 日ᅀᅵᆳ月윓燈ᄃᆞᆼ明명이시며 ᄯᅩ ᄒᆞᆫ 가짓 姓셩이샤 姓셩이 [29뒤] 頗팡羅랑墮툉ㅣ러시니

彌밍勒륵아 아라라 첫 부텨 後ᅘᅮᇢㅅ 부톄 다 ᄒᆞᆫ 가짓 字쭝로 일후미 日ᅀᅵᆳ月윓燈ᄃᆞᆼ明명이시고 열 號ᅘᅩᇢㅣ ᄀᆞᄌᆞ시고 니르시논 法법이 初총 中듕 後ᅘᅮᇢ善쎤이러시니 믓 乃냉終즁ㅅ 부톄 出츓家강 아니ᄒᆞ야 겨싫 저긔 여듧 王왕子중를 두겨샤ᄃᆡ ᄒᆞᆫ 일후믄 有ᅌᅮᇢ意ᅙᅵᆼ오 둘찻 일후믄 善쎤意ᅙᅵᆼ오 [30앞] 세찻 일후믄 無뭉量량意ᅙᅵᆼ오 네찻 일후믄 寶봏意ᅙᅵᆼ오 다숫찻 일후믄 增즁意ᅙᅵᆼ오 여슷찻 일후믄 除뗭疑읭意ᅙᅵᆼ오 닐굽찻 일후믄 響향意ᅙᅵᆼ오 여듧찻 일후믄 法법意ᅙᅵᆼ러시니 이 여듧 王왕子중ㅣ 威휭德득이 自쭝在찡ᄒᆞ샤 各각各각 네 天텬下ᅘᅡᆼ를 거느롓더시니 이 王왕子중들히 아바니미 [30뒤] 出츓家강ᄒᆞ샤 阿항耨녹多당羅랑三삼藐막三삼菩뽕提똉를 得득ᄒᆞ시다 드르시고 다 王왕位윙를 ᄇᆞ리시고 조차 出츓家강ᄒᆞ야 大땡乘씽엣 ᄠᅳ들 發벓ᄒᆞ야 샹녜 조ᄒᆞᆫ 힝뎍 닷까 다 法법師ᄉᆞᆼㅣ ᄃᆞ외샤 ᄒᆞ마 千쳔萬먼 부텨ᄭᅴ 믈읫 됴ᄒᆞᆫ 根ᄀᆞᆫ源원을 시므시니라

그 ᄢᅴ 日ᅀᅵᆳ月윓燈ᄃᆞᆼ明명佛뿛이 [31앞] 大땡乘씽經경을 니르시니 일후미 無뭉量량義읭니 菩뽕薩삻 ᄀᆞᄅᆞ치시논 法법이라 부텨 護ᅘᅩᆼ念념ᄒᆞ시논 배라 이 經경을 니르시고 즉자히 大땡衆즁 中듕에셔 結겷加강趺붕坐쫭ᄒᆞ샤 無뭉量량義읭處청 三삼昧밍예 드르샤 몸과 ᄆᆞᅀᆞᆷ괘 움즉디 아니ᄒᆞ야 겨시거늘 [31뒤] 그 저긔 하늘해셔 曼만陁땅羅랑華ᅘᅪᆼ와 摩망訶항曼만陁땅羅랑華ᅘᅪᆼ와 曼만殊슛沙상華ᅘᅪᆼ와 摩망訶항曼만殊슛沙상華ᅘᅪᆼ를 부텻 우콰 大땡衆즁들히 그에 비흐며 너븐 부텻 世솅界갱 여슷 가지로 震진動똥

ᄒᆞ더니

그 ᄢᅴ 會휑中듕엣 比삥丘쿨 比삥丘쿨尼닝 優ᅙᅮᇢ婆뻉塞ᄉᆡᆨ 優ᅙᅮᇢ婆뻉夷잉 天텬 龍룡 夜양叉창 [32앞]乾껀闥탏婆뻉 阿항脩슐羅랑 迦강樓룰羅랑 緊긴那낭羅랑 摩망睺ᅘᅮᇢ羅랑 迦강 人ᅀᅵᆫ非빙人ᅀᅵᆫ과 ᄯᅩ 諸정小숗王왕과 轉둰輪륜聖셩王왕과 이 大땡衆즁ᄃᆞᆯ히 녜 업던 이ᄅᆞᆯ 얻ᄌᆞᄫᅡ 歡환喜횡 合ᅘᅡᆸ掌쟝ᄒᆞ야 ᄒᆞᆫ ᄆᆞᅀᆞ모로 부텨를 보ᅀᆞᆸ뱃더니 그 ᄢᅴ 如셩來링 眉밍間간 白삑毫ᅘᅩᇢ相샹앳 光광明명을 펴사 [32뒤]東동方방앳 一ᅙᅵᇙ萬먼八밣千쳔 佛뿛土통를 비취샤ᄃᆡ 오ᄂᆞᆳ날 보ᅀᆞᆸ논 佛뿛土통ㅣ ᄀᆞ티러라 彌밍勒륵아 아라라 그 ᄢᅴ 會휑中듕에 二ᅀᅵᆼ十씹億흑 菩뽕薩삻이 法법 듣ᄌᆞᄫᅩ믈 즐기더니 이 菩뽕薩삻ᄃᆞᆯ히 이 光광明명이 너비 佛뿛土통 비취시논 고ᄃᆞᆯ 보ᅀᆞᆸ고 녜 업던 이ᄅᆞᆯ 얻ᄌᆞᄫᅡ 이 光광明명ㅅ 因ᅙᅵᆫ緣원을 [33앞]알오져 ᄒᆞ더니

그 ᄢᅴ ᄒᆞᆫ 菩뽕薩삻 일후미 妙묳光광이라 ᄒᆞ리 八밣百ᄇᆡᆨ 弟똉子ᄌᆞᆼᄅᆞᆯ 뒷더니 그 ᄢᅴ 日ᅀᅵᇙ月윓燈등明명佛뿛이 三삼昧밍로셔 니르샤 妙묳光광菩뽕薩삻을 因ᅙᅵᆫᄒᆞ야 大땡乘씽經경을 니르시니 일후미 妙묳法법蓮련華ᅘᅪᆼㅣ니 菩뽕薩삻 ᄀᆞᄅᆞ치시는 法법이라 부텨 護ᅘᅩᆼ念념ᄒᆞ시논 배라 [33뒤]여쉰 小숗劫겁을 座쫭애 니디 아니ᄒᆞ시니 모다 듣ᄌᆞᄫᆞ리도 ᄒᆞᆫ 고대 안자 [34앞]여쉰 小숗劫겁을 몸과 ᄆᆞᅀᆞᆷ괘 움즉디 아니ᄒᆞ야 부텻 마ᄅᆞᆯ 듣ᄌᆞᄫᅩᄃᆡ 밥 머글 ᄊᆞᅀᅵ 만 너겨 ᄒᆞ나토 잇븐 ᄠᅳᆮ 내리 업더라

日ᅀᅵᇙ月윓燈등明명佛뿛이 여쉰 小숗劫겁을 이 經경 니르시고 즉자히 모ᄃᆞᆫ 中듕에 니르샤ᄃᆡ 如셩來링 오ᄂᆞᆳ밦 中듕에 無뭉餘영涅넗槃빤애 들리라

그 ᄢᅴ ᄒᆞᆫ 菩뽕薩삻 [34뒤]일후미 德득藏짱이러니 日ᅀᅵᇙ月윓燈등明명佛뿛이 授쓩記긩ᄒᆞ야 比삥丘쿨ᄃᆞ려 니르샤ᄃᆡ 이 德득藏짱菩뽕薩삻이 버거 부톄 ᄃᆞ외야 號ᅘᅩᇢᄅᆞᆯ 淨쪙身신 多당陁땅阿항伽꺙度똥 阿항羅랑訶항 三삼藐먁三삼佛뿛陁땅ㅣ라 ᄒᆞ리라 부톄 授쓩記긩 다 ᄒᆞ시고 곧 밦中듕에 [35앞]無뭉餘영涅넗槃빤애 드르시니라

278 석보상절 제십삼

부톄 滅_몋度_똥ᄒᆞ신 後_{ᄒᆢᇢ}에 妙_묭光_광菩_뽕薩_삻이 妙_묭法_법蓮_련華_{ᅘᅪᆼ}經_경을 가져 八_{바ퟝ}十_씹 小_숗劫_겁을 사ᄅᆞᆷ 위ᄒᆞ야 불어 니르더니 日_{ᅀᅵᇙ}月_{ᄋᆑᇙ}燈_등明_명佛_뿛ㅅ 여듧 아ᄃᆞ니미 다 妙_묭光_광을 스승 사ᄆᆞ신대 妙_묭光_광이 ᄀᆞᄅᆞ쳐 阿_항耨_녹多_당羅_랑三_삼藐_막三_삼菩_뽕提_똉예 ^[35뒤] 구드시긔 ᄒᆞ니 이 王_왕子_중ᄃᆞᆯ히 無_뭉量_량 百_{ᄇᆡᆨ}千_천萬_먼億_흑 부텨를 供_공養_양ᄒᆞᅀᆞᆸ고 다 부톄 ᄃᆞ외시니 ᄆᆞᆺ 後_{ᄒᆢᇢ}에 成_쎵佛_뿛ᄒᆞ신 일후미 燃_션燈_등이러시다

八_{바ퟝ}百_{ᄇᆡᆨ} 弟_똉子_중ㅅ 中_듕에 ᄒᆞ나히 일후미 求_꿀名_명이러니 利_링養_양ᄋᆞᆯ ^[36앞] 貪_탐ᄒᆞ야 한 經_경을 닐거도 通_통達_ퟹ티 몯ᄒᆞ야 해 니즐ᄊᆡ 일후믈 求_꿀名_명이라 ᄒᆞ더니 이 사ᄅᆞᆷ도 ᄯᅩ 善_쎤根_근 因_힌緣_원을 심곤 젼ᄎᆞ로 無_뭉量_량 百_{ᄇᆡᆨ}千_천萬_먼億_흑 諸_졍佛_뿛을 맛나ᅀᆞᄫᅡ 供_공養_양 恭_공敬_경ᄒᆞ며 ^[36뒤] 尊_존重_뜡 讚_잔嘆_탄ᄒᆞᅀᆞᄫᆞ니라

彌_밍勒_륵아 아라라 妙_묭光_광菩_뽕薩_삻ᄋᆞᆫ 다른 사ᄅᆞ미리여 내 모미 긔오 求_꿀名_명菩_뽕薩_삻ᄋᆞᆫ 그딧 모미 긔라 오ᄂᆞᆳ날 이 祥_쎵瑞_쒱ᄅᆞᆯ 보ᅀᆞᄫᆞᆯ딘 아래와 다ᄅᆞ디 아니ᄒᆞ시니 이럴ᄊᆡ 혜여 호니 오ᄂᆞᆳ날 如_{ᅀᅧᆼ}來_링 당다이 大_땡乘_씽經_경을 니르시리니 일후미 妙_묭法_법蓮_련華_{ᅘᅪᆼ}ㅣ니 ^[37앞] 菩_뽕薩_삻 ᄀᆞᄅᆞ치시논 法_법이라 부텨 護_{ᅘᅩᇰ}念_념ᄒᆞ시논 배라

〈『妙法蓮華經』 第一卷, 第二 方便品〉

그 ᄢᅴ 世_솅尊_존이 三_삼昧_밍로 겨샤 ᄌᆞᆨᄌᆞ기 니르샤 舍_샹利_링弗_뿛ᄃᆞ려 니르샤ᄃᆡ 諸_졍佛_뿛ㅅ 智_딩慧_{ᅘᆒᆼ} 甚_씸히 깁고 그지업스샤 智_딩慧_{ᅘᆒᆼ}ㅅ 門_몬이 아로미 어려ᄫᅳ며 드루미 어려ᄫᅳ니 一_{ᅙᅵᇙ}切_촁ㅅ 聲_셩聞_문과 ^[37뒤] 辟_벽支_징佛_뿛의 몰롤 거시라 엇뎨어뇨 ᄒᆞ란ᄃᆡ 부톄 아래 百_{ᄇᆡᆨ}千_천萬_먼億_흑 無_뭉數_숭 諸_졍佛_뿛ᄭᅴ 갓가비ᄒᆞ야 諸_졍佛_뿛ㅅ 그지업슨 道_똘法_법을 다 行_{ᅘᆡᇰ}ᄒᆞ야 勇_용猛_밍히 精_졍進_진ᄒᆞ야 일후미 너비 들여

甚씸히 기픈 네 업던 法법을 일워 맛당ᄒᆞᆫ 고ᄃᆞᆯ 조차 니르논 마리 ᄠᅳᆮ 아로미 어려ᄫᅳ니라

[38앞 舍샹利링弗붏아 내 成쎵佛뿛ᄒᆞᆫ 後ᅘᅮᇢ로 種죵種죵 因ᅙᅵᆫ緣원과 種죵種죵 譬핑喩융로 말ᄊᆞᄆᆞᆯ 너비 불어 無뭉數숭ᄒᆞᆫ 方방便뼌으로 衆즁生ᄉᆡᆼ을 引ᅙᅵᆫ導똫ᄒᆞ야 諸졍着땩ᄋᆞᆯ [38뒤 여희의 ᄒᆞ노니 [39앞 엇뎨어뇨 ᄒᆞ란ᄃᆡ 如ᅀᅧᆼ來ᄅᆡᆼ는 方방便뼌波방羅랑蜜밇와 知딩見견波방羅랑蜜밇왜 다 ᄀᆞ즐ᄊᆡ니라

舍샹利링弗붏아 [39뒤 如ᅀᅧᆼ來ᄅᆡᆼㅅ 知딩見견이 크고 기퍼 四ᄉᆞᆼ無뭉量량과 四ᄉᆞᆼ無뭉礙ᅌᅢᆼ와 十씹力륵과 四ᄉᆞᆼ無뭉畏ᅙᅱᆼ와 [40앞 禪쎤定뗭과 解ᅘᆡᆼ脫탏와 三삼昧밍예 다 기피 드러 一ᅙᅵᇙ切쳉 네 업던 法법을 일웻ᄂᆞ니라 舍샹利링弗붏아 如ᅀᅧᆼ來ᄅᆡᆼ 種죵種죵ᄋᆞ로 ᄀᆞᆯᄒᆡ야 諸졍法법을 工공巧쿃히 닐오ᄃᆡ 말ᄊᆞ미 보ᄃᆞ라ᄫᅡ 모ᄃᆞᆫ ᄆᆞᅀᆞᄆᆞᆯ 즐기긔 ᄒᆞᄂᆞ니 모도아 니르건댄 無뭉量량無뭉邊변ᄒᆞᆫ 네 업던 法법을 부톄 다 일웻ᄂᆞ니라

말라 舍샹利링弗붏아 [40뒤 다시 니르디 마라ᅀᅡ ᄒᆞ리니 엇뎨어뇨 ᄒᆞ란ᄃᆡ 부텨 일웻ᄂᆞᆫ 第뗑一ᅙᅵᇙ엣 쉽디 몯ᄒᆞᆫ 아디 어려ᄫᅳᆫ 法법은 부톄ᅀᅡ 諸졍法법의 實씷相샹ᄋᆞᆯ ᄉᆞᄆᆞᆺ 아ᄂᆞ니라 諸졍法법이라 혼 거슨 이런 相샹과 이런 性셩과 이런 體톙와 이런 力륵과 이런 作작과 이런 因ᅙᅵᆫ과 이런 緣원과 이런 果광와 이런 報봉와 이런 本본末맗究궁竟경 [41앞 ᄃᆞᆯ히라 이 法법이 뵈도 몯ᄒᆞ며 니르도 몯ᄒᆞ리니 부텻 弟뗑子ᄌᆞᆼ ᄃᆞᆯ히 一ᅙᅵᇙ切쳉 漏룽ㅣ [41뒤 다아 最죙後ᅘᅮᇢ身신에 住뜡ᄒᆞ야도 그 히미 이긔디 몯ᄒᆞ리니 비록 世솅間간애 ᄀᆞ득ᄒᆞ니 다 舍샹利링弗붏이 ᄀᆞᆮᄒᆞ야 ᄆᆞᅀᆞᆷ ᄀᆞ장 모다 ᄉᆞ랑ᄒᆞ야도 부텻 智딩慧ᅘᅦᆼ를 몯내 알리며 正졍히 十씹方방애 ᄀᆞ득ᄒᆞ니 다 舍샹利링弗붏이 ᄀᆞᆮᄒᆞ며 ᄯᅩ 녀느 [42앞 弟뗑子ᄌᆞᆼ ᄃᆞᆯ히 ᄯᅩ 十씹方방 佛뿛刹찷애 ᄀᆞ득ᄒᆞ야 ᄆᆞᅀᆞᆷ ᄀᆞ장 모다 ᄉᆞ랑ᄒᆞ야도 ᄯᅩ 모ᄅᆞ리어며 辟벽支징佛뿛이 ᄯᅩ 十씹方방애 ᄀᆞ득ᄒᆞ야 모다 ᄒᆞᆫ ᄆᆞᅀᆞᄆᆞ로 無뭉量량

劫겁에 부텻 眞진實씷ㅅ 智딩慧휑롤 ᄉᆞ랑ᄒᆞ야도 져고마도 모ᄅᆞ리어며 新신發벓意힁 菩뽕薩삻이 無뭉數승佛뿛을 [42뒤]供공養양ᄒᆞᅀᆞᄫᅡ 믈읫 ᄠᅳ들 ᄉᆞᄆᆞᆺ 알며 ᄯᅩ 잘 說쒏法법ᄒᆞᄂᆞ니들히 十씹方방 佛뿛利링ᄎᆞᆯ애 ᄀᆞ둑ᄒᆞ야 ᄒᆞᆫ ᄆᆞᅀᆞᄆᆞ로 恒ᅘᅳᆼ河행沙상 劫겁에 다 모다 ᄉᆞ랑ᄒᆞ야도 부텻 智딩慧휑롤 모ᄅᆞ리어며 므르디 아니ᄒᆞᄂᆞᆫ 菩뽕薩삻들히 그 數승ㅣ 恒ᅘᅳᆼ沙상 ᄀᆞᆮᄒᆞ야 ᄒᆞᆫ ᄆᆞᅀᆞᄆᆞ로 모다 ᄉᆞ랑ᄒᆞ야도 ᄯᅩ 모ᄅᆞ리라 나옷 이 相샹올 알오 [43앞]十씹方방 佛뿛도 아ᄅᆞ시ᄂᆞ니라

그 ᄢᅴ 大땡衆즁 中듕에 聲셩聞문엣 阿항若ᅀᅣᆨ憍ᄀᆕᆷ陳띤如셩 等등 一힗千쳔二ᅀᅵᆼ百ᄇᆡᆨ 사ᄅᆞᆷ과 聲셩聞문 辟벽支징佛뿛에 發벓心심ᄒᆞᆫ 比삥丘쿨 比삥丘쿨尼닝 優ᅙᅮᇢ婆뻉塞ᄉᆡᆨ 優ᅙᅮᇢ婆뻉夷잉 各각各각 너교ᄃᆡ 世솅尊존이 엇던 젼ᄎᆞ로 方방便뼌을 브즈러니 讚잔歎탄ᄒᆞ샤 [43뒤]니ᄅᆞ샤ᄃᆡ 부텻 法법이 甚씸히 기퍼 니르논 마리 ᄠᅳᆮ 아로미 어려ᄫᅥ 一힗切쳉 聲셩聞문 辟벽支징佛뿛이 몯 미츠리라 ᄒᆞ거시뇨 부텨 니ᄅᆞ시논 解ᅘᅢᆼ脱뙇올 우리도 得득ᄒᆞ야 涅넗槃빤애 다ᄃᆞ론가 ᄒᆞ다소니 오ᄂᆞᆳ날 이 ᄠᅳ들 몯 아ᅀᆞᄫᅵ로다 그 ᄢᅴ 舍샹利링弗붏이 四ᄉᆞᆼ衆즁의 疑읭心심도 알오 저도 몰라 [44앞]부텻긔 ᄉᆞᆲ보ᄃᆡ 世솅尊존하 엇던 因ᅙᅵᆫ緣원으로 諸졍佛뿛ㅅ 第똉一힗 方방便뼌 甚씸히 기픈 微밍妙뮿ᄒᆞᆫ 아디 어려ᄫᆞᆫ 法법을 브즈러니 讚잔嘆탄ᄒᆞ시ᄂᆞ니잇고 내 아래브터 부텻긔 이런 마ᄅᆞᆯ 몯 듣ᄌᆞᄫᅳ며 四ᄉᆞᆼ衆즁들토 다 疑읭心심ᄒᆞᄂᆞ니 世솅尊존하 펴아 니르쇼셔

그 ᄢᅴ 부톄 舍샹利링弗붏ᄃᆞ려 니ᄅᆞ샤ᄃᆡ [44뒤]말라 말라 다시 니르디 마라ᅀᅡ ᄒᆞ리니 이 일옷 니르면 一힗切쳉 天텬人신이 다 놀라아 疑읭心심ᄒᆞ리라 舍샹利링弗붏이 다시 ᄉᆞᆲ보ᄃᆡ 世솅尊존하 願원ᄒᆞᆫᄃᆞᆫ 니르쇼셔 願원ᄒᆞᆫᄃᆞᆫ 니르쇼셔 엇뎨어뇨 ᄒᆞ란ᄃᆡ 이 會ᅘᅬᆼ옛 無뭉數승 百ᄇᆡᆨ千쳔萬먼億흑 阿항僧승祇낑 衆즁生ᄉᆡᆼ이 아래 諸졍佛뿛을 보ᅀᆞᄫᅡ [45앞]諸졍根ᄀᆞᆫ이 ᄂᆞᆯ캅고 智딩慧휑ᄫᆞᆯ가 부텻 마ᄅᆞᆯ 듣ᄌᆞᄫᅳ면 어루 恭공敬경ᄒᆞ야

信신ᄒᆞᅀᆞᄫᅩ리이다

부톄 ᄯᅩ 舍샹利링弗붏을 말이샤ᄃᆡ ᄒᆞ다가 이 이ᄅᆞᆯ 니르면 一ᅙᅵᆯ切쳉 世솅間간앳 天텬人ᅀᅵᆫ 阿항脩슣羅랑ㅣ 다 놀라아 疑읭心심ᄒᆞ며 增증上썅慢만 比삥丘쿨ㅣ 큰 구데 ᄢᅥ러디리라 [45뒤]

舍샹利링弗붏이 다시 ᄉᆞᆲ오ᄃᆡ 世솅尊존하 願원ᄒᆞᆫᄃᆞᆫ 니르쇼셔 願원ᄒᆞᆫᄃᆞᆫ 니르쇼셔 이 모ᄃᆞᆫ 中듕에 우리 ᄒᆞᆫ 가짓 百ᄇᆡᆨ千쳔萬먼億흑 사ᄅᆞ미 世솅世솅예 ᄒᆞ마 부텨를 졷ᄌᆞᄫᅡ 教ᄀᆤ化황를 受쓩ᄒᆞᅀᆞᄫᅡ 잇ᄂᆞ니 無뭉上썅兩랑足죡尊존하 第똉一ᅙᅵᆯ法법을 니르쇼셔 [46앞] 이 사ᄅᆞᆷ들히 당다이 恭공敬경ᄒᆞ야 信신ᄒᆞᅀᆞᄫᅡ 긴 바미 便뼌安한ᄒᆞ야 됴ᄒᆞᆫ 이리 ᄒᆞ리이다

世솅尊존이 舍샹利링弗붏ᄃᆞ려 니ᄅᆞ샤ᄃᆡ 네 브즈러니 세 버늘 請쳥ᄒᆞ거니 어드리 아니 니르료 네 ᄎᆞ려 드르라 내 굴ᄒᆞ야 닐오리라

이 말 니르실 ᄯᅥ긔 모ᄃᆞᆫ 中듕에 比삥丘쿨 比삥丘쿨尼닝 優ᅙᅮᆸ婆뻉塞ᄉᆡᆨ 優ᅙᅮᆸ婆뻉夷잉 [46뒤] 五옹千쳔 사ᄅᆞ미 座쪙로셔 니러 부텻긔 禮롕數숭ᄒᆞᅀᆞᆸ고 믈러나니 엇뎨어뇨 ᄒᆞ란ᄃᆡ 이 무리 罪쬥 깁고 增증上썅慢만ᄒᆞ야 몯 得득혼 이를 得득호라 너기며 몯 證징혼 이를 證징호라 너겨 이런 허므리 이실ᄊᆡ 잇디 몯ᄒᆞ거늘 世솅尊존이 ᄌᆞᆷᄌᆞᆷᄒᆞ샤 말이디 아니ᄒᆞ시니라

그 ᄢᅴ 부톄 舍샹利링弗붏ᄃᆞ려 [47앞] 니ᄅᆞ샤ᄃᆡ 이제ᅀᅡ 이 모ᄃᆞᆫ 사ᄅᆞ미 느외야 가지와 닙괘 업고 다 正졍ᄒᆞᆫ 여르미 잇ᄂᆞ니 舍샹利링弗붏아 이런 增증上썅慢만ᄒᆞᄂᆞᆫ 사ᄅᆞᆷ 믈러가도 됴ᄒᆞ니라 네 이대 드르라 너 위ᄒᆞ야 닐오리라 舍샹利링弗붏이 ᄉᆞᆲ오ᄃᆡ 엥 올ᄒᆞ시이다 世솅尊존하 願원ᄒᆞᆫᄃᆞᆫ 듣ᄌᆞᆸ고져 [47뒤] ᄒᆞ노이다

부톄 니ᄅᆞ샤ᄃᆡ 이러ᄒᆞᆫ 妙묳法법은 諸졍佛붏 如셩來링 時씽節졇이어ᅀᅡ 니르시ᄂᆞ니 優ᅙᅮᆸ曇땀鉢밣華황 時씽節졇이어ᅀᅡ ᄒᆞᆫ 번 뵈요미 ᄀᆞᆮᄒᆞ니라 舍샹利링弗붏아 너희

부텻 마ᄅᆞᆯ 고디드르라 거츠디 아니ᄒᆞ니라 舍샹利링弗붏아 諸졍佛뿛이 맛당ᄒᆞᆫ 야ᅌᆞᆯ 조차 [48앞 說쉃法법ᄒᆞ시논 ᄠᅳᆮ 아로미 어려ᄫᅳ니 엇뎨어뇨 ᄒᆞ란ᄃᆡ 내 無뭉數숭 方방便뼌과 種즁種즁 因인緣원과 譬핑喩융엣 말ᄊᆞᄆᆞ로 諸졍法법을 너펴 니르노니 이 法법은 오직 諸졍佛뿛이ᅀᅡ 아ᄅᆞ시리라 엇뎨어뇨 ᄒᆞ란ᄃᆡ 諸졍佛뿛 世솅尊존이 다ᄆᆞᆫ ᄒᆞᆫ 큰 잀 因인緣원으로 世솅間간애 나시ᄂᆞ니 [48뒤 舍샹利링弗붏아 엇뎨 諸졍佛뿛 世솅尊존이 다ᄆᆞᆫ ᄒᆞᆫ 큰 잀 因인緣원으로 世솅間간애 나시ᄂᆞ다 ᄒᆞ거뇨 ᄒᆞ란ᄃᆡ 諸졍佛뿛 世솅尊존이 衆즁生싱ᄋᆞᆯ 부텻 知딩見견을 여러 淸쳥淨쪙을 得득게 호려 ᄒᆞ샤 世솅間간애 나시며 衆즁生싱ᄋᆡ 그에 부텻 知딩見견을 [49앞 뵈요리라 ᄒᆞ샤 世솅間간애 나시며 衆즁生싱이 부텻 知딩見견을 알에 호려 ᄒᆞ샤 世솅間간애 나시며 衆즁生싱이 부텻 知딩見견道똫애 들에 호려 ᄒᆞ샤 世솅間간애 나시ᄂᆞ니 舍샹利링弗붏아 이러호미 諸졍佛뿛이 ᄒᆞᆫ 큰 잀 因인緣원으로 世솅間간애 나시논 디라

부톄 舍샹利링弗붏ᄃᆞ려 니ᄅᆞ샤ᄃᆡ [49뒤 諸졍佛뿛 如영來링 다ᄆᆞᆫ 菩뽕薩삻ᄋᆞᆯ 敎ᄀᆞᇢ化황ᄒᆞ샤 믈읫 ᄒᆞ시논 이리 샹녜 ᄒᆞᆫ 이리라 오직 부텻 知딩見견으로 衆즁生싱ᄋᆞᆯ 뵈여 알외시ᄂᆞ니 如영來링 다ᄆᆞᆫ ᄒᆞᆫ 佛뿛乘씽ᄋᆞ로 衆즁生싱 위ᄒᆞ야 說쉃法법ᄒᆞ시디ᄫᅵ 녀나ᄆᆞᆫ 乘씽이 둘히며 세히 업스니라 舍샹利링弗붏아 十씹方방 諸졍佛뿛ㅅ 法법이 다 이러ᄒᆞ시니라 [50앞 舍샹利링弗붏아 디나거신 諸졍佛뿛도 無뭉量량無뭉數숭 方방便뼌과 種즁種즁 因인緣원과 譬핑喩융엣 말ᄊᆞᄆᆞ로 衆즁生싱 위ᄒᆞ야 諸졍法법을 불어 니르더시니 [50뒤 이 法법도 다 ᄒᆞᆫ 佛뿛乘씽이론 젼ᄎᆞ로 이 衆즁生싱ᄃᆞᆯ히 諸졍佛뿛ᄉᆡ 法법 듣ᄌᆞᄫᅡ 乃냉終즁에 다 一ᅙᅵᇙ切쳉種즁智딩ᄅᆞᆯ 得득ᄒᆞ리니 아뫼나 衆즁生싱이 過광去컹 諸졍佛뿛 맛나ᅀᆞᄫᅡ 六륙波방羅랑蜜밇ᄋᆞᆯ 듣ᄌᆞᄫᅡ 福복과 智딩慧쮕와 닷근 사ᄅᆞᆷᄃᆞᆯ히 다 ᄒᆞ마 佛뿛道똫ᄅᆞᆯ 일우며 [51앞 諸졍佛뿛이 滅멿度똥ᄒᆞ신 後ᅘᅮᇢ에 아뫼나 ᄆᆞᅀᆞᄆᆞᆯ

보ᄃᆞ라ᄫᅵ 가지던 사ᄅᆞᆷᄃᆞᆯ토 다 ᄒᆞ마 佛뿛道똫ᄅᆞᆯ 일우며 諸졍佛뿛이 滅몛度똥ᄒᆞ신 後쭇에 舍샹利링 供공養양ᄒᆞᅀᆞᆸ던 사ᄅᆞ미 萬먼億흑 塔탑ᄋᆞᆯ 세오 七칧寶볼로 조히 ᄭᅮ미거나 [51뒤 돌히며 栴젼檀딴香향이며 沈띰水쉉香향이며 木목櫁밇이며 녀나ᄆᆞᆫ 남기며 甓뼉이며 디새며 ᄒᆞᆯᄀᆞ로 塔탑ᄋᆞᆯ 이르ᅀᆞᆸ거나 아ᄒᆡ 노ᄅᆞᆺᄒᆞ야 몰애 모도아 塔탑ᄋᆞᆯ 밍ᄀᆞ라도 이런 사ᄅᆞᆷᄃᆞᆯ히 다 ᄒᆞ마 佛뿛道똫ᄅᆞᆯ 일우며 아뫼나 사ᄅᆞ미 부텨 위ᄒᆞᅀᆞᄫᅡ 여러 像쌍ᄋᆞᆯ 밍ᄀᆞᅀᆞᄫᆞ니도 다 ᄒᆞ마 佛뿛道똫ᄅᆞᆯ [52앞 일우며 七칧寶볼로 일우ᅀᆞᆸ거나 구리어나 鑞랍이어나 鐵텷이어나 남기어나 ᄒᆞᆯ기어나 갓블와 옷과 뵈와로 佛뿛像쌍ᄋᆞᆯ ᄭᅮ미ᅀᆞᄫᅡ도 이런 사ᄅᆞᆷᄃᆞᆯ히 다 ᄒᆞ마 佛뿛道똫ᄅᆞᆯ 일우며 彩칭色식ᄋᆞ로 佛뿛像쌍ᄋᆞᆯ 그리ᅀᆞᄫᆞᄃᆡ 제 ᄒᆞ거나 ᄂᆞᄆᆞᆯ 시겨 ᄒᆞ야도 다 ᄒᆞ마 佛뿛道똫ᄅᆞᆯ 일우며 아ᄒᆡ 노ᄅᆞᆺᄒᆞ야 草총木목이어나 [52뒤 부디어나 손토보뢰어나 佛뿛像쌍ᄋᆞᆯ 그리ᅀᆞᆸ더니도 다 ᄒᆞ마 佛뿛道똫ᄅᆞᆯ 일우며 아뫼나 사ᄅᆞ미 塔탑이며 像쌍ᄋᆞᆯ 華황香향 幡펀蓋갱로 恭공敬경ᄒᆞ야 供공養양ᄒᆞᅀᆞᆸ거나 붑 티며 角각貝뱅 불며 簫숗와 笛뗙과 琴끔과 箜콩篌쭇와 琵삥琶빵와 鐃놓와 銅똥鈸빯와 이러ᄐᆞᆺᄒᆞᆫ 한 貴귕ᄒᆞᆫ 소리로 供공養양ᄒᆞᅀᆞᆸ거나 [53앞 깃븐 ᄆᆞᅀᆞᄆᆞ로 부텻 德득을 놀애 지ᅀᅥ 브르ᅀᆞᄫᅡ 비록 ᄒᆞᆫ 죠고맛 소리라도 다 ᄒᆞ마 佛뿛道똫ᄅᆞᆯ 일우며 아뫼나 사ᄅᆞ미 어즈러ᄫᅳᆫ ᄆᆞᅀᆞ미라도 ᄒᆞᆫ낫 고ᄌᆞ로 그륜 像쌍ᄋᆞᆯ 供공養양ᄒᆞᅀᆞᆸ거나 [53뒤 저ᅀᆞᆸ거나 合햅掌쟝ᄒᆞᅀᆞᆸ거나 ᄒᆞᆫ 소ᄂᆞᆯ 드ᅀᆞᆸ거나 잢간 머리ᄅᆞᆯ 수기ᅀᆞᆸ거나 ᄒᆞ야 像쌍ᄋᆞᆯ 供공養양ᄒᆞᅀᆞᄫᆞ며 塔탑廟묳 中듕에 드러 ᄒᆞᆫ 번 南남無뭉佛뿛 ᄒᆞ야 일ᄏᆞᆮᄌᆞᆸ더니도 다 ᄒᆞ마 佛뿛道똫ᄅᆞᆯ 일우며 過광去컹 諸졍佛뿛이 世솅間간애 겨시거나 [54앞 滅몛度똥ᄒᆞ신 後쭇ㅣ어나 이 法법 듣ᄌᆞᄫᆞᆫ 사ᄅᆞ미 다 ᄒᆞ마 佛뿛道똫ᄅᆞᆯ 일우니라

舍샹利링弗붏아 未밍來링옛 諸졍佛뿛이 世솅間간애 나샤도 ᄯᅩ 無뭉量량無뭉數숭

方방便뻔과 種종種종 因인緣원과 譬핑喩융엣 말쓰무로 衆즁生싱 위ᄒᆞ야 諸졍法법을 불어 니르시리니 [54뒤] 이 法법도 다 ᄒᆞᆫ 佛뿛乘씽이론 젼ᄎᆞ로 이 衆즁生싱ᄃᆞᆯ히 부텻긔 法법 듣ᄌᆞᄫᅡ 乃냉終즁에 다 一ힳ切쳉 種종智딩ᄅᆞᆯ 得득ᄒᆞ리어며

舍상利링弗뿛아 現현ᄒᆞ야 겨신 十씹方방앳 無뭉量량 百ᄇᆡᆨ千천萬먼億즉 佛뿛土통 中듕엣 諸졍佛뿛 世셍尊존도 ᄯᅩ 無뭉量량無뭉數숭 方방便뻔과 種종種종 因인緣원과 [55앞] 譬핑喩융엣 말쓰무로 衆즁生싱 위ᄒᆞ야 諸졍法법을 불어 니르시ᄂᆞ니 이 法법도 다 ᄒᆞᆫ 佛뿛乘씽이론 젼ᄎᆞ로 이 衆즁生싱ᄃᆞᆯ히 부텻긔 法법 듣ᄌᆞᄫᅡ 乃냉終즁에 다 一ힳ切쳉種종智딩ᄅᆞᆯ 得득ᄒᆞ리라

舍상利링弗뿛아 이러호미 諸졍佛뿛ᄃᆞᆯ히 다ᄆᆞᆫ 菩뽕薩삻ᄋᆞᆯ 教굗化황ᄒᆞ샤 부텻 知딩見견으로 衆즁生싱ᄋᆞᆯ [55뒤] 뵈오져 ᄒᆞ시며 부텻 知딩見견으로 衆즁生싱ᄋᆞᆯ 알외오져 ᄒᆞ시며 衆즁生싱ᄋᆞᆯ 부텻 知딩見견에 드리고져 ᄒᆞ시논 젼ᄎᆞ론 고디라

舍상利링弗뿛아 나도 이 ᄀᆞᆮᄒᆞ야 衆즁生싱ᄃᆞᆯ히 種종種종 欲욕애 기피 貪탐着땨ᄒᆞᆫ 주를 아라 제 本본性셩을 [56앞] 조차 種종種종 因인緣원과 譬핑喩융엣 말ᄊᆞᆷ과 方방便뻔力륵으로 說ᅌᅯᇙ法법ᄒᆞ노니 이 다 ᄒᆞᆫ 佛뿛乘씽 一ힳ切쳉種종智딩ᄅᆞᆯ 得득게 ᄒᆞ논 젼ᄎᆞ라

舍상利링弗뿛아 十씹方방 世셍界갱예 二ᅀᅵᆼ乘씽도 업거니 ᄒᆞ물며 세히 이시리여 舍상利링弗뿛아 諸졍佛뿛이 五옹濁똭惡학世셍예 나샤 [56뒤] 衆즁生싱이 ᄠᅴ 만ᄒᆞ야 앗기며 貪탐ᄒᆞ며 놉ᄆᆞ며 새오ᄆᆞ로 됴티 몯ᄒᆞᆫ 根ᄀᆞᆫ源원을 일울ᄊᆡ 諸졍佛뿛이 方방便뻔力륵으로 ᄒᆞᆫ 佛뿛乘씽을 가져 이셔 세헤 ᄀᆞᆯᄒᆞ야 니르시ᄂᆞ니라

舍상利링弗뿛아 아라라 내 부텻 누느로 六륙道똥 衆즁生싱을 본딘 艱간難난코 언극ᄃᆞᄫᅵ야 福복과 智딩慧ᅘᆒᆼ왜 업서 [57앞] 죽사릿 險험ᄒᆞᆫ 길헤 드러 受쓥苦콩ㅣ 니서

긋디 몯ᄒᆞ야 五옹欲욕애 기피 貪탐着땩ᄒᆞ야 어득ᄒᆞ야 보디 몯ᄒᆞ야 부텨와 受쓯苦콩 그츓 法법을 求끃티 아니ᄒᆞ고 邪쌍曲콕ᄒᆞᆫ 보매 기피 드러 이실씨 이런 衆즁生ᄉᆡᆼᄋᆞᆯ 위ᄒᆞ야 大땡慈ᄍᆼ悲빙心심ᄋᆞᆯ 니르와도라

내 처ᅀᅥᆷ 道똫場땽애 안자 세 닐웻 [57뒤 ᄉᆞᅀᅵ를 ᄉᆞ랑ᄒᆞ요ᄃᆡ 내 得득ᄒᆞᆫ 智딩慧쀙ᄂᆞᆫ 微밍妙묳ᄒᆞ야 第뗑一ᅙᅵᇙ이언마ᄅᆞᆫ 衆즁生ᄉᆡᆼ이 諸졍根ᄀᆞᆫ이 鈍톤ᄒᆞ야 미혹호매 ᄌᆞᆷ탹ᄒᆞ야 잇ᄂᆞ니 이런 사ᄅᆞᆷ ᄃᆞᆯᄒᆞᆯ 어드리 濟졩渡똥ᄒᆞ려뇨 ᄒᆞ다니 그 ᄢᅴ 梵뻠王왕과 帝뎽釋셕과 四ᄉᆞᆼ天텬王왕과 大땡自ᄍᆼ在ᄍᆡᆼ天텬과 녀나ᄆᆞᆫ 天텬衆즁 眷권屬쑉 百ᄇᆡᆨ千쳔萬먼이 [58앞 나ᄅᆞᆯ 轉둰法법ᄒᆞ고라 請쳥ᄒᆞ거늘 내 너교ᄃᆡ 다ᄆᆞᆫ 佛뿛乘씽 ᄲᅳᆫ 讚잔嘆탄ᄒᆞ면 衆즁生ᄉᆡᆼ이 고디듣디 아니ᄒᆞ야 惡학道똫애 ᄢᅥ러디리니 ᄎᆞᆯ히 說쉃法법 마오 涅녏槃빤애 어셔 드사 ᄒᆞ리로다 ᄒᆞ다가 다시 아랫 부텨 ᄒᆞ더신 方방便뼌力륵을 念념ᄒᆞ야 내 이제 得득ᄒᆞᆫ 道똫理링도 三삼乘씽ᄋᆞᆯ 닐어ᅀᅡ ᄒᆞ리로다 [58뒤 ᄒᆞ다니 이 ᄆᆞᅀᆞᆷ ᄉᆞ랑ᄒᆞᇙ 時씽節졇에 十씹方방 佛뿛이 다 現현ᄒᆞ야 니ᄅᆞ샤ᄃᆡ 됴ᄒᆞᆯ써 釋셕迦강文문 第뗑一ᅙᅵᇙ엣 導똫師ᄉᆞᆼㅣ 無뭉上썅法법을 得득ᄒᆞ야 一ᅙᅵᇙ切쳉 佛뿛을 조차 方방便뼌力륵을 ᄡᅳᄂᆞ니 우리도 다 微밍妙묳ᄒᆞᆫ 第뗑一ᅙᅵᇙ 法법을 得득ᄒᆞ야 衆즁生ᄉᆡᆼ 위ᄒᆞ야 方방便뼌으로 三삼乘씽ᄋᆞᆯ [59앞 ᄀᆞᆯᄒᆞ야 니르노니 비록 三삼乘씽ᄋᆞᆯ 닐어도 다ᄆᆞᆫ 菩뽕薩삻 ᄀᆞᄅᆞ쵸미라 ᄒᆞ시더라

舍샹利링弗붏아 내 조ᄒᆞᆫ 微밍妙묳ᄒᆞᆫ 소리 듣ᄌᆞᆸ고 南남無뭉諸졍佛뿛 ᄒᆞ야 일ᄏᆞᆮᄌᆞᆸ고 ᄯᅩ 너교ᄃᆡ 내 諸졍佛뿛 니ᄅᆞ샴 ᄀᆞ티 좃ᄌᆞ바 호리라 ᄒᆞ고 즉자히 波방羅랑㮈냉예 가 方방便뼌力륵으로 [59뒤 다ᄉᆞᆺ 比삥丘쿵 위ᄒᆞ야 說쉃法법호니 이ᄅᆞᆯ 轉둰法법輪륜이라 ᄒᆞᄂᆞ니 곧 涅녏槃빤이라 ᄒᆞᆫ 말ᄊᆞᆷ과 阿항羅랑漢한이 이시니 法법과 僧ᄉᆞᆼ과 ᄀᆞᆯᄒᆞ야 일훔 지흐니라 오라건 먼 劫겁브터 涅녏槃빤ㅅ 法법을 [60앞 讚잔嘆탄ᄒᆞ야 뵈야 죽사

릿 受_쓩苦_콩ㅣ ᄉᄆᆺ 업스리라 ᄒᆞ야 내 샹녜 이리 니르다니

舍_샹利_링弗_붏아 아라라 내 佛_붏子_{ᄌᆞ}ᇰ ᄃᆞᆯ ᄒᆞᆯ 본ᄃᆡᆫ 다 恭_공敬_{겨ᇰ}ᄒᆞᄂᆞᆫ ᄆᆞᅀᆞᄆᆞ로 부텨ᄭᅴ 오ᄂᆞ니 아래브터 諸_졍佛_붏을 좃ᄌᆞᄫᅡ 方_{바ᇰ}便_뼌 說_쉃法_법을 듣ᄌᆞᄫᅡ 이실ᄊᆡ 내 너교ᄃᆡ 如_셩來_링ᄂᆞᆫ 부텻 智_딩慧_{ᅘᆐ} ^[60뒤] 닐오ᄆᆞᆯ 위ᄒᆞ야 냇ᄂᆞ니 이제 正_{져ᇰ}히 그 時_씽節_졇이로다

舍_샹利_링弗_붏아 아라라 菩_뽕薩_삻ᄃᆞᆯ히 그에 方_{바ᇰ}便_뼌을 ᄇᆞ리고 無_뭉上_{쌰ᇰ}道_똫ᄅᆞᆯ 니르노니 菩_뽕薩_삻이 이 法_법 드르면 疑_읭心_심을 다 덜며 一_{ᅙᆶ}千_천二_{ᅀᅵᆼ}百_빅 羅_랑漢_한도 다 부톄 ᄃᆞ외리라 ^[61앞] 三_삼世_셍 諸_졍佛_붏 說_쉃法_법ᄒᆞ시논 트리니 나도 이 ᄀᆞᆮᄒᆞ야 ᄀᆞᆯᄒᆡ욤 업슨 法_법을 닐오리라

舍_샹利_링弗_붏아 ᄒᆞ다가 내 弟_뗑子_{ᄌᆞ}ᇰㅣ 제 너교ᄃᆡ 阿_{ᅙᅡᇰ}羅_랑漢_한 辟_벽支_징佛_붏이로라 ᄒᆞ야 諸_졍佛_붏 如_셩來_링이 다ᄆᆞᆫ 菩_뽕薩_삻 ᄮᆞᆫ 敎_{ᄀᆛᇢ}化_{화ᇰ}ᄒᆞ시논 이ᄅᆞᆯ 모ᄅᆞ면 부텻 弟_뗑子_{ᄌᆞ}ᇰㅣ 아니며 阿_{ᅙᅡᇰ}羅_랑漢_한 辟_벽支_징佛_붏이 ^[61뒤] 아니니라

ᄯᅩ 舍_샹利_링弗_붏아 이 比_뼁丘_쿻 比_뼁丘_쿻尼_닝 ᄃᆞᆯ히 제 너교ᄃᆡ ᄒᆞ마 阿_{ᅙᅡᇰ}羅_랑漢_한ᄋᆞᆯ 得_득ᄒᆞ야 이 最_죙後_{ᅘᅮᇢ}身_신이며 究_궇竟_{겨ᇰ}涅_넗槃_빤이라 ᄒᆞ야 ᄂᆞ외야 阿_{ᅙᅡᇰ}耨_녹多_당羅_랑三_삼藐_막三_삼菩_뽕提_똉ᄅᆞᆯ 求_끃티 아니ᄒᆞ면 당다이 이 무른 다 增_{즈ᇰ}上_{쌰ᇰ}慢_만人_신이론 고ᄃᆞᆯ 아롤 디니 ^[62앞] 엇뎨어뇨 ᄒᆞ란ᄃᆡ 眞_진實_씷로 阿_{ᅙᅡᇰ}羅_랑漢_한ᄋᆞᆯ 得_득ᄒᆞ면 부텨 滅_{ᄆᆒᇙ}度_똥ᄒᆞᆫ 後_{ᅘᅮᇢ}에 알ᄑᆡ 부텨 업슨 적 外_욍예ᄂᆞᆫ 이 法_법 信_신티 아니홀 줄 업스니 엇뎨어뇨 ᄒᆞ란ᄃᆡ 부텨 滅_{ᄆᆒᇙ}度_똥ᄒᆞᆫ 後_{ᅘᅮᇢ}에ᄂᆞᆫ 이 經_{겨ᇰ}을 닐거 ᄠᅳᆮ 알리 쉽디 몯거니와 ᄒᆞ다가 다ᄅᆞᆫ 부텨를 맛나ᅀᆞᄫᆞ면 이 法_법 中_{듀ᇰ}에셔 ᄉᄆᆺ 아로ᄆᆞᆯ 得_득ᄒᆞ리라

^[62뒤] 舍_샹利_링弗_붏아 너희ᄃᆞᆯ히 ᄒᆞᆫ ᄆᆞᅀᆞᄆᆞ로 信_신解_{ᅘᅢᇰ}ᄒᆞ야 부텻 마ᄅᆞᆯ 바다 디니라 諸_졍佛_붏 如_셩來_링 거즛말 업스시니 녀나ᄆᆞᆫ 乘_{씨ᇰ}이 업고 오직 ᄒᆞᆫ 佛_붏乘_{씨ᇰ}이라 舍_샹

利링弗븛아 아라라 諸졍佛뿛ㅅ 法법이 이러ᄒᆞ야 萬먼億흑 方방便뼌으로 맛당흔 고들 조차 說쉃法법ᄒᆞ시ᄂᆞ니 너희 ᄒᆞ마 諸졍佛뿛ㅅ 方방便뼌을 [63앞] 아라 ᄂᆞ외야 疑읭心심 업스니 ᄆᆞᅀᆞ매 ᄀᆞ장 짓거 당다이 부텨 ᄃᆞ욇 고들 알라

[63뒤]

釋셕譜봉詳쌍節졇　第똉十씹三삼

『석보상절 제십삼』의 번역문 벼리

[1앞] 석보상절(釋譜詳節) 제십삼(第十三)

〈묘법연화경 제일권, 제일 서품〉

부처가 왕사성(王舍城)의 기사굴산(耆闍崛山) 중(中)에 계시어, 큰 비구(比丘) 중(衆) 일만이천(一萬二千)의 사람과 함께 있으시더니, 그들은 다 아라한(阿羅漢)이다.

큰 비구들은 제루(諸漏)가 이미 다해 [1뒤] 다시 번뇌(煩惱)가 없어져서 기리(己利)를 득(得)하여, 모든 결(結)이 다하여 없어져서 마음이 자득(自得)한 이(者)이더니, 그 이름이 아야교진여(阿若憍陳如)와 마하가섭(摩訶迦葉)과 우루빈라가섭(優樓頻羅迦葉)과 가야가섭(伽耶迦葉)과 [2앞] 나제가섭(那提迦葉)과 사리불(舍利弗)과 대목건련(大目揵連)과 마하가전연(摩訶迦栴延)과 아누루타(阿㝹樓馱)와 겁빈나(劫賓那)와 교범바제(憍梵波提)와 이바다(離婆多)와 필릉가바차(畢陵伽婆蹉)와 박구라(薄拘羅)와 [2뒤] 마하구치라(摩訶拘絺羅)와 난타(難陁)와 손타라난타(孫陁羅難陁)와 부루나미다라니자(富樓那彌多羅尼子)와 수보리(須菩提)와 아난(阿難)과 나후라(羅睺羅)와 이렇듯한 모두 아는 대아라한(大阿羅漢)들이며, [3앞] 또 학무학(學無學) 이천(二千) 사람과 마하파사파제(摩訶波闍波提) [3뒤] 비구니(比丘尼)가 권속(眷屬) 육천(六千) 사람을 데려와 계시며, 나후라(羅睺羅)의 어머님인 야수다라(耶輸陁羅) 비구니(比丘尼)가 또 권속(眷屬)을 데려와 계시며,

보살마하살(菩薩摩訶薩) 팔만(八萬) 사람이 다 아뇩다라삼먁삼보리심(阿耨多羅三藐三菩提)에 [4앞] 물러나지 아니하시어, 다 다라니(陀羅尼)와 요설변재(樂說辯才)를 득(得)하시어 물러나지 아니할 법륜(法輪)을 굴리시어, 무량(無量)한 백천(百千)의 제불(諸佛)을 공양(供養)하여 여러 부처께 많은 덕(德)의 근원(根源)을 심으시어, [4뒤] 늘 제불(諸佛)이 일컬어서 찬탄(讚嘆)하시며, 자비심(慈悲心)으로 몸을 닦아 부처의 지혜(智慧)에 잘 드시어 큰 지혜(智慧)를 통달(通達)하시어, 저쪽(彼岸, 피안)의 가에 건너가시어 이름이 널리 들리어, 무량(無量)한 세계(世界)에 무수(無數)한 백천(百千)의

중생(衆生)을 잘 제도(濟渡)하시는 분들이시더니, 그 이름이 문수사리보살(文殊師利 菩薩)과 [5앞] 관세음보살(觀世音菩薩)과 득대세보살(得大勢菩薩)과 상정진보살(常精進 菩薩)과 불휴식보살(不休息菩薩)과 보장보살(寶掌菩薩)과 약왕보살(藥王菩薩)과 용시 보살(勇施菩薩)과 보월보살(寶月菩薩)과 월광보살(月光菩薩)과 만월보살(滿月菩薩)과 대력보살(大力菩薩)과 무량력보살(無量力菩薩)과 [5뒤] 월삼계보살(越三界菩薩)과 발타 파라보살(跋陁婆羅菩薩)과 미륵보살(彌勒菩薩)과 보적보살(寶積菩薩)과 도사보살(導師 菩薩)과 이렇듯 한 보살마하살(菩薩摩訶薩) 팔만(八萬) 사람이 다 와 계시며,

  그때에 석제환인(釋提桓因)이 권속(眷屬) 이만(二萬) 천자(天子)를 데려와 있으 며, 또 명월천자(名月天子)와 [6앞] 보향천자(普香天子)와 보광천자(寶光天子)와 사대 천왕(四大天王)이 권속(眷屬) 일만(一萬) 천자(天子)를 데려와 있으며, 자재천자(自在 天子)와 대자재천자(大自在天子)가 [6뒤] 권속(眷屬) 이만(三萬) 천자(天子)를 데려와 있으며, 사바세계(娑婆世界)에 으뜸인 범천왕(梵天王)인 시기대범(尸棄大梵)과 광명 대범(光明大梵) 들이 권속(眷屬) 일만이천(一萬二千) [7앞] 天子(천자)를 데려와 있으 며, 여덟 용왕(龍王)인 난타용왕(難陁龍王)과 발난타용왕(跋難陁龍王)과 사가라용왕 (娑伽羅龍王)과 화수길용왕(和修吉龍王)과 덕차가용왕(德叉迦龍王)과 아나파달다용 왕(阿那婆達多龍王)과 마나사용왕(摩那斯龍王)과 우발라용왕(優鉢羅龍王)들이 [7뒤] 각 각(各各) 대략(若干) 백천(百千)의 권속(眷屬)을 데려와 있으며, [8앞] 네 긴나라왕(緊 那羅王)인 법긴나라왕(法緊那羅王)과 묘법긴나라왕(妙法緊那羅王)과 대법긴나라왕 (大法緊那羅王)과 지법긴나라왕(持法緊那羅王)이 [8뒤] 각각(各各) 대략(大略) 백천(百 千)의 권속(眷屬)을 데려와 있으며, 네 건달바왕(乾闥婆王)인 악건달바왕(樂乾闥婆 王)과 미건달바왕(美乾闥婆王)과 미음건달바왕(美音乾闥婆王)이 [9앞] 각각(各各) 대략 (大略) 백천(百千)의 권속(眷屬)을 데려와 있으며, 네 아수라왕(阿脩羅王)인 바치아 수라왕(婆稚阿脩羅王)과 구라건타아수라왕(佉羅騫馱阿脩羅王)과 비마질다라아수라왕 (毗摩質多羅阿脩羅王)과 [9뒤] 나후아수라왕(羅睺阿脩羅王)이 각각(各各) 대략(大略) 百 千(백천)의 권속(眷屬)을 데려와 있으며, [10뒤] 네 가루라왕(迦樓羅王)인 대위가루라 왕(大威德迦樓羅王)과 대신가루라왕(大身迦樓羅王)과 대만가루라왕(大滿迦樓羅王)과 [11앞] 여의가루라왕(如意迦樓羅王)이 각각(各各) 대략(大略) 백천(百千)의 권속(眷屬) 을 데려와 있으며, 위제희(韋提希)의 아들인 아사세왕(阿闍世王)이 대략(大略) 백천

(百千)의 권속(眷屬)을 데려와 각각(各各) [11뒤] 부처의 발에 예수(禮數)하고 한쪽 면(面)에 물러 앉았니라.

그때에 세존(世尊)께 사중(四衆)이 위요(圍遶)하여 있어서, 세존을 공양(供養)하며 공경(恭敬)하며 존중(尊重)히 여기어 찬탄(讚歎)하더니, 세존이 보살(菩薩)들을 위하시어 대승경(大乘經)을 이르시니 그 이름이 무량의(無量義)이니, [12앞] 이는 菩薩(보살)을 가르치시는 法(법)이라서 부처가 護念(호념)하시는 바이다.

부처가 이 경(經)을 이르시고 결가부좌(結跏趺坐)하시어 무량의처삼매(無量義處三昧)에 드시어 몸과 마음을 움직이지 아니하여 계시거늘, 그때에 하늘에서 만다라화(曼陁羅華)와 마하만다라화(摩訶曼陀羅華)와 만수사화(曼殊沙華)와 [12뒤] 마하만수사화(摩訶曼殊沙華)를 부처의 위와 대중(大衆)들에게 흩뿌리며, 넓은 부처의 세계(世界)가 여섯 가지로 진동(震動)하더니,

그때에 회중(會中)에 있는 比丘(비구)·比丘尼(비구니)·優婆塞(우바새)·優婆夷(우바이)·天(천)·용(龍)·夜叉(야차)·[13앞] 乾闥婆(건달바)·아수라(阿脩羅)·가루라(伽樓羅)·긴나라(緊那羅)·摩睺羅迦(마후라가)·人非人(인비인)과 또 제소왕(諸小王)과 전륜성왕(轉輪聖王)과 이 대중(大衆)들이 옛날에 없던 일을 얻어서 환희(歡喜)·합장(合掌)하여 한 마음으로 부처를 보아 있더니,

그때에 부처가 미간(眉間)의 백호상(白毫相)에서 나오는 [13뒤] 광명(光明)을 펴시어 동방(東方)에 있는 일만팔천(一萬八千)의 세계(世界)를 비추시되, 아래로 아비지옥(阿鼻地獄)에 이르고 위로 아가니타천(阿迦膩吒天)에 이르니, 이 세계(世界)에서 저 땅에 있는 육취(六趣)의 중생(衆生)을 다 보며, 또 저 땅에 계신 제불(諸佛)도 보며, 제불(諸佛)이 이르시는 경법(經法)도 들으며, 저 땅에 있는 비구(比丘)·[14앞] 비구니(比丘尼)·우바새(優婆塞)·우바이(優婆夷)가 수행(修行)하여 득도(得道)하는 사람도 아울러 보며, 또 보살마하살(菩薩摩訶薩)들이 종종(種種)의 인연(因緣)과 종종(種種)의 신해(信解)와 種種(종종)의 相貌(상모)로 菩薩(보살)의 道理(도리)를 行(행)하시는 모습도 보며, [14뒤] 또 제불(諸佛)이 반열반(般涅槃)하시는 것도 보며, 또 제불(諸佛)이 반열반(般涅槃)하신 후(後)에 부처의 사리(舍利)로 칠보탑(七寶塔)을 세우는 모습도 보겠더니,

그때에 미륵보살(彌勒菩薩)이 여기시되 "오늘날에 세존(世尊)이 신기(新奇)로운

변화(變化)의 상(相)을 보이시나니, 어떤 인연(因緣)으로 ^[15앞] 이런 상서(祥瑞)가 있으시냐? 이제 세존(世尊)이 삼매(三昧)에 드셔서 이 불가사의(不可思議)하고 희유(希有)한 일을 보이시나니, 누구에게 물어야 하겠으며 누구야말로 능(能)히 대답(對答)하겠느냐?"하시고, 또 여기시되 "문수사리(文殊師利)는 법왕(法王)의 아들이다. 지나가신 무량(無量)의 제불(諸佛)께 ^[15뒤] 이미 친근(親近)히 공양(供養)하여 있으므로 반드시 이런 희유(希有)한 상(相)을 보았으니, 내가 이제 문수사리께 물으리라."

그때에 비구(比丘)·비구니(比丘尼)·우바새(優婆塞)·우바이(優婆夷)와 천(天)·용(龍)·귀신(鬼神) 등(等)도 다 여기되, "이 부처의 신통(神通)하신 상(相)을 이제 누구에게 묻겠느냐? 하더니,

그때에 ^[16앞] 미륵보살(彌勒菩薩)이 당신의 의심(疑心)도 결(決)하고자 하시며, 또 모든 마음을 보시고 문수사리(文殊師利)께 묻으시되, "문수사리(文殊師利)여! 도사(導師)가 어떤 까닭으로 미간(眉間)의 백호(白毫)에서 나온 대광(大光)이 널리 비치시니, 만다라화(曼茶羅花)와 만수사화(曼殊沙花)가 흩뿌려지며, ^[16뒤] 전단향(栴檀香)의 바람이 모든 마음을 즐기게 하고, 이런 인연(因緣)으로 땅이 다 장엄(莊嚴)하게 깨끗하며, 이 세계(世界)가 여섯 가지로 진동(震動)하니, 사부중(四部衆)이 다 기뻐하여 몸과 뜻이 훤하여 옛날에 없던 일을 얻었느냐? 미간(眉間)에 있는 광명(光明)이 동방(東方)을 비추시어, 일만팔천(一萬八千) 땅이 다 금색(金色)과 같아서 아비지옥(阿鼻地獄)부터 ^[17앞] 유정천(有頂天)에 이르시니, 모든 세계(世界)의 중(中)에 있는 육도(六道)의 중생(衆生)이 죽으며 살아 가는 길에 있는 좋으며 궂은 인연(因緣)으로 좋으며 궂은 과보(果報)를 수(受)하는 것을 여기서 다 보며 또 보되, 제불(諸佛)이 경전(經典)을 퍼뜨려 이르시어 ^[17뒤] 보살(菩薩)을 무수(無數)한 만억(萬億) 명을 가르치시니, 범음(梵音)이 깊고 미묘(微妙)하시어 사람이 즐겨 듣게 하시며, 각각(各各)의 세계(世界)에 정법(正法)을 강론(講論)하여 이르시어, 종종(種種)의 인연(因緣)과 그지없는 깨우침으로 부처의 법(法)을 밝히시어 중생(衆生)을 알게 하시며, 사람이 수고(受苦)를 ^[18앞] 만나 노(老)·병(病)·사(死)를 싫어하거든 그를 위하여 열반(涅槃)을 이르시어 수고(受苦)를 없게 하시며, 사람이 유복(有福)하여 부처를 공양(供養)하여 좋은 법(法)을 구(求)하거든 그를 위하여 연각(緣覺)을 이르시며, 불자(佛子)가 종종(種種)의 수행(修行)을 하여 무상지혜(無上智慧)를 구(求)하거든 ^[18뒤] 그를 위하여

깨끗한 도리(道理)를 이르신다.

　문수사리(文殊師利)여! 내가 여기에 있어서 보며 듣는 것이 이러하며 또 천억(千億) 가지의 일이 많으니, 이제 대략 이르리라. 내가 저 곳에 있는 항사(恒沙)의 보살(菩薩)이 종종(種種)의 인연(因緣)으로 부처의 도리(道理)를 구(求)하는 모습을 ^{[19앞} 보니, 보시(報施)를 하되 금(金)·은(銀)·산호(珊瑚)·진주(眞珠)·마니(摩尼)·차거(硨磲)·마노(瑪瑙)·금강(金剛) 등 여러 보배와 노비(奴婢)와 輦(수레)와 보배로 꾸민 가마(輿)로 즐겨 보시(布施)하여, 불도(佛道)를 향(向)하여 삼계(三界)에서 제일(第一)가는 제불(諸佛)이 찬탄(讚嘆)하시는 승(乘)을 득(得)하고자 원(願)할 이도 있으며, ^{[19뒤} 보살(菩薩)이 네 마리의 말이 메운 보거(寶車)와 난순(欄楯)과 빛난 개(蓋)와 헌식(軒飾)으로 보시(布施)할 이도 있으며, 또 보살(菩薩)이 몸과 살과 손과 발과 처권(妻眷)과 자식(子息)으로 보시(布施)하여 무상도(無上道)를 구(求)할 이도 보며, 또 보살(菩薩)이 머리와 눈과 몸으로 즐겨 보시(布施)하여 ^{[20앞} 부처의 지혜(智慧)를 구(求)할 이도 보겠구나.

　문수사리(文殊師利)여! 여러 왕(王)들이 부처께 나아가 무상도리(無上道理)를 묻고, 좋은 나라와 궁전(宮殿)과 신하(臣下)와 妾(첩)을 버리고 머리를 깎아 법복(法服)을 입을 이도 보며, 보살(菩薩)이 중이 되어 혼자 한가롭게 있어 경(經)을 즐겨 외울 이도 보며, ^{[20뒤} 보살(菩薩)이 용맹정진(勇猛精進)하여 심산(深山)에 들어 불도(佛道)를 생각할 이도 보며, 또 탐욕(貪欲)을 떨쳐서 늘 빈 데에 있어 선정(禪定)을 깊이 닦아 오신통(五神通)을 득(得)할 이도 보며, 또 보살(菩薩)이 편안(便安)히 선정(禪定)하여 합장(合掌)하여 천만(千萬)의 게(偈)로 모든 법왕(法王)을 찬탄(讚嘆)할 이도 보며, ^{[21앞} 또 보살(菩薩)이 지혜(智慧)가 깊고 뜻이 굳어 능(能)히 제불(諸佛)께 물어서 들으면 다 받아서 지니는 모습도 보며, 또 불자(佛子)가 정(定)과 혜(慧)가 갖추어져 있어 그지없는 깨우침으로 많은 사람을 위하여 법(法)을 강론(講論)하며, 즐겨 설법(說法)하여 보살(菩薩)을 되게 하며 마왕(魔王)의 병마(兵馬)를 헐고 법고(法鼓)를 치는 모습도 보며, ^{[21뒤} 또 보살(菩薩)이 편안(便安)히 잠잠하여 있는데 천룡(天龍)이 공경(恭敬)하여도 기뻐하지 아니할 이도 보며, 또 보살(菩薩)이 수풀에 있어 방광(放光)하여 지옥(地獄)의 수고(受苦)를 제도(濟渡)하여 불도(佛道)에 들게 하는 모습도 보며, 또 불자(佛子)가 자지 아니하여 수풀에 두루 다녀 불도(佛道)를 부지런히 구

(求)하는 모습도 보며, [22앞] 또 경계(警戒)가 갖추어져 위의(威儀)가 이지러진 데가 없어 깨끗함이 보주(寶珠)와 같아서 불도(佛道)를 구(求)하는 모습도 보며, 또 불자(佛子)가 인욕력(忍辱力)에 주(住)하여 증상만(增上慢)할 사람이 꾸짖으며 치거든 다 참아 불도(佛道)를 구(求)하는 모습도 보며, 또 보살(菩薩)이 놀이와 웃음과 어리석은 권속(眷屬)과 이별하고 어진 사람을 가까이 하여 한 [22뒤] 마음으로 난(亂)을 덜어 산의 수풀을 생각하여 천만억(億千萬) 세(歲)를 불도(佛道)를 구(求)하는 모습도 보며, 보살(菩薩)이 좋은 음식(飮食)과 백 가지의 약재(藥材)로 부처와 중에게 보시(布施)하며, 이름난 좋은 옷이 값이 천만(千萬)이 나가며, 값을 매길 수 없는 (귀한) 옷으로 부처와 중에게 보시(布施)하며, 천만(千萬) 가지의 [23앞] 전단향(栴檀香)의 보배로 된 집과 귀(貴)한 이불로 부처와 중에게 보시(布施)하며, 청정(淸淨)한 동산(東山)에 꽃과 과실(果實)이 성(盛)하고 흐르는 샘과 목욕(沐浴)할 못(池)으로 부처와 중에게 보시(布施)하여, 이렇듯이 종종(種種)의 미묘(微妙)한 것을 보시(布施)하되 즐겨서 싫게 아니 여겨서 무상도(無上道)를 구(求)하는 모습도 보며, [23뒤] 보살(菩薩)이 적멸(寂滅)한 법(法)을 일러서 종종(種種)으로 무수(無數)한 중생(衆生)을 가르칠 이도 있으며, 보살(菩薩)이 모든 법성(法性)을 보되 두 가지의 상(相)이 없어 허공(虛空)과 같음도 보며, 또 불자(佛子)가 마음에 착(着)이 없어 이런 미묘(微妙)한 지혜(智慧)로 무상도리(無上道理)를 구(求)하는 모습도 보겠구나.

[24앞] 문수사리(文殊師利)여! 또 보살(菩薩)이 부처가 멸도(滅度)하신 후(後)에 사리(舍利)를 공양(供養)할 이도 있으며, 또 불자(佛子)가 무수(無數)한 항사(恒沙)의 탑(塔)을 지어 나라를 꾸미니, 보탑(寶塔)의 높이가 오천(五千) 유순(由旬)이요, 남북(南北)과 東西(동서)가 정(正)히 같아서 이천(二千) 유순(由旬)이요, 탑(塔)마다 각각(各各) 일천(一千)의 당번(幢幡)이며 [24뒤] 구슬을 섞은 장(帳)이며 보배로 된 방울이 온화(溫和)히 울며, 천(天)·용(龍)·귀신(鬼神)들과 사람(人)과 사람이 아닌 것(非人)이 향화(香華)와 기악(伎樂)으로 늘 공양(供養)하는 모습이 다 보인다.

문수사리(文殊師利)여! 불자(佛子)들이 사리(舍利) 공양(供養)을 위하여 탑(塔)을 장엄하게 꾸미니, 나라가 자연(自然)히 특별(特別)히 좋아서 [25앞] 하늘의 수왕(樹王)이 꽃이 핀 듯하니, 부처가 한 광명(光明)을 펴심에 '나(我)'이며 많은 모인 사람이 저 나라에 있는 종종(種種)의 기묘(奇妙)한 것과 제불(諸佛)의 신력(神力)을 보아 옛날에 없던 일을 얻으니, 불자(佛子)인 문수(文殊)야, 모든 의심(疑心)을 결(決)하오. 사중(四衆)이 우러러서 인(仁)과 [25뒤] 나를 보나니, 세존(世尊)이 어떤 까닭으로 이런 광명(光明)을 펴시느냐? 불자(佛子)가 이제 대답(對答)하여 의심(疑心)을 결(決)하여 기쁘게 하오. 무슨 요익(饒益)으로 이런 광명(光明)을 펴셨느냐? 부처가 도량(道場)에 앉으시어 득(得)하신 묘법(妙法)을 이르려 하시는가? 수기(授記)를 하려 [26앞] 하시는가? 많은 불토(佛土)에 중보(衆寶)가 장엄히 맑음을 보이시며, 또 제불(諸佛)을 보게 하신 것이 이것이 작은 인연(因緣)이 아니시니, 문수(文殊)야 알아라. 사중(四衆)이며 용(龍)과 귀신(鬼神)이 인자(仁者)를 보나니, 인자(仁者)가 그들에게 무슨 일을 이르려 하시느냐?”

그때에 문수사리(文殊師利)가 미륵보살마하살(彌勒菩薩摩訶薩)과 [26뒤] 제대사(諸大士)와 선남자(善男子) 등(等)에게 이르시되, “내가 헤아려 보니, 이제 세존(世尊)이 큰 법(法)을 이르시며 큰 법우(法雨)를 흩으시며 큰 법라(法螺)를 부시며 큰 법고(法鼓)를 치시며 큰 법의(法義)를 펴려 하신다. [27앞] 선남자(善男子)들아, 내가 지난 제불(諸佛)께로부터서 이런 상서(祥瑞)를 보았으니, 부처께서 이런 광명(光明)을 펴시면 큰 법(法)을 이르시더니, 이러므로 내가 아나니, 이제 부처가 광명(光明)을 보이신 것도 또 이와 같으시니, 중생(衆生)으로 하여금 일체(一切)의 세간(世間)에 있는 신(信)하기가 어려운 법(法)을 다 들어서 알게 하리라.”하시어, 이런 상서(祥瑞)를 보이시느니라.

선남자(善男子)들아, 지난 [27뒤] 무량무변(無量無邊)하고 불가사의(不可思議)한 아승기(阿僧祇)의 겁(劫) 시절(時節)에 부처가 계시되, 호(號)가 일월등명(日月燈明)·여래(如來)·응공(應供)·정변지(正遍知)·명행족(明行足)·선서(善逝)·세간해(世間解)·무상사(無上士)·조어장부(調御丈夫)·천인사(天人師)·불세존(佛世尊)이시더니, [28앞] 부처가 정법(正法)을 퍼뜨려서 이르시되 초선(初善)·중선(中善)·후선(後善)이시더니, 그 뜻이 깊고 멀며 그 말씀이 공교(工巧)하고 미묘(微妙)하여 전혀 섞인 것이 없어 청백(淸白)하고 범행(梵行)의 [28뒤] 상(相)이 갖추어져 있으시더니,

성문(聲聞)을 구(求)할 사람을 위하시어는 사제법(四諦法)을 이르시어 생로병사(生老病死)를 벗기시어 구경열반(究竟涅槃)하게 하시고, 벽지불(辟支佛)을 구(求)하는 사람을 위하시어는 열두 인연법(因緣法)을 이르시고, 보살(菩薩)들을 위하시어는 여

섯 바라밀(波羅蜜)을 이르시어, 아뇩다라삼먁보리(阿耨多羅三藐菩提)를 득(得)하여 [29앞]일체(一切)의 종종(種種) 지혜(智慧)를 이루게 하시더니,

다음으로 부처가 계시되 또 이름이 일월등명(日月燈明)이시고, 또 다음으로 부처가 계시되 또 이름이 일월등명(日月燈明)이시더니, 이렇게 이만(二萬) 부처가 다 한 가지의 자호(字號)로 일월등명(日月燈明)이시며, 또 한 가지의 성(姓)이시어 성(姓)이 [29뒤] 파라타(頗羅墮)이시더니,

미륵(彌勒)아, 알아라. 첫 부처, 후(後) 부처가 다 한 가지의 자(字)로 이름이 일월등명(日月燈明)이시고, 열 호(號)가 갖추어져 있으시고, 이르시는 법(法)이 초(初)·중(中)·후선(後善)이시더니, 가장 내종(乃終)의 부처가 출가(出家)를 아니하여 계실 적에 여덟 왕자(王子)를 두어 계시되, 한 이름은 유의(有意)요 둘째의 이름은 선의(善意)요 [30앞] 셋째의 이름은 무량의(無量義)요, 넷째의 이름은 보의(寶意)요, 다섯째의 이름은 증의(增意)요, 여섯째의 이름은 제의의(除疑意)요, 일곱째의 이름은 향의(響意)요, 여덟째의 이름은 법의(法意)이시더니, 이 여덟 왕자(王子)가 위덕(威德)이 자재(自在)하시어 각각(各各) 네 천하(天下)를 거느려 있으시더니, 이 왕자(王子)들이 "아버님이 [30뒤] 출가(出家)하시어 아뇩다라삼먁보리심(阿耨多羅三藐三菩提心)을 득(得)하셨다."고 들으시고, 다 왕위(王位)를 버리시고 아버님을 좇아서 출가(出家)하여, 대승(大乘)의 뜻을 발(發)하여 늘 좋은 행적(行績)을 닦아 다 법사(法師)가 되시어, 이미 천만(千萬)의 부처께 모든 좋은 근원(根源)을 심으셨니라.

그때에 일월등명불(日月燈明佛)이 [31앞] 대승경(大乘經)을 이르시니, 그 이름이 무량의(無量義)이니 보살(菩薩)을 가르치시는 법(法)이라서 부처가 호념(護念)하시는 바이다. (부처가) 이 경(經)을 이르시고 즉시 대중(大衆) 중(中)에서 결가부좌(結跏趺坐)하시어, 무량의처(無量義處) 삼매(三昧)에 드시어 몸과 마음이 움직이지 아니하여 계시거늘, [31뒤] 그때에 하늘에서 만다라화(曼陁羅華)와 마하만다라화(摩訶曼陀羅華)와 만수사화(曼殊沙華)와 마하만수사화(摩訶曼殊沙華)를 부처의 위와 대중(大衆)들에게 흩뿌리며, 넓은 부처의 世界(세계)가 여섯 가지로 震動(진동)하더니,

그때에 회중(會中)에 있는 비구(比丘)·비구니(比丘尼)·우바새(優婆塞)·우바이(優婆夷)·천(天)·용(龍)·야차(夜叉)·[32앞] 건달바(乾闥婆)·아수라(阿脩羅)·가루라(伽樓羅)·긴나라(緊那羅)·마후라가(摩睺羅迦)·人非人(인비인)과 또 제소왕(諸小王)과 전륜성왕

(轉輪聖王), 이 대중(大衆)들이 옛날에 없던 일을 얻어서 환희(歡喜)·합장(合掌)하여 한 마음으로 부처를 보아 있더니, 그때에 여래(如來)가 미간(眉間)의 백호상(白毫相)에서 나오는 광명(光明)을 펴시어 ^[32뒤] 동방(東方)에 있는 일만팔천(一萬八千)의 불토(佛土)를 비추시되, 오늘날에 보는 불토(佛土)와 같더라.

미륵(彌勒)아, 알아라. 그때에 회중(會中)에 이십억(二十億)의 보살(菩薩)이 법(法)을 듣는 것을 즐기더니, 이 보살(菩薩)들이 이 광명(光明)이 널리 불토(佛土)를 비추시는 것을 보고, 옛날에 없던 일을 얻어서 이 광명(光明)의 인연(因緣)을 ^[33앞] 알고자 하더니,

그때에 한 보살(菩薩)이 그 이름이 묘광(妙光)이라고 하는 이가 팔백(八百)의 제자(弟子)를 두어 있더니, 그때에 일월등명불(日月燈明佛)이 삼매(三昧)로부터서 일어나시어 묘광보살(妙光菩薩)로 인(因)하여 대승경(大乘經)을 이르시니 그 이름이 묘법연화(妙法蓮華)이니, 이는 보살(菩薩)을 가르치는 법(法)이라서 부처가 호념(護念)하시는 바이다. ^[33뒤] 일월등명불(日月燈明佛)이 예순 소겁(小劫)을 좌(座)에서 일어나지 아니하시니, 모여서 묘법연화경(妙法蓮華)을 들을 이도 한 곳에 앉아 ^[34앞] 예순 소겁(小劫)을 몸과 마음이 움직이지 아니하여, 부처의 말을 듣되 밥 먹을 사이 만큼 여겨 하나도 고단한 뜻을 낼 이가 없더라.

일월등명불(日月燈明佛)이 예순 소겁(小劫)을 이 경(經)을 이르시고, 즉시 회중(會中)에 이르시되 "여래가 오늘의 밤중(中)에 무여열반(無餘涅槃)에 들리라."

그때에 한 보살(菩薩)의 ^[34뒤] 이름이 덕장(德藏)이더니, 일월등명불(日月燈明佛)이 수기(授記)하여 비구(比丘)더러 이르시되 "이 덕장보살(德藏菩薩)이 이어서 부처가 되어 호(號)를 정신다타아가도아라하삼먁삼불타(淨身 多陁阿伽度 阿羅訶 三藐三佛陀)이라고 하리라." 부처가 수기(授記)를 다 하시고 곧 밤중에 ^[35앞] 무여열반(無餘涅槃)에 드셨니라.

부처가 멸도(滅度)하신 후(後)에 묘광보살(妙光菩薩)이 묘법연화경(妙法蓮華經)을 가져 팔십(八十) 소겁(小劫)을 사람을 위하여 퍼뜨려 이르더니, 일월등명불(日月燈明佛)의 여덟 아드님이 다 묘광(妙光)을 스승으로 삼으시니, 묘광(妙光)이 가르쳐 아뇩다라삼먁삼보리(阿耨多羅三藐三菩提)에 ^[35뒤] 굳으시게 하니, 이 왕자(王子)들이 무량(無量)한 백천만억(百千萬億)의 부처를 공양(供養)하고 다 부처가 되시니, 가장 후

(後)에 성불(成佛)하신 이름이 연등(燃燈)이시더라.

묘광보살의 팔백(八百) 제자(弟子)의 중(中)에 하나가 이름이 구명(求命)이더니, 이양(利養)을 ^[36앞] 탐(貪)하여 많은 경(經)을 읽어도 통달(通達)하지 못하여 많이 잊으므로 이름을 구명(求名)이라 하더니, 이 사람도 또 선근(善根)의 인연(因緣)을 심은 까닭으로, 무량(無量)한 백천만억(百千萬億)의 제불(諸佛)을 만나서 공양(供養)·공경(恭敬)하며 ^[36뒤] 존중(尊重)·찬탄(讚嘆)하였니라.

미륵(彌勒)아, 알아라. 묘광보살(妙光菩薩)은 다른 사람이겠느냐? 내 몸이 그이요, 구명보살(求名菩薩)은 그대의 몸이 그이다. 오늘날 이 상서(祥瑞)를 보면 예전과 다르지 아니하시니, 이러므로 헤아려 보니 오늘날의 여래(如來)가 마땅히 대승경(大乘經)을 이르시겠으니, 그 이름이 묘법연화(妙法蓮花)이니 ^[37앞] 보살(菩薩)을 가르치시는 법(法)이라서 부처가 호념(護念)하시는 바이다.

〈 묘법연화경 제일권, 제이 방편품 〉

그때에 세존(世尊)이 삼매(三昧)로 계시어 자늑자늑하게 일어나시어, 사리불(舍利弗)더러 이르시되 "제불(諸佛)의 지혜(智慧)가 심(甚)히 깊고 그지없으시어 지혜(智慧)의 문(門)이 아는 것이 어려우며 들어가는 것이 어려우니, 일체(一切)의 성문(聲聞)과 ^[37뒤] 벽지불(辟支佛)이 모를 것이다. '그것이 어째서이냐?'고 한다면, 부처가 예전에 백천만억(百千萬億)의 무수(無數)한 제불(諸佛)께 가까이하여, 제불(諸佛)의 그지없는 도법(道法)을 다 행(行)하여, 용맹(勇猛)히 정진(精進)하여 그 이름이 널리 들리어, 심(甚)히 깊은 옛날에 없던 법(法)을 이루어, 마땅한 것을 좇아서 이르는 말의 뜻을 일체의 성문과 벽지불이 아는 것이 어려우니라.

^[38앞] 사리불(舍利弗)아, 내가 성불(成佛)한 후(後)로 종종(種種)의 인연(因緣)과 종종(種種)의 비유(譬喻)로 말씀을 널리 퍼뜨리어, 무수(無數)한 방편(方便)으로 중생(衆生)을 인도(引導)하여 제착(諸著)을 ^[38뒤] 떨쳐 버리게 하니, ^[39앞] '그것이 어째서이냐?'고 한다면 여래(如來)는 방편바라밀(方便婆羅蜜)과 지견바라밀(知見波羅蜜)이 다 갖추어져 있기 때문이니라.

사리불(舍利弗)아, ^[39뒤] 여래(如來)의 지견(智見)이 크고 깊어, 사무량(四無量)과 사무애(四無礙)와 십력(十力)과 사무외(四無畏)와 선정(禪定)과 ^[40앞] 해탈(解脫)과 삼

매(三昧)에 다 깊이 들어, 일체(一切)의 옛날에 없던 법(法)을 이루어 있느니라.

사리불(舍利弗)아, 여래(如來)가 종종(種種)으로 가려서 제법(諸法)을 공교(工巧)히 이르되 말씀이 보드라워 모든 마음을 즐기게 하나니, 모아서 이르면 무량무변(無量無邊)한 옛날에 없던 법(法)을 부처가 다 이루어 있느니라.

말아라, 사리불(舍利弗)아. [40뒤] 다시 이르지 말아야 하겠으니, '그것이 어째서이냐?'고 한다면, 부처가 이루어 놓은 제일(第一)의, 쉽지 아니하고 알기 어려운 법(法)은 부처야말로 제법(諸法)의 실상(實相)을 꿰뚫어 아느니라. 제법(諸法)이라고 한 것은 이런 상(相)과 이런 성(性)과 이런 체(體)와 이런 역(力)과 이런 작(作)과 이런 인(因)과 이런 연(緣)과 이런 과(果)와 이런 보(報)와 이런 본말구경(本末究竟) [41앞] 들이다. 이 법(法)이 보게 하지도 못하며 말로 이르지도 못하겠으니, 부처의 제자(弟子)들이 일체(一切)의 누(漏)가 [41뒤] 다하여 최후신(最後身)에 주(住)하여도 (부처의 제자들의) 그 힘이 (이 법을) 감당하지 못하겠으니, 비록 세간(世間)에 가득한 이가 다 사리불(舍利弗)과 같아서 마음의 끝까지 모두 생각하여도 부처의 지혜(智慧)를 끝내 못 알겠으며, 정(正)히 시방(十方)에 가득한 이가 다 사리불(舍利弗)과 같으며, 또 다른 제자(弟子)들이 [42앞] 또 시방(十方)의 불찰(佛刹)에 가득하여, 마음의 끝까지 모두 생각하여도 또 모를 것이며, 벽지불(辟支佛)이 또 시방(十方)에 가득하여 모두 한 마음으로 무량겁(無量劫)에 부처의 진실(眞實)의 지혜(智慧)를 생각하여도 조금도 모를 것이며, 신발의(新發意) 보살(菩薩)이 무수(無數)한 불(佛)을 공양(供養)하여 [42뒤] 모든 뜻을 꿰뚫어 알며, 또 잘 설법(說法)하는 이들이 시방(十方)의 불찰(佛刹)에 가득하여, 한 마음으로 항하사(恒河沙)의 겁(劫)에 다 함께 생각하여도 부처의 지혜(지혜)를 모를 것이며, 물러나지 아니하는 보살(菩薩)들이 그 수(數)가 항사(恒沙)와 같아서 한 마음으로 함께 생각하여도 또 모를 것이다. 나만이 이 상(相)을 알고 [43앞] 시방(十方)의 불(佛)도 아시느니라."

그때에 대중(大衆) 중(中)에 성문(聲聞)에 속한 아야교진여(阿若憍陳如) 등(等) 일천이백(一千二百) 사람과 성문(聲聞)·벽지불(辟支佛)에게 발심(發心)한 비구(比丘)·비구니(比丘尼)·우바새(優婆塞)·우바이(優婆夷)가 각각(各各) 여기되, "세존(世尊)이 어떤 까닭으로 방편(方便)을 부지런히 찬탄(讚歎)하시어 [43뒤] 이르시되, '부처의 법(法)이 심(甚)히 깊어 이르는 말이 그 뜻을 아는 것이 어려워서, 일체(一切)의 성문(聲聞)

과 벽지불(辟支佛)이 부처의 법에 못 미치리라.'고 하셨느냐? 부처가 이르시는 해탈(解脫)을 우리도 득(得)하여 열반(涅槃)에 다다랐는가 하였더니, 오늘날 이 뜻을 못 알겠구나."

그때에 사리불(舍利弗)이 사중(四衆)의 의심(疑心)도 알고 자기도 그 뜻을 몰라 부처께 [44앞] 사뢰되, "세존(世尊)이시여, 어떤 인연(因緣)으로 제불(諸佛)의 제일(第一)가는 방편(方便)과 심(甚)히 깊고 미묘(微妙)하여 알기가 어려운 법(法)을 부지런히 찬탄(讚歎)하십니까? 내가 예전부터 부처께 이런 말을 못 들었으며 사중(四衆)들도 다 의심(疑心)하나니, 세존(世尊)이시여, 그 인연을 펴서 이르소서."그때에 부처가 사리불(舍利弗)더러 이르시되, [44뒤] 말라, 말라. 다시 이르지 말아야 하겠으니, 이 일이야말로 (내가) 이르면 일체(一切)의 천인(天人)이 다 놀라 의심(疑心)하리라."

사리불(舍利弗)이 다시 사뢰되, "세존(世尊)이시여, 원(願)컨대 이르소서. '어째서 이냐?'라고 한다면, 이 회(會, 會中)에 있는 무수(無數)한 백천만억(百千萬億) 아승기(阿僧祇)의 중생(衆生)이 예전에 제불(諸佛)을 보아서 [45앞] 제근(諸根)이 날카롭고 지혜(智慧)가 밝아서, 부처의 말을 들으면 능히 공경(恭敬)하여 신(信)하겠습니다."부처가 또 사리불(舍利弗)을 말리시되 "만일 이 일을 이르면, 일체(一切)의 세간(世間)에 있는 천인(天人)과 아수라(阿脩羅)가 다 놀라 의심(疑心)하며, 증상만(增上慢)하는 비구(比丘)가 큰 구덩이에 떨어지리라."

[45뒤] 사리불(舍利弗)이 다시 사뢰되, "세존(世尊)이시여, 원(願)컨대 이르소서. 원(願)컨대 이르소서. 이 모인 중(會中)에 우리와 같은 한 가지의 백천만억(百千萬億)의 사람이 세세(世世)에 이미 부처를 좇아서 교화(敎化)를 수(受)하여 있나니, 무상양족존(無上兩足尊)이시여, 제일법(第一法)을 이르소서. [46앞] 이 사람들이 반드시 공경(恭敬)하여 신(信)하여 긴 밤에 편안(便安)하여, 좋은 일이 많겠습니다."세존(世尊)이 사리불(舍利弗)더러 이르시되 "네가 부지런히 세 번을 청(請)하니 어찌 아니 이르랴? 네가 정신을 차려 들어라. 내가 가려서 이르리라."

이 말을 이르실 적에 회중(會中)에 비구(比丘)·비구니(比丘尼)·우바새(優婆塞)·우바이(優婆夷) 등의 [46뒤] 오천(五千) 사람이 좌(座)로부터서 일어나 부처께 예수(禮數)하고 물러나니, '그것이 어째서이냐?'고 한다면, 이 무리가 죄(罪)가 깊고 증상만(增上慢)하여 못 득(得)한 일을 득(得)하였다고 여기며, 못 증(證)한 일을 증(證)하였다고 여겨, 이런 허물이 있으므로 그 자리에 있지 못하거늘, 세존(世尊)이 잠잠하시어 그들을 말리지 아니하셨느니라.

그때에 부처가 사리불(舍利弗)더러 [47앞] 이르시되, "이제야 이 모든 사람이 다시 가지와 잎이 없고 다 정(正)한 열매가 있나니, 사리불(舍利弗)아, 이런 증상만(增上慢)하는 사람은 물러가도 좋으니라. 네가 잘 들어라. 너를 위하여 이르리라." 사리불이 사뢰되 "예, 옳으십니다. 세존(世尊)이시여, 원(願)컨대 듣고자 [47뒤] 합니다."

부처가 이르시되 "이러한 묘법(妙法)은 제불(諸佛)과 여래(如來)가 때(時節)가 되어야 이르시나니, 이는 우담발화(優曇鉢華)가 때(時節)이 되어야 한 번 보이는 것과 같으니라. 사리불(舍利弗)아, 너희가 부처의 말을 곧이들어라. 부처의 말은 허망하지 아니하니라. 사리불(舍利弗)아, 제불(諸佛)이 마땅한 모습을 좇아서 [48앞] 설법(說法)하시는 뜻을 아는 것이 어려우니, '그것이 어째서이냐?'고 한다면, 내가 무수(無數)한 방편(方便)과 종종(種種)의 인연(因緣)과 비유(比喩)로 하는 말씀으로 제법(諸法)을 퍼뜨려서 이르니, 이 법(法)은 오직 제불(諸佛)만이 아시리라. '그것이 어째서이냐?'고 한다면, 제불(諸佛)과 세존(世尊)이 다만 '한 큰 일의 인연(因緣)'으로 세간(世間)에 나시나니, [48뒤] 사리불(舍利弗)아, '어찌 제불(諸佛)과 세존(世尊)이 다만 '한 큰 일의 인연(因緣)'으로 세간(世間)에 나신다고 하였느냐?'고 한다면, 제불(諸佛)과 세존(世尊)이 중생(衆生)에게 부처의 지견(智見)을 열어 청정(淸淨)을 득(得)하게 하려 하시어 세간(世間)에 나시며, 중생(衆生)에게 부처의 지견(智見)을 [49앞] 보이리라 하시어 세간(世間)에 나시며, 중생(衆生)이 부처의 지견(智見)을 알게 하려 하시어 세간(世間)에 나시며, 중생(衆生)이 부처의 지견(智見)에 들게 하려 하시어 세간(世間)에 나시나니, 사리불(舍利弗)아 이러한 이유로 제불(諸佛)이 한 큰 일의 인연(因緣)으로 세간(世間)에 나시는 것이다."

부처가 사리불(舍利弗)더러 이르시되, [49뒤] "제불(諸佛)과 여래(如來)가 다만 보살(菩薩)만을 교화(敎化)하시어, 모든 하시는 일이 항상 하나의 일이다. 오직 부처의 지견(智見)으로 중생(衆生)에게 보여서 깨우치시나니, 여래(如來)가 다만 한 불승(佛乘)으로 중생(衆生)을 위하여 설법(說法)하시지, 다른 승(乘)이 둘이며 셋이 없으니라. 사리불(舍利弗)아, 시방(十方)의 제불(諸佛)의 법(法)이 다 이러하시니라.

[50앞] 사리불(舍利弗)아, 지나신 제불(諸佛)도 무량무수(無量無數)한 방편(方便)과 종

종(種種)의 인연(因緣)과 비유(比喩)하는 말씀으로 중생(衆生)을 위하여 제법(諸法)을 펴뜨려 이르시더니, [50뒤] 이 법(法)도 다 한(一) 불승(佛乘)인 까닭으로, 이 중생(衆生)들이 제불(諸佛)께 법(法)을 들어 나중에 다 일체종지(一切種智)를 득(得)하겠으니, 아무나 중생(衆生)이 과거(過去)의 제불(諸佛)을 만나, 육바라밀(六波羅密)을 들어 복(福)과 지혜(智慧)를 닦은 사람들이 다 이미 불도(佛道)를 이루며, [51앞] 제불(諸佛)이 멸도(滅度)하신 후(後)에 아무나 마음을 보드랍게 가지던 사람들도 다 이미 불도(佛道)를 이루며, 제불(諸佛)이 멸도(滅度)하신 후(後)에 사리(舍利)를 공양(供養)하던 사람이 만억(萬億)의 탑(塔)을 세우고 칠보(七寶)로 깨끗이 꾸미거나, [51뒤] 돌이며 전단향(栴檀香)이며 침수향(沈水香)이며 목밀(木樒)이며 다른 나무며 벽돌(甓)이며 기와며 흙으로 탑(塔)을 세우거나, 아이가 놀이하여 모래를 모아서 탑(塔)을 만들어도, 이런 사람들이 다 이미 불도(佛道)를 이루며, 아무나 사람이 부처를 위하여 여러 상(像)을 만든 이도 다 이미 불도(佛道)를 [52앞] 이루며, 칠보(七寶)로 이루거나 구리거나 납(鑞)이거나 철(鐵)이거나 나무거나 흙이거나 아교풀과 옷과 베로 불상(佛像)을 꾸며도, 이런 사람들이 다 이미 불도(佛道)를 이루며, 채색(彩色)으로 불상(佛像)을 그리되 자기가 하거나 남을 시켜 하여도 다 이미 불도(佛道)를 이루며, 아이가 놀이하여 초목(草木)이거나 [52뒤] 붓이거나 손톱으로나 불상(佛像)을 그리던 이도 다 이미 불도(佛道)를 이루며, 아무이거나 사람이 탑(塔)이며 상(像)을 화향(華香)과 번개(幡蓋)로 공경(恭敬)하여 공양(供養)하거나, 북을 치며 각패(角貝)를 불며 소(簫)와 적(笛)과 금(琴)과 공후(箜篌)와 비파(琵琶)와 요(鐃)와 동발(銅鈸)과 이렇듯한 귀(貴)한 소리로 공양(供養)하거나, [53앞] 기쁜 마음으로 부처의 덕(德)을 노래로 지어 불러, 비록 한 조금의 소리라도 다 이미 불도(佛道)를 이루며, 아무나 사람이 어지러운 마음이라도 한낱 꽃으로 기른 상(像)을 공양(供養)하거나 [53뒤] 저쑵거나 합장(合掌)하거나 한 손을 들거나 잠깐 머리를 숙이거나 하여 상(像)을 공양(供養)하며, 탑묘(塔廟) 중(中)에 들어 한 번 "나무불(南無佛)!" 하여 일컫던 이도 다 이미 불도(佛道)를 이루며, 과거(過去) 제불(諸佛)이 세간(世間)에 계시거나 [54앞] 멸도(滅度)하신 후(後)이거나 이 법(法)을 들은 사람이 다 이미 불도(佛道)를 이루었느니라.

사리불(舍利弗)아, 미래(未來)에 있는 제불(諸佛)이 세간(世間)에 나셔도, 또 무량무수(無量無數)한 방편(方便)과 종종(種種)의 인연(因緣)과 비유(譬喩)로 하는 말씀으로 중생(衆生)을 위하여 제법(諸法)을 퍼뜨리어 이르시겠으니, [54뒤] 이 법(法)도 다 한 불승(佛乘)인 까닭으로 이 중생(衆生)들이 부처께 법(法)을 들어 나중에 다 일체 종지(一切種智)를 득(得)하겠으며,

사리불(舍利弗)아, 현(現)하여 계신 시방(十方)에 있는 無量(무량) 백천만억(百千 萬億)의 불토(佛土)의 중(中)에 있는 제불(諸佛)과 세존(世尊)도 또 무량무수(無量無 數)의 방편(方便)과 종종(種種)의 인연(因緣)과 [55앞] 비유(譬喩)하는 말씀으로 중생(衆 生)을 위하여 제법(諸法)을 퍼뜨려 이르시나니, 이 법(法)도 다 한 불승(佛乘)인 까닭 으로 이 중생(衆生)들이 부처께 법(法)을 들어서 나중에 다 일체종지(一切種智)를 득 (得)하리라.

사리불(舍利弗)아, 이러한 것이 제불(諸佛)들이 다만 보살(菩薩)을 교화(敎化)하 시어, 부처의 지견(智見)으로 중생(衆生)에게 [55뒤] 보이고자 하시며, 부처의 지견(知 見)으로 衆生(중생)을 깨우치고자 하시며, 衆生(중생)을 부처의 知見(지견)에 들이고 자 하시는 까닭인 것이다.

사리불(舍利弗)아, 나도 이와 같아서 중생(衆生)들이 종종(種種)의 욕(欲)에 깊이 탐착(貪着)한 줄을 알아서 제 본성(本性)을 [56앞] 좇아서 종종(種種)의 인연(因緣)과 비유(譬喩)로 된 말씀과 방편력(方便力)으로 설법(說法)하나니, 이것이 다 한 불승 (佛乘)의 일체종지(一切種智)를 득(得)하게 하는 까닭이다.

舍利弗(사리불)아, 시방(十方) 세계(世界)에 이승(二乘)도 없으니, 하물며 셋이 있 겠느냐? 사리불(舍利弗)아, 제불(諸佛)이 오탁악세(五濁惡世)에 나시어, [56뒤] 중생(衆 生)의 때가 많아 중생이 아끼며 탐(貪)하며 남을 미워하며 시샘으로 좋지 못한 근원 (根源)을 이루므로, 제불(諸佛)이 방편력(方便力)으로 한 불승(佛乘)을 가져 있어 셋 으로 나누어서 이르시느니라.

사리불(舍利弗)아, 알아라. 내가 부처의 눈으로 육도(六道)의 중생(衆生)을 본다 면, 육도의 중생들이 간난(艱難)하고 궁색하여 복(福)과 지혜(智慧)가 없어, [57앞] 죽 살이의 험(險)한 길에 들어 수고(受苦)가 이어서 수고를 끊지 못하여, 오욕(五欲)에 깊이 탐착(貪着)하여 어둑하여 보지 못하여, 부처와 더불어 수고(受苦)를 끊을 법 (法)을 구(求)하지 아니하고 사곡(邪曲)하게 보는 것에 깊이 들어 있으므로, 내가 이 런 중생(衆生)을 위하여 대자비심(大慈悲心)을 일으켰다.

내가 처음 도량(道場)에 앉아 세 이레의 ^[57뒤] 사이를 생각하되, "내가 득(得)한 지혜(智慧)는 미묘(微妙)하여 제일(第一)이건마는, 중생(衆生)이 제근(諸根)이 둔(鈍)하여 미혹(迷惑)함에 참착(潛着)하여 있나니, 이런 사람들을 어찌 제도(濟渡)하겠느냐?" 하였더니, 그때에 범왕(梵王)과 제석(帝釋)과 사천왕(四天王)과 대자재천(大自在天)과 다른 천중(天衆)과 권속(眷屬) 백천만(百千萬)이 ^[58앞] 나에게 "전법(轉法)하오."라고 청(請)하거늘, 내가 여기되 "다만, 불승(佛乘)만을 찬탄(讚嘆)하면 중생(衆生)이 곧이듣지 아니하여 악도(惡道)에 떨어지겠으니, 차라리 설법(說法)을 말고 열반(涅槃)에 어서 들어야 하겠구나. 만일 다시 옛날의 부처가 하시던 방편력(方便力)을 염(念)하여, 내가 이제 득(得)한 도리(道理)도 삼승(三乘)을 일러야 하겠구나." ^[58뒤] 하였더니, 이 마음을 생각할 시절(時節)에 시방(十方)의 불(佛)이 다 현(現)하여 이르시되, "좋구나, 석가문(釋迦文)이여! 제일(第一)가는 도사(導師)가 무상법(無上法)을 득(得)하여 일체(一切)의 불(佛)을 좇아 방편력(方便力)을 쓰나니, 우리도 다 미묘(微妙)한 제일(第一)의 법(法)을 득(得)하여 중생(衆生)을 위하여 방편(方便)으로 삼승(三乘)을 ^[59앞] 가려서 이르니, 비록 삼승(三乘)을 일러도 다만 보살(菩薩)을 가르치는 것이다."라고 하시더라.

사리불(舍利弗)아, 내가 맑은 미묘(微妙)한 소리를 듣고 '나무제불(南無諸佛)!' 하여 일컫고 또 여기되, "내가 제불(諸佛)이 이르시는 것같이 좇아서 하리라." 하고, 즉시 바라내(波羅㮇)에 가 방편력(方便力)으로 ^[59뒤] 다섯 비구(比丘)를 위하여 설법(說法)하니 이를 전법륜(轉法輪)이라 하나니, 곧 열반(涅槃)이라 한 말씀과 아라한(阿羅漢)이 있었으니 전법륜은 법(法)과 승(僧)을 구분하여 이름을 붙이셨니라. 오랜 먼 겁(劫)부터 열반(涅槃)의 법(法)을 ^[60앞] 찬탄(讚嘆)하여 보이어 "죽살이의 수고(受苦)가 완전히 없으리라."고 하여 내가 항상 이리 일렀더니,

사리불(舍利弗)아 알아라. 내가 불자(佛子)들을 보면, 그들이 다 공경(恭敬)하는 마음으로 부처께 왔으니 예전부터 제불(諸佛)을 좇아서 방편(方便)의 설법(說法)을 들었으므로, 내가 여기되 "여래(如來)는 부처의 지혜(智慧)를 ^[60뒤] 이르는 것을 위하여 나 있나니, 이제 정(正)히 그 시절(時節)이구나."

사리불(舍利弗)아, 알아라. 내가 보살(菩薩)들에게 방편(方便)을 버리고 무상도(無上道)를 이르나니, 보살(菩薩)이 이 법(法)을 들으면 의심(疑心)을 다 덜며, 이천

이백(二千二百)의 나한(羅漢)도 다 부처가 되리라. [61앞] 이것은 삼세(三世)의 제불(諸佛)이 설법(說法)하시는 방식(儀式)이니, 나도 이와 같아서 (三乘으로) 구분(區分)함이 없는 법(法)을 이르리라.

사리불(舍利弗)아, 만일 나의 제자(弟子)가 스스로 여기되 "내가 아라한(阿羅漢)과 벽지불(辟支佛)이다."고 하여, 제불(諸佛)과 여래(如來)가 다만 보살(菩薩)만 교화(敎化)하시는 일을 모르면, 부처의 제자(弟子)가 아니며 아라한(阿羅漢)과 벽지불(辟支佛)이 [61뒤] 아니니라.

또 사리불(舍利弗)아, 이 비구(比丘)와 비구니(比丘尼)들이 자기가 여기되 "이미 아라한(阿羅漢)을 득(得)하여, 이것이 최후신(最後身)이며 구경열반(究竟涅槃)이다." 하여, 다시 아뇩다라삼먁삼보리(阿耨多羅三藐三菩提)를 구(求)하지 아니하면, 마땅히 이 무리는 다 증상만인(增上慢人)인 것을 알 것이니, [62앞] "그것이 어째서이냐?"고 한다면, 진실(眞實)로 아라한(阿羅漢)을 득(得)하면 부처가 멸도(滅度)한 후(後)에, 바로 눈앞에 부처가 없는 적 외(外)에는, 이 법(法)을 신(信)하지 아니할 바가 없으니, "그것이 어째서이냐?"고 한다면, 부처가 멸도(滅度)한 후(後)에는 이 경(經)을 읽어 그 뜻을 아는 이를 얻기가 쉽지 못하거니와, 만일 다른 부처를 만나면 이 법(法) 중(中)에서 완전히 아는 것을 득(得)하리라.

[62뒤] 사리불(舍利弗)아, 너희들이 한 마음으로 신해(信解)하여 부처의 말을 받아 지니라. 제불(諸佛)과 여래(如來)가 거짓말이 없으시니 다른 승(乘)이 없고 오직 한 불승(佛乘)이다.

사리불(舍利弗)아, 알아라. 제불(諸佛)의 법(法)이 이러하여 만억(萬億)의 방편(方便)으로 마땅한 것을 좇아서 설법(說法)하시나니, 너희가 이미 제불(諸佛)의 방편(方便)을 [63앞] 알아서 다시 의심(疑心)이 없으니, 마음에 크게 기뻐하여 마땅히 부처가 될 것을 알라.

[63뒤]

석보상절(釋譜詳節) 제십삼(第十三)

부록 2. 문법 용어의 풀이*

1. 품사

품사는 한 언어에 속하는 수많은 단어를 문법적인 특징에 따라서 갈래지어서 그 범주를 정한 것이다.

가. 체언

'체언(體言, 임자씨)'은 어떠한 대상의 이름이나 수량(순서)을 나타내거나 명사를 대신하는 단어들의 부류들이다. 이러한 체언에는 '명사', '대명사', '수사'가 있다.

① 명사(명사): 어떠한 '대상, 일, 상황' 등의 이름을 나타내는 단어이다.
   - 자립 명사: 문장 내에서 관형어의 도움 없이 홀로 쓰일 수 있는 명사이다.
     (1) ㄱ. 國은 나라히라 (나라ㅎ + -이- + -다)   [훈언 2]
         ㄴ. 國(국)은 나라이다.
   - 의존 명사(의명): 홀로 쓰일 수 없어서 반드시 관형어와 함께 쓰이는 명사이다.
     (2) ㄱ. 어린 百姓이 니르고져 홇 배 이셔도 (바 + -이)   [훈언 2]
         ㄴ. 어리석은 百姓(백성)이 이르고자 할 바가 있어도…

② 인칭 대명사(인대): 사람을 직시하거나 대용하는 대명사이다.
     (3) ㄱ. 내 太子를 셤기ᅀᆞᄫᅩ듸 (나 + -이)   [석상 6:4]
         ㄴ. 내가 太子(태자)를 섬기되…

③ 지시 대명사(지대): 명사를 직접 가리키거나 대용하는 말이다.

---

* 이 책에서 사용된 문법 용어와 약어에 대하여는 '도서출판 경진'에서 간행한 『학교 문법의 이해 2(2015)』와 '교학연구사'에서 간행한 『중세 국어 문법의 이해: 이론편, 주해편, 강독편(2015)』의 내용을 참조하기 바란다.

(4) ㄱ. 내 이를 爲ᄒ야 어엿비 너겨 (이 + -를)   [훈언 2]

   ㄴ. 내가 이를 위하여 불쌍히 여겨…

④ 수사(수사): 사람이나 사물의 수량이나 차례를 나타내는 체언이다.

(5) ㄱ. 點이 둘히면 上聲이오 (둟 + -이- + -면)   [훈언 14]

   ㄴ. 點(점)이 둘이면 上聲(상성)이고…

나. 용언

'용언(用言, 풀이씨)'은 문장 속에서 서술어로 쓰여서 주어로 표현되는 대상(주체)의
움직임이나 상태, 혹은 존재의 유무(有無)를 풀이한다. 이러한 용언에는 문법적 특징에
따라서 '동사'와 '형용사', '보조 용언' 등으로 분류한다.

① 동사(동사): 주어로 쓰인 대상의 움직임을 표현하는 용언이다. 동사에는 목적어를
   취하는 타동사(= 타동)와 목적어를 취하지 않는 자동사(= 자동)가 있다.

(6) ㄱ. 衆生이 福이 다ᄋ거다 (다ᄋ- + -거- + -다)   [석상 23:28]

   ㄴ. 衆生(중생)이 福(복)이 다했다.

(7) ㄱ. 어마님이 毘藍園을 보라 가시니 (보- + -라)   [월천 기17]

   ㄴ. 어머님이 毘藍園(비람원)을 보러 가셨으니.

② 형용사(형사): 주어로 표현되는 대상의 성질이나 상태를 풀이하는 용언이다.

(8) ㄱ. 이 東山은 남기 됴홀ᄊ (둏- + -올ᄊ)   [석상 6:24]

   ㄴ. 이 東山(동산)은 나무가 좋으므로…

③ 보조 용언(보용): 문장 안에서 홀로 설 수 없어서 반드시 그 앞의 다른 용언에 붙어
   서 문법적인 뜻을 더해 주는 기능을 하는 용언이다.

(9) ㄱ. 勞度差ㅣ 쏘 ᄒ 쇼를 지서 내니 (내- + -니)   [석상 6:32]

   ㄴ. 勞度差(노도차)가 또 한 소(牛)를 지어 내니…

다. 수식언

'수식언(修飾言, 꾸밈씨)'은 체언이나 용언 등을 수식(修飾)하면서 그 의미를 한정(限定)한다. 이러한 수식언으로는 '관형사'와 '부사'가 있다.

① 관형사(관사): 체언을 수식하면서 체언의 의미를 제한(한정)하는 단어이다.

(10) ㄱ. 녯 대예 새 竹筍이 나며   [금삼 3:23]
     ㄴ. 옛날의 대(竹)에 새 竹筍(죽순)이 나며…

② 부사(부사): 특정한 용언이나 부사, 관형사, 체언, 절, 문장 등 여러 가지 문법적인 단위를 수식하여, 그들 문법적 단위의 의미를 한정하거나 특정한 말을 다른 말에 이어 준다.

(11) ㄱ. 이거시 더듸 뻐러딜식   [두언 18:10]
     ㄴ. 이것이 더디게 떨어지므로

(12) ㄱ. 반두기 甘雨ㅣ 느리리라   [월석 10:122]
     ㄴ. 반드시 甘雨(감우)가 내리리라.

(13) ㄱ. ᄒᆞ다가 술옷 몯 먹거든 너덧 번에 ᄂᆞ화 머기라   [구언 1:4]
     ㄴ. 만일 술을 못 먹거든 너덧 번에 나누어 먹이라.

(14) ㄱ. 道國王과 밋 舒國王은 實로 親ᄒᆞᆫ 兄弟니라   [두언 8:5]
     ㄴ. 道國王(도국왕) 및 舒國王(서국왕)은 實(실로)로 親(친)한 兄弟(형제)이니라.

라. 독립언

감탄사(감탄사): 문장 속의 다른 말과 문법적인 관계를 맺지 않고 독립적으로 쓰인다.

(15) ㄱ. 의 丈夫ㅣ여 엇뎨 衣食 爲ᄒᆞ야 이 ᄀᆞ토매 니르뇨   [법언 4:39]
     ㄴ. 아아, 丈夫여, 어찌 衣食(의식)을 爲(위)하여 이와 같음에 이르렀느냐?

(16) ㄱ. 舍利佛이 슬ᄫᅩ디 엥 올ᄒᆞ시이다   [석상 13:47]
     ㄴ. 舍利佛(사리불)이 사뢰되, "예, 옳으십니다."

2. 불규칙 용언

용언의 활용에는 어간이나 어미가 불규칙적으로 바뀌어서(개별적으로 교체되어) 일반적인 변동 규칙으로는 설명할 수 없는 것이 있다. 이처럼 불규칙하게 활용하는 용언을 '불규칙 용언'이라고 한다. 여기서는 'ㄷ 불규칙 용언, ㅂ 불규칙 용언, ㅅ 불규칙 용언'만 별도로 밝힌다.

① 'ㄷ' 불규칙 용언(ㄷ불): 어간이 /ㄷ/으로 끝나는 용언 중에는, 어간에 모음으로 시작하는 어미가 붙어서 활용할 때에, 어간의 끝 소리 /ㄷ/이 /ㄹ/로 바뀌는 용언이다.

(1) ㄱ. 甁의 므를 <u>기러</u> 두고사 가리라 (긷- + -어)   [월석 7:9]
　　　ㄴ. 甁(병)에 물을 길어 두고야 가겠다.

② 'ㅂ' 불규칙 용언(ㅂ불): 어간이 /ㅂ/으로 끝나는 용언 중에는, 어간에 모음으로 시작하는 어미가 붙어서 활용할 때에, 어간의 끝 소리 /ㅂ/이 /ㅸ/으로 바뀌는 용언이다.

(2) ㄱ. 太子ㅣ 性 <u>고ᄫᆞ샤</u> (곱- + -ᄋᆞ시- + -아)   [월석 21:211]
　　　ㄴ. 太子(태자)가 性(성)이 고우시어…

(3) ㄱ. 벼개 노피 벼여 <u>누우니</u> (눕- + -으니)   [두언 15:11]
　　　ㄴ. 베개를 높이 베어 누우니…

③ 'ㅅ' 불규칙 용언(ㅅ불): 어간이 /ㅅ/으로 끝나는 용언 중에는, 어간에 모음으로 시작하는 어미가 붙어서 활용할 때에, 어간의 끝 소리인 /ㅅ/이 /ㅿ/으로 바뀌는 용언이다.

(4) ㄱ. (道士ᄃᆞᆯ히) … 表 <u>지ᅀᅥ</u> 엳ᄌᆞᄫᆞ니 (짓- + -어)   [월석 2:69]
　　　ㄴ. 道士(도사)들이 … 表(표)를 지어 여쭈니…

3. 어근

어근은 단어 속에서 중심적이면서 실질적인 의미를 나타내는 실질 형태소이다.

    (1) ㄱ. 굴가마괴 (굴- + ᄀ마괴), 싀어미 (싀- + 어미)

        ㄴ. 무덤 (묻- + -엄), 늘개 (늘- + -개)

    (2) ㄱ. 밤낮 (밤 + 낮), 쌀밥 (쌀 + 밥), 불뭇골 (불무 + -ㅅ + 골)

        ㄴ. 검붉다 (검- + 붉-), 오ᄂ느리다 (오ᄂ- + 느리-), 도라오다 (돌- + -아 + 오-)

  ▪불완전 어근(불어): 품사가 불분명하며 단독으로 쓰이는 일이 없고, 다른 말과의 통합에 제약이 많은 특수한 어근이다(= 특수 어근, 불규칙 어근).

    (3) ㄱ. 功德이 이러 당다이 부톄 ᄃ외리러라 (당당 + -이)   [석상 19:34]

        ㄴ. 功德(공덕)이 이루어져 마땅히 부처가 되겠더라.

    (4) ㄱ. 그 부톄 住ᄒ신 짜히 … 常寂光이라 (住 + -ᄒ- + -시- + -ㄴ) [월석 서:5]

        ㄴ. 그 부처가 住(주)하신 땅이 이름이 常寂光(상적광)이다.

4. 파생 접사

  접사 중에서 어근에 새로운 의미를 더하거나 단어의 품사를 바꿈으로써, 새로운 단어를 만들어 주는 것을 '파생 접사'라고 한다.

가. 접두사(접두)

접두사는 어근의 앞에 붙어서 새로운 단어를 형성하는 파생 접사이다.

    (1) ㄱ. 아ᅀᆞ와 아ᄎᆞᆫ아ᄃᆞᆯ왜 비록 이시나 (아ᄎᆞᆫ- + 아ᄃᆞᆯ)   [두언 11:13]

        ㄴ. 아우와 조카가 비록 있으나 …

나. 접미사(접미)

접미사는 어근의 뒤에 붙어서 새로운 단어를 형성하는 파생 접사이다.

① 명사 파생 접미사(명접): 어근에 뒤에 붙어서 명사를 파생하는 접미사이다.

    (2) ㄱ. ᄇᄅᆷ가비(ᄇᄅᆷ + -가비), 무덤(묻- + -음), 노픽(높- + -익)

        ㄴ. 바람개비, 무덤, 높이

② 동사 파생 접미사(동접): 어근의 뒤에 붙어서 동사를 파생하는 접미사이다.

    (3) ㄱ. 풍류ᄒ다(풍류 + -ᄒ- + -다), 그르ᄒ다(그르 + -ᄒ- + -다), ᄀᄆᆯ다(ᄀᄆᆯ + -∅- + -다)

        ㄴ. 열치다, 벗기다, 넓히다, 풍류하다, 잘못하다, 가물다

③ 형용사 파생 접미사(형접): 어근의 뒤에 붙어서 형용사를 파생하는 접미사이다.

    (4) ㄱ. 녇갑다(녙- + -갑- + -다), 골ᄑ다(곯- + -ᄇ- + -다), 受苦ᄅᆸ다(受苦 + -ᄅᆸ- + -다), 외롭다(외 + -ᄅᆸ- + -다), 이러ᄒ다(이러 + -ᄒ- + -다)

        ㄴ. 얕다, 고프다, 수고롭다, 외롭다

④ 사동사 파생 접미사(사접): 어근의 뒤에 붙어서 사동사를 파생하는 접미사이다.

    (5) ㄱ. 밧기다(밧- + -기- + -다), 너피다(넙- + -히- + -다)

        ㄴ. 벗기다, 넓히다

⑤ 피동사 파생 접미사(피접): 어근의 뒤에 붙어서 피동사를 파생하는 접미사이다.

    (6) ㄱ. 두피다(둪- + -이- + -다), 다티다(닫- + -히- + -다), 담기다(담- + -기- + -다), 둠기다(둠- + -기- + -다)

        ㄴ. 덮이다, 닫히다, 담기다, 잠기다

⑥ 관형사 파생 접미사(관접): 어근의 뒤에 붙어서 부사를 파생하는 접미사이다.

    (7) ㄱ. 모든(몯- + -온), 오은(오올- + -ㄴ), 이런(이러- + -ㄴ)

        ㄴ. 모든, 온, 이런

⑦ 부사 파생 접미사(부접): 어근의 뒤에 붙어서 부사를 파생하는 접미사이다.

(8) ㄱ. 몬내(몬 + -내), 비르서(비릇- + -어), 기리(길- + -이), 그르(그르- + -∅)

ㄴ. 못내, 비로소, 길이, 그릇

⑧ 조사 파생 접미사(조접): 어근의 뒤에 붙어서 조사를 파생하는 접미사이다.

(9) ㄱ. 阿鼻地獄브터 有頂天에 니르시니 (븥- + -어)　　　　　　[석상 13:16]

ㄴ. 阿鼻地獄(아비지옥)부터 有頂天(유정천)에 이르시니…

⑨ 강조 접미사(강접): 어근의 뒤에 붙어서 강조의 뜻을 더하면서 새로운 단어를 파생하는 접미사이다.

(10) ㄱ. 니르왇다(니르- + -왇- + -다), 열티다(열- + -티- + -다), 니르혀다(니르- + -혀- + -다)

ㄴ. 받아일으키다, 열치다, 일으키다

⑩ 높임 접미사(높접): 어근의 뒤에 붙어서 높임의 뜻을 더하면서 새로운 단어를 파생하는 접미사이다.

(11) ㄱ. 아바님(아비 + -님), 어마님(어미 + -님), 그듸(그 + -듸), 어마님내(어미 + -님 + -내), 아기씨(아기 + -씨)

ㄴ. 아버님, 어머님, 그대, 어머님들, 아기씨

5. 조사

'조사(助詞, 관계언)'는 주로 체언에 결합하여, 그 체언이 문장 속의 다른 단어와 맺는 관계를 나타내거나 특별한 뜻을 더해 주는 단어이다.

가. 격조사

그 앞에 오는 말이 문장 안에서 일정한 문장 성분으로서의 기능함을 나타내는 조사이다.

① 주격 조사(주조): 주어로서 기능하는 것을 나타내는 격조사이다.

(1) ㄱ. 부텻 모미 여러 가짓 相이 フ즈샤 (몸 + -이) [석상 6:41]

ㄴ. 부처의 몸이 여러 가지의 相(상)이 갖추어져 있으시어…

② 서술격 조사(서조): 서술어로서 기능하는 것을 나타내는 격조사이다.

(2) ㄱ. 國은 나라히라 (나라ㅎ + -이- + -다) [훈언 1]

ㄴ. 國(국)은 나라이다.

③ 목적격 조사(목조): 목적어로서 기능하는 것을 나타내는 격조사이다.

(3) ㄱ. 太子를 하늘히 굴히샤 (太子 + -를) [용가 8장]

ㄴ. 太子(태자)를 하늘이 가리시어…

④ 보격 조사(보조): 보어로서 기능하는 것을 나타내는 격조사이다.

(4) ㄱ. 色界 諸天도 ᄂ려 仙人이 ᄃ외더라 (仙人 + -이) [월석 2:24]

ㄴ. 色界(색계) 諸天(제천)도 내려 仙人(선인)이 되더라.

⑤ 관형격 조사(관조): 관형어로서 기능하는 것을 나타내는 격조사이다.

(5) ㄱ. 네 性이 … 죵이 서리예 淸淨ᄒ도다 (죵 + -이) [두언 25:7]

ㄴ. 네 性(성: 성품)이 … 종(從僕) 중에서 淸淨(청정)하구나.

(6) ㄱ. 나랏 말ᄊᆞ미 中國에 달아 (나라 + -ㅅ) [훈언 1]

ㄴ. 나라의 말이 中國과 달라…

⑥ 부사격 조사(부조): 부사어로서 기능하는 것을 나타내는 격조사이다.

(7) ㄱ. 世尊이 象頭山애 가샤 (象頭山 + -애) [석상 6:1]

ㄴ. 世尊(세존)이 象頭山(상두산)에 가시어…

⑦ 호격 조사(호조): 독립어로서 기능하는 것을 나타내는 격조사이다.

(8) ㄱ. 彌勒아 아라라 (彌勒 + -아) [석상 13:26]

ㄴ. 彌勒(미륵)아 알아라.

나. 접속 조사(접조)

체언과 체언을 이어서 명사구를 형성하는 조사이다.

      (9) ㄱ. 입시울와 혀와 엄과 니왜 다 됴ᄒᆞ며 (혀 + -와)   [석상 19:7]

          ㄴ. 입술과 혀와 어금니와 이가 다 좋으며…

다. 보조사(보조사)

체언에 화용론적인 특별한 뜻을 덧보태는 조사이다.

      (10) ㄱ. 나ᄂᆞᆫ 어버ᅀᅵ 여희오 (나 + -ᄂᆞᆫ)   [석상 6:5]

          ㄴ. 나는 어버이를 여의고…

      (11) ㄱ. 어미도 아ᄃᆞᄅᆞᆯ 모ᄅᆞ며 (어미 + -도)   [석상 6:3]

          ㄴ. 어머니도 아들을 모르며…

6. 어말 어미

'어말 어미(語末語尾, 맺음씨끝)'는 용언의 끝자리에 실현되는 어미인데, 그 기능에 따라서 '종결 어미, 연결 어미, 전성 어미'로 나누어진다.

가. 종결 어미

① 평서형 종결 어미(평종): 말하는 이가 자신의 생각을 듣는 이에게 단순하게 진술하는 평서문에 실현된다.

      (1) ㄱ. 네 아비 ᄒᆞ마 주그니라 (죽- + -Ø(과시)- + -으니- + -다) [월석 17:21]

          ㄴ. 너의 아버지가 이미 죽었느니라.

② 의문형 종결 어미(의종): 말하는 이가 듣는 이에게 대답을 요구하는 의문문에 실현된다.

      (2) ㄱ. 엇데 겨르리 업스리오 (없- + -으리- + -고)   [월석 서:17]

          ㄴ. 어찌 겨를이 없겠느냐?

③ 명령형 종결 어미(명종): 말하는 이가 듣는 이에게 어떠한 행동을 하도록 요구하는 명령문에 실현된다.

(3) ㄱ. 너희둘히 … 부텻 마를 바다 디니라 (디니- + -라)   [석상 13:62]

　　ㄴ. 너희들이 … 부처의 말을 받아 지녀라.

④ 청유형 종결 어미(청종): 말하는 이가 듣는 이에게 어떠한 행동을 함께 하도록 요구하는 청유문에 실현된다.

(4) ㄱ. 世世에 妻眷이 ᄃ외져 (ᄃ외- + -져)   [석상 6:8]

　　ㄴ. 世世(세세)에 妻眷(처권)이 되자.

⑤ 감탄형 종결 어미(감종): 말하는 이가 듣는 이를 의식하지 않고 자신의 감정을 표출하는 감탄문에 실현된다.

(5) ㄱ. 義ᄂᆞᆫ 그 큰뎌 (크- + -Ø(현시)- + -ㄴ뎌)   [내훈 3:54]

　　ㄴ. 義(의)는 그것이 크구나.

나. 전성 어미

용언이 본래의 서술 기능을 유지하면서도 다른 품사처럼 쓰이도록 문법적인 기능을 바꾸는 어미이다.

① 명사형 전성 어미(명전): 특정한 절 속의 서술어에 실현되어서, 그 절을 명사처럼 쓰이게 하는 어미이다.

(6) ㄱ. 됴ᄒᆞᆫ 法 닷고ᄆᆞᆯ 몯ᄒᆞ야 (닭- + -옴 + -ᄋᆞᆯ)   [석상 9:14]

　　ㄴ. 좋은 法(법)을 닦는 것을 못하여…

② 관형사형 전성 어미(관전): 특정한 절 속의 용언에 실현되어서, 그 절을 관형사처럼 쓰이게 하는 어미이다.

(7) ㄱ. 어미 주근 後에 부텨끠 와 묻ᄌᆞᄫᆞ면(죽- + -Ø- + -ㄴ)   [월석 21:21]

　　ㄴ. 어미 죽은 後(후)에 부처께 와 물으면…

다. 연결 어미(연어)

이어진 문장의 앞절과 뒷절을 잇거나, 본용언과 보조 용언을 잇는 어미이다. 연결 어미에는 '대등적 연결 어미, 종속적 연결 어미, 보조적 연결 어미'가 있다.

① 대등적 연결 어미: 앞절과 뒷절을 대등한 관계로 잇는 연결 어미이다.

    (8) ㄱ. 子는 아ᄃ리오 孫은 孫子ㅣ니 (아들 + -이- + -고)   [월석 1:7]

        ㄴ. 子(자)는 아들이고 孫(손)은 孫子(손자)이니…

② 종속적 연결 어미: 앞절을 뒷절에 이끌리는 관계로 잇는 연결 어미이다.

    (9) ㄱ. 모딘 길헤 ᄠᅥ러디면 恩愛ᄅᆞᆯ 머리 여희여 (ᄠᅥ러디- + -면) [석상 6:3]

        ㄴ. 모진 길에 떨어지면 恩愛(은애)를 멀리 떠나…

③ 보조적 연결 어미: 본용언과 보조 용언을 잇는 연결 어미이다.

    (10) ㄱ. 赤眞珠ㅣ ᄃᆞ외야 잇ᄂᆞ니라 (ᄃᆞ외야: ᄃᆞ외- + -아)   [월석 1:23]

        ㄴ. 赤眞珠(적진주)가 되어 있느니라.

7. 선어말 어미

'선어말 어미(先語末語尾, 안맺음 씨끝)'는 용언의 끝에 실현되지 못하고, 어간과 어말 어미 사이에 실현되어서 문법적인 기능을 나타내는 어미이다.

① 상대 높임의 선어말 어미(상높): 말을 듣는 '상대(相對)'를 높여서 표현하는 선어말 어미이다.

    (1) ㄱ. 이런 고디 업스이다 (없- + -∅(현시)- + -으이- + -다) [능언 1:50]

        ㄴ. 이런 곳이 없습니다.

② 주체 높임의 선어말 어미(주높): 문장에서 주어로 실현되는 대상인 '주체(主體)'를 높여서 표현하는 선어말 어미이다.

(2) ㄱ. 王이 그 蓮花를 브리라 ᄒ시다   [석상 11:31]

   (ᄒ- + -시- + -∅(과시)- + -다)

   ㄴ. 王(왕)이 "그 蓮花(연화)를 버리라." 하셨다.

③ 객체 높임의 선어말 어미(객높): 문장에서 목적어나 부사어로 표현되는 대상인 '객체(客體)'를 높여서 표현하는 선어말 어미이다.

   (3) ㄱ. 벼슬 노푼 臣下ㅣ 님그믈 돕ᄉ바 (돕- + -ᄉ- + -아)   [석상 9:34]

       ㄴ. 벼슬 높은 臣下(신하)가 임금을 도와…

④ 과거 시제의 선어말 어미(과시): 동사에 실현되어서 발화시 이전에 어떠한 일이 일어났음을 무형의 선어말 어미인 '-∅-'이다.

   (4) ㄱ. 이 ᄢ 아들들히 아비 죽다 듣고(죽- + -∅(과시)- + -다) [월석 17:21]

       ㄴ. 이때에 아들들이 "아버지가 죽었다." 듣고…

⑤ 현재 시제의 선어말 어미(현시): 발화시에 어떠한 일이 일어나고 있음을 나타내는 선어말 어미이다. 동사에는 선어말 어미인 '-ᄂ-'가 실현되어서, 형용사에는 무형의 선어말 어미인 '-∅-'가 현재 시제를 나타낸다.

   (5) ㄱ. 네 이제 ᄯ 묻ᄂ다 (묻- + -ᄂ- + -다)   [월석 23:97]

       ㄴ. 네 이제 또 묻는다.

   (6) ㄱ. 이런 고디 업스이다 (없- + -∅(현시)- + -으이- + -다)   [능언 1:50]

       ㄴ. 이런 곳이 없습니다.

⑥ 미래 시제의 선어말 어미(미시): 발화시 이후에 어떠한 일이 일어날 것임을 나타내는 선어말 어미이다.

   (7) ㄱ. 아들ᄯ를 求ᄒ면 아들ᄯ를 得ᄒ리라 (得ᄒ- + -리- + -다) [석상 9:23]

       ㄴ. 아들딸을 求(구)하면 아들딸을 得(득)하리라.

⑦ 회상 표현의 선어말 어미(회상): 말하는 이가 발화시 이전에 직접 경험한 어떤 때(경험시)로 자신의 생각을 돌이켜서, 그때를 기준으로 해서 일이 일어난 시간을 나타내는 선어말 어미이다.

(8) ㄱ. 쁘데 몯 마존 이리 다 願 ᄀ티 ᄃ외더라　　　　　　[월석 10:30]

　　　　(ᄃ외-＋-더-＋-다)

　　ㄴ. 뜻에 못 맞은 일이 다 願(원)같이 되더라.

⑧ 확인 표현의 선어말 어미(확인): 심증(心證)과 같은 말하는 이의 주관적인 믿음에
　근거하여, 어떤 일을 확정된 것으로 표현하는 선어말 어미이다.

　　(9) ㄱ. 安樂國이ᄂᆞ 시르미 더욱 깁거다　　　　　　　[월석 8:101]

　　　　　(깊-＋-Ø(현시)-＋-거-＋-다)

　　　ㄴ. 安樂國(안락국)이는 … 시름이 더욱 깊다.

⑨ 원칙 표현의 선어말 어미(원칙): 말하는 이가 객관적인 믿음에 근거하여, 어떤 일을
　확정된 것으로 표현하는 선어말 어미이다.

　　(10) ㄱ. 사ᄅᆞ미 살면 … 모로매 늙ᄂᆞ니라　　　　　[석상 11:36]

　　　　　(늙-＋-ᄂᆞ-＋-니-＋-다)

　　　ㄴ. 사람이 살면 … 반드시 늙느니라.

⑩ 감동 표현의 선어말 어미(감동): 말하는 이의 '느낌(감동, 영탄)'의 뜻을 나타내는
　태도 표현의 선어말 어미이다.

　　(11) ㄱ. 그듸내 貪心이 하도다　　　　　　　　　　[석상 23:46]

　　　　　(하-＋-Ø(현시)-＋-도-＋-다)

　　　ㄴ. 그대들이 貪心(탐심)이 크구나.

⑪ 화자 표현의 선어말 어미(화자): 주로 종결형이나 연결형에서 실현되어서, 문장의
　주어가 말하는 사람(화자, 話者)임을 나타내는 선어말 어미이다.

　　(12) ㄱ. ᄒᆞ오사 내 尊호라 (尊ᄒᆞ-＋-Ø(현시)-＋-오-＋-다)　[월석 2:34]

　　　ㄴ. 오직(혼자) 내가 존귀하다.

⑫ 대상 표현의 선어말 어미(대상): 관형절이 수식하는 체언(피한정 체언)이, 관형절
　에서 서술어로 표현되는 용언에 대하여 의미상으로 객체(목적어나 부사어로 쓰인

대상)일 때에 실현되는 선어말 어미이다.

(13) ㄱ. 須達이 지순 精舍마다 드르시며   [석상 6:38]

     (짓- + -Ø(과시)- + -우- + -ㄴ)

   ㄴ. 須達(수달)이 지은 精舍(정사)마다 드시며…

(14) ㄱ. 王이 … 누분 자리예 겨샤 (눕- + -Ø(과시)- + -우- + -은) [월석 10:9]

   ㄴ. 王(왕)이 … 누운 자리에 계시어…

〈 인용된 '약어'의 문헌 정보 〉

약어	문헌 이름		발간 연대	
	한자 이름	한글 이름		
용가	龍飛御天歌	용비어천가	1445년	세종
석상	釋譜詳節	석보상절	1447년	세종
월천	月印千江之曲	월인천강지곡	1448년	세종
훈언	訓民正音諺解(世宗御製訓民正音)	훈민정음 언해본(세종 어제 훈민정음)	1450년경	세종
월석	月印釋譜	월인석보	1459년	세조
능언	愣嚴經諺解	능엄경 언해	1462년	세조
법언	妙法蓮華經諺解(法華經諺解)	묘법연화경 언해(법화경 언해)	1463년	세조
구언	救急方諺解	구급방 언해	1466년	세조
내훈	內訓(일본 蓬左文庫 판)	내훈(일본 봉좌문고 판)	1475년	성종
두언	分類杜工部詩諺解 初刊本	분류두공부시 언해 초간본	1481년	성종
금삼	金剛經三家解	금강경 삼가해	1482년	성종

〈 중세 국어의 참고 문헌 〉

강성일(1972), 「중세국어 조어론 연구」, 『동아논총』 9, 동아대학교.

강신항(1990), 『훈민정음연구』(증보판), 성균관대학교 출판부.

강인선(1977), 「15세기 국어의 인용구조 연구」, 석사학위 논문, 서울대학교.

고성환(1993), 「중세국어 의문사의 의미와 용법」, 『국어학논집』 1, 태학사.

고영근(1981), 『중세국어의 시상과 서법』, 탑출판사.

고영근(1995), 「중세어의 동사형태부에 나타나는 모음동화」, 『국어사와 차자표기 – 소곡 남
　　　풍현 선생 화갑 기념 논총』, 태학사.

고영근(2010), 『제3판 표준 중세국어 문법론』, 집문당.

곽용주(1986), 「동사 어간 – 다' 부정법의 역사적 고찰」, 『국어연구』 138, 국어연구회.

교육인적자원부(2010), 『고등학교 교사용 지도서 문법』, (주)두산동아.

교육인적자원부(2010), 『고등학교 문법』, (주)두산동아.

구본관(1996), 「15세기 국어 파생법에 대한 연구」, 박사학위 논문, 서울대학교.

국립국어원, 『표준 국어 대사전』, 인터넷판.

권용경(1990), 「15세기 국어 서법의 선어말어미에 대한 연구」, 『국어연구』 101, 국어연구회.

김문기(1999), 「중세국어 매인풀이씨 연구」, 석사학위 논문, 부산대학교.

김소희(1996), 「16세기 국어의 '거/어'의 교체에 대한 연구」, 『국어연구』 142, 국어연구회.

김송원(1988), 「15세기 중기 국어의 접속월 연구」, 박사학위 논문, 건국대학교.

김영욱(1990), 「중세국어 관형격조사 '익/의, ㅅ'의 기술과 관련된 문제 해결을 위하여」, 『주
　　　시경학보』 8, 탑출판사.

김영욱(1995), 『문법형태의 역사적 연구』, 박이정.

김정아(1985), 「15세기 국어의 '-ㄴ가' 의문문에 대하여」, 『국어국문학』 94.

김정아(1993), 「15세기 국어의 비교구문 연구」, 박사학위 논문, 서울대학교.

김진형(1995), 「중세국어 보조사에 대한 연구」, 『국어연구』 136, 국어연구회.

김차균(1986), 「월인천강지곡에 나타나는 표기체계와 음운」, 『한글』 182, 한글학회.

김충회(1972), 「15세기 국어의 서법체계 시론」, 『국어학논총』 5·6, 단국대학교.

나진석(1971), 『우리말 때매김 연구』, 과학사.

나찬연(2011), 『수정판 옛글 읽기』, 도서출판 월인.

나찬연(2013ㄴ), 제2판 『언어·국어·문화』, 도서출판 월인.

나찬연(2013ㄷ), 제2판 『훈민정음의 이해』, 도서출판 월인.

나찬연(2013ㄹ), 『국어 어문 규범의 이해』, 도서출판 월인.

나찬연(2014ㄱ), 제5판 『중세 국어 문법의 이해-주해편』, 교학연구사.

나찬연(2014ㄴ), 제5판 『중세 국어 문법의 이해-강독편』, 교학연구사.

나찬연(2014ㄷ), 제5판 『중세 국어 문법의 이해-서답형 문제편』, 교학연구사.

나찬연(2015ㄱ), 제4판 『현대 국어 문법의 이해』, 도서출판 월인.

나찬연(2015ㄴ), 『학교 문법의 이해』 1, 도서출판 경진.

나찬연(2015ㄷ), 『학교 문법의 이해』 2, 도서출판 경진.

남광우(2009), 『교학 고어사전』, (주)교학사.

남윤진(1989), 「15세기 국어의 접속어미에 대한 연구」, 『국어연구』 93. 국어연구회.

노동헌(1993), 「선어말어미 '-오-'의 분포와 기능 연구」, 『국어연구』 114, 국어연구회.

대한불교천태종(2016), 『묘법연화경』, 대한불교천태종 출판부.

류광식(1990), 「15세기 국어 부정법의 연구」, 박사학위 논문, 건국대학교.

리의도(1989), 「15세기 우리말의 이음씨끝」, 『한글』 206, 한글학회

민현식(1988), 「중세국어 어간형 부사에 대하여」, 『선청어문』 16, 17집, 서울대학교 국어교육과.

박태영(1993), 「15세기 국어의 사동법 연구」, 석사학위 논문, 단국대학교.

박희식(1984), 「중세국어의 부사에 대한 연구」, 『국어연구』 63, 국어연구회

배석범(1994), 「용비어천가의 문제에 대한 일고찰」, 『국어학』 24, 국어학회.

성기철(1979), 「15세기 국어의 화계 문제」, 『논문집』 13, 서울산업대학교.

손세모돌(1992), 「중세국어의 'ㅂ리다'와 '디다'에 대한 연구」, 『주시경학보』 9, 탑출판사.

심재완(1959), 『석보상절 제11』, 어문학자료총간 제1집, 어문학회.

안병희·이광호(1993), 『중세국어문법론』, 학연사.

양정호(1991), 「중세국어의 파생접미사 연구」, 『국어연구』 105, 국어연구회.

유동석(1987), 「15세기 국어 계사의 형태 교체에 대하여」, 『우해 이병선 박사 회갑 기념 논총』.

이광정(1983), 「15세기 국어의 부사형어미」, 『국어교육』 44, 45.

이광호(1972), 「중세국어 '사이시옷' 문제와 그 해석 방안」, 『국어사 연구와 국어학 연구-안
    병희 선생 회갑 기념 논총』, 문학과지성사.

이광호(1972), 「중세국어의 대격 연구」, 『국어연구』 29, 국어연구회.

이광호(1995), 「후음 'ㅇ'과 중세국어 분철표기의 신해석」, 『국어사와 차자표기－남풍현 선생 회갑기념』, 태학사.

이기문(1963), 『국어표기법의 역사적 연구－신정판』, 한국연구원.

이기문(1998), 『국어사개설－신정판』, 태학사.

이숭녕(1981), 『중세국어문법－개정 증보판』, 을유문화사.

이승희(1996), 「중세국어 감동법 연구」, 『국어연구』 139, 국어연구회.

이정택(1994), 「15세기 국어의 입음법과 하임법」, 『한글』 223, 한글학회.

이주행(1993), 「후기 중세국어의 사동법」, 『국어학』 23, 국어학회.

이태욱(1995), 「중세국어의 부정법 연구」, 박사학위 논문, 성균관대학교.

이현규(1984), 「명사형어미 '-기'의 변화」, 『목천 유창돈 박사 회갑 기념 논문집』, 계명대학교 출판부.

이홍식(1993), 「'-오-'의 기능 구명을 위한 서설」, 『국어학논집』 1, 태학사.

임동훈(1996), 「어미 '시'의 문법」, 박사학위 논문, 서울대학교.

전정례(995), 「새로운 '-오-' 연구」, 한국문화사.

정 철(1954), 「원본 훈민정음의 보존 경위에 대하여」, 『국어국문학』 제9호, 국어국문학회.

정재영(1996), 「중세국어 의존명사 'ᄃᆞ'에 대한 연구」, 『국어학총서』 23, 태학사.

최동주(1995), 「국어 시상체계의 통시적 변화에 관한 연구」, 박사학위 논문, 서울대학교.

최현배(1961), 『고친 한글갈』, 정음사.

최현배(1980=1937), 『우리말본』, 정음사.

한글학회(1985), 『訓民正音』, 영인본.

한재영(1984), 「중세국어 피동구문의 특성에 대한 연구」, 『국어연구』 61, 국어연구회.

한재영(1986), 「중세국어 시제체계에 관한 관견」, 『언어』 11-2, 한국언어학회.

한재영(1990), 「선어말어미 '-오/우-'」, 『국어 연구 어디까지 왔나』, 동아출판사.

한재영(1992), 「중세국어의 대우체계 연구」, 『울산어문논집』 8, 울산대학교 국어국문학과.

허웅(1975=1981), 『우리 옛말본』, 샘문화사.

허웅(1981), 『언어학』, 샘문화사.

허웅(1986), 『국어 음운학』, 샘문화사.

허웅(1989), 『16세기 우리 옛말본』, 샘문화사.

허웅(1992), 『15·16세기 우리 옛말본의 역사』, 탑출판사.

허웅(1999), 『20세기 우리말의 통어론』, 샘문화사.

허웅(2000), 『20세기 우리말의 형태론(고침판)』, 샘문화사.

허웅·이강로(1999), 『주해 월인천강지곡』, 신구문화사.

홍윤표(1969), 「15세기 국어의 격연구」, 『국어연구』 21, 국어연구회.

홍윤표(1994), 「중세국어의 수사에 대하여」, 『국문학논집』, 단국대학교 국어국문학과.

홍종선(1983), 「명사화어미의 변천」, 『국어국문학』 89, 국어국문학회.

황선엽(1995), 「15세기 국어의 '-(으)니'의 용법과 기원」, 『국어연구』 135, 국어연구회.

⟨ 불교 용어의 참고문헌 ⟩

곽철환(2003), 『시공불교사전』, 시공사.

국립국어원(2016), 인터넷판 『표준국어대사전』, (http://stdweb2.korean.go.kr/main.jsp)

두산동아(2016), 인터넷판 『두산백과사전』, (http://www.doopedia.co.kr/)

송성수(1999), 『석가보 외(釋迦譜 外)』, 동국대학교 부설 동국역경원.

운허·용하(2008), 『불교사전』, 불천.

원광대학교 종교문제연구소((1974), 인터넷판 『원불교사전』, 원광대학교 출판부.

한국불교대사전 편찬위원회(1982), 『한국불교대사전』, 보련각.

한국학중앙연구원(2016), 인터넷판 『한국민족문화대백과』, (http://encykorea.aks.ac.kr/)

홍사성(1993), 『불교상식백과』, 불교시대사.

⟨ 불교 경전 ⟩

『묘법연화경』(妙法蓮華經)

※ 위에 제시된 불교 경전의 내용은 '고려대장경 지식베이스'(http://kb.sutra.re.kr, 고려대
장경 연구소)에 탑재된 불경 파일을 참조했음.